HEYNE<

KATE RIORDAN

DIE SANDUHR UNSERER LIEBE

Roman

Aus dem Englischen von Heike Holtsch

WILHELM HEYNE VERLAG
MÜNCHEN

Die Originalausgabe erschien unter dem Titel
The Shadow Hour bei Penguin

Der Verlag weist ausdrücklich darauf hin, dass im Text enthaltene
externe Links vom Verlag nur bis zum Zeitpunkt der
Buchveröffentlichung eingesehen werden konnten.
Auf spätere Veränderungen hat der Verlag keinerlei Einfluss.
Eine Haftung des Verlags ist daher ausgeschlossen.

Verlagsgruppe Random House FSC® N001967

Taschenbucherstausgabe 05/2017
Copyright © 2016 by Kate Riordan
Copyright © 2017 der deutschsprachigen Ausgabe by
Wilhelm Heyne Verlag, München,
in der Verlagsgruppe Random House GmbH,
Neumarkter Straße 28, 81673 München
Printed in Germany
Redaktion: Stefanie Korda
Umschlaggestaltung: Nele Schütz design, München
unter Verwendung von Shutterstock/V. Kutsman
Satz: Fotosatz Amann, Memmingen
Druck und Bindung: GGP Media GmbH, Pößneck

ISBN 978-3-453-41998-8
www.heyne.de

PROLOG

21. Mai 1910

Ein einziger Augenblick kann alles verändern. Stellen Sie sich eine grüne englische Wiese vor: idyllisch, aber so unspektakulär, dass sie nicht einmal einen Namen hat. Von Weitem sieht man die Spitze eines Kirchturms, unter einer Kastanie grasen ein paar Schafe, der Sohn eines Bauern sitzt auf einem Zauntritt und raucht eine Zigarette. Das Gesicht der Frühlingssonne zugewandt, schließt er die Augen und pustet langsam den Rauch aus. Dann hört er es: ein dumpfes Vibrieren tief unter der Erde und ein schrilles Pfeifen in der Luft, in einer so hohen Frequenz, dass es kaum wahrnehmbar ist. Er öffnet die Augen und richtet den Blick auf die Hecke am Ende der Böschung, hinter der ein Nebengleis der Eisenbahn verläuft.

Im Nachhinein fällt es ihm schwer zu beschreiben, was dann passierte. Natürlich fragen ihn alle danach: Polizisten, seine Mutter, sogar ein Reporter, der ihm eine volle Packung Zigaretten zusteckt. Nur stockend kann er den Leuten davon erzählen, und alles, was er sagt, trifft es nicht richtig. Er kann das Unglück einfach nicht in Worte fassen. Kann nicht erklären, dass er in einem Moment noch friedlich dort saß und seinen Gedanken nachhing – und sich im nächsten alles gleichzeitig abzuspielen schien: Geräusche, Gerüche, grelles Licht und eine Druckwelle, die ihn zu Boden riss. Am nächsten kommt er der Wahrheit, als er sich an diesem Abend von seiner Mutter zu Bett bringen lässt wie früher, als er noch ein kleiner Junge war: »Erst war es wie im Himmel, dann wie die Hölle.«

In dieser Nacht träumt er von dem, was er gesehen hat - nach dem Licht und dem Knall, der so laut war, dass er ihn eher *spürte* als hörte, ein Schlag auf den Brustkorb, so fest, dass ihm die Luft wegblieb. Auch als er wieder auf den Beinen stand, war fast nichts zu hören. Nur dieses unablässige Pfeifen in den Ohren. Er wankte die Böschung hinunter und spähte durch eine Lücke in der Hecke. Dabei nahm er vage wahr, dass die Sonne nicht mehr schien. Nicht etwa, weil die Dämmerung eingesetzt hatte, sondern wegen all des Rauchs. Er stützte sich am Zaun ab und versuchte, in dem stickigen Dunst irgendetwas zu erkennen.

Ein riesiger, dunkler Metallklumpen lag umgekippt auf der Böschung gegenüber. Einzelne Feuer flackerten in der nebligen Finsternis wie Irrlichter im Moor. Ein Stück weiter lagen ein paar Eisenbahnwagen. Sie waren so deformiert, als wären sie vorher nicht stabiler als Strohballen auf Rädern gewesen. Dahinter standen ein paar Wagen noch auf den Schienen, einige schief, andere aufrecht. Von Letzteren lösten sich Schatten. Es dauerte einen Moment, bis der Junge begriff, dass es Menschen waren. Er war fassungslos. Wie konnte hier noch jemand am Leben sein?

Er richtete den Blick wieder auf die zerstörten Wagen, und als der Rauch sich verzog, konnte er ein wenig besser sehen. Glassplitter. Ein leichter Koffer, dessen Inhalt herausquoll wie die Eingeweide eines verwundeten Tieres. Die verrußten Seiten eines aufgeschlagenen Buches, die im Wind flatterten. Ein Damenhalbschuh, gnädigerweise ohne abgetrennten Fuß. Und dann etwas Weißes, so hell und rein, dass er sich fragte, warum er es nicht sofort bemerkt hatte. Etwas bewegte sich darin. Oder darüber. Getrieben von einem inneren Instinkt kletterte der Junge über den Zaun und wollte darauf zugehen.

Doch als er auf der anderen Seite des Zauns stand und nach dem hellen Fleck suchte, näherte sich jemand – eine rabenschwarze Gestalt mit Hut und in einem langen Mantel. Der Mann bückte sich und hob das weiße Bündel vorsichtig auf. Er betrachtete es einen Moment lang und verbarg es dann behutsam unter seinem Mantel. Und plötzlich wusste der Junge, was das war. Es war ein Wunder. Ein Wunder, das unversehrt aus dem Wrack eines brennenden Eisenbahnwagens herausgeschleudert worden war.

Nicht alles besteht aus Anfang, Mitte und Ende. Nicht alle Geschichten verlaufen geradlinig. Nicht immer liegt die Vergangenheit in weiter Ferne und hat auf direktem Weg zur Gegenwart geführt. Manche Geschichten – und dazu gehört auch diese – bilden einen Kreis, in dessen Mitte sich etwas Furchtbares verbirgt, von dem alles andere sich ausbreitet. Wie Ringe auf dem Wasser um einen Regentropfen.

EINS

Grace, 1922

Es war eine kurze, unauffällige Annonce in einer Zeitung aus Cheltenham, die mich im Jahr 1922 nach Fenix House führte. Die *Looker-On* erschien wöchentlich, und so lange ich denken konnte, ließ meine Großmutter sie sich nach Bristol zustellen, wo wir damals wohnten. Die wenigen Zeilen, die den Lauf meines Lebens verändern sollten, standen fast ganz unten auf der Annoncenseite, versteckt zwischen dem Gesuch nach einer Gesellschafterin, die bereit wäre, auch einen kleinen Hund auszuführen, und dem Stellenangebot für einen Koch mit untadeligen Referenzen und tugendhaften Gewohnheiten, der Hausmannskost zubereiten konnte. Noch heute weiß ich den Wortlaut auswendig.

»GOUVERNANTE« stand in großen, schwarzen Lettern darüber.

//JUNGE DAME für siebenjährigen Jungen gesucht, der die Schule nicht besuchen kann. Unterricht in allgemeinbildenden Fächern und gelegentliche Betreuung erwünscht. Angemessene Entlohnung inklusive Unterbringung in Zimmer mit idyllischer Aussicht. Referenzen erforderlich. D. Pembridge, Fenix House, bei Cheltenham.//

»Weißt du, was das heißt?«, fragte meine Großmutter. Sie hatte die Zeitung vor mir ausgebreitet, die Seite mit der Annonce mit einem Eselsohr gekennzeichnet. Sie zitterte

9

geradezu vor Aufregung. Ihre grauen Augen funkelten. Für einen Moment konnte ich mir genau vorstellen, wie sie als junges Mädchen in meinem Alter ausgesehen haben musste.

»Ich glaube, ja«, antwortete ich zögernd, unsicher, ob ich wirklich wusste, was sie meinte. »Das sind sie. Die Pembridges. Ist es nicht ein merkwürdiger Zufall, dass sie eine Gouvernante suchen? Genau wie vor all den Jahren, als du zu ihnen gekommen bist.«

»Das ist kein Zufall«, sagte meine Großmutter. »Es ist genau das, worauf wir gewartet haben.«

»*Wir?*«, fragte ich unbeschwert, beinahe belustigt. Gleichzeitig war mir ein wenig unbehaglich zumute.

»Mein Liebling, was glaubst du wohl, warum ich dir so viel von Fenix House erzählt habe?«

»Ich dachte, das wären nur die üblichen Geschichten. Ich dachte, du wolltest mir etwas aus der Zeit erzählen, als du noch jung warst.«

»Das wollte ja ich auch, teilweise zumindest. Aber es gab noch einen Grund: *Vorbereitung*. Du solltest vorbereitet sein, wenn du selbst einmal dorthin gehst.«

Meine Großmutter war wunderbar im Geschichtenerzählen. Wie Perlen an einer silbernen Schnur zogen sie sich durch meine Kindheit. Über die Grenzen der Zeit hinaus bestanden sie in meinen Gedanken weiter, so lebendig wie alles, was ich selbst als Kind erlebt hatte. So deutlich, dass ich manchmal kaum noch auseinanderhalten konnte, wo meine eigenen Erinnerungen aufhörten und die meiner Großmutter anfingen.

Die Geschichten, die ich am liebsten hörte, drehten sich alle um Fenix House. Im Sommer 1878 war meine Großmutter als Gouvernante für die Töchter des Hauses dorthin gekommen, und es kam mir vor, als könnte ich mich an diesem Ort mit verbundenen Augen zurechtfinden, Raum für Raum allein durchs Tasten und Hören erkunden. Die cremefarbenen, roten und königlich blauen Fliesen in der Eingangshalle unter den Sohlen meiner Schuhe. Das gewundene Treppengeländer, glänzend nach jahrelanger Politur, glatt unter meinen Fingerspitzen. Das Weinen eines Kindes aus der oberen Etage, das Klirren von Geschirr auf dem Tablett eines Hausmädchens.

Als sie selbst in Fenix House gewesen war, hieß meine Großmutter noch Harriet Jenner. Und wenn sie mir erzählte, wie sie jeden Morgen am Fenster ihres Zimmers gestanden und die Aussicht genossen hatte, bekam ich immer das Gefühl, ich würde mit ihr einen Blick auf das Gold und Grün von Gloucestershire werfen, auf die Landschaft mit ihren Hügeln und Tälern, die sich irgendwo in der Ferne verloren.

Harriets Vergangenheit war mir damals wohl lieber als meine Gegenwart gewesen. Ich war gerade erst zu einem Waisenkind geworden, als ich zum ersten Mal von Fenix House und seinen Bewohnern hörte. Vielleicht fand ich es tröstlich, Geschichten aus einer Zeit erzählt zu bekommen, als meine Eltern sich noch in absoluter Sicherheit befanden, in ihrer ungeborenen Behaglichkeit, die ich mir vorstellte wie einen Kokon, der verborgen in der Dunkelheit hinter den Sternen hing.

Sie kamen bei einem Eisenbahnunglück zwischen London und Bristol ums Leben, auf der berühmten Bahnlinie, die Isambard Kingdom Brunel gebaut hatte. Ohnehin sollte sich das Frühjahr des Jahres 1910 für Reporter als ungewöhnlich lukrativ erweisen. Zunächst war der Halleysche Komet mit seinem leuchtenden Schweif aus todbringendem Zyanid lautlos am Himmel aufgeflammt und hatte neben allgemeiner Verunsicherung auch Schlagzeilen nach sich gezogen, die sogleich die Apokalypse heraufbeschworen. Als wäre es damit nicht genug, war der Onkel und oberste Bonvivant Europas, Edward VII., gestorben, vermutlich an einem allzu erfüllten Leben. Damals ahnte es noch niemand, aber seine Beisetzung am zwanzigsten Mai war die letzte Veranstaltung dieser Art. Alles, was Rang und Namen hatte, war noch einmal in Glanz und Gloria erschienen, darunter nicht weniger als neun gekrönte Häupter. Nachdem sie aus allen Teilen des Kontinents zusammengekommen waren, um dem König das letzte Geleit zu geben, würden die meisten von ihnen sich bald darauf unwiederbringlich in alle Winde verstreut haben – entthront, verbannt oder ermordet.

Aber auch andere, weniger bedeutende Leben erloschen in jenem Frühjahr. Namen, denen es ursprünglich bestimmt war, der sicheren Vergessenheit anheimzufallen, wurden stattdessen für alle Zeit mit fleckiger Tinte auf dünnes Zeitungspapier gebannt. Unter ihnen waren auch meine Eltern. Es geschah am Tag nach der Beisetzung des Königs. In royalem Glanz oder hoch oben am Himmel im Schweif uralten Gesteins war der Tod nichts weiter als ein entferntes Schreckgespenst gewesen – aber nun hatte er sich meine Mutter und meinen Vater geholt. Und mit ihnen neunzehn weitere Menschen, die gemeinsam mit meinen Eltern durch eine Verkettung von Fehleinschätzungen aus dem Leben heraus- und in die reißerischen Aufmacher der Abendzeitungen hineinkatapultiert wurden.

Zwölf Jahre nach diesen folgenschweren Ereignissen saß ich im Wohnzimmer und las mir die Annonce noch einmal durch. Dabei hatten sich die Zeilen längst in mein Gedächtnis eingebrannt. Aber ich bin mir nicht sicher, ob ich

damals schon die volle Tragweite der Worte meiner Großmutter erfasste: Ich sollte nach Fenix House gehen.

»Ausgezeichnete Referenzen kannst du vorweisen«,
sagte sie nachdenklich. »Gottlob haben wir nicht damit gewartet, dass du mit dem Unterrichten beginnst.«

»Referenzen?«, fragte ich schroff. »Wozu Referenzen?«

Doch kaum hatte ich es ausgesprochen, verstand ich.
Nicht nur die Geschichten, die meine Großmutter mir in
all den Jahren erzählt hatte, ergaben plötzlich einen Sinn –
auch der Umstand, dass sie mir, als ich zwanzig wurde, geraten hatte, einer kleinen Gruppe Schülerinnen die Grund-
lagen in Kunst, Rechnen und Schreiben beizubringen. *Ich
trete in ihre Fußstapfen*, war mir damals sogleich durch den
Kopf gegangen. Ich fand Gefallen an dem Gedanken, dass
es in meiner Familie etwas gab, das Bestand hatte. Mehr
noch gefiel mir das Gefühl, behandelt zu werden wie eine
Erwachsene, der man zugestand, für sich selbst sorgen und
eigene Bekanntschaften schließen zu können.

Nun aber sackte mein ganzer Stolz auf zwei Jahre Lehr-
tätigkeit in sich zusammen wie eine Theaterkulisse aus
Pappmaché. Der Unterricht, den ich den Mädchen erteilt
hatte, war offenbar nichts weiter gewesen als eine General-
probe. Meine Großmutter hatte die ganze Zeit darauf hin-
gearbeitet, mich als Gouvernante in Fenix House unterzubringen. Ich sollte den gleichen Weg antreten wie sie ein
halbes Jahrhundert zuvor.

Mit welcher Absicht, konnte ich nicht einmal ahnen.

ZWEI

Drei Wochen später stand ich auf dem Bahnsteig von Temple Meads, um Bristol zu verlassen. Die Stellung als Gouvernante war mir schriftlich zugesagt worden. Auf dem Bahnhof herrschte reges Treiben. Schnaufende Lokomotiven stießen schrille Pfiffe und zischenden Dampf aus, während ihre blank polierten Kessel angeheizt wurden. Bei dem Getöse war das Stimmengewirr der Reisenden nur noch ein gedämpftes Gemurmel, abgesehen von gelegentlichen Willkommens- oder Abschiedsrufen. Unbeeindruckt von der Geräuschkulisse erhoben sich im Hintergrund die Wände aus rotem Backstein, die über unseren Köpfen mit dem abgerundeten Dach, einem Gebilde aus Eisen und rußverschmiertem Glas, abschlossen.

Für alle anderen Reisenden war der Bahnhof, den Brunel gebaut hatte, ein ganz normaler Ort. Ich aber stand da und nahm alle Eindrücke in mich auf wie ein staunendes Kind. Dabei war ich längst kein Kind mehr. Mittlerweile war ich zweiundzwanzig, genauso alt wie das Jahrhundert. Und obwohl es mir häufig so vorkam, als hätte meine Kindheit am Tag des Eisenbahnunglücks ein jähes Ende gefunden, fühlte ich mich im Gedränge auf dem überfüllten Bahnsteig so weltfremd wie lange nicht mehr.

Bevor ich in den Zug stieg, sah ich mich ein letztes Mal um, als würde ich nie wieder hierher zurückkehren. Ein Gepäckträger, der mein Zögern bemerkt hatte, eilte zu mir, riss mich aus meinen Gedanken und half mir hinauf in den Wagen. Als ich mich bei ihm bedankte, klang meine

Stimme heiser, denn vor lauter Aufregung war mein Mund ganz trocken. Das lag nicht nur daran, dass ich alles mir bis dahin Vertraute hinter mir lassen würde, sondern auch, dass ich seit 1910 nicht mehr mit der Eisenbahn hatte fahren dürfen.

Bei den wenigen Tagesreisen, die meine Großmutter in den Jahren seit dem Zugunglück mit mir unternommen hatte – an die Küste nach Weston-super-Mare und einmal nach Bath –, hatte sie stets darauf bestanden, mit einer Reisekutsche zu fahren. So schien mir diese Zugfahrt, die ich ganz allein antreten sollte, das Schicksal geradezu herauszufordern. Die Tatsache, dass meine Großmutter sich darüber keinerlei Sorgen machte, beruhigte mich nicht sonderlich.

»Du bist dazu bestimmt, nach Fenix House zu gehen. Das weißt du doch«, hatte sie in der Woche vor meiner Abreise zum wiederholten Mal gesagt. Ich hatte kaum glauben können, dass sie mir eine Zugfahrkarte gekauft hatte. »Bei unseren Ausflügen hätte ich es niemals darauf ankommen lassen, aber auf dem Weg nach Fenix House wird dir nichts passieren. Glaub mir, Grace! Es soll so sein. Das habe ich vorausgesehen.«

Doch die Überzeugungskraft meiner Großmutter konnte mir das flaue Gefühl im Magen nicht nehmen, als der Zug aus dem Bahnhof rollte. In den vergangenen Wochen hatte ich mir einzureden versucht, von zu Hause wegzugehen sei nun einmal das, was man mit zweiundzwanzig Jahren für gewöhnlich tat, und dass ich, wenn ich es noch länger hinauszögerte, wohl niemals den Absprung schaffen würde. Aber nun, als mich der Zug immer weiter von meiner vertrauten Umgebung fortbrachte, fragte ich mich, ob ich nicht einen furchtbaren Fehler gemacht hatte. Während meine Mitreisenden schon längst durch das eintönige Rattern eingeschlafen waren, regten sich in mir immer mehr Zweifel. Ich hatte auch keinen Appetit auf die Sandwiches, die meine Großmutter mir morgens eingepackt hatte, aber ich aß sie trotzdem – voller Heimweh und mit schlechtem Gewissen, weil ich beim Abschied so abweisend zu ihr gewesen war.

Ich hatte gerade den letzten Bissen heruntergeschluckt, da fuhr der Zug auch schon den letzten Halt an. Gloucester mit der Kathedrale aus Kalkstein, die sich erhob wie ein Schiff aus seichtem Wasser, lag bereits hinter uns. Am nächsten Bahnhof musste ich aussteigen: Cheltenham Spa. Da mich niemand abholen würde, sollte ich mit dem Bus oder einem Taxi weiterfahren. In jedem Fall würde man mir das Fahrgeld erstatten. So stand es jedenfalls in dem Brief, den meine Großmutter mir morgens noch in die Handtasche gesteckt hatte. Ich entschied mich für Letzteres, um wenigstens auf der letzten Etappe meiner Reise ein Weilchen allein sein zu können.

An einen Ort zu kommen, den man in Gedanken schon so oft vor sich gesehen hat, ist sonderbar – wie ein wiederkehrender Traum, dessen Details doch nicht ganz dieselben sind, in dem alles so vertraut und doch leicht verzerrt ist. Die Kuppen der Hügel kamen genau dort in Sicht, wo ich sie erwartet hatte, und die Straße führte ebenso steil bergauf, wie ich vermutet hatte. Aber die Bäume auf der linken Seite, die, wie ich wusste, Kalksteinfelsen verdeckten, kamen mir viel bedrohlicher vor als in meiner Vorstellung.

Das Tor am Ende der kurzen, steilen Auffahrt sah äußerst mitgenommen aus. Ein Flügel hing schief in den Angeln und steckte auf einer Seite im Kiesweg fest. Der andere stand eine Handbreit offen und schlug im Wind hin und her. Dichte Azaleen umwucherten das Tor, und es wirkte, als wären sie kurz davor, es voll und ganz zu erobern. Aber als ich genauer hinsah, stellte ich fest, dass der Strauch innen schon abgestorben war – ein endlos tiefes, dunkles Nichts. Wieder wurde mir flau im Magen. So etwas hatte ich nicht erwartet.

Der Chauffeur wollte die Auffahrt nicht weiter hinauffahren, und ich bestand auch nicht darauf. Wie ich nach dem Aussteigen bemerkt hatte, hatte das Gestrüpp bereits Kratzer an den Türen des Gefährts hinterlassen, und ich fürchtete, er würde verlangen, dass ich für den Schaden aufkam. Er band meinen Koffer los und ließ ihn nachlässig auf den nassen Boden fallen.

Die Ziegelsteine in der Auffahrt waren einst im Fischgrätenmuster verlegt worden, mittlerweile aber so tief im Schlamm versunken, dass sie kaum noch zu erkennen waren. Ob durch Vernachlässigung, den Zahn der Zeit oder beides – jeder zweite Stein hatte Risse oder sich durch das darunter wuchernde Unkraut gelockert. Der Chauffeur hatte Mühe, das Automobil zu wenden, weil die Räder auf dem rutschigen Boden immer wieder durchdrehten. Aber schließlich schaffte er es. Die Autodroschke rollte wieder hinunter zur Straße und ließ mich allein zurück.

Hier oben war der Wind um einiges stürmischer als unten in Cheltenham. Er fegte durch die knarrenden Äste der Bäume und wehte mir fast den Hut vom Kopf. Die Böen zerrten an dem offenen Torflügel, der ein so menschlich klingendes Ächzen von sich gab, dass ich zögernd davor stehen blieb.

Schließlich griff ich nach dem alten eisernen Riegel, der sich trotz meiner Handschuhe eiskalt anfühlte. Genau hier musste auch meine Großmutter vor fünfzig Jahren gestanden haben.

Lange war Fenix House für mich nichts weiter gewesen als der Handlungsort einer Geschichte – unberührt vom Verstreichen der Zeit schien es darauf zu warten, dass meine Großmutter und ich beschlossen, dorthin zurückzukehren. Erst in diesem Moment wurde mir vollends bewusst, dass das Haus die ganze Zeit über dort gestanden hatte, heruntergekommen wie alle Gebäude, die dem Lauf der Zeit und der Natur überlassen werden.

Den Garten konnte man hinter den riesigen Azaleen kaum erkennen. Ich erspähte allerdings ein paar Lorbeerbüsche und Tannen, so hoch, dass sogar das Haus davor klein erschien. Die Lorbeerbüsche schüttelten ihre Blätter und die Tannen senkten ihre Kronen. Ich wusste, es war nur der Wind, aber es kam mir vor, als richtete sich ihr Zorn gegen die Menschen, die den einst so prächtigen Garten derart hatten verkommen lassen.

Auch die Kutscheneinfahrt, von der ich nur einen Ausschnitt sah, bot einen erbarmungswürdigen Anblick: Zwischen den spärlich verteilten Kieselsteinen wuchsen Gras und Unkraut, und der Boden schimmerte hindurch, sodass man sich an einen abgetretenen Flickenteppich erinnert fühlte. Zweifelsohne war der Kies einmal gleichmäßig verteilt und ordentlich geharkt gewesen, aber nun schien er noch unebener als die Ziegelsteine in der Auffahrt, auf der ich stand.

Dahinter stand das Haus. Das Haus, von dem ich schon so viel gehört hatte und von dem ich gehofft hatte, es wäre mir in dieser ungewohnten Situation vertraut wie ein alter Freund. In Wahrheit hatte ich Fenix House nämlich schon erspäht, noch bevor mein Blick auf die Lorbeerbüsche, die Tannen und den ungepflegten Kiesweg gefallen war. Doch ich hatte sofort den Kopf abgewandt – wie vor einem Fremden, der entstellt ist und den man nicht anstarren möchte. Nun musste ich mich überwinden, um mir das Haus genauer anzusehen.

Natürlich war es nicht völlig verfallen. Dach und Fenster waren intakt, und es war auch nicht so, dass Mauern und Schornsteine in sich zusammengestürzt wären. Doch was ich da vor mir sah, war fast noch schlimmer. Dem Verfall preisgegeben und in einem Zustand zwischen morbider Eleganz und Baufälligkeit ließ sich noch erahnen – und umso mehr bedauern –, welchen Charme das Gebäude mit seiner eigenwilligen Schönheit einst verströmt haben musste. An einigen Stellen waren die Mauern schwarz angelaufen, an anderen hatten die verrosteten Schellen der undichten Regenrinnen bräunlich feuchte Flecken hinterlassen. Von der Brüstung vor der Eingangstür war eine Steinkugel herausgebrochen. Wie ein abgeschlagener Kopf lag sie noch dort, wo sie hingefallen war. Und in den brüchigen Stufen, die zum Eingang hinaufführten, klafften tiefe Risse wie offene Wunden.

Aber noch etwas stimmte hier nicht. Und das betraf nicht allein den Zustand des Hauses, sondern auch dessen Ausmaße. Die Architektur kam mir zum Teil bekannt vor – die Giebel, die Ecktürme, die sonderbare Mischung verschiedener Stilrichtungen –, aber ich hatte gedacht, das Haus wäre größer. Ich hatte ein richtiges Herrenhaus erwartet, ein Gebäude mit mehreren Flügeln, erbaut mit altem Geld. Dieses Haus war zwar groß, aber keineswegs so riesig, wie ich es mir vorgestellt hatte. Es wirkte eher wie der Wohnsitz eines wohlhabenden viktorianischen Industriellen und seiner Familie. Und genau das war es ja auch gewesen. Warum also hatte ich es mir so viel eindrucksvoller vorgestellt? »Fenix House war *jedem* ein Begriff.« Das hatte meine Großmutter immer gesagt. Dem Chauffeur der Droschke war es jedenfalls kein Begriff gewesen – ich hatte die Adresse zweimal wiederholen müssen. Aber er war in meinem Alter, und vielleicht war das Haus längst in Vergessenheit geraten. Abgesehen davon kann alles, was uns als Kind imposant erscheint, aus der Perspektive eines Erwachsenen wesentlich weniger beeindruckend aussehen.

Abermals betrachtete ich Fenix House, bis das Bild, das ich so lange vor Augen gehabt hatte, verblasste wie eine Fotografie in einem sonnendurchfluteten Raum. Lediglich der Respekt vor allem Vergänglichen hielt mich davon ab, laut aufzulachen. Aber dann schob ich mein Befremden beiseite, strich meinen Mantel glatt, ließ den schweren Koffer in der Auffahrt stehen – und trat durch das Tor.

DREI

Als ich mich dem Haus näherte, erkannte ich immerhin Anzeichen dafür, dass es bewohnt war. Auf der obersten Stufe neben der Eingangstür stand eine Holzkiste, die sauberer und neuer aussah als alles andere weit und breit. Vermutlich war sie erst vor Kurzem geliefert worden und hatte Lebensmittel enthalten. Außerdem waren die Vorhänge hinter einigen der trüben, staubigen Fensterscheiben zugezogen. Ich warf einen Blick auf den achteckigen Turm direkt neben mir, und es kam mir so vor, als hätten sich die Vorhänge in einem der Fenster bewegt. Offenbar wurde ich beobachtet.

Vielleicht verunsicherte mich der Gedanke, dass jemand

mein Herannahen gesehen hatte, vielleicht war es auch nur ein falscher Schritt – meine neuen Schuhe waren für den unebenen Boden nicht geeignet –, jedenfalls blieb ich mit einem der hohen Absätze hängen, stolperte und schlug auf den Boden auf. Ungeachtet des stechenden Schmerzes in meinen Knien rappelte ich mich wieder auf. Wie entsetzlich peinlich, dass der erste Eindruck, den ich bei den Pembridges hinterlassen würde, der eines Tollpatsches war, der vor ihrem Haus im Schlamm lag! Noch dazu hatte ich ein neues Paar Strümpfe ruiniert. Beim nächsten Schritt merkte ich, dass ich mir außerdem den Fuß verstaucht hatte. Mit schmerzverzehrtem Gesicht humpelte ich die Stufen hinauf.

Ich drückte auf die Klingel und lauschte angestrengt. Als auch beim zweiten Versuch aus dem Inneren des Hauses kein Läuten zu hören war, wollte ich schon an die Tür klopfen. Aber sicher hätte das massive Eichenholz jedes Geräusch geschluckt, und womöglich wären dabei die Scheiben aus der oberen Hälfte der Tür gefallen und zu Bruch gegangen, so lose, wie sie in den Bleirahmen saßen. Der einzige Lichtblick: Wenn mich jemand beobachtet hätte, wäre derjenige längst erschienen. Vielleicht hatte also doch niemand etwas von meinem Sturz mitbekommen. Erleichtert drehte ich den Messingknauf. Die Tür war nicht verschlossen! Ich stemmte mich dagegen und trat zögernd über die Schwelle.

Eigentlich hatte ich Fliesen erwartet – massive, bemalte Bodenfliesen in einem geometrisch verlegten sternförmigen Muster –, aber etwas eindeutig Weicheres dämpfte das Geräusch meiner Schritte: Teppiche oder Fußmatten –, was genau, konnte ich im Halbdunkel nicht erkennen. Lediglich durch die Bleiverglasung der Tür, die ich leise hinter mir zugezogen hatte, fiel Tageslicht in die Eingangshalle und warf Schatten aus düsterem Gelb und staubigem Rosa auf den Boden.

Vielleicht stimmte die Adresse nicht? Oder man hatte sich einen Scherz mit mir erlaubt? Möglicherweise wohnte weder ein D. Pembridge noch sonst jemand in Fenix House, und meine Großmutter hatte das Gesuch für eine Gouvernante aus irgendeinem unerfindlichen Grund selbst aufgegeben.

Doch dann ertönte in dem ansonsten absolut stillen Haus ein durchdringendes Läuten. Erschrocken wich ich zurück und hielt vor Schmerz den Atem an, denn ich war mit dem verstauchten Fuß aufgetreten.

Das Läuten hielt an, sodass mir erst nach ein paar Sekunden ein weiteres Geräusch bewusst wurde, eindeutig weniger schrill, aber umso näher. Ich hob den Kopf und entdeckte in dem gedämpften Licht eine Reihe nebeneinander gespannter Kupferleitungen. Einige verliefen entlang der düsteren Treppe zu den oberen Etagen, andere zweigten zu Zimmern ab, deren Türen geschlossen waren. Einer der Drähte, die nach oben führten, vibrierte, und in Gedanken sah ich vor mir, wie Agnes, die zu Zeiten meiner Großmutter hier das Hausmädchen gewesen war, aufhorchte und die Hausherrin verwünschte, weil sie schon wieder nach ihr läutete. Doch das hier war nicht der Anfang einer Geschichte meiner Großmutter, sondern die Realität. In genau diesem Moment läutete irgendwo in diesem Haus, das ich schon fast für unbewohnt gehalten hatte, tatsächlich jemand nach einem Bediensteten.

Als wieder Stille eingekehrt war und nur der Nachklang des Läutens widerhallte, hörte ich unter meinen Füßen ein Scharren und gleich darauf etwas zerschellen, das wie splitterndes Glas klang. Es schien aus der Etage unter mir zu kommen. Nachdem ich etwa eine halbe Minute lang reglos verharrt hatte, hörte ich jemanden mit schweren, schleppenden Schritten unverkennbar Stufen hinaufsteigen. Hinter einer kaum erkennbaren, mit Tapeten bespannten Wandtür musste also eine Treppe sein.

Hastig warf ich einen Blick über die Schulter und versuchte mir auszurechnen, ob ich Zeit genug hatte, das Eingangsportal aufzureißen, über den Kiesweg zu laufen und das quietschende Tor hinter mir zu schließen. *Und was dann? Den Koffer hinter mir herzerren bis hinunter nach Cheltenham?* Trotz meines wachsenden Unbehagens blieb ich wie angewurzelt stehen und lauschte auf die sich nähernden Schritte, bis die Wandtür sich schließlich öffnete.

Auf der Schwelle erschien eine Frau von Mitte sechzig, mit hochgezogener Hüfte. Anscheinend war das Gelenk steif, wodurch ihr Gang unbeholfen schaukelnd erschien. Sie trug ein schwarzes Kleid mit schmuddeligem weißem Kragen, und um ihren Hals hing eine Schnur, von der ein Schlüssel herabbaumelte. Ihr Haar sah aus, als müsse es dringend mal gewaschen werden. Ein paar Strähnen hatten sich aus dem strengen, dünnen Knoten auf ihrem Kopf gelöst und hingen ihr ins Gesicht. An den wenigen Stellen, wo das Haar noch nicht grau war, leuchtete es in demselben Orange wie die Roststreifen am Mauerwerk des Hauses.

Als sie mich sah, blieb sie abrupt stehen. »Und wer sind Sie nun wieder?«

»Miss Fairford«, brachte ich zögerlich heraus.

Mein Name war ihr anscheinend kein Begriff, und sie machte keine Anstalten, sich vorzustellen. »Haben Sie geläutet, oder waren das wieder die da oben?«, fragte sie stattdessen, wobei sie ihre Missachtung für »die da oben« mit einem knappen Kopfnicken in Richtung der im Halbdunkel liegenden Treppe zum Ausdruck brachte. Ich hatte zwar eine vage Vorstellung, war aber dennoch gespannt zu erfahren, wen sie meinte.

»Oh, nein, das war ich nicht«, antwortete ich hastig. »Ich bin gerade erst hereingekommen. Ich habe an der Tür geschellt, aber es öffnete niemand, und da …«

»Irgendeiner von denen läutet immer«, bemerkte sie mürrisch, als hätte ich überhaupt nichts gesagt. »Hier hat man nicht einen einzigen Moment seine Ruhe.«

Mir stieg ein unangenehmer Geruch in die Nase, und allmählich wurde mir bewusst, dass er von der Frau kam, die vor mir stand. Nun, da es mir aufgefallen war, wurde es noch schlimmer. Und obwohl ich versuchte, nur durch den Mund zu atmen, glaubte ich außer Fett und Schweiß auch noch etwas Strengeres riechen zu können. Ich sah der Frau in die Augen und stellte fest, dass ihr Blick nicht fokussiert war. Alkohol? Das war vielleicht auch eine Erklärung für ihre verzögerte Reaktion auf meine unerwartete Anwesenheit.

Als könnte sie mir die Gedanken vom Gesicht ablesen, fragte sie in aggressivem Tonfall: »Wie war Ihr Name noch gleich? Sie erinnern mich an jemanden, aber ich weiß nicht, an wen. Hab höllische Kopfschmerzen … Moment mal! Woher soll ich wissen, dass Sie nicht bloß was stehlen wollen? Einfach so hier reinzukommen! Also wirklich, ganz schön dreist!«

Anstelle einer Antwort kramte ich den Brief aus meiner Handtasche hervor. Sie riss ihn mir aus der Hand und tat, als würde sie ihn lesen. Aber ihr Blick bewegte sich nicht entlang der Zeilen. Wahrscheinlich konnte sie nicht mehr gut genug sehen, um bei dem diffusen Licht etwas entziffern zu können. Oder sie konnte gar nicht lesen, und es war ihr peinlich, es zuzugeben.

»Das ist die Bestätigung meiner Anstellung«, erklärte ich höflich und ein wenig zaghaft. »Ich bin die neue Gouvernante. Meine Großm… Ich meine, *ich* habe Mr. Pembridge den Tag meiner Ankunft schriftlich mitgeteilt. Also heute.«

»Haben Sie das? Ich bin die Haushälterin. Für Sie Mrs. Peck. Ja, allmählich klingelt da was. Wie überall um mich herum, nicht wahr? Egal, wo ich bin, irgendwo klingelt es immer. Wie heißen Sie noch gleich?«

»Miss Fairford. Grace Fairford.« Ich nahm ihr den Brief wieder aus der Hand, bevor sie noch auf die Idee kam, ihn im Ausschnitt ihres schmuddeligen Kleids verschwinden zu lassen. Mir war durchaus bewusst, wie spröde das klang, aber ich hatte mir die Haushälterin von Fenix House eher vorgestellt wie Mrs. Rakes, die zur Zeit meiner Großmutter das Kommando über die Dienstboten gehabt hatte.

Als könne sie mir abermals meine Gedanken vom Gesicht ablesen, setzte die Frau direkt vor mir eine selbstmitleidige Miene auf. »Leider treffen Sie mich heute nicht in bester Verfassung an, Miss Fairford«, klagte sie und schniefte demonstrativ. »Schon seit Tagen fühle ich mich nicht wohl. Aber die halten mich hier ständig auf Trab.« Sie verdrehte die Augen in Richtung der oberen Etage. »Das macht es natürlich nicht besser. Aber die scheren sich nicht darum, ob es mir gut oder schlecht geht. Wissen Sie, ich habe Probleme mit der Hüfte, und bei diesem nasskalten Wetter ist es die reinste Qual. Vor lauter Schmerzen mache ich nachts kein Auge zu. In diesem Jahrhundert habe ich überhaupt noch keine einzige Nacht durchgeschlafen. Ja, genauso sieht es nämlich aus.«

»Das tut mir sehr leid, Mrs. Peck. Durch die Lage des

Hauses hier auf dem Hügel ist man den Wetterverhältnissen sicher ganz besonders ausgesetzt.«

Sie nickte. »Entsetzlich! Der Ostwind kommt direkt aus Sibirien. Da kann ich noch so viele Lappen zwischen die Fensterrahmen stopfen. Durch irgendwelche Ritzen zieht es immer. Und dann kriecht mir die Kälte in alle Knochen, bis ich völlig durchgefroren bin.«

Ich nickte, obwohl es mir ein Rätsel war, wie der Wind aus der russischen Taiga auf der Ostseite des Hauses wehen konnte, wo die doch durch eine steile Felswand geschützt wurde.

»Sie werden schon sehen, an was für einen gottverlassenen Ort Sie hier geraten sind«, redete Mrs. Peck munter weiter. »Woher kommen Sie denn?« Nun, da sie glaubte, endlich ein mitfühlendes Ohr gefunden zu haben, klang sie beinahe freundlich.

»Aus Clifton, einem Stadtteil von Bristol«, antwortete ich. »Ich bin dort aufgewachsen.«

Mrs. Peck stieß einen Seufzer aus. »Ach, Bristol würde mir auch gefallen. Eine richtige Großstadt mit Theatern und Geschäften direkt vor der Haustür. Und dann die Vergnügungsdampfer und all die Orte, wohin man Ausflüge machen kann. Da würde ich mich bestimmt fühlen wie neugeboren. Stattdessen hänge ich hier oben fest. Im November werden es schon fünfzig Jahre. Ein halbes Jahrhundert, länger als mein halbes Leben. Ob Sie es glauben oder nicht, ich war erst zwölf, als ich herkam. Damals war ich noch grün hinter den Ohren und dachte, nach ein oder zwei Jahren würde ich mich verbessern und in eins der größeren Häuser gehen, unten in Cheltenham, in Montpellier oder Lansdown, vielleicht sogar in London. Und nun bin ich immer noch hier.«

Ich gab mir alle Mühe, der Auflistung von verpassten Gelegenheiten und Ungerechtigkeiten zu folgen, die sie im Lauf der Jahre hatte hinnehmen müssen und von denen die aktuellste darin bestand, dass ihr Arbeitgeber den Kauf eines Staubsaugers verweigerte. Doch in Gedanken war ich noch bei den fünfzig Jahren, von denen sie gesprochen hatte und die ich nun versuchte, von 1922 zu subtrahieren. Möglichst unauffällig zählte ich die Jahrzehnte an meinen Fingern herunter. Dann unterbrach ich sie: »Wenn Sie schon so lange hier sind, erinnern Sie sich doch bestimmt an ...«

Ich führte den Satz nicht zu Ende, denn mir war wieder eingefallen, was meine Großmutter mir noch an diesem Morgen gesagt hatte: Ich sei nun alt genug, mich zu bewähren und auf eigenen Beinen zu stehen. Die Tatsache, dass sie lange vor mir in Fenix House gearbeitet hatte, bräuchte ich nicht zu erwähnen. Sonst würde ich nur das Gefühl haben, in ihrem Schatten zu stehen. Nach unserem Disput der letzten Wochen hatte ich ihr da ausnahmsweise einmal zustimmen müssen. Also hatte ich mir vorgenommen, allein zurechtzukommen.

»An wen soll ich mich erinnern?«, fragte Mrs. Peck ungehalten, weil ich ihr ins Wort gefallen war.

»Ach, an niemanden. Ich dachte nur, dann kennen Sie die Familie und das Haus ja schon ziemlich lange«, stammelte ich. »Sie haben bestimmt als Küchenmädchen hier angefangen. Oder waren Sie erst in der Spülküche?«

Mrs. Peck war empört, mein Fauxpas vergessen, genau wie ich gehofft hatte. »Ich war doch nicht in der Spülküche! Jedenfalls nicht immer. Ich hatte auch oben zu tun. Ich war nämlich das zweite Hausmädchen.«

Mrs. Peck war also Agnes. Natürlich! Angesichts ihrer

schlechten Laune und den noch erkennbar roten Haaren hätte ich sofort darauf kommen müssen. Ich wusste nicht, ob ich in Gelächter ausbrechen oder die Flucht ergreifen sollte. Ebenso wie an Fenix House waren die Jahre auch an Agnes nicht spurlos vorübergegangen. Meine Großmutter hatte geheiratet, meine Mutter zur Welt gebracht und in Bristol ein neues Leben angefangen. Aber Agnes war all die Jahre hier gewesen, war bei jedem Läuten die Treppen hinaufgestiegen und hatte die engen, vorhersehbaren Bahnen ihres Lebens nie verlassen.

Ich musste sie wohl ziemlich perplex angestarrt haben, denn sie schob die Schnur mit dem Schlüssel in den Ausschnitt ihres Kleids und sah mich misstrauisch an. Dann machte sie sich mit schaukelndem Gang auf den Weg zur Treppe, wobei jeder ihrer mit Bedacht gewählten Schritte von theatralischem Luftholen begleitet wurde. »Warten Sie im Salon«, rief sie mir zu. »Ich komme wieder runter. Aber ich muss mich erst um Seine Durchlaucht kümmern. Bestimmt war er es, der geläutet hat. Neun von zehn Malen ist er es nämlich.«

Bevor ich fragen konnte, wer Seine Durchlaucht denn war, hatte sie sich schon umgedreht, hielt sich mit ihren geschwollenen roten Händen am Geländer fest und humpelte die Treppe hinauf.

VIER

Nachdem Agnes in der oberen Etage verschwunden war, suchte ich den Salon auf. Als ich die Tür öffnete, stand ich sogleich vor der nächsten Ungereimtheit. Den Schilderungen meiner Großmutter zufolge war der Salon das schönste Zimmer im ganzen Haus gewesen, architektonisch perfekt konstruiert und lichtdurchflutet. Im Gegensatz zu den übrigen Zimmern war dieser Raum von Mrs. Pembridges Vorliebe für schwere Vorhänge und dunkle Tapeten verschont geblieben. Auf dem Boden lagen edle türkische Teppiche in verblasstem Rosa und Gold, und die Wände waren in einem zarten buttergelben Streifenmuster tapeziert. Zwei Sofas, ein Ohrensessel und kleine Tischchen waren mit Bedacht platziert worden, damit man sich gepflegt unterhalten oder den Blick durch die bodentiefen Fenster genießen konnte. Die Vorhänge aus luftigem Damast waren mit Schlaufen aus feinstem Satin zusammengerafft worden und hatten eine spektakuläre Aussicht auf das weitläufige Tal hinter der von einem schmiedeeisernen Geländer umgebenen Veranda geboten.

Die Aussicht war alles, was von der ehemaligen Pracht übrig war. Die alten Tapeten waren verrußt und lösten sich in den feuchten Ecken von den Wänden, als hielten sie es in dem heruntergekommenen Raum nicht länger aus. Die Vorhänge hingen schlaff herunter und hatten Stockflecken. Auf den Teppichen lag so viel Staub, dass man die Farben gar nicht mehr erkennen konnte. Und überall stapelten sich vergilbte Zeitungen, teilweise noch aus Kriegszeiten.

Als ich mich bückte, um mich voller Entsetzen davon zu überzeugen, dass dort tatsächlich ein Paar uralter Pantoffeln stand, hörte ich, wie das Eingangsportal geöffnet und so laut wieder zugeschlagen wurde, dass die Bleiverglasung bedrohlich schepperte. Noch ehe ich wieder aufrecht stand, stürmte ein hochgewachsener Mann mit schwarzem Haar und grimmigem Blick durch die offene Tür. »Wer zum Teufel sind Sie?«, rief er. »Und was haben Sie in meinem Haus zu suchen?«

Vielleicht lag es an der unfreundlichen Begrüßung, die Agnes mir hatte zuteilwerden lassen, vielleicht auch an der wochenlangen Ungewissheit meiner Zukunft oder daran, dass meine Großmutter mich aus unerfindlichen Gründen in dieses erbärmlich vernachlässigte Haus geschickt hatte – jedenfalls war ich auf einmal so verärgert, dass ich zunächst tief Luft holen musste, bevor ich antwortete. Und selbst danach bebte meine Stimme. »Ich heiße Miss Fairford. Ich bin hier, um meine Stellung als Gouvernante anzutreten. Und vermutlich haben Sie selbst mich hierherbestellt.«

Der Mann überraschte mich, indem er in Gelächter ausbrach. Eigentlich war es eher ein lautes, rostig klingendes Bellen, das ihn selbst ebenso zu erstaunen schien wie mich. »Ja, natürlich«, sagte er mit vor Heiterkeit geradezu entwaffnendem Gesichtsausdruck. »Ich hatte Sie ganz vergessen.«

»Wenn Sie keine Gouvernante mehr brauchen, fahre ich natürlich sofort wieder zurück nach Clifton«, sagte ich und verspürte angesichts der Möglichkeit, alldem hier zu entkommen, einen heftigen Anflug von Heimweh.

Er verzog das Gesicht, und seine Mundwinkel zuckten. Offenbar musste er sich ein Grinsen verkneifen. »Nein, da muss ich Sie leider enttäuschen, Miss Fairford. Ich brauche noch immer eine Gouvernante. Oder möchten Sie keine mehr sein? Entspricht Fenix House nicht ganz Ihren Vorstellungen?«

»Keineswegs«, hörte ich mich in einer vermaledeiten Anwandlung von Trotz sagen. »Ich stehe nach wie vor zur Verfügung.«

»Schön. Meinem Sohn wird es guttun, eine Frau um sich zu haben. Abgesehen von Agnes natürlich.«

»Aber … Also, was ist denn mit seiner …?«

»Seine Mutter ist tot«, lautete die schlichte Antwort.

»Oh, das tut mir sehr leid.« Sogleich stieg mir glühende Röte in die Wangen.

»Ich habe mich noch gar nicht vorgestellt«, sagte er nach einem Moment betretenen Schweigens in schroffem Ton. »Äußerst unhöflich von mir. Aber man braucht sich wohl nicht zu wundern, dass man an einem Ort wie diesem gesellschaftliche Gepflogenheiten allmählich vergisst. Ich bin David Pembridge.« Er reichte mir die Hand. Sie war groß, und seine Fingernägel waren gepflegt. Am kleinen Finger trug er einen goldenen Siegelring. Und sein Händedruck war sanfter, als ich gedacht hatte.

»Grace Fairford«, sagte ich leise, noch immer ein wenig betreten über meine gedankenlose Frage.

»Gut, Miss Fairford, da wir uns nun miteinander bekannt gemacht haben, kommen Sie vielleicht einfach mit.« Er drehte sich zur Treppe um. »Dann lernen Sie den Jungen gleich kennen, vorausgesetzt, er schläft nicht. Wenn Sie Ihren Koffer ausgepackt haben, essen Sie hoffentlich mit uns zu Abend. Es wäre eine nette Abwechslung, sich einer Frau gegenübersitzend vorzufinden, wenn man von der Suppe aufschaut. Abgesehen davon halte ich nichts von Klassenunterschieden und ähnlichem Unsinn, der hier früher

31

üblich war. Seit dem Krieg hat sich das ohnehin erledigt, und wenn Sie mich fragen, wurde es auch höchste Zeit.« Mit einem Blick über die Schulter rief er mir zu: »Hier ist es finster wie in einem Verlies. Passen Sie auf, dass Sie nicht stolpern.« Dann verschwand er im Dunkeln, und ich beeilte mich, ihm zu folgen. Ich erreichte gerade den oberen Treppenabsatz, als ich ein reißendes Geräusch hörte und plötzlich Licht durch ein großes Fenster hereinfiel und den Flur durchflutete. Die Scheibe des Fensters war herausgebrochen, im Rahmen steckten spitze Scherben.

»Darum muss ich mich unbedingt kümmern«, murmelte Mr. Pembridge. »Das kann man unmöglich so lassen. Viel zu gefährlich.« Anscheinend war er in Gedanken ganz woanders als bei der tödlichen Falle, die der Zustand des Fensters darstellte.

Ich hatte nicht die leiseste Ahnung, welche anderen Pembridge-Familienmitglieder derzeit hier wohnten, abgesehen von dem Jungen, um den ich mich kümmern sollte. Aber die Art, wie David Pembridge sich verhielt – mal ganz bei der Sache, und dann wieder geistesabwesend –, ließ erkennen, warum sich das Haus in einem solch erbarmungswürdigen Zustand befand. Die kaputte Fensterscheibe, die einfach ihrem Schicksal überlassen wurde, war nur eins der Zeichen für den Verfall von Fenix House. Dinge, die nicht zeitnah instand gesetzt wurden, summierten sich, bis schließlich alles heruntergekommen war. Aber vielleicht hatte Mr. Pembridge nach dem Tod seiner Frau einfach nicht die Kraft aufgebracht, sich darum zu kümmern, weil der Verlust ihn so hart getroffen hatte, dass ihm alles andere schlichtweg sinnlos erschien. Wer weiß, vielleicht hatte er das Fenster ja auch selbst eingeschlagen, mit der bloßen Faust, nachdem er aus einem der verstaubten Gläser, die mir im Salon aufgefallen waren, zu viel Whisky getrunken hatte?

»Kommen Sie hinterher?«, riss seine Stimme mich aus meinen Gedanken. Ich sah gerade noch, wie er in einen Gang abbog, der vom Hauptkorridor abzweigte. »Vorsicht mit dem Läufer«, rief er mir zu. »Der hat Falten geworfen. Noch so etwas, was dringend in Ordnung gebracht werden müsste.« Er drehte sich um und warf mir einen vielsagenden Blick zu. »Genau deswegen lasse ich normalerweise keine Fremden ins Haus. Wenn ich es mit deren Augen sehe, fällt mir jedes Mal auf, in welch schlimmem Zustand hier alles ist.«

Ich hätte lügen müssen, um dem zu widersprechen. Also folgte ich ihm weiter schweigend. Der schmuddelige Läufer hatte nicht nur Falten geworfen, sondern war auch noch ausgefranst. Ich sah keinerlei Anzeichen dafür, dass Agnes – oder Mrs. Peck, wie sie nun genannt werden wollte – hier überhaupt irgendwelche Arbeiten verrichtete. Die alten Tapeten, die auf dieser Etage die Farbe von geronnenem Blut hatten, lösten sich zwar nicht von den Wänden, waren aber trotzdem nicht mehr zu retten. Ich blieb stehen und sah mir den Schaden genauer an.

Irgendetwas oder irgendjemand hatte auf der gesamten Länge des Flurs eine tiefe Furche hinterlassen, etwa zwei Fuß oberhalb der Sockelleiste. Im weiteren Verlauf waren die Kerben weniger tief und kaum noch zu sehen. Aber dann war das Messer, oder was immer den Schaden verursacht hatte, mit erneuter Wucht in den Putz gerammt worden.

Ich richtete den Blick wieder auf Mr. Pembridge. Er hatte die Tür am Ende des Flurs geöffnet und spähte in das Dunkel des dahinterliegenden Raums. Hastig folgte ich ihm und nahm mir vor, ihn in einem passenderen Moment zu fragen, was um Himmels willen mit der Wand geschehen war.

»Lucas?«, hörte ich ihn leise fragen. »Bist du wach?«

Vorsichtig betrat er das Zimmer und zog die Tür so weit hinter sich zu, dass mir nichts anderes übrig blieb, als davor stehen zu bleiben und angestrengt zu lauschen. Zunächst war nur ein Rascheln zu hören, demnach lag also jemand in einem Bett. Dann herrschte Stille. Meine Gedanken schweiften allmählich ab.

Umso mehr erschrak ich über das laute Geheul, das plötzlich einsetzte. »Nein!«, jammerte eine helle Kinderstimme, gedämpft und verschlafen, aber dennoch sehr bestimmt. »Ich will nicht!«

»Ach komm, sonst ist der Tag schon fast wieder vorbei«, hörte ich David Pembridge sanft sagen. »Deine neue Gouvernante ist hier, und sie möchte dich doch kennenlernen.«

Dielenböden knarrten. Wahrscheinlich war Mr. Pembridge zum Fenster gegangen, denn kurz darauf hörte ich, dass er die Vorhänge aufzog. Die Farbe der Wand, von der ich durch den Türspalt nur einen Ausschnitt hatte sehen können und die mir fast schwarz erschienen war, wechselte zuerst zu Grau und erwies sich schließlich als verblichenes Blau.

Angesichts der plötzlichen Helligkeit ertönte wütendes Brüllen, und etwas Schweres – vielleicht aus Metall oder dickem Porzellan – wurde auf den Boden geschleudert und prallte mit einem dumpfen Geräusch von etwas Weicherem ab. Im nächsten Augenblick riss Mr. Pembridge die Tür auf und hätte mich fast umgerannt. Instinktiv fing er mich auf und für einen Moment kamen wir uns irritierend nah.

»Ich hatte ganz vergessen, dass Sie vor der Tür stehen«, murmelte er.

»Geht es ... Ist bei Lucas alles in Ordnung?« In dem be-
engten Flur klang meine zitternde Stimme viel zu laut.
Noch immer standen wir dicht voreinander, daher wich
ich zurück, bis ich mit dem Rücken gegen die Wand stieß.

»Sie können ihn jetzt doch noch nicht kennenlernen«,
sagte er, und damit der Junge es hören konnte, fügte er
betont laut hinzu: »Er ist heute nicht in der richtigen Verfassung für Besuch.« Mr. Pembridge war verärgert. Das war
ihm deutlich anzumerken. Aber auf seinem Gesicht spie-
gelten sich auch tiefer gehende Emotionen.

Ohne das Zimmer noch einmal zu betreten und die Vorhänge wieder zuzuziehen, schloss er die Tür. Er achtete
nicht auf das daraufhin einsetzende Geschrei, sondern ging
schnurstracks den Flur entlang, und ich musste wieder hinter ihm herlaufen. Das Jammern klang herzzerreißend, besonders weil es von einem Kind kam, aber es war auch
rasende Wut herauszuhören. Was das betraf, klang der
Junge wesentlich älter als ein Siebenjähriger.

Nach dem missglückten Versuch, mich mit meinem
Schützling bekannt zu machen, kam mir die ganze Situation von Minute zu Minute seltsamer vor, als geriete ich
mit jedem Moment tiefer in eine bizarre Traumwelt.

Dieser Eindruck verstärkte sich umso mehr, als Agnes
sich bereit erklärte, mir das Zimmer zu zeigen, das man für
mich vorgesehen hatte. »Den Koffer bringe ich Ihnen später rauf. Der kommt bestimmt nicht weg«, sagte sie auf
dem Weg die Treppe hinauf.

»Er ist aber ziemlich schwer«, gab ich zu bedenken,
während ich gleichzeitig überlegte, ob ich wohl im selben
Zimmer untergebracht würde wie einst meine Großmutter. Soweit ich wusste, war es ein sehr hübsches Zimmer.
»Vielleicht sollte jemand anders den Koffer ...«

»Wie Sie sehen, bin ich als Einzige hier«, schnitt Agnes mir mürrisch das Wort ab. »Ich habe schon viel Schwereres stemmen müssen. Da werde ich mit dem Koffer einer Dame ja wohl noch zurechtkommen.«

Meine Großmutter hatte mir viel über ihr damaliges Zimmer erzählt. Für eine Gouvernante war es recht behaglich eingerichtet. Es war sehr geräumig und lag in einem der Ecktürme, mit malerischer Aussicht aus Fenstern gen Süden und Westen. Auf dem Boden lag ein dicker, zartrosa Teppich, der Kamin war aus cremefarbenem Marmor, das Bett hatte ein Gestell aus Messing und war so breit, dass meine Großmutter, die ohne Schuhe nur 1,53 Meter groß ist, sich quer hätte hineinlegen können. Das Zimmer hatte sich außerdem auf der ersten Etage befunden, wo auch die Schlafzimmer der Familie gelegen hatten – für eine Hausangestellte ein ganz besonderes Privileg. Ich hatte es so deutlich vor Augen, dass mir ein enttäuschtes »Oh« entfuhr, als Agnes mich eine Treppe weiter hinaufführte.

Sie drehte sich um. »Warum bleiben Sie stehen? Ihr Zimmer ist da oben.«

Dann sollte ich also doch in einem anderen Zimmer untergebracht werden. Ich hätte damit rechnen müssen, dass sich hier mittlerweile einiges geändert hatte. Dabei war mir der Gedanke, im ehemaligen Zimmer meiner Großmutter zu wohnen, irgendwie tröstlich erschienen.

Mein Zimmer auf dem Dachboden hingegen war klein und spartanisch eingerichtet. Es gab nur ein einziges winziges Fenster, in einer hohen Gaube zwischen den Dachbalken, sodass ich mich auf die Zehenspitzen stellen müsste, wenn ich hinaussehen wollte.

»Wohl nicht ganz nach Ihrem Geschmack?«, fragte Agnes, als sie sah, was für ein Gesicht ich machte.

»Das geht schon, danke. Ich dachte nur ...«

»Das Zimmer war sonst auch immer gut genug für die Gouvernanten.«

Ich sah sie prüfend an. »Tatsächlich? Schon immer?«

Sie antwortete nur mit einem knappen Kopfnicken. Dann drehte sie sich um, und ihre Schritte polterten über die Holzdielen des Korridors. Es war Jahrzehnte her, seit meine Großmutter hier gewohnt hatte. Vielleicht erinnerte sich Agnes nicht mehr so genau. Oder sie hatte mich bloß in die Schranken weisen wollen. Möglicherweise fand ich die Antwort aber auch hier in diesem Zimmer. Ich kniete mich auf den Boden und spähte unter das schmale Bett. Meine Großmutter hatte einmal beiläufig etwas erwähnt, schon vor Jahren. Aber es war mir im Gedächtnis geblieben, nicht nur, weil ich mir gar nicht vorstellen konnte, dass sie so etwas getan hatte, sondern weil ich als Kind sogar ein wenig schockiert darüber gewesen war.

Unter dem Bett war es zu dunkel, als dass ich etwas hätte erkennen können. Also zog ich es an einem der Beine, die auf Rollen waren, ein Stück beiseite. Mit einem lauten Quietschen bewegte sich das Bett so weit, dass ich die Fußleiste dahinter besser sehen konnte. In den Fugen hatte sich der Staub von Jahrzehnten gesammelt. Als ich ihn an einer Stelle mit dem Finger abwischte, sah ich sie sofort: die Zeichen, die meine Großmutter hinterlassen hatte. Sie sahen aus wie das Gekritzel eines aufsässigen Schulkindes und passten ebenso wenig zu ihrer sonst so gestochenen Handschrift, wie die Tatsache, dass sie sie überhaupt hier hineingeritzt hatte, ihrem eigentlichen Charakter entsprach. Wie sie auf eine solche Idee gekommen war, hatte sie mir nie erzählt. Aber wahrscheinlich hatte sie es aus demselben Grund getan wie alle Menschen, die sich an einem Ort verewigen wollen, an den sie voraussichtlich nicht mehr zurückkehren: um der Nachwelt etwas zu hinterlassen und – mehr noch – sich mit einer bestimmten Zeit und einem bestimmten Ort verbunden zu fühlen. *HJ*. Ich presste einen Finger auf ihre Initialen und hätte in dem Moment nicht sagen können, ob ich sie vermisste oder ob ich noch immer verärgert war.

Ich verlagerte mein Gewicht wieder auf die Hacken und rieb mir den Staub von den Händen. Dabei kam mir der Gedanke, ob unter den winzigen Partikeln aus Farbe, Lack und Stoff auch etwas aus dem Jahr 1878 war, etwas, das noch von meiner Großmutter stammte. Ungeachtet dessen, was sie von teuren Teppichen und Marmor erzählt hatte, war mir mittlerweile klar: Dies war ihr Zimmer gewesen. An meinem Rock war ein langes Haar hängen geblieben. Auf dem dunkelgrauen Wollstoff sah es aus wie ein Goldfaden. Ich wickelte es so fest um meinen Finger, dass er oben ganz weiß wurde. Obwohl wir fast die gleiche Haarfarbe hatten, wusste ich: Es war nicht von mir. Ein längst vergangener Windhauch hatte es unter das Bett geweht, und dort hatte es all die Jahre gelegen, außerhalb der Reichweite von Besen und Scheuertüchern, als hätte es geduldig darauf gewartet, dass ich es eines Tages finden würde. Warum meine Großmutter wegen des Zimmers gelogen hatte, konnte ich mir nicht erklären. Vielleicht hatte sie sich einfach die erzählerische Freiheit dazu genommen, oder aber es lag an ihrem Stolz. Sie hatte schon immer einen sehr ausgeprägten Stolz gehabt.

Eigentlich hatte ich mir vorgenommen, meinen Koffer sofort auszupacken. Aber dann beschloss ich, lieber zum Abendessen hinunterzugehen. Gerade hatte ich die Tür hinter mir geschlossen, als ich vom anderen Ende des Dachbodens ein Geräusch hörte. Es kam aus einem Zimmer, das gegenüber der Felswand lag und das daher ziemlich dunkel sein musste. Agnes konnte das Geräusch nicht verursacht haben. Ihre schweren, humpelnden Schritte wären mir bestimmt aufgefallen, wenn sie noch einmal die Treppe heraufgekommen wäre. Weitere Bedienstete gab es nicht. Das hatten sowohl Mr. Pembridge als auch Agnes gesagt. Ob weitere Mitglieder der Familie noch am Leben waren, wusste ich nicht. Aber selbst wenn, was hätten sie hier oben auf dem Dachboden zu suchen gehabt?

Das Geräusch ertönte erneut, und da ich dieses Mal genauer hinhörte, schien es mir, als klänge es wie ein Rascheln oder Schlurfen. Ich näherte mich der Tür und hörte noch etwas im Hintergrund: das Knarren alter Dielenböden möglicherweise, auf denen jemand langsam hin und her ging, und ein leises Surren, mal höher, mal tiefer, dann ein gedämpftes Pfeifen. Am liebsten hätte ich durchs Schlüsselloch gespäht. Aber was hätte ich sagen sollen, wenn man mich dabei erwischt hätte? Dann wäre ich mir vorgekommen wie ein neugieriges Zimmermädchen aus einem alten Groschenroman. Das schien mir doch ziemlich albern. So lief ich hastig die Treppe hinunter.

Obwohl David Pembridge von »uns« gesprochen hatte, als er sagte, ich solle zum Abendessen ins Speisezimmer kommen, hatte ich damit gerechnet, ihn allein dort vorzufinden. Dem nicht zu überhörenden Klappern von Topfdeckeln nach zu urteilen, war eine missgelaunte Agnes unten in den Wirtschaftsräumen zugange. Mein mir weiterhin unbekannter Schützling lang vermutlich immer noch im Bett.

Doch an dem riesigen, ovalen Mahagonitisch saßen zwei Männer: mein Arbeitgeber und ein älterer Herr mit dichtem, grau meliertem Haar, das ihm wild und ungebürstet in alle Richtungen vom Kopf abstand. Er war nicht sehr groß, und unter seiner geflickten Tweedjacke schien er eher schmächtig zu sein. Die Jacke war falsch zuknöpft, und in der Brusttasche steckten ein paar Bleistifte, ein Lineal aus Messing, ein Vergrößerungsglas, ein undichter Füllfederhalter und ein sorgfältig geschälter Zweig.

Als ich die Tür leise hinter mir zuzog, sprang der ältere Herr auf, um mich zu begrüßen, und stieß vor lauter Eifer seinen Stuhl um. Pembridge sagte nichts und verdrehte nur die Augen, als er aufstand, um ihn wieder hinzustellen.

»Vielen Dank, David«, rief der Ältere, der meinem Arbeitgeber nicht einmal bis zur Schulter reichte. »Ich bin ein unbeholfener Esel erster Güteklasse, meine Liebe«, sagte er an mich gerichtet, während er mit ausgestreckten Armen auf mich zukam und nach meinen Händen tastete. »Daran werden Sie sich wohl gewöhnen müssen. Ich kann nur noch sehr schlecht sehen, und ständig verliere ich meine Brille. Ich kann von Glück reden, wenn an einem Tag mal nichts zu Bruch geht. Fragen Sie Agnes, die kann ein Liedchen davon singen. Und sie wird sicher mit Vergnügen von meinen Missgeschicken berichten.« Unbeholfen griff er nach meiner Hand. Wie es schien, konnte er mich nicht deutlich erkennen. Blinzelnd wie ein Neugeborenes sah er mich an. Dann drehte er mich ein wenig zur Seite, kniff seine tiefbraunen Augen zusammen und betrachtete mein Haar.

»Ich bin Miss Fairford«, sagte ich mit nachdrücklicher Betonung auf meinem Nachnamen. Auch wenn es abwegig schien, fürchtete ich, der unverkennbar warme Ton meiner Haarfarbe würde ihn an meine Großmutter erinnern. Seinem Alter nach konnte es gut sein, dass er sie noch kennengelernt hatte. Wieder sah ich ihn an. Was er da alles in der Brusttasche seiner Jacke mit sich herumtrug, seine beflissene Art und das freundliche Lächeln … War er vielleicht Bertie, im Jahr 1878 noch der kleine Sohn der Familie? Jemand anders fiel mir nicht ein. Bertie hatte meine Großmutter gern gemocht. Jetzt war er natürlich wesentlich älter, aber seine Hände fühlten sich so klein und warm an wie die eines Kindes.

»Ah ja, sehr schön, Miss Fairford«, sagte er entzückt. »Und Sie auch: wirklich sehr schön, soweit ich es erkennen kann.«

»Was, wie wir gerade gehört haben, nicht sehr weit ist«, bemerkte Pembridge von seinem Platz am Tisch aus.

Ich war mir nicht sicher, ob er sich über mich oder über Berties Kurzsichtigkeit lustig machen wollte – aber meine Wangen glühten, und ich war froh, dass das Speisezimmer ebenso schlecht beleuchtet war wie der Rest des Hauses. In diesem Fall war das ein Kronleuchter, der von der Decke hing, aber eigentlich nur die Stuckrosette erhellte.

»Mein Onkel«, erklärte Pembridge leicht abwesend, während er eine verstaubte Weinflasche abwischte. »Bertie Pembridge.« Den Vornamen sprach er ein wenig verächtlich aus, als schien ihm die Verniedlichung unangebracht für einen älteren Herrn.

Es stimmte also. Ich versuchte, mir nichts anmerken zu lassen, doch das war gar nicht so einfach. Nach Agnes stand nun ein zweites Relikt aus der Vergangenheit leibhaftig vor mir. Und genau wie bei Agnes war die Zeit auch an Bertie nicht spurlos vorübergegangen. Jahr für Jahr ließ sich an Falten, nachlassendem Augenlicht und versagenden Hüften ablesen. Auf einmal fühlte ich mich so haltlos, dass ich fürchtete, ohnmächtig zu werden. Da stand ich nun an meinem ersten Abend in Fenix House und wäre sicher auch nicht verstörter gewesen, wenn Bertie nicht eifrig meine Hand ergriffen hätte, sondern einfach durch mich hindurchgeschwebt wäre – als flimmernde Erscheinung in verblassenden Farben.

Stattdessen drückte er meine Hand noch fester. »Also, Miss Fairford, ich möchte Ihnen einen Vorschlag machen.« Seine Stimme überschlug sich fast vor Aufregung.

Ich schluckte ein wenig irritiert und antwortete mit einem Kopfnicken. »Ja?«

Er strahlte mich an. »Wenn es nach dem Essen noch hell genug ist, würde ich Ihnen gern den Garten zeigen.«

Jahrzehnte zuvor war es auch Bertie gewesen, der meiner Großmutter den prächtigen Garten vorgeführt hatte. Diese Parallele zur Vergangenheit ließ die Gegenwart meiner Großmutter in dem heruntergekommenen Speisezimmer nahezu greifbar erscheinen, sodass ich mich fragte, ob sie in Clifton gerade an mich dachte.

Im Spätsommer nach dem Eisenbahnunglück hatte sie mir zum ersten Mal von ihrer Zeit bei den Pembridges erzählt. Sie war gar nicht lange bei ihnen gewesen. Kaum ein halbes Jahr war vergangen, als sie Fenix House wieder verließ und meinen Großvater heiratete. Natürlich hatte ich am liebsten Geschichten über die drei Kinder der Pembridges gehört. Wenn meine Großmutter von ihnen sprach, wirkte sie immer so unbeschwert. Obwohl ich mit zunehmendem Alter das Gefühl bekam, hinter ihren Erinnerungen steckte auch etwas Düsteres, etwas, das einen Schatten darauf warf, den ich als Kind noch nicht wahrgenommen hatte.

»Weißt du«, sagte sie manchmal, »es kommt mir vor, als wäre seitdem erst ein Jahr vergangen, dabei sind es mehr als dreißig. Es ist, als ob ich mich mit den Jahren immer deutlicher und klarer daran erinnere.«

Dabei ist es ja nicht so, als besäßen wir einen Schlüssel zu unserem Gedächtnis. Was wir tatsächlich vor Augen haben, wenn wir etwas aus der Vergangenheit hervorholen, ist die Erinnerung, die wir das letzte Mal hatten, als wir daran dachten. Und so setzt es sich fort. Bei jedem Erinnern geht ein Stück der Realität verloren und ein wenig mehr aus unserer Vorstellung schleicht sich ein. Wenn wir uns dann zum zehnten Mal an etwas erinnern, könnten wir Stein und Bein schwören, wir hätten an einem bestimmten Tag ein rotes Kleid getragen, dabei war es in Wirklichkeit blau gewesen. Oder eine bestimmte Zeit wäre leicht und unbeschwert gewesen, wenn sie in Wirklichkeit sehr viel komplizierter gewesen war.

FÜNF

Harriet, 1878

Die geografische Lage von Fenix House entsprach nicht unbedingt dem, was Harriet Jenner nach ihrem Briefwechsel mit der Vermittlungsstelle für Gouvernanten in der Rodney Road in Cheltenham erwartet hatte. An den genauen Wortlaut des Schreibens, das nun ganz unten in ihrem ramponierten Koffer lag, konnte sie sich zwar nicht mehr erinnern, aber sie war sich sicher: Es war von fußläufig erreichbaren Wintergärten, Zierteichen und Brunnenhäusern die Rede gewesen. Doch mit zunehmendem Entsetzen hatte sie zur Kenntnis nehmen müssen, dass die Pferdedroschke, in die sie am Bahnhof eingestiegen war, an den eleganten Häuserzeilen und Plätzen im Zentrum der Stadt vorbeirollte, einen weniger gehobenen Randbezirk passierte und nun eine lange Steigung hinauffuhr.

Als die Straße wieder flacher wurde, kurz bevor sie eine Kurve machte und jegliche Zivilisation hinter sich ließ, brachte der Kutscher die Pferde endlich zum Stehen. Nachdem sich Harriet durch die Dachklappe hatte bestätigen lassen, dass es kein weiteres Haus mit demselben Namen in der Stadt gab, stieg sie aus und sah enttäuscht der Droschke zu, die wendete und die Straße wieder hinunterfuhr.

Erst als die Kutsche außer Sicht war, betrachtete Harriet die Landschaft. Nach der langen Anreise aus London hatte sie für die spektakuläre Aussicht nicht viel mehr übrig als einen flüchtigen Blick. Sie drehte sich wieder um zu der Abzweigung von der Hauptstraße, auf die der Kutscher gewiesen hatte. Eine Steintafel auf der Bruchsteinmauer am Straßenrand bestätigte es: Fenix House lag weiter oberhalb, noch außer Sichtweite. Erschöpft nahm Harriet ihren Koffer – ein Relikt aus den besseren Zeiten, die die Familie Jenner erlebt hatte – und machte sich auf den Weg den Hang hinauf.

Erst als sie vor dem verschnörkelten schmiedeeisernen Tor stand, konnte sie Fenix House endlich sehen. Ihr erster Eindruck war sonderbar: als ob das Haus sie anstarrte und die Bäume raunend ihre Köpfe zusammensteckten, während sie den Eindringling in Augenschein nahmen. Kopfschüttelnd tat sie den Gedanken ab und schrieb ihn ihrer außergewöhnlichen Neigung zu Vorahnungen zu, die in diesem Moment nicht gerade hilfreich vorkam. Im Stillen bezeichnete sie die bruchstückhaften Bilder künftigen Geschehens, die oft unvollständig und verwirrend waren, als »das Flimmern«.

Fenix House war größer, als Harriet es sich vorgestellt hatte – ein weiterer Beweis dafür, dass das Flimmern selten präzise genug war, um sich darauf verlassen zu können. Aus hellem Stein erbaut, war es ein Mischmasch verschiedener Stilrichtungen, von holländischen Einflüssen bis hin zu elisabethanischem Fachwerk, als hätte man eine Horde Architekten darauf losgelassen, die sich nicht hatte einigen können. Kurzum, es sah merkwürdig aus: ein wenig unheimlich, aber auch zauberhaft, einsam und doch erhaben, exzentrisch und dennoch eindrucksvoll. Und obwohl Harriet nicht ganz sicher war, was sie davon halten sollte, wusste sie sofort: Sie mochte dieses Haus.

Als sie das Tor mit lautem Klappern hinter sich schloss, erschien eine hochgewachsene, schlanke Gestalt in einem dunklen Kittel, die offenbar aus einem verborgenen Nebeneingang gekommen war. Ohne erkennbare Eile überquerte sie den Kiesweg, so rasch und nahezu lautlos, als würde sie ein paar Zentimeter über dem Boden schweben.

Aus der Nähe war sie auffallend knochig und hager. Ihre spitze Nase und die dunklen, eng stehenden Augen erinnerten an einen Habicht. Harriet reichte der Frau kaum bis zu den breiten Schultern. »Guten Tag. Sie sind sicher Miss Jenner.«

Es klang nicht wie eine Frage. Harriet, die, wenn sie aufgeregt war, dazu neigte, zu viele Worte zu verlieren, musste sich zusammenreißen, um lediglich mit einem Kopfnicken zu antworten.

Aufrecht wie eine der hohen Tannen, strahlte die Frau vor ihr eine derartige Ruhe und Gelassenheit aus, dass Harriet sich sofort beruhigte. Ihr Herz schlug nicht mehr ganz so wild – auch dann nicht, als die ältere Frau sie eindringlich musterte, denn ihr ernster Blick war gleichermaßen gütig.

»Ich bin Mrs. Rakes«, sagte sie. Der kurze Name passte zu ihrer schnörkellosen Erscheinung, aber nicht zu ihrem Auftreten, fand Harriet. Nach all den Horrorgeschichten über Haushälterinnen, die Dienstboten und Gouvernanten das Leben auf ländlichen Anwesen zur Hölle machten, war sie froh, dass sie es hier anscheinend mit einer erträglichen Vertreterin dieser Gattung zu tun bekam.

»Nach der langen Reise sind Sie sicherlich erschöpft«, fuhr Mrs. Rakes fort. »Am besten zeige ich Ihnen erst einmal Ihr Zimmer, und dann stelle ich Sie dem übrigen Personal vor. Und Ihren Schützlingen natürlich. Die Hausherrin, Mrs. Pembridge, wird Sie eventuell noch heute empfangen. Aber das ist ungewiss. Sie war noch nicht unten.«

Harriet folgte Mrs. Rakes die Stufen hinauf und betrat die weitläufige Eingangshalle. Der Boden war wunderschön in einem sternförmigen Muster aus Rot, Cremefarbe und Blau gefliest und glänzte wie frisch poliert. Ober- und unterhalb einer Zierleiste auf halber Höhe waren die Wände mit verschiedenen Tapeten nach der neuesten Mode bespannt. Das Streifenmuster der oberen Hälfte war allerdings kaum zu sehen, denn überall, sogar die Treppe hinauf, hingen gerahmte Bilder. Schwungvolle Jagdszenen drängten sich an Seeschlachten in Öl und Familienfotografien in Sepia. Über der Treppe thronten einige Zeichnungen in Wasserfarben mit unsicherem Pinselstrich, die wohl nur deshalb präsentiert wurden, weil sie das Werk eines Familienmitglieds waren. Ein halbes Dutzend prächtig gedeihender Topfpflanzen auf mit Schnitzereien verzierten Hockern und eine komplizierte Eichenholz-Kombination aus Schirm- und Hutständer, die den angenehmen Geruch nach Bienenwachs verströmte, standen unter den Bildern Spalier. In der oberen Etage probte jemand eine leicht gequält klingende Partitur auf einer Geige.

Ganz im Bann dieses Ambientes, das von behaglichem Wohlstand zeugte, ging Harriet hinter Mrs. Rakes die Treppe hinauf – und hätte das magere, junge Mädchen, das auf dem oberen Absatz stand, beinahe übersehen. Im Licht der untergehenden Sonne sah ihr widerspenstiges Haar fast aus wie ein Heiligenschein und ließ sie auf den ersten Blick wirken wie einen Engel, wäre da nicht die schmuddelige Haube auf ihrem Kopf gewesen. Als Harriet vor ihr stand, hatte sie so gar nichts Engelhaftes mehr an sich. Sie hielt eine Dose schwarze Schuhcreme und eine Bürste in den zerschundenen Händen, deren Knöchel so rau und rissig waren, dass sie fast die gleiche Farbe hatten wie die untergehende Sonne im Hintergrund.

»Agnes, das ist Miss Jenner, unsere neue Gouvernante«, sagte Mrs. Rakes. Sie drehte sich zu Harriet um. »Agnes ist unser Küchen-, unser zweites Hausmädchen, wollte ich sagen.«

Zaghaft lächelte Harriet die junge Frau an, die sie ihrerseits dreist anstarrte.

»Agnes, bitte geh nach unten und hol Miss Jenner heißes Wasser«, trug Mrs. Rakes in entschiedenem Tonfall auf. »Aber ohne zu trödeln.«

Das Zimmer der Gouvernante lag noch eine Etage höher, aber an den schrägen Dachbalken brauchte sich jemand von Harriets Statur nicht zu stören. Der abgenutzte Teppich auf den Bodendielen war sicher aus einem der größeren Räume in den unteren Etagen ausrangiert worden. Doch der Krug und die Schüssel auf dem Waschtisch mit dem hübschen blauen Blumenmuster waren unversehrt. Das eiserne Bettgestell war schmal, aber auch hier würde

Harriet ihre zierliche Gestalt zugutekommen. Auf dem Kaminrost lag Holz bereit, das nur noch angezündet werden musste, und es war gründlich Staub gewischt und gelüftet worden. Harriet stellte sich auf die Zehenspitzen und sah aus dem Fenster. Sie hatte eine Aussicht auf das Tal im Westen. Und, wer weiß, vielleicht würde sie den sanften Teppich aus Grün und Gold, der sich dort bis in weite Ferne ausbreitete, mit der Zeit sogar schätzen lernen.

Nachdem Mrs. Rakes gegangen war, schnürte Harriet ihre Stiefel auf und legte sich aufs Bett. Während sie darauf lauschte, ob das mürrische Hausmädchen, Agnes, die Treppe hinaufkam, musste sie an London denken, und daran, welches Leben sie dort geführt hatte. Hier, in Fenix House, würde sie sich auf etwas ganz anderes einstellen müssen. Sie war zu einer Dame erzogen worden, doch sie würde niemals eine sein. Und obwohl sie sicher deutlich höhergestellt war als jemand wie Agnes, durfte sie nicht vergessen, dass ihre Position gegenüber der Haushälterin nicht so eindeutig festgelegt war.

Die Vermittlungsstelle für Gouvernanten besaß ein paar Informationen über Harriets bisheriges Leben - dass ihr Vater vor Jahren sein gesamtes Vermögen verloren hatte und vor zwei Monaten an Magenkrebs gestorben war –, aber Harriet wusste nicht, wie viel man ihren künftigen Dienstherren mitgeteilt hatte. Hoffentlich nicht viel. Das Letzte, was sie wollte, war, dass diese fremden Leute mit ihrem großen Anwesen auf einem Hügel in Gloucestershire Mitleid mit ihr hatten. Ihr Vater und sie hatten nie eine Haushälterin gehabt, aber ein Hausmädchen wie Agnes hatte es gegeben. Und eine Gouvernante für Harriet.

Abermals ging sie hinüber zu dem winzigen Fenster. Während die Scheibe von ihrem Atem beschlug, dachte sie, wie schnell manche Dinge entschwinden konnten. Und wie wenig noch darauf hindeutete, dass es sie jemals gegeben hatte.

SECHS

Wie bereits angedeutet fühlte sich Mrs. Pembridge nicht wohl und sah sich außerstande, die neue Gouvernante zu empfangen. Genauer gesagt hatte sie die Anweisung erteilt, sie wolle den ganzen Abend lang nicht gestört werden. Dennoch läutete sie dreimal im Verlauf der Viertelstunde, in der Harriet in der Küche, den Wirtschaftsräumen und den Vorratskammern herumgeführt und dem Rest der kleinen Belegschaft vorgestellt wurde.

Die Köchin war so klein wie Harriet und so dick, wie man es von einer Köchin auf dem Land erwarten konnte. Harriet hätte drei- oder viermal in ihre Schürze hineingepasst. Ohne den Anflug eines Lächelns musterte die Köchin sie von oben bis unten.

»Unsere Köchin heißt Mrs. Rollright«, sagte Mrs. Rakes anschließend auf dem Weg durch einen engen Gang. »Ebenso wie bei mir ist der Name wahrscheinlich recht treffend.«

Harriet sah die Haushälterin an, denn sie dachte schon, sie hätte sich verhört. Aber in deren Augen blitzte tatsächlich ein humorvolles Funkeln auf, und ihre Mundwinkel zuckten. Harriet lächelte, froh darüber, an diesem fremden Ort eine Verbündete gefunden zu haben. Auf Agnes oder diese fürchterliche Mrs. Rollright konnte sie sicher nicht zählen!

Mrs. Rakes führte sie in das kleine Dienstbotenzimmer. Außer Agnes saßen dort ein schlaksiger, junger Mann mit Sommersprossen und knorrigen Handgelenken sowie zwei junge Mädchen mit dunklem Haar und rosigen Wangen. Sie tranken Tee oder waren mit Stopfarbeiten beschäftigt.

»Ich möchte Ihnen Miss Jenner vorstellen«, sagte Mrs. Rakes ruhig, aber bestimmt. Sogleich hoben alle die Köpfe. »Sie ist die neue Gouvernante von Miss Helen und Miss Victoria. Agnes kennen Sie ja schon, Miss Jenner. Das ist John, unser Kutscher, der gelegentlich auch als Diener für uns tätig ist. Und das sind die beiden Schwestern Mary und Ann. Mary ist die ältere und unser erstes Hausmädchen. Ann ist erst seit Kurzem bei uns, in der Spülküche. Den Gärtner und seinen Gehilfen werden Sie auch bald kennenlernen. Ned, der Junge, wohnt noch zu Hause, und Dilger bewohnt weiter den Hügel rauf ein Cottage, das zum Cucumber House gehört. Er hat gern seine Ruhe.«

In dem Moment ertönte das Messingglöckchen aus Mrs. Pembridges Zimmer zum dritten Mal.

»Vielleicht sollte ich John mit der Anweisung raufschicken, dass *ich* den ganzen Abend nicht mehr von *ihr* gestört werden will«, brummte Agnes und stand auf.

»Hinauf mit dir, Agnes, und achte auf deine Manieren«, mahnte Mrs. Rakes. »Gib ihr einen Tropfen von dem Elixier, das heute Morgen angekommen ist. Davon schläft sie sicher bald ein.«

Nachdem Agnes sich auf den Weg gemacht hatte, ging die Haushälterin mit Harriet zurück zur Treppe. »Machen Sie sich nichts daraus, wenn Agnes sich ein wenig aufspielt. Im Grunde ist sie ein anständiges Mädchen. Aber sie hält sich für etwas Besseres, weil Mrs. Pembridge sie zum Hausmädchen ernannt hat, obwohl sie dafür eigentlich noch viel zu jung ist. Aber Mrs. Pembridge tut gern so, als stünden ihr zwei Mädchen zur Verfügung. Was soll man da machen? Und nun, wenn Sie nichts dagegen haben, Ihr Abendessen später mit Mrs. Rollright und mir einzunehmen …«, fuhr Mrs. Rakes fort und verstummte, bis Harriet klar wurde, dass sie den Kopf zu schütteln hatte, »möchten Sie vielleicht Ihre Schützlinge kennenlernen, bevor sie zu Bett gebracht werden.«

Das Kinderzimmer befand sich in einem Eckflügel des Hauses und lag direkt unter Harriets Dachkammer. Obwohl es an dem Abend wohl eher nicht kalt werden würde, brannte in dem riesigen Kamin ein Feuer. Die beiden Töchter der Pembridges fühlten sich offenbar davon angezogen wie zwei junge Katzen. Die ältere lag auf dem Kaminvorleger und war vertieft in ein Buch. Die jüngere saß mit dem Rücken zu ihrer Schwester auf dem Boden. Sie hatte ihre Puppe bis auf den Petticoat ausgezogen und wollte gerade das Satinkleidchen ins Feuer werfen.

»Lass das, Victoria!«, rief Mrs. Rakes. »Willst du denn all deine Sachen verbrennen? Wo ist das Kamingitter? Helen, warum passt du nicht besser auf deine Schwester auf?«

Die jüngere Schwester, deren himmelblaue Augen, rosige Wangen und hellblonde Locken eindeutig nicht zu ihrem Wesen passten, rümpfte ihr kleines Näschen und schleuderte das Stück Stoff auf den Vorleger. »Wer ist das?«, fragte sie in frechem Ton.

»Ich bin Miss Jenner«, antwortete Harriet so freundlich, wie sie konnte. »Ich bin eure neue Gouvernante. Wie geht es dir, Victoria?«

»Ich habe denselben Namen wie die Königin«, gab das kleine Mädchen keck zurück.

Harriet zog eine Augenbraue hoch und wandte sich

Victorias Schwester zu, die von ihrem Buch aufgesehen hatte. Sie hatte dunklere Augen als Victoria und wirkte auch insgesamt schlichter. Vielleicht war sie deshalb auch weniger frech.

»Dann bist du sicher Helen«, sagte Harriet sanft. »Was liest du denn da?«

»*Reise durch die Sonnenwelt*«, antwortete das kleine Mädchen schüchtern und hielt das Buch in die Höhe. »Von einem Franzosen.«

»Ah ja, Jules Verne«, sagte Harriet. »Das habe ich noch nicht gelesen, aber *Die Reise zum Mittelpunkt der Erde* fand ich sehr spannend. Vielleicht kann ich es mir einmal ausleihen, wenn du es durchgelesen hast?«

Helen lächelte zaghaft. »Von mir aus gern. Aber Sie müssen zuerst meinen Papa fragen. Es ist nämlich seins. Ich darf seine Bücher lesen, wenn ich sorgfältig damit umgehe.«

Harriet stieß einen Seufzer aus. »Ich durfte mir auch immer Bücher von meinem Vater leihen. Aber nun wollen wir einmal sehen, ob ich alles richtig verstanden habe: Helen, du bist neun Jahre alt, und Victoria ist sechs. Stimmt's?«

Helen nickte, während Victoria viel zu sehr damit beschäftigt war, ihrer Puppe einen Arm auszureißen.

»Victoria, Miss Jenner hat dich etwas gefragt«, sagte Mrs. Rakes.

»Ich bin noch nicht sechs. Ich bin erst drei«, gab Victoria in Babysprache zurück.

»Das stimmt gar nicht!«, rief ihre Schwester aufgebracht. »Mama behandelt sie immer wie ein Baby. Sie findet es lustig, wenn sie so redet, aber sie wird im Oktober sieben.« Sie drehte sich um und gab Victoria einen leichten Schubs. »Wenn du erst drei wärst, wärst du die größte, dickste Dreijährige in ganz England!«

»Helen, du sollst nicht so mit deiner Schwester sprechen. Das hat man dir doch schon oft genug gesagt«, wurde sie von der Haushälterin ermahnt, die das Kamingitter wieder dorthin gestellt hatte, wo es hingehörte. »Beide Mädchen sind manchmal schwierig. Jedes auf seine Art, wie Sie noch sehen werden«, sagte sie in bedeutungsschwangerem Ton zu Harriet. »Aber die Hausherrin glaubt, dass man mit Helen strenger sein muss.«

Harriet war da ganz anderer Meinung, aber das behielt sie tunlichst für sich. Helens Seitenhiebe lagen vermutlich darin begründet, dass sie nicht der Liebling ihrer Mutter war und das auch spürte. Unscheinbar, aber klug, war sie geradezu offenherzig. Victoria dagegen war sicher ebenso hinterlistig wie hübsch.

»Agnes bringt die Kinder abends zu Bett, aber tagsüber sind Sie für die beiden verantwortlich. Sie nehmen auch das Frühstück und das Mittagessen mit ihnen ein. Ich hoffe, das ist Ihnen recht.« Sie waren bereits auf dem Weg die Treppe hinunter, die nun durch warmes Gaslicht beleuchtet wurde, das sich in den Bildern spiegelte.

»Helen und Victoria haben wohl ganz unterschiedliche Charaktere«, wagte Harriet zu bemerken.

»Man sollte nicht glauben, dass sie Schwestern sind«, stimmte Mrs. Rakes ihr zu.

»Die beiden haben doch auch einen Bruder, oder? Ich habe seinen Namen vergessen.«

»Er heißt Robert, wie sein Vater. Aber alle nennen ihn Bertie. Er ist elf. Meistens ist er im Garten oder im Wald zu finden. Da ist er sicher auch jetzt und stochert unter einem Stein oder in einem Vogelnest herum. Er geht in der Stadt zur Schule.«

»Und sein Vater, ist er zu Hause?«

»Nein, er kommt erst morgen zurück. Er arbeitet bei der Eisenbahngesellschaft und ist häufig auf Reisen. Mit arbeiten meine ich, er wurde gerade zum stellvertretenden Hauptinspektor für die Lokomotiven und Wagen der Great Western Railway ernannt.« Mit einem vielsagenden Blick fügte Mrs. Rakes hinzu: »Zusammen mit einigen Gentlemen gehört ihm auch eine kleinere Eisenbahngesellschaft. Der Hausherrin wäre es natürlich lieber, wenn sie ihm allein gehörte. Aber seine Einnahmen genügen, um uns alle zu ernähren, und für dieses Haus hat es auch gereicht.«

Nach dem Abendessen mit Mrs. Rakes und Mrs. Rollright zog Harriet sich unter dem Vorwand zurück, sie müsse noch ihren Koffer auspacken und den Unterricht für den nächsten Tag vorbereiten. In Wirklichkeit sehnte sie sich danach, ungestört zu sein, um weinen zu können – so wie jeden Abend seit dem Tod ihres Vaters. Nur wenige Minuten am Tag ließ sie ihren Gefühlen derart freien Lauf, aus Angst, ohne diese Beschränkung würden ihre Tränen niemals versiegen. An ihre Mutter hatte sie keine Erinnerung, aber sie war entschlossen, das Gesicht ihres Vater nicht zu vergessen, ebenso wenig wie den vertrauten Geruch nach Tabak und warmer Wolle und all die unbewussten, ebenso vertrauten Geräusche – sein Räuspern, der erleichterte Seufzer, wenn er sich setzte, seine tiefe Stimme, wenn er zu Bett ging und ein altes Lied vor sich hinsummte. Ihn in ihrem Gedächtnis zu bewahren – ebenso wie das Haus und die Straßen in London, wo ihr jeder Pflasterstein, jeder Dachziegel vertraut war – war viel schmerzlicher, als all das zu vergessen.

Aber ohne ihre Erinnerungen wäre sie ganz allein gewesen, und das schien noch viel schlimmer zu sein.

SIEBEN

Am nächsten Morgen wurde Harriet früh wach. Rasch wusch sie sich und zog sich an. Über Nacht war es kälter geworden, aber sie hatte keine Zeit, ein Feuer zu machen und darauf zu warten, dass es in ihrem Zimmer wärmer wurde. Adrett in ihrem dunklen Kleid, das goldschimmernde Haar ordentlich im Nacken zusammengebunden, sah sie aus dem hohen Fenster. Ein frischer Wind fegte durch die hohen Tannen, und von Westen zogen dunkle Wolken auf. Als sie mit dem Finger über den Fensterrahmen fuhr, spürte sie den kalten Luftzug.

Im Kinderzimmer traf sie auf einen Jungen. Ein wenig schmächtig für sein Alter, hatte er wie Helen braunes Haar und braune Augen. Er trug eine Miniaturuniform und saß seinen Schwestern mit ernstem Gesichtsausdruck gegenüber. Der Platz neben ihm war frei, wahrscheinlich für Harriet. Agnes – auch nachdem sie geschlafen hatte, kein bisschen besser gelaunt – klapperte mit dem Geschirr und servierte den Kindern Eier zum Frühstück.

»Ich mag keine Eier«, sagte Victoria.

»Doch, tust du«, gaben Agnes und Helen unisono zurück.

Der Junge, sicher Bertie, sprang auf und reichte Harriet die Hand. Sie dachte, er würde auch noch einen Diener machen, und war fast ein wenig enttäuscht, als er es dann doch nicht tat. »Wie geht es Ihnen, Miss Jenner?«, fragte er höflich. »Ich hoffe, Sie haben nichts dagegen, neben mir zu sitzen.«

Harriet musste sich ein Lächeln verkneifen. »Es wäre mir eine Ehre«, sagte sie. »Dann habe ich wohl das Vergnügen mit Bertie?«

Der Junge errötete. »Oh, ich habe mich ja noch gar nicht vorgestellt. Äußerst töricht von mir. Eigentlich wäre es mir lieber, mit meinem richtigen Namen angesprochen zu werden, Robert, wie mein Vater. Für ›Bertie‹ bin ich mittlerweile ein bisschen zu alt. Aber den meisten Leuten fällt es schwer, sich daran zu gewöhnen. Da Sie mich jedoch gerade erst kennengelernt haben, bereitet es Ihnen vielleicht weniger Schwierigkeiten, mich nicht ›Bertie‹, sondern ›Robert‹ zu nennen. Meinen Sie nicht auch?«

»Wenn es nicht zu viel Verwirrung schafft, will ich es gern versuchen«, sagte Harriet und achtete nicht auf Victoria, die in einem schadenfrohen Singsang »Bertie! Bertie!« trällerte. Eigentlich passte der Name Bertie wunderbar zu dem Jungen, und Harriet wusste: Wahrscheinlich würde auch sie ihn immer so nennen.

Nach dem Frühstück fragte Bertie, ob er Harriet noch den Garten zeigen dürfte, bevor er zur Schule musste. »Es ist nicht genug Zeit, um sich alles in Ruhe anzusehen. Deshalb zeige ich Ihnen jetzt nur die schönsten Stellen, um Ihnen ein wenig den Mund nass zu machen. Und wenn ich heute Nachmittag aus der Schule komme, sehen wir uns alles genauer an. Wären Sie damit einverstanden, Miss Jenner?«

»Mir schon einmal den Mund *wässrig* zu machen klingt sehr gut. Außerdem braucht sich Mrs. Rakes dann nicht die Zeit dafür zu nehmen.«

Als der Junge seinen Versprecher bemerkte, sah er Harriet stirnrunzelnd an, um zu prüfen, ob sie sich über ihn lustig machen wollte. Als er sah, dass dem nicht so war, strahlte er wieder. »Sehr schön. Dann sollten wir sogleich mit unserem Rundgang beginnen«, sagte er und hielt ihr schwungvoll die Tür auf.

Obwohl der Garten sich an einem steilen Hang befand, war er genial in Form von Terrassen auf verschiedenen Ebenen angelegt worden, wodurch eine nahezu mediterrane Atmosphäre entstand. Ihr Rundgang begann auf der dem Tal zugewandten Seite des Hauses. Harriet blieb stehen und atmete tief ein. Hier war die Luft um einiges besser als in London.

»Gefällt er Ihnen, Miss Jenner?«, fragte Bertie gespannt.

»Sehr sogar.« Harriet seufzte. »Er ist wundervoll.«

Der sorgfältig gepflegte Rasen erstreckte sich bis hinunter zur Straße und zum Kutschenhaus. Harriet musste an einen Rüschenrock denken, der nicht mit Spitze, sondern mit Blumenbeeten besetzt war. Die höchst gelegene Rasenfläche konnte man vom Salon des Hauses durch Flügeltüren betreten. Dort gab es einen Krocketrasen. Harriet hatte noch nie Krocket gespielt, und sogleich nahm Bertie ihr das Versprechen ab, es ihr beibringen zu dürfen.

Auf der anderen Seite, oberhalb der Kutschenanfahrt, führte der Garten weiter den Hang hinauf und wirkte abgeschiedener. Eigentlich war es nicht nur *ein* Garten, sondern vielmehr ein halbes Dutzend, umgeben von ausbuchtenden Steinmauern oder ordentlich gestutzten Hecken aus dunklen Eiben. Ein Irrgarten aus Buchsbaum war noch nicht völlig ausgereift. Aber immerhin waren die Hecken schon höher als die freche kleine Victoria. Harriet betrat nur den ersten Gang, obwohl Bertie ihr zuwinkte, damit sie ihm tiefer in das Labyrinth folgte. Aber schon dort, wo sie stand, ließ der Wind nach und die Luft wurde kühler.

Sie sah sich um und stellte sich vor, wie hoch die Buchsbaumwände wohl in fünfzig Jahren sein würden und wie still es dann hier im Labyrinth wäre.

Über eine schmalere Abzweigung des gewundenen Wegs gelangten sie zu einem höher gelegenen Steingarten, in dem zarte Alpenblumen wuchsen. Darüber stand ein merkwürdiger Baum, bei dem es sich laut Bertie um eine Andentanne handelte, auch Affenbaum genannt. »Nach reiflicher Überlegung bin ich zu dem Schluss gekommen, dass das mein Lieblingsbaum ist«, sagte er feierlich, bevor er Harriet weiter hinauf zu einer Reihe niedriger Nebengebäude und Gewächshäuser führte.

»Mrs. Rakes sprach gestern Abend von einem Cucumber House«, sagte Harriet, während Bertie vor ihr stand und voller Stolz die schöne Aussicht betrachtete. »Heißt das, hier gibt es tatsächlich ein Gewächshaus nur für Gurken?«

Bedächtig wie ein älterer Mann schüttelte er den Kopf. »Um Himmels willen, nein. So viele Gurken könnten wir ja gar nicht essen. Mama nennt es nur so, weil sie einmal auf einem sehr vornehmen Anwesen war, wo es für alles verschiedene Gewächshäuser gab – für Orangen, Pilze, Orchideen und verschiedenste exotische Dinge.«

»Dann verhält es sich mit dem Cucumber House so wie mit dem zweiten Hausmädchen?«, fragte Harriet in unbedarftem Ton.

Bertie dachte kurz darüber nach, dann brach er in Gelächter aus. »Oh, ich verstehe! Ein großartiger Witz, Miss Jenner! Von jetzt an werde ich Agnes immer als Gurke vor Augen haben.« Äußerst zufrieden über diese Vorstellung nahm er Harriet an die Hand und führte sie zurück auf den Weg, der sich vorbei an lauschigen Ecken weiter den Garten hinaufschlängelte.

»Wann musst du dich denn auf den Weg zur Schule machen, Bert… Robert?«, fragte Harriet, um den Jungen dezent daran zu erinnern.

»Oh, ich habe noch sieben bis acht Minuten Zeit.«

»Gehst du gern zur Schule?«

Er legte die Stirn in Falten und dachte so angestrengt darüber nach, dass Harriet sich fragte, ob wohl niemand zuvor je seine Meinung dazu hatte hören wollen. »Eigentlich gefällt es mir dort recht gut. An meiner Schule kann man eine klassische und eine militärische Richtung einschlagen. Wollen Sie einmal raten, was ich gewählt habe, Miss Jenner?«

Ungeachtet seiner Uniform tat Harriet, als müsse sie überlegen. »Du scheinst mir von der tapferen Sorte zu sein. Also würde ich vermuten, du hast dich fürs Militär entschieden. Liege ich damit richtig?«

Er lächelte unsicher und errötete ein wenig. »Ja, damit liegen Sie richtig. Wahrscheinlich gehe ich später zur Armee – so wie mein Onkel Jago. Mama findet jedenfalls, das sollte ich. Sie sagt, das sei heldenhafter, als bei der Eisenbahn zu arbeiten. Mein Onkel ist in Indien, müssen Sie wissen, und Mama vermisst ihn fürchterlich … Für eine Sache haben wir aber noch Zeit«, verkündete er dann. »Das Beste kommt zum Schluss. Allein darf ich dort auch gar nicht hin.«

Sie gingen an einem Schuppen und einem stoppeligen Beet vorbei. Letzteres sei für den Anbau von Kartoffeln gedacht, erklärte Bertie. Dahinter war der Garten deutlich verwilderter. Weiter oberhalb wuchsen Birken, deren Zweige für die Jahreszeit noch recht kahl waren. Bis auf das Krächzen der Krähen, die wie dunkle Tintenflecke auf den Ästen hockten, und das leise Rascheln von Harriets langen Röcken im taufeuchten Gras herrschte absolute Stille.

Harriet wollte schon fragen, ob es noch sehr viel weiter

war, als Bertie stehen blieb und triumphierend in die Ferne zeigte. Doch so angestrengt Harriet auch in dieselbe Richtung spähte, sie konnte nichts Bemerkenswerteres entdecken als einen großen, mit Moos bedeckten Erdhügel zwischen den Bäumen.

»Sehen Sie genau hin, Miss Jenner. Können Sie die Ziegelsteine erkennen?«

Bertie hatte recht. Das war nicht nur ein Erdhügel. Jetzt sah auch Harriet das quer und längs verlaufende Muster der mit Mörtel gefüllten Fugen.

»Das ist ein Eishaus«, verkündete Bertie voller Stolz. »Sind Sie schon einmal in einem gewesen?«

»Noch nie.«

Sie näherten sich der Vorderseite des seltsamen Bauwerks. In die Ziegelsteinwand war eine breite Tür eingelassen, mit einer Art Klinke aus stumpfem Messing, die eher aussah wie ein Hebel. Bertie lief zur Tür und drückte unter Aufbringung all seiner Kraft den Hebel hinunter. Dann zerrte er an der schweren Tür, bis sie mit einem Ruck aufschwang und ihn beinahe von den Beinen riss.

Obwohl Harriet noch ein Stück weit entfernt stand, schlug ihr die Kälte entgegen wie eine eisige Welle. Fasziniert stieg sie über Brennnesseln und Zweige, bis sie vor der Türschwelle stand.

»Vorsicht!«, rief Bertie hinter ihr. »Es geht ziemlich steil hinunter.«

Als Harriets Augen sich an die Dunkelheit gewöhnt hatten, sah sie, dass er nicht übertrieben hatte: Der Boden des Eishauses war fast zwei Meter tiefer als der Erdboden draußen. Links neben der Tür war mit rostigen Nägeln eine Leiter befestigt.

»Wie Sie sehen, ist es jetzt leer«, erklärte Bertie. »Aber

nächsten Monat bekommen wir einen großen Block Eis für den Sommer geliefert. Der wird hinuntergelassen und mit Stroh bedeckt. So hält er monatelang, wenn wir die Tür fest geschlossen halten. Ich werde meinen Vater fragen, ob ich irgendwann einmal ein wenig Eis für Mrs. Rollright abschlagen darf. Sie macht einen großen Bogen um das Eishaus. Ihr gefriert schon das Blut in den Adern, wenn sie es nur sieht, hat sie gesagt, was ich allerdings für eine ziemlich unsinnige Bemerkung halte, denn genau dafür ist es doch gedacht. Und John sagt, er hat mit den Pferden genug zu tun. Da bräuchte er nicht noch mit einem Eispickel hier hinunterzuklettern, nur damit Mama ein Sorbet haben kann. Wenn es furchtbar heiß ist, wie im Sommer vor zwei Jahren, lagern wir hier natürlich auch Fleisch und Fisch. Finden Sie es nicht großartig, Miss Jenner?«

»Allerdings. Aber nicht so großartig, dass ich aus Versehen darin eingesperrt werden möchte.«

Bertie nickte zustimmend und mit ernster Miene. »Da haben Sie wirklich recht. Mein Vater und ich haben einmal ausgerechnet, dass dort drinnen nach einem Tag keine Luft mehr sein würde, maximal nach zweien.«

Harriet schauderte. Sie mochte geschlossene Räume nicht, seit sie als Kind beim Versteckspiel in einem Wäscheschrank gehockt hatte. Die Tür hatte geklemmt, und obwohl die Luft nicht knapp geworden war, hatte Harriet sich zwischen schwankenden Stapeln gestärkter Baumwolle und hängenden Wäschestücken, die im Dunkeln ihren Kopf streiften, eingesperrt gefühlt.

Nachdem sie die Tür des Eishauses wieder fest geschlossen hatten, war Harriet froh, als sie aus dem Schatten der Bäume heraustraten, auch wenn die Sonne noch nicht kräftig genug schien, um sie auf dem Weg zurück zum

Haus zu wärmen. Bertie, dem plötzlich bewusst wurde, wie spät es bereits war, rannte voraus zu dem geschlossenen Einspänner, der auf der Kutschenanfahrt auf ihn wartete. Bevor er hineinkletterte, drehte er sich noch einmal zu Harriet um und salutierte. Und Harriet, in Gedanken noch ganz in den nasskalten Tiefen des Eishauses, konnte sich gerade noch davon abhalten, ebenfalls zu salutieren.

ACHT

Als Harriet zum Haus zurückkehrte, wartete Mrs. Rakes schon auf sie. »Die Hausherrin wird Sie nun empfangen«, sagte sie, und Harriet meinte, Mitleid aus ihrer Stimme heraushören zu können.

Mrs. Pembridges Zimmer waren in einem der beiden achteckigen Türme. Der Trakt befand sich vom Kinderzimmer aus gesehen am anderen Ende des Hauses. Harriet wurde in ein verschwenderisch als Wohnraum eingerichtetes Zimmer geführt. Ob es tatsächlich eines war, hätte sie jedoch nicht sagen können, denn die Vorhänge waren zugezogen, und die Gaslampen brannten auf niedrigster Stufe. Man konnte den Eindruck gewinnen, es wäre nicht früher Morgen, sondern später Abend. Die Tür zu einem ebenfalls luxuriös eingerichteten Schlafzimmer stand offen. Auf einem riesigen Messingbett stapelten sich Seidenkissen. Im Kamin des Wohnraums brannte ein Feuer, das eine enorme Hitze verströmte und hin und wieder Funken sprühte, sodass man fürchten musste, die smaragdgrüne Samtdekoration auf dem Kaminsims könnte in Flammen aufgehen.

Der Raum war so spärlich beleuchtet und dermaßen überhäuft mit Sesseln, Fußbänken, Teppichen, Wandschmuck, Bildern, Glasfläschchen, achtlos hingeworfener Kleidung, verstreuten Ausgaben der *Illustrated London News* und allerlei Schnickschnack auf jedem einzelnen Möbelstück, dass Harriet dessen Bewohnerin zunächst gar nicht bemerkte.

»Sie sind also die Gouvernante«, ertönte eine matte Stimme aus einer der düsteren Ecken. Harriet sah genauer hin. Mrs. Pembridge lag auf einer dunkelgrünen Chaiselongue, die farblich auf die Wandbespannung abgestimmt war. Die Hausherrin selbst trug ein fließendes Gewand in einer gedeckten Farbe, das ausschließlich aus Bändern und Schleifen zu bestehen schien.

»Guten Morgen, Mrs. Pembridge. Ich bin Miss Jenner.«

Eine bleiche Hand wedelte im Halbdunkel hin und her, was Harriet als Aufforderung verstand, sich auf einen Stuhl in die brütende Hitze vor den Kamin zu setzen. Sie konnte nur hoffen, dass sie von der stickigen Luft nicht ohnmächtig werden und kopfüber in die Glut stürzen würde!

»Liegt es am Schein des Feuers, oder haben Sie rotes Haar?«, fragte Mrs. Pembridge. »Ich will doch hoffen, es ist nicht tatsächlich rot. Bedienstete mit roten Haaren sind eine Zumutung. Sie sind furchtbar launisch. Das sieht man an Agnes.«

»Ich würde sagen, es ist eher rötlich golden«, antwortete Harriet zurückhaltend, obwohl es ihr angesichts dieser persönlichen Bemerkung schwerfiel, sich zusammenzureißen. »Vielleicht auch bronzefarben.«

Sie sah den Schatten einer hochgezogenen Augenbraue. »Bronze, durchaus! Wie alt sind Sie, Miss ... Miss ...?«

»Jenner. Einundzwanzig, Mrs. Pembridge.«

»Ein gefährliches Alter. Sie sind ja auch recht hübsch. Nein, hübsch trifft es nicht richtig. Als hübsch würde man mich bezeichnen. Sie sind ein wenig klein und viel zu mager. Aber man könnte Sie attraktiv nennen.«

Harriet errötete, und in diesem Moment wusste sie das Feuer zu schätzen, das ihre Wangen ohnehin schon glühen ließ. »Sehr freundlich von Ihnen.«

»Nun, das Kaminfeuer verbreitet ein schmeichelhaftes Licht. Also, Miss Jenner, ich will hoffen, Sie sind eine anständige junge Frau. Ich dulde nämlich keinen Besuch in diesem Haus. Mit Besuch meine ich Verehrer. *Männer*, Miss Jenner. Ich habe in den letzten Jahren zwei Hausmädchen und eine Haushälterin verloren, weil sie geheiratet haben. Das war mir eine Lehre.«

Harriet rang sich ein Lächeln ab. »In dieser Gegend kenne ich keine einzige Menschenseele, abgesehen von denen, die unter Ihrem Dach wohnen, Mrs. Pembridge.«

»Vorzüglich. John und Dilger bringen wohl niemanden in Versuchung, und Ned ist fast noch ein Kind. Das bedeutet für mich eine Sorge weniger. Meine Töchter haben Sie schon kennengelernt?«

Harriet nickte. »Jawohl. Ich wurde ihnen gestern gleich nach meiner Ankunft vorgestellt. Heute Morgen habe ich mich auch mit Ihrem Sohn bekannt gemacht. Er hat mir den Garten gezeigt.«

»Berti? Ach du lieber Gott, hat er Sie etwa zum Eishaus hinaufgeschleppt? Er ist geradezu besessen davon!«

»Ja. Ich fand es sehr beeindruckend.«

»Tatsächlich?«

»Er hat mir auch ein Gewächshaus gezeigt. Ich glaube, es wird als Cucumber House bezeichnet. Wir haben einen recht ausführlichen Rundgang gemacht.«

»So, so.« Abermals wurde eine Augenbraue angehoben.

»Den Rest will er mir zeigen, wenn er aus der Schule zurück ist.«

»Wie dem auch sei, vergessen Sie nicht, dass Sie hier sind, um meine Töchter zu unterrichten«, sagte Mrs. Pembridge in gereiztem Tonfall. »Mit Vicky werden Sie es einfach haben. Sie hat die schnelle Auffassungsgabe und das heitere Gemüt ihrer Mama. Helen dagegen ist völlig anders. Schon seit ihrer Geburt ist sie widerspenstig. Bis sie zwei Jahre alt war, hatte sie ständig Koliken, und bis zum Alter von drei Jahren hat sie kein einziges Wort gesprochen. Ich dachte schon, sie wäre schwachsinnig, dabei war sie einfach nur stur. Ihr Vater vergöttert sie, aber ansonsten macht sie sich mit ihrer Halsstarrigkeit nicht viele Freunde. Wäre mir die Zeit im Wochenbett nicht derart schlimm in Erinnerung geblieben, würde ich glauben, man hätte sie mir untergeschoben.«

»Offenbar liest sie gern«, bemerkte Harriet, ziemlich bestürzt über Mrs. Pembridges mangelnde Zurückhaltung.

»Ach, Lesen! Eine Frau mit einem Buch ist alles andere als attraktiv, sage ich immer. Hockt in der Ecke, während alle anderen sich amüsieren. Abgesehen davon verdirbt Lesen die Körperhaltung und die Augen. Ich hoffe, Sie betrachten es als Ihre oberste Priorität, Helen gesellschaftsfähiger zu machen. Sie kriegt es kaum hin, eine Note auf der Geige zu spielen, die ihr Vater auf mein Drängen hin zu einem nicht unerheblichen Preis angeschafft hat. Und ihre Zeichenkünste kann man allenfalls als rudimentär bezeichnen. Ich weiß nicht, ob Ihnen meine kleinen Kunstwerke über der Treppe aufgefallen sind, Miss …?«

»Jenner. O ja, ich habe über der Treppe einige äußerst – raffinierte Zeichnungen in Wasserfarben gesehen. Aber ich nahm an, es wären die Werke eines professionellen Malers.«

Mrs. Pembridge kicherte erfreut, was sich anhörte, als würde sie mit einem Teelöffel in einer Porzellantasse herumrühren. »Aber nein, meine Liebe. Die stammen von mir. Wie sagten Sie? Raffiniert?«

Harriet nutzte diesen heiteren Gemütsausbruch. Sie beugte sich ein wenig zur Seite, um Mrs. Pembridge im Schein des Feuers besser ausmachen zu können. Was sie sah, ließ sie sogleich zurückweichen und eine Hand vor den Mund pressen. Mrs. Pembridge, noch immer mit einem Lächeln auf den Lippen, widmete sich unterdessen wieder ihrem Frühstückstablett und bemerkte es gar nicht. Doch Harriet schlug das Herz bis zum Hals, und sie dankte Gott für die zugezogenen Vorhänge. War sie es wirklich? Wenn ja, hatte Harriet sie vor über zehn Jahren zum letzten Mal gesehen, als junge Frau, fast noch ein Mädchen, auf dem Weg zu ihrer Hochzeit. Bertie, der älteste Spross der Pembridges, war elf. Wenn sie kurz nach der Hochzeit schwanger geworden war, dann konnte sie es durchaus sein.

Abermals richtete Harriet den Blick auf die Frau ihr gegenüber, so prüfend, wie sie es im dämmrigen Licht des stickigen Raums riskieren konnte. Das helle Haar war an den Spitzen versengt von dem Eisen, mit dem es zu Ringellocken gepresst wurde. Die blauen Augen und der Schmollmund, den sie ihrer jüngeren Tochter vererbt hatte. Die üppige Figur und der cremefarbene Teint. Sie konnte es tatsächlich sein, um etwa zehn Jahre gealtert. Dann, wie zur Bestätigung, fiel Harriet ein, was Bertie gesagt hatte: »Wahrscheinlich gehe ich später zur Armee, so wie mein Onkel Jago.« Ein Bruder namens Jago – und sie das Abbild der jungen Frau, der Harriet das letzte Mal auf einer belebten Londoner Straße begegnet war. Sie musste es sein: Louisa Dauncey.

In dem Moment verkündete Louisa – beziehungsweise Mrs. Pembridge –, sie sei nun erschöpft, da sie ungewohnt früh aufgestanden sei. Sie bat Harriet, nach Mary zu läuten, damit diese das Frühstückstablett abholte. Sie brauche noch ein wenig Bettruhe. Dann wurde die neue Gouvernante zu deren eigener Erleichterung für den heutigen Tag entlassen.

Auf der Treppe stieß Harriet fast mit Mrs. Rakes zusammen.

»Miss Jenner, Sie sind ja ganz blass. Was ist denn geschehen?«

Geistesabwesend sah Harriet die Haushälterin an. In Gedanken war sie noch immer bei einem kalten, sonnigen Tag im Jahr 1865.

»Ich ... Es ist nichts«, stammelte sie. »Es ist nur ... Mrs. Rakes, wie heißt Mrs. Pembridge mit Vornamen?« Die Frage war ihr einfach so herausgerutscht.

Verwundert sah die Haushälterin Harriet an. »Wie Mrs. Pembridge mit Vornamen heißt? Wie kommen Sie bloß auf solch eine Frage? Kennen Sie sie vielleicht? Sind Sie deshalb so blass?«

»Nein ... Das heißt, ich bin mir nicht sicher.«

Mrs. Rakes sah sie eindringlich an, doch dann gab sie nach. Auch wenn sie die zitternden Hände und weit aufgerissenen Augen der Gouvernante nicht zu deuten wusste, so verstand sie doch, wie wichtig Harriet die Antwort auf diese Frage war. »Vor ihrer Heirat hieß sie Miss Louisa Dauncey. Sie kommt gebürtig aus London.«

»Ja«, sagte Harriet kaum hörbar. »Ja.«

»Dann kennen Sie sie also?«, fragte die Haushälterin sanft.

Nach kurzem Zögern schüttelte Harriet den Kopf. »Nein. Sie kam mir bekannt vor, aber ich habe mich geirrt.« Ihre Worte klangen aufgesetzt und wenig glaubhaft. »Würden Sie mich jetzt entschuldigen, Mrs. Rakes? In dem Zimmer war es schrecklich heiß. Ich glaube, ich brauche etwas frische Luft.«

Harriet rannte die Treppe hinunter und konnte den verwunderten Blick der Haushälterin geradezu im Rücken spüren. Doch sie hätte es nicht fertiggebracht, ihr alles zu erklären, geschweige denn zuzugeben, dass, obwohl Mrs. Pembridge ihrerseits Harriet nicht erkannt hatte, sie selbst sich nur allzu gut an die Frau erinnerte, die früher Louisa Dauncey geheißen hatte.

NEUN

Grace

So saßen wir an meinem ersten Abend zu dritt beim Essen im Speisezimmer, während das Tageslicht verblasste und die Abenddämmerung Fenix House in zartere Farben hüllte. Die längeren Nächte waren die ersten Boten des nahenden Herbstes, ein Zeichen dafür, dass der Sommer dahinschwand. Die Dessertschalen standen noch halb voll vor uns auf dem Tisch. Der Nachtisch war offenbar eines von Agnes' Standardgerichten: ein klumpiger Schichtkuchen, der in Sherry schwamm, um die fehlenden Früchte wettzumachen. Nachdem ich einen weiteren Mundvoll hinuntergewürgt hatte, gab ich auf. Kaum hatte ich den Löffel zur Seite gelegt, sprang Bertie voller Eifer auf, um mir endlich den Garten zu zeigen.

»Dafür ist es doch schon viel zu dunkel«, sagte David Pembridge, und mir war, als hörte ich einen Hauch Genugtuung aus seinem sarkastischen Tonfall heraus, als er hinzufügte: »Ihr schlagt euch in dem alten Steingarten allenfalls den Kopf auf.«

Bertie eilte zum Fenster und sah betrübt hinaus. »Ja, durchaus. Abgesehen von meinem eher enttäuschenden Spiegelbild kann ich rein gar nichts erkennen.«

»Zeigen Sie mir den Garten doch morgen«, versuchte ich ihn aufzuheitern, während das Licht an der Decke zum wiederholten Mal flackerte, diesmal allerdings besonders stark.

»Dieses verdammte Haus!«, rief mein Arbeitgeber und knallte sein Weinglas so fest auf den Tisch, dass ich fürchtete, der dünne Stiel könnte zerbrechen. »Ich habe doch erst vor zwei Wochen die Elektrik überprüfen lassen.«

»Ich glaube immer, es ist Mama«, sagte Bertie mit einem wehmütigen Blick zu der rissigen rauchgeschwärzten Decke.

»Was soll das denn heißen?«, fragte Pembridge gereizt.

Bertie wedelte nervös mit einer Hand, während er mit der anderen nach seinem Glas griff. »Du weißt schon. Das Licht. Und die Geräusche.«

»Geräusche?«

»Meine Güte, bin ich denn der Einzige, der so etwas wahrnimmt? Das Knarren in der Nacht. Schritte auf der Treppe, wenn wir alle im Bett liegen. Das Läuten aus Zimmern, die seit Jahren leer stehen.«

»Mein lieber Onkel, willst du uns etwa weismachen, die Geräusche in diesem alten Haus kämen von meiner Großmutter? Alte Balken knarren nun einmal, wenn das Holz arbeitet.« Mit einem grimmigen Lachen schüttelte Mr. Pembridge den Kopf.

»Es ist nur so ein Gedanke«, erklärte Bertie bedrückt. »Ich sehe eben nicht alles so rational wie du, David. Und Mama war eine starke Persönlichkeit. Ich kann mir einfach nicht vorstellen, dass nichts mehr von ihr da ist.«

Kopfschüttelnd schenkte sein Neffe mir noch ein, zwei Fingerbreit Wein ein, bevor er den Rest der Flasche in sein eigenes Glas leerte. Dann widmete er sich demonstrativ der Zeitung, die er unter seinem Stuhl hervorgezogen hatte, wie um zu signalisieren, dass er sich nicht weiter mit solchem Unfug befassen wollte. Aber vielleicht spürte er meinen Blick, denn plötzlich hob er den Kopf.

Hastig wandte ich mich an Bertie. »Wie war sie, Ihre Mama?«, platzte ich heraus. Es interessierte mich wirklich, denn von Mr. und Mrs. Pembridge hatte meine Großmutter kaum etwas erzählt. Als Kind war mir das nicht aufgefallen, weil ich die Kinder der Pembridges und die sicher ein wenig ausgeschmückten Geschichten über die Dienstboten natürlich viel interessanter fand. Erst jetzt, da ich selbst in Fenix House war, merkte ich, wie wenig ich über die damaligen Herrschaften wusste.

»Na ja, wenn in diesem alten Kasten jemand herumspukt, dann sie«, brummte Pembridge hinter seiner Zeitung. »Als sie starb, war ich noch ein kleiner Junge, aber sie ist mir sehr deutlich in Erinnerung geblieben.«

Ich überlegte, in welchem verwandtschaftlichen Verhältnis er zum Rest der Familie stand. War er Helens oder Victorias Sohn? Oder der Sohn eines jüngeren Geschwisters, das erst später geboren worden war? In dem Moment flackerte das Licht abermals, und wir alle sahen hinauf zur Decke. Es gab einen Knall – und die Hälfte der Glühbirnen erlosch.

»Vielleicht hast du gar nicht so unrecht, Onkel.«

Obwohl es nun noch düsterer war, konnte ich Bertie seinen inneren Aufruhr ansehen. »Ich habe Mama vergöttert«, sagte er mit bebender Stimme, als würde sie über seinem Kopf schweben und jedes Wort mitbekommen. »Als wir klein waren, sah sie wunderbar aus mit ihren goldenen Locken. Und ihre Augen hatten die Farbe von – Kornblumen. Oder eher von Rittersporn.«

»Ich habe sie heller in Erinnerung. Und kälter«, warf Pembridge ein.

Bertie neigte seufzend den Kopf. »Damit hast du sicher recht. Wie gesagt, sie war eine starke Persönlichkeit. Niemand, der ihr begegnet ist, hat sie je wieder vergessen. Sie legte immer Wert auf die neueste Mode, bei Kleidern, Schuhen, sogar bei Möbeln und Tapeten. Als sie schon sehr krank war, hat sie noch darauf bestanden, ihr Schlafzimmer umgestalten zu lassen. Als es fertig war, hat sie das noch einmal aufgeheitert, aber sie war schon zu schwach, als dass es sie richtig hätte wieder aufleben lassen können.« Mit einem traurigen Lächeln starrte er in sein Weinglas. »Na ja, sie hat nicht sehr viel von mir gehalten.«

»Oh, das kann ich mir nicht vorstellen!«

»Doch, mein Liebe. Es ist sehr nett von Ihnen, das Gegenteil zu behaupten, aber ich war nicht der Sohn, den sie sich gewünscht hatte. Ich hätte mutiger sein sollen, schneidiger, so wie ihr Bruder. Aber das war ich nie. Und ich hatte auch nicht ihr hellblondes Haar. Vicky kommt dagegen ganz nach den Daunceys. Ich sollte in die Fußstapfen

71

meines Onkels treten und auch zur Armee gehen. Aber dafür war ich nicht geschaffen, und für den Weltkrieg war ich dann gottlob schon zu alt. Ich wäre bestimmt ein schrecklicher Soldat geworden. Onkel Jago war in Indien stationiert, als ich klein war. Wenn er davon erzählte, konnte man glauben, er hätte ein Dutzend Aufstände allein niedergeschlagen. Wer weiß? Vielleicht hatte er das ja tatsächlich. Mama hätte es ihm jedenfalls zugetraut.« Abermals sah er hinauf zur Decke. »Wenn er Heimaturlaub hatte, kam er immer zu Besuch. Aber für Mama war das nie lang genug. Sie war sehr glücklich, wenn er da war.«

»Nur dann war sie überhaupt glücklich. Habe ich jedenfalls gehört«, sagte Pembridge. Er stand auf und nahm noch eine verstaubte Flasche Wein von der Anrichte.

»Ach, das ist doch etwas übertrieben«, sagte Bertie stirnrunzelnd und hielt ihm sein Glas hin. »Aber sie und ihr Bruder standen sich ungewöhnlich nahe, das stimmt schon. An einen seiner Besuche kann ich mich noch besonders gut erinnern. Ich muss etwa elf oder zwölf Jahre alt gewesen sein. Es war nämlich der Sommer, in dem Miss Jenner bei uns war …« Er verstummte und starrte kurzsichtig in den Raum.

Ich hielt den Atem an. Also war sie tatsächlich hier gewesen! Natürlich hatte ich das auch vorher schon gewusst. Ihre Initialen auf der Fußleiste waren der beste Beweis dafür. Doch irgendwie wurde die Vergangenheit – *ihre* Vergangenheit – erst in diesem Moment Wirklichkeit für mich.

Ich sah erst Bertie an, der noch immer in die Erinnerung an seine weit zurückliegende Kindheit versunken war, dann seinen Neffen. Mit undurchdringlichem Gesichtsausdruck drehte Pembridge sein Weinglas hin und her, während das Licht dunkle Schatten auf seine markanten Züge warf.

»Ja, es muss in diesem Sommer gewesen sein«, sagte Bertie so leise, als spräche er zu sich selbst. »Ich glaube, es war das letzte Mal.«

Ich wollte ihn fragen, was er damit meinte, aber in dem Moment kam Agnes polternd durch die Tür. »Mein Schichtkuchen schmeckt Ihnen wohl nicht?«, fragte sie mürrisch, als sie die halb vollen Schälchen sah.

»Er ist Ihnen schon mal besser gelungen«, sagte Pembridge ungerührt.

»Charmant wie immer«, brummte sie und stellte mit Geklapper das Geschirr auf ihr Tablett.

»Ich nehme an, es ist ausgeschlossen, eine Kanne Kaffee zu bekommen?«, fragte er, ihre Bemerkung ignorierend.

»Ist nur noch Kaffeesatz da. Morgen bestelle ich neuen. Und ein paar Glühbirnen, wenn ich schon dabei bin. Die scheinen hier ja nie länger als ein paar Minuten zu halten.«

Bertie sah seinen Onkel vielsagend an, doch der ignorierte auch das.

Nachdem Agnes hinausgehumpelt war, herrschte wieder Stille. Ich hätte Bertie gern nach meiner Großmutter – nach Miss Jenner – gefragt, aber ich hatte sicherlich eine bessere Chance, wenn ich mit ihm allein war. Vielleicht konnte ich am nächsten Tag bei einem Rundgang durch den Garten unauffällig darauf zu sprechen kommen. Im Beisein meines Arbeitgebers, der, obwohl er nun seinen eigenen Gedanken nachzuhängen schien, eventuell doch hellhörig geworden wäre, wollte ich mich nicht verplappern. Vielleicht war es Unsinn, geheim zu halten, dass ich Harriet Jenners Enkelin war, besonders da Bertie sie sehr gemocht zu haben schien. Aber ich wollte endlich auf eigenen Beinen stehen. Die Pembridges sollten mich unvoreingenommen kennenlernen und nicht als Abklatsch meiner Großmutter. Für mich hatte dieser Gedanke etwas absolut Neues, geradezu Befreiendes.

»Mr. Pembridge«, sagte ich, um das Gespräch in Gang zu halten, »könnte ich Ihnen bezüglich meiner Aufgaben ein paar Fragen stellen?«

Er sah mich eindringlich an. Bei der spärlichen Beleuchtung wirkten seine Augen fast schwarz. Ich senkte den Kopf, um den Mut zu finden, weiterzusprechen. »In der Annonce war nicht nur von Unterricht die Rede, sondern auch von Betreuung. ›Gelegentliche Betreuung‹, hieß es, soweit ich mich erinnere. Wie ich in meinem Brief schon erwähnte, habe ich überwiegend Erfahrung im Unterrichten. Deshalb wollte ich fragen … Also, an welcher Art Krankheit leidet Ihr Sohn?« Ich schluckte und zwang mich, wieder hochzusehen.

»Welcher *Art*?«, fragte er, als hätte ich ein anrüchiges Wort gebraucht.

Ich nickte, entschlossen, mich nicht noch weiter aus der Fassung bringen zu lassen, sondern auf eine Erklärung zu warten. Die Frage war schließlich nicht unbegründet.

»Am besten sehen Sie es sich morgen selbst an«, sagte er schließlich. »Das lässt sich nicht so einfach erklären. Es ist nicht so, als hätte er Tuberkulose oder gelähmte Beine oder etwas Ähnliches.«

Bertie zuckte bei diesen schonungslosen Worten zusammen.

»Verstehe«, sagte ich. »Glauben Sie denn, er wird morgen in der Verfassung sein, mich kennenzulernen? Ehrlich gesagt hatte ich heute den Eindruck, er möchte es gar nicht.« Ich schluckte vernehmlich.

»Dafür werde ich schon sorgen. Darauf können Sie sich verlassen. Morgen wird er keinen Aufstand machen. Heute war er nicht ganz auf der Höhe, das gebe ich gern zu. Aber geht es uns nicht allen manchmal so? Bei mir ist das weiß Gott der Fall.«

Wieder senkte ich den Blick auf die schmuddelige Tischdecke. Dabei hatte ich das Gefühl, zu Unrecht in die Schranken gewiesen worden zu sein. Hoffentlich redete er nicht in diesem Tonfall weiter. Sonst würde ich noch in Tränen ausbrechen. Angesichts seiner schonungslosen Art und der Dunkelheit hatte ich auf einmal schreckliches Heimweh. Wie die Glühbirnen des Kronleuchters erloschen all meine mutigen Vorsätze einer nach dem anderen.

Schon bald war klar, dass er weder über seinen Sohn noch über sonst etwas sprechen würde. Auch Bertie wirkte nach seinem anfänglichen Überschwang in bezug auf den Garten ein wenig bedrückt. Also zog ich mich so früh wie möglich zurück und überließ die beiden ihrem Schweigen. Was für ein schwermütiges Haus, dachte ich auf dem Weg die Treppen hinauf. Es lag nicht allein an dem vernachlässigten Zustand des Gebäudes. Kummer, Einsamkeit und Bedauern sickerten aus den feuchten Ecken, unter den losen Fliesen hervor und aus den Rissen im Verputz.

Als ich vor meiner Dachkammer stand, hörte ich wieder die Geräusche, die mir zuvor schon aufgefallen waren. In der Dunkelheit waren sie umso lauter. Ich bekam Gänsehaut und fragte mich, ob es vielleicht doch sein konnte, dass hier oben jemand war. Beim Abendessen hatte ich mich nicht getraut zu fragen, ob weitere Familienmitglieder in Fenix House wohnten.

Jetzt bereute ich meine Zurückhaltung. Lucas' wütendes, geradezu unmenschliches Geschrei hatte ich bereits nervenaufreibend genug gefunden. Die Vorstellung, es könnte noch jemand hier sein, den ich noch gar nicht gesehen, sondern nur gehört hatte, jagte mir einen Schauer über den Rücken. Und was Berties Mama betraf, so mochte ich mir gar nicht ausmalen, dass sie plötzlich Gestalt annehmen könnte – hier auf dem düsteren Dachboden, wo die Dunkelheit mir so pechschwarz und undurchdringlich schien wie nirgendwo zuvor.

ZEHN

Ich streifte die Schuhe ab und legte mich, ohne mich auszuziehen, auf das schmale Bett. Die Initialen meiner Großmutter, die sich darunter befanden, waren weniger Trost, als ich gehofft hatte. In gewisser Weise schien sie mir dadurch noch weiter entfernt. Ich legte mir das Kopfkissen so zurecht, dass ich mir nicht den Rücken an dem eisernen Bettgestell stieß, zog mir die Decken bis übers Kinn und sah mich in dem kleinen Zimmer um, das einst ihres gewesen war. Vielleicht hatte sie in diesem schmalen Bett zum ersten Mal eine Vorahnung gehabt, dass ihr einmal jemand nach Fenix House folgen würde – nicht meine Mutter, sondern jemand, der erst später geboren wurde: ich. *Es soll so sein.* Das waren ihre unumstößlichen Worte gewesen, als sie David Pembridges Annonce entdeckt hatte. *Ich habe es vorausgesehen.*

Dass meine Großmutter einen sechsten Sinn hatte – die Zukunft vorhersehen konnte oder wie auch immer man es nennen mochte –, hatte mich nie sonderlich erstaunt.

Nichts erstaunt einen, wenn man es von klein auf gewohnt ist. Sie nannte diese bruchstückhaften Blicke in die Zukunft immer »das Flimmern«, und bis zu dem Zeitpunkt, als meine Eltern ums Leben kamen, hatte ich dem nicht mehr Bedeutung beigemessen als anderen Gebrechen, die das Alter mit sich bringt, dem Herzleiden unserer Nachbarin zum Beispiel oder der Nervenschwäche der Metzgersfrau.

Das Flimmern stellte sich allerdings nicht so häufig oder regelmäßig ein, dass es sich als nützlich erwiesen hätte. Das Leben zweier geliebter Menschen hatte es nicht retten können. Und so bestärkten die Ereignisse an jenem strahlenden Frühlingstag im Jahr 1910 meine Großmutter nur in der Überzeugung, ihre Gabe sei gleichermaßen Fluch wie Segen. Was hätte auch grausamer sein können als eine Vorahnung, die zwar eintraf, bevor man die Nachricht erhielt, die aber dennoch zu spät kam, um jemanden zu warnen?

Sie war unten im Wohnzimmer gewesen, als sie gespürt hatte, dass meine Eltern uns verließen. Den Begriff »dahinscheiden«, den man verwendet, wenn Menschen sterben, benutzte sie nie.

»Nein, Grace, es passiert schneller, plötzlicher, und – es ist heller als nur ein ›Dahinscheiden‹«, erklärte sie mir einige Tage später, als ich anfing zu begreifen, dass meine Eltern nicht zurückkommen und meine Großmutter und ich von nun an in dem Haus, wo wir mein ganzes Leben lang zu viert gewohnt hatten, allein sein würden. »Wenn die Seele freigelassen wird, schießt sie so schnell wie eine Pistolenkugel hinauf in den Himmel.«

Ich musste an den Halleyschen Kometen denken. Erst vor ein paar Tagen hatte ich ihn mir zusammen mit meinen Eltern von der Hängebrücke aus angesehen, die Brunel vor

Bristol über die tiefe Schlucht zwischen Clifton und Leigh Wood gespannt hatte und die ich vom Fenster meines Zimmers aus sehen konnte. Kinder, die geliebt werden, glauben, sie befinden sich im Zentrum des Universums. Aber dort, auf dieser Brücke, die an einer riesigen Eisenkette in der Luft hing, wurde mir zum ersten Mal bewusst, wie klein und unbedeutend ich war – ein kleiner Punkt inmitten eines riesigen Nichts, dessen eine Hälfte steil abfiel bis auf den schlammigen Grund des Avon, während die andere sich nach oben in der Dunkelheit um den flammenden Kometen herum verlor, der nur ein Stückchen weniger weit entfernt war als die Sterne.

»Also ist das mit der Seele wie mit dem Halleyschen Kometen?«, fragte ich nachdenklich, denn ein verbürgter Vergleich schien mir wichtig. »Hast du das gemeint, Großmutter?«

Sie dachte einen Moment lang nach. Dann nickte sie entschlossen. »Ja. Wie ein Komet. Genau so muss man es sich vorstellen. Sie sind nicht *dahingeschieden*. Der Komet hat deine Mutter und deinen Vater mitgenommen auf eine lange Reise durch den Weltraum.«

»Kommen sie dann im Jahr 1986 wieder zurück?«, fragte ich voller Hoffnung, auch wenn mir das voraussichtliche Datum für die Rückkehr des Kometen, das mein Vater mir aus der Zeitung vorgelesen hatte, ebenso irreal schien wie 1066 oder 1488.

So gut wie nie um eine logische Erklärung verlegen, konnte ich meiner Großmutter ansehen, dass ihr genau diese nun fehlte. Die Lüge, die sie mir erzählt hatte, spiegelte sich in ihren grauen Augen wider. Nie wieder ließ sie mich einen solch verräterischen Schimmer sehen.

An dem Morgen, der alles veränderte, saß sie an ihrem

kleinen Schreibtisch im Wohnzimmer, der genau dort stand, wo am meisten Licht hereinfiel. Mein Vater hatte ein eigenes Arbeitszimmer, und meine Mutter, die sich selbst immer als unruhigen Geist bezeichnete, hätte sich ohnehin nicht an den Schreibtisch gesetzt. So war diese ruhige Ecke also meiner Großmutter vorbehalten. Nach dem Frühstück setzte sie sich stets dorthin und las die Zeitung aus Cheltenham, die sie sich zustellen ließ, obwohl mein Vater die *Times* abonniert hatte.

Als sie spürte, was geschah oder geschehen würde, lehnte ich mich gerade zwei Etagen über ihr aus dem Fenster meines Kinderzimmers hinaus in die Sonne. Da ich das eigentlich nicht durfte, aus Angst, ich könne aus dem Fenster fallen und auf den Pflastersteinen zerschmettert werden, hatte ich die Tür geschlossen. Ich hörte ihren Schrei also nicht.

Rückblickend frage ich mich, ob ich in diesem Moment selbst zum ersten Mal eine Art Flimmern erlebte. Denn der Augenblick, als meine Großmutter sich mit mir hinsetzte und mir von dem Unglück erzählte, ist in meiner Erinnerung trüb wie das schlammige Wasser des Avon, verschleiert wie die nebelverhangenen Vogelbeerbäume in Leigh Wood. Aber an den Augenblick, in dem ich zur Waise wurde, erinnere ich mich mit verblüffender Klarheit.

Wie gesagt, es war ein strahlender Tag. Nach einer endlos scheinenden Woche mit Nieselregen und Sturmböen erschien der Himmel an dem Morgen umso blauer. Für mich war der Tag darüber hinaus ein ganz besonderer, denn fortan war mein Alter zweistellig, und diesem Meilenstein auf dem Weg zum Erwachsenwerden hatte ich mit freudiger Erwartung entgegengesehen.

Zum Frühstück gab es Reis mit gebratenem Fisch und Eiern, eins unserer Lieblingsgerichte. Danach überließ ich meine Großmutter ihrer Zeitung und ging hinauf auf mein Zimmer. Meine Geschenke sollte ich erst später bekommen, sobald meine Eltern aus London zurückkamen, wohin mein Vater, der Portwein und Sherry vertrieb, hatte reisen müssen.

An diesem folgenschweren Tag schloss ich leise meine Zimmertür. Die Sonne tauchte den Raum in zitronengelbes Licht. Wahrscheinlich saßen meine Eltern längst im Zug ab Paddington und rasten, vorbei an frischen grünen Wiesen, nach Hause. Ich sah sie so genau vor mir, als würde ich durch das Fenster ihres Abteils schauen: meine Mutter, die den Blick auf die hügelige Landschaft gerichtet hatte, und meinen Vater, der seine Zeitung auseinanderfaltete. Natürlich hoffte ich, dass, zusammen mit dem Gepäck, auch ein oder zwei Pakete für mich in den Fächern über den Sitzen verstaut waren.

Aus der Ferne hörte ich die Kirchturmglocken. Ich ging zum Fenster und zählte die Glockenschläge laut mit: Es war zehn Uhr morgens an meinem zehnten Geburtstag im Jahr 1910. Eine perfekt scheinende Symmetrie. Die Drahtseile der Hängebrücke glänzten in der Sonne, hoch darüber schwebten elegant drei Wanderfalken und ließen sich auf der warmen Luftströmung treiben, die aus der tiefen Schlucht aufstieg. Den Fluss konnte ich nicht sehen, dafür waren die Felsen zu hoch. Aber ich malte mir aus, wie ein Boot auf dem gemächlich dahinfließenden kakaobraunen Wasser des Avon fuhr. Die Aussicht war mir vertraut, doch an diesem Morgen war sie in Rosa- und Goldtöne getaucht. Vielleicht ist mir diese Szene aber auch nur deshalb als besonders schön in Erinnerung geblieben, weil es der letzte Morgen meines vorherigen Lebens war.

Zur selben Zeit saß fünfundvierzig Meilen entfernt ein

Weichensteller der Great Western Railway in seinem Signalhäuschen und schlief für einen kurzen Moment ein. Eine Stunde zuvor hatte er darum gebeten, seine Schicht tauschen zu können, weil er die ganze Nacht nicht geschlafen hatte, denn das jüngste seiner fünf Kinder hatte Scharlach. Ein Kollege hatte sich bereit erklärt, Albert Reeds Schicht zu übernehmen. Er wusste, wie anstrengend es bei Reeds zu Hause war. Die beiden verstanden sich gut und spielten im Sommer zusammen Kricket. Aber sein Vorschlag wurde nicht angenommen, er durfte Reed nicht ablösen.

Bevor Reed einschlief, hatte er einen langsamen Güterzug auf ein Nebengleis umgeleitet, damit der Riviera Express aus Cornwall ohne Verzögerung Richtung London durchfahren konnte. Eigentlich war das ein ganz normaler Vorgang, insbesondere wenn sämtliche Abstellgleise belegt waren, in diesem Fall von einem weiteren Güterzug sowie einzelnen Waggons. Es war reichlich Zeit, um den Güterzug mit seinen acht Waggons voller Kohle weiterfahren zu lassen und so das Nebengleis wieder freizumachen.

Reed hörte den Zug aus Cornwall vorbeirattern, aber an den Moment danach erinnerte er sich nicht. Er wusste nur, dass er plötzlich aufwachte und der Güterzug noch auf dem Nebengleis stand. Er sah auf die Uhr, dann auf den Fahrplan mit den eng beschriebenen Zeilen, und die Ziffern verschwammen vor seinen müden Augen. In dem Moment, als er den Arm nach dem Hebel ausstreckte, der dem Güterzug das Signal zur Weiterfahrt geben sollte, hörte er, was er sein Leben lang nicht vergessen würde: zuerst das verzweifelte Pfeifen des Güterzugs, als der Lokomotivführer merkte, was auf sie zuraste, dann das vergebliche Kreischen der Bremsen des Schnellzugs. Und zuletzt den Aufprall, der das Signalhäuschen erbeben ließ und Reed zu Boden schleuderte.

Während ich am Fenster stand und mich über meinen Geburtstag freute, spulte sich vor dem geistigen Auge meiner Großmutter eine grausame Bilderflut ab: verbogenes Metall, schwelendes Holz und abgetrennte Gliedmaßen. Das einzig Erlösende war etwas unbeschmutztes, reines Weißes zwischen den verkohlten Trümmern und Überresten, das sie aber nicht genau ausmachen konnte, sodass sie nicht wusste, was es zu bedeuten hatte. All das spielte sich in dem Augenblick vor ihrem inneren Auge ab, als ich blinzelnd in die helle Frühlingssonne schaute.

In den Monaten danach zog es mich in Gedanken immer wieder zu einer Uhr, die ich zum ersten Mal gesehen hatte, als ich mit meinem Vater durch die belebten Straßen von Bristol gegangen war. Sie ragte aus der hellen Steinfassade der Getreidebörse hervor und schien nichts Besonderes zu sein. Erst auf den zweiten Blick sah ich, dass etwas daran ungewöhnlich war. Im Gegensatz zu den Uhren, die ich kannte – die silberne Taschenuhr meines Vaters und die Standuhr in unserer Diele mit dem Messingpendel, dessen Gegengewichte hinter einem Törchen verborgen waren –, hatte die Uhr in Bristol zwei Minutenzeiger. Der eine war schwarz wie der Stundenzeiger, der andere sah aus wie sein roter Schatten.

Es war Samstagnachmittag, und als mein Vater und ich an der Getreidebörse vorbeigingen, schlug die Uhr zur vollen Stunde.

Ich sah hinauf und war verwirrt. »Papa, warum hat die Uhr da oben drei Zeiger?«

Er sah ebenfalls hinauf, dann lächelte er. »Der rote Zeiger ist für die Bristol-Zeit«, sagte er, als wäre es völlig normal, dass jeder Ort seine eigene Zeit hatte. »Der schwarze ist für die London-Zeit. Die auch Greenwich-Zeit genannt wird. Siehst du, wie der schwarze Zeiger unserer Zeit immer zehn Minuten voraus ist? Vielleicht sind wir hier im Westen ja etwas langsamer.« Als er sah, wie verblüfft ich war, lachte er und konnte sich kaum noch beruhigen.

Dann erklärte er mir, die Eisenbahngesellschaften hätten unbedingt gewollt, dass Zeit zu einer messbaren Größe wurde. Dabei hatte ich sie schon immer für genau das gehalten. Als wir an jenem ganz normalen Samstagnachmittag zwischen all den Menschen vor dieser Uhr standen, war die Zeit bereits seit fast siebzig Jahren von der Great Western Railway, mit der mein Vater immer nach London fuhr, standardisiert worden. Nur in Bristol hatte man bis 1852 auf den Unterschied von zehn Minuten bestanden. Aber das war lange her, und der rote Zeiger diente nur noch der Erinnerung an eine Ära, als Zeit und Entfernung noch nicht von dampfbetriebenem Eisen bestimmt wurden.

»Weiß du, was Dickens gesagt hat?«, fragte mein Vater, als wir die Broad Street überquerten und in die Wine Street abbogen. Ich wusste, wer Dickens war; meine Mutter hatte mir aus *Große Erwartungen* vorgelesen. »Er sagte: ›Jetzt wird von Uhren schon die Eisenbahnzeit angezeigt, als hätte die Sonne überhaupt nichts mehr zu sagen.‹ Er wollte lieber an alten Gewohnheiten festhalten, verstehst du.«

Ja, das verstand ich, umso mehr nachdem meine Eltern bei der Fahrt mit der Eisenbahngesellschaft, für die die Bristol-Zeit als überholt galt, ums Leben gekommen waren. Wenn ich vor dem Einschlafen auf das leicht erhellte Viereck meines Fensters starrte, das sich hinter den Vorhängen im schwachen Licht der Straßenlaternen und des Mondes abzeichnete, stellte ich mir oft den roten Zeiger vor. Zehn

Minuten hätten alles ändern können, dachte ich dann und umklammerte das Stück Stoff aus Musselin mit den satinbesetzten Kanten, ohne das ich nicht einschlafen konnte. Wäre der Bahnwärter zehn Minuten später eingeschlafen. Hätte der Zug, in dem meine Eltern saßen, nur zehn Minuten Verspätung gehabt. Wäre der Güterzug zehn Minuten später in den Bahnhof eingefahren. Nur eine einzige dieser kleinen Abweichungen hätte alles ändern können, auch für mich. In meiner kindlichen Vorstellung wünschte ich, für meine Mutter und meinen Vater hätte die Bristol-Zeit gegolten. Dann wäre ihnen nichts passiert.

Damals begann ich zu ahnen, wie trügerisch die Zeit sein kann, wie dehnbar. Über ein ganzes Leben konnte sie sich erstrecken oder auch nur über ein Fingerschnippen. Über die Spanne, die das Licht eines Kometen braucht, bis man es auf der Erde sieht, oder die Jahre, die vergehen, bis er wiederkehrt. Das Ticken der Standuhr in der Diele hatte für mich keine Bedeutung mehr. Doch erst viel später wurde mir die Tragweite dieser Erkenntnis bewusst: Wenn vor zehn Minuten auch jetzt sein kann, dann kann etwas, das vor einem halben Jahrhundert geschah, uns einholen und uns heute so dringlich erscheinen, als wäre es gerade erst passiert.

ELF

Am nächsten Morgen erfuhr ich, dass ich Lucas auch an diesem Tag nicht kennenlernen würde. Ungeachtet dessen, was Pembridge am Abend zuvor gesagt hatte, war er nun der Ansicht, es sei besser, noch damit zu warten, weil Lucas Halsschmerzen habe.

Dadurch hing ich gewissermaßen in der Luft. Ich war mit einer Aufgabe betraut worden, von der ich nun abgehalten wurde. Am späten Vormittag hatte ich nicht mehr zustande gebracht, als einen recht nichtssagenden Brief an meine Großmutter zu schreiben. Allmählich langweilte ich mich. Ich ging hinunter ins Speisezimmer und nahm mir die Zeitung, die Pembridge nach dem Abendessen gelesen hatte. Aber auch das war keine unterhaltsame Abwechslung: Nach der Explosion in einem Bergwerk in Cumberland waren dreißig Männer in einem unterirdischen Stollen eingeschlossen, und die ohnehin brüchige Koalition des Premierministers David Lloyd George hing am seidenen Faden. Ich legte die Zeitung beiseite. Da saß ich nun in dem verlassenen Speisezimmer und starrte auf die Staubkörner, die in der Luft tanzten. Mein linker Fuß war eingeschlafen, und ich hatte das Gefühl, ich wurde in diesem Haus überhaupt nicht gebraucht. Ich kam mir vor wie der vergessene Hausgast in einem alten Herrenhaus aus einer Geschichte von P. G. Wodehouse.

Ich beschloss, mir ein wenig Gesellschaft zu suchen. Aber wo Pembridge abgeblieben war, wusste ich nicht, und Agnes in ihrem Reich unten in den Wirtschaftsräumen zu stören traute ich mich nicht.

Also machte ich mich auf die Suche nach Bertie, der gleich anbot, mich unter seine Fittiche zu nehmen, bis ich meine Tätigkeit antreten konnte. »Es wird mir ein Vergnügen sein, Ihnen alles zu zeigen«, sagte er erfreut, als wir durch die Flügeltüren, von denen bereits die Farbe abblätterte, in den Garten gingen. Er trug eine Drahtbrille mit runden Gläsern, die sicher durch stärkere hätten ersetzt werden müssen. Er musste sehr nah an alles herangehen und polierte die Brille immer wieder mit seinem Taschentuch, als wären verschmierte Gläser und nicht seine schlechten Augen die Ursache dafür, dass er kaum etwas sehen konnte.

Draußen war es schwül. Eine dichte weiße Wolkendecke hing vor der noch kräftigen Septembersonne, sodass man nicht einen einzigen Fetzen Blau am Himmel erkennen konnte. Genau das Wetter, von dem man Kopfschmerzen bekommt, zumal die Sonne die Wolken derart grell aufleuchten ließ, dass Bertie und ich gewissermaßen im Rampenlicht standen, vor der Kulisse des einst so prächtigen Gartens, dessen Rasen nun bräunlich und ungepflegt war. Besonders für Bertie musste es ein Bild des Jammers sein. Wärmeres Sonnenlicht hätte sicher schmeichelhafter gewirkt und selbst ein heruntergekommenes Anwesen wie dieses freundlicher erscheinen lassen. Aber an einem so grellen Tag wirkte es besonders trostlos.

»Es ist natürlich nicht mehr das, was es einmal war«, sagte Bertie bedauernd. Dabei war ihm das volle Ausmaß des Verfalls wahrscheinlich nicht einmal bewusst. Der Rasen hatte vermutlich als Erstes Anzeichen der Vernachlässigung gezeigt, dachte ich. Die einst akribisch gepflegten grünen Bahnen waren mit Sicherheit innerhalb weniger Wochen nicht mehr zu erkennen gewesen. Die Hecken waren völlig aus der Form geraten und buchstäblich zugewuchert. Zwischen den dunklen Eiben wuchs Unkraut. Selbst der Steingarten, der eigentlich ein Blickfang hätte sein sollen, war völlig überwachsen mit Blauregen, der sich dermaßen ausgebreitet hatte, dass er sich selbst zum Opfer wurde, weil die oberen Zweige schwer herunterhingen und die darunter zerdrückten. Verwelktes Grün mit staubtrockenen Blüten häufte sich neben Büscheln, die bis zu den Wurzeln abgestorben waren und grau und morsch erschienen wie alte Knochen.

»Den Azaleen in der Auffahrt geht es leider nicht besser«, sagte Bertie. »Sie haben sie bestimmt gesehen, als Sie ankamen. Sie sind eigentlich nicht zu übersehen. Die Tannen sind dafür aber kerngesund. Der Affenbaum auch. Den mochte ich immer besonders gern.« Stolz zeigte er nach oben, und wir reckten die Köpfe, um die Krone des exotischen Riesen erkennen zu können.

»Was ist aus dem Eishaus geworden?«, fragte ich, ohne nachzudenken. Das passierte mir nun schon zum zweiten Mal. Ich stand dermaßen im Bann der Vergangenheit, dass ich mich beinahe verplappert hätte.

Zum Glück wäre Bertie niemals in den Sinn gekommen, dass ich etwas verheimlichte. »Wie klug von Ihnen, davon auszugehen, dass wir ein Eishaus haben«, sagte er. »Wir haben nämlich tatsächlich eins. Auch wenn es schon seit einem halben Jahrhundert nicht mehr benutzt wurde. Eigentlich gehe ich nicht mehr so weit hinauf. Der Boden ist zu uneben für eine alte Blindschleiche wie mich. Aber wenn Sie es gern sehen möchten, werde ich es schon schaffen. Ich muss aber gleich dazu sagen, dass wir es uns nicht von innen ansehen können. Es ist schon seit Jahren abgeschlossen. Weiß der Himmel, wo der Schlüssel geblieben ist.«

»Oh, nein, das ist nicht nötig«, sagte ich hastig und redete mir ein, ich hätte sein Angebot abgelehnt, weil er so schlecht sehen konnte. Doch ehrlich gesagt war mir bei dem Gedanken, dort hinaufzugehen, auf einmal unbehaglich zumute.

»Dann mache ich Ihnen einen anderen Vorschlag«, sagte

Bertie nach kurzem Nachdenken. »Wie wäre es, wenn wir stattdessen in den Irrgarten gehen?«

Hätte man nicht gewusst, dass es sich um einen Irrgarten handelte, wäre man eher auf den Gedanken gekommen, man stünde vor einer riesigen Hecke, die wie die Eiben unterschiedliche Bereiche des Gartens voneinander trennte. Das Innere des Irrgartens war jedoch weniger zugewuchert, als ich erwartet hatte, möglicherweise wegen des mangelnden Lichts. Die Kieswege waren mit einem dicken, weichen Moosteppich bedeckt und kamen mir wesentlich enger vor, als meine Großmutter sie beschrieben hatte. Trotzdem konnte man noch gut darauf laufen. Das obere Blattwerk, das mehr Sonne abbekommen hatte, war wilder und an vielen Stellen sogar über dem Weg zusammengewachsen, sodass sich Hohlwege in allen möglichen Grünschattierungen bildeten, vom Hellgrün über unseren Köpfen bis zum Moosgrün unter unseren Füßen.

Im Inneren des Irrgartens roch es vermodert wie in einem feuchten Keller. Bertie warf einen Blick über die Schulter, um sich zu vergewissern, dass ich noch hinter ihm war, und in dem grünlichen Schatten hatte sein Gesicht etwas Geisterhaftes. »Hier ist es so verflixt dunkel«, sagte er mit leicht zittriger Stimme. »So weit bin ich seit Ewigkeiten nicht mehr hineingegangen.«

»Aber Sie wissen doch, wie man wieder hinausfindet?«, fragte ich leichthin.

Er lachte ein wenig nervös. »Wie heißt es noch – immer mit der Schulter an der rechten Wand bleiben? Das habe ich allerdings noch nie verstanden. In einem Irrgarten sind doch auf beiden Seiten Wände. Sonst wäre es ja lediglich eine Hecke.«

Mir machte es nichts aus, eine Weile im Labyrinth vom

88

grellen Tageslicht abgeschottet zu sein. Das satte Grün wirkte dagegen erfrischend wie ein kühlender Bach im Wald.

»Gestern Abend erzählten Sie von einer Miss Jenner«, sagte ich nach kurzem Schweigen. Mittlerweile ging ich vor Bertie her und merkte zunächst gar nicht, dass er stehen geblieben war. Ich drehte mich zu ihm um. »Ist alles in Ordnung? Wollen Sie sich lieber hinsetzen?« Kurz zuvor hatte ich zwischen dem dichten Laub eine steinerne Bank gesehen.

Er lächelte betrübt. »Nein, nein. Es liegt nur daran, dass Sie Miss Jenner erwähnten. Ihren Namen hat so lange niemand mehr ausgesprochen, dass ich mich gar nicht mehr erinnern kann, wann ich ihn das letzte Mal gehört habe. Seit meiner Kindheit wohl nicht mehr. Und jetzt habe ich alles wieder vor Augen, lebhafter, als ich je wieder etwas sehen werde. Nicht nur sie, auch das Haus, so wie es früher war, mit all den Menschen, die damals hier wohnten. Sie sind nicht mehr da, die meisten jedenfalls. Und trotzdem bleiben sie mir vertraut. Könnte ich die Bilder, die ich im Kopf habe, einfach zu Papier bringen – eine Gabe, die ich natürlich nicht besitze –, wäre ich in der Lage, jeden Einzelnen von ihnen bis ins kleinste Detail zu zeichnen, mit jeder Sommersprosse und jeder einzelnen Wimper.« Er hob den Kopf und sah mich kurzsichtig an. »Wenn es Ihnen nichts ausmacht, würde ich mich jetzt doch gern für einen Moment setzen. Wissen Sie noch, wo die Bank steht?«

Die Bank hatten wir schnell wiedergefunden. Da sie nicht allzu breit war, saßen wir enger nebeneinander, als Menschen, die sich kaum kennen, es zu tun pflegen. Aber eigentlich war mir Bertie nicht fremd. Er roch nach frisch gespitzten Bleistiften, Seife und ungewaschenem Haar – so hatte er wahrscheinlich schon damals, als er Miss Jenners Bekanntschaft gemacht hatte, gerochen.

»Ich habe sie sofort gemocht«, sagte er nach einer Weile. »Sie war sehr zierlich, mindestens einen Kopf kleiner als Sie, und sie hatte große graue Augen. Ernste Augen, dachte ich immer. Welche Augenfarbe haben Sie?« Er sah mich angestrengt an, während ich gegen das Bedürfnis ankämpfte, den Blick zu senken, da meine Augen ebenso grau waren wie ihre. »Sind Ihre Augen grün?«

Ich nickte. Ihm war offenbar nicht mehr bewusst, dass in dem Irrgarten alles grünlich schimmerte. Mein Haar hoffentlich auch, dachte ich, wie ein alter Penny.

»Sie war natürlich nicht meine Gouvernante«, fuhr Bertie fort, »sondern die meiner Schwestern. Ach, was habe ich die beiden beneidet! Ich konnte es gar nicht erwarten, von der Schule nach Hause zu kommen.«

»Warum mochten Sie sie so gern?«

»Sie war nett zu mir, und so geduldig. Mein Vater war auch nett, aber immer ein bisschen distanziert. Ich glaube, er hatte nur Augen für Helen. Sie war klug und hat gern gelesen, genau wie er. Victoria war Mamas Augapfel und sehr unterhaltsam. Und ich, ich war einfach nur da. Das lag natürlich an mir. Mit mir kann man nicht so viel anfangen.«

»Das würde ich nicht sagen.«

Er sah mich an und lächelte. »Ach, Sie sind zu gütig, so wie Miss Jenner. Lucas kann sich glücklich schätzen, dass Sie sich um ihn kümmern werden. Aber es war wirklich so. Ich war der einzige Sohn und Erbe, und selbst das habe ich vermasselt. Ich habe nie geheiratet. Ich konnte mir auch nie vorstellen zu heiraten. Ich habe Liebe immer als etwas

Reines und Stilles betrachtet, etwas, dem aus der Ferne gefrönt werden muss.«

»Wie ein Ritter.«

»Ja. Aber ein Ritter ohne Schlachten und Drachentöten. Ein Ritter, der zu Hause in seinem Garten bleibt.«

»Waren Sie ein bisschen verliebt in Miss Jenner?«

»O ja, sie war eine wunderbare Frau. Als sie ging, war alles anders. Vielleicht war es Zufall, oder ich habe es nicht mehr richtig in Erinnerung, aber mir kam auf einmal alles düsterer vor. Mein Vater war öfter zu Hause, und das war natürlich schön, aber Mama … Wahrscheinlich war sie vorher schon unglücklich. Sie hatte immer ihre Launen und seltsame Anwandlungen, doch die gingen sonst schnell vorüber, wie ein plötzlicher Wetterumschwung. Aber nicht nach diesem Sommer. Danach hat sie ihre Zimmer kaum noch verlassen. Natürlich hatte das auch mit meinem Onkel zu tun … Für mich jedenfalls verschwand mit Miss Jenner auch die absolute Unbeschwertheit, die man nur als Kind empfindet. Es war die gleiche Jahreszeit wie jetzt, als sie ging«, fuhr er fort. »Alles verblühte und vermoderte. Der Sommer ging zu Ende. Seitdem mag ich den Herbst nicht mehr. Die warmen Farben, von denen alle immer so schwärmen, die Blätter, die sich an den Bäumen verfärben, erinnern mich immer nur an ihr Haar. Sie hat sich nicht verabschiedet, wissen Sie. Ich habe geweint, aber nur, wenn ich allein war. Dass sie fort war, hat auch meinen Vater völlig aus der Fassung gebracht, auch wenn er das mir gegenüber niemals zugegeben hätte.«

»Ihren Vater?«, fragte ich verwundert. »Warum?«

»Weil er ihr nicht auf Wiedersehen sagen konnte. Ich glaube, er war nicht zu Hause, als sie ging. Und als er zurückkam, war sie schon fort. Ich war es, der ihm davon berichtete, und er ist wie angewurzelt stehen geblieben. Ich weiß es noch so genau, weil ich damals dachte, dass er genauso betroffen aussah, wie ich mich fühlte.« Bertie hatte die Finger in seinem Schoß fest ineinander verschränkt. Jetzt löste er sie und stieß einen tiefen Seufzer aus. »So viel Zeit ist seitdem vergangen, und trotzdem scheint alles noch so nah, so frisch.«

Ich wollte ihn nicht weiter aufwühlen. Stattdessen half ich ihm, wieder aufzustehen, und nachdem wir durch ein paar weitere Gänge gelaufen waren, hatten wir den Weg hinaus aus dem Labyrinth bald gefunden – vielleicht, weil wir nicht danach gesucht hatten. Als wir aus dem Schatten heraustraten, mussten wir unsere Augen gegen das grelle Licht abschirmen. Auf dem Weg zurück zum Haus schwiegen wir, und ich war dankbar dafür. Ich ließ noch einmal Revue passieren, was Bertie gesagt hatte, darüber, wie meine Großmutter fortgegangen war. Abermals passte es nicht zu dem, was sie selbst mir erzählt hatte.

Ich sah Bertie an, der in seine Erinnerungen versunken war. Wie war es möglich, dass sie sich nicht von jemandem verabschiedet hatte, den sie offenkundig sehr gemocht hatte? Ihrer Schilderung nach war ihre Abreise ein großes Ereignis gewesen – der gesamte Haushalt hatte sich in der Auffahrt versammelt und ihr und meinem Großvater zum Abschied zugewinkt, als sie zu ihrem gemeinsamen Leben aufbrachen. Was Bertie erzählt hatte, klang wesentlich unspektakulärer.

Was ich davon halten sollte, wie ihr Dienstherr auf ihre Abreise reagiert hatte, wusste ich auch nicht. Sie war nicht lange dort gewesen – eigentlich nur einen Sommer. Vielleicht war er empört darüber, sich eine neue Gouvernante suchen zu müssen. Das schien eine plausible Erklärung zu sein, aber sie stellte mich nicht zufrieden. Vielleicht sollte ich meine Großmutter in meinem nächsten Brief danach fragen.

Die Geschichten über Fenix House hatten nie einen chronologischen Zusammenhang gehabt. Wie eine Elster, die im Flug etwas Metallenes glänzen sieht, hatte sich meine Großmutter einzelne Anekdoten herausgepickt, um mich damit zu unterhalten – das hatte ich bisher zumindest gedacht.

Doch seit ich selbst in dem Haus lebte, das so lange meine Kindheit beherrscht hatte, wurde mir immer deutlicher bewusst, dass ich über die Welt, die mir so vertraut erschienen war, weniger wusste, als ich gedacht hatte. Über den damaligen Mr. Pembridge und seine Frau wusste ich rein gar nichts, ebenso wenig wie über den Onkel, der bei der Armee gewesen war. Das kam mir nun doch ein bisschen seltsam vor. Möglicherweise war es aber auch nachvollziehbar: Jedes kleine Mädchen hätte sich sicher in erster Linie für die Kinder in einem Haus interessiert. Abgesehen davon hatte meine Großmutter mich vielleicht nicht daran erinnern wollen, dass ich selbst keine Mutter und keinen Vater mehr hatte. Aber auch das Haus selbst entsprach nicht dem, was ich mir vorgestellt hatte, düster und vernachlässigt wie es war – von dem Schwindel mit dem rosa- und cremefarben eingerichteten Zimmer für die Gouvernante einmal ganz zu schweigen.

Zwischen Vorstellung und Wirklichkeit klaffte eine Lücke, die immer größer wurde. Aber ich hatte mich ja noch gar nicht richtig eingelebt, und sicher hatte ich auch ein bisschen Heimweh. Deshalb machte ich mir über all diese Ungereimtheiten möglicherweise zu viel Gedanken. Dennoch empfand ich sie als einen Verlust, der mich sonderbar traurig machte.

ZWÖLF

Harriet

Harriet saß auf der obersten Stufe der Eingangstreppe und versuchte, sich zu beruhigen. Erst als sie nicht mehr nach Luft schnappen musste, wagte sie, sich das Bild von Louisa als junges Mädchen wieder ins Gedächtnis zu rufen: Louisa, mit ihrer adretten Haube auf dem Kopf, wie sie sich ihrem Bruder zuwandte, der neben ihr in der Kutsche saß. An Jago, den jüngeren Bruder, konnte sich Harriet kaum erinnern. Sie wusste nur noch, dass er blondes Haar hatte, ein bisschen dunkler als das seiner Schwester, eher honigblond. Sie hatte kaum auf ihn geachtet, sondern nur Louisa angestarrt. Dieses Mädchen war nun erwachsen, und dass Harriet und sie unter demselben Dach wohnten, war nahezu unfassbar.

Harriet starrte auf die Kutschenanfahrt, die aussah wie ein Stück Kieselstrand vor einem blauen Meer aus Phlox. Die dicht wachsenden Azaleen, die auch bald zu einem Blütenmeer werden würden, trennten sie vom Terrassengarten mit den gepflegten Rasenflächen und den frisch gestrichenen grün-weißen Gartenhäuschen ab. Die silbrig schimmernden Stämme der Birken im Hintergrund wirkten wie Pinselstriche, mit denen das Eishaus übermalt worden war, und oberhalb, wo die Bäume und Sträucher spärlicher wurden, ragten die zerklüfteten Kalksteinfelsen wie Zacken empor.

Doch in dem Moment nahm Harriet all das kaum wahr.

Sie versuchte, sich daran zu erinnern, ob es eine Vorahnung, ein Flimmern gegeben hatte, eine Warnung vor dieser schockierenden Begegnung. Möglicherweise, dachte sie. Aber so oft, wie sie in all den Jahren an Louisa Dauncey gedacht hatte, wäre es ihr wahrscheinlich überhaupt nicht aufgefallen. Dieses junge blonde Mädchen mit dem milchigen Teint und den kobaltblauen Augen hatte sie in ihrer Erinnerung verfolgt. Jeder Gedanke an sie ließ ihr Bild erneut aufsteigen. Die Kutsche, der Straßenlärm, Jago – all das war mit den Jahren verblasst und in den Hintergrund getreten. Aber Louisas Gesicht sah Harriet noch absolut klar vor sich. Jetzt wurde das Bild überlagert von ihrer geballten Wut, aber nicht in flammendem Rot, sondern in düsterem Grau-Violett, wie ein Bluterguss oder das aufgewühlte Wasser der Themse bei einem Sturm. Ihr zierlicher Körper bebte.

Die Sonne brachte noch genügend Kraft auf, um das Wolkenband, das sich um den Hügel gelegt hatte, zu vertreiben, aber seit dem Rundgang mit Bertie durch den Garten hatte sich die Luft weiter abgekühlt. Der kalte Wind streifte Harriets Nacken, fuhr ihr in sämtliche Glieder und riss sie aus ihren Gedanken. Sie stand auf, schüttelte ihre schlichten Röcke aus und trat ein paar Mal mit ihren Füßen auf, um die Blutzirkulation anzuregen. Sie musste wieder hineingehen, sonst würde Mrs. Rakes nach ihr suchen und wissen wollen, was mit ihr los war. Der Haushälterin waren die Fragen, die sie hatte, anzusehen gewesen, aber noch waren Harriet keine passenden Antworten eingefallen.

Als sie das Eingangsportal hinter sich zuzog, sah sie ihren Vater so lebhaft vor sich, dass es ihr geradezu einen Schlag versetzte. Das letzte bisschen Wut verrauchte, und sie presste sich die Finger auf die Augen, um gegen die aufsteigenden Tränen anzukämpfen.

In ihrer Erinnerung war sie mit ihrem Vater in Devon, wo sie im Frühsommer einige Wochen verbracht hatten. Sie waren auf dem Weg zu einer Ruine, hoch oben auf den Felsen, und ihr Vater saß neben ihr in der Kutsche und lachte über etwas, das sie gesagt hatte. Von außen betrachtet sah die Szene ähnlich aus wie die von Louisa und ihrem Bruder, allerdings mit dem Unterschied, dass Harriet in diesem Fall selbst Teil des Geschehens war. Sie stand nicht abseits und unbemerkt auf der Straße, wo sie nichts anderes hatte tun können, als ihren erbitterten Zorn zu schüren.

Im Geiste reiste sie von der Halle in Fenix House zurück nach Devon. Über sich sah sie den tiefblauen Himmel und um sich herum Weißdorn, Bärenklau und wilde Nelken. All das wuchs im Überfluss und so hoch, dass das Meer dahinter nicht mehr zu erkennen war. Aber sie konnte es riechen: den silbrigen Duft nach Fisch und Salz. Den Geruch von Ozon, hatte ihr Vater ihr erklärt. Es war der letzte Urlaub gewesen, bevor alles anders wurde. Und bevor mit jedem Gedanken an Louisa bleiernes Gift in Harriets Seele sickerte. Denn was sie anging, traf Louisa die Schuld an allem, was danach passiert war.

Zwölf Jahre waren seitdem vergangen, aber Harriets Zorn war nicht verraucht. Vielmehr hatte er sich nur noch tiefer in sie hineingefressen. Und nun, hier in Fenix House, stieg dieser Zorn abermals in ihr auf. Es war eine Sache, wenn niemand im Umkreis von Meilen sie kannte und sich deswegen auch nicht für sie interessierte, aber eine ganz andere, wenn jemand, dem sie zumindest bekannt hätte vorkommen müssen, sich nicht an sie erinnerte, weil sie keinen bleibenden Eindruck hinterlassen hatte. Diese trostlose

Feststellung hätte ihr zu schaffen gemacht, wäre da nicht noch eine andere Erkenntnis gewesen, die sich so tief in ihr Bewusstsein bohrte wie ein Nadelstich in die zarte Haut einer Fingerkuppe.

So unerfreulich es war, dass das Flimmern sie nicht vor dieser verstörenden Begegnung gewarnt hatte, schien die Tatsache, dass sie Louisa Dauncey überhaupt wiedersah, doch an sich schon eine Art Omen zu sein. Sie hatte sie ja nicht etwa zufällig getroffen, irgendwo auf der Straße oder im Theater, sondern unter ihrem eigenen Dach, anfällig und derangiert auf ihrer Chaiselongue. Das konnte doch nur bedeuten, dass Harriets Blatt sich gewendet hatte! Wie sonst hätte sie sich diese schicksalhafte Fügung erklären sollen? Und plötzlich sah Harriet die Erklärung vor sich, als stünde sie mit spitzen Dornen in ihr Gedächtnis geschrieben: Rache. Das war es, das sie nach Fenix House geführt hatte. Was sie zu tun hatte, war ihr noch nicht klar, aber sie war sich sicher, die Möglichkeiten würden sich offenbaren.

Angesichts dieser Überzeugung fühlte sich Harriet gestärkt, ja geradezu gestählt wie seit der Zeit vor dem Tod ihres Vaters nicht mehr. Auf dem Weg ins Kinderzimmer entdeckte sie bei einem Blick in den Spiegel einen ganz neuen Glanz in ihren grauen Augen. Sie hatte nun eine Bestimmung. Sie gestattete sich ein Lächeln und nahm erfreut zur Kenntnis, wie gut ihr der Hintergrund aus farbigen Tapeten und dunklem Holz zu Gesicht stand. Ihre Zähne schimmerten, und ihre Wangen schienen rosig, als hätte sie gerade erst hineingekniffen.

Die Luft im Kinderzimmer war stickig, und wie am Tag zuvor hockten Helen und Victoria gelangweilt auf dem Kaminvorleger. Letztere stocherte mit einem kleinen Dolch, dessen Klinge im Schein des Feuers schimmerte, in den

Augen einer Puppe herum. Harriet sah sich um: Die klebrigen Reste des Frühstücks standen noch auf dem Tisch,
Puppenkleider und Helens Geige lagen achtlos auf dem
Boden, die Betten waren nicht gemacht. Doch auch hier
verspürte Harriet dank ihrer Bestimmung eine ungeahnte
Stärke. Sie nahm Victoria den kleinen Dolch aus der Hand,
schob ihn in die mit Edelsteinen besetzte Scheide, die auf
dem Boden gelegen hatte, und ließ ihn in einer Tasche ihres
Rockes verschwinden. Bevor das kleine Mädchen protestieren konnte, klatschte sie in die Hände. »Dieses Zimmer
ist für den Unterricht nicht geeignet«, verkündete sie.
»Wenn ihr etwas lernen sollt, müssen wir uns ein anderes
suchen.«

Als keins der Mädchen etwas sagte, ließ sie die beiden
allein und ging hinunter in die Wirtschaftsräume. Mrs. Rakes saß im Dienstbotenzimmer und schrieb mit schwarzer
Tinte winzige Zahlen in die Spalten eines Wirtschafts-
buchs.

»Geht es Ihnen wieder besser, Miss Jenner?«

»O ja. Die frische Luft hat mir gutgetan. Danke der
Nachfrage«, hörte Harriet sich entschlossen sagen und
redete sogleich weiter, damit Mrs. Rakes nicht noch einmal
auf die Hausherrin zu sprechen kam. »Aber leider ist das
Kinderzimmer für den Unterricht nicht geeignet.«

»Ach?« Mrs. Rakes legte die Schreibfeder beiseite.

»Deshalb dachte ich, vielleicht gibt es ein leer stehendes
Schlafzimmer oder einen ungenutzten Raum im Erdgeschoss, wohin wir umziehen könnten.«

Die Haushälterin wirkte eher verwundert als verärgert.

»Aber das Kinderzimmer ist doch recht groß. Ein Tisch
ist vorhanden und ...«

»Es liegt weniger an der Größe des Zimmers als vielmehr

daran, dass die Mädchen dort auch schlafen, essen und spielen. Im Moment sitzen sie vor dem Kamin und wissen nichts mit sich anzufangen. Es fehlt an frischer Luft, und es gibt kaum Tageslicht, weil das Fenster zur Steilwand rausgeht. All das ist nicht zuträglich, wenn sie etwas lernen sollen.«

»Ich verstehe«, sagte Mrs. Rakes. »Nun, das Tageswohnzimmer ist sicher besser geeignet. Es wird ohnehin kaum genutzt. Für gewöhnlich ist die Hausherrin bis zum Mittag unpässlich und bevorzugt die Räumlichkeiten in der oberen Etage. Aber das haben Sie ja selbst schon gesehen.«

»Das klingt perfekt. Natürlich werde ich selbst dafür sorgen, dass die Möbel umgestellt werden. Ein Schreibtisch für mich ist vermutlich bereits vorhanden, aber die Mädchen bräuchten auch …«

»Miss Jenner, ich fürchte, Sie überschreiten Ihre Kompetenzen«, sagte Mrs. Rakes mit einem Lächeln, um ihre Rüge zu mildern. »Wir können nicht derart eigenmächtig handeln. Bevor wir Räume umfunktionieren, muss ich erst mit der Hausherrin, eventuell sogar mit Mr. Pembridge sprechen.«

Obwohl sie äußerst sanft in die Schranken gewiesen worden war, errötete Harriet. Sie musste sich überwinden, einen weiteren Vorstoß zu wagen, diesmal mit ein wenig mehr Respekt. »Könnten Sie in Ihrer Eigenschaft als Haushälterin mir nicht ausnahmsweise die Erlaubnis erteilen, Mrs. Rakes? Die Hausherrin ist noch einmal zu Bett gegangen, und wenn ich es richtig verstanden habe, kommt Mr. Pembridge erst später zurück. Ich würde ungern einen ganzen Tag vergeuden …« Abermals verstummte sie.

99

Als die Uhr in der Eingangshalle zwei Mal schlug, saßen Helen und Victoria bereits friedlich im Tageswohnzimmer. Helen schrieb einen Aufsatz über einen Ausflug zur Kathedrale nach Gloucester, den Harriet ihr aufgetragen hatte, um ihre Kenntnisse in Rechtschreibung und Grammatik einschätzen zu können. Victoria malte ein Bild, auf dem sie darstellen sollte, was sie sich am meisten wünschte. Das war keineswegs eine Puppe oder ein Kleid, sondern ein riesiger, wilder Hund. Die Felswand im Osten schirmte das gesamte Haus vor der Morgensonne ab, doch da dieser Raum nach Süden ging, fiel ausreichend Licht auf die Schreibtische.

Zufrieden mit dem Resultat ihrer Bemühungen, betrachtete Harriet die Mädchen, die mit gesenkten Köpfen über ihren Aufgaben saßen, während das blonde Haar der einen und das dunkle der anderen in der Sonne glänzten. Der Groll, der zuvor so bitter in ihr aufgestiegen war, hatte nachgelassen. Dass sie nun verstand, warum ihr Weg sie nach Fenix House geführt hatte, bestärkte sie. Viel zu lange hatte sie sich in düstere Schwermut gehüllt, die nicht nur in ihrer Trauer, sondern auch in Selbstmitleid begründet lag und eigentlich gar nicht ihrem Naturell entsprach. Denn von Natur aus neigte sie vielmehr zu Lebensfreude und Optimismus. Den Trübsinn abzuschütteln und sich selbst wiederzuerkennen war eine Erleichterung. Sie würde nicht mehr bemitleidenswert und einsam sein, sondern Genugtuung für ihren Vater fordern.

Plötzlich hob Helen den Kopf und riss Harriet damit aus ihren Gedanken. Sogleich konzentrierte sie sich wieder auf ihre eigentliche Aufgabe als Gouvernante. Victoria, die bereits seit zehn Minuten ein nie da gewesenes Konzentrationsvermögen an den Tag gelegt hatte, schien froh über die Unterbrechung zu sein.

»Was ist denn, Helen?«, fragte Harriet.

»Ich glaube, ich habe das Tor gehört. Papa kommt doch heute Nachmittag zurück.« Sie neigte den Kopf und lauschte angestrengt.

Als das Eingangsportal geöffnet und leise wieder geschlossen wurde, brachte Harriet es nicht übers Herz, Helen davon abzuhalten, laut rufend in die Eingangshalle zu stürmen. Ihre kleine Schwester war ihr dicht auf den Fersen. Harriet folgte den beiden Mädchen und sah sich einem hünenhaft großen Mann gegenüber, der aus dem Schatten heraustrat. Er hatte das gleiche dichte Haar wie Helen und ebenso grünbraune Augen, die allerdings von kleinen Fältchen umrahmt waren, woraus man schließen konnte, dass er oft lächelte – was, wie sich herausstellen sollte, tatsächlich der Fall war. Mary, die zu spät an der Tür erschienen war, um ihren Dienstherrn in Empfang zu nehmen, hob seine große Tasche vom Boden auf und machte sich auf den Weg die Treppe hinauf.

»Vielen Dank, Mary. Und Sie sind sicher Miss Jenner?«, sagte Mr. Pembridge mit angenehm volltönender Stimme, während er die Eingangshalle durchquerte. Er folgte seinen Töchtern in das sonnendurchflutete Tageswohnzimmer und blieb stehen, als er sah, dass es umfunktioniert worden war. Dabei hatte er eine solche Präsenz, dass er den ganzen Raum auszufüllen schien, der auf einmal ein ganzes Stück kleiner wirkte. »Großer Gott, da sind Sie kaum fünf Minuten hier und haben schon das ganze Haus auf den Kopf gestellt.«

Harriet verließ der Mut. »Natürlich kann man es sofort wieder rückgängig machen. Ich dachte nur, Ihre Töchter könnten hier besser …«

»Nein, es gefällt mir!«, unterbrach er sie. »Meine Frau

benutzt den Raum ohnehin nicht. Dabei ist er so schön. Warum sollten meine Töchter nicht davon profitieren?«

Helen, die sich an ihn gelehnt hatte, sah lächelnd zu ihm auf, während er ihr ein paar Locken hinter das Ohr strich, die sich aus ihrem Zopf gelöst hatten.

»Und was halten Sie von den beiden?«, fragte er und streckte die freie Hand nach Victoria aus, die auf ihn zuhüpfte und seine Beine umschlang, nicht ohne Helen ihren kleinen Ellbogen in die Seite zu stoßen. »Die eine ist das Ebenbild ihrer Mutter, und die andere kommt ganz nach mir.« Helen strahlte, als sie das hörte.

»Sie sind beide sehr nette Mädchen«, sagte Harriet vorsichtig.

»Was denn, mehr nicht? Na, kommen Sie, Miss Jenner. Sie sind doch wohl interessanter als nur nett, hoffe ich jedenfalls.«

»Ich will mir kein vorschnelles Urteil erlauben, Sir«, gab Harriet zurück. »Fragen Sie mich lieber nächste Woche noch einmal.«

Gottlob lachte er über ihre spitzfindige Antwort, die ihr einfach so herausgerutscht war. »Sehr gut. Ich bin froh, dass wir Sie bei uns haben, Miss Jenner.«

»Vielen Dank, Sir.« Harriet kam der Gedanke, dass sie ihm nur bis zur Uhrtasche reichen würde, wenn sie vor ihm stünde. In dem Moment sah er ihr mit einem so intensiven Blick in die Augen, dass sie überzeugt war, er hatte ihre Gedanken gelesen. Errötend und ein wenig verwirrt senkte sie den Kopf und richtete den Blick schnell wieder auf die Mädchen, die immer noch seine Beine umschlangen.

Helens glückliches Lächeln machte sie hübscher, als Harriet es für möglich gehalten hätte. Victoria jedoch musterte ihre neue Gouvernante mit einem beunruhigenden Gesichtsausdruck. Harriet wusste, dass ihre glühenden Wangen dem kleinen Mädchen nicht entgangen waren.

Mr. Pembridge rettete sie vor weiteren Peinlichkeiten, indem er sich von seinen Töchtern losmachte und zum Fenster ging. Im Sonnenlicht hatte sein Haar einen rötlichen Schimmer, ebenso wie sein ordentlich gestutzter Bart. Harriet fiel auf, wie behutsam er sich bewegte, als wollte er damit seine Größe kompensieren. Die Art, wie er ging und mit einer seiner großen Hände über das Fensterbrett strich – all diese Bewegungen hatten eine überraschende Leichtigkeit und Eleganz.

»Wo waren Sie denn vorher in Stellung?«, fragte er mit einem Blick über die Schulter. »Wenn ich es richtig in Erinnerung habe, kommen Sie aus London?«

Harriet überlegte, ob ihre mangelnde Berufserfahrung einen schlechten Eindruck machen würde und ob sie sich deswegen nicht lieber eine Lüge einfallen lassen sollte. Aber sein Gesichtsausdruck war so freundlich und offenherzig, dass sie ihm lieber die Wahrheit sagen wollte. Allerdings wünschte sie, Victoria würde es nicht hören.

Als hätte er abermals ihre Gedanken gelesen, drehte er sich zu Helen um. »Liebes, sei so gut und geh mit deiner Schwester hinunter zu Mrs. Rollright. Sag ihr, ich habe einen Riesenhunger. Seit ich in den Zug gestiegen bin, freue ich mich schon auf ein Stück von ihrer Wildpastete.«

Helen, die sich gar nicht von ihrem geliebten Vater losreißen wollte, warf einen Blick auf die Kordel, mit der man ebenso gut nach Agnes oder Mary hätte läuten können. Dann stieß sie einen leisen Seufzer aus, nahm Victoria an die Hand und zerrte sie hinaus.

Nachdem die beiden das Zimmer verlassen hatten, räusperte Harriet sich. »Um Ihre Frage zu beantworten, Mr. Pembridge, dies ist meine erste Stelle als Gouvernante. Aber ich habe selbst eine gute Erziehung genossen, zunächst von meiner eigenen Gouvernante und dann von meinem Vater.«

Mr. Pembridge nickte, und Harriet wurde klar, dass er zumindest teilweise über ihre erschwerten Lebensumstände im Bilde war. »Und Ihr Vater ist nun …?« Er ließ die Frage im Raum stehen.

»Tot, Sir«, lautete ihre knappe Antwort, kurz und schmerzlos, als würde man eine Tür zuknallen, um mithilfe eines Bindfadens einen Zahn zu ziehen. Aber wie es schien, verstand er ihre schroffe Antwort nicht als hartherzig, sondern genau so, wie sie gemeint war: als eine Art, das genaue Gegenteil zu verbergen.

»Haben Sie denn noch weitere Angehörige?«, fragte er in einfühlsamem Ton.

Sie schüttelte den Kopf. »Enge Verwandte habe ich keine. Meine Mutter starb bei meiner Geburt, und ich war ihr erstes Kind. Väterlicherseits habe ich ein paar ältere Vettern, bei denen ich in den vergangenen Monaten gewohnt habe. Sie waren sehr freundlich, aber wir kannten uns kaum. Ich wollte ihnen nicht länger zur Last fallen. Ich muss meinen Weg selbst gehen, und deshalb bin ich hier.«

»Offenbar sind Sie sehr tapfer, Miss Jenner. Ich selbst habe sehr viele Verwandte. Damit meine ich nicht nur die, die Sie bereits kennengelernt haben, sondern eine ganze Reihe Tanten und Neffen, Cousins und Cousinen ersten und zweiten Grades. Ich kann mir gar nicht vorstellen, wie es ohne sie wäre. Wie es sich anfühlt, wenn man morgens aufwacht und weiß, man ist ganz allein auf der Welt.«

Harriet senkte den Blick auf ihre Stiefel und konzentrierte sich darauf, die Ösen für die Schnürsenkel zu zählen. Vor Mr. Pembridge in Tränen auszubrechen wäre ihr entsetzlich peinlich gewesen.

Aber offenbar machte ihr Schweigen ihm bewusst, was er gerade gesagt hatte. »Verzeihen Sie mir. Ich habe mich sehr unglücklich ausgedrückt. Was ich so unbeholfen sagen wollte, ist, dass Sie hier bei uns in Fenix House nun nicht mehr allein sind. Ich denke nicht in solchen Kategorien wie Herrschaften und Bedienstete. Ich betrachte uns lieber als eine große Familie.« Mit einem leisen Lachen fügte er hinzu: »Natürlich hält Mrs. Pembridge mich diesbezüglich für ziemlich exzentrisch.«

Harriet, die bei diesen freundlichen Worten erneut den Tränen nahe war, brachte nur ein schwaches Lächeln zustande. »Vielen Dank. Das haben Sie sehr nett gesagt. Für mich standen Gouvernanten stets dazwischen, weder Fisch noch Fleisch. Höhergestellt als die Bediensteten, aber niedriger als die Familie. Meine Gouvernante, Miss Harrison, an die ich mich nach wie vor gern erinnere, wirkte immer ein wenig reserviert. Jetzt verstehe ich besser, warum das so war.«

»Ich hoffe aber, Sie sind uns gegenüber nicht so reserviert. Helen ist, glaube ich, schon dabei, Sie in ihr Herz zu schließen. Sie ist ein Kind, das aufblüht wie ein zartes Pflänzchen, wenn man ihr Interesse und Zuwendung entgegenbringt.«

»Das hat man deutlich gemerkt, als Sie nach Hause kamen.«

»Mit ihrer Mutter versteht sie sich allerdings nicht so gut. Deshalb würde es ihr sicher guttun, wenn sie ein wenig Bestätigung von einer anderen Frau bekommt, von Ihnen zum Beispiel. Victoria dagegen ist vom Wesen her ganz anders.«

Harriet hob den Kopf und sah, dass ein Lächeln seine Mundwinkel umspielte, als würde er versuchen, seine Erheiterung nicht allzu deutlich zu zeigen. »Das stimmt«, sagte sie und vergaß erneut, sich zurückzuhalten. »Obwohl sie die Jüngere ist, hat sie meine Bestätigung – oder die von sonst jemandem – offenbar weniger nötig als ihre Schwester.«

Erleichtert sah sie, dass er auch darüber lachte. »Allerdings. Vicky macht ihrem Namen alle Ehre. Sie ist die kleine Herrscherin von Fenix House, ungeachtet ihres zarten Alters von sechs Jahren.«

Ein leises Klopfen an der Tür rief Harriet ins Bewusstsein, wie lange sie schon miteinander sprachen, allein in diesem hellen, freundlichen Raum. Nun kam Mary mit einem Tablett herein, gefolgt von Helen, die ihren Hals reckte, um sich zu vergewissern, dass ihr Vater nicht schon wieder verschwunden war. Victoria hatte offenbar die Gelegenheit genutzt, einer Unterrichtsstunde zu entfliehen.

»Nehmen Sie Ihr Essen hier ein, Sir, oder im Arbeitszimmer?«, fragte Mary.

»Im Arbeitszimmer, wenn es keine Umstände bereitet. Ich will Miss Jenner nicht länger von ihrer Aufgabe abhalten. Helen, wo ist deine Schwester? Lauf und bring sie her. Der Schultag ist noch nicht vorüber.«

Er blieb einen Moment in der Tür stehen. Mary war vorausgegangen, und sie waren wieder allein. Plötzlich schienen ihm die Worte zu fehlen, und so sah er Harriet nur an. Harriet, ebenfalls um Worte verlegen, erwiderte schweigend seinen Blick, bis er sich schließlich einen Ruck gab und den Raum ohne ein weiteres Wort verließ.

Er zog die Tür so leise hinter sich zu, dass Harriet es kaum hören konnte. Sie holte tief Luft und setzte sich an den Schreibtisch. Während sie auf ihre Schützlinge wartete, sah sie in den Spiegel, der über dem Kamin hing. Zu ihrem Leidwesen hatte sich ihr Haar im Nacken gelöst. In der Sonne schimmerte es in warmen Goldtönen. Dass nicht nur Mr. Pembridge, sondern auch Mary sie derart derangiert gesehen hatten, war ihr mehr als unangenehm. Ihr Herz raste, als sie sich das Haar wieder hochsteckte – so fest, dass ihre Kopfhaut schmerzte.

»Ach, was soll's?«, beschwichtigte sie sich selbst. »Es sind schließlich nur Haare.«

Abermals warf sie einen Blick in den Spiegel. Jemand, der nicht wusste, was sie dachte, würde sie für vollkommen arglos halten. Sie wollte den Gedanken beiseiteschieben, aber nun, da sie ihn sich eingestanden hatte, konnte sie ihn nicht mehr so leicht verdrängen.

Sie dachte noch einmal daran, wie er in der Tür gestanden und sie angesehen hatte. Hatte sie es sich eingebildet? Nein, er war … ja, er war verwirrt gewesen. Das konnte alle möglichen Gründe haben. Vielleicht war ihm eingefallen, dass er noch etwas erledigen musste. Oder er war erschöpft von der Reise. Möglicherweise war ihm auch bewusst geworden, dass er noch gar nicht zu seiner Frau hinaufgegangen war. Doch all diese Erklärungen schienen ihr wenig überzeugend.

Vielmehr war sie sicher, dass sie selbst der Grund für seine Verwirrung gewesen war.

DREIZEHN

Etwa eine Stunde nachdem Harriet den ersten Unterrichtstag mit Helen und Victoria beendet hatte, kam Bertie aus der Schule. Harriet war in dem umfunktionierten Wohnzimmer sitzen geblieben und hatte die ersten Kapitel eines neuen Romans lesen wollen. Aber sie musste immer wieder daran denken, was sich zwischen ihr und Mr. Pembridge abgespielt hatte. Sie konnte sich kaum auf ihr Buch konzentrieren, und ihre Gedanken schweiften so oft ab zu ihrem Dienstherrn, dass sie einige Seiten noch einmal lesen musste. Schließlich gab sie es auf. Auf dem Weg zur Treppe kam sie an der Eingangstür vorbei, und in dem Moment stürmte Bertie herein, mit schief sitzender Mütze und rosigen Wangen.

»Oh, Miss Jenner!«, rief er, und vor lauter Freude röteten sich seine Wangen noch mehr. »Ich hatte schon befürchtet, ich hätte Sie mir nur eingebildet. Ich habe mich so sehr in den Gedanken hineingesteigert, dass ich die lateinischen Verben vergessen habe, und der Lehrer mir mit ein paar Hieben gedroht hat.«

»Keine Sorge«, sagte Harriet lächelnd. »Ich scheine mich noch nicht in Luft aufgelöst zu haben.«

»Ich kann Ihnen gar nicht sagen, wie froh ich bin«, gestand Bertie. Er schüttelte über sich selbst den Kopf, doch dann warf er einen Blick auf den Garderobenständer. »Ist mein Vater zurück?«

»Ja, seit ein paar Stunden. Ich glaube, er ist in seinem Arbeitszimmer.«

Bertie wollte sich schon auf den Weg dorthin machen, doch dann blieb er stehen. Unschlüssig runzelte er die Stirn.

»Warum begrüßt du ihn nicht erst einmal, und anschließend kannst du mir dann den Rest des Gartens zeigen?! Das hatten wir doch heute Morgen abgemacht, oder?«

Sogleich hellte seine Miene sich auf. »Ah, Sie erinnern sich noch daran! Ja, ich mache mich umgehend auf den Weg zum Arbeitszimmer. In drei Minuten bin ich wieder zurück. Ist das akzeptabel?«

Harriet setzte ein ernstes Gesicht auf. »Vier Minuten wären mir, glaube ich, lieber. Ich muss mir noch andere Schuhe anziehen.«

Bertie nickte nachdenklich und warf einen Blick auf die Standuhr. »Ja, das wird wirklich eher vier Minuten dauern. Bis dahin … Adee… Adöö…«

»Adieu?«

»Jawohl! Genau das. Wir treffen uns also um siebenunddreißig Minuten nach der vollen Stunde.«

Er wartete auf Harriets Bestätigung, und nachdem sie ihm diese mit einem Kopfnicken gegeben hatte, ging er pfeifend in Richtung Arbeitszimmer davon.

Die Fortsetzung des Rundgangs fand größtenteils im Irrgarten statt, den Bertie als ein gartenbauliches Rätsel bezeichnete, das er wohl niemals lösen würde. Anschließend schickte Harriet ihn hinauf ins Kinderzimmer. Sie selbst ging hinunter in die Wirtschaftsräume. Sie hoffte, Mrs. Rakes allein anzutreffen, um herauszufinden, ob die Haushälterin sie noch einmal auf die Hausherrin ansprechen würde. Dann würde Harriet sich damit herausreden müssen, dass es sich um eine Verwechslung gehandelt hatte.

Danach wäre es auch bald Zeit für das gemeinsame Abendessen mit den Kindern. Und damit wären ihre Pflichten an ihrem ersten Tag erledigt. Doch trotz der Zufriedenheit, weil sie schon einiges zustande gebracht hatte, sehnte sie sich nach der Abgeschiedenheit ihrer Dachkammer. Einsamkeit war nicht gleichbedeutend mit Alleinsein. Diese Erfahrung hatte sie nach dem Tod ihres Vaters gemacht. Auch wenn man sich in Gegenwart anderer Menschen befand, konnte man sich einsam fühlen – insbesondere, wenn es sich bei diesen Menschen um ältere Vettern, sozial höher oder niedriger Gestellte oder kleine Kinder handelte.

Mrs. Rakes war in der Küche bei Mrs. Rollright, die sogleich verstummte, als Harriet in der Tür auftauchte. »Miss Jenner.« Sie nickte ihr zu, und Harriet fragte sich, ob sie damit die Haushälterin auf sie aufmerksam machen wollte.

Doch ehe sie die Gelegenheit bekam, weitere Schlüsse zu ziehen, kam Agnes mit einem Tablett hereingestürmt, auf dem sich benutzte Teller und Tassen stapelten. Sie sah so komplett verändert aus, dass Harriet sie nur anstarren konnte.

»Mit einem Lächeln auf den Lippen erkennt man dich ja gar nicht, Agnes«, bemerkte Mrs. Rollright, der die veränderte Miene des Hausmädchens auch nicht entgangen war. »Falls du bei der Hausherrin wieder eine Münze zwischen den Kissen auf der Chaiselongue gefunden hast, gibst du sie am besten sofort Mrs. Rakes.«

»Nein, um so etwas geht es doch gar nicht«, gab Agnes empört zurück und vergaß für einen Augenblick zu lächeln. »Ihr Bruder kommt zu Besuch. Captain Dauncey. *Jago.* In drei Wochen. Sie hat gerade einen Brief von ihm bekommen.«

Mrs. Rollright stieß einen Seufzer aus. »Dann will er bestimmt wieder jeden Tag irgendeins seiner Lieblingsessen serviert bekommen. Dieser Mann isst für vier, und alles nur vom Feinsten. Erinnert ihr euch, wie er, als er uns das letzte Mal mit seiner Anwesenheit beehrt hat, eine ganze Erdbeertorte allein verdrückt hat? Kein Wunder, dass er immer dicker wird. Und der will Soldat sein! Wenn die beim Militär alle so wären, könnten die Inder einen Aufstand nach dem anderen veranstalten. Einer wie der hält die doch sowieso nicht auf.«

Agnes warf Mrs. Rollright einen vernichtenden Blick zu und ging in die Spülküche.

»Ich weiß, ich habe gut reden«, sagte die Köchin und strich sich die Schürze über ihrem mächtigen Bauch glatt. »Aber ich bin ja auch kein Offizier.«

»Mir gegenüber hat die Hausherrin nichts davon erwähnt, dass Captain Dauncey zu Besuch kommt«, sagte Mrs. Rakes stirnrunzelnd.

»Wann denn auch?«, rief Agnes aus der Spülküche, wo sie sich daran gemacht hatte, einen Berg Kupferpfannen zu schrubben. »Ich habe doch gesagt, sie hat den Brief gerade erst bekommen. Das Schiff hat in Southampton angelegt, aber er schreibt, er muss erst noch nach London, um irgendwelche Angelegenheiten zu erledigen.«

»Die Hausherrin ist sicherlich überglücklich«, sagte Mrs. Rollright. »Wenn sie überhaupt mal ein Lächeln übrig hat, dann nur, wenn er hier ist. Am besten mache ich gleich eine Liste von den Sachen, die wir brauchen werden. Ich will mich nicht wieder überrumpeln lassen wie beim letzten Mal. Tauben in Aspik sollte ich da für ihn aus dem Hut zaubern. Und hinterher eine Biskuitrolle. Das muss man sich einmal vorstellen!«

Harriet hatte Mühe, sich nichts anmerken zu lassen. Als der Name Dauncey gefallen war, hatte Mrs. Rakes ihr einen Blick zugeworfen. Aber Harriet hatte keine Miene verzogen, obwohl ihr alle möglichen Gedanken durch den Kopf schossen. Bald würde also noch jemand aus dieser Familie in Fenix House wohnen. Ohne ein weiteres Wort zu Mrs. Rakes ging sie hinauf in den Salon und stahl sich durch die Flügeltüren hinaus in den Garten. Dank des ausführlichen Rundgangs mit Bertie kannte sie nun eine Reihe lauschiger Ecken, wo man seine Ruhe hatte. Hoffentlich würde sie hier vorerst keinem der Kinder begegnen.

Nachdem sie zunächst den Steingarten ins Auge gefasst hatte, entschied sie sich dann doch für den Irrgarten, denn dort bestand wohl die beste Chance, ungestört zu bleiben. Sie setzte sich auf die kleine Steinbank und dachte über alles nach, was sie gerade erfahren hatte.

Damit, dass Jago Dauncey hierherkommen würde, hatte sie nicht gerechnet. Zwischen Gloucestershire und Indien lagen ganze Länder sowie ein riesiger Ozean, und so hatte sie diese Möglichkeit gar nicht in Betracht gezogen. Aber was hätte ihn auch davon abhalten sollen? Seine Anwesenheit würde sicher alles noch einmal in ein anderes Licht rücken, auch wenn sie nicht wusste, inwiefern. Eigentlich war sie immer nur auf Louisa fixiert gewesen, geradezu von dem Gedanken besessen. Josiah, der Vater, war sicher schon tot. Ganz bestimmt sogar. Denn vor einer halben Stunde hatte Bertie beiläufig seinen Großvater aus London erwähnt, und da hatte er in der Vergangenheit von ihm gesprochen. Umso besser, hatte Harriet in dem Moment gedacht. Dabei hatte sie nicht ahnen können, dass kurz darauf vom baldigen Besuch des Bruders die Rede sein würde.

Eigentlich hatte sie Jago nur als blonden Haarschopf in

Erinnerung, auf einem dicken Kopf, der sich in der Kutsche seiner Schwester zuwandte, sowie als Umriss eines kräftigen Burschen, den sie an einem eiskalten Abend im hell erleuchteten Fenster eines roten Backsteinhauses gesehen hatte. Aber auch wenn sich ihr ganzer Hass gegen Louisa richtete, war er doch ein Dauncey, und das machte ihn alles andere als sympathisch. Trotzdem hatte sie keine Erklärung dafür, warum ihr beinahe das Blut in den Adern gefroren war, als Agnes von seinem Kommen erzählt hatte.

Vielleicht war es nichts weiter als einfache Mathematik. Bisher hatte sie eine einzige Person als ihren Erzfeind betrachtet, und jahrelang hatte sie diesen Feind gehasst, weil er das Schicksal der Jenners so negativ beeinflusst hatte, ohne auch nur einen Gedanken daran zu verschwenden. Und nun waren es plötzlich zwei. Aber das allein konnte es nicht sein. Als Agnes gesagt hatte, Jago käme in ein paar Wochen, hatte Harriet dieses merkwürdige Gefühl gehabt, das dem Flimmern häufig vorausging: ein Spannungsgefühl und Rauschen hinter ihren Schläfen sowie ein Kribbeln, das ihr die Beine hinaufstieg. Sie presste die Finger auf ihre geschlossenen Augen, bis sie orangefarbene und rote Funken sah – und zu ihrer eigenen Verwunderung meinte sie die Funken auch zu hören, wie eine Serie von Explosionen.

Ein Bild blitzte vor ihrem geistigen Auge auf, aber es verschwand ebenso plötzlich, sodass sie es nicht greifen konnte. Zurück blieb lediglich das Gefühl, das es ausgelöst hatte. Nicht nur Schmerz oder Wut, obwohl sie auch diese Emotionen verspürte. Abermals schloss sie die Augen, aber alles was sie sah, war der gefrorene Boden unter ihren Füßen vor dem Haus der Dounceys in Hampstead, damals als sie zehn Jahre alt gewesen war. In dem Moment wurde ihr bewusst, welches Gefühl es war, das sie zunächst nicht hatte beschreiben können. Plötzlich war es so klar, als hätte es an jenem Tag in dem durch Frost schimmernden Gras geschrieben gestanden: Scham.

Erst jetzt merkte sie, wie kalt ihr im Schatten des Irrgartens geworden war. Auf der kühlen Steinbank fühlten sich ihre Röcke eisig an, und ihre Finger waren fast steif gefroren. Hastig machte sie sich auf den Weg zum Ausgang. Als sie sich kurz verirrte, stieg für einen Augenblick Panik in ihr auf, während die grünen Wände sie unerbittlich einschlossen. Vor ihr tauchte plötzlich der Ausgang auf, und sie eilte dankbar der wärmenden Frühjahrssonne entgegen.

VIERZEHN

Einige Wochen später, als die Kinder bereits schliefen, versuchte Harriet, es sich auf ihrem Bett bequem zu machen. Doch das Kopfkissen, das sie sich hinter den Rücken geklemmt hatte, taugte nicht als Polster. Auf ihrem Schoß lag ein Stapel Wäsche, den Mrs. Rakes ihr auf Wunsch der Hausherrin zum Stopfen gegeben hatte – Kleidungsstücke von Victoria, die es in ihrer Achtlosigkeit geschafft hatte, Spitzenborten und Säume aufzureißen oder Löcher in neue Wollstrümpfe zu reißen. Es war schon nach acht Uhr, und Harriet hatte mit ihrer Stopfarbeit noch nicht einmal angefangen. Sie lehnte den Kopf an die Wand und schloss die Augen. Der glatt getünchte Putz war kühl und milderte auf wundersame Weise die Kopfschmerzen, die sie beim Trubel während des Abendessens mit den Kindern bekommen hatte.

Wie jeden Morgen war sie um sieben Uhr aufgestanden, und wie jeden Tag seit ihrer Ankunft in Fenix House hatte sie keine einzige ruhige Minute gehabt. Die Tage waren lang, und während sie unterrichtete, die Mahlzeiten der Kinder beaufsichtigte oder Streitereien schlichtete, sehnte sie sich nach der Abgeschiedenheit ihrer Dachkammer. Doch was sie stets vergaß, wenn sie auf die Uhr sah und sich ausrechnete, wie viele Stunden sie noch durchstehen musste, war die Tatsache, dass auch das Alleinsein seine Tücken hatte.

Anstatt sich über die Ruhe in ihrem Zimmerchen zu freuen und, so wie sie es sich schon den ganzen Tag lang vorgestellt hatte, bei Kerzenlicht und Mondschein ein Buch zu lesen, machten ihre beklemmenden Gedanken ihr häufig dermaßen zu schaffen, dass sie sogleich ihr Nachthemd anzog und unter die Decke schlüpfte, in der Hoffnung, schnell einschlafen zu können. Denn in der abendlichen Stille krochen all ihre Ängste aus den finsteren Ecken ihres Bewusstseins hervor und nahmen beängstigende Formen an.

Ungeachtet der aufmunternden Worte von Mr. Pembridge an ihrem ersten Arbeitstag war Harriet sich nach wie vor bewusst, dass sie völlig allein auf der Welt war. Diese bittere Gewissheit war es, die sie Abend für Abend in ihrem Zimmer erwartete. Doch sosehr der Tod ihres Vaters sie getroffen hatte, kam ihr die Trauer in manchen Momenten vor wie eine schützende Decke, die sie sich um die Schultern legen konnte. Die Vergangenheit verblasste allmählich und rückte in immer weitere Ferne, aber die Erinnerung blieb dennoch ein tröstlicher Zufluchtsort – im

Gegensatz zur Zukunft, die nichts weiter verhieß als Tage, die sich einer nach dem anderen endlos dahinzogen. Was erst aus ihr werden sollte, wenn sie alt war und nicht mehr arbeiten konnte ... Daran mochte sie gar nicht denken, zumindest nicht, wenn sie nicht den Verstand verlieren wollte.

Die Stopfarbeiten lagen noch immer unbeachtet da, aber anstatt sich an die Arbeit zu machen, tat Harriet, was sie seit einiger Zeit immer tat, wenn ihre Ängste sie zu überwältigen drohten: Sie rief sich die Situation im Wohnzimmer ins Gedächtnis. Nicht Mr. Pembridges mitfühlende Worte, wenngleich die natürlich ein Trost gewesen waren, sondern den Funken gegenseitigen Erkennens. Es hatte kein Mitleid oder aufgesetzte Freundlichkeit in seinem Blick gelegen, und mehr als alles andere hatte dieser Moment in ihr die Erinnerung daran wachgerufen, wer sie einmal gewesen war.

Umso enttäuschender empfand sie es nun, dass sie ihn seitdem kaum zu Gesicht bekommen hatte. Es konnte nicht nur daran liegen, dass es sich nicht ergeben hatte. Es schien der Beweis dafür zu sein, dass er ihre Nähe bewusst nicht suchte. Möglicherweise war an jenem Tag ein gewisses Interesse aufgeflammt, doch es war nicht durch weitere Begegnungen angefacht worden, und mittlerweile fürchtete sie, die zarte Flamme könnte längst wieder erloschen sein. In manchen Nächten, wenn das ganze Haus schlief, schien er ihr unendlich weit entfernt zu sein. Dabei lag er nur eine Etage unter ihr in seinem Bett. Dieser Gedanke erschreckte sie geradezu. In der Nacht zuvor hatte sie sogar den Atem angehalten, um festzustellen, ob sie seine Atemzüge hören konnte, tief und gleichmäßig und sicher, ungestört durch Träume von ihr. Natürlich war diese Vorstellung absolut unsinnig. Abgesehen vom Scharren der Mäuse unter den Dielen und dem schwermütigen Ruf einer Eule aus dem Wald hinter dem Haus war rein gar nichts zu hören gewesen.

Als sie nun mit dem Gedanken spielte, die Stopfarbeit einfach liegen zu lassen und zu Bett zu gehen, klopfte es leise an der Tür. Eigentlich konnte es nur Mary sein. Nur sie ging so leichtfüßig, dass man ihre Schritte auf den Holzdielen nicht hörte. Harriet öffnete und sah ihre Vermutung bestätigt. Doch sie bekam sofort heftiges Herzklopfen, denn ihr war augenblicklich klar, dass es sich nicht um eine unbedeutende Nachricht von Mrs. Rakes handeln konnte.

»Mr. Pembridge lässt fragen, ob Sie Zeit hätten, in sein Arbeitszimmer zu kommen«, sagte das Mädchen. »Aber nur, wenn Sie nicht anderweitig beschäftigt sind.«

»Oh, nein. Eigentlich müsste ich natürlich die Stopfarbeiten erledigen, aber ich …« Harriet verstummte und atmete tief durch. »Danke, Mary. Ich komme sofort hinunter.«

So oft war sie an seinem Arbeitszimmer vorbeigegangen, und jedes Mal hatte sie sich gefragt, wie es darin wohl aussah. Abgesehen von seinem Schlafzimmer, das er, soweit sie mitbekommen hatte, nie mit seiner Frau teilte, war es der einzige Raum im ganzen Haus, den er als sein Reich bezeichnen konnte und der nicht vom Geschmack der Hausherrin beeinflusst worden war. Sein Schlafzimmer lag auf der ersten Etage in einem engen Korridor, weshalb sie nie daran vorbeikam. An seinem Arbeitszimmer jedoch ging sie tagtäglich auf dem Weg zum Unterricht vorüber.

Als sie vor der Tür stand und anklopfte, wünschte sie, sie hätte sich noch die Zeit genommen, einen Blick in den Spiegel zu werfen, obwohl sie an ihrer strengen Kleidung und der schlichten Frisur, die ihre Stellung verlangte, ohnehin kaum etwas hätte ändern können. Und als sie sich in die Wangen kneifen wollte, damit sie rosiger erscheinen würden, stellte sie fest, dass diese bereits glühten.

Anstatt sie vom Schreibtisch aus hereinzubitten, wie sie es eigentlich erwartet hatte, öffnete er selbst die Tür und stand plötzlich so dicht vor ihr, dass nur noch wenige Zentimeter ihre Gesichter trennten.

»Miss Jenner«, sagte er. »Ich hatte gehofft, Sie würden kommen.«

Harriet sah ihn blinzelnd an und wusste nicht, was sie darauf sagen sollte. Natürlich war sie seiner Aufforderung gefolgt. Schließlich war er ihr Dienstherr.

»Kommen Sie doch herein«, sagte er. Nach einem kurzen Blick in die Halle ging er ein Stück beiseite, um sie vorbeizulassen. Dabei spürte sie den Hauch einer Berührung an der Schulter – sofort glühten ihre Wangen noch mehr.

Er bedeutete ihr, vor dem wuchtigen, mit Schnitzereien verzierten Schreibtisch Platz zu nehmen. Und obwohl sie zuvor gar nicht auf den Gedanken gekommen war, fürchtete sie plötzlich, an ihrem Verhalten könnte es etwas zu beanstanden geben. Vielleicht ging es um den kleinen Dolch, den sie Victoria abgenommen hatte. Vielleicht war der Eindruck entstanden, sie hätte ihn gestohlen. Was sollte sie machen, und wohin sollte sie gehen, wenn sie nun deswegen entlassen würde?

»Habe ich mir etwas zuschulden kommen lassen, Sir?«, fragte sie besorgt.

»Aber nein. Ganz und gar nicht«, antwortete er. »Es tut mir leid, dass Sie auf einen solchen Gedanken gekommen sind. Denn eigentlich ist genau das Gegenteil der Fall.«

Sie senkte den Blick, zu stolz, um sich ihre Erleichterung anmerken zu lassen.

»Ich wollte schon immer mit Ihnen gesprochen haben,

seit ich Sie zum ersten Mal gesehen habe. Mit Bertie gesehen habe, meine ich.«

»Wir waren nicht allzu lang im Garten«, begann sie sich zu rechtfertigen, noch immer in der Befürchtung, sie hätte etwas falsch gemacht – insbesondere, nachdem die Hausherrin sie auf ihre Pflichten hingewiesen hatte. »Ich weiß, eigentlich soll ich mich nicht um ihn, sondern um Ihre Töchter kümmern.«

»Nein, nein. So habe ich das nicht gemeint. Bertie kam an jenem Tag zu mir und hat mir gesagt, dass er mit Ihnen einen weiteren Rundgang durch den Garten machen wollte. Nachdem Sie morgens schon damit angefangen hatten, glaube ich.«

»In der kurzen Zeit konnte er mir nicht alles zeigen.«

»Er hat mir erzählt, wie nett Sie zu ihm gewesen sind und wie viel Interesse Sie ihm entgegengebracht haben. Er hat sich sehr gefreut, dass Sie sich noch einmal Zeit für ihn nehmen wollten. Das war ihm deutlich anzumerken. Ich habe Sie dann vom Fenster aus gesehen. Sie haben sich so ungezwungen mit ihm unterhalten, und er war so eifrig. Er ist ein feinfühliger Junge, ein Einzelgänger, fast schon ein wenig verschroben. Ich glaube, die Schule fällt ihm nicht immer leicht. Sicher wäre er lieber draußen in der Natur, ganz für sich. Deshalb habe ich mich umso mehr gefreut, als ich ihn mit Ihnen zusammen gesehen habe. Er schien sich richtig wohlzufühlen. Dafür wollte ich mich bei Ihnen bedanken, Miss Jenner. Es tut mir leid, dass ich erst jetzt dazu komme. Aber die Great Western Railway hat mich in letzter Zeit sehr in Anspruch genommen. Im Moment gibt es dort einiges zu regeln – Unstimmigkeiten zwischen Konstrukteuren und Modellbauern. Aber damit will ich Sie nicht langweilen.«

Harriet fehlten die Worte. Er hatte sie vom Fenster aus beobachtet! Beim Gedanken daran breitete sich das Glühen auf ihren Wangen über ihren ganzen Körper aus.

Vielleicht sah er ihr an, was sie dachte, denn er sprach direkt weiter und auch sein Gesicht hatte nun eine dunklere Färbung. »Ich wollte Ihnen auch noch sagen, dass Mrs. Rakes mir über Ihren Umgang mit meinen Töchtern nur Gutes berichtet hat – meine Töchter selbst übrigens auch.«

»Sogar Victoria?«, fragte Harriet ehrlich erstaunt.

Lachend lehnte er sich zurück. »Ja, auch Victoria. Sie hat natürlich nicht so überschwänglich von Ihnen gesprochen wie Helen. Aber ich kenne Vicky. Und auch wenn sie es nicht gern zugibt, weiß ich, dass sie ihre neue Gouvernante mag.«

»Ich muss gestehen, das überrascht mich, Mr. Pembridge. Ich weiß gar nicht, was ich sagen soll. Aber es freut mich natürlich, dass Sie – und Ihre Kinder – mit mir zufrieden sind.«

»O ja, das sind wir«, sagte er und sah sie mit dem gleichen eindringlichen Blick an wie an ihrem ersten Arbeitstag – mit dem Effekt, dass sie wie erstarrt auf ihrem Stuhl saß. »Gibt es noch irgendetwas, das Sie benötigen?«, fragte er nach einer Weile, als Harriet vor Aufregung kein einziges Wort herausbrachte.

»Benötigen?«, wiederholte sie mit matter Stimme. Im Nachhinein würde sie sich selbst vorwerfen, dermaßen idiotisch geklungen zu haben. Ihr Dienstherr schien jedoch keinen Anstoß daran zu nehmen. Sie hatte das unbestimmte Gefühl, sie konnte in seinen Augen rein gar nichts falsch machen.

»Ja. Haben Sie es oben auf dem Dachboden warm genug? Brauchen Sie vielleicht – mehr Papier? Oder Bücher?

Helen sagte, Sie würden sich gern ab und zu ein Buch von mir leihen. Also bedienen Sie sich ruhig.« Er wies auf die Bücherregale und fügte hinzu: »Wann immer Sie wollen, Miss Jenner.«

Abermals brauchte Harriet eine Weile, bis sie etwas sagen konnte. »Mein Zimmer ist sehr schön. Danke, dass Sie danach fragen. Aber … Ja, ich würde mir gern ab und zu ein Buch ausleihen, wenn Sie wirklich nichts dagegen haben. Wenn ich keine Stopfarbeiten zu erledigen habe, lese ich gern ein Kapitel, bevor ich schlafen gehe. Und ich habe leider nicht viele Bücher mitgebracht, deshalb …«

»Stopfarbeiten? Warum erledigen Sie Stopfarbeiten? Sie sind Gouvernante und kein Kindermädchen.«

Harriet biss sich auf die Unterlippe. Sie wollte niemandem Unannehmlichkeiten bereiten. »Ach, das ist nicht viel Arbeit, nur ein paar Sachen von Victoria. Dagegen habe ich nichts einzuwenden.«

»Aber ich. Nach dem Unterricht sollten Sie sich nicht auch noch mit Stopfen die Augen verderben. Ich werde mit Mrs. Rakes darüber sprechen.«

»Aber nein, ich möchte nicht …«

»Mrs. Rakes ist ebenso sehr von Ihnen angetan wie alle anderen«, sagte er lächelnd. »Sie brauchen also nicht zu befürchten, dass Sie Ärger bekommen. Und sollte das aus welchen Gründen auch immer an anderer Stelle jemals der Fall sein, müssen Sie es mich umgehend wissen lassen.«

Harriet nickte. »Wäre das dann alles, Sir?« Eigentlich wollte sie noch nicht gehen, aber da sie offenbar zu keiner geistreichen Unterhaltung in der Lage war, hielt sie es für das Beste.

Seufzend erhob er sich. »Ja, das war alles. Ich will Sie nicht aufhalten, Miss Jenner.«

»Danke für alles, was Sie gesagt haben«, brachte Harriet zögernd hervor. »Auch, dass ich mir Bücher leihen darf. Darüber freue ich mich sehr.«

»Und ich mich über Ihre Anwesenheit«, glaubte Harriet ihn sagen zu hören, aber so leise, dass sie sich nicht sicher war. Doch noch während sie überlegte, ob sie ihn bitten sollte, es noch einmal zu wiederholen, drehte er sich zu den Bücherregalen um. »Lesen Sie doch das hier«, sagte er und gab ihr einen schmalen Band. »Sollte es Ihnen nicht gefallen, gehen Sie einfach selbst an die Regale und suchen sich ein anderes aus.«

Sie hatte keine Zeit, einen Blick auf den Titel zu werfen, denn Mr. Pembridge hielt ihr schon die Tür auf. Als sie die Treppe hinaufging, hörte sich nicht, wie sie ins Schloss fiel. Demnach stand er noch da und sah ihr hinterher. So wie er am Fenster gestanden hatte, als sie mit Bertie im Garten gewesen war.

Erst als sie die Tür ihrer Dachkammer hinter sich geschlossen hatte, sah sie sich den Titel an. Sie hoffte, er hatte das Buch mit Bedacht ausgesucht – den Roman von Jules Verne zum Beispiel, denn sicher hatte Helen ihm davon erzählt. Doch dann schien ihr seine Wahl noch um einiges tiefsinniger, vorausgesetzt, sie hatte sich bei dem Namen auf dem Buchrücken nicht verlesen. Sie schlug das Deckblatt auf, und tatsächlich: *Jane Eyre*. Aus all den Büchern in seinem Arbeitszimmer hatte er ausgerechnet dieses gewählt: Charlotte Brontës Roman über eine Gouvernante, die niemanden mehr hat und ihren Dienstherrn heiratet.

Mit klopfendem Herzen wollte Harriet die erste Seite umblättern, musste aber feststellen, dass sie noch nicht aufgeschnitten war. Alle anderen Seiten ebenfalls nicht. Das Buch war noch ganz neu. Wenn es nicht ungelesen im

Regal gestanden hatte, dann hatte er es also extra für sie gekauft. Natürlich konnte es sein, dass er nicht wusste, worum es darin ging. Vielleicht wusste er auch nur, dass es von einer Gouvernante handelte. Aber irgendwie konnte sie sich das nicht vorstellen. Nein, er hatte ihr eine Botschaft übermitteln wollen! Und zumindest in dieser Nacht wollte sie nicht darüber nachdenken, wie wenig ihr Mr. Pembridge und Janes Mr. Rochester ansonsten gemeinsam hatten – insbesondere, weil Ersterer mit einer Frau verheiratet war, die weit davon entfernt zu sein schien, sich auf dem Dachboden einsperren zu lassen, sondern sich viel lieber als die Herrin des Hauses aufspielte.

FÜNFZEHN

Grace

An meinem zweiten Morgen in Fenix House stand ich mit dem falschen Fuß auf. Noch immer hatte ich es nicht geschafft, meinen Koffer auszupacken, und in dem Moment musste ich mir eingestehen, dass bis jetzt meine Großmutter stets alles für mich erledigt hatte. Eigentlich beschämend, dachte ich, und bekam noch schlechtere Laune. Und wie ich zu allem Überfluss feststellen musste, war mein neues dunkelblaues Gabardine-Kostüm völlig zerknittert. Dabei hatte meine Großmutter es noch sorgfältig aufgebügelt, sowohl die Jacke als auch den Rock, der so kurz war wie keiner zuvor und mir nur bis zu den Waden reichte. Ich hätte es sofort auf einen Bügel hängen müssen. Ich setzte mich aufs Bett, presste das Kostüm an mich und weinte bitterlicher, als ein knittriges Kleidungsstück es verdient hatte. Kaum hatte ich mir die Nase geputzt und mich ein wenig beruhigt, sah ich, dass meine Großmutter ein verschnörkeltes G auf das Revers der Jacke gestickt hatte, umrahmt von silbernen Sternchen. Daraufhin brach ich erneut in Tränen aus.

Vermutlich sollte ich die Mahlzeiten generell zusammen mit der Familie im Speisezimmer einnehmen. Als mein Gesicht nicht mehr allzu verquollen aussah, ging ich also hinunter, um nachzusehen, ob es Frühstück gab. Pembridge suchte offenbar fieberhaft nach etwas und war dabei, alles auf den Kopf zu stellen, sodass er mich zunächst nicht bemerkte. Der Tisch war übersät mit Zeitungen und Krümeln, aber im Toastständer steckte noch eine einsame Scheibe Toast, die sicher längst kalt war.

»Guten Morgen«, sagte ich – wie es schien, zu leise, denn Pembridge nahm weiterhin keine Notiz von mir. Er suchte weiter unter Papieren und vor Feuchtigkeit fleckigen Büchern, die stapelweise auf jeder freien Fläche herumlagen. Im unerbittlichen Morgenlicht zeigte sich erst das volle Ausmaß der furchtbaren Unordnung.

Ich räusperte mich und versuchte es noch einmal.

Diesmal fuhr er sofort herum, kreidebleich im Gesicht. »Du liebe Zeit! Sie haben mich zu Tode erschreckt.«

Zu meinem eigenen Ärger schaffte ich es nicht, ihm in die Augen zu sehen. »Tut mir leid. Aber Sie waren so beschäftigt mit Ihrer Suche, dass Sie mich beim ersten Mal nicht gehört haben. Da habe ich …«

»Diese dämliche Brille! Mein Onkel verliert sie mindestens zehn Mal am Tag.« Sein Gesicht hatte nun eine so gesunde Färbung angenommen, dass ich mich fragte, ob er sich schämte, dass ich ihn derart überrascht hatte. »Ich sollte sie nicht mehr alle naselang suchen. Dann würde er vielleicht besser darauf aufpassen.«

Also war das der Grund für seine Verlegenheit. Er fühlte sich dabei ertappt, wie er sich um seinen Onkel kümmerte. Für mich machte ihn das sofort weniger furchteinflößend. Vielleicht war seine aufbrausende Art ja nur harmloses Gepolter.

»Nehmen Sie sich ruhig etwas vom Frühstück«, sagte er. »Na ja, das, was davon noch übrig ist. Die Zeiten mit Rührei und geräuchertem Fisch auf silbernen Tabletts liegen leider hinter uns. Soll ich nach Agnes läuten?«

»Oh, nicht nötig«, sagte ich, um keine Umstände zu machen. »Ein bisschen Toast reicht mir schon. Danke.«

Ich strich Butter auf die Scheibe, obwohl ich kalten Toast eigentlich nicht mochte. Als ich in den Toast biss und kaute, kam ich mir unmöglich laut vor, und ich wäre lieber allein gewesen. Aber Pembridge schien auch das nicht zu bemerken. Stirnrunzelnd sah er sich weiter suchend um.

»Ich … Äh … Ich hoffe, Sie haben gut geschlafen«, sagte er schließlich.

Hastig schluckte ich den Bissen hinunter und verschluckte mich dabei. Ich hustete und wäre am liebsten im Boden versunken.

Pembridge schenkte mir eine Tasse Tee ein und schob sie zu mir herüber. Ich stürzte den Tee in einem Zug herunter, obwohl er genauso kalt war wie der Toast.

»Ich fürchtete schon, Sie würden das Frühstück nicht überleben«, sagte er trocken, als ich aufgehört hatte zu husten. »Ich habe schon überlegt, wie ich Ihren Leuten das beibringen soll.«

»Person«, krächzte ich.

125

»Wie bitte?«

»Ich habe keine Leute, nur eine einzige Person. Meine Großmutter.«

Er kniff die Augen zusammen. »Oh, verstehe. Und … kommen Sie gut mir ihr zurecht?«

Ich konnte mir ein Lächeln nicht verkneifen. Er schien tatsächlich ungeübt im Umgang mit anderen Menschen zu sein.

»Ja, selbstverständlich. Nach dem Tod meiner Eltern hat sie mich aufgezogen.«

Er nickte, und als ihm nichts einfiel, was er dazu noch hätte sagen können, widmete er sich wieder der Suche nach Berties Brille. Etwa eine Minute später verließ er ohne ein weiteres Wort zielstrebig den Raum. Erst jetzt, als ich allein im Speisezimmer saß und mich fragte, ob er schlechte Manieren hatte oder schlichtweg unbeholfen war, fiel mir auf, dass er Lucas überhaupt nicht erwähnt hatte. Nachdem ich mein trockenes Frühstück hinter mich gebracht hatte, machte ich mich halbherzig auf die Suche nach ihm, um nach Lucas zu fragen. Ich wagte mich sogar hinunter in die Küche, aber ich fand ihn nirgends. Auch Bertie glänzte durch Abwesenheit, doch von Agnes erfuhr ich, dass er bei Tagesanbruch mit seinem Schmetterlingsnetz und einer Kladde Richtung Wald aufgebrochen war.

Also war ich an diesem Morgen wohl mir selbst überlassen. Aber da ich nicht sofort auf mein Zimmer zurückgehen wollte, vertrat ich mir die Beine in der muffig riechenden Eingangshalle und wischte den Staub von einigen der Bilder, die dort hingen. Eins war eine viktorianische Fotografie, ein Porträt der Familie in steifer Kleidung vor einem exotischen Hintergrund aus Palmen. Ebenso wie die weniger heruntergekommenen Bereiche des Hauses hatten auch die Menschen auf dem Bild eine sonderbare Ähnlichkeit mit denen in meiner Vorstellung – Helen mit dem ernsthaften Gesichtsausdruck, Victoria mit den engelhaften Locken. Bertie hatte sich kaum verändert. Und Mrs. Pembridge schien wie die ältere Version ihres jüngsten Kindes, genau wie ich sie mir vorgestellt hatte, obwohl mich der launische Zug um ihren Mund dann doch überraschte. Mr. Pembridge hatte den Arm um die Taille seiner Frau gelegt, aber die Geste wirkte hölzern und unnatürlich, als hätte der Fotograf ihn dazu aufgefordert.

Ich hätte mir diese Menschen noch den ganzen Tag lang ansehen können, aber ich schlenderte weiter und fragte mich, was sich hinter den geschlossenen Türen verbarg. Hätte ich nicht das Gefühl gehabt, dass niemand in der Nähe war, wäre ich sicher nicht auf den Gedanken gekommen, eine von ihnen zu öffnen. Aber so stand ich nun allein in der Eingangshalle und konnte mich nicht entscheiden, welche der beiden Türen an den entgegengesetzten Enden der Halle ich wählen sollte.

Die Morgensonne war mittlerweile einem grauen Himmel gewichen, aus dem einzelne Tropfen fielen wie aus einem vollgesogenen, schmutzigen Schwamm. Die bunten Lichtreflexe der Bleiglasfenster in der Eingangstür trübten sich und verblassten. Die Halle verdunkelte sich so plötzlich, dass es mir vorkam, als rückten die Wände näher und als kauerte sich das ganze Haus unter dem prasselnden Regen zusammen. Von irgendwoher hörte ich lautes Tropfen, in gleichmäßigem Takt wie von einem Metronom. Ich hielt den Atem an, als erwartete ich, den Klang eines Instruments zu vernehmen. Der Gedanke war gespenstisch, daher drehte ich hastig den nächstbesten Türknauf – wohl

127

nur, um selbst irgendein Geräusch zu verursachen und so die erwartungsvolle Stille zu durchbrechen.

Nicht weit vom Salon hatte es zur Zeit meiner Großmutter ein Arbeitszimmer mit einer Art Bibliothek gegeben. Ich hoffte, ich hatte die richtige Tür erwischt. Vielleicht konnte ich mir ein Buch ausleihen. Denn bis der Regen aufhörte oder Pembridge zurückkam und mir vielleicht meinen Schützling vorstellte, hatte ich nichts zu tun.

Die Möbel waren verhüllt und die Vorhänge zugezogen, sodass der Raum fast stockdunkel war. War mir das gesamte Haus schon ruhig vorgekommen, so herrschte hier absolute Stille. Es fühlte sich an, als hätte sich seit Jahrzehnten kein einziges Staubkorn bewegt und als wartete der Raum aufmerksam ab, was meinem Eindringen nun folgen würde. Ich hatte ohnehin schon Gänsehaut – und dann hörte ich auch noch eins der Glöckchen aus den Wirtschaftsräumen läuten und ebenso plötzlich verstummen. Als meine Augen sich an die Dunkelheit gewöhnt hatten, sah ich neben dem Kamin den Messinggriff eines Klingelzugs, der sicher noch mit dem System verbunden war. Ich hatte das Gefühl, wenn ich ihn noch länger anstarrte, würde er wie von selbst in Bewegung geraten. Ich rannte aus dem Raum und schlug die Tür hinter mir zu.

Gottlob erwischte ich beim nächsten Versuch die richtige Tür. Der wuchtige Schreibtisch war verhüllt, aber die Bücherregale waren nicht abgedeckt. Das Arbeitszimmer schien weniger verlassen als der andere Raum, aber auch hier war seit Langem niemand auf die Idee gekommen, Staub zu wischen. Vermutlich waren sämtliche Bücher völlig verstaubt, und sicher wellten sich die Seiten vor Feuchtigkeit. Ich zog einen schmalen Band aus dem Regal und sah meine Vermutung bestätigt.

Ohne das Buch aufzuschlagen, stellte ich es zurück und ging zu den hohen Fenstern hinüber. Wie nicht anders zu erwarten, waren die Scheiben blind. Ich wischte an einer Stelle den Staub weg und spähte hinaus. Der morgendliche Spätsommer hatte sich verflüchtigt, und nach dem grauen Himmel zu schließen, hatte der Herbst Einzug gehalten. Auf einmal war ich niedergeschlagen. In den wärmeren Monaten, wenn es abends länger hell blieb, fühlte ich mich grundsätzlich wohler.

Ich betrachtete die langen Reihen alter Bücher in den Regalen, aber ich konnte mich nicht aufraffen, mir eins auszusuchen. Alles hier war so ernüchternd, und eigentlich hatte ich schon beschlossen, auf mein Zimmer zu gehen und meiner Großmutter zu schreiben, dass es mir in Fenix House nicht gefiel und dass ich am liebsten wieder nach Hause kommen wollte, als ich in der dunkelsten Ecke des Raums das Bild sah. Sofort verflogen Pessimismus und Langeweile. Mir war instinktiv klar: Das auf dem Bild musste Mrs. Pembridge sein. Nicht die ehemalige Hausherrin, sondern Davids verstorbene Frau, Lucas' Mutter.

Insgesamt war das Gemälde etwa einen Meter achtzig hoch, also war sie wahrscheinlich in Lebensgröße porträtiert worden. Der Rahmen war altmodisch, verziert und vergoldet und wie alles andere mit einer Schicht Staub bedeckt. Ungeachtet dessen hatte die Frau selbst etwas Makelloses an sich. Sie war groß und schlank und trug eine weiße Bluse mit hohem gestärktem Kragen, dazu einen Rock, der ebenso dunkelbraun war wie ihr Haar, das viel strenger hochgesteckt war als meins. Am kleinen Finger der Hand, an der sie auch ihren Ehering trug, steckte ein dezenter Ring mit einem milchig-blauen Opal voll feuerroter Einschlüsse, die auf dem Gemälde in Form feiner roter und gelber Pinselstriche dargestellt worden waren. Von dem Bild magisch angezogen, ging ich näher heran. Die Frau erinnerte mich an jemanden. Auf dem kleinen Schild, das unten in den Rahmen eingelassen war, las ich: Francesca Pembridge, 1890-1918. Ich hatte also recht gehabt.

Als ich so dicht vor ihr stand, überragte sie mich geradezu. Aber es war nicht wie bei den Gemälden, die gern in Geistergeschichten vorkommen, bei denen man das Gefühl hat, die porträtierte Person verfolgt einen mit ihrem Blick. Denn ganz gleich aus welcher Perspektive ich dieses Porträt betrachtete, Francesca sah immer über mich hinweg oder durch mich hindurch, wie jemand, der in Gesellschaft eines Langweilers den Blick schweifen lässt.

Ich betrachtete sie eine ganze Weile und versuchte mir vorzustellen, was für ein Mensch sie gewesen war. Wegen ihrer Größe und der eher strengen Gesichtszüge hätte man sie für herablassend halten können, aber ich glaubte nicht, dass dem so war. Reserviert traf es vielleicht besser. Ihr Lächeln wirkte ein wenig entrückt, die fast schwarzen Augen waren auf einen unbestimmten Punkt in der Ferne gerichtet, als wäre ihr gar nicht bewusst, dass sie porträtiert wurde.

Plötzlich fiel mir ein, an wen sie mich erinnerte. Ich war nicht sofort darauf gekommen, weil ich ihn bisher nur aufbrausend oder zerstreut erlebt hatte. Sie erinnerte mich an David Pembridge. Nicht von den Gesichtszügen her – ungern musste ich zugeben, dass er von beiden der Attraktivere war –, sondern von der Färbung der Augen und des Haares: beides dunkel, glänzend wie poliertes Holz. Sicher war ihre Haut im Winter blass, bräunte aber schnell in der Sonne, so wie seine. Und beide waren groß. Wenn das Porträt sie tatsächlich in Lebensgröße zeigte, konnte sie nur ein paar Zentimeter kleiner gewesen sein als er. Und er war mindestens einen Meter fünfundachtzig. Ich las noch einmal, was auf dem Schildchen stand. 1918 war sie gestorben, also vor vier Jahren, in dem Jahr, als der Krieg vorbei war.

Es kann reizend erscheinen, wenn Paare sich ähnlich sehen, wenn sie sich nach jahrzehntelanger Ehe einander angleichen, indem sie dieselben Dinge tun, in denselben Räumen leben, dieselbe Luft atmen und sich diese Vertrautheit dann auch physisch manifestiert. Aber es gibt auch Menschen, die aus reiner Selbstgefälligkeit von vornherein einen Partner wählen, der ihnen ähnlich sieht und als ihr Spiegelbild fungiert. Genau so kam Pembridge mir vor. Wie jemand, der sich eine Frau aussucht, die als seine Schwester durchgehen könnte.

Mir fiel auf, dass sie das genaue Gegenteil von mir war: groß, dunkelhaarig, reserviert und geheimnisvoll. Und irgendwie machte mir das in dem Moment zu schaffen. Doch dann wurde mir wieder bewusst: Sie war tot. Und wahrscheinlich war sie in dem Wissen gestorben, dass sie ihren kleinen Sohn zurücklassen würde. Sogleich plagten mich Schuldgefühle. Ich machte mir nicht länger vor, dass ich mir noch immer ein Buch ausleihen wollte. Ich rannte zur Tür, ohne mich umzudrehen. Wer weiß, vielleicht hätten sich unsere Blicke doch noch getroffen – und in ihrem hätte nur Vorwurf gelegen.

Kaum hatte ich die Tür hinter mir geschlossen, kam Pembridge um die Ecke geschossen. Geistesabwesend wie üblich, bemerkte er mich erst, als er mich beinahe umrannte. Wäre ich nicht schon in weiser Voraussicht im Türrahmen des Arbeitszimmers stehen geblieben, wäre ich wohl auf dem schmuddeligen Boden gelandet.

»Ach, Sie sind es«, brummte er, als er wieder in der Realität angekommen war. Er strich sich mit der Hand übers Gesicht und schien mich jetzt erst richtig wahrzunehmen. »Sie waren im Arbeitszimmer.«

»Ja, ich …«

»Das betritt sonst niemand mehr.«

»Sieht ganz so aus. Alles ist total verstaubt. Es tut mir leid, dass ich einfach hineingegangen bin. Aber ich hatte nichts zu tun, und da …«

»Wie ich gestern schon sagte, mein Sohn war nicht in der Verfassung, jemanden kennenzulernen.«

Mit einiger Anstrengung brachte ich ein beschwichtigendes Lächeln zustande. »Ich wollte mich auch gar nicht darüber beschweren. Ich wollte nur mein Verhalten erklären. Ich dachte, ich könnte mir vielleicht ein Buch ausleihen. Ich wusste ja nicht, dass der Zutritt zu dem Raum verboten ist.«

»Habe ich das behauptet?«

Er schien deutlich reizbarer als zuvor, und ich musste mich zusammenreißen, um ihm nicht eine entsprechende Antwort zu geben, Angestellte hin oder her. Einen scharfen Seufzer konnte ich mir allerdings nicht verkneifen. Ich starrte rasch auf meine Füße, denn ich war kurz davor, genervt die Augen zu verdrehen. Als ich wieder hochschaute, musterte er mich noch immer aufmerksam. Entschlossen, mich nicht weiter einschüchtern zu lassen wie ein albernes kleines Mädchen, hielt ich seinem Blick stand, wenn auch mit glühenden Wangen.

»Und haben Sie ein Buch gefunden?«, fragte er schließlich mit einem Achselzucken, das viel zu ruckartig war, um gleichgültig zu wirken.

Die Geste ermutigte mich, und ich streckte die leeren Hände aus. »Offensichtlich nicht.«

Er verzog die Mundwinkel zu seinem sarkastischen

Grinsen. »Wohl nichts nach Ihrem Geschmack vorhanden? Wie wollen Sie sich dann die Zeit vertreiben?«

»Vielleicht könnten Sie mich nun Lucas vorstellen. Oder ist es dafür immer noch nicht die richtige Zeit?«

Nach kurzem Zögern sagte er seufzend: »Wissen Sie, ich muss heute noch einiges erledigen. Aber morgen lernen Sie ihn kennen. Einverstanden?«

Ich nickte. Aber er senkte seinen Blick noch immer nicht. Keiner von uns beiden sagte etwas, bis ich vor lauter Unsicherheit einfach drauflosplapperte. »Wenn der Regen aufhört, könnte ich einen Spaziergang machen«, sagte ich in viel zu heiterem Ton. »Vielleich können Sie mir einen schönen Weg durch den Wald empfehlen. Ich würde ja Ihren Onkel fragen, aber ich habe ihn heute noch nicht gesehen und …« Ich verstummte.

Er zog eine seiner dunklen Augenbrauen hoch. »Sind Sie so naturverbunden? Hätte ich gar nicht vermutet.«

»Ach nein? Und was hätten Sie vermutet?« Mein Tonfall war schärfer als beabsichtigt.

Wieder zuckte er mit den Schultern. »Tja, eher einen Stubenhocker. Eine von den Frauen, die im Juni ein Feuer im Kamin wollen und nicht vor die Tür gehen, wenn es auch nur entfernt nach Regen aussieht. Die lieber auf dem Sofa sitzen, mit einem Buch, das andere Frauen geschrieben haben. Aber solche Bücher werden Sie im Arbeitszimmer kaum finden, auch keine über Stickereien und Seidenbänder oder wofür sich Frauen sonst noch interessieren.«

»Lieber Himmel, dass es Bücher über Seidenbänder gibt, war mir neu.« Ich wusste, wie unverschämt das klang, aber angesichts seiner Arroganz war es mir gleichgültig.

Er grinste schief. »Manche Frauen haben noch viel belanglosere Hobbys.«

»Dann sind Sie sicher noch keinem dieser Männer begegnet, die ihr ganzes Leben damit verbringen, etwas zu sammeln, was ansonsten niemanden interessiert.«

Er trat fast unmerklich näher an mich heran, und mit wachsendem Ärger stellte ich fest, dass ihm diese Unterhaltung offenbar Spaß machte. »Wie mein Onkel mit seinen Schmetterlingen. Haben Sie vielleicht das gemeint?«

»Oh, nein. Das meinte ich nicht … Niemals würde ich so über Ihren Onkel denken. Er ist solch ein liebenswerter Mensch.« Nun konnte ich Pembridges Blick doch nicht länger standhalten. »Aber eines kann ich Ihnen versichern: Ich interessiere mich nicht im Entferntesten für Seidenbänder.«

»Mag sein. Übrigens kann man hier tatsächlich einen schönen Spaziergang machen. Sollte ich Sie tatsächlich unterschätzt haben und Sie ein paar Regentropfen nicht scheuen, führt der Weg durch den Wald bis hin zum See am ehemaligen Steinbruch. Ist ganz schön da oben.«

Das betrachtete ich als Friedensangebot, und ich freute mich so irrsinnig darüber, dass mir zunächst gar nicht bewusst wurde, was er da gerade gesagt hatte. Von einem See hatte meine Großmutter nie erzählt, nur vom Teufelsschlot, der aus einem verlassenen Steinbruch herausragte. »Es gibt hier einen See?«, fragte ich mit ein wenig Verzögerung und viel zu viel Verwunderung.

»Wir nennen ihn das Blaue«, antwortete er so sanft, dass man plötzlich einen ganz anderen Menschen vor sich hatte. »Wenn Sie so weit hinaufgehen, sehen Sie schon, warum. Mein Sohn ist auf diesen Namen gekommen, als er noch klein war.«

Dann hatte er mit »wir« wohl nicht nur Lucas und sich selbst gemeint, dachte ich und spürte die Präsenz des Porträts im Raum hinter mir, als wäre es zum Leben erwacht.

»Einen Moment noch«, rief er mir hinterher, als ich die Treppe hinaufging.

»Ja?«

Er hielt einen Brief in die Höhe. »Der ist für Sie. Von Ihrer *Person*, nehme ich an.«

»Meiner Person?«

»Ihrer Großmutter.«

SECHZEHN

Letzten Endes sah ich mir an diesem Nachmittag das Blaue doch nicht an. Der Regen ließ einfach nicht nach, und so gern ich Pembridge bewiesen hätte, dass er sich sowohl in mir und als auch in Frauen generell getäuscht hatte, wäre es idiotisch gewesen, bei diesem Wetter einen Spaziergang zu machen. Tatsächlich, dachte ich mit einem Anflug von Belustigung, hätte das eher den Heldinnen aus den Büchern, über die er sich lustig gemacht hatte, ähnlich gesehen. Bei einem Wolkenbruch draußen herumzulaufen, um dann triefnass und halb bewusstlos gerettet und ans wärmende Feuer getragen zu werden, war genau das, was diese naiven jungen Romanfiguren für gewöhnlich so taten. Außerdem besaß ich kein festes Schuhwerk. Das Paar Stiefel, das ich außerhalb des Hauses anziehen wollte, war eher für gemächliche Spaziergänge auf gepflasterten Wegen gedacht, und ich hatte nicht vor, es mir auf einem steilen Waldweg, der sich bei starkem Regen wahrscheinlich in einen schlammigen Pfad verwandelte, zu ruinieren. Also ging ich wieder auf mein Zimmer und dachte über das Porträt nach.

Sie war gegen Kriegsende gestorben, und dem Alter nach war es durchaus möglich, dass Pembridge in der Armee gedient hatte, auch wenn er jetzt keinen militärischen Rang mehr führte. Spielte der zeitliche Ablauf überhaupt eine Rolle? Wahrscheinlich, denn entweder war Lucas' Mutter gestorben, bevor sein Vater aus dem Krieg zurückgekehrt oder kurz nachdem er heimgekehrt war. Kein Wunder, dass der Junge Probleme hatte.

Vom Krieg, der das Leben so vieler Menschen so sehr verändert hatte, hatte ich kaum etwas mitbekommen. In der behüteten Abgeschiedenheit von Clifton war er nicht an mich herangekommen. Dafür hatte meine Großmutter gesorgt. Erst viel später war mir bewusst geworden, was für eine Anstrengung das gewesen sein musste: Diese zierliche, kleine Person hatte eine Kraft aufgebracht, die der eines Königs gleichkam, um den Weltkrieg weitgehend von mir fernzuhalten.

Nur in seltenen Momenten war etwas davon zu mir durchgedrungen, etwa wenn eine der »traurigen Frauen« zu Besuch kam. Dann wurde ich auf mein Zimmer geschickt, während meine Großmutter ein Flimmern heraufzubeschwören versuchte, um ihrer Besucherin sagen zu können, was aus dem Sohn geworden war, der in Flandern vermisst wurde. Abgesehen davon beschränkte sich der Krieg für mich darauf, was ich den unerbittlich heiteren Berichten entnehmen konnte, die in der Zeitung aus Cheltenham standen, die sich meine Großmutter jede Woche schicken ließ – und die mich nun nach Fenix House geführt hatte. Damals kam mir der Krieg vor wie ein kompliziertes Buch, das ich nicht hätte lesen wollen, gespickt mit schwer verständlichen Details und ohne schlüssige Handlung. Das einzig Interessante waren die tapferen Männer und die bedeutsam klingenden Orte und Geschehnisse, die darin vorkamen wie Mons, Neuve-Chapelle oder die Schlacht an der Somme.

Am Tag des Waffenstillstands war ich ziemlich genau achtzehneinhalb Jahre alt gewesen. Doch ungeachtet meines reichen und erfüllten Seelenlebens entsprach mein Horizont eher dem einer Dreizehn- oder Vierzehnjährigen. Der Gedanke brachte mich wieder auf Lucas, der mit seinen sieben Jahren sicher mehr über die Folgen des Krieges wusste als ich. Und sein Vater? Sichtbare Verletzungen hatte er nicht davongetragen, aber durch meine Zeitungslektüre wusste ich, dass das allein nichts zu bedeuten hatte. Seelische Wunden waren unter Umständen viel heimtückischer. Seine Frau zu verlieren, kaum dass der Krieg vorbei war – ein unerträglicher Gedanke. Ich nahm mir vor, mich weniger empfindlich anzustellen, wenn er mich mit Lucas bekannt machte, ganz gleich wie sehr es ihm an Taktgefühl fehlte und ob er mich albern fand.

Der Brief meiner Großmutter lag noch ungeöffnet da. Einerseits hätte ich ihn am liebsten sofort aufgerissen, weil ich mich meinem Zuhause dann vielleicht näher fühlen würde. Andererseits wollte ich ihn gar nicht lesen, weil ich mit Sicherheit noch mehr Heimweh bekommen würde. Aber noch etwas ließ mich zögern. Ich strich mit dem Finger über die zierlichen Buchstaben in der gestochenen Schrift, die ich überall sofort wiedererkannt hätte. Meine Großmutter hatte mich gewissermaßen ins Exil geschickt. So kam es mir zumindest in meinen schwachen Momenten vor. Aber nun wollte sie plötzlich wieder an meinem Leben teilhaben.

Natürlich las ich den Brief dann doch.

Meine über alles geliebte Grace,

am liebsten hätte ich mich sofort nach deiner Abreise an den Schreibtisch gesetzt und dir geschrieben. Und so habe ich tatsächlich nur ein paar Stunden verstreichen lassen können, denn seit du fort bist, ist für mich nichts mehr wie zuvor. Nein, ich muss es anders ausdrücken, um dir verständlich zu machen, was ich empfinde. In Briefen ist es immer schwierig, nicht in Plattitüden zu verfallen.

Ohne dich, meine geliebte Enkelin, fühle ich mich verloren. Im Haus herrscht Grabesstille, nur zeitweilig unterbrochen von Mrs. Spratt, die heute Mittag hier war und wie üblich herumpolterte. Fortan wird mir ihr Geschnatter wohl ein Trost sein, und vermutlich werde ich es sogar als eine willkommene Abwechslung betrachten, wenn sie wieder einmal etwas umstößt.

Heute Morgen habe ich dir nichts davon erzählt, aber letzte Nacht habe ich von Fenix House geträumt. Doch ich war die ganze Nacht lang so aufgewühlt, dass ich nicht weiß, ob ich überhaupt ein Auge zugemacht habe. Vielleicht war es ein Flimmern – nur eine Nachricht von dir kann diesbezüglich Klarheit schaffen. Fenix House sah anders aus als früher. Alles sah vernachlässigt aus. Das Haus war heruntergekommen, an manchen Stellen baufällig, und im Garten wucherte überall Unkraut. Nachdem ich aufgewacht bin, hat es eine Weile gedauert, bis mir bewusst wurde, dass nichts davon real war.

Nun bist du dort. Kannst du mir das verzeihen, Grace? Ich weiß nicht, ob es richtig war, dass ich dich dazu ermutigt habe, fortzugehen, wo du doch alles bist, was mir auf dieser Welt geblieben ist. Vielleicht ist es noch zu früh für dich, das zu beurteilen, aber ich bin sicher, irgendwann wirst du es nachempfinden können.

Schreib mir, so oft du kannst, mein liebes Kind. Jedes noch so kleine Detail wird mich interessieren. Ich möchte genau wissen, *wie es dort für dich ist – nicht nur in groben Zügen, sondern ganz ausführlich. Welche Farbe das Haus hat, wenn die Sonne untergeht. Wie würzig die Tannen duften, wenn man vom Garten in den Wald kommt. Der gedämpfte Klang von Schritten auf dem Küchenfußboden. Berties aufgeregtes Schlucken, wenn er etwas erzählt und fürchtet, man könnte sich langweilen. Wie Agnes sich mit dem Handrücken das Haar zurückstreicht, als hätte sie ständig Mehl an den Händen. All diese kleinen Dinge. So viele Jahre sind vergangen, seit ich dort war, und noch immer sehnt sich ein Teil von mir dahin zurück.*

In Liebe, deine Großmutter
Harriet

Seufzend ließ ich den Bogen Papier neben meinem Bett zu Boden fallen. Über unser Zuhause hatte sie so gut wie nichts geschrieben, und dabei hatte ich doch insbesondere darüber etwas lesen wollen, über all die tröstlichen alltäglichen Begebenheiten, die sie auf der Whiteladies Road oder auf dem Weg durch die Downs erlebte. Ihr Brief klang wehmütig, keineswegs so heiter, wie ich es eigentlich erwartet hatte. Ich fragte mich, ob es ihrem Gemüt auf Dauer guttun würde, allein zu sein und ihren Gedanken nachzuhängen.

Ich sah auf den Brief hinunter. Jemand anders hätte es äußerst befremdlich gefunden, dass sie davon geträumt hatte, in welchem Zustand sich Fenix House jetzt befand, und dass sie wusste, dass Bertie und Agnes noch hier wohnten. Mir jedoch kam es völlig normal vor, ich war mit ihrer besonderen Gabe aufgewachsen. Was mich allerdings wunderte, war etwas ganz anderes, und zwar, wie sie den Brief unterschrieben hatte – nicht nur mit »Großmutter«, sondern auch mit »Harriet«. Fehlte nur noch, dass sie den nächsten mit »Miss Jenner, Gouvernante« unterzeichnete.

Es regnete den ganzen Abend, und als ich zu Bett ging, hatte der Regen noch immer nicht nachgelassen. Kurz nach Mitternacht weckte mich ein stetiges Tropfen. Es klang ebenso monoton wie das am Mittag in der Eingangshalle, und ich erinnere mich so genau an die Uhrzeit, weil es mich dermaßen störte, dass ich die Nachttischlampe einschaltete und auf meinen Reisewecker sah. Ich suchte das ganze Zimmer ab, konnte aber keine undichte Stelle finden. Als ich mich wieder ins Bett legen wollte, wurde der Regenguss so laut, als hätte jemand einen Regler höhergedreht. Ich ging zum Fenster und zog die Vorhänge zurück. Offenbar gab es an der Gaube, in der mein Fenster lag, keine Regenrinne, und so strömte das Wasser vom Dachfirst hinunter und bildete einen Film auf der Fensterscheibe, der den Blick ins Tal verschleierte. Ich kam mir vor wie in einer Höhle hinter einem Wasserfall und blieb noch eine Weile dort stehen. Dann legte ich mich wieder ins Bett und versuchte einzuschlafen, wobei das Prasseln des Regens eine gleichermaßen beruhigende wie dramatische Wirkung hatte. Wenn ich das nächste Mal wach würde, dachte ich im Halbschlaf, hatten die Wassermassen Fenix House vielleicht aus den Grundfesten gehoben und rissen es mit sich den steilen Abhang ins Tal hinunter.

Um halb drei hörte der Regen auf. Die plötzliche Stille war so irritierend, dass ich davon wach wurde. Doch ich fühlte mich so ausgeruht, als hätte ich eine ganze Nacht lang geschlafen. Ich hatte die Vorhänge nicht ganz zugezogen, und da der Wasserfall nicht länger mein Fenster bedeckte, fiel ein Streifen kaltes Mondlicht über meine Füße.

Ich horchte wieder auf das Wasser, das, zögerlich aber regelmäßig, alle paar Sekunden auf eine hohl klingende Stelle tropfte. Irgendwann wurde das Tropfen langsamer, und als es nur noch im Abstand von knapp einer Minute zu hören war, driftete ich wieder in den Schlaf.

Dann hörte ich etwas anderes. Zunächst war es nur ein Ton, der sich den Weg in mein Bewusstsein bahnte und meinen schläfrigen Gedankenfluss störte. Aber dann musste er lauter geworden sein, denn er riss mich aus einem beginnenden Traum. Auf einmal war ich wieder hellwach. Ich stützte mich auf die Ellbogen und lauschte angestrengt. Im selben Moment wie der nächste Tropfen ertönte auch das neue Geräusch, diesmal in einer höheren Frequenz, irgendwie schriller, dennoch undefinierbar.

Auf Zehenspitzen ging ich zur Tür und öffnete sie leise. Es herrschte absolute Stille. Aus dem Zimmer am Ende des Flurs war nichts zu hören, und Agnes, die laut Bertie schnarchte wie eine Laubsäge, schlief drei Etagen weiter unten im ehemaligen Dienstbotenzimmer, also außerhalb meiner Hörweite. Ich wartete reglos, bis meine Füße auf dem staubigen Boden eiskalt wurden und meine Hüfte an der Stelle, mit der ich am Türrahmen lehnte, anfing zu schmerzen.

Als ich schon nicht mehr damit rechnete, hörte ich es wieder: ein hohes, klagendes Heulen. Es klang gedämpft, als käme es aus einiger Entfernung. Es wurde schriller, und dann ebbte es ab. Nie zuvor hatte ich etwas so Trostloses gehört. Mir standen die Haare zu Berge, und am liebsten hätte ich die Tür zugeschlagen, mich im Bett verkrochen und mir die Decke über den Kopf gezogen.

Stattdessen schlich ich den Flur entlang und ging leise die Treppe hinunter. Abermals ertönte der klagende Laut.

Ich blieb stehen, denn diesmal hatte ich ihn deutlicher gehört. Alles in mir sträubte sich, aber ich ging weiter in die Richtung, aus der er zu kommen schien. Nachts war ich nie besonders mutig gewesen. Als Kind hatte ich meine Großmutter oft gebeten, meine Nachttischlampe anzulassen. Aber nun – vielleicht weil ich aus dem Schlaf gerissen worden war und mich in einer fremden Umgebung befand – bewegte ich mich weiter wie in einem Traum, in dem man die verrücktesten Dinge tut und sich Gefahren aussetzt, auf die man sich bei Tageslicht niemals einlassen würde.

Das soll nicht heißen, ich hätte keine Angst gehabt. Mit jedem Schritt bekam ich mehr Herzklopfen, und als ich vor dem engen Korridor stand, der zum Zimmer des Jungen führte, schlug mir das Herz bis zum Hals. Mondlicht fiel durch das zerbrochene Fenster und ließ die Kerben an der Wand so bizarr erscheinen, als stammten sie von den Krallen eines Raubtiers. Angespannt lauschte ich im Halbdunkel darauf, ob das Heulen abermals ertönte.

Ich betrat das Zimmer, ohne anzuklopfen. Sonst hätte mich der Mut verlassen und ich wäre zurück zur Treppe und wieder hinaufgerannt. Eine wachsame Spannung lag in der stickigen Luft und reflektierte meine eigene Anspannung. Ich wusste, er hatte mich gehört.

»Lucas«, sagte ich im Flüsterton. »Lucas, hörst du mich?«

Anstelle einer Antwort hörte ich nur das plötzliche Rascheln von Decken. In der Dunkelheit konnte ich die Konturen des Bettes erkennen und blieb davor stehen. In diesem Zimmer waren die Vorhänge aus dickerem Stoff als in meinem, sodass es fast stockdunkel war, aber ich sah die hellen Umrisse eines Nachthemds. Ich streckte meine zitternde Hand aus, um dem Jungen Trost zu spenden, denn offenbar quälte ihn etwas. Vielleicht hatte er schlecht geträumt.

Doch bevor ich seine schmächtige Schulter berühren konnte, schlug er meinen Arm zur Seite, und das mit überraschender Wucht. Ich wich zurück und umklammerte meine schmerzende Hand. Eher aus Furcht als aus Empörung zog ich einen der schweren Vorhänge zurück. Er bewegte sich nur ein paar Zentimeter, aber ein wenig Mondlicht schien in das Zimmer, sodass ich den Jungen sehen konnte.

Halb aufgerichtet saß er noch immer in derselben Position, aus der er mich abgewehrt hatte. Seine bleiche, gräulich schimmernde Haut war kaum von seinem Nachthemd zu unterscheiden. Offenbar war er seit Monaten nicht an der frischen Luft gewesen. Haare und Augen waren genauso dunkel wie die seiner Eltern. In dem diffusen Licht sahen seine Augen aus wie finstere Höhlen, was mir schon unheimlich genug erschien. Aber weitaus beunruhigender fand ich seinen Gesichtsausdruck. Schiere Wut sprach aus seinen zusammengekniffenen Augen. Er verzog den Mund wie ein wildes Tier, das mit gefletschten Zähnen seinen Bau gegen einen Eindringling verteidigt.

Es kostete mich ein gehöriges Maß an Überwindung, mich nicht umzudrehen und in mein Zimmer zu flüchten, sondern mich stattdessen dem Jungen zu nähern. Es war durchaus möglich, dass er in einem Zustand zwischen Wachsein und Schlaf gefangen war und seine Wut sich gar nicht gegen mich richtete. Dabei kann eine Person wach erscheinen, obwohl sie tatsächlich nicht bei Bewusstsein ist. Irgendwo hatte ich einmal gehört, in einer solchen Phase solle man die Person nicht wecken, sondern aufpassen, dass ihr nichts passiert und sie beruhigen, wenn sie von selbst wach wird. Vorsichtig schob ich das Wasserglas von der Kante des Nachttisches zurück und zog das Bettlaken glatt, das sich um einen Fuß des Jungen gewickelt hatte.

Er hatte sich zusammengerollt und atmete nun ruhig. Ich hob die Decke vom Boden auf und deckte ihn zu. Als er meinen Arm weggeschlagen hatte, war seine Hand eiskalt gewesen. Die Vorhänge ließ ich einen Spaltbreit offen. Ein bisschen Tageslicht würde ihm später guttun. Um mich zu vergewissern, dass er wieder eingeschlafen war, wartete ich noch ein paar Minuten. Dann berührte ich ihn ganz leicht an der Schulter und flüsterte: »Wir sehen uns bald wieder.« Ich verließ das Zimmer und zog die Tür hinter mir zu.

Auf der engen Treppe hinauf zum Dachboden nahm ich immer zwei Stufen auf einmal und hoffte, dass ich niemanden durch meine Schritte auf dem nackten Holz wecken würde. Ich richtete den Blick auf meine Füße, damit ich nicht stolperte, und erschrak umso mehr, als ich den Kopf hob und auf dem oberen Treppenabsatz ein weiteres Paar Füße sah. Beinahe hätte ich laut aufgeschrien. Ich schlug eine Hand vor den Mund. Mit der anderen klammerte ich mich an das Geländer, um nicht rückwärts die Treppe hinunterzufallen.

Ein alter Mann in einem zerschlissenen karierten Morgenrock stand an der Treppe, mit struppigem Bart und zerzaustem Haar, das sich schneeweiß in der Dunkelheit abzeichnete. Seine Haltung war gebeugt und die Schultern waren gekrümmt, aber an der Länge seiner Gliedmaßen sah man, dass er einmal sehr groß und eine stattliche Erscheinung gewesen sein musste. Trotz seines hohen Alters strahlte er etwas Würdevolles aus. »Wer ist da?«, rief er mit zittriger Stimme. Als er suchend in alle Richtungen sah, wurde mir klar: Er konnte mich nicht sehen. Offenbar waren seine Augen nicht so gut wie meine. Der Name Dilger schoss mir durch den Kopf, aber konnte das sein? Wohnte der schweigsame Gärtner nun hier oben auf dem Dachboden und erhielt für seine treuen Dienste freie Kost und Logis? Aber dann fiel mir ein, wie schlecht Bertie sehen konnte, und ich fragte mich, ob das vielleicht in der Familie lag. War der alte Mann etwa …?

Ehe ich den Gedanken zu Ende führen konnte, fragte er noch einmal, wer dort sei. Seine Stimme zitterte noch mehr, als wäre er den Tränen nahe. Er sprach undeutlich, aber was er sagte, bestätigte meine Vermutung. »Bist du es? Bist du zurückgekehrt, Helen, mein kleines Mädchen?«

Eigentlich hätte ich nun auf ihn zugehen und mich ihm als die neue Gouvernante vorstellen müssen, wie man es normalerweise getan hätte. Dieser Mann konnte niemand anders sein als der alte Mr. Pembridge, der vor Jahrzehnten der Dienstherr meiner Großmutter gewesen war und von dem ich gedacht hatte, er wäre längst tot. Die Situation kam mir dermaßen absurd vor, dass ich es nicht schaffte, auch nur ein einziges Wort herauszubringen, geschweige denn, ihn sanft am Arm zu nehmen und in sein Zimmer zurückzuführen. Mit weichen Knien stand ich da, als er sich der obersten Treppenstufe näherte und mit leerem Blick und blinzelnden Augen die zitternden Hände nach seiner Tochter ausstreckte, die schon lange kein kleines Mädchen mehr war und längst nicht mehr in Fenix House wohnte.

Angesichts dieser gespenstischen Szene kam ich mir vor, als wäre ich in eine Schauergeschichte oder in ein Kapitel aus einem der viktorianischen Romane geraten, die sich großer Beliebtheit erfreuten, als meine Großmutter noch jung gewesen war. In diesem Fall bestand das düstere Geheimnis allerdings nicht darin, dass eine Verrückte auf dem Dachboden lebte, sondern ein verwirrter alter Mann.

Erst als ich fürchtete, er könnte die Treppe hinunterstürzen und sich verletzen oder mich mit sich reißen, schreckte ich aus meiner Starre auf. Ich lief die restlichen Stufen hinauf und wollte ihn ins Bett bringen. Doch in dem Moment hielt er inne und machte dann ein paar unsichere Schritte rückwärts. Er hatte wohl die Hoffnung aufgegeben, jemanden zu finden, denn er ließ die Schultern noch tiefer hängen und strich sich mit zitternder Hand übers Gesicht – ob vor Resignation oder Trauer, hätte ich nicht sagen können. Langsam schlurfte er zurück zu seinem Zimmer. Dort war es finster wie in einer Gruft, sodass ich nichts darin erkennen konnte.

Leise zog er die Tür hinter sich zu.

SIEBZEHN

Harriet

In den Tagen vor Captain Daunceys Ankunft rannte Agnes ständig zwischen Wirtschaftsräumen und Dienstboteneingang unterhalb des Hauptportals hin und her, um sämtliche Lieferungen in Empfang zu nehmen. Abgesehen von Fleisch, Fisch, Austern, kandierten Früchten, Weinkisten und allerlei anderen Nahrungsmitteln kam auch das Eis, von dem Bertie Harriet erzählt hatte.

»Wenn das Eis gebracht wird, fängt für mich der Sommer an«, schwärmte er, als der strohbedeckte Eiskoloss abgeladen wurde. Und als die Lieferanten sich auf den steilen Weg machten, um ihn zum Eishaus hinaufzuschleppen, konnte Bertie nicht länger tatenlos zusehen. Er ließ Harriet auf dem Rasen stehen und lief vor den Männern her, um ihnen präzise die Richtung zu weisen, wobei er jedes Mal laut zu rufen begann, wenn es schien, dass sie vom Weg abzukommen drohten.

Aber nicht nur der von Bertie so sehnlich erwartete Eisblock kündigte den Wechsel der Jahreszeiten an. Der kalte Wind, der an Harriets erstem Morgen durch das Fenster der Dachkammer gezogen war und sie hatte frösteln lassen, war zu einer sanften Brise geworden. Ein nächtlicher Regenschauer hatte den Garten in eine üppig grüne Oase verwandelt, und Dilgers Gehilfe Ned hatte alle Hände voll zu tun, den frischen, jungen Rasen, der jeden Tag einen Zentimeter zu wachsen schien, mit der Sense zu stutzen. Man musste Ned geradezu überreden, zwischendurch hinunter in die Küche zu kommen und sich von Mrs. Rakes die Blasen an den Händen verbinden zu lassen, immer unter den wachsamen Augen von Helen, die recht beeindruckt von dem schüchternen jungen Mann zu sein schien.

Die Hausherrin, normalerweise alles andere als ein Morgenmensch, erschien an manchen Tagen bereits vor zehn Uhr fertig angekleidet und wagte sich sogar gelegentlich, mit einem Sonnenschirm bewaffnet, hinaus in den Garten, um Dilgers Beete zu inspizieren: Rittersporn, der aus der Ferne einem zwischen Violett und Purpur changierenden Schleier glich. Kornblumen von so kräftigem Blau, dass man die kühlen Tiefen entfernter Ozeane vor Augen hatte. Pfingstrosen mit maßlos vielen Blüten in leuchtendem Rosa. Und Rosen in zarten Gelbtönen. Favoriten der Hausherrin waren allerdings keine dieser typisch englischen Gartenblumen, sondern eine seltene Lilienart, die sie sich aus dem Gewächshaus am Fuße des Hügels hatte bringen lassen. Für Harriet hatten sie die Farbe frischer Blutergüsse, und die Blütenblätter sahen aus wie hechelnde Zungen.

»Man könnte meinen, der Premierminister oder die Queen kämen zu Besuch«, brummte Mrs. Rollright, nachdem sie die Menüfolge zusammengestellt, Lieferscheine kontrolliert und John beauftragt hatte, einen riesigen Schinken in der Vorratskammer zu lagern. Der Kutscher, der nun verstärkt den Aufgaben eines Dieners nachging, hatte bereits das gesamte Familiensilber polieren müssen. In der oberen Etage lief Mary mit einer Schüssel Essigwasser herum und wienerte jedes einzelne Möbelstück auf Hochglanz. Unterdessen breitete Agnes sämtliche Vorleger auf dem Rasen neben dem Gemüsegarten aus und schlug mit ungeahntem Eifer darauf ein, bis Staubwolken die Luft über ihr trübten wie ein Schwarm Mücken und sie einen Hustenanfall bekam.

Alle Bediensteten waren rund um die Uhr beschäftigt, und so bot Harriet ihre Hilfe an. Mrs. Rakes schüttelte nur empört den Kopf, wohingegen Mrs. Rollright, die das Gespräch verfolgt hatte, Harriet fortan ein wenig freundlicher behandelte.

Was den Unterricht betraf, so machte Helen sich sehr gut. Victoria hingegen weigerte sich hartnäckig, etwas zu lernen, und ließ sich immer wieder ablenken. Eines Morgens gipfelte die Situation in einem wortreichen Streit, nachdem Harriet beschlossen hatte, dem Mädchen nicht mehr alles durchgehen zu lassen und es daher dazu verdonnerte, eine Stunde lang still zu sitzen und das Alphabet aufzuschreiben, bis ein deutlicher Fortschritt erkennbar wäre.

Doch zu ihrem Ärger wurden die Buchstaben keineswegs leserlicher. Denn Victoria, die bei strahlender Sonne an einem Himmel, der so leuchtend blau war wie ihre Augen, keine Lust hatte, im Haus zu sitzen, machte ihrer Rage Luft, indem sie so große Buchstaben malte, dass sie nicht mehr auf die Seiten ihres Schreibhefts passten. Demonstrativ kritzelte sie mit dem Füllfederhalter, den sie ihrer Schwester geklaut hatte, auf der Tischplatte weiter und hinterließ auf dem polierten Holz blaue Tintenspuren und Kratzer.

Harriet bemerkte es zunächst nicht, weil Helen sie mit Fragen zu den alten Ägyptern löcherte, für die das Mädchen sich in letzter Zeit besonders interessierte. Erst als sie von Helens Büchern aufsah, sah Harriet, was die kleine Schwester angerichtet hatte. »Victoria!«, rief sie. »Hör auf damit! Du legst jetzt sofort den Füllhalter hin!«

Das kleine Mädchen sah sie mit unschuldigem Augenaufschlag an, konnte sich aber ein hämisches Grinsen nicht verkneifen. Durch das starke Aufdrücken der Feder war der Füllfederhalter mittlerweile undicht, und Tinte spritzte nicht nur auf Victorias Hände und Ärmel, sondern auch auf ihre weiße Schürze. »Aber ich sollte doch deutlicher schreiben«, sagte sie in der Babysprache, über die sich ihre Schwester immer aufregte. Dann wischte sie sich mit den tintenverschmierten Fingern durchs Gesicht.

»Was hast du da nur wieder angestellt, und wie siehst du überhaupt aus!«, rief Helen voller Empörung und vergaß darüber Nofretete. »Du hast meine Schreibfeder kaputtgemacht. Die hat Papa mir geschenkt. Du weißt doch, dass du nur mit Bleistift schreiben darfst. Das hast du extra gemacht, du – du schreckliches kleines Biest!« Wütend brach sie in Tränen aus.

Harriet lief zu Victoria hinüber und ging neben ihr in die Hocke. »Victoria, bitte geh auf dein Zimmer«, sagte sie in möglichst betroffenem Tonfall. »Ich komme gleich nach. Ich rate dir, still zu sitzen, nichts anzufassen und keinen Ton von dir zu geben, bis ich da bin. Und dann werden wir darüber reden, was gerade passiert ist. Geh schon!« Zu ihrer Überraschung war Victoria kurz davor, ebenfalls in Tränen auszubrechen. Vielleicht hatte Mr. Pembridge ihr also doch nicht nur schmeicheln wollen. Vielleicht mochte das kleine Mädchen sie tatsächlich.

Leider war Victoria auf der Treppe wohl ihrer Mutter begegnet, denn kurz darauf stürmte die Hausherrin, in einen Schwall brombeerfarbener Seide gehüllt, ins Wohnzimmer. Ihr Gesicht hatte fast die gleiche Farbe angenommen wie die für einen Dienstagmorgen eher unangebrachte Kleidung. Doch neben der Wut konnte Harriet auch Genugtuung von Mrs. Pembridges Gesicht ablesen, wohl deshalb, weil sich ihr endlich eine Gelegenheit bot, auf die sie offenbar schon seit Wochen gewartet hatte: ihrer neuen Bediensteten eine Rüge zu erteilen. »Miss Jenner, gerade ist mir meine Tochter tief betrübt auf der Treppe begegnet. Sie sagt, Sie hätten sie auf ihr Zimmer geschickt.«

»So ist es, Mrs. Pembridge.«

»Das Kind ist völlig aufgelöst.«

Da hatte Harriet so ihre Zweifel, und die sah man ihr anscheinend deutlich an. Denn nun geriet die Hausherrin gänzlich aus der Fassung, und ihr Tonfall wurde schriller: »Außerdem ist die neue Schürze, die sie erst letzten Monat bekommen hat, komplett ruiniert. Das Kind hat Tinte im Gesicht und an den Händen. Ich hoffe, Sie haben dafür eine Erklärung, Miss Jenner.«

»Ich wollte ihr das Alphabet beibringen. Leider hat sie

diesbezüglich im Vergleich zu anderen Kindern in ihrem Alter einige Defizite. Dadurch ist sie entmutigt. Und das ist verständlich. Aber mutwillige Zerstörung kann ich nicht dulden. Das betrifft sowohl ihre Kleidung und den Füllhalter ihrer Schwester als auch die Möbel.« Sie zeigte auf die Tintenflecke, die die helle, glatte Oberfläche des Tisches verunstaltet hatten. »Deswegen habe ich sie des Unterrichts verwiesen, aber …«

Die gesamte Zeit hatte die Hausherrin Harriet angestarrt, aber jetzt fiel sie ihr ins Wort: »Wollen Sie damit andeuten, meine Tochter wäre dumm, Miss Jenner? Oder sie hätte keine anständige Erziehung genossen, bevor Sie hierherkamen?«

Harriet brach in ihrem hochgeschlossenen Kleid der Schweiß aus. »Sie haben mich missverstanden. Derartiges habe ich weder gesagt noch angedeutet.«

»Das kann ich nur hoffen«, gab die Hausherrin in eisigem Tonfall zurück. »Es spräche nicht nur für Ihre Überheblichkeit, es wäre auch eine Anmaßung. Wir bezahlen Sie dafür, dass Sie unseren Töchtern Unterricht erteilen – keinen Arrest im Kinderzimmer. Das sollten Sie nicht vergessen, Miss Jenner.«

»Was geht hier vor?« Mr. Pembridge stand in der Tür und sah erst seine Frau und dann Harriet an. »Ich habe den Tumult bis in mein Arbeitszimmer gehört.«

»Nichts von Bedeutung, Robert«, sagte seine Frau. »Geh du nur zurück an deine Arbeit. Ich regele das schon.« Sie wandte sich wieder an Harriet und öffnete den Mund, um fortzufahren.

Aber Mr. Pembridge blieb in der Tür stehen. »Meine Liebe«, sagte er beschwichtigend, »ich bin der Ansicht, wir sollten uns nicht in Miss Jenners Lehrmethoden einmischen. Ich habe nämlich den Eindruck, dass die Kinder bereits Fortschritte machen.«

Die Farbe des Gesichts der Hausherrin näherte sich weiter der ihres Gewandes, und Helen, die bis dahin still an ihrem Tisch gesessen hatte, fing leise an zu schluchzen.

»Da du ja offensichtlich meinst, es besser zu wissen, bin ich hier wohl überflüssig«, fauchte Mrs. Pembridge, und in ihrer Stimme schwang ein gefährlicher Unterton mit. Dann rauschte sie aus dem Zimmer. Kurz darauf hörte – und spürte – man, wie in der oberen Etage eine Tür zugeknallt wurde.

Mr. Pembridge sah Harriet entschuldigend an. »Ich fürchte, ich habe nicht unbedingt zur Entspannung der Lage beigetragen.«

Harriet warf einen kurzen Blick zu Helen, damit er nicht noch mehr sagte. Sie wünschte, sie hätte ihm für sein Eingreifen danken können, aber in Gegenwart seiner Tochter war das unmöglich. »Im Gegenteil, Mr. Pembridge. Es war keine große Sache. Ich gehe jetzt hinauf und hole Victoria. John kann uns sicher dabei helfen, die Tintenflecke von dem Tisch zu entfernen. Es tut mir leid, dass wir Sie gestört haben.« Als sie den Raum verließ, achtete sie darauf, ihn nicht zu berühren.

Sie wollte gerade die Treppe hinaufgehen, als er ihr hinterherrief: »Haben Sie schon angefangen, das Buch zu lesen?« Seine Stimme klang einen Hauch zu unbeteiligt.

Harriet blieb stehen und drehte sich um. »Ja, das habe ich. Es ist – eine gute Wahl. Sehr aufmerksam.«

»Dann gefällt es Ihnen?« Sein Gesicht, auf Augenhöhe ihrer Stiefel, strahlte erwartungsvoll, und Harriet fiel auf, wie viel Ähnlichkeit er mit Bertie hatte.

»Sehr.«

»Ich musste sofort daran denken, als Sie zu uns kamen.«

»Welches Buch hast du Miss Jenner denn geliehen, Papa?«, fragte Helen, die plötzlich im Türrahmen zum Wohnzimmer stand. »*Reise durch die Sonnenwelt?*«

»Nein«, sagte er. Er beugte sich zu ihr hinunter und gab ihr einen Kuss auf den Kopf. »Ein anderes Buch. Über eine Gouvernante, so wie Miss Jenner.«

Harriet lächelte. Dann lief sie die Treppe hinauf, voller Glück – aber auch in banger Erwartung dessen, was er als Nächstes sagen würde.

ACHTZEHN

In den folgenden Tagen musste Harriet immer wieder an Robert Pembridge denken. Jedes Mal wenn sie irgendwo im Haus seine Stimme oder seine Schritte hörte, fiel es ihr schwer, nicht sofort zu prüfen, ob ihre Frisur noch richtig saß, und sich in die Wangen zu kneifen, damit sie rosiger erschienen. Wobei Letzteres gar nicht nötig gewesen wäre, denn schon der Gedanke, er könnte den Raum betreten und sie abermals mit diesem intensiven Blick ansehen, ließ ihr Gesicht glühen.

Aber Harriet fiel kein Vorwand ein, unter dem sie ihre Schützlinge einen Moment lang im Wohnzimmer hätte allein lassen können, um ihm – scheinbar zufällig – in der Halle über den Weg zu laufen. Oft hörte sie kurz darauf, wie er die Eingangstür hinter sich schloss und über den Kiesweg zur Kutsche ging, die bereits auf ihn wartete. Eine Minute später sagte ihr das Klappern des Tors, dass er wieder auf dem Weg zu seiner Arbeit bei der Eisenbahn war. Dann stieß sie gemeinsam mit Helen einen Seufzer aus, aber im Gegensatz zu dem Mädchen nur innerlich.

Abend für Abend, wenn es Zeit wurde, *Jane Eyre* aus der Hand zu legen und das Licht zu löschen, versuchte sie, sich über ihre Gefühle klar zu werden. Vielleicht liegt es daran, dass ich so allein bin, dachte sie dann. Vielleicht klammere ich mich deshalb an den ersten Menschen, der mir zeigt, dass er mich mag – zumindest den ersten, der älter als elf Jahre ist. Aber tief in ihrem Herzen wusste sie: Das war längst nicht alles.

Wenn sie während des Unterrichts einen ruhigen Moment hatte, war es nicht mehr Louisa Dauncey als junges Mädchen, die sie vor sich sah, mit ihren hellblonden Locken und dem zufriedenen Gesicht, weil die Leute auf der Straße ihr Beachtung schenkten. Nun sah sie deren Ehemann vor sich. Und so wie sie sich nachts vorgestellt hatte, dass er eine Etage unter ihr lag und schlief, sah sie bei Tag seine warmen Augen und seinen lächelnden Mund, seine großen, schlanken Hände und seine zurückhaltende Art. Dann malte sie sich harmlose Szenarien aus, etwa dass sie ihm auf der Treppe oder vor seinem Arbeitszimmer begegnete. Unrealistische Vorstellungen, die sich ohnehin niemals bewahrheiten würden, blendete sie aus. Beispielsweise, dass er eines Abends an die Tür ihrer Dachkammer klopfte, um sich ungestört mit ihr unterhalten zu können. Oder dass er sie bat, zu ihm in die Kutsche zu steigen und ihn auf einer Reise zu begleiten. Auch Tagträume sollten schließlich plausibel erscheinen. Alles andere hätte bedeutet, sich etwas vorzumachen, und das wiederum erschien ihr wenig erbaulich.

Doch die Umstände, unter denen sie sich das nächste

Mal begegnen sollten, wären Harriet niemals in den Sinn gekommen. Es war an dem Tag vor Captain Daunceys bevorstehender Ankunft. Trotz des schönen Wetters – eine leichte Brise wehte den zarten Blütenduft aus dem Garten herein, und die Sonne am wolkenlosen Himmel tauchte das Wohnzimmer in goldenes Licht – war niemand im Garten. Die Bediensteten waren mit letzten Vorbereitungen mehr als beschäftigt, die Hausherrin brauchte ihre Ruhe, und Bertie war in der Schule. Als Harriet Victorias Gezappel leid war und den Wunsch nach ein wenig Sonne auf der Haut verspürte, schlug sie vor, die Bücher erst einmal beiseitezulegen. »Es ist viel zu schön draußen, um im Haus zu sitzen«, verkündete sie. »Wir machen einen Spaziergang.«

Victoria strahlte und ließ ihren Bleistift fallen. Helen sah verwundert von dem Atlas auf, in den sie sich vertieft hatte.

»Na los, Helen«, sagte Harriet. »Die Sahara kann warten. Heute scheint auch hier die Sonne. Das wollen wir uns doch nicht entgehen lassen.«

»Aber es ist erst elf Uhr.«

»Dann machen wir eben eine Botanikstunde daraus«, schlug Harriet vor und übersah geflissentlich Victorias Augenrollen.

Der Vorschlag konnte Helen überzeugen. »Gut«, sagte sie ernsthaft. »Wir könnten es auch zusätzlich als Unterricht in Geologie betrachten.«

Alle im Haus waren sich einig: Der Garten, der im Frühsommer grundsätzlich am schönsten war, zu sein schien dieses Jahr besonders prächtig. In Begleitung von Ned, der noch schweigsamer war als Dilger, machten sie eine ausführliche Erkundungstour, wobei Harriet ihren ganzen Charme einsetzen musste, um ihm die Namen sämtlicher Pflanzen zu entlocken.

»Kennt der überhaupt keine anderen Wörter?«, fragte Victoria nach zwanzig Minuten und brachte den Jungen damit in Verlegenheit.

Sogleich folgte ein Tadel von Helen. »Hör endlich auf, dich so furchtbar zu benehmen!«, fuhr sie ihre Schwester an. »Ned und Dilger sind nämlich sehr tüchtig und geschickt. Schau, wie schön sie den Garten gemacht haben. Und nicht jeder will die ganze Zeit so dummes Geplapper hören wie deins.«

Victoria streckte ihr die Zunge heraus, sagte aber nichts mehr. Aus dem Augenwinkel sah Harriet, dass Helen Ned anlächelte, der daraufhin noch verlegener wurde.

Eine halbe Stunde später blieb Harriet auf der oberen Rasenfläche stehen und überlegte, was sie als Nächstes tun sollten.

»Lasst uns zu den Ruinen gehen«, schlug Victoria vor.

»Das *musste* ja kommen«, tat Helen ihren Vorschlag ab.

»Welche Ruinen?«, fragte Harriet.

»Weiter oben stehen ein paar verfallene Gebäude, kurz hinter unserem Grundstück«, erklärte Helen ihr. »Früher war dort ein Steinbruch, aber die Arbeiter sind weitergezogen. Da oben war es zu gefährlich, weil es so steil ist und die Bäume so dicht beieinanderstehen.«

»Da ist ein Mann gestorben«, verkündete Victoria fröhlich.

»Er ist abgestürzt«, erklärte Helen mit ernstem Gesichtsausdruck. »Da oben ist eine Felssäule. Wir nennen sie den Teufelsschlot. Der Mann hat sich überreden lassen, hinaufzuklettern. Es war viel zu gefährlich, aber er hat es trotzdem gemacht. Es war wohl eine Mutprobe, und dann ...«

»Dann ist er runtergefallen und hat sich den Kopf aufgeschlagen«, ergänzte Victoria.

»Klingt nach einem wunderbaren Ausflugsort«, sagte Harriet trocken.

»Mir gefällt es bei den Ruinen nicht«, sagte Helen. »Es ist unheimlich dort. Aber der Wald da oben ist sehr schön. Unter den Bäumen ist es schattig.«

Harriet dachte kurz nach. Auf dem Rasen war es viel zu heiß – ohne Sonnenhüte brannte ihnen die Sonne auf die Köpfe. Und es war nicht eine einzige Wolke am strahlend blauen Himmel zu sehen. Unten im Tal, wo die Ausläufer des Hügels am westlichen Horizont zu einer grauen Linie abflachten, waren die Konturen der dunkelgrünen Hecken in dem Mosaik aus grünem Weideland und goldenen Feldern klar zu erkennen, nicht verschwommen wie sonst, wenn es diesig war.

»Ohne Sonnenhüte können wir nicht in der Mittagssonne bleiben«, sagte sie. »Wir sollten lieber in den Schatten gehen. Und ein bisschen Bewegung tut bestimmt gut.«

Victoria klatschte begeistert in die Hände. »Ich zeige Ihnen den Weg, Miss Jenner. Ich kenne ihn genauso gut wie Helen.«

Sie gingen nicht am Eishaus vorbei, sondern verließen das Grundstück durch das Tor in der Auffahrt. Anstatt links abzubiegen, um hinunter in die Stadt zu kommen, führte Victoria sie nach rechts. Hier wurde es bald steiler und unwegsamer, dann verengte sich der Weg zu einem schmalen Pfad, wo sie Brennnesseln ausweichen und sich durch hohen Bärenklau schlängeln mussten. Dilger oder wahrscheinlich eher Ned hatte in bestimmten Abständen Ziegelsteine ausgelegt, damit man leichter Tritt fassen konnte. Außer Atem und nur noch beseelt von dem Wunsch, die Schnüre ihres Korsetts zu lockern, war Harriet kurz davor, den Ausflug für beendet zu erklären. Doch nach einer scharfen Biegung wurde der Weg endlich wieder breiter und war weniger steil.

Bald darauf gingen sie unter den Bäumen entlang, deren Kronen zu einem so dichten Laubdach wurden, dass nicht ein Fetzen Blau hindurchschimmerte und nur das lichte, helle Grün der Blätter den sonnigen Himmel erkennen ließ. Hier im Schatten, in dem bizarren grünlichen Licht, war die Luft angenehm kühl. Das Zwitschern der Schwarzdrosseln verstummte, und selbst die sonst so lebhafte Victoria wurde stiller.

Schließlich zeigte Victoria nach vorn, wo sich eine Lichtung auftat. Am anderen Ende einer tiefen, hohlen Senke, sah Harriet nackten Fels. Die Zeit und die Steinhauer hatten Schichten scharf gezackten Gesteins freigelegt, das in Grau- und Goldtönen schimmerte. Etwa alle zwei Meter waren diese Spalten unterbrochen von horizontalen Furchen, die aussahen wie die Wirbel eines riesigen, zerschmetterten Rückgrats.

Mit den Händen schirmten Harriet und die Mädchen ihre Augen vor der plötzlichen Helligkeit ab und gingen in die Senke hinunter, wo eine schöne Wiese hätte sein können, wären da nicht die Ruinen gewesen. Die Gebäude waren so verfallen, dass sie noch älter wirkten, als sie vermutlich waren. Die Wände aus grob behauenen Steinen waren auf halber Höhe in sich zusammengefallen. Felsblöcke, zu groß, als dass sie Teil der Gebäude hätten sein können, lagen überall herum. Wahrscheinlich hatten sie sich von der Felswand gelöst.

Helen blieb vorsichtig an Harriets Seite. Victoria war längst vorgelaufen und auf einen der Felsblöcke geklettert, um sich die am besten erhaltene der ehemaligen Behausungen anzusehen – wenn es überhaupt solche gewesen waren.

»Sei vorsichtig, Victoria!«, rief Harriet und erschrak über das Echo: »*O-ria, o-ria!*«

Helen schien all das nicht geheuer zu sein. »Mir gefällt es hier nicht,. Miss Jenner.« Sie zog einen Ärmel hoch und zeigte Harriet ihre Gänsehaut. »Es heißt, eine Gruppe junger Frauen hätte hier einmal Picknick gemacht. Zwanzig Mädchen waren es und drei Lehrerinnen. Die Kutschen, mit denen sie hergefahren waren, standen weiter unten auf der Straße und sollten auf sie warten. Als es dunkel wurde und sie noch immer nicht zurück waren, machten die Kutscher sich auf die Suche nach ihnen. Aber sie waren verschwunden. Nicht mal eine Schleife oder einen Schuh hat man gefunden. Keine wurde jemals wieder gesehen.«

»Davon glaube ich kein Wort«, sagte Harriet mit Bestimmtheit. »Solche Gruselgeschichten gibt es zu jedem verlassenen Ort. Ich bin mir sicher, die hier habe ich auch schon mal gehört.« Doch während sie das sagte, rieb sie sich die Arme, denn nun hatte sie selbst eine Gänsehaut.

»Das ist der Teufelsschlot!«, rief Victoria von ihrem Felsblock aus. Im grellen Sonnenlicht schimmerten ihre hellblonden Locken wie die weißen Flammen brennenden Phosphors, und für einen kurzen Augenblick stellte Harriet sich das Gesicht der Hausherrin vor, wenn sie ihr sagen müsste, Victoria wäre von einem Felsblock gefallen und hätte sich das Genick gebrochen. Aber dann wurde ihr das Ganze ebenso suspekt wie Helen.

Sie wusste, mit Ermahnungen konnte sie bei Victoria nichts ausrichten. Also sah sie in die Richtung, in die das kleine Mädchen zeigte. Es war wirklich ein furchterregender Anblick: Der Teufelsschlot ragte ungeheuer hoch und schmal in die Luft und machte den Eindruck, als würde er beim leichtesten Windhauch in sich zusammenstürzen.

Eigentlich war es keine Felssäule, sondern ein Turm aus einzelnen Felsbrocken, die aussahen, als wären sie von einem Riesen aufgestapelt worden, der im Zustand geistiger Umnachtung einen der größten Blöcke ganz oben aufgelegt hatte, der gefährlich auf der Ecke balancierte.

»Und da ist jemand hinaufgeklettert?«, fragte Harriet fassungslos.

Helen nickte betrübt.

»Oben kommt der Teufel raus«, erklärte Victoria. Ihre Worte hallten in dem Amphitheater aus Schutt und Trümmern wider, und Harriet glaubte, den oberen Teil des Schlots schon schwanken zu sehen. »Der Mann ist ja auch gar nicht runtergefallen. Der Teufel kam aus der Hölle und hat ihn geschubst. Agnes hat erzählt, als er auf den Boden gefallen ist, ist sein Kopf geplatzt wie eine reife … Helen, wie heißen noch mal diese großen, runden Früchte?«

»Melonen«, antwortete Helen tonlos.

»Victoria!«, schaltete Harriet sich ein. »Jetzt reicht es aber! Und du willst eine Dame sein? Komm endlich da runter!«

»Du solltest auf den klugen Rat deiner Gouvernante hören«, ertönte eine tiefe Stimme hinter ihnen.

Helen stieß einen Schrei aus und klammerte sich an Harriets Arm. Harriet selbst konnte sich gerade noch zusammenreißen, um nicht auch aufzuschreien.

»Papa!«, rief Victoria strahlend. »Helen und Miss Jenner haben gedacht, du bist der Teufel und du willst sie den Schlot hinaufzerren und dann runterwerfen.«

Harriet fuhr herum. Und da stand er: Der Mann, der sich in ihren Gedanken eingenistet hatte, stand nur eineinhalb Meter weit entfernt. Sein Jackett hatte er wohl zu Hause gelassen, die Ärmel seines Hemds waren hochgekrempelt.

Er hatte einen Spazierstock bei sich, den er eindeutig nicht brauchte. Helen jubelte vor Freude und schlang die Arme um seine Hüften.

»Verzeihen Sie, dass ich Sie erschreckt habe, Miss Jenner«, sagte er. »Hier oben hallt jedes Wort so laut wider, dass man gar nicht weiß, aus welcher Richtung es kommt.«

»Ich habe mich nicht erschreckt«, sagte Harriet und räumte nach einem Blick auf ihre zitternden Hände lächelnd ein: »Also, ein bisschen vielleicht. Aber ich wäre weniger schreckhaft gewesen, wenn Ihre Töchter mir nicht vorher so grausige Geschichten erzählt hätten.«

»Aber das mit dem Steinbrucharbeiter stimmt doch, oder Papa?«, vergewisserte sich Helen.

»Ja, leider. Zuvor hatte es schon Verletzte gegeben – durch lose Felsbrocken, die herunterfielen, oder Ähnliches. Aber der Todesfall war letzten Endes der Grund dafür, dass das Gestein nun an einer anderen Stelle abgebaut wird. Die Arbeiter wollten lieber streiken, als weiter an einem so gefährlichen Ort zu arbeiten.«

»Dass die Männer die Häuser selbst abgerissen haben, stimmt doch auch, oder nicht Papa?«, fragte Helen weiter und sah mit großen Augen und ernstem Gesichtchen zu ihm auf.

»Doch, ja, aber darüber brauchst du dir keine Gedanken zu machen. Das ist schon lange her. Jetzt lauf und sieh, ob du auch so hoch klettern kannst wie deine Schwester.«

Mit entschlossener Miene machte sich Helen davon.

»Eigentlich wäre mir lieber, Victoria würde von dort herunterkommen«, sagte Harriet. »Es scheint mir doch zu gefährlich.«

»Gelegentlich muss man Kinder auch herumlaufen lassen, sogar auf die Gefahr hin, dass sie sich verletzen«, sagte

Mr. Pembridge lächelnd. »Sonst lernen sie es ja nicht, und dann werden sie später leichtsinnig oder zu ängstlich.«

Sie beobachteten, wie Helen mit zusammengebissenen Zähnen auf die Felsen kletterte. Victoria stand mit verschränkten Armen da und sah mitleidig auf sie herab. ·

»Im Unterricht wird Helen ihrer Schwester immer einen Schritt voraus sein. Aber draußen ist Victoria die Mutigere, und diesen Triumph kostet sie natürlich aus.«

»So edelmütig kann man es natürlich auch betrachten«, sagte Harriet.

Er lachte und wirkte kein bisschen beleidigt. »Nach wie vor wissen Sie wohl nicht recht, was Sie von meiner jüngeren Tochter halten sollen?!« Harriet hob an zu protestieren, aber er winkte ab. »Nein, nein. Sie haben durchaus das Recht auf eine eigene Meinung. Man muss jemanden nicht mögen, nur weil er noch ein Kind ist. Vielmehr sind Kinder, die grundsätzlich aussprechen, was sie denken, ganz im Gegensatz zu uns Erwachsenen übrigens, meistens nicht sonderlich beliebt. Aber vielleicht lassen Sie sich mit Ihrem endgültigen Urteil noch ein bisschen Zeit. Auch Vicky kann einem ans Herz wachsen. Man könnte sagen, sie ist ein bisschen gewöhnungsbedürftig. Sie kann sehr egoistisch sein – und in ein paar Jahren sicherlich auch eitel. Aber sie ist ein lebensfroher Mensch, und sie hat Mut. Außerdem kann sie sehr unterhaltsam sein.«

Harriet wurde fast neidisch auf ihren Schützling. Doch dann rief sie sich zur Ordnung. Mit einer Sechsjährigen zu konkurrieren schien wirklich absurd.

Mr. Pembridge riss sie aus ihren Gedanken. »Wir haben uns in den letzten Tagen gar nicht gesehen. Wie geht es Ihnen, Miss Jenner? Gefällt es Ihnen in Fenix House? Sie sind ja nun schon einige Wochen bei uns.«

Harriet strich sich eine Haarsträhne hinters Ohr und prüfte dabei unauffällig, ob ihr Knoten noch hielt. »Danke, dass Sie danach fragen, Sir. Ich habe mich schon recht gut eingelebt.«

»Verzeihen Sie, aber zu Hause möchte ich nicht mit Sir angesprochen werden. Mich Robert zu nennen schiene Ihnen wahrscheinlich nicht angebracht?«

»Dann sollte ich vielleicht einfach Mr. Pembridge sagen?« So nannte sie ihn in Gedanken ja ohnehin schon. Und manchmal benutzte sie im Stillen tatsächlich seinen Vornamen.

»Klingt nicht wesentlich angenehmer«, gab er lachend zurück. »Aber wenn Sie immerhin das Sir weglassen, bin ich schon zufrieden. Wenn mich jemand mit Sir anspricht, fühle ich mich immer, als wäre ich mindestens vierundachtzig Jahre alt. Ich nehme an, ich kann Sie wohl auch nicht mit Vornamen ansprechen. Harriet, richtig?«

Sie nickte nur. Ihren Namen aus seinem Mund zu hören klang seltsam vertraut.

»Der Name passt zu Ihnen. Sie haben übrigens …« Er verstummte und scharrte mit dem Stiefel in der lockeren Erde.

Ermutigt durch dieses jungenhafte Gebaren gab Harriet sich einen Ruck. »Jetzt haben Sie mich aber neugierig gemacht, Mr. Pembridge.« Sie war selbst überrascht über ihre mutigen Worte.

»Also gut«, gab er lächelnd nach. »Ich wollte nur sagen, mir ist Ihre außergewöhnliche Haarfarbe aufgefallen. Meine Frau hat gesagt, sie hätten rote Haare, aber ich finde sie eher gold- oder bronzefarben.«

»Mein Vater fand immer, es sind so viele Farben, dass man sie kaum zählen könne«, sagte Harriet leise und strich sich gedankenverloren über das Haar, obwohl sich diesmal keine Strähne gelöst hatte.

»Gehen wir doch noch ein Stück spazieren«, sagte er nach einer Weile. »Kommt, Mädchen! Oder wollt ihr, dass Miss Jenner und ich euch hier allein zurücklassen?«

An jeder Biegung verzweigten sich die Wege und führten steil bergauf oder bergab. Der Waldboden war durchzogen von knorrigen Baumwurzeln und tiefen Löchern, in denen sich vertrocknetes Laub aus dem vergangenen Herbst gesammelt hatte. Harriet und Mr. Pembridge gingen schweigend nebeneinander her. Die Mädchen folgten in einigem Abstand, ihre schwesterlichen Plänkeleien verblassten zu einer Geräuschkulisse im Hintergrund wie das Zwitschern und Flattern der Vögel in den Baumkronen.

Hier draußen fühlte sich Harriet angesichts der Gegenwart von Mr. Pembridge weniger unsicher als im Haus. »Morgen kommt also Captain Dauncey«, sagte sie frei heraus. »Es wurde viel Arbeit in die Vorbereitungen für seinen Besuch investiert.«

»Nicht, dass er das zur Kenntnis nehmen wird.«

»Nein?«

Mr. Pembridge brauchte eine Weile, um die richtigen Worte zu finden. »Der Bruder meiner Frau kann sehr charmant sein. Die beiden haben sich als Kinder schon sehr nahegestanden, und daran hat sich bis heute nichts geändert. Das werden Sie sicher noch selbst erleben. Es ist nicht leicht für sie, dass er nach Übersee gegangen ist. Sie hätte ihn lieber in ihrer Nähe.«

»Er ist in Indien stationiert, oder? Das hat Bertie mir erzählt.«

»Ja, stimmt. Ihm gefällt es dort, nehme ich an. Er passt in

164

diese Welt. Er ist sehr ... gesellig. Irgendwann wird es ihm hier immer zu ruhig. Er verspricht meiner Frau, ein paar Wochen zu bleiben. Aber jedes Mal findet er von heute auf morgen einen triftigen Grund, um abzureisen. Da kann Louisa noch so protestieren – für den Rest seines Urlaubs bleibt er dann in London.«

Harriet holte tief Luft. »Hat er denn dort eine Bleibe? In London, meine ich, weil ...« Sofort hatte sie das Backsteingebäude in Hampstead vor Augen, vor dem sie an jenem schicksalhaften Abend gestanden hatte. Gehörte es mittlerweile Jago?

Robert sah sie von der Seite an. »Die Eltern meiner Frau sind verstorben, die Mutter schon, als die Kinder noch klein waren. Josiah, das Familienoberhaupt, ein ziemlich respekteinflößender Mann, starb vor ein paar Jahren. Damals konnte er sich kaum noch bewegen. Er litt unter furchtbarer Gicht. Was ihn aber nicht davon abhielt, weiter Unmengen zu essen und zu trinken. Diesbezüglich kommt sein Sohn wohl ganz nach ihm.«

»Das erklärt natürlich Mrs. Rollrights zahlreiche Listen«, sagte Harriet. Sie versuchte, die erniedrigenden Erinnerungen an die Daunceys, die sie jedes Mal aufs Neue in Zorn versetzten, zu verdrängen. Sie wollte nicht, dass sie die Stimmung bei diesem märchenhaften Waldspaziergang trübten.

»Und was ist mit Ihnen, Miss Jenner?«, fragte Mr. Pembridge.

»Was soll mit mir sein?«

»Wie gefällt es Ihnen bei uns? Ich möchte eine ehrliche Antwort auf diese Frage, keine aus reiner Höflichkeit.«

»Natürlich«, antwortete Harriet aufrichtig. »Ich fühle mich wirklich sehr wohl bei Ihnen, viel besser als vorher.«

Er strahlte. »Das freut mich sehr. Ich wollte Ihnen auch noch sagen, ich habe viel darüber nachgedacht, was Sie an Ihrem ersten Tag über Vicky und Helen gesagt haben: dass man kein vorschnelles Urteil bilden solle. Das habe ich mir zu Herzen genommen, so wie Sie meine Bitte, Vicky ein bisschen Zeit zu geben und sie nicht jetzt schon abzuschreiben.«

Harriet lachte und bedeutete ihm, fortzufahren.

»Also, was ich sagen wollte: Ich habe versucht, diese Methode auf meine Arbeit anzuwenden. Leider bin ich anscheinend anders veranlagt als Sie. Wenn ich jemandem begegne, habe ich immer das Gefühl, ich könnte sein Wesen direkt einschätzen, auch wenn ich ihn kaum kenne. Danach trübt sich mein Eindruck eher, weil ich möglicherweise Verständnis für seine Situation habe, ihn amüsant finde oder die Qualität seiner Arbeit schätze. Aber Ihre Methode ist sicher die vernünftigere.«

Darüber musste Harriet nachdenken. Eigentlich war sie nur auf vorschnelle Urteile zu sprechen gekommen, um ihre Abneigung gegen die jüngere Pembridge-Tochter zu verbergen. Dabei war Victoria ihr tatsächlich schon ein wenig ans Herz gewachsen, zumal sie sich in den Unterrichtsstunden mittlerweile aufrichtig Mühe gab.

»Vielleicht hätte ich es anders formulieren sollen, Sir ...«

Er hob eine Augenbraue.

»*Mr. Pembridge*, meine ich natürlich. Was ich damit ausdrücken wollte, ist Folgendes: Ich möchte nicht vorschnell über *ein Kind* urteilen. Kinder haben noch keinen vollständig ausgeprägten Charakter. Sie müssen noch lernen, mit ihren ... weniger angenehmen Zügen umzugehen.«

Wieder lächelte er. »Einen alten Zossen wie mich kann man da schon besser einschätzen?«

Harriet wollte zunächst höflich widersprechen. Doch die laue Luft unter den Bäumen hatte den erstaunlichen Effekt, dass sie sich so entspannt fühlte wie seit Langem nicht mehr – ganz anders als in den Monaten vor ihrer Ankunft in Fenix House, bei den Vettern ihres Vaters, wo sie jederzeit hatte fürchten müssen, mit einer unbedachten Bewegung irgendwelchen Schnickschnack von den Kommoden zu fegen. »Ja, natürlich. Auf den ersten Blick«, gab sie keck zurück. »Auf jeden Fall innerhalb der ersten paar Minuten.«

Er musste lachen. »Und was dachten Sie in diesen entscheidenden ersten Minuten über Ihren Dienstherrn?«

»Wahrscheinlich, dass er seinen Töchtern ein guter Vater ist und ein freundlicher Mensch, dessen einzige Schwäche darin besteht, dass er zu viel Wert auf das Urteil seiner Bediensteten legt.«

Nach einem kurzen Lächeln wurde er wieder ernst, sodass Harriet sich fragte, ob sie nun doch zu weit gegangen war. »Das würde ich nicht unbedingt als Schwäche bezeichnen.«

»Nein, keinesfalls. Damit wollte ich lediglich sagen, dass ...«

»Keine Sorge, ich bin nicht beleidigt. Nicht im Geringsten. Ich habe schon verstanden, dass Sie sich nur ein wenig über mich lustig machen wollten. Aber ich dachte auch an meine anderen Arbeitnehmer, außerhalb des Hauses.«

»Vermutlich meinen Sie damit nicht Dilger und Ned, sondern die Männer, die bei der Eisenbahn arbeiten.«

»Ja, die meine ich. Aber dennoch ist es interessant, was Sie sagten – sehr scharfsinnig, auch wenn es nicht darauf gemünzt war. Ich habe mir nämlich schon des Öfteren anhören müssen, ich sei zu nachsichtig mit den Leuten und solle mich nicht zu ihnen herablassen, weil ich ihnen damit nicht helfen würde.«

»Das glauben Sie doch nicht etwa?«

»Nein. Sind sie denn nicht Menschen wie Sie und ich? Sind sie nicht ebenfalls Familienväter, und machen sie sich in schlaflosen Momenten in vieler Hinsicht nicht die gleichen Gedanken wie ich?«

»Ich bin jedenfalls nicht zu einem anderen Menschen geworden, seit ich mir meinen Lebensunterhalt selbst verdienen muss. So viel kann ich Ihnen versichern.« Mit einem traurigen Lächeln hob Harriet den Kopf und sah ihn an. Was sie mitunter am meisten bestürzt hatte, war, wie anders man sie behandelte, seit sie kein Geld mehr hatte. Am schlimmsten waren diejenigen, die wussten, wie gut situiert sie gewesen war. Anscheinend konfrontierte sie diese Leute mit dem unangenehmen Gedanken, dass jeder aufgrund widriger Umstände alles verlieren konnte. Und so wurde sie von ihnen gemieden, als wäre Armut eine ansteckende Krankheit. Nur allzu gut erinnerte sie sich noch daran, wie sie an dem verregneten Tag, als ihr Vater beerdigt wurde, mit durchnässter Stola und schlammdurchtränkten Schuhen an seinem Grab gestanden hatte – und wie einige der Trauergäste bei ihren Beileidsbekundungen die Nase rümpften, als ob Harriet durch ihren tiefen Fall ein unangenehmer Geruch anhaftete.

Hinter ihnen begann Victoria zu klagen, nach dem langen Spaziergang täten ihr die Füße weh, und so machten sie bald kehrt. Helen hatte mittlerweile ihren Vater an der Hand gefasst. Und sosehr Harriet die erste längere Unterhaltung mit Mr. Pembridge genossen hatte, war sie gleichermaßen froh darüber, dass das Mädchen nun zwischen ihnen ging und die unglückliche Erinnerung vertrieb, die das Gespräch heraufbeschworen hatte. Noch mehr freute es sie, dass Helen voller Eifer erzählte, warum sie Miss Jenner so gern mochte, und unter Zuhilfenahme ihrer Finger sämtliche Pluspunkte aufzählte.

Auf dem steilen Weg, der zurück zum Haus führte, rannte Victoria, die bisher hinter ihnen hergelaufen war und mit einen Stock auf das Gebüsch eingeschlagen hatte, an ihnen vorbei. »Bin ich nicht das mutigste Mädchen, das du kennst, Papa?«, rief sie mit einem Blick über die Schulter und stolperte beinahe über einen großen Stein.

»Ha!«, stieß Helen belustigt aus. Sie ließ die Hand ihres Vaters los und rannte, um ihre Schwester einzuholen.

»Ich glaube, wir sind nicht mehr ganz so flink«, sagte Mr. Pembridge und bot Harriet seinen Arm an.

Harriet stützte sich darauf und war plötzlich außer Atem, doch das lag sicherlich an der sengenden Sonne, der sie inzwischen wieder ausgesetzt waren, und dem betörenden Duft der Blumen. Bald wurde der Weg zu schmal, um nebeneinander zu gehen, aber Mr. Pembridge schien sie noch nicht loslassen zu wollen. Er nahm sie an die Hand und ging vor ihr her. Dabei drehte er sich immer wieder um und vergewisserte sich, dass sie nicht ins Straucheln geriet. Sie musste lachen, als sie sah, dass die klebrigen Blätter einer haarigen Pflanze sich an seine Hose und an ihr Kleid geheftet hatten. Inzwischen näherten sie sich dem Tor, das die Mädchen offen gelassen hatten.

»Aha, da ist mein Mann also. Und wenn das nicht die kleine Gouvernante ist.« Die schrille Stimme der Hausherrin zerriss die Stille. Sie stand auf der anderen Seite des Tors, und der betäubend süßliche Geruch ihres exotischen Parfums wehte ihnen bereits entgegen. Nach dem würzigen Duft der sonnengewärmten Erde, des frisch gemähten

169

Rasens und der Azaleen schien er Harriet so unangenehm künstlich, dass sie augenblicklich Kopfschmerzen bekam. Verlegen zupfte sie die klebrigen Blätter von ihrer Kleidung.

»Vor den Blüten siehst du einfach reizend aus, meine Liebe«, verkündete Mr. Pembridge, und es klang ein wenig nervös.

Die Hausherrin bedachte ihn mit einem eisigen Blick und wandte sich dann an Harriet. »Ich kann nur hoffen, Sie besitzen noch ein zweites Kleid, Miss Jenner. Das, was Sie anhaben, muss abgebürstet und gereinigt werden.«

Mit geröteten Wangen stand Harriet Mrs. Pembridge gegenüber, die mittlerweile ganz in Kanariengelb gehüllt war. Zwei Stunden zuvor, als sie auf der Treppe an Harriet vorbeigerauscht war, hatte sie noch etwas anderes getragen. Zweifellos war das für heute nicht der letzte Kleiderwechsel gewesen.

»Meine Töchter sind gerade wie die Wilden an mir vorbei ins Haus gestürmt«, setzte die Hausherrin ihre Rede fort. »Ich will doch wohl annehmen, Sie haben für den Nachmittag etwas Ruhigeres geplant.«

»Ich dachte, bei dem herrlichen Wetter täte ihnen die Bewegung vielleicht gut, Mrs. Pembridge.«

»Oh, dessen bin ich mir sicher. Und Sie dachten, meinem Mann täte es vielleicht auch gut?« Sie stieß ein Lachen aus, das eher klang wie das Heulen einer Sirene. Vor den rosaroten Blüten der Azaleen wirkten ihre blauen Augen eisig blau.

»Ich bin ihnen zufällig begegnet«, erklärte Mr. Pembridge. Er klang angespannt. »Du weißt doch, wie gern ich im Wald spazieren gehe.«

»Ich wusste nicht einmal, dass du überhaupt schon aus

Swindon zurück bist«, bemerkte seine Frau verächtlich, »da du ja sofort zu deinem Spaziergang aufgebrochen bist, ohne irgendjemandem Bescheid zu sagen.«

»Wie Miss Jenner bereits sagte, es ist herrliches Wetter. Ich wollte dich nicht stören, meine Liebe. Wo du doch so beschäftigt bist mit den Vorbereitungen für den Besuch deines Bruders.«

Die Erwähnung des Captains schien sie zu besänftigen. »Dann kannst du ja nun hereinkommen und dir ansehen, wie ich sein Schlafzimmer dekoriert habe«, sagte sie und hielt ihrem Mann das Tor auf. »Ich habe gerade eine ganze Stunde damit verbracht, John Anweisungen zu geben, wie er die Möbel stellen soll. Du wirst nicht glauben, dass es noch derselbe Raum ist.« Sie nahm seine Hand und schenkte ihm ein strahlendes Lächeln, wobei ihre hellblonden Locken im grellen Sonnenlicht so weiß aussahen wie die von Victoria zuvor bei den Ruinen.

Auf dem Weg zum Haus drehte sich Mr. Pembridge um und sah Harriet entschuldigend an. Mrs. Pembridge ging schnurstracks weiter, sich instinktiv bewusst, dass Harriet ihnen von der anderen Seite des Tors aus hinterherschaute. Als sie sich dann doch noch einmal umdrehte, bedachte sie Harriet mit einem eisigen Bick, den Harriet sofort als das verstand, was er war: eine Warnung.

NEUNZEHN

Grace

Als ich am nächsten Morgen aufwachte, saß mir der Schreck noch in den Gliedern, und ich war mir nicht sicher, ob ich die sonderbaren Geschehnisse der vergangenen Nacht tatsächlich erlebt oder nur geträumt hatte. Ich hatte verschlafen, und als ich hinunter ins Speisezimmer kam, war das Frühstück schon abgeräumt. Pembridge saß allein am Tisch und hatte seine Papiere und Bücher ungeachtet der Flecken und Krümel auf dem Tisch ausgebreitet. Ich wollte mich entschuldigen, weil ich zu spät aufgestanden war, aber er winkte mich sofort zu sich heran.

»Setzen Sie sich doch, Miss Fairford. Ich bin Ihnen sehr dankbar, dass Sie so geduldig gewartet haben, bis Sie Ihre Aufgabe in Angriff nehmen können. Aber bevor ich Ihnen Lucas vorstelle, sollten Sie zunächst noch ein paar Dinge erfahren. Dinge, die … sich in einem Brief schwer erklären lassen.«

Mir wurde ein wenig mulmig zumute. Ich setzte mich auf den Stuhl, der mir auch bei den Mahlzeiten zugedacht worden war. Falls Lucas sich daran erinnerte, dass ich letzte Nacht in seinem Zimmer gewesen war – was sollte ich dann sagen? Sicher wäre es am besten gewesen, meinen nächtlichen Streifzug sofort zu beichten, aber ich brachte es nicht fertig. Etwas an Pembridges bestimmtem Auftreten hielt mich davon ab, das Heulen in der vergangenen Nacht zu erwähnen. Von Robert Pembridges gespenstischem

Auftritt einmal ganz zu schweigen, aber der hatte mit meinen Aufgaben in Fenix House ja auch nichts zu tun.

Pembridge schien eine Weile überlegen zu müssen, was genau er mir nun sagen wollte. Die Sonne war noch nicht ganz um diesen Flügel des Hauses herumgewandert, und so fiel das Licht nur spärlich durch die hohen Spitzbogenfenster, die fast bis zur Decke reichten. Die Bögen und Rippen im gotischen Stil entpuppten sich als wahre Staubfänger, und an den Scheiben konnte ich im Gegenlicht die Fingerabdrücke und Wischspuren erkennen, die Agnes bei ihren halbherzigen Putzversuchen hinterlassen hatte. Wie ein dunkler Schatten hockte Pembridge davor, und seine Silhouette war fast so schwarz wie die toten Fliegen auf der Fensterbank.

»Das Leiden meines Sohnes würde man euphemistisch als eine schwache körperliche Verfassung bezeichnen«, begann er in gedämpftem Ton. »Mit solchen Begriffen wird er seit seiner frühesten Kindheit konfrontiert: schwächlich, empfindlich, anfällig. Und manchmal frage ich mich, ob er sich dadurch nicht zu früh in sein Schicksal gefügt hat. Aber daran lässt sich nun auch nichts mehr ändern. Seit seine Mutter gestorben ist, leidet er natürlich noch mehr, besonders nachts.«

Letzteres schien ihn sowohl wütend zu machen als auch zu quälen. Ich schwieg. Mitleidsbekundungen hätte er sicher nur verächtlich abgetan.

»Wenn ich ehrlich bin, hat sich sein Zustand nicht nur nach dem Tod meiner Frau verschlechtert, sondern wird von Monat zu Monat schlimmer. Es ist ein Teufelskreis. Ich lasse ihn nicht aus dem Haus, weil es ihm nicht gut geht, und das entmutigt ihn, macht ihn noch aggressiver und anfälliger für Krankheiten. Was ihn wiederum noch wütender macht. Und so geht es immer weiter. Diesen Sommer war er kaum draußen. Der letzte Arzt, der sich um ihn gekümmert hat, wollte ihn nach ein paar Wochen nicht mehr weiterbehandeln. Aber der war sowieso ein Quacksalber. All diese Tinkturen haben kein bisschen geholfen.« Pembridge steckte sich eine Zigarette an. Er zog kräftig, und kurz darauf war er von einer düsteren Rauchwolke umgeben. »Lucas ist jetzt fast acht, aber was Lesen und Schreiben betrifft, ist er auf einem deutlich niedrigeren Stand. Ich habe versucht, es aufzuarbeiten, aber er regt sich jedes Mal nur unnötig auf. Und dann diese Nächte … Gott sei Dank hat das Schlafwandeln aufgehört. Aber er leidet nach wie vor an einer sogenannten Schlafstarre. Dann schreit er und macht den Eindruck, er wäre wach, aber das ist er nicht. Er befindet sich in einem Zustand zwischen Traum und Aufwachen. Im Nachhinein muss ich sagen, ich hätte Ihnen mehr Informationen zukommen lassen müssen, bevor ich Sie angestellt habe, Miss Fairford. Es hat auch ein paar Gewaltausbrüche gegeben, aber das ist schon einige Monate her.«

Als ich das hörte, musste ich daran denken, wie Lucas meinen Arm weggeschlagen hatte, und mir wurde ganz anders.

»Von seinem Wesen her ist Lucas ein guter Junge«, fuhr Pembridge fort. »Er leidet sehr unter seiner Krankheit, und fehlender Schlaf macht es natürlich nicht besser. Epileptische Anfälle gehören ebenfalls zum Krankheitsbild. Früher hatte er sie alle paar Tage, aber dank seiner Medikamente jetzt nur noch selten. Doch die Medikamente haben auch Nebenwirkungen, also muss man entscheiden, was das kleinere Übel ist.« Seufzend drückte er die Zigarette aus und rieb sich die Schläfen. »Wir haben noch nicht die richtige Dosierung gefunden. Ist sie zu hoch, wirkt er völlig apathisch. Ist sie zu niedrig, kann man ihn kaum noch beruhigen. Eine Zeit lang hat er die Tabletten ohne unser Wissen abgesetzt und irgendwo versteckt. Wir haben es erst gemerkt, als die Anfälle wiederkamen. Aber in dieser Zeit war er fast wieder er selbst. Oder ich sollte besser sagen, er ist dann der Lucas, von dem ich noch manchmal einen Flimmer sehe: wie er wäre, wenn er aufwachsen könnte wie ein normaler Junge.«

Ich nickte, und das Wort »Flimmer« klang in meinen Ohren nach. »Sie sagten, seine Krankheit habe sich verschlimmert, als er seine Mutter verlor?«

»Er hat sie nicht verloren«, antwortete Pembridge und nahm sich noch eine Zigarette. »Sie ist nicht unter den Tisch oder die Bodendielen gerollt. Sie ist tot.«

Peinlich berührt senkte ich den Kopf. Ich hörte, wie er mit dem Feuerzeug herumfingerte, und zuckte zusammen, als er die Zigarettenschachtel in Richtung des Kamins warf.

»Lieber Himmel!«, sagte er. »Es mag sein, dass Lucas' Jähzorn erblich bedingt ist und rein gar nichts mit der verfluchten Epilepsie zu tun hat. Entschuldigen Sie bitte, ich bin es einfach nicht gewohnt, darüber zu sprechen. Aber es ist so: Bis zu seinem vierten Lebensjahr war ich in Frankreich stationiert. Er kannte mich so gut wie gar nicht und war völlig auf seine Mutter fixiert. Sie starb, kurz nachdem ich zurückkehrte. Und da hatte er nun mich an ihrer Stelle: einen wortkargen, trübsinnigen Kerl, den er bis dahin kaum gesehen hatte. Kein Wunder, dass er gestört ist.«

Ich musste an das wutverzerrte, blasse Gesicht in dem dunklen Zimmer denken. »Gestört« schien genau der richtige Ausdruck zu sein. Dann kam mir ein Gedanke, bei dem es mir eiskalt den Rücken hinunterlief. »Als Sie an meinem ersten Tag hier in seinem Zimmer waren, hörte es sich an, als hätte er mit etwas um sich geworfen«, begann ich vorsichtig. »Und an der Wand auf dem Flur sind mir längliche Kerben aufgefallen.«

Abermals stieß Pembridge einen Seufzer aus. Er wirkte vollkommen erschöpft. »Ich weiß nicht, woher er das Messer hatte. Es war meins, und eigentlich trug ich es immer bei mir. Aber vielleicht ist es mir in seinem Zimmer aus der Jackentasche gefallen. Oder er hat es sich einfach genommen. An dem Tag waren wir im Garten. Deshalb hat keiner gehört, wie er auf die Wand eingehackt hat. Essie, die Tochter meiner Tante, hat Schlimmeres verhindert. Sie war ziemlich furchtlos – ist einfach schnurstracks auf ihn zugegangen und hat ihm das Messer abgenommen.«

Seine Tante? Handelte es sich dabei um Helen oder um Victoria? Ich war zu sehr mit Lucas beschäftigt, um weiter darüber nachzudenken. Eine weitere Möglichkeit kam mir in den Sinn. »Hat er auch das Fenster eingeschlagen?«, fragte ich. Gefahr erkannt, Gefahr gebannt, dachte ich, wenn auch ein wenig beklommen. Die Aufgabe, die mir bevorstand, machte mir allmählich Angst, und die letzten Tage des Müßiggangs erschienen mir plötzlich in einem viel rosigeren Licht.

»Ja, das hat er. Aber nicht absichtlich. Ich glaube, er hat geschlafwandelt. Wahrscheinlich auch, als er die Wand demoliert hat. Er hatte Glück, dass er sich nicht die Adern aufgeschlitzt hat. Er hat das Fenster mit der bloßen Faust eingeschlagen.«

»In Ihrer Annonce war von gelegentlicher Betreuung die Rede, aber ich hatte es so verstanden, dass Sie in erster Linie eine Gouvernante suchen«, sagte ich ruhig, obwohl ich langsam den Eindruck bekam, man hatte mich getäuscht, wenn nicht sogar unter Vorspiegelung falscher Tatsachen hierhergelockt. »Glauben Sie, ich kann Lucas überhaupt helfen? Das würde ich gern, aber ich bin keine Krankenschwester.«

»Ich weiß. Ich wollte mit der Annonce auch niemanden in die Irre führen. Wahrscheinlich war ich in dem Moment einfach zu optimistisch. Trotzdem bin ich fest davon überzeugt, dass der Einfluss einer Frau Lucas zugänglicher machen wird. Ein wenig Zuwendung und Aufmerksamkeit, etwas weibliche Fürsorge. Es geht ihm jedes Mal viel besser, wenn Essie hier ist. Aber sie ist noch zu jung, um diese Rolle zu übernehmen. Und meine Tante würde dem sowieso niemals zustimmen. Jedenfalls gehe ich davon aus, dass Sie ihn bald auch unterrichten können.«

»Aber zunächst soll ich ihn nur betreuen und zu ihm durchdringen.«

Pembridge rang die Hände. »Natürlich nur, wenn Sie damit einverstanden sind.«

Ungeachtet seiner ungeduldigen, aufbrausenden Art merkte ich, wie verzweifelt er war. Plötzlich verspürte ich das Verlangen, mich über den Tisch zu beugen und seine Hand zu drücken. In dem Moment hätte ich wahrscheinlich allein seinetwegen zugesagt. Aber abgesehen davon tat mir der kleine Junge, der dort oben in seinem Zimmer lag, furchtbar leid, auch wenn er mir in der Nacht einen höllischen Schrecken eingejagt hatte. Bevor ich einen Rückzieher machen konnte, nickte ich hastig. »Ich kann keine Wunder versprechen, Mr. Pembridge, aber ich will mein Bestes geben. Für Lucas.« Bei den letzten Worten errötete ich ein wenig – obwohl Pembridge bei all seinen Sorgen wahrscheinlich gar nicht auf den Gedanken gekommen wäre, ich würde seinetwegen bleiben.

Er rieb sich die Augen, und ich fragte mich, wann er

selbst das letzte Mal richtig geschlafen hatte. Von den Jahren im Krieg hatte er nichts weiter erzählt. Aber war er wirklich unversehrt davongekommen? Wer weiß, was in ihm vorging. Selbst wenn er den Krieg einigermaßen überstanden hatte, machte ihm der Tod seiner Frau mit Sicherheit schwer zu schaffen. An einem Ort wie Fenix House konnte ich mir nur zu gut vorstellen, wie sehr Trauer und Sorge jemandem zusetzten. Plötzlich wurde mir bewusst, dass hier vier Generationen unter einem Dach lebten – vier Generationen unglücklicher Männer, die gemeinsam ihr klägliches Dasein fristeten.

»Danke«, sagte er. »Ich bin Ihnen aufrichtig dankbar. Wenn ich jetzt jemand anderen suchen müsste … Wissen Sie, Sie haben als Einzige auf die Annonce geantwortet.«

Das gefiel mir nicht sonderlich – als hätten alle anderen potenziellen Bewerberinnen aus der unscheinbaren Anzeige etwas Düsteres herausgelesen und die Stellung sogleich verworfen. Aber nun war es zu spät, um sich darüber Gedanken zu machen. Ich war nun einmal hier.

Als wir auf dem oberen Treppenabsatz ankamen, glaubte ich, vom Dachboden ein Scharren zu hören, vermutlich von Robert Pembridge, der allein in seinem Zimmer war. Ich warf einen Seitenblick zu David Pembridge, doch wenn er es auch gehört hatte, ließ er es sich nicht anmerken. In der Nacht hatte der alte Mann nach Helen gerufen. War sie Pembridges Mutter oder seine Tante?

Obwohl er an diesem Morgen umgänglicher schien, als ich ihn bisher erlebt hatte, musste ich mich überwinden, um ihn danach zu fragen. Wir hatten gerade den Korridor betreten, der zu Lucas' Zimmer führte, und gingen an den unheimlichen Kerben in der Wand entlang, die auch im Halbdunkel noch gut zu sehen waren.

»Mr. Pembridge?«

Er drehte sich um, und in dem diffusen Licht kamen mir die Schatten um seine fast schwarzen Augen noch tiefer vor.

»Sie sprachen von Ihrer Tante, die eine Tochter namens Essie hat. Dürfte ich erfahren, wie sie heißt?«

Er sah mich verwundert an, denn natürlich konnte er sich keinen Reim darauf machen, warum ich das wissen wollte. »Tante Victoria? Warum fragen Sie danach?«

Es schien einfach nicht der richtige Zeitpunkt, nach seinem Großvater zu fragen oder warum der alte Mann in der Nacht so aufgewühlt gewesen war und nach Helen gerufen hatte. Helen, die also David Pembridges Mutter sein musste.

»Ich möchte nur nichts durcheinanderbringen.« Ich machte eine wegwerfende Handbewegung und bedeutete ihm, weiterzugehen. Alle anderen Pembridges traten nun in den Hintergrund. In dem Moment dachte ich einzig und allein an den Jungen und die Aufgabe, die mir bevorstand. Als »gestört« hatte sein Vater ihn bezeichnet. Das Wort wollte mir einfach nicht mehr aus dem Kopf gehen. Es hatte etwas so Trostloses, aber auch Bedrohliches an sich, dass der Gedanke mich erneut frösteln ließ.

ZWANZIG

Die Luft in Lucas' Zimmer war total verbraucht. Es roch nach saurer Milch und ungewaschenen Laken. Das war mir in der Nacht zuvor gar nicht aufgefallen, vor lauter Schreck wahrscheinlich. Als Pembridge die Vorhänge zurückzog und die Sonne hereinließ, sah ich, dass die Bettwäsche zerwühlt und schmuddelig war. Auf dem Fußboden stand eine halb volle Schüssel mit Porridge. Von heute Morgen konnte sie kaum sein, denn es hatte sich schon eine dicke Haut darauf gebildet. Der Rest des Raums war nicht weniger chaotisch: Spielzeug lag verstreut auf dem Boden herum, Bleistifte waren auf dem ganzen Schreibtisch verteilt, überall gab es zerknülltes oder zerrissenes Zeichenpapier. Ein langer Draht schlängelte sich über den Boden und verschwand irgendwo unterm Bett. Ich entdeckte ein aufgeschlagenes Märchenbuch, aus dem einige Seiten herausgerissen waren. Der Anblick betrübte mich, da die Bücher aus meiner eigenen Kindheit mir immer sehr am Herzen gelegen haben.

Der Junge selbst lag zusammengerollt mit dem Gesicht zur Wand in seinem Bett, und im gnadenlosen Tageslicht wirkte sein Nachthemd ebenso schmuddelig wie die Laken. Als Pembridge ihn ansprach, stellte er sich schlafend, aber seine steife Haltung und das Flattern seiner Augenlider verrieten ihn. Pembridge warf mir einen gequälten Blick zu und streckte den Arm nach der knochigen Schulter seines Sohnes aus.

»Na, komm, Lucas. Stell dich nicht so an. Du musst Miss Fairford kennenlernen. Sonst geht sie wieder, und wir sind wieder da, wo wir angefangen haben.«

Als er keine Antwort bekam, drehte er den Jungen einfach auf den Rücken und zog ihn ein Stück hinauf, bis er fast aufrecht im Bett saß. Gegen das Kopfende gelehnt konnte Lucas sich nicht so leicht wieder umdrehen, aber er wandte den Kopf ab und kniff die Augen zu. Sein kleines Gesicht wirkte starr, vor Angst oder vor Wut – oder vor beidem.

»Hallo, Lucas«, sagte ich leise. »Ich heiße Grace Fairford. Wenn du willst, kannst du mich einfach Grace nennen.«

Er presste die Lippen aufeinander, als wollte er verhindern, dass ihm eine Antwort herausrutschte.

»Wir brauchen am Anfang gar nichts Schwieriges zu machen«, fuhr ich fort. »Ich dachte, vielleicht möchtest du erst mal ein paar von den Geschichten hören, die meine Großmutter mir erzählt hat. Es sind wirklich gute dabei.«

Der Junge verzog keine Miene. Pembridge seufzte genervt und schüttelte ihn leicht. »Jetzt antworte doch endlich, Herrgott noch mal! Und mach die Augen auf! Sonst denkt sie noch, du bist ein Wolfskind und kannst gar nicht sprechen.«

Anstelle einer Antwort stellte Lucas sich weiterhin tot. Pembridge ließ von ihm ab. Er tigerte wütend durch den Raum und schlug plötzlich eine offene Schranktür zu. Ich zuckte zusammen; der ganze Raum schien zu erbeben. Aber Lucas zuckte nicht einmal mit der Wimper.

»Mr. Pembridge, vielleicht lassen Sie Lucas und mich ein Weilchen allein, damit wir uns kennenlernen können«, sagte ich so bestimmt, wie ich konnte. Der Gedanke, dass der Junge sich längst an den Jähzorn seines Vaters gewöhnt hatte, gefiel mir ganz und gar nicht.

Doch man musste Pembridge zugutehalten, dass er sich seines Wutausbruchs zu schämen schien. Er strich über die Schranktür, die er gerade noch malträtiert hatte, und sagte leise: »Ja, das ist vermutlich das Beste. Dann gehe ich jetzt mal.« Ohne mich noch einmal anzusehen, verließ er den Raum und schloss leise die Tür.

Ich drehte mich zu dem Jungen um. Er hatte sich noch immer nicht bewegt. Um ihn nicht zu erschrecken, ging ich langsam auf ihn zu und setzte mich am Fußende auf die

Bettkante. »Es geht dir bestimmt auf die Nerven, die ganze Zeit hier im Bett zu liegen.«

Er rührte sich nicht.

»Ich weiß, wie es ist, wenn man immer zu Hause bleiben muss und keine Freunde hat, mit denen man spielen kann. Bei mir war das auch so.«

Er bewegte sich immer noch nicht, aber etwas an seinem Gesichtsausdruck und daran, wie er atmete, sagte mir, dass er zuhörte, sehr aufmerksam sogar.

»Meine Eltern sind gestorben, als ich ein bisschen älter war als du jetzt. Danach hatte ich nur noch meine Großmutter. Sie hat sich wirklich Mühe mit mir gegeben, und wir haben uns sehr gern, aber trotzdem war es nicht mehr so wie früher. Ich glaube, ich war kein normales Kind mehr.«

Er biss sich auf die Unterlippe und schwieg weiter.

»Ich bin jetzt zum ersten Mal von zu Hause fort. Du findest es hier sicher ziemlich langweilig, aber für mich ist alles ganz neu. Vielleicht kannst du mir ja ein bisschen dabei helfen, mich einzuleben, und wir werden Freunde, Lucas. Darüber würde ich mich wirklich freuen. Ich hatte nie Freunde, und dabei bin ich schon zweiundzwanzig. Lächerlich, ich weiß.«

»Bist du denn nicht zur Schule gegangen?«

Ich gab mir alle Mühe, mir nicht anmerken zu lassen, wie überrascht ich war – nicht nur darüber, dass er überhaupt antwortete, sondern auch von der Frage, die er mir wie eine Beleidigung entgegengeschleudert hatte. »Nein, leider nicht. Ich wäre gern, aber meine Großmutter hat mich zu Hause unterrichtet. Erst heute Morgen musste ich wieder daran denken, wie sehr ich die Mädchen aus der Nachbarschaft beneidet habe, wenn sie mit ihren Strohhüten an unserem Haus vorbei zur Schule gingen. Im Herbst, wenn die Luft so schön frisch war und das neue Schuljahr anfing, war es immer am schlimmsten.«

»In der Schule würde mich sowieso keiner mögen.« Jetzt sah Lucas mich an. Seine Augen waren ebenso dunkel wie die seines Vaters, und sie hatten den gleichen resignierten Ausdruck.

»Wie kommst du darauf?« Ich faltete meine Hände, um nicht in Versuchung zu geraten, ihm übers Haar zu streichen, das ihm strähnig vom Kopf abstand.

»Weil ich immer krank und so ein furchtbarer Schwächling bin.«

»Du kannst doch nichts dafür, dass du krank bist. Und für einen Schwächling siehst du mir recht zäh aus. Klein, aber stark.« Damit wollte ich mich keineswegs bei ihm einschmeicheln: Es hatte ziemlich wehgetan, als er in der Nacht meine Hand weggeschlagen hatte. Gott sei Dank konnte er sich wohl nicht mehr daran erinnern.

Er dachte einen Moment lang über meine Worte nach. Dann, als fiele ihm plötzlich etwas ein, setzte er sich auf und blickte über die Bettkannte auf den Boden. Als er den Draht sah, der um die Schüssel mit Porridge herum unter das Bett führte, warf er mir einen nervösen Blick zu.

»Der ist mir schon aufgefallen, als ich reingekommen bin«, sagte ich. »Was ist das?«

»Darf ich nicht verraten. Das habe ich versprochen. Glauben Sie, mein Vater hat es auch gesehen?«

»Nein, das glaube ich nicht. Er war viel zu sehr damit beschäftigt, sich Sorgen um dich zu machen.«

»War er nicht! Er hasst mich! Er hat nur meine Mutter gemocht.«

Da konnte ich dann doch nicht anders und strich ihm

über die Schulter. Aber er schüttelte meine Hand ab und machte ein böses Gesicht. Ich blieb eine Weile schweigend sitzen, obwohl ich ihm gern gesagt hätte, wie falsch er mit seiner Behauptung lag. Er dachte sicher, er könnte das besser einschätzen als ich, die ich hier ja noch neu war.

»Willst du mir nicht doch erzählen, wofür dieser Draht ist?«, fragte ich. »Ich wüsste es wirklich gern. Und ich kann gut Geheimnisse für mich behalten. Ich werde es niemandem verraten. Großes Ehrenwort.«

»Indianerehrenwort?«

»Natürlich. Wenn ich es breche, komme ich an den Marterpfahl«, gab ich lächelnd zurück und sah, dass auch seine Mundwinkel zuckten.

»Eigentlich soll ich es niemandem sagen, aber wenn Sie mir wirklich Ihr Ehrenwort geben … Also, es ist ein Detektorenempfänger. Ein Radioapparat. Wenn mir langweilig ist, höre ich es mir an. Also ziemlich oft. Der lange Draht ist für die Kopfhörer, aber da ist noch einer, damit es überhaupt funktioniert. Eine Antenne. Es funktioniert prima. Mein Großonkel hat es mir geschenkt. Er hat auch die Genehmigung bezahlt. Die kostet nämlich zehn Schilling.«

»Bertie?«

»Hab ich sonst noch einen?«, antwortete er, als wäre ich begriffsstutzig. Dann griff er unters Bett.

Ich half ihm, den kleinen Holzkasten hervorzuziehen und auf den Nachttisch zu stellen. Nachdem Lucas eine Weile innerlich mit sich gekämpft hatte, reichte er mir feierlich die Kopfhörer.

»Oh, ich weiß gar nicht, wie das geht«, sagte ich. »Das musst du mir zeigen.«

Er tat genervt und verdrehte die Augen, aber ich sah ihm seinen Eifer an, als er mit zitternden Fingern an dem Regler drehte. Mit der anderen Hand hielt er sich die viel zu großen Kopfhörer ans Ohr. Er lauschte angestrengt. »Da!«, rief er, und schob sie mir wieder zu. »Hören Sie das?«

Es knisterte, und der Ton war leise, aber ich hörte entfernte Geräusche, die sich in Musik verwandelten, je mehr ich mich darauf konzentrierte. Obwohl ich in erster Linie vorgehabt hatte, ihn mit etwas, das ihm Spaß machte, aus der Reserve zu locken, war ich plötzlich selbst ganz begeistert. Hier war die Außenwelt, die auf wundersame Weise den Schutzwall von Fenix House durchbrochen hatte. »Ja! Ja, ich höre etwas. Warte mal, jetzt singt jemand!«

Lucas bekam leuchtende Augen. »Bestimmt Nellie Melba. Die hat letzte Woche schon gesungen.«

Mit einem sehnsüchtigen Seufzer gab ich ihm die Kopfhörer zurück. »Ach, so etwas hätte ich als kleines Mädchen auch gern gehabt.«

Als er sah, dass meine Begeisterung echt war, lächelte er mich schüchtern an.

So verbrachten wir noch etwa eine Stunde und drehten an dem Regler, wenn der Empfang abbrach – der, wie ich erfuhr, hier oben immerhin besser war als unten im Tal. Als Lucas, der an Gesellschaft nicht gewohnt war, müde wurde, sagte ich, er solle sich ein wenig ausruhen. Ich versprach, mittags mit etwas Leckerem zu essen wiederzukommen.

Er wirkte enttäuscht, weil die Abwechslung schon vorüber war, und ich hielt den Atem an, denn ich wusste nicht, ob er nun vielleicht wütend um sich schlagen würde. Aber er merkte wohl selbst, wie erschöpft er war, und legte sich hin. Ich öffnete das Fenster, um frische Luft hereinzulassen, und beseitigte die schlimmste Unordnung. Dann strich ich die Bettdecke glatt, wobei ich darauf achtete, ihm nicht zu nahe zu kommen.

Als ich das Zimmer verließ, hätte ich beinahe laut aufgeschrien. Pembridge stand direkt vor der Tür. Hoffentlich noch nicht allzu lange.

»Sie haben doch nicht etwa die ganze Zeit da gestanden, oder?«, platzte ich heraus. Er hatte mich wirklich furchtbar erschreckt.

»Pst! Sonst hört er Sie noch«, sagte er lächelnd. Er packte mich am Ellbogen und zog mich hinter sich her.

»Nun? Wie lange standen Sie schon da?«, wiederholte ich meine Frage, als wir die Treppe erreicht hatten. Es machte mich nervös, dass er noch immer meinen Arm festhielt, und abgesehen davon wäre es mir peinlich gewesen, wenn er mein Geplapper gehört hätte.

»Sie sind ganz schön vorlaut zu Ihrem Arbeitgeber«, sagte er. Daraufhin blickte ich ihn forschend an. Ich konnte es kaum glauben: Er hatte annähernd gute Laune. »Ich habe nur ein paar Minuten da gestanden. Um mich zu vergewissern, dass Sie zurechtkommen. Mein Sohn kann ziemlich unberechenbar sein. Das hatte ich Ihnen ja erklärt. Aber ich hatte recht, nicht wahr?«

»Womit?«

»Mit Ihnen. Frauen können besser mit Kindern umgehen als Männer. Ich glaube, er mag Sie fast schon genauso gern wie Essie. Ich muss schon sagen, es ist nicht einfach, immer wieder recht zu behalten.«

Unwillkürlich musste ich lächeln. »Und was ist mit Ihrem Onkel? Er ist auch ein Mann, aber trotzdem kommt er anscheinend ganz gut mit Lucas zurecht.« Mehr sagte ich nicht, denn ich wollte mein Versprechen halten.

Pembridge überlegte kurz. »Was denn? Weil er ihm das Radio geschenkt hat, meinen Sie? Ich habe gar nicht mitbekommen, dass der alte Gauner es reingeschmuggelt hat.

Aber es war nett von ihm, das muss ich ihm lassen. Auf die Idee wäre ich nicht gekommen. Ich werde mich bei ihm bedanken.« Er sah mich abschätzend an, und ich wich ein Stück zurück. Nicht weil er mir tatsächlich zu nahe gekommen wäre, aber durch seinen durchdringenden Blick kam es mir fast so vor. »Also, Miss Fairford, glauben Sie, Sie können etwas bewirken?«

»Tja, es ist noch zu früh, um das beurteilen zu können. Aber ich hoffe es. Lucas ist ein aufgeweckter Junge, und ich mag ihn gern.«

Pembridge strahlte – und das ließ ihn so anders aussehen, dass ich ihn nur noch anstarren konnte.

»Jetzt schauen Sie nicht so überrascht«, sagte er trocken. »Auch ich lächele ab und zu. Alle paar Jahre einmal.«

»Aber nun haben Sie ja mich. Ich werde zusehen, dass ich Sie mindestens einmal pro Woche zum Lächeln bringe«, sagte ich und errötete, kaum dass ich es ausgesprochen hatte. Die leichte Ironie, die ich beabsichtigt hatte, hatte vielmehr nach einem Flirt geklungen.

Doch zu meiner Erleichterung, ließ er es unkommentiert. »Es ist noch ein Brief für Sie gekommen. Er liegt unten, neben der Tür. Ein ziemlich dicker. Ist der wieder von Ihrer Großmutter?«

»Wahrscheinlich«, stammelte ich, nach wie vor peinlich berührt, weil ich möglicherweise zu kokett geklungen hatte. »Dann werde ich jetzt auf mein Zimmer gehen und ihn lesen, während Lucas schläft, wenn es Ihnen recht ist, Mr. Pembridge.«

»Ja, natürlich. Lassen Sie sich ruhig Zeit«, sagte er. Ich hob den Kopf. Er schien sich nicht über mich lustig zu machen. Ganz im Gegenteil: Er sah so verunsichert aus, wie ich mich fühlte.

EINUNDZWANZIG

Als ich wieder in meiner Dachkammer saß, musste ich an meine eigene Kindheit denken, vielleicht weil ich eine Stunde mit Lucas verbracht hatte. Mit ihren Geschichten über Fenix House hatte meine Großmutter die Leere gefüllt, die ich nach dem Tod meiner Eltern empfunden hatte. Eigentlich hatten die Geschichten sogar noch mehr bewirkt, indem sie meine eigenen Erinnerungen an die Zeit vor dem Unfall überlagerten und verblassen ließen, bis nur noch zusammenhanglose Bruchstücke und Emotionen übrig waren.

Nur in Momenten allergrößter Schwäche ließ ich zu, dass diese kostbaren Überbleibsel an die Oberfläche kamen. Ich hatte furchtbare Angst, ihnen ihre Wirkung zu nehmen, sie abzunutzen wie ein Stofftier, das man zu lieb gewonnen hat. Also hütete ich sie wie ein wertvolles Relikt in einem Schrein meines Gedächtnisses.

Allzu viele waren mir auch nicht geblieben: der abwechselnd weiche und raue Stoff des bestickten pfauenblauen Rocks, den meine Mutter gern getragen hatte. Die Hände meines Vaters, wenn er sich auf den Tisch stützte und etwas erzählte, mit den eckigen, kurz geschnittenen Fingernägeln, die aussahen wie kleine Spaten. Dann waren da noch die weniger greifbaren Dinge: das Gefühl, etwas Zerbrechliches, aber Schweres über einen blank polierten Fußboden zu tragen. Geweckt zu werden, weil es etwas sehr Wichtiges im Zimmer meiner Eltern zu sehen gab.

Doch meine Großmutter wollte nicht, dass ich an all das zurückdachte. Das hatte ich schon sehr früh begriffen.

Sie hatte immer einen untrüglichen Instinkt dafür, dass ich traurig war. »Woran denkst du?«, fragte sie mich dann jedes Mal. Wenn ich dann zugab, wie sehr ich meine Eltern vermisste, breitete sie die Arme aus, ließ mich auf ihrem Schoß sitzen und erzählte mir eine Geschichte. So füllte sich mein Bewusstsein mit ihren Worten, und die wenigen Erinnerungen, die ich noch hatte, traten weiter in den Hintergrund. Es war, als beruhigte man einen knurrenden Magen mit schonender Kost. Darin war sie richtig gut.

Und nun, vor dem Fenster meiner kleinen Dachkammer, das erste Mal seit zwölf Jahren ohne sie, schwand mein Groll darüber, dass sie mich fortgeschickt hatte. Plötzlich wünschte ich mir sehnlichst, sie wäre bei mir. Keiner in Fenix House kannte mich richtig, keiner verstand mich so gut wie sie. Wahrscheinlich würde das niemals jemand können, dachte ich. Was für ein beängstigender Gedanke! Aber sie hatte einfach zu hohe Maßstäbe gesetzt.

»Ich schreibe dir so oft wie möglich«, hatte sie beim Abschied gesagt. »Versprich mir, dass du mir antworten wirst!« Dann hatte sie mich umarmt, aber ich rührte mich nicht, verwirrt und verletzt, weil sie mich so einfach gehen ließ. Bei meinem letzten Blick zurück durch das ovale Rückfenster der Kraftdroschke war sie mir klein und zerbrechlich erschienen. Alt sogar.

Um nicht in Tränen auszubrechen, lenkte ich mich ab, indem ich den Brief in die Hand nahm, der ungeöffnet auf dem Waschtisch gelegen hatte.

»Liebe Grace«, begann er. »Ich danke dir für deinen Brief, mein Kind. Ich habe ihn mit großem Interesse gelesen.« Ich hielt inne. Wollte sie mich dezent darauf hinweisen, dass ich eigentlich nichts von Bedeutung geschrieben hatte? Ich war mir nicht sicher; dafür hätte ich ihr von

Angesicht zu Angesicht gegenüberstehen müssen. Dann hätte ich es aus ihrem Tonfall herausgehört. Also las ich weiter. Würde sie mir diesmal von all den Banalitäten berichten, über die ich so gern etwas lesen wollte?

Aber ich hätte mir gleich denken können, dass meine Großmutter alles andere als banal war.

//Am ersten Morgen, als du fort warst, bin ich von Raum zu Raum gegangen. So etwas machen Menschen, wenn jemand, den sie lieben, sehr plötzlich gestorben ist und sie sich nicht damit abfinden können. Nun, da du erwachsen bist, kann ich es dir sagen: Als uns deine Eltern genommen wurden, hätte ich es am liebsten genauso gemacht. Aber ich tat es nicht, deinetwegen, Grace, wegen des kleinen Mädchens, das einen so verstörenden Verlust erlitten hatte. Aber jetzt, ganz allein, kommt mir das Haus doppelt so groß vor. Ich laufe herum und frage mich: Gab es in diesen Räumen schon immer ein Echo? Waren die Decken früher auch so hoch? Dabei kommt es mir völlig falsch vor, dass von der Familie, die einmal hier lebte, ausgerechnet ich, die Älteste, übrig geblieben bin.

Um nicht weiter in dem stillen, viel zu aufgeräumten Haus herumzulaufen, habe ich mich gestern in meine übliche Ecke gesetzt. Ich sah aus dem Fenster und beobachtete, wie der Wind den Regen erst in die eine und dann in die andere Richtung peitschte. Er prasselte gegen die Scheiben, und jeder Tropfen erschien mir wie ein kleiner Protest dagegen, dass du fort bist. Du hast den letzten Rest Sommer mitgenommen, mein Kind. Aber das geschieht mir wohl recht, denn ich frage mich immer wieder, ob es richtig von mir war, dir dazu zu raten, zu gehen.

So beschloss ich, meine Geschichte aufzuschreiben, zunächst nur, um auf andere Gedanken zu kommen. Dann wurde mir klar, dass die Zeit dafür gekommen war. Ich habe nie Tagebuch geführt, und plötzlich wusste ich, warum nicht. Es hätte bedeutet, alles dauerhaft werden zu lassen, so endgültig. Es hätte keine Möglichkeit mehr gegeben, sich vor der ganzen Wahrheit zu verschließen. Meine liebe Grace, ich habe dir nicht alles erzählt, was geschah, bevor ich deine Großmutter wurde. Ich dachte, es wäre einzig und allein meine Vergangenheit, die ich nach Belieben gestalten könnte. Aber nun, da du in Fenix House bist, weil ich es so wollte, hat sich das geändert.

Ich will ausführlich berichten, deshalb muss ich weit ausholen. Und nachdem der Anfang gemacht war, sind mir die Worte nur so aus der Feder geflossen, wie ein Strom, der nicht mehr aufzuhalten ist. Auf den nächsten Seiten findest du, was ich bereits zu Papier gebracht habe. Sie sind für dich, Grace.

Schreib mir bald, mein liebes Kind.

Deine dich liebende Großmutter Harriet //

Ohne Überschrift oder einleitende Worte hatte sie auf einem neuen Bogen Papier mit ihrer Geschichte begonnen.

// Im dem Jahr, als mein Vater mich in der Kirche St George the Martyr in Holborn taufen ließ, wurde hundert Meilen weit entfernt, im äußersten Nordwesten der Cotswolds, ein Haus gebaut. Das Grundstück war nicht leicht zu erschließen, aber für viktorianischen Unternehmergeist stellte das kein Hindernis dar. Vielleicht war genau das sogar ein Ansporn, denn nach nur sieben Monaten war das Haus fertig: ein hellgraues Gebäude mit zehn Schlafzimmern, erbaut aus dem Fels des Hügels, auf dem es steht. Man nannte es Fenix House, nach dem mythischen Vogel, der aus seiner Asche wiederauferstand. Damals war ich noch klein und konnte nicht wissen, dass mir selbst ein solcher Neubeginn bevorstehen würde.

Die Lage des Hauses, oberhalb des Kurortes Cheltenham, sollte dem Gebäude etwas Herrschaftliches verleihen. In Wirklichkeit gab die Abgelegenheit des Hauses ihm etwas Einsames, Sehnsüchtiges. Mehr noch, wenn man derartige Vorstellungen auf eigentlich Lebloses übertragen möchte, hatte Fenix House etwas Erwartungsvolles – als ahnten die Steine und Holzbalken, die Bäume und Gräser, die Gewächshäuser und das Eishaus, dass sie Zeugen außergewöhnlicher Geschehnisse werden sollten. Als ich im Frühsommer des Jahres 1878 als junge Frau von einundzwanzig Jahren dorthin kam, sollte sich diese Ahnung erfüllen. //

Ich stieß einen Seufzer aus. So interessant ich diese Zeilen fand, von denen meine Großmutter behauptete, sie würden die unverhüllte Wahrheit schildern, klangen sie mir doch sehr nach dem Beginn einer neuen Geschichte. Dennoch zogen die Worte mich in ihren Bann, denn in all den anderen Geschichten hatte ich so gut wie nichts über *sie* erfahren. Es war immer nur um Anekdoten und Einzelheiten gegangen: Namen, Ortsbeschreibungen und Gespräche. Was sie selbst gedacht oder gefühlt hatte, hatte sie stets unter Verschluss gehalten. Vielleicht war es diesmal anders. Also las ich weiter.

//Doch wir müssen noch weiter in der Zeit zurück, denn die Geschehnisse – die nicht nur mein Schicksal, sondern auch deins bestimmen sollten, Grace – nahmen ein Jahrzehnt zuvor in London ihren Anfang. Damals war ich ein kleines Mädchen von zehn Jahren und lebte in einer Welt, in der man noch ohne Radios, Aspirin und Glühbirnen, die länger als ein paar Stunden brannten, zurechtkommen musste. Wärst du in jener Zeit dem spindeldürren Kind begegnet, das allenfalls durch sein warm schimmerndes Haar aus der Menschenmenge auf den belebten Londoner

Straßen herausstach, hättest du mich wahrscheinlich kaum wahrgenommen. Vermutlich wäre ich nichts weiter gewesen als eine Randfigur in der großen Stadt, wo die Menschen allzu oft vergaßen, dass man ein Vermögen nicht nur anhäufen, sondern auch verlieren kann. Genau das ist uns widerfahren, Grace. Kurz zuvor hatte mein Vater sein Vermögen verloren, besser gesagt, verloren gehen lassen. Das Besondere in meiner Situation war das Flimmern, diese seltsame Gabe, die ich andernfalls möglicherweise niemals entdeckt hätte.

In der Zeit, kurz bevor mein bedauernswerter Vater in den Ruin getrieben wurde, wurde er unaufmerksam und mürrisch. Er zweifelte nicht nur an seinem Urteilsvermögen, sondern auch an seinem Wert als Geschäftsmann. Es fiel ihm zunehmend schwerer, morgens aufzustehen und sich auf den Weg zum Auktionshaus zu machen, das er seit Jahren betrieb und das uns ein sorgloses Leben ermöglicht hatte, so lange ich denken konnte. Seit Monaten waren sinkende Gewinne zu verzeichnen gewesen, und nun, da er vor lauter Sorge das Geschäft vernachlässigt hatte, stürzten sie geradezu ins Bodenlose.

In einer schwülen Nacht lag er in seinen verschwitzten Laken, als es plötzlich an seine Zimmertür klopfte. Und da stand ich, kreidebleich und mit tiefen Schatten um meine weit aufgerissenen Augen.

»Was ist denn, Liebes?«, fragte er und kniete sich mit ausgebreiteten Armen vor mich. Ich zitterte am ganzen Körper, mein Nachthemd war schweißnass. »Hast du schlecht geträumt?« Ich vergrub mein Gesicht an seiner Schulter und schüttelte den Kopf. »Was quält dich dann?«, fragte er und schob mich sanft von sich. Aber ich konnte ihm nicht in die Augen sehen. »Es war so ähnlich wie ein Traum«, sagte ich so leise, dass er mir das Ohr zuwenden musste, mit dem er besser hörte, um mich überhaupt verstehen zu können. »Aber ich war wach. Ganz bestimmt.«

Nach langem Zureden erzählte ich es ihm: Es würde etwas Schlimmes passieren, das wusste ich genau. Ein Feuer. Als ich im Bett gelegen hatte, hatte ich es gehört: ein lautes Dröhnen, das trockenes Holz und Papier verschlang. Ich hatte etwas Glühendes flackern gesehen, zwischen düsteren Rauchsäulen, die zum dunklen Himmel aufstiegen und den Mond verdeckten. Der Rauch war mir sogar in die Nase gestiegen, und ich hatte husten müssen.

Mein Vater nahm mich auf den Arm und ging mit mir zum Fenster. »Riechst du den Rauch noch immer?«, fragte er.

Ich nahm einen tiefen Atemzug der stickigen Londoner Luft und schüttelte abermals betrübt den Kopf. »Das kann ich doch gar nicht, Vater«, sagte ich. »Jetzt noch nicht.«

Er brachte mich wieder zu Bett und summte mir ein Schlaflied vor, für das ich eigentlich schon zu alt war. Dann blieb er an meinem Bett sitzen, bis ich eingeschlafen war.

Noch ganz ergriffen von der innigen Zuneigung zu seiner Tochter machte er sich am nächsten Morgen auf den Weg zur Arbeit – und stand kurz darauf vor den ausgebrannten Trümmern des Auktionshauses. Da er seine Korrespondenz seit Monaten vernachlässigt hatte, war die Brandversicherung, die er vor Jahren abgeschlossen hatte, abgelaufen. Nachdem er den größten Teil seiner Ersparnisse bereits verloren hatte, lag nun also auch sein Geschäft in Trümmern. Das hieß, er war nahezu bankrott.

In den Monaten nach der Katastrophe wurden die Köchin, unser Mädchen für alles und meine Gouvernante mit besten Referenzen und großem Bedauern entlassen, weil kein Geld mehr da war, um sie zu bezahlen. In dieser Zeit schlich ich mich des Öfteren aus dem Haus und streunte durch die Londoner Straßen. Mein Vater, der Tag für Tag grüblerischer wurde und stundenlang verzweifelt in seinem Arbeitszimmer saß, bekam davon nichts mit. Andernfalls hätte er es nicht zugelassen. Aber ich hatte das Bedürfnis, diesem stillen Haus wenigstens zeitweise zu entfliehen und das lebhafte Geschrei und Gelächter anderer Menschen zu hören, mir die Marktfrauen mit ihren roten Wangen und vor Kälte rissigen Lippen anzusehen und Kindern in meinem Alter zu begegnen, die Fleischpasteten, billige Zigarren und Veilchensträuße verkauften.

Während mein Vater an der nächsten Forderung eines Gläubigers verzweifelte, ging das Leben in London einfach weiter. Doch in gewisser Weise hatte das auch etwas Tröstendes, zeigte es doch, dass sich die Welt weiterdrehte, und das gleich vor unserer Haustür. Vielleicht lag es an dem, was ich nun im Stillen das Flimmern nannte, vielleicht hatte ich aber auch von meiner verstorbenen Mutter, die ich nie kennengelernt habe, eine Anpassungsfähigkeit geerbt – was es auch war, es ließ mich spüren, dass ich zurechtkommen würde. Obwohl mein Vater nie darüber sprach, fragte ich mich manchmal, ob die Angst in seinen Augen, wenn er mich ansah, einzig und allein unserer ungewissen Zukunft geschuldet war. Mir hingegen machte es keine Angst, dass ich das Feuer vorausgesehen hatte. Ich war nur traurig, dass ich es nicht hatte verhindern können.

Eines Tages nahm ich einen anderen Weg, fernab des Gestanks und Gedränges unten am Fluss bei den Marktständen. Die Straßen waren sauberer und ruhiger, immer wieder fuhren Kutschen vorüber. Dass ich auf eine bestimmte aufmerksam wurde, lag daran, dass zwei ältere Damen, die vor mir hergingen, stehen blieben und auf sie deuteten. Es war ein offener Zweispänner, in dem ein junges Mädchen saß, das ich schon einmal gesehen hatte, und zwar zu Beginn der Misere meines Vaters. Aus dem Mädchen war eine junge Frau von etwa achtzehn Jahren geworden, und es war ersichtlich, dass sie auf dem Weg zu ihrer Hochzeit war.

Als sie in ihrer Kutsche an mir vorbeifuhr und der Blick aus ihren kalten Augen mich streifte, ohne dass sie mich wiedererkannte, *schlich sich etwas Unerbittliches in meine Seele. Denn ich wusste: Dieses Mädchen trug die Schuld an allem. Auf ihr Betreiben hin hatte mein Vater in ein Geschäft investiert, das zum Scheitern ver-urteilt war. Und sie war es gewesen, die uns den Zugang zum Haus ihres Vaters verweigert hatte, als wir wie Bittsteller vor der Tür ge-standen hatten. Es kam mir vor, als hätte sie ebenso gut ein Streich-holz entzünden und in das Auktionshaus werfen können.//*

Hier endeten die Aufzeichnungen. Um sicherzugehen, dass ich keine Seite übersehen hatte, drehte ich jedes der losen Blätter noch einmal um. Doch ich wusste bereits aus jahrelanger Erfahrung, dass meine Großmutter ihre Ge-schichten gern an besonders spannenden Stellen abbrach, um sie ein andermal fortzuführen. »Man soll den Zuhörer doch neugierig darauf machen, wie es weitergeht«, sagte sie dann immer, bevor sie meine Bettdecke glatt strich und das Licht löschte.

Eigenartig war nur, dass ich von alldem noch nie etwas gehört hatte, weder von dem Feuer im Auktionshaus, bei dem sie anscheinend zum ersten Mal das Flimmern erlebt hatte, noch vom Bankrott ihres Vaters. Als kleines Kind hatte ich mich geborgen gefühlt, weil sich die vertrauten Geschichten von Fenix House wiederholten. So sehr sogar, dass ich sofort protestierte, wenn meine Großmutter nur ein kleines Detail abwandelte oder irgendetwas in der fal-schen Reihenfolge erzählte. Doch angesichts dieser neuen Informationen fiel mir auf, dass ich sie nie gefragt hatte, warum sie Gouvernante geworden war. Vielleicht ließ sich meine fehlende Neugier damit erklären, dass ich seit Ewig-keiten wusste, welchen Beruf sie ausgeübt hatte und nie auf die Idee gekommen war, ihn infrage zu stellen. Dass der finanzielle Ruin ihres Vaters dazu geführt hatte, war mir ebenso wenig bewusst gewesen wie ihr tief sitzender Hass auf das mysteriöse Mädchen mit den kalten Augen, dem meine Großmutter die Schuld daran gab.

Meine Großmutter hatte die Bühne meiner bisherigen Vorstellungswelt erst in dem Alter betreten, in dem ich mich mittlerweile selbst befand. Ich war gespannt auf eine jüngere Version von ihr, doch ich fand keine Erklärung dafür, warum sie mir erst jetzt von diesen einschneidenden Erlebnissen berichtete. Allmählich hegte ich die Befürchtung, in der sie selbst mich durch die ersten Zeilen ihres Briefs bestärkt hatte: Vielleicht war sie tatsächlich zu oft allein. Der Gedanke, sie könnte einsam sein, verursachte mir solche Schuldgefühle, dass ich sofort Füllhalter und Papier zur Hand nahm, um ihr zurückzuschreiben.

Aber das war natürlich nicht der einzige Grund. Denn jetzt wollte ich auch wissen, wie es weiterging.

ZWEIUNDZWANZIG

Harriet

Der Morgen von Captain Daunceys sehnlichst erwarteter Ankunft war bewölkt und unangenehm schwül – was die Hausherrin natürlich zur Verzweiflung trieb. Auf dem Weg zum Unterricht hörte Harriet ihr Geschrei und blieb vor ihrem Zimmer stehen.

»Es ist geradezu, als hätte sich der Allmächtige gegen mich verschworen!«, klagte Mrs. Pembridge so laut, dass man selbst durch die dicke Eichentür jedes Wort verstehen konnte. Harriet fragte sich, ob Robert im Zimmer seiner Frau war, und verspürte einen Anflug von Eifersucht.

»Für Jago ist schlechtes Wetter ein Gräuel«, setzte Mrs. Pembridge ihr Gejammer fort. »Nichts auf dem Land schlage einem mehr auf das Gemüt, sagt er immer.« In bissigem Tonfall fügte sie hinzu: »Das haben wir nun davon, dass wir nicht in der Stadt wohnen.«

»Die Kutsche steht dir den ganzen Tag lang zur Verfügung, meine Liebe. Wenn du möchtest, kann John deinen Bruder und dich nach Cheltenham bringen.«

Das war Roberts Stimme. Harriet spitzte die Ohren.

»Wie du sehr wohl weißt, ist das nicht dasselbe, als läge unser Haus direkt an der Promenade, wo ich in Begleitung meines geliebten Bruders entlangflanieren, mich den Leuten zeigen und mit ihnen einen Plausch halten könnte.«

»Aber du sagst doch immer, du gehst nicht gern spazieren«, gab Robert zu bedenken.

»Du legst es wieder einmal darauf an, mich falsch zu verstehen«, gab die Hausherrin mit einem verächtlichen Schnauben zurück. »Ich sagte, ich gehe nicht gern hier oben in diesem schrecklich einsamen Wald spazieren, wo man allenfalls einem schmierigen Steinbrucharbeiter begegnet. Ein gepflegter Spaziergang durch Montpellier Gardens am Arm eines Mannes in Uniform ist etwas ganz anderes. Und das weißt du.«

An diesem kritischen Punkt der Unterhaltung schlich Harriet sich schleunigst davon. Dass die Hauherrin erbost aus dem Zimmer eilen und ihre Gouvernante beim Lauschen erwischen würde, hätte ihr gerade noch gefehlt. Als sie das Wohnzimmer betrat, wo Helen und Victoria schon auf sie warteten, hatte sie immer noch Herzklopfen und musste sich eingestehen, dass die angespannte Atmosphäre, die bereits im ganzen Haus herrschte, auf sie abgefärbt hatte.

Dabei hätte sich die Hausherrin wegen des Wetters gar nicht so sehr zu ereifern brauchen. Denn als Captain Dauncey mit vierstündiger Verspätung eintraf, tauchten die ersten Sonnenstrahlen das gesamte Anwesen in schmeichelhaft warmes Licht und vertrieben die wenigen verbliebenen Wolken, die noch Schatten auf die sorgfältig getrimmten Rasenflächen und die perfekt gestutzten Hecken warfen. Für Helen und Victoria fiel der Unterricht aus. Bertie hingegen war wie üblich zur Schule geschickt worden. Auch Harriet hätte gut und gerne noch ein paar Stunden unterrichten können, da der Captain in London nicht nur einen oder zwei, sondern gleich drei Züge verpasst hatte. Und damit nicht genug, hatte er auch noch John vor dem Bahnhof in Cheltenham übersehen, der mit der Familienkutsche schon seit dem späten Vormittag dort stand und auf ihn wartete. So kam der hochverehrte Gast um kurz nach drei in einer Mietkutsche vorgefahren.

Die Hausherrin hatte sich nur für einen Moment von dem Fenster, durch das sie das Tor im Auge behalten konnte, abgewandt, als Captain Dauncey eintraf. Harriet war die Einzige, die sich auf der der Einfahrt zugewandten Seite des Hauses, im unteren Flur, aufhielt – und dementsprechend auch die Einzige, die ihn herannahen hörte: das Knirschen energischer Schritte auf dem Kies in der Auffahrt, dann ein Ächzen, als das Portal aufflog. Unentschlossen, ob sie sich im Wohnzimmer verbarrikadieren oder doch lieber die Treppe hinauflaufen sollte, stand Harriet immer noch wie angewurzelt da, als die massige Gestalt des Captains im Türrahmen erschien. Sein Haar war heller, als sie es in Erinnerung gehabt hatte, gebleicht von der sengenden Sonne Indiens, der er zweifellos auch seinen gebräunten Teint und die an Hals und Handrücken rot gebrannte Haut verdankte.

Offenbar hatte er Harriet nicht bemerkt, denn ohne sich an jemanden Bestimmten zu richten, rief er mit dröhnender Stimme: »Was ist denn das? Niemand hier, um den heimkehrenden Helden gebührend zu begrüßen?«

Als er seinen Hut auf das nächstbeste Möbelstück schleuderte, sah er schließlich doch, dass Harriet sich in einer dunklen Ecke der Eingangshalle herumdrückte. Er musterte sie von oben bis unten, bis ihre Wangen glühten – aus Augen, ebenso eisblau wie die seiner Schwester, nur ein wenig vorstehender.

»Na wen haben wir denn da?«, fragte er mit einem breiten Lächeln. »Wir beide hatten noch nicht das Vergnügen, Miss …?«

»Jenner«, sagte Harriet gelassener, als sie sich fühlte. Anscheinend sagte ihm ihr Name ebenso wenig wie ihr Gesicht. »Ich bin die Gouvernante Ihrer Nichten.«

»Ah, die Gouvernante. Daher die strenge Kleidung.« Mit einem weiteren Lächeln fügte er hinzu: »Aber wenn ich so frei sein darf, Miss Jenner, abgesehen davon wäre ich nicht darauf gekommen.«

»Nein?«, gab Harriet zurück. »Worauf denn dann?«

»Oje, ich bin Ihnen wohl zu nahe getreten. Eigentlich sollte es ein Kompliment sein. Die meisten Gouvernanten, die ich kennengelernt habe, schienen mir jedenfalls wesentlich unscheinbarer.« Abermals bedachte er sie mit einem gewinnenden Lächeln, das er in Gegenwart von Frauen vermutlich serienmäßig produzierte.

Gerade als er den Mund öffnete, um etwas hinzuzufügen, ertönte vom Treppenabsatz über ihnen ein Schrei.

Gleich darauf eilte die Hausherrin strahlend die Treppe hinunter wie ein Kind vor der Bescherung. »Jago, bist du es wirklich? Ich habe die Kutsche gar nicht gehört. Ich dachte schon, du wärst zu Tode gekommen oder dir wäre noch Schlimmeres passiert. Ich dachte … Ich dachte schon, du kommst überhaupt nicht mehr!«

Am Fuß der Treppe angekommen, stieß sie einen weiteren Schrei aus und warf sich in die Arme ihres Bruders, der zu ihrer Begeisterung ihre eng geschnürte Wespentaille umschlang und sie herumwirbelte. Bei der zweiten Drehung erspähte sie Harriet. Sie kniff die Augen zusammen, und ihr Körper versteifte sich. Als der Captain sie wieder abgesetzt hatte, sah sie mit beschwörendem Gesichtsausdruck zu ihm auf. »Du hast hoffentlich nicht schon länger hier gestanden und mit der Gouvernante geplaudert, während ich oben war und gar nicht wusste, dass du schon hier bist.« Sie stellte sich auf die Zehenspitzen, sodass ihre zu einem Schmollmund verzogenen Lippen nur wenige Zentimeter von seinen entfernt waren.

Er legte die Arme wieder um ihre Taille. »Aber Lulu. Seit Tagen denke ich an nichts anderes als daran, dich endlich wiederzusehen. Seit Tagen? Ach, was! Seit Wochen. Als du die Treppe herunterkamst, war ich noch keine halbe Minute hier.«

Sie schenkte ihm ein strahlendes Lächeln und strich ihm über die Wange. »Wunderbar. Heute Nachmittag will ich dich nämlich ganz für mich allein haben. Robert arbeitet. Bertie ist in der Schule. Und die Mädchen können dich später begrüßen. Ich habe zwar ihren Unterricht abgesagt, aber jetzt habe ich es mir anders überlegt. Nur wir beide! Miss Jenner, geben Sie meinen Töchtern für den Rest des Nachmittags eine Aufgabe, bei der sie keinen Lärm machen.« Jegliche Warmherzigkeit war wie weggeblasen. »Mein Bruder und ich möchten nicht gestört werden.« Sie zerrte ihren Bruder hinter sich her und zupfte mit ihren blassen Händen an ihm herum. »Lass uns hinaufgehen. Dann kannst du dir ansehen, was ich aus deinem Zimmer gemacht habe«, zwitscherte sie. »Du wirst es kaum wiedererkennen. Anschließend trinken wir in meinem Salon erst einmal Tee, so wie immer, wenn du hier bist. Wie braun gebrannt dein Gesicht ist! Ich hätte dich beinahe nicht erkannt. Ach Jago, mein geliebter Bruder, jetzt, wo du wieder hier bist, kann alles nur besser werden.«

So plapperte sie weiter, während Harriet unbeweglich stehen blieb und ihren Blick nicht von den Geschwistern Dauncey losreißen konnte, von denen sie geglaubt hatte, sie würde sie nie wiedersehen. Jago warf einen Blick über die Schulter und schenkte ihr, geschmeichelt, weil sie ihm hinterherschaute, noch ein blendendes Lächeln. Und ebenso wie in dem Moment, als sie zum ersten Mal gehört hatte, dass er nach Fenix House kommen würde, gefror ihr für einen Augenblick das Blut in den Adern.

»Ist er das?«, flüsterte jemand hinter ihr. Es war Agnes, ganz aus dem Häuschen und mit schwärmerischem Blick. »Oh mein Gott, die letzten Tage haben sich so hingezogen, dass ich schon dachte, dieser Tag käme überhaupt nicht mehr. Ich habe gar nicht gehört, wie er angekommen ist, und dabei habe ich stundenlang aufgepasst, ob die Kutsche endlich vorfährt. Wie hat er denn ausgesehen, Miss Jenner?«, fügte sie in ungeahnt höflichem Tonfall hinzu.

»Ich glaube, er hat John vor dem Bahnhof verpasst und ist mit einer Droschke gefahren. Was sein Aussehen angeht, würde ich sagen, er hat einen Sonnenbrand«, antwortete

Harriet in schärferem Ton als beabsichtigt. »Und er war ziemlich … massig.«

»Er ist ein *stattlicher* Mann!«, gab Agnes aufgebracht zurück. »Ganz anders als einer, der den ganzen Tag vor dem Schreibtisch hockt und einen Stapel Papier nach dem anderen wälzt.«

In dem Moment ertönte ein ungeduldiges Läuten.

»Bestimmt brauchen er und die Hausherrin etwas!«, sagte Agnes aufgeregt und stieß mit der Hüfte die tapetenbespannte Tür zur Dienstbotentreppe auf. »Ich gehe schon, Mary!«, rief sie. »Du hast doch gesagt, ich darf auch einmal.« Sie strich sich die Schürze glatt, kniff sich in die Wangen und holte tief Luft. »Bitte, Gott, mach, dass er sich noch an mich erinnert«, murmelte sie auf dem Weg die Treppe hinauf.

Das dumme Mädchen ist in ihn verliebt, dachte Harriet. Objektiv betrachtet konnte sie sich vorstellen, einen Mann wie Jago attraktiv zu finden. Er war tatsächlich eine imposante Erscheinung und ließ sicher manche Frau schwach werden: große, sehnige Hände, lange, muskulöse Beine, breite Schultern und ein kräftiger Brustkorb, der über den Bauchansatz hinwegtäuschte. Die rötlich gebräunte Haut ließ seine blauen Augen noch strahlender erscheinen, und sein hellblondes Haar fiel in natürlichen Locken, von denen seine Schwester nur träumen konnte.

Aber er hatte noch etwas an sich, etwas, das schwer zu beschreiben war. Eine souveräne Geschmeidigkeit. So würde Harriet es am ehesten bezeichnen. Er war ein Mann, der Gefallen an Frauen fand und dem bewusst war, dass diese ihm nur schwer widerstehen konnten. Wenn Harriet an den ungelenken Halbwüchsigen zurückdachte, musste sie einräumen, dass jegliche Unbeholfenheit verschwunden war und einer lässigen Selbstsicherheit Platz gemacht hatte. Die meisten Frauen, sogar seine eigene Schwester, waren in der Gegenwart eines Mannes wie Captain Dauncey ganz verzückt.

Aber Harriet hatte nicht vor, sich einzureihen. Sie fühlte sich abgestoßen wie von einem schmackhaften Gericht, das viel zu mächtig war und schon nach einem Bissen Übelkeit verursachte. Hinter ihren Schläfen spürte sie den Beginn bleierner Kopfschmerzen, und gleichzeitig schienen ihre Beine so rastlos, als würde das Blut zu schnell durch ihre Adern fließen.

DREIUNDZWANZIG

In den nächsten Tagen trat Captain Dauncey so gut wie gar nicht in Erscheinung. Wie angekündigt nahm die Hausherrin ihn voll und ganz in Beschlag, und wenn er ausnahmsweise die Gelegenheit bekam, ihre Räumlichkeiten zu verlassen, dann allenfalls für einen Spaziergang zu einem lauschigen Plätzchen im Garten oder zu den Mahlzeiten. Den Kindern wurden nur kurze Audienzen bei ihrem Onkel gewährt, und ungeachtet dessen, dass sie zuvor gründlich geschrubbt und gebürstet worden waren, wurden sie bald wieder hinausgeschickt, damit sie den Captain nur ja nicht langweilten oder ihm gar zur Last fielen.

Harriet hörte ihn mehr, als dass sie ihn sah, und das war ihr durchaus recht. Aus den Gemächern der Hausherrin drang zuweilen der gedämpfte Ton seiner tiefen Stimme in das darunter liegende Wohnzimmer, meist gefolgt vom perlenden Lachen seiner Schwester.

Was Mr. Pembridge betraf, den Harriet in Gedanken nur noch Robert nannte, so sah sie ihn öfter, als sie zu hoffen gewagt hatte. Und da sie von ihren Pflichten zunehmend in Anspruch genommen wurde, konnte sie guten Gewissens behaupten, dass nicht sie es war, die diese scheinbar zufälligen Begegnungen herbeiführte, sondern er. Trotzdem war es nicht so, dass sie viel davon gehabt hätten. Denn wo auch immer sie aufeinandertrafen, nirgendwo waren sie ungestört. Oft hefteten sich Helen oder Victoria an ihre Fersen, oder die Dienstmädchen schleppten Eimer und Tabletts an ihnen vorbei – einmal sogar zu beider Befremden einen bedrohlich schwankenden Nachttopf.

Ein andermal, als Robert von einer Reise nach London zurückgekehrt war und sie vor seinem Arbeitszimmer standen, um ein paar Worte zu wechseln, kam Captain Dauncey um die Ecke und fragte ungeniert, ob er sich zu ihnen gesellen könne. Ohne auf den Gedanken zu kommen, dass er möglicherweise störte, machte der Captain sogleich sich selbst zum Thema, während Harriet und Robert einander hilflose und gleichermaßen sehnsüchtige Blicke zuwarfen.

Obwohl Harriet instinktiv ein gewisses Misstrauen gegen den Bruder der Hausherrin hegte, ließ sich nicht abstreiten, dass seine Anwesenheit generell eine positive Wirkung auf den gesamten Haushalt hatte. Der Unmut der Hausherrin, unter dem sonst alle zu leiden hatten, war schon wenige Stunden nach seiner Ankunft wie weggeblasen, und ungeachtet des zusätzlichen Aufwands war das für die Bediensteten eine Erleichterung. Insbesondere Agnes hatte eine wundersame Wandlung durchlaufen und lief nicht mehr wie gewohnt mit verdrießlichem Gesicht, sondern mit schmachtenden Blicken herum.

»Als sie beim Kartoffelschälen von ihm geschwärmt hat,

sah sie beinahe annehmbar aus«, bemerkte Mrs. Rollright mit erstauntem Kopfschütteln. »Geschrubbt von Kopf bis Fuß. Dabei hält unsere Agnes sonst nicht viel von Seife.«

Auch das Wetter schien sich der veränderten Stimmung anzupassen. Ein sonniger Tag folgte auf den anderen, und es war ungewöhnlich warm. Selbst der kühle Wind, der sonst auf dieser Höhe unablässig wehte, war zu einer schwülen Brise geworden. Bis zur Dämmerung hatten Dilger und Ned alle Hände voll damit zu tun, Unkraut zu zupfen und den nicht nachlassenden Durst der Pflanzen zu stillen. Eines frühen Nachmittags fing es an zu regnen – ohne Vorwarnung, als hätte der Himmel beschlossen, genau über Fenix House seine Schleusen zu öffnen, denn ein Stückchen weiter Richtung Westen war er noch strahlend blau.

»Das ist ja wie beim Monsun!«, rief der Captain vom Garten zu seiner Schwester hinauf. Sie stand noch oben am Fenster, aber er war bei den ersten schweren Tropfen hinausgerannt, gefolgt von Victoria und der ein wenig zögerlichen Helen. Victoria riss die Arme hoch und tanzte auf dem Rasen wie eine Besessene um ihren Onkel herum, woraufhin sich die Hausherrin lachend aus dem Fenster beugte. Eine Etage unter ihr stand Harriet hinter den Flügeltüren des Salons und beobachtete das Ganze. Mittlerweile war das blonde Haar des Captains so durchnässt, dass es die Farbe von Karamell angenommen hatte und ihm das Wasser von den feuchten Strähnen in den Kragen tropfte. »Komm endlich heraus, Lulu«, versuchte er seine Schwester zu überzeugen. »Es ist herrlich. Wie in Indien.«

»Das geht doch nicht, mein Lieber. Wenn meine Haare nass werden, hole ich mir den Tod.«

»Unsinn! Es ist wärmer als in einer Badewanne.«

Harriet öffnete einen der Türflügel und steckte den Kopf heraus. Ein Schwall feuchtwarmer Luft stieg vom Rasen auf und hüllte sie ein. Nur zu gern wäre sie auch hinausgegangen. Aber die Anwesenheit des Captains unten im Garten und die der Hausherrin oben am Fenster hielten sie davon ab. »Victoria, Helen, kommt sofort herein!«, rief sie, obwohl sie wusste, dass sie sich damit zum Spielverderber machte. »Sonst werdet ihr nass bis auf die Knochen.«

Der Captain drehte sich um. Als er sah, dass sie es war, blitzten seine Augen auf, und sogleich gerieten Harriets Sinne in Alarmbereitschaft.

»Wollen Sie sich nicht zu uns gesellen, Miss Jenner? Sie werden sich doch nicht wie meine Schwester vor ein bisschen Regen fürchten, oder?«

»Nein, danke, ich bleibe lieber im Haus«, gab Harriet spröde zurück.

Er schlenderte zu ihr herüber und zog an seinem durchnässten Hemd, das ihm auf der Haut klebte. »Die kleine Gouvernante mag mich wohl nicht«, sagte er so leise, dass es außer ihr niemand hören konnte.

Sonst nur selten um eine Antwort verlegen, fehlten Harriet in diesem Moment die Worte. »Ich … Also, ich weiß nicht, wie Sie darauf kommen, Captain.«

Er schüttelte sich das Wasser aus dem Haar wie ein riesiger Hund. »Oh, ich bin nicht beleidigt, Miss Jenner. Es ist nur etwas, was ich über die Jahre festgestellt habe. Die meisten Frauen wissen meine Gesellschaft zu schätzen, aber diejenigen, bei denen das nicht so ist, können mich nicht ertragen. Dazwischen gibt es nichts. Aber das muss ja kein Nachteil sein. Besser als Desinteresse, oder?«

Er stand jetzt so dicht vor ihr, dass sie jeden Wassertropfen in seinen blonden Augenbrauen sehen konnte. Und sie konnte ihn riechen. Sein Geruch war ganz anders als die Mischung aus Pfeifentabak und zitrusfrischem Rasierwasser, die Robert Pembridge umgab und die Harriet immer an die Atmosphäre eines Gentlemen-Clubs erinnerte, wo die Rotoren der Deckenventilatoren im Sommer die schwüle Luft aufwirbelten wie Ruderblätter das Wasser und der kühle Luftzug die Wedel der Topfpalmen in Schwingung versetzte. Der Captain roch erdiger, fremd und herb – als hätte er sämtliche Gerüche Indiens in sich aufgenommen, um sie in Fenix House zu verströmen.

Harriet wollte eine knappe Antwort geben, doch plötzlich stand die Hausherrin hinter ihr. Wie eine Katze hatte sie sich auf leisen Sohlen angeschlichen. »Bringen Sie meine Töchter zum Essen herein«, wies sie Harriet an, während sie ihren Blick bereits auf ihren Bruder richtete. »Hier bin ich!« Sie setzte ein schelmisches Lächeln auf. »Nun hast du mich doch überzeugt, du alter Rohling!« Sie streckte den Arm aus und wartete darauf, dass er sie an die Hand nahm. Dann ließ sie sich mit gezierten Schritten auf den feucht glänzenden Rasen führen.

Wie zuvor bei seiner Ankunft warf der Captain Harriet noch einen kurzen Blick zu. Aber Harriet weigerte sich, ihn anzusehen, wandte sich stattdessen wieder ihren Schützlingen zu und versuchte, sie zurück ins Haus zu rufen. Vergeblich, denn nach zwei Wochen brütender Hitze hatte selbst Helen Geschmack an dem erfrischenden Regenschauer gefunden.

Auch Agnes hatte sich von der Anziehungskraft des Captains und dem Trubel im Garten anlocken lassen und verwegen ihr Dienstbotenhäubchen abgenommen. Als sie den Kopf in den Nacken legte und das offene Haar ihr in nassen, rotbraun schimmernden Strähnen über die Schultern fiel, verstand Harriet, was Mrs. Rollright mit »beinahe annehmbar« gemeint hatte. Offenbar teilte auch die Hausherrin diese Ansicht, denn es dauerte nicht lange und Agnes wurde mit einem vernichtenden Blick in die Küche zurückgeschickt.

Agnes war die Veränderung seit der Ankunft des Captains zweifellos am deutlichsten anzumerken, doch angesichts der veränderten Atmosphäre und der lauen Luft, die sich über das gesamte Anwesen legte wie ein Seidenschleier, schienen auch alle anderen auf einmal heiter und beschwingt zu sein. Sogar Mrs. Rollright präsentierte sich nicht länger als unförmige Erscheinung mit chronisch schlechter Laune und in Kitteln, die aussahen wie Zirkuszelte. Erst jetzt fiel Harriet auf, dass die Köchin die makellose, glatte Haut eines jungen Mädchens hatte.

Was Harriet selbst betraf, so dachte sie ungeachtet ihrer Erschöpfung am Ende ihrer langen Arbeitstage Abend für Abend an Robert Pembridge. Und wenn das Mondlicht hell auf die Bodendielen ihrer Dachkammer schien, sie die verschwitzte Decke beiseiteschob und sich mit dem Laken Luft zufächelte, hoffte sie, es ginge ihm genauso. Eigentlich war sie sich dessen sogar sicher: Die Blicke, die er ihr immer wieder zuwarf, sprachen Bände.

In der Nacht nach dem Regenschauer dachte sie, sie würde überhaupt keinen Schlaf mehr finden. Hinzu kam, dass sie furchtbaren Durst hatte. Aber ihre Karaffe war leer, denn sie hatte das Wasser gebraucht, um sich feuchte Umschläge auf Hals und Brust zu legen, nachdem sie sich fürs Zubettgehen ausgezogen hatte. Das frische Wasser aus dem Hahn in der Spülküche schon vor Augen, stellte sie sich vor, wie sie es in ihre hohlen Hände laufen lassen würde, bis es eiskalt wäre. Nun, da der Gedanke sich festgesetzt hatte, wusste sie, sie würde keine Ruhe finden, bis er in die Tat umgesetzt wäre. Für ihren Umhang war es viel zu heiß, also schlich sie sich im Nachthemd die Treppen hinunter, und fast wäre ihr das Herz stehen geblieben, als ihr in der Eingangshalle eine weiße Gestalt entgegenschwebte – bis diese sich als ihr eigenes Spiegelbild entpuppte.

Auf den ausgetretenen Stufen, die zu den Wirtschaftsräumen hinunterführten, blieb sie stehen. Sie hatte etwas gehört. Aber hier unten schlief nur Agnes, auf einer ausklappbaren Pritsche im Dienstbotenzimmer. Mrs. Rakes und Mrs. Rollright hatten ihre Zimmer auf derselben Etage wie Harriet. Mary und Ann teilten sich die enge Abstellkammer dazwischen, und John hatte man über den Pferden auf dem Dachboden des Kutschenhauses einquartiert. Jetzt hörte sie es wieder: ein Knarren, immer im gleichen Rhythmus, und schweres Atmen. Auf einmal verstand Harriet, was das zu bedeuten hatte. Sie schlug die Hände vor den Mund, um nicht hysterisch zu kichern.

Die Geräusche waren nicht leicht zu orten, und so blieb Harriet wie angewurzelt stehen, hin- und hergerissen zwischen dem Reflex, kehrtzumachen und die Treppe wieder hinaufzulaufen, bevor man sie hier unten erwischte, und dem Bedürfnis, zum Wasserhahn zu schleichen und ihren Durst zu stillen. Schließlich siegte ihr ausgedörrter Rachen. Abgesehen davon dachte sie, wer immer die beiden auch sein mochten, sicherlich waren sie im Dienstbotenzimmer.

Doch da irrte sie sich. Denn sie waren in der Küche: zwei aneinandergepresste Körper in der dunkelsten Ecke. Aber längst nicht so dunkel, als dass Harriet im Mondlicht nicht Agnes hätte erkennen können, deren offenes Haar einen wippenden Schatten auf die Wand dahinter warf. Sie hatte die Augen nicht geschlossen, sondern auf den Mann gerichtet, der sie mit kräftigen Stößen gegen die blank gescheuerte Anrichte drängte, in der Mrs. Rollright ihre Lebensmittelwaage und die neumodische Messerschleifmaschine aufbewahrte, deren Benutzung sie hartnäckig verweigerte. Und mit Entsetzen stellte Harriet fest, dass der Mann keineswegs einer der Bediensteten war, wie sie eigentlich erwartet hatte, sondern Captain Dauncey.

Hastig wich sie zurück in den dunklen Korridor, wo man sie nicht sehen konnte. Mit glühenden Wangen stand sie da und hätte sich am liebsten die Ohren zugestopft. Nein, noch lieber hätte sie gar nicht erst ihren Raum verlassen. Sie riss sich zusammen und schlich so leise wie möglich die Treppe wieder hinauf. Auf den letzten Metern konnte sie sich schließlich nicht mehr beherrschen und rannte, ohne die tapetenbespannte Tür hinter sich zu schließen, die mit quietschenden Angeln hin und her schwang.

Wieder in ihrem Bett, zog sie sich die Decke bis ans Kinn. Das Blut rauschte ihr noch in den Ohren, während die unterschiedlichsten Gefühle sie erfassten, so rasch und verwirrend, dass sie Mühe hatte, sie zu benennen. Wut war das Allererste. Aber warum? Wegen Agnes? Weil sie kaum eine erwachsene Frau war und die aufrichtige Zuneigung, die sie für den Captain hegte, garantiert nicht erwidert wurde? Möglicherweise war das der Grund, teilweise zumindest. Aber in erster Linie ärgerte sich Harriet über sich selbst. Sollte das etwa heißen … Nein, eifersüchtig konnte sie doch gar nicht sein. Sie mochte Jago Dauncey nicht einmal. Nicht nur, weil er Dauncey hieß. Nein, es hatte auch damit zu tun, wie er sich benahm. Er war so unerträglich arrogant und von sich selbst überzeugt. Er stolzierte überall herum, als wäre er der Größte und als würde alles hier ihm und nicht seinem liebenswürdigen Schwager gehören.

Aber vielleicht ging es gar nicht nur darum, dass sie ihn nicht mochte, sondern vielmehr darum, dass sie sich von ihm eingeschüchtert fühlte. Sobald er die charmante Fassade fallen ließ, sprach etwas Raubtierhaftes aus seinem Blick, das sie noch bei keinem anderen Mann gesehen hatte. Wenn er sie mit seinen leicht vorstehenden eisblauen Augen anfunkelte, kam es ihr vor, als könnte er tief in sie hineinsehen.

Oder war sie eifersüchtig auf die Sache an sich? Weil sich in ihrer Einsamkeit ein schändlicher Teil von ihr nach der ungezügelten animalischen Intimität sehnte, deren Zeuge sie gerade geworden war? Mit einem Anflug von Schuldbewusstsein wollte sie sich die gleiche Szene noch einmal vorstellen, aber mit anderen Beteiligten: Robert, der sie, Harriet, an die Wand drängte. Doch es gelang ihr nicht – bis sie zuließ, dass das Bild des Captains das ihres Dienstherrn verdrängte. Mit einem wütenden Schrei der Enttäuschung drehte sie sich zur Wand. Sie vergrub das Gesicht unter dem Kissen und versuchte, all diese Bilder zu vertreiben. Besonders das von Jago Dauncey.

VIERUNDZWANZIG

Der Sonntag darauf begann mit strahlendem Wetter, doch schon bald zog ein Dauerregen auf, der kühler war als der milde Schauer in der Woche zuvor. Nach der Morgenmesse in der Kirche setzte unten im Tal der Regen ein. Dank der Anwesenheit des Captains und seiner massigen Gestalt war in der Familienkutsche nicht genug Platz für alle, sodass sich

Robert erbot, mit den Bediensteten zu Fuß zu gehen. Harriets Herz schlug sogleich höher. Die Hausherrin wollte Protest einlegen, aber der Captain flüsterte ihr etwas in Ohr, und schon hatte sie ihren Ehemann vergessen und schenkte ihrem Bruder ein verschwörerisches Lächeln.

Es gab eine Abkürzung nach Fenix House, die über einen Feldweg führte und bei der man einen Zauntritt überqueren und anschließend eine steile Weide hinaufgehen musste.

»Vielleicht sollten wir diesen Weg nehmen«, schlug Robert vor. »Der Regen scheint eher stärker zu werden, anstatt nachzulassen.« Aufmunternd lächelte er die weiblichen Bediensteten an. »Die Schafe halten das Gras schön kurz. Wir werden also keine allzu nassen Füße bekommen.«

Ohne es bewusst darauf anzulegen, denn sie waren ja nicht allein, hatten Harriet und Robert sich bald von den anderen abgesetzt, die aus Rücksicht auf die mittlerweile rotgesichtige Mrs. Rollright ein gemesseneres Tempo anschlugen. Die Strecke war anstrengend, aber längst nicht so steil wie der Weg durch den Wald zum Teufelsschlot. Abgesehen davon fand Harriet den kühlenden Regen wesentlich erfrischender als die ermüdende Predigt des Pfarrers.

Dabei hatte sie gar nicht richtig hingehört. In der verbrauchten Luft der verstaubten Kirche war es so gut wie unmöglich gewesen, dem einschläfernden Sermon des Pfarrers zu folgen. Bertie war es offenbar ähnlich gegangen: Nach einer guten halben Stunde war er eingeschlafen und zu Boden gesackt, wobei er mit dem Kinn auf die Gebetbank aufschlug – für einige eine willkommene Unterbrechung. Es war eine erkleckliche Menge Blut geflossen, weil der Ärmste sich auf die Zunge gebissen hatte. Mrs. Pembridge sank ohnmächtig in die Arme ihres Bruders, während Victoria und Agnes wegen Gelächters zurechtgewiesen wurden. All das hatten die weniger frommen Gemeindemitglieder mit großer Erheiterung verfolgt.

»Und was ist Ihnen bei der Predigt durch den Kopf gegangen, Miss Jenner?«, fragte Robert, nachdem sie eine Weile schweigend nebeneinander hergegangen waren. Im Hintergrund hörte man Mrs. Rollrights angestrengtes Schnaufen.

Harriet konnte sich beim besten Willen an keines der Worte von Reverend Samuel Boyd erinnern. Victorias und Agnes' zuckende Schultern noch vor Augen, musste sie sich nun selbst ein Lächeln verkneifen. »Sie war recht ... informativ.«

Zweifelnd sah Robert sie an. »Ja, wahrscheinlich. Offen gestanden habe ich nur die Hälfte mitbekommen. Sonst ist es in dieser Kirche immer eiskalt, aber heute war es so stickig, dass ich kaum die Augen offen halten konnte. Kein Wunder, dass Bertie eingenickt ist.«

»Hoffentlich hat er sich nicht allzu schlimm verletzt. Aber ...« Sie zögerte, doch dann vertraute sie auf seinen Humor und sprach es einfach aus: »Aber ich muss zugeben, ich war froh über die Ablenkung.«

Robert gab sich keine Mühe, seine Erheiterung zu verbergen. »Bertie war wahrscheinlich nicht der Einzige, der wachgerüttelt werden musste. Ich glaube, in der Predigt ging es um Neid. Um die Sünde, die Frau seines Nächsten oder – oder eine Bedienstete zu begehren.«

Harriet sah ihn an, aber aus seiner Miene war nichts herauszulesen. Was sollte sie darauf sagen?! »Ich weiß, Neid ist eine Sünde, eine der sieben Todsünden sogar, aber ich glaube, sie ist auch eine der menschlichsten, die man begehen kann.«

Eigentlich hatte sie das Gespräch nur in Gang halten wollen, doch schon tauchte das rote Backsteingebäude in Hampstead in beunruhigender Schärfe vor ihrem geistigen Auge auf: der sorglose, als selbstverständlich erachtete Reichtum, der aus den Mauern mit all den Giebeln und Zinnen und aus den frisch gestrichenen Fensterrahmen sprach. Nicht dass Harriet als Kind auf das ganze Drumherum geachtet hätte – sie hatte nur das Gesamtbild in sich aufgenommen. Damals war sie durchgefroren gewesen, verfolgt von ganz anderen Schreckgespenstern, die schlimmer waren als jegliche Schatten, die unter ihrem Bett hätten lauern können. In diesem Zustand hatte sie das Haus der Daunceys angeschaut und nur dessen Wärme und Pracht gesehen.

Doch nun, als sozial niedriger gestellte Gouvernante, sah sie all das in einem anderen Licht. Denn mittlerweile wusste sie: dass das behagliche Flackern des Kamins so unverfälscht durch die Fenster schien, war einem Hausmädchen zu verdanken, das im kalten Morgengrauen aufgestanden war, um diese zu putzen – ungeachtet dessen, dass der Essig sicherlich in ihren aufgesprungenen Händen gebrannt hatte. Und hätte Harriet den Blick hinauf zum Dachgeschoss gerichtet, hätte sie vielleicht ein gedämpftes Licht in einem kleinen Kämmerchen, ihrem in Fenix House nicht unähnlich, gesehen, dort wo eine andere Gouvernante ihre paar Habseligkeiten hütete – eine andere Gouvernante, die Louisa Daunceys Wesen ertragen musste, damals noch eine faule Schülerin.

Doch ganz gleich, wie sie es drehte und wendete, ob aus der Sicht eines Kindes oder einer Erwachsenen, es lief immer wieder auf das Gleiche hinaus: Neid. Neid in der Vergangenheit, weil Louisa nie finanzielle Sorgen hatte erfahren müssen, und Neid in der Gegenwart, weil sie einen Mann wie Robert hatte. Aber Harriet war sich einer weiteren Todsünde bewusst, und die lautete Stolz. Ihr Stolz war so ausgeprägt, dass sie sich niemals in ihrem Leben mit einer gesellschaftlich niedrigeren Position abfinden könnte. Bei allem Mitgefühl für Bedienstete wie Mary oder Agnes, die sich krummarbeiteten, wenn sie wieder einmal Bettwärmer oder sonst etwas die Treppen hinaufschleppten, war der Gedanke, dass sie selbst nun durch ihre soziale Stellung den Dienstboten ebenso nah war wie der Hausherrin, für Harriet ein Horror, wie das Fegefeuer auf Erden.

Sie gab sich einen Ruck und konzentrierte sich wieder auf den regennassen Feldweg. Doch Robert schien ihre Geistesabwesenheit nicht bemerkt zu haben.

»Vielleicht haben Sie recht«, sagte er nachdenklich. Sie blieben stehen und drehten sich nach den anderen um. Mrs. Rakes, Mrs. Rollright, Agnes und Mary waren weit zurückgefallen. »Wenn wir auch nicht unbedingt neidisch sind, sind wir doch sicherlich unzufrieden. Aber manchmal ist es schwer, sich das Gute vor Augen zu halten, und man sieht nur das − weniger Erfreuliche.«

»Und was betrachten Sie als weniger erfreulich?«, fragte Harriet, wieder einmal unverblümt. Sie konnte sich gerade noch beherrschen, nicht hinzuzufügen: »Woran könnte es Ihnen bei all Ihrem Wohlstand denn fehlen?« Die bittere Erinnerung an ihre Jugend brachte sie für einen Augenblick sogar gegen Robert auf.

»Sie halten mich für undankbar«, sagte er ganz ruhig. »Aber das möchte ich gar nicht sein. Ich habe meine Kinder, ein großes, komfortables Haus, Bedienstete, die sich um alles kümmern, sowie meine Arbeit, die mir − im Gegensatz zu den meisten Männern − Freude bereitet.«

»Und Sie haben Ihre Frau.« Wie schon beim Spaziergang durch den Wald schien sie sich außerhalb der Grenzen von Fenix House weniger zurückhalten zu können. »Sie haben eine Frau, um die viele Männer Sie beneiden würden.«

Aus dem Augenwinkel sah sie, dass Robert ihr einen Seitenblick zuwarf, aber sie konzentrierte sich weiter auf die Regenwolken, die über ihnen hingen wie zerschlissene Vorhänge über der Kulisse eines ehemaligen Theaters.

»Vielleicht würden sie das«, sagte er leise. »Zweifellos wirkt sie auf Außenstehende wie die perfekte Ehefrau. Und dennoch …«

Er sah sie an. Doch in dem Moment ertönte ein grollender Donner aus Westen, der Agnes hinter ihnen aufschreien ließ. Harriet wusste, sie bräuchte Robert gar nicht viel zu ermuntern, damit er ihr sein Herz ausschüttete. Sie sah es in seinen braunen Augen, in denen so viel Trauer war wie in den Wolken über ihnen Regen. Mehr als je zuvor verspürte sie das Bedürfnis, ihm Trost zu spenden. Aber das konnte sie nicht. Er stand nur einen Schritt weit entfernt, und dennoch war es unmöglich. Sie zwang sich, vorwärtszugehen, obwohl sich alles in ihr dagegen sträubte. Sie streckte die Arme aus und pflichtete den durchnässten Dienstboten mit bebender Stimme bei: »Oh, schaut uns bloß an – nass bis auf die Knochen.«

Auf dem Weg hinauf zum Dachboden zitterte sie noch immer. Doch der Grund dafür war nicht ihre durchnässte Kleidung oder das Gespräch mit Robert. Nachdem sie so plötzlich unterbrochen worden waren, hatten sie den Rest des Weges gemeinsam mit den Dienstboten zurückgelegt und sich über das Wetter ausgelassen. Aber zu ihrem Leidwesen war sie anschließend Captain Dauncey in die Arme gelaufen. Als er sie mit tropfnassem Haar und feuchtem Kleid die Treppe heraufkommen sah, war er auf der obersten Stufe stehen geblieben und hatte ihr lächelnd den Weg versperrt.

Als er sie endlich weitergehen ließ, spürte sie, dass er ihr hinterherschaute. Zweifellos nahm er amüsiert zur Kenntnis, dass sie peinlich berührt hastig die Stufen hinaufrannte, mit geballten Fäusten und so weit hochgezogenen Schultern, dass sie fast ihre Ohren berührten.

Bisher war sie nicht auf den Gedanken gekommen, aber nun verschloss sie ihre Zimmertür. Möglichst leise drehte sie den Schlüssel und fragte sich, warum. Damit er es nicht hörte, weil er sonst gekränkt gewesen wäre? Nein, das hätte sie einen feuchten Kehricht geschert! Aber er sollte nicht merken, dass er ihr in manchen Momenten Angst einflößte. Sie spürte instinktiv: Vor einem Mann wie Captain Dauncey Schwäche zu zeigen hätte keineswegs Mitgefühl ausgelöst. Es hätte dazu geführt, dass er Witterung aufnehmen und es umso mehr darauf anlegen würde, seine Beute zu stellen. Ohne einen Gedanken daran zu verschwenden, dass sie noch ihre nasse Kleidung trug, sank sie auf das Bett und dachte an Robert.

Trotz der komplizierten Situation, in der sie sich befanden, vermittelte er ihr ein Gefühl der Sicherheit – einer Sicherheit, die sie seit dem Tod ihres Vaters nicht mehr erlebt hatte. Wäre sie an Louisas Stelle gewesen, hätte sie sich als die glücklichste Frau in ganz England betrachtet. Die Hausherrin wusste überhaupt nicht, was für ein Glück sie hatte, und deshalb verachtete Harriet sie umso mehr. Anders als Captain Dauncey, der eine Frau wie Harriet ihres Haars und ihrer Figur wegen zu schätzen wusste und dem es nur darauf ankam, wie sie ihm zu Diensten sein konnte, be-

218

trachtete sie Robert als einen Gleichgesinnten, der, wenn er doch nur die Gelegenheit bekäme, ihre Seele berühren würde.

Sie drehte sich auf die Seite, und ihr Blick fiel auf den kleinen Dolch, den sie Victoria an ihrem ersten Morgen in Fenix House abgenommen hatte. Sie hatte gehört, wie die Hausherrin sich bei Mary beklagte, er sei verschwunden. So hatte sie auch erfahren, dass der Captain ihn irgendwann als Geschenk aus Indien mitgebracht hatte: einen Dolch in Miniatur mit gebogener Klinge und granatbesetzter Scheide. Vermutlich war er dazu gedacht, Fäden und Bänder zu durchtrennen – nicht, dass die Hausherrin sich jemals mit Handarbeit beschäftigte. Harriet hatte ihn dazu benutzt, die Seiten von *Jane Eyre* aufzuschneiden.

Eigentlich hätte sie ihn zurückgeben müssen, aber irgendetwas hielt sie davon ab. Wann immer sie den Dolch berührte, hatte sie das Gefühl, er würde wie ein Klumpen Erz aus den Tiefen unterhalb der Erdkruste glühen. Sie nahm den Dolch in die Hand, und es kam ihr vor, als liefe ihr ein eiskalter Wassertropfen über die Stirn. Das gleiche Gefühl hatte sie gehabt, als sie daran gedacht hatte, den Dolch zurückzugeben. Und in dem Moment hatte sie beschlossen, es nicht zu tun. Es kam ihr auch gar nicht vor, als hätte sie ihn gestohlen, und das nicht nur, weil sie die Besitzerin verachtete. Sie hatte vielmehr das Gefühl, der kleine Dolch gehörte ihr. Er war ihr gewissermaßen zugedacht. Irgendwo würde er sich einfügen, aber wo genau, das konnte sie noch nicht sagen.

Sie hörte ein Geräusch und schob den Dolch rasch unter das Kopfkissen. Unter der Tür wurde ein Blatt Papier hindurchgeschoben. Für eine Schrecksekunde dachte sie, es käme vom Captain, der sich nach der Begegnung auf der

Treppe dazu bemüßigt fühlte, ihr eine Nachricht zukommen zu lassen. Doch seine schweren Schritte waren nicht zu hören. Dennoch wartete sie eine Minute, bis sie den Brief aufhob. Sie las ihren Namen, aber er war nicht in der Schrift eines Erwachsenen geschrieben, sondern in Berties krakeliger Schreibschrift, die sie aus seinen Schulbüchern kannte. Sogleich durchströmte sie eine Welle der Erleichterung.

Bei genauerer Betrachtung war es nicht einfach ein Bogen Papier, sondern ein sorgfältig, geradezu ausgeklügelt gefalteter Umschlag. Harriet öffnete ihn, und trotz ihrer Vorsicht fiel etwas Leichtes zu Boden. Ein getrocknetes Blatt vermutlich, dachte sie und widmete ihre Aufmerksamkeit dem mehrfach gefalteten Briefbogen.

//*Sehr geehrte Miss Jenner,*

*als Zeichen meiner Wertschätzung sende ich Ihnen ein kleines Geschenk. Hoffentlich gefällt es Ihnen. Es ist ein Kleiner Feuerfalter, ein Schmetterling, der in den hiesigen Wäldern häufig vorkommt. Auch wenn es sich nicht um eine seltene Art handelt, dachte ich an Sie, als ich ihn sah. Das heißt nicht, dass ich jemand wie Sie nicht als etwas Seltenes, Besonderes halten würde. Aber Sie sind auch so zierlich, und manchmal schimmert ihr Haar so kupfern wie seine Flügel. Deshalb musste ich sofort an Sie denken. Man nennt den Schmetterling auch Feuervögelchen (*Lycaena phylaeas*).*

Keine Sorge, ich habe ihn nicht getötet. Er war schon tot, als ich ihn zwischen dem Sauerampfer unter der hohen Buche fand. Ich kann mich noch nicht als richtigen Schmetterlingssammler bezeichnen, weil ich sie nicht gern aufspieße, sondern es lieber habe, wenn sie herumfliegen. Manchmal fange ich welche mit meinem

*Netz, damit ich ihre Zeichnung besser erkennen kann, aber ich
lasse sie immer wieder frei.*

*Das ist eine ziemlich lange Nachricht für so ein kleines Geschenk. Es tut mir leid, dass es nichts Besseres ist, und ich hoffe,
Sie haben keine Angst vor toten Tieren, so wie Mama. Ich wollte
nur, dass Sie die Farben sehen.*

*Von Ihrem treu ergebenen Diener (leider nicht Schüler)
Robert Pembridge (der Sohn, nicht der Vater)//*

So behutsam sie konnte, hob Harriet den Falter mit den
hauchdünnen Flügeln auf und hoffte, er würde nicht in
ihren Händen zu Staub zerfallen. Sie vermied es, den Blick
auf den haarigen Körper zu richten, um nicht wie die
Hausherrin aus der Fassung zu geraten, weil sie etwas Totes
berührte. Als sie den Schmetterling umdrehte, sah sie, wie
prächtig er gezeichnet war – in allen Schattierungen von
Kupfer über Rostbraun und Rosa bis hin zu Ocker. Die
Farben waren ein wenig verblasst und erschienen sanfter –
so wie ihr rötlich golden schimmerndes Haar im Vergleich
zu Agnes' feuerrotem Schopf. Sie sah sich nach einem geeigneten Aufbewahrungsort um und entschied sich für eine
Ecke des Waschtisches, wo der Schmetterling weder nass
wurde noch dem Zugwind ausgesetzt war. Als sie ihn dort
hinlegte und sah, wie die prächtigen Farben sich von dem
schlichten Holz abhoben, musste sie lächeln. Bertie, dieser
liebenswerte Junge, hatte es mit seinem Geschenk geschafft,
sie Captain Daunceys widerwärtige Anzüglichkeiten vergessen zu lassen.

FÜNFUNDZWANZIG

Grace

Nachdem Lucas und ich uns miteinander bekannt gemacht hatten, ergab sich für mich in Fenix House ein angenehmer Tagesablauf. Gemeinsam hatten wir sein Zimmer aufgeräumt, und ich hatte mich tapfer in Agnes' Reich hinuntergewagt und darum gebeten, dass er appetitlicheres Essen bekam, um ihn aufzupäppeln. Es war mir sogar gelungen, Agnes zu überreden ihm ein Dessert zuzubereiten, das einem Pfirsich Melba zumindest nahekam, in Anlehnung an Dame Nellie Melba, die Lucas so gern im Radio hörte. Agnes zu überzeugen war nicht einfach gewesen, aber schließlich hatte sie sich murrend bereit erklärt, eine Konservenbüchse ihres streng gehüteten Vorrats zu opfern.

Nachts schlief ich tief und fest, nachdem ich mich an die gelegentlichen Geräusche aus Robert Pembridges Zimmer gewöhnt hatte. Ich hatte noch nicht den Mut aufgebracht, seinen Enkel zu fragen, warum der alte Herr Tag und Nacht auf dem Dachboden verbrachte und was er dort überhaupt machte. Nicht, dass ich nicht neugierig gewesen wäre, doch ich hatte das Gefühl, es ginge mich nichts an. Meine Aufgabe bestand einzig und allein darin, mich um Lucas zu kümmern. Natürlich hätte ich auch einfach Bertie fragen können, aber da gerade das Wetter so herrlich war, machte er jeden Tag Streifzüge durch seinen geliebten Wald.

Eines Samstagmorgens begegnete ich ihm im Salon. Ich

suchte dort nach Pembridges Tageszeitung, in der stand, dass der König in einigen Wochen erstmalig im Radio zu hören sein werde. Lucas wollte den Artikel sicherlich ausschneiden und aufbewahren. Als ich die Zeitung gefunden hatte, war ich so vertieft in die Suche nach den entsprechenden Zeilen, dass ich Bertie gar nicht hereinkommen hörte.

»Was halten Sie davon, Miss Fairford?«, fragte er erwartungsvoll. »Sie dürfen schonungslos ehrlich sein. Ich kann damit leben.« Prüfend warf er einen Blick in den fleckigen Spiegel über dem Kaminsims.

»Jetzt haben Sie mich aber erschreckt«, sagte ich und fügte hinzu: »Verzeihung, aber was soll ich wovon halten?«

Er wirkte geknickt, obwohl er sich heroisch bemühte, es sich nicht anmerken zu lassen. »Ach, herrje, haben meine Bemühungen so wenig bewirkt?« Abermals betrachtete er sein Spiegelbild. »Tatsächlich, ich kann Ihnen nur beipflichten. Ich war ein Narr, zu glauben, es könnte anders sein. Ich bin wirklich ein hoffnungsloser Fall.«

Ich sah ihn mir noch einmal genauer an und überlegte fieberhaft, worauf er hinauswollte, denn ich hatte keineswegs die Absicht gehabt, ihn zu kränken. Plötzlich fiel es mir auf: Er hatte sich für seine Verhältnisse richtig schick gemacht. Sein Haar war gekämmt und gescheitelt, und es war ihm sogar gelungen, es zumindest auf einer Seite zu glätten. Anstatt des üblichen Sammelsuriums steckte ein flottes laubgrünes Taschentuch in der Brusttasche seiner Jacke. Und anstelle der abgetragenen Stiefel trug er blank gewienerte Halbschuhe.

»Warten Sie. Sie sehen ja völlig verändert aus«, sagte ich hastig. »Anscheinend habe ich vorher nicht richtig hingesehen. Sie tragen neue Schuhe, und Sie haben sich das Haar ...«

»Gekämmt!«, rief er begeistert aus. »Stimmt genau! Sie haben den scharfen Blick eines Wanderfalken, Miss Fairford. Ja, der alte Bertie hat sich herausgeputzt, auch wenn man zwei Mal hinsehen muss, um es zu erkennen.«

»Wollen Sie ausgehen?«

Er stieß ein dröhnendes Lachen aus. »Ausgehen? Gott bewahre! Wenn ich ausgehe, dann allenfalls in den Wald. Wenn ich einen längeren Spaziergang machen möchte, gehe ich ein Stück weiter und sehe mir das Blaue an. Aber dafür braucht man sich nicht fein zu machen. Nein, meine Liebe, wir erwarten Besuch. Und eine der Besucherinnen hat noch schärfere Augen als Sie. An der Unordnung hier kann ich leider nichts ändern, da wüsste ich überhaupt nicht, wo ich anfangen sollte. Aber mit meiner persönlichen Erscheinung möchte ich doch ein wenig guten Willen zeigen.«

Zunächst dachte ich, sein Vater würde vielleicht zum Essen herunterkommen. Es war Samstag, und den verbrachte man für gewöhnlich mit der Familie. Vielleicht war sogar ein gemeinsames Abendessen geplant, denn nun, da ich mich darauf konzentrierte, glaubte ich, den ein wenig abgestandenen Geruch von gekochtem Kohl wahrzunehmen.

»Meine Schwester Victoria kommt mit ihrer Tochter«, verkündete Bertie voller Freude, aber auch etwas besorgt. »Sie sind gerade erst von ihrer neuesten Abenteuerreise zurückgekehrt. Jetzt kommt wieder ein wenig Leben ins Haus. Natürlich hat meine Schwester wie immer viel zu tun. Sie ist sehr beschäftigt und hat furchtbar viele Pflichten.« Verständnislos schüttelte er den Kopf. »Vor dieser Reise wurde sie zur Vorsitzenden des Ortsverbands der Frauen-Freiheitsliga in Cheltenham ernannt, und sie leitet die Suppenküche für notleidende Kriegsheimkehrer. Sie sagt, viele der ehemaligen Soldaten leiden große Not. Bis auf ihre Medaillen ist ihnen so gut wie nichts geblieben. Außerdem engagiert sie sich für …« Errötend unterbrach er sich und erklärte: »Das Thema ist ein wenig delikat.«

Fragend sah ich ihn an.

»*Geburtenkontrolle*«, formte er das Wort mit den Lippen und verzog dabei peinlich berührt das Gesicht. »Aber am meisten hat sie sich für das Frauenwahlrecht engagiert. Das liegt ihr sehr am Herzen. Sie war Mitglied der Women's Social and Political Union. Das brachte bei ihrem Mann das Fass wohl zum Überlaufen. Er befürchtete, Victoria könnte auf die Idee kommen, an der Promenade Fensterscheiben einzuwerfen. Dann hätte man sie verhaftet, und das wiederum hätte seinem Ruf geschadet. Welche Ansicht vertreten Sie eigentlich in solchen Frauenangelegenheiten, Miss Fairford? Sind Sie auch – irgendwie aktiv? Ich fürchte, ich gehöre eher zu den Ewiggestrigen. Ich kann mich nicht aufraffen, mich für etwas Neues zu engagieren, wissen Sie.«

»Sind die beiden noch nicht hier?«

Erschrocken drehte ich mich um. Pembridge stand in der Tür, mit halb verdrießlicher, halb amüsierter Miene. »Lucas hat gesagt, er wolle nicht mit uns essen, weil sein Frühstücksei heute Morgen zu weich war«, fügte er hinzu. »Na, das werden wir noch sehen.«

»Ach, wenn er Essies Stimme hört, stürmt er herunter wie ein geölter Blitz«, sagte Bertie, der noch immer vor dem Spiegel stand und nun an seinen Haaren herumzupfte.

Pembridge nahm es mit hochgezogenen Augenbrauen zur Kenntnis. »Ich kann mir nicht vorstellen, dass dein Haar bei meiner Tante oberste Priorität hat, nachdem sie ein paar Monate auf Reisen war.«

»Wenn du dich da mal nicht täuschst, David. Da sie so lange fort war, hast du offenbar vergessen, dass ihren Adleraugen nichts entgeht«, gab Bertie zu bedenken.

»Nur der Information halber, Miss Fairford: Meine Tante Victoria und ihre Tochter Essie werden in Kürze hier sein. Sie waren den ganzen Sommer lang unterwegs. Meine Tante ist eine Weltenbummlerin, und man kann nur hoffen, Essie teilt diese Leidenschaft, denn sie hat sie immer im Schlepptau.«

Nun war auch ich ein wenig aufgeregt. Darüber hinaus spürte ich ein sonderbares Gefühl an meinen Schläfen: als würde Eis schmelzen und mir in die Augen tropfen. Ich blinzelte ein paar Mal, und das Gefühl verschwand wieder.

»Sie müssen nicht hierbleiben«, redete Pembridge weiter. »Ihnen steht längst ein freier Tag zu, und heute ist Samstag. Leider fahren die Omnibusse hier oben nur unregelmäßig, aber da Sie gern spazieren gehen, möchten Sie vielleicht nach Cheltenham hinunterlaufen. Wenn man zügig marschiert, braucht man eine halbe Stunde – höchstens vierzig Minuten – nach Montpellier. In Leckhampton oder Southtown ist man noch schneller, aber diese kleinen Orte am Fuß des Hügels sind natürlich weniger mondän. Ich persönlich fühle mich da wesentlich wohler, aber das muss Ihnen ja nicht genauso gehen.«

Verwundert sah ich ihn an. »Ihnen ist es lieber, wenn ich nicht hier bin?«

Mit der gequälten Miene des ewig Missverstandenen erklärte er: »An Ihrem freien Tag können Sie tun und lassen, was Sie wollen. Bleiben Sie hier oder gehen Sie aus. Mir ist beides recht. Ich wollte nur sagen, Sie brauchen nicht auf die Ankunft meiner Tante zu warten, weder aus Pflichtbewusstsein noch aus *Höflichkeit*.« Letzteres sprach er geradezu verächtlich aus, und wie so oft wusste ich nicht, ob es gegen mich gerichtet oder generell gemeint war.

»Ich habe nur bedingtes Interesse an Modegeschäften und Cafés«, gab ich möglichst leichthin zurück. Doch tatsächlich hatten mich seine Worte ziemlich getroffen, und ich ärgerte mich über mich selbst. Ich hatte gedacht, da ich nun ebenfalls zum Haushalt gehörte, würde man mich den übrigen Familienmitgliedern vorstellen. Aber offenbar sprach dieser Gedanke wieder einmal für meine Naivität.

Pembridge antwortete nur mit einem zweifelnden Stirnrunzeln.

»Es gibt tatsächlich Frauen, die nicht ständig einen Einkaufsbummel machen müssen«, fuhr ich fort. »Stattdessen werde ich einen Spaziergang machen. Da es ja heute nicht regnet, kann ich mir endlich einmal dieses Blaue ansehen, wovon Sie erzählten.«

Wir drehten uns alle zu den Flügeltüren um. Seit der Nacht mit den denkwürdigen Vorkommnissen hatte es nicht mehr geregnet, aber nun zogen dunkle Wolken auf. Über den Hügeln von Malvern war der Himmel bereits mehr grau als blau, ein sicheres Indiz dafür, dass auch hier bald ein kräftiger Schauer drohte.

»Ganz wie Sie meinen«, sagte Pembridge und fügte versöhnlicher hinzu: »Aber dann sagen Sie Agnes, Sie soll Ihnen die Stiefelkammer zeigen. Da stehen Dutzende alter Gummistiefel. Irgendein Paar wird Ihnen schon passen. Und nehmen Sie sich einen Regenmantel. Diese Wolken da draußen gefallen mir nicht.«

»Danke«, sagte ich ein wenig verlegen, nachdem er es wieder einmal fertig gebracht hatte, mich zu verunsichern. Dann wandte ich mich an Bertie. »Ich wünsche Ihnen viel Spaß beim Wiedersehen mit Ihrer Schwester.«

»Sie wird uns als Erstes ihre politischen Ansichten um die Ohren hauen«, sagte Pembridge in so scherzhaftem Ton, dass Bertie und ich ihn verwundert anstarrten. »Worauf dann ein detaillierter Reisebericht folgt. Glauben Sie mir, Miss Fairford, Sie haben Glück, dass Ihnen das entgeht.«

Er stand da und sah mich mit diesem eindringlichen Blick an. Er wollte wohl wiedergutmachen, mich zuvor aus dem Haus komplimentiert zu haben. Diese Feststellung erfreute mich unerwarteterweise. Was für ein sonderbarer Mensch, dachte ich.

»Meine Schwester hat eine ziemlich direkte Art, Miss Fairford«, sagte Bertie. »Da muss man immer auf der Hut sein.«

Ermutigt durch Pembridges Einlenkungsversuche und in der Überzeugung, dass ich andernfalls wieder einmal die Gelegenheit versäumen würde, eine weitere Erinnerung meiner Großmutter zum Leben zu erwecken, dachte ich, nun wäre der passende Moment, um nach Helen zu fragen. Vielleicht war sie auch auf Reisen, was eine Erklärung dafür gewesen wäre, warum ihr Vater sie so schmerzlich vermisste. Als Kind habe sie sich gern Landkarten und Atlanten angesehen, hatte meine Großmutter mir erzählt.

»Die Ansichten Ihrer Schwester würden mich bestimmt interessieren«, sagte ich zu Bertie, »besonders in Bezug auf die gesellschaftliche Rolle von Frauen. Über ihre Reisen würde ich auch gerne mehr erfahren. Ich selbst habe noch so gut wie nichts von der Welt gesehen. Ist Ihre andere Schwester auch im Ausland?«

Bertie wurde kreidebleich. Seine braunen Augen, die durch die starken Brillengläser noch größer wirkten, füllten sich mit Tränen.

Schließlich war es Pembridge, der mich aus dieser unangenehmen Situation rettete. »Leider nicht, Miss Fairford«, sagte er, und seine Stimme klang so sanft wie bei seinem ersten Versuch, mich Lucas vorzustellen. »Meine Mutter starb vor einigen Jahren. Aber das konnten Sie nicht wissen.«

Bestürzt, weil ich Bertie traurig gemacht hatte – und Pembridge höchstwahrscheinlich auch –, konnte ich gar nicht schnell genug aus dem Haus kommen, ganz gleich wie gerne ich Victoria auch kennengelernt hätte. Helen, das ernsthafte kleine Mädchen, war also schon tot. Ich verdrängte den Gedanken, lief die Treppe hinunter und brachte Agnes dazu, mir widerwillig die Stiefelkammer zu zeigen. Beim ersten Paar Stiefel versicherte ich ihr, sie würden wie angegossen passen, dabei waren sie mir ein paar Nummern zu groß.

Agnes verdrehte die Augen und gab mir noch zwei Paar dicke Socken dazu. »Wohin wollen Sie denn so eilig?«, fragte sie und stemmte die Arme in die Hüften, während ich einen meiner Füße in den zweiten Socken zwängte. Sie sah sauberer und gepflegter aus als bisher, vermutlich ebenfalls, weil Victoria sich angekündigt hatte.

»Ich dachte, ich mache einen Spaziergang durch den Wald. Heute ist mein freier Tag.«

»Freier Tag!«, schnaubte sie verächtlich. »Wie schön für Sie! So was könnte unsereins auch mal gebrauchen.«

»Ein gewisses Maß an Freizeit steht Ihnen zu. Das ist doch gesetzlich geregelt, oder?«

»Ja, ja, einen freien Tag würden sie mir schon geben, wenn ich wollte, auch zwei. Aber ich wüsste nicht, was ich damit anfangen sollte. Ich habe niemanden, den ich besuchen könnte, und auch sonst wüsste ich gar nicht, wohin.«

Ich sah sie prüfend an. Sie schniefte betrübt und starrte verloren vor sich hin. Das tat sie natürlich, um Mitleid zu heischen, aber abgesehen davon glaubte ich ihr. Seit vielen Jahren beschränkte sich ihr Horizont auf Fenix House und die Umgebung. »Was halten Sie davon, wenn Sie mit mir spazieren gehen?«, fragte ich, ohne mir klarzumachen, was es hieß, stundenlang mit Agnes allein zu sein.

»Ich soll mit Ihnen spazieren gehen?«, fragte sie skeptisch.

»Warum denn nicht? Bis zum Mittagessen dauert es doch noch ein paar Stunden. Es ist erst zehn Uhr. Oder werden Sie gebraucht, um den Besuch zu bedienen?«

»Nein, die brauchen mich erst später. Sie macht sich lieber selbst ihren Tee. Sie findet, ich mache ihn nicht richtig.«

»Und was ist mit dem Essen?«

»Das Fleisch schmort vor sich hin. Weißkohl und Rosenkohl sind fertig. Eine Stunde oder so hätte ich wohl Zeit.«

Agnes zierte sich noch ein wenig, aber ich wusste, dass sie sich über mein Angebot freute. Die Gelegenheit zu einem einsamen Spaziergang hatte ich mir nun selbst verbaut, und in dem Moment wünschte ich mir natürlich nichts mehr als das. Doch als ich sah, wie Agnes vor lauter Aufregung glühte, fand ich mich schnell damit ab.

Bis sie sich umgezogen, Victorias Teetablett bereitgestellt und Pembridge Bescheid gesagt hatte, dass sie mich begleiten würde, vergingen weitere zehn Minuten. Sie hoffte vielleicht, er würde versuchen, es ihr zu verbieten, was er natürlich nie täte. Als wir uns schließlich auf den Weg machten, hielt ich uns beiden einen der schwergängigen Torflügel auf, damit wir uns hindurchzwängen konnten.

SECHSUNDZWANZIG

Schweigend gingen wir den steilen Hang zum Wald hinauf. Der Weg war dermaßen zugewuchert von Brennnesseln, Zaunwinden und Waldreben, die fast so lang waren wie Lianen, dass wir hintereinander hergehen mussten. Anfangs fürchtete ich, der Marsch könne für Agnes zu anstrengend sein, und schlug ein gemäßigtes Tempo an. Doch abgesehen davon, dass sie ein wenig hinkte, hielt das häufige Treppensteigen sie offenbar fit. Vielleicht hatte sie sich aber auch vorgenommen, keine Schwäche zu zeigen. Jedenfalls blieb sie die ganze Zeit dicht hinter mir und geriet nicht viel mehr außer Atem als ich. Als der Weg flacher wurde und unter den Bäumen herführte, legten wir eine Pause ein.

»Hier bin ich schon lange nicht mehr raufgegangen«, sagte Agnes und rieb sich ihre steife Hüfte. »Aber ohne Korsett ist es um einiges leichter, das kann ich Ihnen sagen. Ich mache mir nicht mehr die Mühe, eins anzuziehen. Mrs. Granger findet das natürlich gut.«

»Mrs. Granger?«

»Sie kommt doch heute. Miss Victoria, so nannten wir sie früher.«

Die freche kleine Victoria als Erwachsene – kaum vorstellbar! Mittlerweile musste sie über fünfzig sein.

Agnes sah mich aus dem Augenwinkel an. »Offiziell heißt sie noch Mrs. Granger.« Sie sah sich um, und obwohl die Chancen gleich null standen, dass uns hier im Wald jemand belauschte, raunte sie mir zu: »Die verbringen nicht mehr Zeit miteinander, als sie unbedingt müssen, schon seit zehn oder elf Jahren nicht mehr. Er hat ein Anwesen draußen bei Tetbury. Ziemlich großer Kasten, aber auch im Hochsommer ist es da kalt wie in einer Gruft. Ihr gefällt es nicht. Hat es wohl noch nie. Deshalb geht sie so oft wie möglich auf Reisen, und das Mädchen nimmt sie immer mit. Apropos Gruft, die Hausherrin würde sich bestimmt im Grab umdrehen, wenn sie wüsste, dass ihre kleine Vicky so gut wie geschieden ist.«

»Dann lebte sie schon nicht mehr, als die beiden anfingen, getrennte Wege zu gehen?«

»O nein, sie ist seit zwanzig Jahren tot. Sogar schon länger, glaube ich. Ich war noch nie gut im Rechnen.«

»Woran ist sie denn gestorben?«

»Die hatte ständig irgendwelche Wehwehchen. Mal war es dies und mal jenes. Sie war immer schon ein bisschen schwach auf der Brust, und letzten Endes ist sie dann an der Schwindsucht gestorben. Davor ist sie ein paar Mal im Jahr ans Meer gefahren. Wenn sie zurückkam, hatte sie immer richtig Farbe im Gesicht, aber sobald sie hier war, ging es ihr wieder schlechter. Sie sagte immer, es läge an der feuchten Luft, weil das Haus so dicht an den Felsen steht. Sie hat immer darauf bestanden, dass alle Fenster geschlossen blieben, egal zu welcher Jahreszeit. Sie hätte lieber unten in der Stadt gewohnt. Cheltenham ist ein berühmter Kurort, wissen Sie, nicht nur wegen des Wassers, auch wegen der gesunden Luft. Die Hausherrin hat sich hier oben nie wohlgefühlt. War ihr immer zu weit ab vom Schuss. Das war so ziemlich das Einzige, worüber wir uns einig waren.«

Wir verfielen in Schweigen. Obwohl bereits die ersten Blätter abfielen, waren die Baumkronen noch dicht belaubt. Darüber war kein Sonnenstrahl zu sehen, nur der bewölkte Himmel, und hätte ich nicht gewusst, wie früh am Tag es noch war, wäre es mir vorgekommen wie in der Abenddämmerung.

»Sollen wir zu den Ruinen hinaufgehen und uns den Teufelsschlot ansehen?«, fragte ich unvermittelt. Meine Großmutter hatte mir von diesem sonderbaren Ort erzählt. Victoria hatte ihn ihr das erste Mal gezeigt. Victoria, die nun wahrscheinlich in der Küche von Fenix House stand und sich ihren Tee zubereitete.

Agnes blieb stehen und sah mich argwöhnisch an. »Davon hat Mr. Bertie Ihnen erzählt, oder?« Ich nickte möglichst glaubhaft, und nach einem weiteren prüfenden Blick schien sie überzeugt zu sein. »Manchmal vertut er sich mit der Vergangenheit«, sagte sie, »aber nicht so oft wie … Man kann wohl sagen, er lebt die halbe Zeit in der Vergangenheit. So muss es auch gewesen sein, als er Ihnen das erzählt hat. Der Teufelsschlot ist nämlich schon lange weg, und die Ruinen auch.«

»Weg?«

»Kommen Sie. Dann zeige ich es Ihnen.«

Wir brauchten weitere zehn Minuten, und ebenso wie auf dem Weg den Berg hinauf, als ich zuerst nach Fenix House kam, schien mir der Weg an manchen Stellen seltsam vertraut. Ich fragte mich, was meine Großmutter in diesem Moment wohl machte, weiter südlich von uns, in Bristol. Als ich gehört hatte, dass Helen nicht mehr lebte, war mir einmal mehr bewusst geworden, wie sehr meine Großmutter mir fehlte, und ich wusste, sie vermisste mich auch. Ich hatte immerhin den Vorteil, dass ich mich in einer neuen Umgebung befand und neue Menschen kennenlernte, auch wenn ich das Gefühl hatte, dass ich einige von ihnen längst kannte. Sie hingegen war nun allein an einem vertrauten Ort.

»Ich wette, jetzt denken Sie an Ihr Zuhause«, riss Agnes mich aus meinen Gedanken.

Fast hätte ich daraufhin angefangen, zu weinen. Aber das wäre mir peinlich gewesen, und so gab ich mir alle Mühe, mich zusammenzureißen. Wie an meinem ersten Abend im Speisezimmer hatte mich das Heimweh ganz plötzlich überfallen.

»Na, na, Sie müssen nicht traurig sein«, sagte Agnes unbeholfen und klopfte mir auf die Schulter. »Das ist doch verständlich. Allen Gouvernanten und Hausmädchen, die wir hatten, ist es so gegangen. Selbst ich habe so manche Träne verdrückt, als ich neu hier war. Dabei konnte ich es gar nicht erwarten, von zu Hause wegzukommen. Bei sieben Geschwistern, einer Mutter, die einen nicht leiden kann, und einem Vater, der zu viel trinkt, ist das auch kein Wunder.« Sie lachte bitter. »Jetzt ist wohl Fenix House mein Zuhause. Ich hätte gerne ein eigenes Heim gehabt, auch wenn es nur ein ganz bescheidenes gewesen wäre. Aber es sollte wohl nicht sein.«

Ich tupfte mir mit meinem Taschentuch die Augen ab. Bis auf das Rascheln der Blätter und das Knacken der Zweige unter unseren Füßen herrschte eine geradezu unheimliche Stille. Plötzlich verstand ich, warum Agnes zuvor die Stimme gesenkt hatte. Es schien, als lauschten die Bäume auf jedes Geräusch.

»Vermutlich bin ich die Letzte in einer ganzen Reihe von Gouvernanten«, sagte ich leise. Ein Windhauch, den man am Boden gar nicht spürte, ließ die Blätter über unseren Köpfen kaum hörbar rauschen. Mittlerweile hatten wir eine Gabelung erreicht, von der fünf Wege abzweigten. Ohne zu fragen, wandte ich mich nach rechts, da ich wusste, dass der Pfad zu den Ruinen führte. Agnes schien sich nicht darüber zu wundern.

»In den letzten Jahren brauchten wir keine Gouvernante«, erzählte sie. »Aber als Berties Schwestern noch klein waren, hatten wir ein paar. Bertie ist ja zur Schule gegangen, das hat er Ihnen bestimmt auch erzählt. Und nachdem die dritte Gouvernante wegging, weil Victoria immer wieder irgendwelchen Blödsinn machte, hat ihr Vater es aufgegeben und die beiden Töchter auf eine Mädchenschule geschickt. Dort wurden Madame sicher auch diese Flausen in den Kopf gesetzt, über Emanzipation und Suffragetten und dieses ganze Zeug. Ich selbst weiß nicht, was mir das bringen soll, dass ich wählen gehen darf. Was haben die Männer in London schon mit mir am Hut?«

»Sind alle Gouvernanten wegen Victoria gegangen?«

»Die erste nicht. Jedenfalls nicht nur deswegen. Die war eine härtere Nuss als ihre Nachfolgerinnen.«

Ich spürte ein Kribbeln auf meiner Stirn. »Wie war denn ihr Name?«

»Jenner«, antwortete Agnes prompt. »Harriet Jenner. Die hatte richtig Mumm. Sie konnte ich besser leiden als alle anderen zusammen. Die war stärker, als sie aussah. Sie hätten mal hören sollen, wie sie an ihrem letzten Tag mit der Hausherrin umgesprungen ist. Mary und ich haben auf der Treppe gestanden und gelauscht. Und unsere Augen waren vor Staunen so groß wie Untertassen.«

Erstaunt sah ich Agnes an und überlegte, wie sie das meinte. Ich hätte sie gefragt – aber in dem Moment erreichten wir die Stelle, wo eigentlich die Lichtung hätte sein sollen, die meine Großmutter so lebhaft beschrieben hatte: eine Senke, auf deren Grund sich verfallene Hütten befanden und aus der eine Steinsäule emporragte, die man den Teufelsschlot nannte. Doch alles sah ganz anders aus. Von allein hätte ich diesen Ort niemals erkannt. Wo ein halbes Jahrhundert zuvor Victorias Ruinen gestanden hatten, war nun das von Lucas so treffend bezeichnete Blaue.

Es war von wilder Schönheit. Obwohl es wahrscheinlich von Menschenhand geschaffen war, kam es mir vor, als wären Agnes und ich die Ersten, die es entdeckten. Nach den warmen Grün- und Brauntönen des Waldes war dieses Blau einfach nur faszinierend. Eigentlich war Lucas' Bezeichnung noch untertrieben für das milchig trübe Türkis, das sich vor uns erstreckte. Wie es sich einem frostigen Signalfeuer gleich gegen die typisch englische Landschaft abhob, erschien es geradezu fremdartig, wie aus einer anderen Welt.

»Da stockt einem der Atem, nicht wahr?«, murmelte Agnes neben mir. »Wenn man eine Weile nicht hier war, kann man es sich gar nicht mehr vorstellen.«

Ich war so geblendet von der unglaublichen Farbe der stillen Wasseroberfläche, dass ich mir die Ruinen darunter beim besten Willen nicht mehr vorstellen konnte. Unter dem grauen Himmel, der, während wir dort standen, immer düsterer wurde, schien der hellblaue See umso schillernder.

»Ist das Wasser tief?«

»Nicht so tief, wie es aussieht. Man denkt, es geht runter bis zum Mittelpunkt der Erde. Aber das tut es nicht. An der tiefsten Stelle sind es vielleicht drei oder vier Meter. Aber das reicht auch schon. Es ist nicht nur wegen der Tiefe, sondern wegen allem, was drin ist, dass man sich Sorgen machen muss. Auch wenn es noch so schön aussieht, sollte man nicht zu viel davon schlucken. Es ist voller Gift, heißt es, Metalle und Steinstaub und totes Zeug. Alles Mögliche an Dreck.«

Eine Weile standen wir schweigend da. »Und wo ist nun dieser Teufelsschlot?«

»Der oberste Felsblock ist runtergefallen. Wir hatten uns schon gedacht, dass das irgendwann passieren würde. Der Rest ist eingestürzt, als sie das Tal geflutet haben. Die Felsen liegen jetzt alle unter Wasser. Man sieht sie kaum noch. Dafür ist das Wasser zu trüb. Aber im Sommer schwimmen manchmal ein paar Jungen darin. Man kann ihnen noch so oft sagen, es sei zu gefährlich. Sie wissen ja, wie Jungen sind. Ein Gefahrenschild ist für die wie das rote Tuch für einen Stier. Aber angeblich sehen die Felsen komisch aus, wie eins von diesen überschwemmten Dörfern in irgendeinem Tal, wo jetzt ein Stausee ist.

Auf dem Grund liegen nicht nur die Felsbrocken vom Teufelsschlot. Da standen früher ja auch Häuser, für die Arbeiter vom Steinbruch. Ein armer Teufel ist damals vom Teufelsschlot gefallen. Oder gesprungen. Genau wusste das keiner. Miss Vicky hat immer wieder davon angefangen. Jedenfalls tauchen die Jungen manchmal durch die Öffnungen, wo die Türen und Fenster waren. Ist eine Mutprobe, aber gar nicht so leicht, wenn man nichts sieht und die ganze Zeit die Luft anhalten muss. Alle paar Jahre ertrinkt einer. Oder sie brechen sich die Knochen, wenn sie von da ins Wasser springen.«

Agnes zeigte nach oben. Auf der anderen Seite des Sees erhoben sich die zerklüfteten Felsen und schimmerten in allen möglichen Schattierungen von Grau über Sandfarben bis Ocker. In knapp zehn Metern Höhe ragte ein schmaler Felsvorsprung über die Wasseroberfläche, den man von der Felskuppe darüber über einen schmalen, mit losem Gestein übersäten Pfad erreichte. Dessen Zugang hatte man wohl mit Stacheldraht abzäunen wollen, der nun jedoch am Boden lag.

»Eigentlich steht da oben ein Holzschild, um die Leute vor der Gefahr zu warnen«, sagte Agnes. »Ich sehe es nicht, bestimmt haben sie es schon wieder umgetreten. Jedes Mal wird es wieder aufgestellt, und nach spätestens zwei Tagen liegt es erneut da. Einmal hat es sogar jemand in das Blaue geworfen.«

So wie es beim Flimmern manchmal war, sah ich es so deutlich vor mir, als könnte ich Agnes ins Gedächtnis schauen: Ein weißes Holzschild, auf dem in roten Großbuchstaben »GEFAHR« geschrieben stand, trieb auf dem leuchtend blauen Wasser. An einer meiner Schläfen zuckte ein Nerv, und ich hatte das Gefühl, ein eiskalter Wassertropfen liefe mir vom Haaransatz die Wange hinunter. Ich strich mit dem Finger darüber, obwohl ich wusste, dass da nichts war.

»Dieser Ort hat die Leute schon immer zum Äußersten getrieben«, sagte Agnes mit einem sonderbaren Lächeln, das die Falten in ihrem Gesicht glättete.

Mittlerweile war es kälter geworden. Vermutlich würden wir den Rückweg nach Fenix House nicht schaffen, bevor die ersten Tropfen fielen. Der See, die zerklüftete Felswand im Hintergrund und der dichte Wald schienen nur auf den Regen zu warten, so aufmerksam, dass man beinahe hören konnte, wie die Luft vor Spannung vibrierte. Der Himmel hatte sich zu einem düsteren Violett verdunkelt, das über dem Hellblau des Sees umso beklemmender wirkte. Die Szenerie ähnelte einer alten Fotografie, die nachkoloriert worden war und unnatürlich kitschig wirkte.

Es wurde Zeit, sich auf den Weg zu machen, aber eine Frage hatte ich noch. »Wann ist das Tal geflutet worden?«

»Ah, das kann ich Ihnen sogar ganz genau sagen«, antwortete Agnes. Noch immer wirkte sie jünger als zuvor, als hätte die Erinnerung die Spuren des Alters von ihrer Haut gelöscht. »Das war kurz bevor sie gegangen ist. Die Gouvernante, von der ich Ihnen erzählt habe. Miss Jenner.«

Ich weiß nicht, ob es an der bedrückenden Atmosphäre lag, an der kühleren Luft oder daran, dass ich nach den Geschichten über den See nicht damit gerechnet hatte, den Namen meiner Großmutter zu hören, jedenfalls wurde mir plötzlich schwindelig.

»Stimmt etwas nicht, Miss?«, fragte Agnes und trat näher, um mich genauer anzusehen. »Sie wirken ein bisschen benommen.«

Um mich zu beruhigen, holte ich ein paar Mal tief Luft und rieb über die Gänsehaut auf meinen Armen.

»Was hat Sie denn so erschreckt?«, ließ Agnes nicht locker.

Aber ich antwortete nicht, denn auf einmal glaubte ich, mir würde süßlicher Rauch in die Nase steigen. Die Oberfläche des hellblauen Wassers war absolut still, wie der milchige Film über einem erblindeten Auge. Doch plötzlich sah ich darunter ein Gesicht. Erschrocken wich ich zurück und stieß gegen Agnes, die die Arme ausstreckte, um mich aufzufangen. Als ich noch einmal auf die Wasseroberfläche sah, schlug mir das Herz bis zum Hals. Das Gesicht war verschwunden, wenn es überhaupt jemals dort gewesen war. Für den Bruchteil einer Sekunde hatte ich es gesehen, doch nun konnte ich es nicht wieder heraufbeschwören. Ich wusste nur, es war ein männliches Gesicht gewesen. Von einem der Jungen, die ertrunken waren? Doch das kam mir nicht richtig vor. Zu jung, dachte ich, und wusste nicht, woher ich diese Gewissheit nahm. Vielleicht war es das Gesicht des Arbeiters, der vom Teufelsschlot gestürzt war.

Unterhalb der zerklüfteten Felswand ließ mich die sich kräuselnde Wasseroberfläche aufkeuchen. Ich machte mich darauf gefasst, dass sich etwas aus der Tiefe erhob. Doch dann sah ich, dass das Blaue nicht nur dort Wellen schlug, und als ich den Kopf hob, wurde mir klar: Es kam von oben. Es hatte begonnen zu regnen.

»Wusste ich's doch! Jetzt werden wir pitschnass«, sagte Agnes triumphierend. Noch immer hielt sie mich fest, um mich zu stützen. »Kommen Sie. Wir gehen zurück unter die Bäume. Die werden das Schlimmste abhalten.«

Der Schwindel war verschwunden, und meine Sinne waren aufs Äußerste geschärft. Der Regen wurde stärker, aber etwas hielt mich an diesem gespenstischen Ort. Wäre Agnes nicht gewesen, hätte ich mich nicht losreißen können. Doch es war nicht allein die hypnotische Wirkung des hellblauen Wassers oder das, was ich glaubte, gesehen zu haben. Ebenso wenig wie der Tod des Steinbrucharbeiters.

Etwas anderes war an diesem Ort passiert. Dessen war ich mir sicher.

SIEBENUNDZWANZIG

Harriet

Die Woche nach dem Wolkenbruch auf dem Rückweg von der Messe war ebenfalls verregnet. Doch es schien, als hätte sich das Wetter lediglich der Atmosphäre angepasst, denn seit dem Sonntag kippte die gelöste Stimmung allmählich. Sogar wenn es ausnahmsweise einmal nicht regnete, atmete Fenix House aus allen Ecken Feuchtigkeit aus. Die Kinder waren unruhig und weinerlich, und selbst ihr sonst so besonnener Vater wirkte gereizt und schrie Agnes an, weil sie ein volles Teetablett auf seinen Schreibtisch fallen gelassen hatte. Die Hausherrin zog sich schlecht gelaunt zurück, als wäre sie nach wochenlangem Genuss der Gesellschaft ihres Bruders genau davon nun übersättigt.

Einzig und allein den Captain schien die veränderte Atmosphäre nicht zu kümmern, obwohl selbst seine gute Laune ein wenig angestrengt wirkte. Unbeeindruckt von der allgemeinen Anspannung überredete er die Familie zu allabendlichen Gesellschaftsspielen und tagsüber zu Ausflügen nach Cheltenham. Harriet ging ihm möglichst aus dem Weg, doch selbst wenn sie im Wohnzimmer ihre Schützlinge unterrichtete, empfand sie ihn noch als eine Bedrohung. Und wenn sie sich ausnahmsweise keine Sorgen deswegen machte, hing sie ihren Gedanken über Robert nach. Sämtliche Unterhaltungen spielte sie wieder und wieder durch. Jedes Wort, jeden Blick und jede Geste wurde aufs Neue interpretiert. Ungeachtet ihrer zunehmenden Frustration, weil sie ihn nicht sehen konnte, wann immer sie wollte, verspürte sie dennoch eine stille Freude. Wenn sie daran dachte, wie er ihr Herz erobert hatte, wurde die Freude zu einem Hochgefühl, ganz gleich wie hoffnungslos das Ganze sein mochte. »Robert, mein Liebster«, flüsterte sie dann leise, in der Eingangshalle, auf der Treppe oder auf ihrem einsamen Nachtlager.

Eines späten Nachtmittags, nachdem sie Helen und Victoria aus dem Unterricht entlassen hatte, damit sie vor dem Abendessen noch eine oder zwei Stunden spielen konnten, stand sie vor dem Fenster und sah hinaus. Normalerweise verbot sich so etwas, weil sie sich nicht in Tagträumen verlieren wollte. Das schwindende Sonnenlicht hinter der dichten Wolkendecke tauchte den Himmel in dunkles Indigo mit goldenen Streifen und bot eine spektakuläre Kulisse.

In einer Lederbörse unter ihren Röcken trug sie stets ein Bild ihrer Mutter bei sich, zusammen mit einem Stück Stoff von einem Kleid, das sie als Kind beweint hatte, weil sie hinausgewachsen war. Neuerdings hatte sie dort auch den kleinen Dolch verstaut. Warum sie ihn immer bei sich trug, wusste sie selbst nicht genau. Auf irgendeine Weise vermittelte ihr das glatte, stabile Metall ein Gefühl der Sicherheit, möglicherweise um der allgegenwärtigen Präsenz des Captains etwas entgegenzusetzen, denn die hatte den gegenteiligen Effekt. Ihr war bewusst, dass man sie auf der Stelle entlassen würde, wenn man den Dolch bei ihr fände, doch dieses Wissen änderte nichts daran. Er gehörte nun ihr, daran gab es nichts zu rütteln.

Als sie den Dolch hervorholen wollte, um über das sonderbar glühende Metall zu streichen, klopfte jemand an die Tür. In der Hoffnung, es wäre Robert, drehte sie sich mit klopfendem Herzen um. Doch es war Captain Dauncey, der ungebeten hereinspazierte. Leibhaftig wirkte er noch imposanter, als sie ihn in Erinnerung gehabt hatte, besonders jetzt, wo sie allein mit ihm in einem Raum war. Als sein Blick zu ihrer Hand huschte, mit der sie immer noch unter ihrem Rock nach der ledernen Börse tastete, verspürte sie den Reflex, vor ihm zurückzuweichen. Doch sie kämpfte dagegen an, um nicht den Eindruck eines Kindes zu erwecken, das sich ertappt fühlte.

»Ich brauche Sie«, verkündete der Captain schnörkellos, und seine Augen funkelten im Licht der untergehenden Sonne.

Harriet starrte ihn an und brachte kein Wort heraus. Ihre zitternde Hand glitt hinauf zu ihrem Kragen und dann wieder hinunter zu ihren Röcken. Der Captain erbarmte sich schließlich und erklärte lächelnd: »Für ein Krocketmatch, Miss Jenner. Nicht, dass Sie gleich ohnmächtig zu Boden sinken. Wir sind eine ungerade Zahl von Spielern.«

Bevor sie Einwände gegen diese Anmaßung erheben oder sich weigern konnte mitzuspielen, war er auch schon wieder verschwunden, sodass ihr nichts anderes übrig blieb, als ihm zu folgen. Er wartete vor den Flügeltüren des Salons, wo er ihr schon einmal zu nahe getreten war – an dem Tag, als sie bei dem warmen Regenschauer trotz des Gartendufts seinen herben Geruch wahrgenommen hatte.

Als Helen Harriet sah, lief sie ihr freudestrahlend entgegen. »Hat Onkel Jago Sie überredet mitzuspielen?«, fragte sie aufgeregt. »Wenn Sie wollen, spielen wir beide zusammen.« Dann senkte sie den Blick und fügte betreten hinzu: »Aber ich bin nicht besonders gut. Sie wollen sich bestimmt lieber einen besseren Partner suchen.«

»Ich dachte, sie würde vielleicht gerne mit meinem

Neffen spielen«, sagte der Captain, der plötzlich so dicht hinter Harriet stand, dass sie seinen Atem im Nacken spürte. »Was hältst du davon, Bertie? Du bist doch so ein großer Bewunderer von Miss Jenner.«

Vor lauter Verlegenheit bekam der Junge rote Ohren. Harriet machte rasch einen Schritt zur Seite, um der Nähe des Captains zu entkommen. Der wiederum musste sich das Lachen verkneifen.

»Was soll denn das heißen, Jago?«, rief die Hausherrin verdrießlich vom Krocketrasen, während in der Ferne Donner grollte.

»Ach, darüber kann ich wahrlich nichts sagen«, antwortete der Captain und schüttelte gespielt ernst den Kopf.

»Bertie!«, rief die Hausherrin gereizt und umklammerte ihren Krockethammer. »Von was für einem Unsinn redet dein Onkel da?«

Aufrichtig wie er war, errötete Bertie noch mehr. Er wollte etwas sagen, brachte aber kein Wort heraus. Er schluckte und räusperte sich. »Ich … Ich nehme an, Onkel Jago hat letzten Sonntag gesehen, dass ich zu Miss Jenner hinaufgegangen bin, um ihr eine Nachricht zu übermitteln«, erklärte er schuldbewusst.

»Eine *Nachricht*?«, stieß die Hausherrin empört hervor.

»Bestimmt war es ein Liebesbrief«, feixte der Captain. »Na los, erzähl uns, was drin stand.«

»Ich fürchte, da sind Sie einem Irrtum unterlegen«, meldete sich Harriet mit fester Stimme zu Wort. »Bertie hat mir tatsächlich eine Nachricht übermittelt, aber der Inhalt war völlig harmlos. Ich brauchte seine Hilfe bei der Vorbereitung einer Unterrichtsstunde. Er ist so bewandert mit den Pflanzen und Tieren im Garten, deshalb hatte ich ihn gebeten, eine Liste der heimischen Schmetterlinge zu erstellen.«

»Aber wir hatten gar keine Unterrichtsstunde über Schmetterlinge«, warf Victoria ein.

»Die kommt noch«, erklärte Harriet mit Bestimmtheit. »Ich hätte sie sogar gleich morgen dafür eingeplant.« Sie bedachte den Captain mit einem vernichtenden Blick und hatte das Vergnügen, ihn leicht irritiert zu sehen. Bertie, das wusste sie, ohne dass sie ihn anzuschauen brauchte, glühte nun vor Dankbarkeit.

Doch wenn sie gedacht hatte, Captain Dauncey in die Parade zu fahren, würde sie stärken, hatte sie sich getäuscht. Während des Krocketspiels verspürte sie eine klaustrophobische Enge, was eigentlich unerklärlich war, da sie von der weitläufigen Rasenfläche aus einen freien Blick auf das Tal hatte. Das Donnergrollen rückte näher, so nah, dass das Echo von der Kalksteinwand hinter dem Haus widerhallte.

»Lasst uns zum Teufelsschlot gehen, da hören wir es noch besser!«, rief Victoria, obwohl sie selbst nicht damit rechnete, dass ihr Vorschlag Anklang finden würde.

»Das ist eine äußerst alberne Idee, Vicky!«, gab ihre Mutter mit einem besorgten Blick zum Himmel zurück. Ohnehin hatte sie bereits einen Schmollmund aufgesetzt, denn sie und ihr bevorzugtes Kind lagen um einige Punkte zurück. »Wir sollten das Spiel abbrechen, bevor das Gewitter näher kommt und der Regen anfängt. Lieber Himmel, immer dieses schlechte Wetter!«

»Lass uns trotzdem hinaufgehen, Lulu«, schlug der Captain vor, woraufhin Victoria jauchzend den Krockethammer fallen ließ. »Der Regen ist noch meilenweit entfernt. Bei Blitz und Donner ist es da oben bestimmt aufregend. Und sollte der Regen uns doch überraschen, können wir uns unter den Bäumen unterstellen. Am besten gehen wir alle zusammen dorthin – auch die kleine Gouvernante.«

Harriet sah stur geradeaus, doch sie spürte seinen bohrenden Blick. Ein plötzlicher Schmerz durchzuckte ihren Kopf. Voller Qual verzog sie das Gesicht und schloss die Augen. Dann spürte sie den Druck auf ihren Schläfen, den sie nicht zum ersten Mal erlebte, und wieder dieses eisige, lähmende Gefühl in ihren Beinen.

»Sind Sie krank, Miss Jenner?«, fragte Helen. »Sie sind ja ganz blass.« Mitfühlend griff sie nach Harriets Hand.

»Ich … Ich fürchte, Sie müssen mich entschuldigen«, sagte Harriet matt. »Ein plötzlicher Kopfschmerz. Ich muss mich hinlegen.« Das war nicht nur ein Flimmern, auch wenn es sicher damit zu tun hatte. Das hier war mehr. Es war sogar stärker als ihre Vorahnung damals bei dem Feuer. Ein geradezu erdrückender Schmerz, wie rötlicher Nebel der in ihr Bewusstsein schwebte und ihr eine unmittelbare Gefahr signalisierte.

Sie reichte Helen den Krockethammer und verließ den Rasen, mit vor Schmerz halb geschlossenen Augen.

»Jago!«, hörte sie die Hausherrin hinter sich schreien. »Jago, was machst du denn da?«

Schon spürte sie ihn neben sich und hörte ihn unerträglich laut atmen. »Ich bringe Miss Jenner ins Haus zurück«, rief der Captain seiner Schwester zu. »Falls sie ohnmächtig wird.« Mit einer Hand griff er nach Harriets Schulter und stemmte die andere in ihren Rücken. Und wieder war da sein herber Geruch, gemischt mit dem der Seife, die er am Morgen benutzt hatte.

Sie brachte nicht die Kraft auf, ihn abzuschütteln, und so näherten sie sich langsam dem Haus. Von den anderen war nichts mehr zu hören. Die Hausherrin war sicherlich viel zu wütend, als dass sie vor ihren Kindern noch ein weiteres Wort darüber verloren hätte, dessen war sich Harriet vage bewusst. Sie würde dafür bezahlen, auch das wir ihr klar. Aber das interessierte sie im Moment herzlich wenig. Sie dachte nur daran, dem Captain zu entkommen.

Im gedämpften Licht des Salons, außerhalb der Sichtweite des Krocketrasens, ließ der Captain seine Hand sinken und legte ihr den Arm um die Taille. Trotz des Kopfschmerzes versuchte sie, sich seinem Griff zu entwinden, aber er hielt sie mühelos fest. Sie fühlte sich wie eine Maus in den Klauen eines Falken.

»Ich will Ihnen doch nur helfen, Miss Jenner«, sagte er mit aufreizend leiser Stimme. Harriet kam es vor, als könnte sie hören, wie das Blut in seinen Adern pulsierte, dicker und dunkler als ihres. Abermals schloss sie vor Schmerz die Augen.

Dann hörte sie eine andere Stimme, und sie klang wie Balsam in ihren Ohren. »Ich werde Miss Jenner auf ihr Zimmer bringen, Captain. Sie gehen lieber wieder nach draußen.«

Mrs. Rakes, dachte Harriet. Mrs. Rakes, deren höflicher, aber bestimmter Autorität niemand etwas entgegenzusetzen hatte.

Der Captain zog so hastig seinen Arm zurück, dass Harriet schwankte. Als sie sich wieder gefangen hatte, ließ der Schmerz nach, und sie öffnete die Augen.

Zu ihrer Überraschung war es Agnes, die vor ihr stand.

ACHTUNDZWANZIG

Einige Tage nach dem abgebrochenen Krocketspiel fand Harriet sich endlich erneut in Gesellschaft von Robert wieder. Dieses Mal waren sie sogar ungestört. Es war früher Abend, und sie war noch einmal in das Wohnzimmer hinuntergegangen, weil sie ihren Opalring dort vergessen hatte. Während der letzten Unterrichtsstunde hatte sie ihn zunächst an ihrem Finger hin- und hergedreht und dann abgestreift. Der Ring bedeutete ihr viel, denn er hatte ihrer Mutter gehört. Ihr Vater hatte es nicht übers Herz gebracht, ihn zu verkaufen, und so hatte er ihn Harriet geschenkt. Gerade erst war die Dunkelheit hereingebrochen, und die Gaslampen in der Eingangshalle brannten noch nicht, sodass Harriet aufpassen musste, dass sie nicht gegen die Blumentöpfe stieß oder auf den glatten Fliesen ausrutschte.

Als sie sich Roberts Arbeitszimmer näherte, schimmerte unter der Tür ein Streifen warmes Licht hindurch. Sie blieb stehen und fragte sich, was geschehen würde, wenn sie an die Tür klopfte. Würde die Welt zusammenbrechen? Ganz sicher nicht. Dennoch brachte sie den Mut nicht auf. Sie beschloss weiterzugehen – als sich gerade in dem Moment die Tür öffnete.

»Ich habe doch nicht etwa angeklopft?«, fragte sie erstaunt. Wie sonst hätte er ausgerechnet in diesem Moment die Tür öffnen können?

Sein Gesicht lag im Schatten, doch schemenhaft konnte sie sein Lächeln erkennen. »Nicht, dass ich wüsste. Aber warum fragen Sie? Hatten Sie es denn vor?«

Harriet errötete und wünschte, sie trüge den Ring schon wieder am Finger. Dann hätte sie etwas gehabt, um ihre Hände zu beschäftigen. Sie war sich nur zu bewusst, dass das Licht aus dem Arbeitszimmer genau auf ihr Gesicht schien.

»Ich wollte mir ein wenig die Beine vertreten«, fuhr er fort, »und da treffe ich auf Sie, Miss Jenner. Harriet.«

Als er ihren Vornamen aussprach, sah sie sich hastig um. Aus den Wirtschaftsräumen schallte das Klappern von Töpfen und Pfannen herauf, und man hörte die gedämpften Stimmen der Dienstboten, aber in der oberen Etage war alles still.

»Möchten Sie hereinkommen?«, fragte er, als er ihren unsicheren Blick bemerkte.

Sie wollte gerade höflich ablehnen und ihm erklären, dass sie nur heruntergekommen war, weil sie ihren Ring vergessen hatte, doch dann musste sie an den langen einsamen Abend denken, der ihr bevorstand. Sie holte tief Luft, und als er sie fragend ansah, schob sie sich unter seinem Arm, mit dem er die Tür aufhielt, hindurch. Da er mehr als einen Kopf größer war als sie, brauchte sie sich nur ein wenig zu ducken.

Als sie sich in seinem Arbeitszimmer umsah, wirkte es noch behaglicher auf sie, als sie es in Erinnerung gehabt hatte. Das Fenster war weit geöffnet, und mit dem Gartenduft wehte melancholisch feuchte Abendluft herein. Die Sonne, die sich erst am späten Nachmittag gezeigt hatte, war gerade erst verschwunden, der Himmel leuchtete in allen Farben des Abendrots. Das Mahagoniholz der Regale schimmerte im warmen Licht, und die goldenen Buchstaben auf den Buchrücken funkelten und glänzten bei jedem ihrer Schritte.

Anstatt an seinen Schreibtisch zurückzukehren, blieb

Robert neben Harriet stehen. Schweigend betrachteten sie die intensiven Farben der Dämmerung. Eigentlich hätte einer von ihnen etwas sagen müssen. Nicht weil die Stille unangenehm gewesen wäre, ganz im Gegenteil, ihr einträchtiges Schweigen wirkte viel zu vertraut. Doch sie war völlig eingenommen von ihren Sinneswahrnehmungen, und die originellen, geistreichen Bemerkungen, die sie sich zurechtgelegt hatte, waren dahinter versunken wie die Sonne hinter dem Horizont.

»Ich habe unsere Unterhaltung nach der Messe am letzten Sonntag sehr genossen«, begann Robert schließlich kaum hörbar.

»Ja«, sagte Harriet ebenso leise und hob den Kopf, um ihn anzusehen. Er verströmte einen frischen Duft, nach kühlem Wasser und nach etwas, das ihr seltsam vertraut erschien. Stärke, das war es. Die gestärkten Kragen ihres Vaters hatten genauso geduftet, aber das war Jahre her. Damals war Harriet noch ein kleines Mädchen gewesen. Vor dem Feuer. Bevor Louisa und ihre Familie ihnen die Existenz genommen hatten.

Robert räusperte sich. »Ich hoffe, es ergibt sich eine Gelegenheit, das fortzusetzen. Am nächsten Sonntag vielleicht?«

»Das wäre schön, aber …«

»Aber?«

»Aber es ist nicht so einfach für mich, Mr. Pembridge.«

»Bitte, sagen Sie Robert. Wenn wir allein sind, können Sie mich doch bei meinem Vornamen nennen.«

»Also gut, Robert. Aber ganz gleich wie ich Sie nenne, die Schwierigkeit bleibt bestehen. Ich möchte nicht, dass jemand denkt, ich …« Kopfschüttelnd verstummte sie. Sie wusste nicht, wie sie es ausdrücken sollte.

»Ein Mann darf sich doch sicherlich unter freiem Himmel mit jemandem unterhalten, der zum Haushalt gehört, oder nicht?«

»Doch, natürlich. Aber die Situation, in der wir uns hier gerade befinden, würde sicherlich anstößig wirken.«

In der darauf folgenden Stille hörte sie nur seinen Atem, unregelmäßig, ebenso wie ihrer.

»Ich wollte Ihnen noch so vieles sagen, bevor wir von den anderen unterbrochen wurden«, begann er erneut.

Ohne aufgefordert zu werden, setzte sie sich in einen der Sessel vor dem Kamin. Sie brauchte ein wenig physischen Abstand, um seine Worte anzuhören.

»Ich fühle mich zu Ihnen hingezogen«, fuhr er fort. »Seit dem ersten Tag, an dem wir uns begegnet sind, habe ich das Gefühl, zwischen uns besteht eine ganz besondere Verbindung. Ich dürfte es eigentlich nicht eingestehen, nicht einmal mir selbst, aber ich kann nicht anders. Und hier im Halbdunkel fällt es mir leichter, es auszusprechen, als nach der Messe bei Tageslicht.«

Harriet wusste nicht, was sie darauf sagen sollte. Einerseits wäre sie am liebsten sofort auf ihr Zimmer gerannt, um diese Szene in der Geborgenheit ihrer Gedanken zu bewahren. Ebenso gern wäre sie ewig hier geblieben, bei dämmrigem Licht in seinem behaglichen Arbeitszimmer. All das schien ihr fernab der Realität, und er hatte recht: Im Dämmerlicht war man um einiges wagemutiger.

»Ich habe das Buch gelesen, das Sie mir gegeben haben«, sagte sie unvermittelt. »Dafür wollte ich mich noch einmal bei Ihnen bedanken. Ich habe mich sehr darüber gefreut.«

»Ich bin froh, dass es Ihnen gefallen hat. Ich … Erst im Nachhinein wurde mir die ganze Handlung bewusst. Ich fürchtete schon, wenn Sie das Ende lesen, halten Sie mich für …« Er unterbrach sich und sank in den Sessel ihr gegenüber. »Ich erinnerte mich nur daran, dass es von einer Gouvernante handelt. Ich würde mir niemals anmaßen, zu denken, dass … Großer Gott, jetzt rede ich mich um Kopf und Kragen.«

Sie konnte sich nicht helfen, aber sie war enttäuscht. Natürlich hatte er mit dem Buch nicht vorgehabt, eine solch unverblümte Botschaft zu schicken. Er hatte sie doch gerade erst kennengelernt, und er war verheiratet. Sie wandte den Kopf ab, damit er ihr Gesicht nicht sah.

»Nun habe ich Sie verletzt.«

Sie schüttelte den Kopf.

Er beugte sich vor, um ihr in die Augen zu sehen. »Dachten Sie … Haben Sie gedacht, ich hätte eine bestimmte Absicht verfolgt? Oh, mittlerweile würde ich das nur zu gern. Das müssen Sie mir glauben.«

Sie sah zu ihm auf.

Er zuckte hilflos die Achseln. »Ich habe versucht, dagegen anzukämpfen, es mir aus dem Kopf zu schlagen, aber es gelingt mir nicht. Ich weiß, es ist nicht richtig. Ich bin verheiratet und habe Kinder. Kinder, die ich liebe.«

»Ich weiß, wie sehr Sie Ihre Kinder lieben.« Und Ihre Frau?, hätte Harriet am liebsten gefragt. Lieben Sie die auch?

»Manchmal, wenn ich im Zug sitze oder wenn ich nicht schlafen kann, spreche ich in Gedanken mit Ihnen.«

Erstaunt sah Harriet ihn an.

»Sie tun das auch?«, fragte er. »Ach, das ist mir ein Trost, auch wenn es mir nun noch schwerer fallen wird, damit aufzuhören.«

Eine Weile sagte keiner etwas. Harriet wusste, ihnen beiden ging alles Mögliche durch den Kopf. Sie selbst musste erst einmal verarbeiten, was er gesagt hatte, und sie war dankbar für die ungestörte Zweisamkeit, denn ihr war klar: Solche Gelegenheiten waren selten. So wäre es, wenn wir verheiratet wären, dachte sie. Wir würden vor dem Kamin sitzen und manchmal einfach schweigen. Wir müssten nicht immer irgendetwas sagen.

»Woran denken Sie?«, fragte er.

»Das kann ich nicht aussprechen«, antwortete sie lachend.

»Aber ich möchte alles von Ihnen wissen. Es kommt mir vor, als würde ich Ihr Innerstes bereits kennen, dabei weiß ich kaum etwas über Sie. Erzählen Sie mir etwas über sich, etwas, das niemand sonst weiß.«

Was würde er dann nur von ihr denken? Würde er glauben, sie wollte sich über ihn lustig machen? Oder würde er sie mit der gleichen Besorgnis betrachten wie einst ihr Vater? Mittlerweile war die Dunkelheit hereingebrochen und machte Harriet mutiger. »Also gut. Ich werde Ihnen ein Geheimnis verraten, und Sie entscheiden dann, ob Sie mir glauben oder nicht.«

Gespannt – und ein wenig amüsiert – beugte er sich vor. »Ich höre.«

»Manchmal kann ich Bilder aus der Zukunft sehen.« Harriet schlug das Herz bis zum Hals, aber sie gab sich alle Mühe, mit fester Stimme zu sprechen.

Er lächelte irritiert, offenbar nicht sicher, was er davon halten sollte. »Wie eine Wahrsagerin, meinen Sie?«

Ohne sein Lächeln zu erwidern, begegnete Harriet seinem Blick. »Wie ich schon sagte, Sie können selbst entscheiden, ob Sie mir glauben wollen. Es fing an, als ich etwa so alt war wie Helen. Eines Nachts hatte ich einen Albtraum. Das dachte mein Vater zumindest. Aber ich wusste, es war etwas anderes. Ich war zutiefst erschrocken, denn ich wusste, es würde ein Feuer ausbrechen. Ich konnte es hören und roch den Rauch, als wäre es in meinem Zimmer gewesen. Am nächsten Morgen stand mein Vater vor den Trümmern seines Auktionshauses, das bis auf die Grundmauern niedergebrannt war. Er war nicht versichert.«

Roberts Gesicht wurde ernst. »Und seitdem hatten Sie noch mehr solcher – Vorahnungen?«

»Ich nenne es ›das Flimmern‹, denn die Bilder sind meistens nicht klar zu erkennen. Es ist eher so, dass ich sie spüre. Und ja, ich habe es noch einige Male erlebt. Eine Szene sehe ich immer wieder, aber ich kann sie nicht deuten. Doch ich versuche es weiter, für den Fall, dass ich jemanden warnen kann. Bei meinem Vater ist es mir nicht gelungen. Meine Warnung kam zu spät.«

»Nein, sie kam nicht zu spät. Aber Sie waren noch ein Kind, und er konnte Ihre Warnung nicht deuten.«

Harriet sah ihn an, diesen gütigen Mann, der ihr gegenübersaß und sie so gut verstand. Ihr Leben lang hatte sie an der Schuld getragen, dass sie ihren Vater nicht rechtzeitig hatte warnen können. Doch nun wurde ihr ein Teil dieser Last genommen und verflüchtigte sich wie Nebel im Sommerwind.

»Danke, dass Sie mir das erzählt haben«, sagte Robert. »Dass Sie es mir anvertraut haben.«

Harriet lächelte ein wenig verlegen. »Ich erwarte nicht, dass Sie als rational denkender Mann mir glauben werden.«

»Es ist nichts anderes, als das zu glauben, was uns in der Kirche erzählt wird.«

»Ich dachte, Sie glauben nicht alles, was man uns in der Kirche sagt.«

Er schenkte ihr ein schiefes Lächeln. »Scharfsinnig be-

254

merkt, Madam. Aber mein Instinkt sagt mir, dass ich Ihnen glauben kann.« Er stand auf und sah sie entschlossen an.

Harriet schluckte, nicht sicher, was als Nächstes kommen würde, aber überzeugt davon, dass es damit anfangen würde, dass er ihre Hände in seine nahm. Als sie ebenfalls aufstand und auf ihn zuging, konnte sie seine warme Haut schon spüren.

Doch ehe sie sich berührten, klopfte es an die Tür. »A-Augenblick«, rief er und bedeutete Harriet, sich auf den Stuhl vor seinem Schreibtisch zu setzen. Er strich sein Jackett glatt und ging zur Tür.

Es war Mary. Auf einem kleinen Tablett brachte sie ein Glas mit einer bernsteinfarbenen Flüssigkeit. »Das Übliche, Sir«, sagte sie. Als sie Harriet entdeckte, ließ sie einen skeptischen Blick durch das Arbeitszimmer schweifen. »Soll ich Ihnen Licht machen?«

»Ja, Mary, das wäre nett. Miss Jenner und ich sind hier auch so weit fertig. Ich habe gar nicht gemerkt, wie dunkel es inzwischen geworden ist, seit Sie mich um Rat gefragt haben, Miss Jenner.« Sein aufgeräumter Tonfall klang aufgesetzt, und Harriet sah hinunter auf ihre Füße, denn sie schämte sich für sie beide. Jegliche Vertrautheit war dahin.

Während Mary die Gaslampen entzündete, brachte Robert Harriet zur Tür und verabschiedete sie mit einem letzten sehnsüchtigen Blick. Ihre Wangen glühten, als er das Wagnis einging, im Vorbeigehen ihre Hand zu berühren. Für einen kurzen Augenblick waren ihre Finger ineinander verschränkt. Nur eine Sekunde lang, doch es genügte, um sie die Treppe hinaufwandeln zu lassen, als würde sie nicht über den luxuriösen Teppich der Hausherrin laufen, sondern auf einer Wolke schweben.

NEUNUNDZWANZIG

Als aus den Tagen von Captain Daunceys Besuch Wochen wurden, gelangte Harriet zu der Erkenntnis, dass seine Schwester und er sich ungewöhnlich nahestanden. Genau genommen fand sie es sogar unnatürlich. Abgesehen davon, dass die beiden von morgens bis abends zusammensteckten, pflegten sie auch eine körperliche Vertraulichkeit, die für Harriets Geschmack über ein normales Maß hinausging, selbst in den eigenen vier Wänden. Sie war Einzelkind, von daher kannte sie sich mit geschwisterlichen Beziehungen nicht aus. Aber sie hatte noch nie erlebt, dass Helen auf die Idee gekommen wäre, liebevoll an Berties Ohrläppchen zu zupfen, und sie konnte sich auch nicht vorstellen, dass das jemals der Fall sein würde.

Wie ein verliebter Backfisch führte die Hausherrin sich auf, und wie ein törichter obendrein. Ständig am Rande der Hysterie und mit gerötetem Gesicht, konnte sie ihre Finger, von denen einer nun mit Gelbgold aus Indien beringt war, nicht von den Händen, dem Kragen oder dem Revers ihres Bruders lassen. Sie litt unter Schlaf- und Appetitlosigkeit, verweigerte ganz gegen ihre sonstige Gewohnheit sogar Kuchen und Konfekt. An drei von vier Tagen wurde der Doktor herbestellt, weil sie keine Luft bekam, nicht still sitzen konnte oder das Schnüren ihres Korsetts in Weinkrämpfen endete. Ungeachtet aller Zuneigung, die sie ihrem Bruder entgegenbrachte, bestand die traurige Wahrheit darin, dass Captain Daunceys lang ersehnter Besuch sie unglücklich machte. Und so gewann Harriet eine weitere

Erkenntnis, nämlich die, dass man jemanden auch *zu sehr* lieben konnte.

Was sich eines Morgens vor ihren Augen in dem kurzen Flur abspielte, der die Räume der Hausherrin von denen ihres Bruders trennte, lieferte den besten Beweis dafür. Glücklicherweise hatten die beiden sie nicht gesehen, sodass sie einen Schritt zurück auf den dunklen Treppenabsatz machen konnte. Doch sie sah noch, wie die Hausherrin sich vorbeugte und den Hals ihres Bruders küsste, dort, wo dichte Behaarung unter dem offenen Kragen hervorlugte, die ebenso blond war wie die an seinen Unterarmen. Eine so intime Geste schien selbst dem Captain zu viel, und so stieß er seine Schwester von sich. Das tat er recht spielerisch, dennoch brach die Hausherrin gedemütigt in Tränen aus und lief in ihr Zimmer. Der Captain verdrehte die Augen, bevor er ihr folgte und die Tür hinter sich schloss.

Louisas Überempfindlichkeit setzte sich eine oder zwei Wochen fort und machte nicht nur das Leben ihres Bruders, sondern auch das aller übrigen Bewohner von Fenix House zu einem Drahtseilakt bei Windstärke 10. Insgeheim war Harriet der Hausherrin fast dankbar, dass sie den Captain an der kurzen Leine hielt. So bestand wenigstens keine Gefahr, dass sie ihm allein begegnete, und er bekam gar nicht erst die Gelegenheit, ihr zu nahe zu treten. Seit dem Vorfall beim Krocket konnte er sich nicht einmal eine harmlose Bemerkung in ihre Richtung leisten, ohne für mindestens einen halben Tag den Unmut seiner Schwester auf sich zu ziehen.

Was das eine oder andere nächtliche Stelldichein mit Agnes betraf, so wusste Harriet nicht, ob er sich im Schutz der Dunkelheit hinunter in die Küche schlich, sobald die Hausherrin nach einem kräftigen Schluck ihres abendlichen Elixiers nicht mehr in der Lage war, dem entgegen-zuwirken. Doch überspannt wie sie war, suchte sie immer einen Grund für ihre Eifersucht und fand auch einen.

Ausgerechnet Bertie legte seinem Onkel schließlich den Strick um den Hals, den dieser sich selbst geknüpft hatte. Es steckte keine böse Absicht dahinter, denn so etwas lag dem Jungen völlig fern. Dennoch hielt Harriet es für ausgleichende Gerechtigkeit, dass der Mann, der seinen Neffen wegen einer harmlosen Nachricht an seine Gou-vernante aufgezogen hatte, durch einen Brief zur Strecke gebracht wurde. Die Hausherrin hatte an diesem Morgen die Post verpasst, weil sie nicht zum Frühstück erschienen war. Und hätte der Captain auf dem Weg zu ihrem Zim-mer besagten Brief nicht fallen lassen, wäre das Geheimnis, das er in Indien hütete, höchstwahrscheinlich unentdeckt geblieben.

Als Bertie aus dem Garten kam, um seinen Bleistift zu spitzen, entdeckte er das Corpus Delicti auf der dritten Treppenstufe von oben. Bei dem spärlichen Licht war das blütenweiße Papier kaum zu übersehen. Eigentlich nicht neugierig, war sein Blick zufällig auf den Absender ge-fallen, und so hob er den Brief auf und hielt ihn noch in der Hand, als er das Zimmer seiner Mutter betrat. Als der Captain ihm den Umschlag aus der Hand riss und Bertie von seiner Mutter in scharfem Tonfall gefragt wurde, von wem dieser Brief denn sei, antwortete er dementsprechend wahrheitsgemäß: »Auf der Rückseite steht, er kommt von einer Mrs. Dauncey in Indien, Mama.«

Bertie hätte sich sicher mit Geschichten über entfernte Großtanten aus Kalkutta oder Cousinen zweiten Grades in Bombay abspeisen lassen, doch der Hausherrin war in die-ser Hinsicht nichts vorzumachen. So blieb dem Captain nichts anderes übrig, als widerstrebend zuzugeben, dass er vier Monate zuvor geheiratet hatte, und zwar »ein junges Ding, das zwar Ähnlichkeit mit dir hat, Lulu, aber dir längst nicht das Wasser reichen kann«. Den Tobsuchtsanfall seiner Schwester konnte man fast bis zum Eishaus hören. Als Harriet ein paar Stunden später in die Küche kam, um Mrs. Rollright nach dem Essen für die Kinder zu fragen, erzählte Agnes die Geschichte zum x-ten Mal und schaffte es noch immer kaum, nicht in Gelächter auszubrechen. Dabei war sie nicht die Einzige, die den Vorfall mitbekommen hatte.

Tatsächlich waren sämtliche Bewohner von Fenix House darüber im Bilde, wie die Hausherrin dem Captain eine Teekanne an den Kopf geworfen und sich gleich darauf wieder ins Bett gelegt hatte. Im Gegensatz zu Agnes fand Harriet die dramatische Wendung der Ereignisse jedoch weniger amüsant. Denn je mehr Tage verstrichen, ohne dass die Geschwister Anstalten machten, sich zu versöhnen, desto mehr stieg auch ihre Anspannung. Erneut überkam sie dieses seltsame Gefühl, das ihr zuvor schon Sorge bereitet hatte. Sie spürte wieder das Kribbeln in ihren rastlosen Beinen, und am vierten Tag nach dem selbst gewählten Exil der Hausherrin erwachte Harriet mit zermürbenden Kopfschmerzen.

Der Traum der letzten Nacht hätte ihr möglicherweise Aufschluss darüber geben können, was all das zu bedeuten hatte, aber der Schmerz hinter ihren Schläfen war so betäubend, dass sie sich nicht mehr daran erinnern konnte. Wenn sie die Augen schloss, sah sie nichts außer einem grellen Licht, das in ihrem Kopf zu explodieren schien, als würde sie durch das Kaleidoskop schauen, das sie als Kind besessen hatte.

Sie war kaum in der Lage, den Unterricht abzuhalten. Bei jedem Versuch, sich zu konzentrieren, hatte sie das Gefühl, Farbblitze aus den Augenwinkeln zu sehen. Mitunter stieg ihr auch ein sonderbarer Geruch in die Nase, doch er verflüchtigte sich ebenso schnell wie zuvor der Traum. Nur einmal hatte sie ihn beinahe einordnen können – er erinnerte sie an den herben Geruch des Captains. Ein kalter Schauer lief ihr über den Rücken, dabei war es recht warm im Wohnzimmer. Mehr als einmal ertappte sie sich dabei, wie ihre Hand nach dem kleinen Dolch greifen wollte, den sie noch immer verborgen unter ihren Röcken bei sich trug. Außer den Gedanken an Robert war er das Einzige, was sie ein wenig beruhigte. Denn eines wusste Harriet genau: Solange die Hausherrin schmollte und ihr Bruder sich selbst überlassen war, durfte sie sich nicht in Sicherheit wiegen.

Von dem Gezeter und den Wutausbrüchen der Hausherrin einmal abgesehen, schien außer Harriet niemand in Fenix House eine unmittelbare Bedrohung zu spüren. Mrs. Rollright war mürrisch wie immer und ließ sich darüber aus, dass sie rund um die Uhr Berge von Essen bereithalten musste. Agnes schien zwar ein wenig schreckhafter zu sein als sonst, konnte sich aber kaum ungeschickter und arbeitsscheuer anstellen. Mrs. Rakes behielt ungeachtet aller Turbulenzen ihre gewohnte Souveränität. Als Mary in den überheizten, ungelüfteten Gemächern der Hausherrin ein Fenster öffnen wollte und daraufhin eine Stunde lang mit der Begründung, die Luft von draußen sei schädlich, getadelt wurde, legte die Haushälterin dem weinenden Mädchen tröstend einen Arm um die Schulter und verließ ungerührt mit ihr den Raum.

Einzig und allein Robert schien Harriets Unbehagen zu

teilen, musste er doch seit dem Zerwürfnis zwischen seiner Frau und seinem Schwager umso mehr Abende mit Letzterem verbringen. Als Herr des Hauses fühlte er sich offenbar dazu verpflichtet, seinem Gast die Zeit zu vertreiben. Dabei hatten die beiden Männer absolut nichts gemeinsam. Das führte spätestens in dem Moment zu weiteren Spannungen, als Robert den Captain fragte, wie er es denn hinbekommen habe, wochenlang freigestellt zu werden. Eigentlich war die Frage völlig harmlos gewesen, doch der Captain reagierte äußerst ungehalten, was jedem in Hörweite die Vermutung nahelegte, er habe sich mit den Obersten seines Regiments überworfen.

Auf die unbehagliche Atmosphäre zwischen den beiden Männern führte Harriet es zurück, dass Robert jeden Tag im Wohnzimmer vorbeischaute, vorgeblich um zu sehen, wie seine Töchter sich machten. Sicher ging es ihm dabei auch darum, sich mit ihr zu unterhalten, als Ausgleich für die zähen Gespräche mit Captain Dauncey, bei denen er Mühe hatte, ein gemeinsames Thema zu finden. Umso mehr schien er den selbstverständlichen Austausch mit ihr zu genießen, den sie seit dem Abend in seinem Arbeitszimmer leider kaum hatten fortsetzen können. Denn jedes Mal, wenn sie gerade ungestört waren, konnte man sich darauf verlassen, dass der Captain auf der Bildfläche erschien. Gottlob störte er wenigstens nicht mehr beim Unterricht, nachdem er zu Beginn seines Aufenthalts bereits von seiner Schwester zu hören bekommen hatte, er solle seine Nichten gefälligst nicht ablenken. Dabei wusste jeder, dass es der Hausherrin nur darum ging, ihn von deren Gouvernante fernzuhalten. So wurde das kleine Wohnzimmer für Robert und Harriet zum einzigen Raum in Fenix House, wo sie von der allgegenwärtigen Präsenz des Captains verschont blieben und ein paar Worte miteinander wechseln konnten.

Eines Tages kam Robert darauf zu sprechen, so leise, dass selbst Victoria, die das Gehör einer Fledermaus besaß, es nicht mitbekam. Im Vergleich zu der Stille während des Unterrichts herrsche im ganzen Haus ein ziemlicher Trubel, beklagte er sich. Ein anderes Mal drückte er es noch deutlicher aus, indem er gestand, das Haus verlassen zu können, wann immer seine Tätigkeit bei der Eisenbahn es erforderlich machte, wäre durchaus eine Erleichterung gewesen, wenn er nur Harriet in der Kutsche an seiner Seite hätte haben können, um ihren Austausch dort fortzusetzen. Was die gestörte Beziehung zwischen seiner Frau und seinem Schwager betraf, war offensichtlich, dass er sie als ungehörig und nervenaufreibend betrachtete. Doch darüber verlor er kein einziges Wort.

Das brauchte er auch nicht. Harriet verstand ihn auch so. Zweifellos war sie in besonderer Weise mit Robert verbunden. Sie freute sich über seine kurzen Besuche, aber es ging weniger darum, was er dann sagte, sondern vielmehr um die tiefere Bedeutung seiner Worte. Was wirklich zählte, waren die Feinheiten und Anspielungen zwischen den Zeilen. Es waren die Momente, in denen eine Spannung den Raum erfüllte, die die Sonne heller durch das Fenster scheinen ließ und alles um sie herum in sattere Farben tauchte. Oder wenn Robert sie aus seinen dunklen Augen ansah und sogleich den Kopf abwandte, als hätte ihr Blick ihn verbrannt.

Eines Morgens sprach er in Gegenwart seiner Töchter über ihre gegenseitige Zuneigung. Victoria musste es dieses Mal gehört oder zumindest die glühenden Wangen ihrer Gouvernante richtig gedeutet haben. Anders konnte Harriet sich die unverschämte Bemerkung, die darauf folgte, jedenfalls nicht erklären.

Kaum hatte Robert die Tür hinter sich geschlossen, meldete Victoria sich auch schon zu Wort. »Mein Vater gefällt Ihnen wohl, Miss Jenner?«

Harriet fuhr zu ihr herum. Victoria saß da wie ein Unschuldsengel. Sie drehte eine ihrer blonden Locken um einen Bleistift und schaute Harriet aus ihren leuchtend blauen Augen an. Helen, die eine Landkarte der amerikanischen Kontinente zeichnete, sah ebenfalls auf, als sie hörte, dass über ihren geliebten Vater gesprochen wurde.

»Aber selbstverständlich«, gab Harriet ausweichend zurück. »Er ist sehr nett – und ein guter Vater, Victoria.« Viel zu hastig hatte sie die Wörter abgespult. Nervös befeuchtete sie mit der Zunge ihre trockenen Lippen.

»Finden Sie, dass er gut aussieht?«, bohrte das kleine Mädchen weiter.

Abermals stieg Harriet die Röte in die Wangen. »Ich finde, du solltest dich auf deine Rechenaufgaben konzentrieren.«

Victoria wusste, dass sie gewonnen hatte, und widmete sich wieder ihrem Rechenbuch. Harriet versuchte, eine äußerst trockene Beschreibung der Kreuzzüge von Richard Löwenherz zu lesen. Doch sie behielt nicht mehr, als hätte sie den Text auf Arabisch vor sich.

Etwas würde in Fenix House geschehen, und das schon bald. Sie konnte es spüren. Es war, als würde sich der Boden unter ihren Füßen verschieben und Wellen schlagen, die sich zu einer riesigen Woge verdichteten, die alles mit sich reißen und an eine andere Stelle spülen würde. Das Gefühl der Beklemmung, das sie in der Gegenwart von Captain Dauncey überkam, war nach dem Krocketmatch nur zeitweilig abgeebbt. Nun, da die Hausherrin ihn auf unbestimmte Zeit verbannt hatte, kehrte es umso bedrohlicher zurück.

Wäre Harriet noch von Rachegelüsten beseelt gewesen, hätte sie sich die Situation zunutze machen können. Sie hätte verstohlene Blicke mit dem Captain tauschen, ihm wie zufällig über den Weg laufen und ihm ein scheues Lächeln schenken können. Sie hätte sich ihm gegenüber nur so zu verhalten brauchen, wie sie es inzwischen bei Robert tat. Den Captain für sich zu gewinnen hätte der Hausherrin wesentlich mehr zugesetzt als der vertraute Umgang mit ihrem Ehemann. Doch abgesehen von der tiefen Zuneigung, die Harriet für Robert empfand, wäre sie niemals in der Lage gewesen, dem Captain schöne Augen zu machen. Das wäre gegen jeden Instinkt gewesen. Jegliche Faszination, die er in ihr hervorgerufen hatte, weil er Dauncey hieß, war verflogen. Mochte er auch noch so anziehend auf andere Frauen wirken – bei Harriet erzielte er den gegenteiligen Effekt: Sie fand ihn abscheulich.

Unglücklicherweise schien ihre abwehrende Haltung sie in seinen Augen umso interessanter zu machen. Während Fenix House erneut eine Hitzewelle erlebte, musste sie Tag für Tag seinen anzüglichen Blicken und Bemerkungen ausweichen. Ohne seine Schwester im Nacken wurde er anmaßender und unverschämter. Keinem, der nur einen Augenblick hingesehen hätte, wäre es entgangen.

Mehr als einmal war Harriet aufgefallen, dass Agnes seinem Blick gefolgt war, wenn er sich den Hals nach Harriet verrenkte. Beim dritten Mal beschloss sie, Agnes darauf anzusprechen, zumal sie ihr nach dem Krocketspiel so unerwartet zur Hilfe gekommen war. Eines Morgens konnte sie das Hausmädchen auf dem Dachboden abfangen, als alle anderen noch schliefen. Agnes brachte Harriet und den höhergestellten Bediensteten immer heißes Wasser, und das schien eine günstige Gelegenheit zu sein. Harriet war im Morgengrauen aufgewacht und hatte sich gezwungen, wach zu bleiben, um sie nicht zu verpassen.

»Agnes«, rief sie leise. Das Hausmädchen stand auf dem oberen Treppenabsatz und rieb sich den Nacken, als wäre dieser steif von einer unruhigen Nacht auf ihrer harten Pritsche. »Agnes, hast du einen Moment Zeit?«

»Ist das Wasser nicht warm genug?«, fragte Agnes, als sie vor Harriets Zimmer stand. »Als ich es aus der Küche geholt habe, war es noch heiß. Ich habe keine Zeit, noch mal runterzulaufen und neues zu holen.«

»Nein, nein, ich bin sicher, das Wasser ist warm. Ich wollte dich nur etwas fragen.« Auf einmal kam Harriet ihr Anliegen unsinnig vor. Aber nun konnte sie nicht mehr zurück, also winkte sie Agnes herein und schloss die Tür.

»Ich muss wieder an die Arbeit, Miss. Wenn Sie eine Beschwerde haben, sollten Sie sich an Mrs. Rakes wenden.« Trotz Agnes' mürrischen Gesichts entging Harriet ihr wachsamer Blick nicht.

»Ich will mich nicht beschweren. Ich wollte dich nur nach Captain Dauncey fragen.« Harriets Tonfall klang selbstsicherer, als sie sich fühlte.

Agnes verschränkte die Arme. »Was ist mit ihm?«

»Also, zunächst einmal möchte ich mich bei dir für deine Hilfe bedanken, weil du mich letztens auf mein Zimmer hinaufgebracht hast.«

»Das war doch keine große Sache. Ich dachte, eine Frau kann bei so was besser helfen als ein ungeschickter, kräftiger Mann.«

»Da hast du ganz recht.« Harriet sah, dass Agnes nicht

nur verwundert, sondern auch skeptisch war. Es war ein Fehler gewesen, sie in ihr Zimmer zu rufen. Für Agnes war Harriets Position wahrscheinlich kaum niedriger als die der Hausherrin. Schließlich war sie klug und belesen, und sie trug einen Opalring. Den drehte sie nun nervös an ihrem Finger herum.

»Was wollten Sie denn jetzt, Miss? Ich will nicht unhöflich sein, aber ich muss wieder zurück in die Küche, sonst schaffe ich es nicht mehr rechtzeitig, die Feuer anzuzünden. Dann wird Mrs. Rollright mir gehörig was erzählen.« Sie machte einen Schritt zur Tür.

»Ich wollte … Ich wollte nur nicht, dass du etwas Falsches denkst.«

»Wieso? Wegen Ihnen und dem Captain?«, fragte Agnes und hielt sich eine Hand vor den Mund, um ihr Grinsen demonstrativ zu verbergen. »Was soll ich darüber denken, Miss? Er ist nett zu jeder Frau, die einen Puls hat, würde ich sagen. An Ihrer Stelle würde ich das nicht persönlich nehmen.«

Harriet verfluchte ihre helle Haut, bei der man sofort sah, dass ihr die Röte in die Wangen stieg. »Nein. Also, ja. Das ist sicher richtig. Aber ich …«

»Mit solchen Männern dürfen Sie nicht so zimperlich umgehen, Miss.« Agnes kicherte und verabschiedete sich mit einem angedeuteten Knicks. Als das Hausmädchen die Treppe hinunterlief, sank Harriet auf ihr Bett und dankte Gott, dass sie in ihrer Aufregung nicht auch noch Robert erwähnt hatte.

DREISSIG

Grace

Sobald Agnes und ich den Wald verlassen hatten, prasselte der Regen auf uns nieder. Als wir über den schlammigen Kiesweg rannten, hielt die Haushälterin mich noch immer am Arm fest und zerrte mich hinter sich her. Doch in Gedanken stand ich noch immer neben dem blauen See. Ich wünschte, ich hätte eine Hand in das unwirkliche Blau getaucht und das Wasser durch meine Finger rinnen lassen. Das seltsame Gefühl, das mich überkommen hatte, war bereits beinahe vergessen, und ich nahm mir vor, so bald wie möglich wieder dort hinaufzugehen. Es schien, als wehte ein Hauch dieses sonderbaren Ortes zwischen den dicht wachsenden Birken und Fichten mir hinterher wie der Atem einer lebendig pulsierenden Energie, die mich zu sich rief.

Erst als wir das Haus fast erreicht hatten, fiel mir ein, wer sich dort gerade aufhielt. Victoria. Das Bild, das ich mir von ihr gemacht hatte, stieg in meinem Gedanken vor mir auf und ließ endlich die hypnotische Wirkung des Blauen verblassen. Ich hatte sie mir immer hell und adrett vorgestellt: platinblonde Locken, blütenweißes Schürzchen und kleine weiße Zähnchen, die man sah, wenn sie übermütig lachte oder wütend kreischte. In dem Moment war ich mir nicht sicher, ob ich bereit war, auch diese Vorstellung aufzugeben, um festzustellen, dass ein weiteres Detail aus den Erzählungen meiner Großmutter sich bis zur Unkenntlichkeit verändert hatte. Es fiel mir schwer genug, mich damit abzufinden, wie sehr Bertie und Agnes gealtert waren, vom Familienoberhaupt auf dem Dachboden und dem erbarmungswürdigen Zustand des Hauses ganz zu schweigen. Selbst von den Ruinen war nichts mehr zu sehen. Sollte es mir mit Victoria nun genauso gehen? Vielleicht wäre es besser, mich unbemerkt die Treppe hinaufzuschleichen.

Hätten wir das Haus durch das Hauptportal betreten, wäre mir das möglicherweise gelungen. Aber Agnes ging aus alter Gewohnheit die rutschigen, moosbewachsenen Stufen zum Dienstboteneingang hinunter, der in die Spülküche führte. Ich folgte ihr und war noch damit beschäftigt, mir die geborgten Gummistiefel auszuziehen, als ich aus der Küche eine unbekannte Stimme hörte. Die knapp artikulierten Vokale ließen auf die privilegierte Herkunft der Sprecherin schließen und der energische Tonfall auf ihren Charakter. Immerhin, der hatte sich offenbar nicht verändert.

»Oh, Agnes, da sind Sie endlich!«, hörte ich sie aus dem Raum nebenan und blieb außerhalb ihrer Sichtweite in der Spülküche stehen. »Dem Himmel sei Dank! Der Braten ist kurz davor, sich in einen Meteoriten zu verwandeln, und die Zuckerdose ist leer. Ich habe schon alles abgesucht. Ich habe zu David gesagt: ›Jetzt ist sie mit Sack und Pack verschwunden. Das hast du dir selbst eingebrockt.‹ Doch hier sind Sie, nass bis auf die Knochen, aber immerhin noch unter uns.«

Ich schluckte nervös und betrat die Küche. Etwas anderes wäre mir auch nicht übrig geblieben, es sei denn, ich hätte zurück zum Haupteingang laufen wollen. Und das schien mir dann doch zu lächerlich. Abgesehen davon war nun, da ich bereits ihre Stimme gehört hatte, meine Neugier geweckt. Jetzt wollte ich mir auch ansehen, was aus ihr geworden war.

»Ah, Sie sind bestimmt die neue Gouvernante«, rief sie, als sie mich erspähte. Sie war einen halben Kopf größer als Agnes, und obwohl sie im Schatten unter dem hohen Fenster stand, konnte ich ihr Haar deutlich erkennen. Es war genauso hell, wie ich es mir vorgestellt hatte, und schien in dem düsteren Raum eine eigene Leuchtkraft zu entfalten. Nur die Locken waren verschwunden. Sie trug es glatt, an der Seite gescheitelt und hinter die Ohren geklemmt.

Während ich sie stumm anstarrte, kam sie auf mich zu und reichte mir die Hand. »Victoria Pembridge. Granger, müsste ich eigentlich sagen, aber der Name hat mir noch nie gefallen. Ist einfach nicht meiner.«

»Grace Fairford.« Ich gab ihr die Hand.

»Sie kommen aus Bristol, oder?«

Ich nickte. Sie war eine gut aussehende Frau, alles Niedliche war verflogen und einer reiferen Attraktivität gewichen. Ich hatte den Eindruck, sie hatte es bewusst abgelegt, weil sie es als infantil und viel zu feminin empfunden hatte. Vermutlich hatte sie aus demselben Grund auch ihr Haar gekürzt. Ihre Augen aber hatten sich mit Sicherheit nicht verändert. Sie waren genauso, wie ich sie mir vorgestellt hatte: groß und strahlend, nur eine oder zwei Nuancen heller als das Wasser des blauen Sees.

»Wenn Essie nicht demnächst auf die Mädchenschule ginge, würde ich in Betracht ziehen, sie auch bei Ihnen unterzubringen«, sagte sie und musterte mich gelassen mit ihren leuchtenden Augen. »Wir können uns glücklich schätzen, dass wir hier eine so gute Schule für Mädchen haben. Ich finde, sie ist sogar besser als das Pendant für Jungen. Bertie hat dort weiß Gott nicht viel gelernt. All sein Wissen hat er sich im Garten und im Wald selbst angeeignet. Ich bin auch auf die Mädchenschule gegangen. Bin da immer wieder unangenehm aufgefallen. Anscheinend ziehe ich so etwas an. Aber trotzdem hat die Schulzeit mir Freude bereitet. Die Hälfte der Frauen von der Freiheitsliga sind alte Schulkameradinnen.«

»Wie alt ist Ihre Tochter denn?«

»Essie ist zwölf. Sie hat ein Schuljahr verpasst, weil wir so lange auf Reisen waren. Aber Reisen bildet. Was könnte also besser sein, als sich die Welt anzusehen? Zwölf!« Sie schüttelte den Kopf. »Kaum zu glauben, wie schnell die Jahre vergehen.«

Essie war jünger, als ich gedacht hatte. Victoria musste sie recht spät bekommen haben. Das Mädchen war nur ein paar Jahre älter als Lucas, dabei gehörte sie zur Generation seines Vaters.

Ich machte wohl einen leicht abwesenden Eindruck, denn abermals musterte mich Victoria aus ihren unglaublichen Augen. »Ist alles in Ordnung, Miss Fairford? Sie scheinen mir eine Gouvernante der verträumteren Sorte. Als ich noch klein war, hatten wir auch eine. Die war richtig auf Zack. Da konnte ich mir keine Eskapaden erlauben.«

Ich versuchte zu lächeln. »Mir geht es gut. Es ist nur … Für einen Moment dachte ich, ich hätte Sie schon einmal irgendwo gesehen. Déjà-vu nennt man das, glaube ich.«

Darauf sagte sie nichts. Hoffentlich hielt sie mich nicht für übergeschnappt. »Nun, wie gesagt, für Lucas wäre es sicher nicht schlecht, eine Mitschülerin zu haben, aber Essie will unbedingt zur Schule gehen. Nachdem ich ihr ständig von dieser Mädchenschule vorgeschwärmt habe, ist das auch kein Wunder. Deshalb sind wir nun zurückgekommen. Wir wollten den Beginn des neuen Schuljahrs nicht verpassen. Aber eine Woche fehlt uns schon, weil wir auf das Geld für die Schiffspassage warten mussten. Granger war diesmal noch knauseriger als sonst, sodass wir in einer ziemlich miesen Pension in Deauville festsaßen. Aber ab morgen geht sie zur Schule.«

»Dann wollen Sie beide jetzt dauerhaft bleiben?«, fragte Agnes erstaunt.

»Das Mädchen möchte endlich Wurzeln schlagen, und ich kann es ihr nicht verdenken. Antibes hat ihr gefallen, Juan-les-Pins auch. Ihr Französisch hat sich von Tag zu Tag verbessert. Sie musste immer das Essen für uns bestellen, ich habe nämlich einen grauenhaften Akzent. Aber ich bin von uns beiden die Weltenbummlerin, und ich war lange genug egoistisch. Eigentlich wollte ich den Winter unbedingt in Ägypten verbringen. Ich bin mir sicher, Carnarvon steht vor einer großen Entdeckung, und ich wäre zu gern dabei …« Sie stieß einen sehnsüchtigen Seufzer aus. »Aber Essie zuliebe werde ich mein Versprechen halten.«

»Dann bekommt sie ein Zimmer in der Schule?«, fragte ich. »Agnes hat erzählt, das Haus Ihres Mannes sei in der Nähe von Tetbury. Das ist doch ziemlich weit entfernt.«

»Oh, das wäre viel zu lästig, aber in der Schule will ich Essie nicht wohnen lassen. Dabei gefiele es ihr vielleicht sogar recht gut. Nein, wir werden nächste Woche hier einziehen. Bis alles arrangiert ist, übernachten wir im Queens.«

»Sie ziehen hier ein?«, rief Agnes außer sich.

»Ich dachte, Sie würden sich darüber freuen, meine Liebe. Mit Essie und mir und Miss Fairford noch dazu sind wir dann genauso viele Frauen wie Männer. Außerdem ist Fenix House in einem furchtbaren Zustand. Schlimmer denn je. Ihnen fällt es wahrscheinlich gar nicht mehr auf, weil Sie es jeden Tag sehen. Aber unser Neuankömmling

würde mir sicher beipflichten, darauf könnte ich wetten.«
Sie warf mir einen Blick zu. »Das Haus macht einen richtig
düsteren Eindruck, von dem ganzen Dreck will ich gar
nicht erst reden. Gottlob bin ich zur rechten Zeit zurückgekommen.«

»Und warum wollen Sie nicht in Ihr Haus in Hampstead
ziehen?«, fragte Agnes. »In London gibt es doch bestimmt
viele Schulen für die Kleine.«

»Es ist für ein weiteres Jahr vermietet. Die Mieter sind
furchtbar nett, und sie zahlen immer pünktlich. Da konnte
ich sie nicht einfach vor die Tür setzen. Außerdem wird
Essie genug Zeit haben, sich in London zu vergnügen,
wenn ich meine irdische Hülle abstreife und ihr das Haus
vermache. Das Mädchen hat sich in den Kopf gesetzt, auf
diese Mädchenschule zu gehen. Und wer bin ich, dass ich
es ihr verweigern könnte? Ich kenne kein anderes Kind,
dass sich so sehr auf die Schule freut.«

»Aber wo wollen Sie hier schlafen?«

»Also, Agnes, das ist doch wohl das geringste Problem.
Es gibt so viele Räume. Wir könnten Mamas ehemalige
Zimmer nehmen. Essie ist es gewohnt, sich ein Zimmer
mit mir zu teilen. Sie freut sich bestimmt, überhaupt ein
eigenes zu bekommen, auch wenn es gleich neben meinem liegt.«

»Da ist nicht mehr sauber gemacht worden, seit die
Hausherrin gestorben ist. Und ehrlich gesagt, gehe ich da
nicht gerne rein. Irgendwie befällt einen da ein komisches
Gefühl.«

Victoria verdrehte die Augen. »Sie sind schon genauso
schlimm wie Bertie. Wenn die Räume so lange nicht gereinigt wurden, wird es höchste Zeit. Meine Güte, was machen
Sie hier nur alle den ganzen Tag lang?«

»Ich bin rund um die Uhr beschäftigt, das kann ich Ihnen versichern«, gab die Haushälterin empört zurück.

»Ist schon gut. Kein Grund, eingeschnappt zu sein. Ich mache gern einen Frühjahrsputz, auch wenn er im Herbst stattfindet.«

»Haben Sie Seiner Durchlaucht schon erzählt, dass Sie vorhaben, hier einzuziehen?«

»Selbstverständlich«, antwortete Victoria und schien sich köstlich zu amüsieren. In dem Moment schimmerte das freche kleine Mädchen von damals durch. »Sein Gesicht hätten Sie sehen sollen! Aber er wird sich schon daran gewöhnen. Außerdem war es mein Zuhause, lange bevor es zu seinem wurde.«

»Lucas wird sich sicher freuen«, warf ich ein. »Er hat mir schon viel von Essie erzählt.«

»Sie ist gerade oben bei ihm. Ich habe ihr gesagt, sie soll ihm selbst von der guten Neuigkeit berichten. Aber da wir gerade von ihm sprechen – wie macht er sich denn?«

»Ich glaube, es ist eine Verbesserung eingetreten. Zumindest schläft er tagsüber nicht mehr so viel.«

»Da haben Sie wohl ein glückliches Händchen. Seit Frannies Tod packt David den Jungen viel zu sehr in Watte. Das tut ihm überhaupt nicht gut. Immerhin da ist Agnes ganz meiner Meinung.«

Die Haushälterin nickte bedeutungsvoll. »Wenn Sie mich fragen, sollte kein Kind in dem Alter selbst entscheiden dürfen, ob es aufsteht oder den ganzen Tag im Bett liegen bleibt.«

»Da kann ich Ihnen nur beipflichten«, sagte Victoria und nickte ebenfalls. »Ich fände es natürlich besser, wenn er zur Schule ginge, doch ich sehe ein, dass er dafür zu anfällig ist. Aber wenn Essie hier wohnt, hilft ihm das bestimmt. Sie scheint der einzige Mensch zu sein, den er wirklich mag. Sie hat eine unendliche Geduld mit ihm. Nicht viele Mädchen in ihrem Alter würden sich dazu herablassen, den ganzen Tag mit einem Jungen zu verbringen, der so viel jünger ist. Ich habe schon zu ihr gesagt: ›Ich weiß nicht, mit welchem Zauberspruch du ihn gezähmt hast …‹ Jetzt muss ich aber diese Zuckerdose nach oben bringen, sonst hat David wieder etwas, worüber er sich aufregen kann. Agnes, ich habe doch noch Zeit, zu Pa hinaufzugehen, bevor Sie das Essen bringen, oder?« Sie sah mein erstauntes Gesicht. »Sagen Sie mir nicht, es hat Ihnen niemand von ihm erzählt.«

Ich schüttelte den Kopf. »Aber ich glaube, ich bin Ihrem Vater schon begegnet. Und gehört habe ich ihn auch. Einmal bin ich nachts aufgestanden, weil ich nicht schlafen konnte. Er hat mich wohl gar nicht bemerkt.«

»Wie könnte er auch. Er ist mittlerweile blind wie ein Maulwurf, der arme Kerl. Bertie wird es irgendwann genauso gehen, das ist Ihnen sicher schon aufgefallen. Zum Glück sind meine Augen noch gut wie eh und je. Habe ich wohl von Mama geerbt. Ihre Adleraugen reichten für zwei. Von ihr habe ich auch dieses Blau.«

Ich holte tief Luft. »Ich hatte mir schon Gedanken über den älteren Mr. Pembridge gemacht, aber ich wollte nicht neugierig sein.«

»Jemand hätte es Ihnen sagen müssen, meine Liebe. Besonders, da Sie Ihr Zimmer auf derselben Etage haben. Sie haben sich bestimmt erschreckt, als er da plötzlich herumschlurfte. Bitte denken Sie nicht, wir hätten ihn herzlos dorthin verfrachtet. Aber er ist nicht mehr so, wie wir unseren Papa kannten. Er ist am liebsten allein, deshalb ist er auf den Dachboden gezogen. Mrs. Rakes' ehemaliges Zimmer hätte ihm gereicht. Aber vor ein paar Jahren haben wir die kleinen Zimmer auf der Nordseite zu einem großen Raum für ihn umgebaut. Er würde lieber das ganze Haus so lassen, wie es war, auch wenn uns das Dach über dem Kopf zusammenbricht. Er hat sich immer mehr zurückgezogen. Dabei habe ich alles Mögliche versucht, um ihn vor die Tür zu locken. Aber das regt ihn nur auf und verwirrt ihn noch mehr. Er hat die Zeit aus dem Blick verloren, wenn Sie mir dieses Wortspiel gestatten. Und wir haben uns damit abgefunden, dass er lieber seine Ruhe haben will. Seine Welt besteht nur noch aus den Eisenbahnzügen, die er da oben hat. Er hat die letzten Jahrzehnte völlig verdrängt. Wir lieben ihn noch genauso wir früher, deshalb tun wir, was für ihn das Beste ist: Wir lassen ihn gewähren.«

»Züge, sagten Sie?« Ich dachte an die merkwürdigen Geräusche, die ich gehört hatte, dieses Surren und Pfeifen.

Victoria seufzte aus tiefstem Herzen. »Modellzüge natürlich. Pa hat für die Eisenbahngesellschaften gearbeitet. Hauptsächlich für die GWR. Gottes Wundervolle Rieseneisenbahn, hat er immer gesagt, als wir klein waren. Er hat sehr viel von Brunel gehalten.«

Ein plötzlicher Schmerz erfasste meinen Kopf, aber ebenso schnell ebbte er wieder ab. Für einen Moment hatte ich die Uhr der Getreidebörse in Bristol vor Augen: den schwarzen Zeiger und den roten Schatten, zehn entscheidende Minuten dahinter. »Great Western Railway«, sagte ich gedankenverloren und kniff die Augen zusammen, um den Schmerz vollständig zu vertreiben.

»Wahrscheinlich sind Sie schon damit gefahren. Sie kommen doch aus Bristol. Pa hat seine Arbeit geliebt, aber dann ... Er ist wohl nie darüber hinweggekommen. Sie sollten sich einmal ansehen, was er alles in seinem Zimmer hat.

Vorausgesetzt, man kann überhaupt etwas erkennen. Da ist es nämlich stockdunkel. Warum er darauf so hartnäckig besteht, kann ich immer noch nicht nachvollziehen. Bei seinen schlechten Augen sollte man meinen, er wäre froh, wenn es so hell wie möglich ist.«

Ratlos schüttelte sie den Kopf und richtete den Blick wieder auf mich. »Nun denn, Miss Fairford, schön, dass wir uns kennengelernt haben. Ich wünsche Ihnen alles Gute. Und lassen Sie sich bloß nicht beirren, wenn mein Neffe sich einbildet, er müsste Ihnen bei Lukas reinreden. Hunde, die bellen, beißen nicht. So ist das bei David. Das brauchen Sie nicht ernst zu nehmen. Mit Ihrem neuen Schützling haben Sie es sicherlich schwerer. Er kann ganz schön biestig werden. Da müssen Sie sich etwas einfallen lassen. Aber Essie und ich stehen Ihnen mit Rat und Tat zur Seite, sobald wir uns hier häuslich eingerichtet haben.« Sie nahm Agnes die aufgefüllte Zuckerdose und eine Zange aus angelaufenem Silber aus der Hand. Bevor sie ging, drehte sie sich noch einmal zu mir. »Ach, und vielleicht wollen Sie einmal zu einem Treffen der Frauen-Freiheitsliga mitkommen? Der Ortsverein hat in letzter Zeit nur noch vor sich hingedümpelt. Aber jetzt, wo ich auf Dauer wieder hier wohne, werde ich den Laden auf Vordermann bringen. Wir könnten ein wenig frisches Blut gebrauchen. In Cheltenham wimmelt es von Offiziersfrauen und herrischen alten Tanten wie mir. Seit der Krieg zu Ende ist und die Männer zurück sind, scheint mir, wir verlieren unser ursprüngliches Ziel aus den Augen. Das Ganze ist nur noch ein einziger Kaffeeklatsch. Nicht mehr wie in den alten Zeiten, als wir mit Fahnen und Bannern auf die Straße gingen. Na ja.«

Ohne meine Antwort abzuwarten, verschwand sie mit

energischen Schritten in dem dunklen Gang, der zur Treppe führte.

Auf einmal wirkte die Küche richtig verlassen. Was mich viel mehr irritierte als die unerwartete Begegnung an sich war die Tatsache, dass ich Victoria ungeachtet all der Geschichten über das freche kleine Mädchen wirklich mochte. Ich fragte mich, ob etwas geschehen war, das sie so verändert hatte. Vielleicht war sie auch bloß erwachsen geworden.

EINUNDDREISSIG

Am folgenden Montagmorgen herrschte klirrende Kälte, die rötlichen Blätter sahen vor dem klaren blauen Himmel aus wie züngelnde Flammen. Es war einer dieser typischen Herbsttage, von denen ich Lucas erzählt hatte: einer der Tage, an denen ich die Mädchen in Clifton beneidet hatte, wenn sie in ihren Uniformen und mit ihren Ranzen zur Schule rannten, um vor dem Läuten der Glocke dort zu sein und neue Freundschaften zu schließen. Gut, dass Essie es besser hatte als ich damals.

Am Samstag hatte ich Essie dann doch nicht mehr kennengelernt. Ich hatte sie nur von einem der oberen Fenster aus gesehen, als sie mit Victoria zu Fuß das Haus verließ. Ebenso fasziniert, wie ich in der Küche von ihrer Mutter gewesen war, starrte ich auf das schlanke Mädchen mit dem wehenden glänzenden Haar. Als hätte sie meinen Blick gespürt, drehte sie sich um, als sie durch das Tor gingen. Doch hinter dem dunklen Fenster hatte sie mich bestimmt nicht gesehen.

Angesichts des strahlenden Wetters und der Aussicht, dass Victoria und Essie bald einziehen würden, sah ich meinem Aufenthalt in Fenix House so optimistisch entgegen wie noch nie seit meiner Ankunft. Ich hatte Lucas ein Buch über das Sonnensystem gegeben, da ich erfahren hatte, dass er sich sehr für dieses Thema begeisterte. Nun wollte ich mich auf die Suche nach Pembridge machen. Mittlerweile waren mir die Abläufe in Fenix House vertraut. Ich wusste, wann der richtige Zeitpunkt war, um Agnes eine Tasse Tee abzuluchsen, wann Bertie sich für gewöhnlich auf seinen täglichen Rundgang durch den Garten machte, und wo Pembridge tagsüber zu finden war. Anstatt sich in das Arbeitszimmer seines Großvaters zurückzuziehen, setzte er sich zum Arbeiten immer an den Tisch im Speisezimmer. Worin diese Arbeit bestand, war mir allerdings immer noch nicht klar. Mir selbst wäre es dort viel zu dunkel gewesen. Außerdem roch es grundsätzlich nach dem Essen vom Abend zuvor.

Vermutlich wollte er dem Porträt seiner verstorbenen Frau aus dem Weg gehen. Vielleicht wollte er auch Agnes ein bisschen ärgern, denn jedes Mal, wenn sie den Tisch für das Abendessen decken wollte, musste sie zuerst seine Bücher und Füllfederhalter beiseiteräumen. Ein richtiges Mittagessen gab es in Fenix House eigentlich nicht. Bertie vergaß mittags ohnehin zumeist, etwas zu essen. Wer Hunger hatte, ging hinunter in die Küche, um Agnes etwas aus dem Kreuz zu leiern. In der Regel waren es Konserven oder Getrocknetes aus ihrem immensen Vorrat an Corned Beef, Sardinen und eingeweckten Birnen. Der Nachtisch enthielt grundsätzlich Vanillesauce aus der Büchse, vermutlich, um den Aufwand möglichst gering zu halten und alles, was nicht recht gelang, damit zu kaschieren. Wenn Lucas nicht darauf bestand, zusammen mit mir in seinem Zimmer zu essen, holte ich mir einen Teller mit Resten und gesellte mich zu Agnes.

Als ich an diesem Montag das Speisezimmer betrat, hatte Pembridge sich wie gehabt mit seinen Büchern und Papieren an der langen Tafel ausgebreitet, ohne sich daran zu stören, dass Agnes die schmutzige Tischdecke wieder einmal nicht gewechselt hatte.

Er sah von seiner Arbeit auf und sagte gequält: »Sagen Sie nichts. Nachdem Sie Tante V kennengelernt haben, wollen Sie bestimmt schwesterlich für dieselbe Sache eintreten und mich herunterputzen.« Unwillig markierte er eine Stelle im Buch und schlug es mit einem solchen Knall zu, dass ihn sogleich eine Staubwolke umhüllte.

»Ja, Mrs. Granger hat gesagt, ich soll mich von Ihnen nicht beirren lassen, Mr. Pembridge.« Ich lächelte ihn an, damit er wusste, dass ich nur einen Scherz machen wollte. Ich war recht stolz auf meinen eigenen Wagemut. »Da sie noch furchteinflößender ist als Sie, werde ich mich daran halten.«

Er lachte trocken auf und machte sofort ein Gesicht, als ob er es am liebsten gleich zurückgenommen hätte. »Aha. Was kann ich also für Sie tun, Miss Fairford?«

»Ich wollte Ihnen berichten, dass Lucas und ich gut miteinander zurechtkommen. Er hat schon eine Menge gelesen. Und für dieses Radio ist er mittlerweile Spezialist. Aber ich glaube, man müsste ihm ein bisschen mehr bieten.«

»Soll ich einen Zirkus für ihn engagieren?«

Ich senkte den Blick.

»Sarkasmus ist mir zur zweiten Natur geworden«, erklärte er seufzend. »Was genau haben Sie im Sinn?«

»Nichts Außergewöhnliches. Ein paar weitere Bücher

vielleicht. Er hat großes Interesse an Planeten und Sternen. Und ich hätte gern Ihre Erlaubnis, ab und zu mit ihm nach draußen zu gehen.«

»Dafür ist er zu schwach.«

»Ich will ja keine Wanderung durch die Wälder machen. Aber wenn wir im Garten gelegentlich ein wenig frische Luft schnappen könnten, würde er sicher mehr Farbe im Gesicht bekommen. Bald wird es zu kalt sein, aber noch ist das Wetter mild. Heute ist solch ein strahlender Tag.«

Pembridge runzelte die Stirn, als wäre das Wetter für ihn bisher überhaupt kein Thema gewesen. »Das muss ich mir noch überlegen.«

»Danke. Mehr wollte ich gar nicht.«

Ich stand auf und wollte gehen, als er mich plötzlich fragte: »Sie verstehen sich also gut mit ihm?«

»Ja, sehr gut sogar. Haben Sie das nicht bemerkt, als Sie vorhin vor der Tür standen?«

Er errötete. »Woher wissen Sie, dass ich vor der Tür stand?«

Lächelnd schüttelte ich den Kopf, als mir auffiel, dass ich es selbst nicht hätte sagen können. Ich hatte ihn einfach dort stehen sehen, als wäre die Tür aus Glas. »Weiß ich auch nicht. Das war nur eine Vermutung.«

»Es ist nicht so, dass ich Ihnen nicht trauen würde und Sie kontrollieren möchte. Ich hoffe, das wissen Sie, Miss Fairford. Aber ich bin sehr beeindruckt davon, welche Fortschritte Sie bereits erzielt haben. Ich höre so gern seine Stimme, wenn er fröhlich ist. Aber ich wollte Sie nicht stören oder ihn hemmen. Deshalb bin ich nicht hereingekommen.«

»Sie können gerne zuhören, wann immer Sie wollen, Sir.«

»Bitte, nennen Sie mich einfach David.«

»Leider glaube ich, dass ich Sie gedanklich schon unter ›Pembridge‹ abgelegt habe.«

»Soso, dann muss ich Sie wohl auch beim Nachnamen nennen, wie es gute alte Freunde tun.« Zum ersten Mal an diesem Tag lächelte er richtig, und wieder stellte ich verblüfft fest, wie sehr es ihn veränderte. Er wirkte zehn Jahre jünger. »Also, Fairford, alter Junge, über diese Frischluftgeschichte werde ich mir Gedanken machen. Kommen Sie doch einfach morgen um die gleiche Zeit wieder, dann sage ich Ihnen, was ich davon halte. Wie wäre es, wenn Sie Agnes überreden, uns Tee zu bringen? Vielleicht auch ein Stück Kuchen.«

Ich lächelte dankbar und zog mich dann zurück, bevor er es sich anders überlegen konnte.

ZWEIUNDDREISSIG

Ein paar Tage später – Pembridge hatte mir inzwischen die Erlaubnis für einen Spaziergang mit Lucas erteilt – bekam ich einen weiteren Brief von meiner Großmutter. Als Agnes ihn mir gab, machte Lucas gerade seinen Mittagsschlaf, daher beschloss ich, auf mein Zimmer zu gehen und den Brief sofort zu lesen. Vertieft in meine Gedanken, weil ich überlegte, was sie mir diesmal geschrieben haben könnte, bemerkte ich erst, dass die Tür von Robert Pembridges Zimmer nur angelehnt war, als ich daran vorbeigehen wollte.

Ich blieb stehen und spähte hinein. Ich hörte nichts, und

sehen konnte ich ebenso wenig. Da die Tür bloß einen Spaltbreit offen war und ich genau davorstand, drang vom Treppenabsatz kein Licht hinein. Ich öffnete sie ein Stückchen weiter, froh, dass sie noch recht neu war und das Holz nicht knarrte.

Es war immer noch dunkel, aber das Licht reichte, um die Umrisse der Möbel, das ungemachte Bett und etwas, das auf dem Boden ausgebreitet war, zu erkennen. Aber genau konnte ich es nicht sehen. Als ich schlurfende Schritte hörte, trat ich hastig einen Schritt zurück. Dabei fiel mir der Brief aus der Hand und landete mit einem dumpfen Schlag auf dem Boden.

»Ist da jemand? Vicky, mein liebes Kind? Oder bist du es, Essie, meine Kleine?«

Die Stimme klang nicht so zitternd wie in der Nacht, als ich sie zum ersten Mal gehört hatte, auch nicht so verwirrt. Ich nahm all meinen Mut zusammen – aber was hatte ich von einem alten, halb blinden Mann auch zu befürchten? – und klopfte an die Tür. »Mr. Pembridge? Darf ich hereinkommen?«

Ohne seine Antwort abzuwarten, betrat ich den Raum. Ich konnte noch immer kaum etwas erkennen, aber ich sah, dass der alte Herr in einem Ohrensessel vor dem Kamin saß und mir das Gesicht zugewandt hatte. Er stützte sich mit den Händen auf die Armlehnen und versuchte aufzustehen.

»Oh, nein, bleiben Sie ruhig sitzen«, sagte ich. Ich ging rasch zu ihm hinüber und half ihm zurück in den Sessel.

»Es ist so dunkel hier«, sagte er verwundert. »Warum ist es so dunkel? Ich sehe ja gar nichts.«

»Warten Sie, ich öffne die Vorhänge.« Ich eilte zu einem der drei Fenster, die wohl zu den ehemaligen Zimmern der

Haushälterin, der Köchin und der beiden Mädchen gehört hatten. Die schweren Vorhänge waren in Falten geschlagen und schleiften über den Boden. Wahrscheinlich hatten sie einmal vor größeren Fenstern im Erdgeschoss gehangen und waren dann hier aufgehängt worden, um möglichst wenig Licht hindurchzulassen, so wie Robert Pembridge es gerne wollte. Ich zog den ersten Vorhang zur Seite und wollte zum zweiten gehen, als mein Blick auf den Fußboden fiel. Sofort blieb ich stehen. Zwei Drittel des Bodens waren von der Modelleisenbahn bedeckt, von der Victoria erzählt hatte. Es grenzte an ein Wunder, dass ich nicht darauf getreten war.

Was ich mir darunter vorgestellt hatte, war nichts im Vergleich zu dem, was Robert Pembridge angesammelt hatte: meterlange Schienen in Miniatur, Brücken und Häuser, eine kleine Kirche mit Wetterhahn auf der Turmspitze, Schafe mit Wolle aus Watte auf grünen Wiesen, winzige Figürchen, die Menschen darstellten und in den Gärten kleiner Cottages arbeiteten oder mit Hut und Mantel auf dem Bahnsteig standen. Ein kleines Mädchen in einem blauen Kleid saß auf einem Zaun und winkte mit einem weißen Taschentuch, während sich ein Bahnwärter aus dem Fenster seines Signalhäuschens lehnte und auf den nächsten Zug wartete, den Blick auf ewig in die Ferne gerichtet. Es gab nur eine einzige Lokomotive, aber die war ein handwerkliches Meisterstück. Schwarz und rot lackiert, zog sie drei Waggons und stand auf einem Abstellgleis. Ein kleines Kunstwerk. Das Bild meiner Eltern flackerte vor meinem geistigen Auge auf und verblasste wieder.

»Ist unser kleiner Wildfang wieder frech zu dir gewesen?«, fragte der alte Herr mit leisem, krächzendem Lachen.

Verwundert sah ich ihn an, noch ganz ergriffen von der Miniaturwelt zu meinen Füßen. »Sprechen Sie von Lucas, Mr. Pembridge? Heute war er eigentlich recht umgänglich. Er bastelt Modelle von Planeten, und das macht er schon sehr gut.«

Er runzelte die Stirn und rieb sich die Augen. Die Haut an seinen Händen war voller Altersflecke und schien beinahe durchsichtig zu sein, sodass sich jeder Knochen darunter abzeichnete. »Lucas? Ich glaube nicht, dass ich einen Lucas kenne. Ist das der Sohn von Helen? Er ist noch nicht lange hier. Sieht sehr adrett aus in seiner Schuluniform. Große ernste Augen unterm Käppchen. Ich weiß gar nicht, von wem er die hat. Helens sind nicht so dunkel. Sie kommt eher nach mir.«

Vorsichtig ging ich um die Modelleisenbahn herum und zog einen alten Hocker neben den Ohrensessel. Ich setzte mich und nahm die Hände des alten Mannes sanft in meine. Sie fühlten sich leicht und zerbrechlich an, die Haut hing lose über den mageren Knochen. Ich sah in sein Gesicht und suchte nach Ähnlichkeiten. Er hatte die gleiche Stirn wie David, und der wiederum hatte sie Lucas vererbt. Und trotz der unterschiedlichen Farbe ähnelten seine Augen denen von Victoria.

Er wandte den Blick von seiner Miniaturwelt ab und sah mich blinzelnd an. »Ich kann immer noch nicht richtig sehen«, klagte er. »Aber dieser Raum war schon immer dunkel. Ich muss Dilger unbedingt sagen, er soll die Koniferen schneiden.«

Ich fragte mich, in welchem Raum er zu sein glaubte – und in welchem Jahrzehnt. Für ihn war all das so lebendig, dass es mir vorkam, als würden die Geister der Vergangenheit auferstehen. Er war tatsächlich davon überzeugt, dass

Dilger an einem Herbsttag im letzten Jahrhundert die Sträucher und Pflanzen im Garten beschnitt. In seiner Vorstellung waren noch alle Dienstboten im Haus und hielten es in Schuss. Sein Sohn ging in Cheltenham zur Schule und mühte sich mit lateinischen Verben ab, während seine Töchter zu Hause unterrichtet wurden und seine Frau überlegte, was sie anziehen sollte. Wer weiß, vielleicht war das gar nicht so schlecht – wo sich in Wirklichkeit alles verändert hatte und hinfällig oder verloren war.

Die tief stehende Sonne schien nun hell durch das eine Fenster, aber vielleicht würde es ihm helfen, wenn ich die anderen Vorhänge auch noch öffnete.

Doch als ich aufstehen wollte, hielt er mich zurück, mit überraschend festem Griff. »Geh nicht, Harriet«, sagte er. »Bleib noch ein wenig. Wo bist du gewesen?« Ich hielt den Atem an, als er mir mit zitternder Hand über das Haar strich. »Dieser goldene Schimmer«, sagte er. »Den erkenne ich sofort. Obwohl es hier so dunkel ist, leuchtet dein Haar wie von selbst.«

So blieben wir eine Weile sitzen, während die Sonne den Raum erwärmte und ich schläfrig wurde. Robert Pembridge ließ seine Hand auf meinem Kopf ruhen. Es fühlte sich ungeheuer beruhigend an.

Ich war kurz davor einzuschlafen, doch dann sprach er wieder mit mir, so leise, dass ich ihn kaum verstehen konnte. »Wie konntest du so einfach gehen, Harriet? Ohne mir Lebewohl zu sagen.«

Langsam, um ihn nicht zu erschrecken, hob ich den Kopf und sah, dass ihm die Augen zufielen. Sein Blick unter den bläulichen Lidern, die wie Pergament aussahen, begann zu flackern. Ohne ihn zu wecken, stand ich auf und legte ihm eine Decke über die Beine. Als ich zur Tür ging, sah ich den Brief, der zu Boden gefallen war, und hob ihn auf. Dabei dachte ich, dass Gouvernante und Dienstherr sich seit einem halben Jahrhundert nicht mehr so nahe gewesen waren. Ich schloss leise die Tür und ging in mein Zimmer. Es war nun offensichtlich, dass sie sich wesentlich näher-gestanden haben mussten, als meine Großmutter mir hatte weismachen wollen. Darauf hatte Bertie mir bereits einen Hinweis gegeben, als wir auf der Bank in dem Irrgarten ge-sessen hatten. Aber ich hatte gedacht, sein Vater wäre des-halb so aufgebracht gewesen, weil er keine Gouvernante mehr für seine Töchter hatte.

Ich musste an die Drehpendeluhr auf dem Kaminsims im Zimmer meiner Großmutter in Clifton denken. Man konnte das Uhrwerk sehen, und ich hatte sie so schön ge-funden, dass meine Großmutter versprochen hatte, sie mir eines Tages zu vermachen. Die Uhr war besonders fein ge-arbeitet, und die drei gläsernen Halbkugeln hatten etwas Beruhigendes, wenn sie sich vor und zurück drehten. Ver-lässlicher als Stunden- und Minutenzeiger, die sich unauf-hörlich vorwärtsbewegten und alles Vergangene hinter sich ließen, kehrten sie nach jeder halben Drehung wieder zu-rück. Sie ging nicht so genau wie andere Uhren, aber das störte mich nicht. Sie war ein Hochzeitsgeschenk der Pem-bridges gewesen, hatte meine Großmutter gesagt. Das fiel mir jetzt wieder ein. Und ich konnte nicht verstehen, wie jemand, von dem sie sich nicht einmal verabschiedet hatte, ihr etwas so Teures hatte schenken können.

Im Jahr 1910, kurz nach dem Tod meiner Eltern, hatten andere Dinge mir zu schaffen gemacht. Doch da ich nun selbst in Fenix House lebte, machte ich mir weniger dar-über Gedanken, was meine Großmutter mir erzählt hatte, als vielmehr darüber, was sie mir verschwieg. Zum ersten

Mal hegte ich den Verdacht, dass ihr gelegentliches Zögern nichts damit zu tun gehabt hatte, dass sie sich nicht mehr genau erinnern konnte, zumal sie über ein sehr gutes Gedächtnis verfügte. Vielleicht maß ich ihren Geschichten über die Vergangenheit aber auch zu viel Bedeutung bei, weil dieser gleichermaßen fremde und vertraute Ort mich so sehr irritierte.

DREIUNDDREISSIG

In ihrem dritten Brief kam meine Großmutter zügig zur Sache.

//Liebe Grace,

erinnerst du dich an das Feuer, bei dem ich zum ersten Mal das Flimmern erlebte? Und an das Mädchen mit den eisblauen Augen? An sie erinnerst du dich bestimmt. Es war nicht das Feuer, was den Ruin meines Vaters herbeiführte, sondern sie. Denn wäre er noch im Besitz seiner Ersparnisse gewesen, hätte er den Tiefschlag verkraften können. Es war einzig und allein die Schuld dieses Mädchens und ihres Vaters, Josiah, dass er keine Gelegenheit dazu hatte.

Dabei hatte alles so vielversprechend angefangen. Josiah kam eines Abends zu uns und berichtete voller Eifer von einem Geschäft, in das man seiner Ansicht nach unbedingt investieren sollte, weil er sicher war, es würde sich um ein Vielfaches lohnen. Um weiter darüber zu sprechen, blieb er zum Abendessen, vertilgte eine halbe Rinderkeule und trank zwei Flaschen des besten Bor-

287

deaux aus dem Weinkeller meines Vaters. Als ich herunterkam, um Gute Nacht zu sagen, waren die beiden Männer Feuer und Flamme. Noch heute sehe ich vor mir, wie Josiahs Lippen nach dem Essen fettig glänzten.

Wie ich dir in meinem letzten Brief geschrieben habe, konnte mein Vater, Richard Jenner, sehr gut von seinem Auktionshaus leben. Er hatte sich auf den Verkauf antiquarischer Bücher, Landkarten und ähnlicher Dinge spezialisiert. Josiah Dauncey betrieb ein weniger intellektuelles, aber umso einträglicheres Geschäft: einen aufstrebenden Mietkutschenbetrieb. Weder er noch mein Vater hatten je zuvor auf den Zeitgeschmack geachtet. Doch Josiahs Tochter Louisa hatte großes Interesse an jeder neuen Mode, ganz gleich, ob es um Kleidung oder Hauseinrichtung ging. Sie hatte ihrem Vater eingeredet, Tapeten wären eine sichere Geldanlage, insbesondere eine bestimmte Sorte in ungewöhnlich leuchtendem Grün.

Was diese Idee noch interessanter machte, war, dass die Tapeten im Gegensatz zu denen, die in den meisten Haushalten zu finden waren, mit der Zeit nicht nachdunkelten, sondern aufgrund einer speziellen Produktionsmethode, die nicht näher erläutert wurde, ihr leuchtendes Grün behielten. Ein Geschäftspartner von Josiah hatte von diesem Verfahren gehört, womit sich nicht nur Tapeten, sondern auch eine Reihe anderer Dinge produzieren ließen, beispielsweise Kleidung, Spielzeug und Kerzen. Im Wesentlichen und trotz der anfänglichen Vorbehalte meines Vaters wollte man also in Farbe investieren.

Tapeten seien dabei jedoch das Lukrativste, so Josiah. Damit würden sie ein Vermögen verdienen. »Ich habe sie mit eigenen Augen gesehen«, sagte er und schenkte sich noch ein Glas Wein ein, das er sogleich leerte. »Ich habe keine Ahnung, was Frauen in ihren Wohn- und Ankleidezimmern favorisieren. Nicht einmal wenn mein Leben davon abhinge, könnte ich Lindgrün und Moos-

grün auseinanderhalten. Ich weiß nur eines: Diese neue Methode liefert das grünste Grün aller Zeiten.« Lachend schlug er auf den Tisch. »Also, Jenner, sind Sie dabei?«

Kaum zwei Wochen nachdem mein Vater eine beträchtliche Summe in etwas investiert hatte, das er später mit bemerkenswertem Sarkasmus das Dauncey-Grün nannte, las er in der Zeitung von einer Familie in Limehouse, deren drei Kinder aus ungeklärter Ursache eines nach dem anderen gestorben waren. Die Symptome waren ähnlich wie bei Diphtherie, doch weitere Anzeichen dieser Krankheit hatten die Kinder nicht aufgewiesen. In dem Zeitungsartikel wurde ein Arzt zitiert, der überzeugt war, es habe an dem Arsen in den grünen Tapeten gelegen, mit denen die Wände des Schlafzimmers erst vor Kurzem bespannt worden waren.

»Unsinn«, sagte Josiah, als mein Vater ihm den Zeitungsbericht zeigte. »Weiß Gott wie viele Quadratmeter hängen überall im Land in allen möglichen Häusern. Wenn die giftig wären, hätte die halbe Nation längst tot umfallen müssen.«

»Aber ich würde meines Lebens nicht mehr froh, wenn der Verdacht sich als wahr herausstellte«, erwiderte mein Vater. Er hatte viel über die Sache nachgedacht und beschlossen, seine gesamte Investition zurückzuziehen. Nicht in erster Linie der Sorge wegen, die Tapeten könnten verboten werden oder sich nicht mehr verkaufen, sondern weil er nicht damit hätte leben können, wenn jemand zu Schaden gekommen wäre, ganz gleich wie gering oder unbewiesen diese Möglichkeit sein mochte. Er hatte längst das Gefühl, dem Geschäft hafte etwas Zweifelhaftes an, denn die rosigen Zeiten, auf die er gehofft hatte, standen nun unter einem giftgrünen Schatten.

Als Josiah merkte, dass alle Überredungsversuche nicht halfen, wurde er wütend. Er tat gerade so, als wäre er der Geschädigte. Mein Vater war ein gutmütiger Mensch, zu gutgläubig möglicherweise, denn er setzte voraus, dass andere ebenso vernünftig dachten.

Als Josiah jegliche Treffen in seinem Club verweigerte, tat mein Vater genau das Falsche. Anstatt seinen Anteil zurückzufordern, wie Josiah es im umgekehrten Falle sicherlich getan hätte, schickte er ihm mehrere Entschuldigungsschreiben, die schließlich zu Bittstellerbriefen wurden. Doch Josiah blieb unerbittlich und wollte uns das Geld nicht zurückzahlen. Leider drängte mein Vater ihn daraufhin nicht weiter. Er hatte niemals in etwas investieren wollen, das Menschen schaden konnte, doch nun war es bereits geschehen. So dachte er, ihm bliebe nichts anderes übrig, als zu warten, bis seine Investition sich amortisierte, um sie sich dann unter Verzicht auf den Gewinn zurückzahlen zu lassen.

Zunächst verzögerte sich die Produktion, dann war ein entscheidender Inhaltsstoff nicht zu bekommen. Und dann ging Josiahs ominöser Geschäftspartner, der sie überhaupt erst auf die Idee gebracht hatte, angeblich auf Reisen und war nirgendwo mehr aufzuspüren. All das erfuhr mein Vater lediglich durch sporadische Briefe, die Josiah ihm gnädig zukommen ließ. Als diese schließlich ausblieben, harrte mein Vater weiter aus. Er sah keine Möglichkeit, gerichtliche Schritte einzuleiten, denn er hatte weder etwas unterschrieben noch eine Quittung für seine Investition erhalten. Und Josiahs Briefe waren wohlweislich vage gehalten. Das Geschäft war freundschaftlich mit Handschlag besiegelt worden, für den es keinerlei Beweise gab.

Vielleicht wäre mir niemals in den Sinn gekommen, Josiahs Töchter die Schuld für das unlautere Gebaren zu geben, wenn mein Vater nicht einen letzten Versuch unternommen hätte, sich mit seinem ehemaligen Partner auseinanderzusetzen. Er beschloss, mich mitzunehmen, um Josiah Dauncey bewusst zu machen, dass nicht allein er von dem finanziellen Verlust betroffen war, sondern auch seine zehnjährige Tochter.

Das neue Haus der Daunceys hatte ich nie zuvor gesehen, ebenso wenig wie mein Vater, denn Josiah hatte es erst kurz zuvor erworben. *Es lag in einiger Entfernung vom ehemaligen Wohnsitz der Daunceys, der sich in der Nähe unseres eigenen Hauses mitten im lauten London befunden hatte. Das neue Haus lag in einer ruhigen, fast schon ländlichen Gegend von Hampstead. Vermutlich waren die Daunceys, ebenso wie einige andere, die vorher in der Stadt gewohnt hatten, der guten Luft wegen dorthin gezogen.*

In mancher Hinsicht sah das Haus aus, wie ein Kind es gemalt hätte: ein viereckiges Gebäude aus roten Backsteinen mit großer Eingangstür und mehreren Fensterreihen. Nachdem man ein schmiedeeisernes Tor passiert hatte, ging man über einen gepflegten Weg, der den hübschen Garten mit seinen Obstbäumen in zwei Hälften teilte. Rauch stieg aus den Schornsteinen auf beiden Seiten des Daches und ließ auf warme, behaglich eingerichtete Räume schließen.

Ich sehe es noch genau vor mir, obwohl ich nur dieses eine Mal dort war. Nachdem ich an jenem Tag all diese Eindrücke in mich aufgenommen hatte, stand ich zitternd vor Kälte dort draußen, und die eiskalte Landluft zog mir in sämtliche Glieder.

Das Hausmädchen, das die Tür öffnete, kannte meinen Vater von unzähligen Besuchen zuvor in London, doch nun bedachte sie ihn nur mit einem gleichgültigen Blick.

»Ach, Nell«, sagte er. »Würden Sie Mr. Dauncey bitte ausrichten, dass ich ihn sprechen möchte? Wie Sie sehen, habe ich meine Tochter mitgebracht.«

»Wen soll ich ihm melden, Sir?«

»Aber Nell, Sie kennen mich doch.« Als das Hausmädchen sich nicht rührte, fügte er seufzend hinzu: »Sagen Sie ihm, Mr. Richard Jenner ist hier.«

»Einen Moment.« Damit schlug sie uns die Tür vor der Nase zu.

Mein Vater sagte nichts, als wir dort standen, und genau dieses Schweigen machte mir schmerzhaft zu schaffen, war er doch eigent-

lich ein Mensch, der sonst mindestens so viel redete wie ein altes Weib. Er hatte seinen Hut abgenommen und drehte ihn in seinen Händen, die rot gefrorenen waren und zitterten. Jahre später hörte ich die Redewendung »den Kopf unter dem Arm tragen« und musste an meinen Vater denken, wie er dort stand, mit seinem Hut, der ebenso gut sein Kopf hätte sein können. Mir stiegen Tränen in die Augen, doch dann packte mich um seinetwillen eine unbändige Wut. Denn zu dem Zeitpunkt war er schon todgeweiht und wirkte noch eingefallener als an jenem bitter kalten Tag in Hampstead.

Nach einigen Minuten kam Nell zurück. »Er empfängt heute niemanden«, sagte sie schroff. »Er sagt, Sie sollen ihm schreiben.«

»Das habe ich schon. Mindestens ein Dutzend Mal, aber er hat auf keinen meiner Briefe geantwortet. Ich bitte Sie, wenn es nicht so dringend …«

In dem Moment wurde die Tür ein Stück weiter geöffnet, und in der Eingangshalle stand ein Mädchen von etwa siebzehn Jahren. Sie trug ein kurzärmeliges, spitzenbesetztes Kleid aus hellblauem Taft, das mit zahlreichen Bändern verziert war. Ihre linke Wange war leicht gerötet. Wahrscheinlich hatte sie zu nah an einem der behaglichen Kaminfeuer gesessen, die ich mir bereits vorgestellt hatte. Die rechte Wange war blass und glänzte wie Wachs. Das Mädchen musterte uns und drehte eine hellblonde Haarsträhne um einen Finger, die aber sogleich wieder glatt herunterhing, als sie sich der nächsten widmete. Ihre Augen waren ebenso hellblau wie das Kleid.

»Mein Vater wird Sie nicht empfangen, Mr. Jenner. Gehen Sie, bitte.« Ihre Stimme klang sowohl hoch als auch herrisch.

»Schön, Sie wiederzusehen, Louisa. Gut sehen Sie aus. Könnten Sie ihn denn nicht überzeugen, mir wenigstens fünf Minuten seiner Zeit zu opfern?«

»Das könnte ich, aber ich werde es nicht tun. So bedauerlich Ihre Lage ist, aber Risiko gehört nun einmal zum Geschäft, Mr.

Jenner«, wiederholte sie eine Rechtfertigung, die sie von ihrem Vater aufgeschnappt hatte. Das war selbst mir damals schon klar gewesen.

Betrübt ließ mein Vater den Kopf sinken. »Sie haben doch früher mit mir Karten gespielt. Wissen Sie das nicht mehr?«

»Leider nicht«, gab sie mit eisigem Lächeln zurück und musterte mich mit einem Blick, der mich zusammenzucken ließ. Unwillkürlich wich ich langsam zurück. Ich wünschte mir nichts sehnlicher, als wieder zu Hause zu sein, in der großen Stadt mit all ihrem Lärm und Dreck, wo der Ruin der Jenners niemanden interessierte, weil es manchen noch viel schlimmer ging, und wo niemand das bitterliche Schluchzen hören würde, das ich kaum noch zurückhalten konnte.

In der kurzen Zeit, die wir vor der schwarz lackierten Tür mit den Messingbeschlägen gestanden hatten, war der Abend hereingebrochen. Die Grashalme und das Herbstlaub waren mit glitzerndem Frost überzogen, die kahlen Bäume zu dunklen Schatten geworden. Bevor ich in die Droschke stieg, die mein Vater eher unüberlegt hatte warten lassen, warf ich einen Blick zurück. Zwei Silhouetten zeichneten sich hinter einem der unteren Fenster ab. Genau konnte man sie nicht erkennen, aber ich kannte Josiahs massige Statur – also konnte es nur Jago sein, der neben Louisa stand, ihr Bruder, der jünger war als sie, aber schon einen halben Kopf größer. Ich war froh, dass das warme Licht ihre Gesichter verschwimmen ließ, denn sicher hatten sie ein selbstgefälliges Lächeln auf den Lippen. Ich konnte meinen Blick erst von ihnen losreißen, als Louisa mit offenkundigem Unmut die Fensterläden schloss.

Während wir auf dem Weg in die Stadt schweigend in der Kutsche saßen, hallte ein einziger Satz im Takt der klappernden Pferdehufe in meinem Kopf wider, als wir über das Kopfsteinpflaster und die Schlaglöcher fuhren: Sie hat es genossen. Sie hat es genossen. Sie hat es genossen.

Ich konnte sie nicht vergessen, aber ich habe versucht, ihr Bild zu verdrängen. Niemals hätte ich erwartet, sie wiederzusehen, ebenso wenig wie ihren Bruder. Erst als ich ihr etwa ein Jahr später auf der Straße begegnete, wurde mir bewusst, dass ich gedacht hatte, die Daunceys wären ebenso wie das Geld meines Vaters aus meinem Leben verschwunden. Zu sehen, dass es nicht so war, dass sie offenbar nach wie vor in Wohlstand lebten, dass Louisa heiraten würde und in ihrer prächtigen Kutsche auf dem Weg zu der Kirche war, in der ich getauft wurde, versetzte mir einen herben Schlag. Wenn ich nur gewusst hätte – hätte mir in dem Moment das Flimmern nur einen Blick in die Zukunft gewährt –, dass ich bei unserer nächsten Begegnung kein hilfloses Mädchen mehr sein würde, sondern erwachsen genug, um Rache zu nehmen!//

Hier endete die Schilderung der Ereignisse ebenso unvermittelt, wie meine Großmutter sie begonnen hatte. Ich befand mich noch dermaßen im Bann des Geschehens, dass ich mich in meiner Dachkammer erst wieder zurechtfinden musste. Ich ging zum Fenster und stellte mich auf die Zehenspitzen. Dichte weiße Wolken zogen über das Tal, so rasch, dass ihre Schatten einer Horde wilder Tiere ähnelten, die über Äcker und Hecken raste. Die weitläufige Landschaft, die sich bis zum Horizont erstreckte, kam mir sonderbar fremd vor, in Gedanken war ich auf einer der belebten Londoner Straßen. Ich warf einen Blick auf den Brief, den ich auf dem Bett hatte liegen lassen, zu weit entfernt, als dass ich einzelne Worte der gestochenen Schrift hätte entziffern können. Was hat all das zu bedeuten? Und warum erfuhr ich erst jetzt davon?

Auf einmal kam mir ein Gedanke in den Sinn. Ich nahm die Briefbögen wieder in die Hand und überflog sie Zeile für Zeile. Ich fand, was ich suchte, denn ein Wort war mir im Gedächtnis geblieben: Dauncey. Wo hatte ich den Namen schon einmal gehört? Ich schloss die Augen und versuchte mich daran zu erinnern, ob meine Großmutter ihn vielleicht erwähnt hatte, als ich noch klein gewesen war. Aber nein, so lange war es nicht her. Und plötzlich fiel es mir ein. Ich hatte ihn am ersten Abend von Bertie gehört: Vicky kommt vom Aussehen ganz nach den D`au`nceys. Das hatte er irgendwann nach dem Essen gesagt. Auf dem Rundgang durch den Garten hatte er dann von seinem mutigen, schneidigen Onkel namens Jago erzählt. Da war ich mir ganz sicher. Und Agnes hatte nach einem Haus in Hampstead gefragt, woraufhin Victoria erzählt hatte, es sei vermietet. Vielleicht war es genau das Haus, das meine Großmutter beschrieben hatte, und noch im Besitz der Familie.

Sollte das bedeuten, meine Großmutter war nach Fenix House gekommen, um irgendeine Art von Vergeltung zu üben? Hatte der Zufall sie hierhergeführt, oder hatte sie die verhasste Louisa ausfindig gemacht und auf den passenden Moment gewartet, um eine Stellung im Haushalt dieser Frau einzunehmen? Ich dachte daran, was Robert Pembridge gesagt hatte, und ich fragte mich, ob er zwischen die Fronten der beiden verfeindeten Frauen geraten war, quasi als Bauernopfer des Racheakts meiner Großmutter. Der Gedanke ließ mich schaudern.

All das rückte auch die Frage, warum ich in die Fußstapfen meiner Großmutter hatte treten sollen, in ein völlig neues Licht. »Es sollte so sein«, hatte sie gesagt. Vielleicht verfolgte sie den Zweck, dass ich zu Ende brachte, was sie vor einem halben Jahrhundert angefangen hatte? Sofort verwarf ich diesen Gedanken wieder. Selbst für meine Großmutter mit ihrem Hang zu spektakulären Geschichten wäre das doch zu melodramatisch gewesen. Schließlich ging es hier um das echte Leben.

Ich wünschte, ich hätte den Brief niemals gelesen. Ich hatte die Vergangenheit immer als tröstlich empfunden, war sie doch für mich die Zeit vor den schrecklichen Ereignissen gewesen. Nun war selbst das nicht mehr gegeben. Am liebsten hätte ich die Last alter Zeiten einfach abgestreift. Meine Großmutter, Robert Pembridge und Bertie, sie alle waren zu Sklaven früherer Jahre geworden. Nicht eine einzige meiner Fragen über mein Zuhause in Bristol hatte meine Großmutter mir beantwortet, nicht einmal ansatzweise. In dem Moment kam es mir vor, als wäre ich die Einzige, die im Jahr 1922 lebte. Auch David Pembridge, der höchstens Mitte dreißig sein konnte, schien den Lauf der Zeit hartnäckig zu verneinen und, den alten Zeitungen und dem verbannten Porträt seiner verstorbenen Frau nach zu urteilen, in Gedanken lieber in glücklicheren Jahren zu verweilen. Selbst Agnes war keinen Deut besser. Genau wie die anderen war auch sie in der Vergangenheit stecken geblieben.

Einzig und allein Victoria – die mir nun schien wie das Licht am Ende des Tunnels – lebte im Jetzt und sah optimistisch der Zukunft entgegen, so wie auch ich es mir vorgenommen hatte. Sie hatte etwas vom Elan der Außenwelt nach Fenix House gebracht. Ihre energischen Schritte hatten geradezu Funken gesprüht, und es kam mir vor, als hätte sie einen Lichtkegel hinterlassen wie ein Leuchtfeuer bei Nacht auf hoher See. Noch immer spürte ich ihre mitreißende Energie. Und ich konnte es kaum noch erwarten, bis sie mit Essie hier einziehen würde.

VIERUNDDREISSIG

Harriet

Im Nachhinein, als sie Fenix House längst verlassen hatte, fragte Harriet sich, ob sie das Geschehen hätte ändern können, wenn sie ein wenig mehr gewesen wäre wie Agnes. Nicht genauso natürlich – das schockierende Bild des Hausmädchens mit dem Captain nachts in der Küche hatte sie noch immer vor Augen –, aber ein bisschen zugänglicher, ein wenig freigebiger mit dem einen oder anderen Lächeln. Denn zweifellos war dem Captain nicht entgangen, wie sie aufblühte, wenn Robert in der Nähe war, und wie anders sie sich in seiner Gegenwart verhielt.

Wäre sie gegenüber allen Männern im Haus kühl und spröde gewesen wie eine alte Jungfer, hätte er wohl kaum weiter Notiz von ihr genommen. Mit ihrem glänzenden Haar, den großen grauen Augen und ihrer Wespentaille wäre sie wahrscheinlich jedem Mann aufgefallen – doch so außergewöhnlich, dass sie allein damit jemanden bei der Stange gehalten hätte, der über eine frisch angetraute Gattin, eine hingebungsvolle Schwester und ein williges Hausmädchen verfügte, war all das nun auch wieder nicht. Nein, es war der knisternde Funke zwischen ihr und Robert, der Jago Dauncey anzog wie Licht eine dicke graue Motte.

Die nächste Gelegenheit, bei der Robert und Harriet allein waren, kam absolut unverhofft. Sie hatten es nicht darauf angelegt, konnten sich aber nicht dagegen wehren, als das Schicksal ihnen den entsprechenden Anlass bescherte.

Es war an einem Samstagnachmittag, Unterricht und Lunch waren längst vorüber. Helen hatte sich mit einem neuen Buch im Salon zusammengerollt, und Victoria lag mit einer sommerlichen Erkältung fiebernd und ungewöhnlich matt im Bett. Die Hausherrin hatte sich in ihren Räumlichkeiten verbarrikadiert, und den Captain hatte Harriet den ganzen Tag lang nicht gesehen. Vermutlich hatte er vor lauter Langeweile die Familienkutsche genommen und war nach Cheltenham gefahren.

Sie hatte sich gerade in das Wohnzimmer gesetzt, um wie jeden Monat einen Brief an die Vettern zu schreiben, die sie nach dem Tod ihres Vaters vorübergehend aufgenommen hatten, als jemand an die Tür klopfte. Noch ehe er den Raum betrat, wusste sie, es war Robert. Nur Mrs. Rakes klopfte ebenso leise, aber sie konnte es nicht sein. Denn Harriet sah Robert klar und deutlich, als er zögernd ein Ohr an die schwere Tür legte und darauf wartete, dass sie ihn hereinbitten würde.

»Ja, bitte«, rief sie ungeachtet ihres klopfenden Herzens mit fester Stimme.

Als er den Raum betrat, wirkte er entschlossener denn je. »Miss Jenner, da bin ich schon wieder.«

»Ihre Töchter sind leider nicht mehr hier. Helen ist im Salon und liest, und Victoria …«

»Ich weiß, wo sie sind«, unterbrach er sie, ganz entgegen seiner sonst so ruhigen und zurückhaltenden Art. Zerstreut nahm er sich einen schmalen Gedichtband und dann ein Stück Kreide, das in seinen ungewohnt fahrigen Händen zerbrach.

»Mr. Pembridge, ist etwas passiert?«, fragte Harriet.

Er sah sie an und wandte dann den Kopf ab. Doch der Moment, in dem sich ihre Blicke trafen, offenbarte ihr das bestürzende Ausmaß seiner Gefühle. »Nein, passiert ist nichts«, gab er schroff zurück. »Außerhalb meiner Gedanken jedenfalls nicht.«

Sie wusste nicht, was sie darauf sagen sollte. In Wahrheit machte er ihr sogar zum ersten Mal ein wenig Angst – nicht unbedingt er selbst, aber das, was er für sie empfand. So vieles war bisher unausgesprochen geblieben, denn selbst wenn sie über Helens Interesse an Geografie oder Victorias neueste Eskapaden sprachen, achteten sie stets darauf, was sie sagten. Doch nun merkte sie ihm an, dass er zu einer Deklaration ausholte, und sie war nicht sicher, ob sie die verkraften konnte. Nicht, weil sie nicht ebenso für ihn empfand – oh, das tat sie sehr wohl –, sondern weil es damit ausgesprochen wäre und alles zwischen ihnen hätte ändern können.

Tief in ihrem Herzen hatte sie von Anfang an gewusst, es war hoffnungslos. Wieder einmal hatte Louisa alles, was Harriet sich sehnlichst wünschte. Früher war es ein gesichertes Leben gewesen, nun war es Robert. Selbst in den Momenten, in denen sie sich dazu hinreißen ließ, sich eine romantische Beziehung mit einem verheirateten Mann vorzustellen, war ihr bewusst, dass sie eines Tages enden würde. Und diesen Tag galt es so lange wie möglich hinauszuzögern. Was sie dabei allerdings nicht bedacht hatte, war, in welch gefährliche Lage sie sich damit gebracht hätte. Denn wenn sie auch künftig als Hausangestellte arbeiten wollte, war sie darauf angewiesen, dass man ihr ein tadelloses Verhalten bescheinigte.

»Miss Jenner, möchten Sie einen Spaziergang mit mir machen?«

Sie zögerte. Würde sie ihn begleiten, wäre das möglicherweise der erste Schritt ins Verderben. Ungeachtet dessen hatte sie sich bereits erhoben und fragte: »Durch den Garten?«

»Wenn Sie nichts dagegen haben, vielleicht ein Stück weiter. Es ist sehr warm draußen. Ich dachte, im Wald wäre es sicher ein wenig kühler.«

Ein leichter Schauer ließ sie innerlich erbeben, ob vor freudiger oder banger Erwartung hätte sie nicht sagen können, so sehr waren diese beiden Emotionen miteinander verschmolzen.

Schon im Haus hatte man die Hitze gespürt, doch im Garten war sie richtig drückend. Summende Bienen schwirrten von einer Blüte zur nächsten und schienen von der süßlichen Luft schon ganz trunken zu sein. Harriet klebte das Mieder auf der Haut, und das Haar hing ihr schwer in den Nacken. Mit ihrem Taschentuch tupfte sie sich über die Stirn und merkte, wie verschwitzt sie war.

»Louisa hat mich wissen lassen, dass für nächste Woche eine Feier geplant ist.«

»Aus welchem Anlass?«

»Jagos Geburtstag.«

»Da weiß Mrs. Rollright sicher gar nicht, was sie noch auftischen soll, wo der Captain doch schon alles gehabt hat«, sagte Harriet heiter.

»Oh, keine Sorge. Mrs. Rakes ist gerade oben und erhält die entsprechenden Instruktionen.«

»Dann geht es Mrs. Pembridge also besser?«

Er zuckte die Achseln. »Im Moment. Bis die nächste Indisposition sie ereilt. Oder das nächste Hindernis ihren Wünschen im Weg steht.«

Harriet fehlten die Worte. Bisher hatte er Louisa nur beiläufig erwähnt, nun aber sprach er in unverhohlen entnervtem und zynischem Tonfall von ihr. Da sie eindeutig in neuen Fahrwassern manövrierten, stockte ihr der Atem. Sie war froh, dass sie einen Spaziergang machten, denn hätten sie sich im Wohnzimmer unter den wachsamen Augen von Victoria unterhalten, hätte Harriet Mühe gehabt, die Fassung zu bewahren.

»Überflüssig zu erwähnen, wie angetan Captain Dauncey von den Plänen seiner Schwester ist«, fuhr Robert fort. »Wie er es geschafft hat, sie zu besänftigen, nachdem er wegen seiner heimlichen Heirat in Ungnade gefallen ist, ist mir ein Rätsel. Aber offensichtlich ist es ihm gelungen. Und so plötzlich. Gestern hat sie sich noch wie eine Furie aufgeführt, heute will sie schon ein Fest für ihn geben. Man muss diesen Mann beinahe bewundern. Es wird ihm sicher gefallen, wieder im Rampenlicht zu stehen. Dieser Drang nach Aufmerksamkeit liegt wohl in der Familie.«

Langsam gingen sie auf den gewundenen Wegen über die Rasenflächen an Dilgers farbenprächtigem, duftendem Blütenmeer entlang. Doch Robert schien blind für all die Pracht zu sein. Er hatte den Blick auf seine Füße gesenkt, während er auf dem nun steileren Weg ein wenig außer Atem geriet. Auch Harriet nahm den herrlichen Anblick kaum wahr. Ihre Gedanken überschlugen sich. Zum ersten Mal sprach Robert, sonst stets besonnen und zurückhaltend, unumwunden aus, was sie seit Langem dachte. Als hätte er die Gedanken aus dem hintersten Winkel ihres Bewusstseins geklaubt.

Sie musste tief Luft holen. Doch zuvor hatte er auch nie etwas dagegen gehabt, wenn sie offen zu ihm gewesen war, daher fragte sie: »Warum sind Sie heute so verbittert?«

»Verzeihen Sie mir. Eigentlich hatte ich nicht vor, über die beiden zu sprechen.«

»Nein, das meinte ich nicht. Was hat sich verändert?

Warum sind Sie ausgerechnet jetzt so zornig auf zwei Menschen, die Sie schon seit Jahren kennen?«

»Sie denken hoffentlich nicht, ich wäre eifersüchtig. Denn das bin ich nicht, auf keinen von beiden. Nach unserer Unterhaltung auf dem Rückweg von der Kirche und dem Abend in meinem Arbeitszimmer müssten Sie das doch wissen.« Er versuchte zu lächeln, doch Harriet sah ihm an, wie sehr er mit seinen Gefühlen kämpfte.

»Nein, das dachte ich gar nicht. Warum sollten Sie auch auf einen Mann wie Jago – den Captain eifersüchtig sein?«

»Finden Frauen solche Männer nicht schneidig und heroisch?«

»Agnes vielleicht. Seine Schwester möglicherweise. Aber ich nicht.«

»Und warum nicht? Er ist bei der Armee, verdingt sich für das Königreich, und im Vergleich zu den meisten Männern ist er eine imposante Erscheinung. Er trägt einen Säbel und eine Pistole, anders als Männer wie ich, die den ganzen Tag lang Papiere unterzeichnen und Versammlungen beiwohnen.«

Harriet musste lächeln, denn diese Worte klangen beinahe wie Agnes' Beschreibung vor ein paar Wochen.

»Warum lächeln Sie? Machen Sie sich über mich lustig?« Seine Stimme bebte ein wenig.

Verwundert sah sie ihn an. »Robert, was ist denn heute los mit Ihnen? Selbstverständlich tue ich das nicht! Ich dachte, trotz unserer unterschiedlichen gesellschaftlichen Stellungen wären wir Freunde. Und über einen Freund würde mich niemals lustig machen.«

Ihm stand der Schweiß auf der Stirn. »Bitte verzeihen Sie mir. Sie haben recht. Ich bin heute nicht ich selbst. Ich habe mich verändert, und noch finde ich mich nicht damit zurecht.«

Schweigend gingen sie weiter, ein jeder versunken in die eigenen Gedanken. Harriet legte eine Hand auf ihr Revers; unter dem rauen Stoff ihres Kleides spürte sie das Klopfen ihres Herzens. Keiner von ihnen hatte darauf geachtet, welchen Weg sie nahmen, und so hatten sie den Garten noch gar nicht verlassen. Anstatt durch den Wald zu laufen, fanden sie sich schließlich an der äußersten Grenze des Anwesens wieder, dort wo das Eishaus unter seiner Hülle aus Moos und Erde kauerte und die dicht stehenden Birken ein wenig Schatten vor der hoch stehenden Sonne spendeten. Harriet wünschte, sie wären in seinem Arbeitszimmer. Im dämmrigen Licht dort fühlte sie sich um einiges mutiger.

»Gehen wir noch ein Stück weiter«, sagte er. Er streckte die Hand nach ihr aus, doch bevor Harriet sie ergreifen konnte, besann er sich und schob sie in die Hosentasche. »Hier oben gibt es eine besonders schöne Stelle. Da wir gerade hier sind, möchte ich sie Ihnen zeigen.«

Es handelte sich um eine kleine Lichtung hinter dem Eishaus mit einer Wiese aus besonders frischem Grün. Offenbar war von der Aussaat für den Rasenteppich etwas heraufgeweht. Dilger und Ned kamen anscheinend nie hier hoch: Wildblumen wuchsen zwischen langen, dichten Grashalmen. Auf einer Seite stand eine kleine, grob belassene Bank aus Baumstämmen, deren verwitterte Rinde silbrig schimmerte. Harriet setzte sich und betrachtete erstaunt die Aussicht. Sie war atemberaubend. Weit oberhalb des Gartens hatte man einen spektakulären Blick auf das Tal und die weiter entfernten Hügel inmitten der Birkenwälder. Die Luft war so klar, dass sie sogar den Severn erkennen konnte, der sich glitzernd durch das Tal schlängelte. Wesentlich

303

näher und als ein Beispiel akkurat geschaffener Präzision lag direkt unter ihnen der Irrgarten mit seinen grünen geometrischen Formen.

Doch Roberts Blick war nicht auf die Landschaft gerichtet, sondern auf sie. »Gefällt es Ihnen?«

»O ja«, stieß Harriet hervor. »Ich wusste nicht einmal, dass dieses Fleckchen Erde existiert. Bertie ist bei dem Rundgang nicht so weit mit mir hinaufgegangen.«

»Vielleicht hat er die Lichtung selbst noch nicht entdeckt. Ich bin gar nicht sicher, ob sie außer mir jemand kennt. Ich muss gestehen, in diesem Fall bin ich ziemlich besitzergreifend. Selbst Dilger habe ich gesagt, er soll sich fernhalten.«

Harriets Herz schlug abermals schneller. Er hatte seinen Lieblingsort mit ihr geteilt! Wieder war eine Grenze überschritten worden.

»Miss Jenner.«

Sie wagte nicht, ihn anzusehen. Stattdessen hielt sie den Blick auf das glitzernde Wasser des Severn gerichtet.

»Harriet«, begann Robert erneut. »Ich sagte, dass ich mich verändert habe. Das verdanke ich Ihnen.«

»Wie kann das sein?«, flüsterte sie leise. Obwohl sie ein Gefühl unbändiger Freude durchströmte, rang sie mit dem Bedürfnis, ihre Röcke zusammenzuraffen und davonzulaufen. Nicht aus Schüchternheit. Doch nie zuvor hatte sie sich, gemessen an Robert, so jung gefühlt. Dabei lag allenfalls ein Jahrzehnt zwischen ihnen, und beide waren sie keine Kinder mehr. Aber in diesem Moment kam sie sich vor wie ein junges Mädchen.

»Das wissen Sie sehr wohl«, sagte er und nahm ihre Hand, die sich in seiner klein und zart anfühlte. »Harriet, bitte sehen Sie mich an.«

Sie zwang sich, seinem Blick zu begegnen. Vor Aufregung schluckte sie vernehmlich, und es kam ihr vor, als hallte es laut auf der Lichtung wider, während der Wald ihnen aufmerksam lauschte. Beunruhigt warf sie einen Blick über die Schulter.

»Ich sagte doch, keiner kennt diesen Ort«, beruhigte er sie. »Außer uns ist niemand hier.«

Ein eisiges Kribbeln, das sich an diesem heißen Tag umso kälter anfühlte, kroch ihr die Beine herauf. Abermals drehte sie sich um und ließ den Blick zwischen den dicht stehenden weißen Birkenstämmen umherschweifen, diesmal weniger flüchtig. Sie glaubte, eine Regung zu erkennen, dort wo sich die Blätter bewegten, etwas Farbiges, das nicht zum Grün des Waldes passte. Doch dann war es verschwunden. »Ich dachte, da wäre …«

»Wenn überhaupt, war es nur ein Vogel. Wer weiß, vielleicht auch ein Geist.« Er lachte. »Oder eine dieser – ich kann mir nie merken, wie sie heißen –, eine dieser Elfen, die in den Bäumen sitzen.«

»Eine Waldnymphe.«

»Ja. Natürlich wissen Sie so etwas. Ach, wie schön, sich mit einer Frau zu unterhalten, die mehr Wert auf Bücher legt als auf Klatsch und Modeneuheiten. Ich kann mir jedenfalls nicht vorstellen, dass Sie auch nur das geringste Interesse für die neueste Mode aus Paris hegen oder sich damit befassen, welcher Vogel in dieser Saison seine Federn lassen muss, um Ihre Hüte zu zieren.«

Ein wenig enttäuscht runzelte Harriet die Stirn. Zum ersten Mal hatte er ein falsches Bild von ihr. In dem Moment vergaß sie sogar ihre Nervosität. »Ich interessiere mich natürlich nicht übermäßig für solche Dinge, aber das bedeutet nicht, dass auch mir nicht manchmal der Sinn nach etwas Hübschem stünde. Das möchte ich nicht verleugnen. Aber es ist so, dass ich weder das Geld dafür habe noch die Gelegenheit, so etwas zu tragen.« Sie stieß einen Seufzer aus. »In meiner gesellschaftlichen Stellung wird schlichte Kleidung erwartet. Es wird erwartet, dass man unsichtbar wird, in hochgeschlossenen grauen oder schwarzen Kleidern. Wenn ich dagegen sehe, was Ihre Frau besitzt, wünsche ich mir manchmal, ich hätte all das auch. Ha! Damit wären wir wieder beim Neid.«

Harriet verstummte und fragte sich, was sie zu diesem Gefühlsausbruch getrieben hatte. Sie hatte Robert nicht die Antwort gegeben, die er erwartet hatte. Er hatte wohl gedacht, sie würde ihm zustimmen, damit er sie weiter umwerben konnte, um sie auf das vorzubereiten, was er ihr eigentlich sagen wollte. Vielleicht würde er es nun für sich behalten. Der Gedanke machte Harriet noch mehr zu schaffen und mischte sich mit dem Bedürfnis, die Flucht zu ergreifen. Nie zuvor hatte sie sich so zerrissen gefühlt. Dabei hatte sie genau diesen Moment doch herbeigesehnt! So sehr, dass sie es nur in ihren kühnsten Träumen gewagt hatte, sich eine solche Szene auszumalen. Und nun, da sie sie erlebte, fiel ihr nichts Besseres ein, als alles durch ihre Sorgen ins Negative zu verkehren.

»Ich fürchte, Sie haben mich falsch verstanden«, sagte Robert sanft. »Ich wollte mich nicht über Ihre Ansichten hinwegsetzen, Harriet. Ich wollte Ihnen nur sagen, wie sehr sich für mich alles verändert hat, seit Sie hier sind.«

»Aber wie könnten Sie …«

»Bitte, lassen Sie mich den Gedanken zu Ende führen, sonst werde ich es niemals schaffen, ihn auszusprechen. Aber ich muss es Ihnen sagen. Sonst verliere ich den Verstand.«

Nun sah sie ihn doch an. Sie sehnte sich danach, dass er sie in seine Arme schloss, und gleichzeitig wünschte sie verzweifelt, sie wäre wieder in der Stille des Wohnzimmers, allein.

Er umfasste ihre Hand mit seinen beiden Händen. »Seit wir in meinem Arbeitszimmer darüber gesprochen haben, dass zwischen uns eine besondere Verbindung besteht, kämpfe ich mit meinen Gefühlen. Ich habe versucht, sie zu verdrängen. Nicht meiner Frau zuliebe, sondern meiner Kinder wegen. Aber sie lassen sich einfach nicht unterdrücken. Ich glaube, ich habe mich in Sie verliebt, Harriet. Ich weiß gar nicht mehr, wie ich all die Jahre ohne Sie leben konnte. Wenn ich zurückblicke, scheint die Vergangenheit mir leer und trostlos, so eintönig. Ich weiß nicht mehr, was ich machen soll. Ich kann kaum noch einen klaren Gedanken fassen. Nachts liege ich wach und denke an Sie, in ihrem kleinen Zimmer auf dem Dachboden, und dann vermisse ich Sie so sehr, dass es mir körperliche Schmerzen bereitet.«

Sie sah, wie erschöpft er war, aber gleichermaßen beschwingt. Seine Augen glänzten, obwohl sie von dunklen Ringen umgeben waren. Es ging ihm nicht nur um ein wenig Zerstreuung. Darum war es ihm nie gegangen. Er liebte sie aufrichtig! Zum ersten Mal kam ihr der Gedanke, dass sie dem Mann ihrer Feindin das Herz gestohlen hatte. Und sie fühlte sich schrecklich. Ihre Gefühle für Robert waren stets aufrichtig gewesen. Er war etwas, das man gewinnen konnte. Man konnte gar nicht um ihn konkurrieren.

»Robert, ich bin … Ich fühle mich sehr geschmeichelt, weil Sie …«

Sein Seufzen klang beinahe wie ein Schluchzen. »Sie

fühlen sich geschmeichelt. Oje.« Er schüttelte den Kopf. »Das ist nicht das Gefühl, das ich in Ihnen hervorrufen wollte.«

»Aber nein. Sie dürfen mich nicht missverstehen. Ich bin überwältigt. Ich bin völlig durcheinander.«

»Aber Sie müssen doch gemerkt haben, was ich für Sie empfinde.«

»Ja …« Sie holte tief Luft. »Und ich erwidere Ihre Gefühle.«

»Wirklich?«

»Aber natürlich.« Nun hatte sie es ausgesprochen, und die Welt war nicht über ihr zusammengebrochen. Stattdessen war ihr eine Last von den Schultern genommen. Abermals nahm er ihre Hände in seine, und sie ließ es geschehen, ohne sich weiter Gedanken darüber zu machen, ob jemand sie sehen konnte.

Robert schien wie befreit. Er schloss die Augen. »Ich war mir nicht sicher. Als Sie sagten, Sie fühlten sich geschmeichelt, dachte ich schon, ich hätte mich zum Narren gemacht. Schlimmer noch: dass Sie rein gar nichts für mich empfänden.«

Sie schüttelte den Kopf. »Eigentlich sollte ich es nicht sagen, denn es ist viel zu offen gesprochen, aber ich habe unsere enge Verbundenheit vom ersten Moment an gespürt. Eine Seelenverwandtschaft.«

»Für mich war es, als würde ich plötzlich erwachen.«

»Aber Robert, es ist hoffnungslos, oder? Sie sagten es ja bereits: Sie haben Kinder. Sie haben eine Frau. Und all das hier.« Mit einer ausladenden Geste wies sie auf das Haus und den Garten unterhalb der Wiese. »Solch hohes Ansehen.«

»Ich liebe meine Kinder, selbstverständlich tue ich das.

Aber … meine Frau, nein, die liebe ich nicht. Und ich werde mich nicht länger schämen, es zuzugeben. Die Schuld, die ich deswegen jahrelang empfand, habe ich abgelegt. Ich habe eingesehen, dass es unmöglich ist, eine solche Frau zu lieben, und dass ich es nie getan habe.« Er nahm einen tiefen Atemzug. »Sie verkörpert alles, was ich verachte.«

Harriet fröstelte, und die Lichtung geriet wieder in ihr Blickfeld. War das hinter dem Eishaus eine Bewegung gewesen? »Aber sie ist und bleibt nun einmal Ihre Frau«, hörte sie sich sagen.

»Sie sagen das so nüchtern.« Er ließ ihre Hände sinken und sah über das Tal hinweg in die Ferne.

Ein wenig milder fügte sie hinzu: »Robert, Sie müssen bedenken, ich habe nichts auf dieser Welt.«

»Sie haben mich.«

»Nein. Niemals voll und ganz. Alles, was ich tatsächlich habe, ist meine Stellung als Gouvernante und die damit verbundene Achtung. Eine Handvoll Menschen hat eine gute Meinung von mir, das hoffe ich zumindest. Und ich habe ein paar Vettern von Mitte siebzig. Ich habe den guten Namen meines lieben Vaters, und den möchte ich nicht ruinieren, ebenso wenig wie mich selbst. Das ist alles.«

»Ich bin wohl töricht gewesen. Ich dachte, Sie würden meine Gefühle tatsächlich erwidern«, sagte er kläglich.

Das passte ganz und gar nicht zu ihm, und plötzlich geriet Harriet in Rage. »Das tue ich doch! Habe ich Ihnen nicht gerade erst gestanden, was ich empfinde? Aber ich weiß nicht, wie jemals mehr daraus werden soll als eine hoffnungslose Vorstellung. Denn all das ändert nichts. Ihnen ist doch ebenso wie mir bewusst, dass diese Begegnungen zu nichts führen, ebenso wenig wie sämtliche Deklarationen. Das müssen Sie doch verstehen!«

Anstelle einer Antwort, die ohnehin sinnlos gewesen wäre, nahm er sie in seine Arme. Sie versuchte, sich ihm zu entziehen, aber er hielt sie fest umschlungen, eine Hand in ihren Nacken gelegt, während sein Mund sich auf ihre Lippen senkte. Für einen kurzen Augenblick gestattete sie sich, ihren Widerstand aufzugeben, und gab sich ihren Gefühlen hin. Doch dann, mit einem letzten Rest Selbstbeherrschung, schaffte sie es, sich von ihm loszureißen.

»Wir gehen von hier fort. Wir beginnen irgendwo ein neues Leben«, flüsterte er und wollte sie abermals an sich ziehen.

Ein weiteres Mal würde sie ihm vielleicht nicht widerstehen können, und so stand sie auf, noch ganz benommen. Sie selbst hatte solche Worte nie zuvor gehört, aber sie wusste, oft waren sie von Männern in leidenschaftlichen Momenten ausgesprochen worden. Sie zweifelte nicht daran, dass er es ehrlich meinte – aber ihr war ebenfalls bewusst, dass er seine Kinder niemals verlassen würde, sobald er wieder klar denken konnte. Sie wünschte sich nichts mehr, als sich wieder neben ihn zu setzen. Aber sie hatte die Frauen vor Augen, die in solchen Situationen nachgegeben hatten. Eine entsetzliche Vorstellung. Sie war schon viel weiter gegangen, als sie selbst es für klug befinden konnte.

Plötzlich erhob sich aus dem Garten eine gereizte Stimme, und ihr wurde wieder bewusst, wo sie sich befanden. Robert schien nichts gehört zu haben und sah sie flehentlich an. Doch die Stimme ertönte erneut: Die Hausherrin verlangte nach ihrem Gatten.

»Ihre Frau ruft nach Ihnen«, sagte Harriet matt.

Aus seinem panischen Gesichtsausdruck war abzulesen, dass die Grenzen seines Wagemuts für diesen Tag erreicht waren. Sie wünschte, sie hätte ihn dafür verachten können, aber es gelang ihr nicht. Dafür liebte sie ihn zu sehr. Tränen stiegen ihr in die Augen, und wie durch einen Schleier sah sie, wie er sich erhob.

Ohne ihren Schmerz zu bemerken, warf er einen unruhigen Blick auf das Haus. »Ich muss gehen«, sagte er mit belegter Stimme. »Vielleicht … Es wäre sicher besser, wenn Sie mich vorgehen ließen. Sie sollte uns nicht zusammen sehen.«

»Nein, das sollte sie nicht.«

»Harriet, ich …«

»Gehen Sie, Robert.«

Nachdem er an dem Eishaus vorbeigelaufen war wie ein kleiner Junge, der fürchtete, eine Ohrfeige von seinem strengen Kindermädchen zu bekommen, setzte Harriet sich wieder. Dann erlaubte sie sich, in Tränen auszubrechen.

So hörte sie die Schritte der schweren Lederstiefel in dem langen, trockenen Gras nicht. Er stand schon vor ihr, als sie ihn bemerkte. »Captain Dauncey.« Sie konnte nichts tun, um ihre aufgelöste Erscheinung und ihre zitternde Stimme zu verbergen. Sie wischte sich mit ihrem nassen Taschentuch über die Augen und putzte sich die Nase.

Er setzte sich neben sie, dorthin, wo wenige Minuten zuvor noch Robert gesessen hatte. Unwillkürlich wich sie vor seiner massigen Gestalt ein Stück zur Seite. Er roch nach Seife, Schweiß und nach etwas Herbem. Sie wippte mit ihren kribbelnden Beinen.

»Darf ich Sie nun auch Harriet nennen?«, fragte er. Er hatte also alles mitbekommen. »Warten Sie«, fuhr er fort. »Wenn ich es mir genauer überlege, ist mir Miss Jenner eigentlich lieber. Wissen Sie, wir hatten zu Hause auch eine Gouvernante. Louisa zumindest. Sie hatte sogar eine ganze Reihe, aber ich erinnere mich nur noch an die letzte. Miss Foster. Tochter eines Pfarrers, ausgerechnet! Sie war jünger als die anderen. Als sie zu uns kam, war ich sechzehn. Im Gegensatz zu Ihnen war sie eine von den Frauen, die mir nicht widerstehen können. Sie hatte große braune Augen und weiches braunes Haar, und einen schiefen Zahn, neben den Schneidezähnen. Als Lulu merkte, was zwischen uns beiden lief, konnte sie natürlich sofort ihre Koffer packen. Meine Schwester hat es noch nie ertragen, mich mit einer anderen Frau zu sehen.«

»Was wollen Sie, Captain?«

»Ach, kommen Sie. Können Sie nicht einmal ein bisschen netter sein? Noch habe ich gar nichts von Ihnen verlangt.«

»Aber das werden Sie. Also warum ersparen Sie uns nicht, es so spannend zu machen?«

Er lachte leise in sich hinein und legte die Arme auf die Rückenlehne der Bank. »Schöne Aussicht von hier oben, finden Sie nicht? Kein Wunder, dass der werte Gatte meiner Schwester dafür gesorgt hat, dass sie ihm vorbehalten bleibt – und seiner Geliebten natürlich.« Harriet sprang auf, aber er packte sie am Arm. »Nicht so hastig, kleine Gouvernante. Einen Moment lang müssen Sie mich noch ertragen.« Er zog sie wieder neben sich auf die Bank und streifte mit den Fingern ihre Seite, als er seinen Arm wieder zurückzog. Harriet schlug das Herz bis zum Hals. Es fühlte sich ganz anders an als die freudige Erwartung zuvor, eher wie Panik. Abermals lachte er leise. »Meine Schwester hasst Sie weiß Gott schon genug. Wenn Sie wüsste, dass Sie sowohl das Herz ihres Mannes erobert als auch meine Aufmerksamkeit auf sich gezogen haben, würde sie Sie in Stücke reißen.«

»Und Sie werden es ihr natürlich sagen?«

»Da bin ich mir nicht so sicher. Noch nicht.«

»Was du heute kannst besorgen, das verschiebe nicht auf morgen. So heißt es doch«, gab Harriet resigniert zurück.

»Das ist ein Irrtum. Vorfreude bereitet doch viel mehr Vergnügen. Vielleicht sollte ich das einmal an Ihnen verifizieren.«

Harriet bekam Kopfschmerzen und rieb sich die Schläfen.

»Oh, von solchen Marotten und Unpässlichkeiten lasse ich mich nicht hinters Licht führen«, sagte der Captain mit einem Seitenblick. »Ein plötzlicher Kopfschmerz auf dem Krocketrasen. Ich bitte Sie! Aber diesmal ist Agnes nicht in der Nähe, um Ihnen tatkräftig beizustehen.«

»Bitte!«, flüsterte Harriet und verfluchte den pochenden Schmerz hinter ihren Schläfen. Wie sollte sie sich verteidigen, wenn sie jedes Mal Kopfschmerzen bekam, sobald sie in eine bedrohliche Situation geriet? Es kostete sie einige Anstrengung, doch sie öffnete die Augen. »Ich muss zurück ins Haus, sonst wird man mich vermissen. Wenn Sie mich jetzt bitte gehen lassen würden.«

Er musterte sie und griff nach ihrer Hand. »Wie kann man an einem so heißen Tag nur so kalte Hände haben? Wir sollten Ihr Blut ein wenig in Wallung bringen.« Er führte die zarte Haut ihres Handgelenks an seine Lippen. Es fühlte sich um einiges intimer an als ein Kuss auf den Handrücken, und sie wusste, er konnte ihren rasenden Puls fühlen. Sie riss sich los, aber noch immer spürte sie die feuchte Wärme, die der Kuss hinterlassen hatte.

Mit einer Mischung aus Belustigung und Begierde musterte er sie erneut. »Gehen Sie nur, Miss Jenner. Ich werde

Sie nicht aufhalten. Aber vergessen Sie nicht, was ich hier heute gesehen und gehört habe. Es würde mir gar nicht gefallen, wenn meine Schwester verletzt würde. Sie hatte es in den letzten Wochen schwer genug. Zu erfahren, dass ihr geliebter Bruder geheiratet hat, war ein schlimmer Schock. Weiß der Himmel, was sie täte, wenn sie herausfände, dass die Braut halb Inderin ist, ein zartes, kleines Ding mit großen Augen und mit so heller Haut, dass man es gar nicht merken würde, wenn man nicht wüsste, wer ihre Mutter war. Ich kann kaum beschreiben, wie erholsam ein solches Mädchen im Vergleich zu den komplizierten englischen Frauen ist, die ständig zetern und schmollen, sobald sie nicht ihren Willen bekommen.«

Harriet ließ sich nicht zweimal bitten. Sie hatte das Eishaus schon hinter sich gelassen, als sie noch einmal seine Stimme hörte: »Sie in dieser kompromittierenden Situation anzutreffen war wohl vorherbestimmt, Miss Jenner. Ich schätze, dadurch werden wir uns ein wenig näherkommen. Meinen Sie nicht auch?«

FÜNFUNDDREISSIG

Grace

Victoria und Essie wollten am kommenden Sonntag einziehen. Doch auch ohne die beiden kam ich bis dahin gut zurecht. Ich war sogar ziemlich stolz auf mich. Angespornt durch die Erkenntnis, dass ich mich nicht damit abfinden musste, in einem viel zu stillen Haus ein Schattendasein zu fristen, hatte ich mir für den Rest der Woche ein Beispiel an Victoria genommen.

Anstatt Lucas eine Stunde länger schlafen zu lassen und selbst einen unnötigen Mittagsschlaf zu machen, ging ich nun früher zu ihm hinunter und las ihm eine Geschichte vor oder probierte ein neues Spiel aus. Wenn ich Pembridges laute Schritte in der Eingangshalle hörte, eilte ich nicht mehr in die entgegengesetzte Richtung, um einer peinlichen Begegnung aus dem Weg zu gehen, sondern schenkte ihm ein Lächeln. Auch zu Agnes war ich unermüdlich freundlich, bis sie aufhörte, mir misstrauische Blicke zuzuwerfen und mich stattdessen ebenfalls anlächelte. Und an einem Abend verbrachte ich fast volle zwei Stunden damit, mir Berties Schmetterlingsbücher anzusehen.

Selbstverständlich ließ sich die Vergangenheit nicht so einfach abschütteln. Alle möglichen Fragen gingen mir durch den Kopf, besonders nachts, wenn das Haus knarrte und ächzte, was tagsüber nie der Fall zu sein schien. Manchmal glaubte ich zu hören, dass jemand nach den Dienstboten läutete, aber da Agnes nie etwas davon erwähnte, war es wohl nur Einbildung, bevor ich in den Schlaf driftete. Dieses ferne Läuten schien mir wie ein Spuk, der eine Zeit überdauert hatte, die nicht in Vergessenheit geraten wollte, auch wenn es mir anders lieber gewesen wäre.

Während ich mich geschäftig durch jeden neuen Tag manövrierte, wurde Lucas immer zugänglicher. Nach ein paar Tagen wirkte auch sein Vater kaum noch befremdet, wenn ich ihm enthusiastisch einen »Guten Morgen!« wünschte. Lucas' Zimmer war nun blitzblank und aufgeräumt, was Pembridge gehörigen Respekt abnötigte. Als wir es ihm voller Stolz präsentierten, verschlug es ihm tatsächlich die Sprache. Ich nahm mir vor, ihn noch einmal daran zu erinnern, dass er mir zugesagt hatte, Lucas in den Garten zu bringen.

Je mehr ich mich bemühte, die anderen Bewohner des Hauses mit meiner frisch gewonnenen Lebensfreude mitzureißen, desto mehr gelang es mir, mich selbst davon zu überzeugen. Was mir allerdings nach wie vor Sorge bereitete, waren meine Großmutter und all die unbeantworteten Fragen. Ich hatte ihr sofort zurückgeschrieben, aber noch keine Antwort erhalten.

Ich hätte gern gewusst, was aus dem Mädchen geworden war, das sie für den Ruin ihres Vaters verantwortlich machte, was Robert Pembridge ihr wirklich bedeutet hatte und warum ich schon zum zweiten Mal etwas über ihre Abreise aus Fenix House im Jahr 1878 gehört hatte, das nicht zu ihrer eigenen Schilderung passte. Andererseits war ich nicht sonderlich erpicht darauf, erneut in früheres Geschehen einzutauchen. Ich wollte nach vorn schauen, anstatt mich immer wieder von Vergangenem zurückwerfen zu lassen. Deshalb war ich in gewisser Weise sogar erleichtert, dass sie mir noch nicht zurückgeschrieben hatte.

Noch vor einer Woche war ich in den Wald geflüchtet, weil ich Victoria nicht als erwachsener Frau hatte begegnen wollen. Nun fieberte ich ihrer und Essies Rückkehr entgegen. Ich hatte mir vorgenommen, Victoria zu fragen, ob sie das Angebot ernst gemeint hatte, dass ich sie zu einem Treffen der Freiheitsliga begleiten sollte. Außerdem hoffte ich, sie würde mich zum Lunch mit der Familie bitten. Ich hatte ihr so viel von Lucas zu berichten und wollte ihr erzählen, welche Fortschritte er gemacht hatte. Denn die waren so deutlich zu erkennen, dass Pembridge mir schon zum dritten Mal sein Lob ausgesprochen hatte. Es war im Salon gewesen, als ich noch einmal hinuntergegangen war, um meine Strickjacke zu holen, die ich am Abend zuvor dort vergessen hatte. Er saß im Halbdunkel und las mit zusammengekniffenen Augen seine Zeitung.

»Ich werde die Vorhänge aufziehen«, sagte ich und wunderte mich, wie leicht es war, Schüchternheit abzulegen, wenn man erst einmal damit angefangen hatte. »Sonst werden Sie sich noch die Augen verderben.«

Er ließ die Zeitung sinken und räusperte sich. »Was ich Ihnen noch sagen wollte ... Ich habe vorhin nach Lucas gesehen.«

»Ja?«

»Er hat mir sofort aufgezählt, was Sie alles mit ihm unternommen haben. Er hatte gar kein anderes Thema.«

»Fein. Das freut mich. Natürlich hatten wir ein paar Querelen. Er war es wohl nicht gewohnt, bei einem Spiel auch einmal zu verlieren, so wie er sich darüber geärgert hat. Aber insgesamt kommen wir gut miteinander zurecht. Ich möchte nach wie vor gern mit ihm in den Garten gehen, und Sie sagten doch, wenn es warm genug ist, könnten wir das machen. Noch ist es nicht zu kalt dafür.«

Zu meiner Überraschung nickte Pembridge und sagte, wir könnten es probieren, wann immer ich es für richtig hielte. Er musterte mich mit seinen dunklen Augen, um meine Reaktion abzuwarten. Und er nahm zufrieden zur Kenntnis, dass ich mich angemessen verblüfft darüber zeigte, so wie er über die plötzliche Ordnung in Lucas' Zimmer. Was den Ausflug an die frische Luft anging, so wäre vielleicht Victorias und Essies Rückkehr genau der passende Zeitpunkt dafür.

Am nächsten Morgen hörte ich Victoria, bevor ich sie zu Gesicht bekam. Ich lief die Treppe hinunter und sah, dass

Pembridge und Agnes schon draußen waren. Nur Bertie drückte sich noch unschlüssig in Pantoffeln hinter der Tür herum.

»Oh, Miss Fairford. Sie ist bereits da!«, rief er. »Aber ich habe mich noch gar nicht in Schale geworfen. So kann ich mich unmöglich vor ihr sehen lassen.«

»Was machen denn alle dort unten in der Auffahrt? Haben die beiden so viel Gepäck?«

Bertie lachte, kopfschüttelnd, aber auch anerkennend. »Sie hat sich ein Automobil zugelegt! Ich weiß nicht, was in sie gefahren ist. Eigentlich geht sie sonst gern zu Fuß. Jetzt versuchen sie, das Tor zu öffnen, damit sie vorfahren kann. Dabei hat es sich seit zehn Jahren so gut wie nicht bewegt.«

Ich ging die Stufen vor der Eingangstür hinunter. Wie Bertie gesagt hatte, stand vor dem Tor ein kleines Automobil. Victoria und Agnes knieten vor dem schief hängenden Torflügel, der nach wie vor in der Erde feststeckte, und versuchten ihn anzuheben. Pembridge stand mit verschränkten Armen daneben und sah ihnen amüsiert und triumphierend zu.

»Ah, Miss Fairford wird uns bestimmt helfen«, rief Victoria, als sie mich erblickte. Sie lächelte mich strahlend an und wies mit dem Kopf auf Pembridge. »Sehen Sie sich meinen Neffen an! Steht herum und sieht zu, wie wir Frauen uns abrackern.«

Pembridge rollte mit den Augen. »Ich dachte, Frauen wollten unbedingt gleichbehandelt werden. Wenn ihr unsere Arbeit übernehmen könnt, werdet ihr es auch schaffen, einen Torflügel anzuheben.«

»Was wäre denn gewesen, wenn wir nicht eingesprungen wären, als ihr in den Krieg gezogen seid? Hätten Kobolde in den Munitionsfabriken arbeiten und die Landwirtschaft in Gang halten sollen?«

Agnes brummte etwas Zustimmendes und hielt sich die steife Hüfte.

Mit einem Blick auf seine Tante wandte Pembridge sich nun an mich. »Die große Frauenrechtlerin probt schon mal fürs Parlament. So etwas können wir uns ab jetzt ständig anhören.«

Doch es war ein liebevolles Wortgeplänkel zwischen Neffe und Tante, ohne jegliche Böswilligkeit. Man merkte, dass die beiden echte Zuneigung füreinander empfanden, obwohl sie gelegentlich anderer Meinung waren. Und vielleicht waren ihre Ansichten auch gar nicht so verschieden, wie sie immer taten.

»Mal sehen, ob wir es mit Miss Fairfords Hilfe schaffen, das Ding anzuheben«, sagte Victoria. »Sie ist nicht allzu groß, aber sie wirkt ziemlich tatkräftig. Wo steckt überhaupt Essie? Wo zum Teufel hat sie sich versteckt, während wir uns hier abschuften? Essie, wir könnten deine Hilfe gebrauchen!«

Ich warf einen Blick in das Automobil und sah eine zierliche Person auf einem der Sitze. Sie stieg aus, sodass ich sie mir genauer ansehen konnte als am Wochenende zuvor vom Fenster aus. Sie hatte nicht die rosige, helle Haut ihrer Mutter, sondern war vom Typ her ein wenig dunkler. Aber ihr Haar war fast so blond wie das von Victoria, nur einen Ton wärmer. Lang und glänzend hing es ihr über die Schultern.

»Bind dir deine Mähne zusammen, bevor du dich noch damit strangulierst!«, rief Victoria. Dann sagte sie an mich gerichtet: »Ich habe versucht, sie zu überreden, sich die Haare schneiden zu lassen. Sie hat schönes Haar, das muss ich zugeben, viel schöner, als ich es jemals hatte. Aber in der Schule wäre kürzeres Haar viel praktischer. Ich habe meins vor Jahren stutzen lassen. Ich hatte es nur Mama zuliebe noch lang getragen, und nachdem sie gestorben war, na ja … Jedenfalls war es nicht der Mode wegen, da war ich meiner Zeit ein Stück voraus. Aber Essie kann sich nicht von den langen Haaren trennen. Und wer bin ich, dass ich versuche, ihr da etwas vorzuschreiben? Sind ja schließlich ihre Haare.«

»Ja, es sind meine Haare«, sagte das Mädchen, und etwas an ihrer angenehm melodischen Stimme ließ mich sie genauer studieren. »Und ich mag sie lang. So, da hast du's!« Geschickt schlang sie das Haar zu einem langen Zopf zusammen und legte ihn sich über die Schulter.

»Miss Fairford, das ist Essie, meine Tochter«, sagte Victoria. »Ich glaube, bei unserem letzten Besuch haben Sie sie noch nicht kennengelernt. Sie war die ganze Zeit oben bei Lucas. Übrigens, wie geht es ihm?« Mit einem Seitenblick auf Pembridge fügte sie hinzu: »Ich hoffe, Sie konnten Ihren erfolgreichen Start ausbauen.«

Mein Blick war noch auf Essie gerichtet, die mich aus großen Augen schüchtern ansah. Sie hatte auch nicht die blauen Augen ihrer Mutter. Offenbar hatte Mr. Grangers Seite deutlich mehr durchgeschlagen.

»O ja«, sagte ich hastig, als ich merkte, dass eine Antwort von mir erwartet wurde. »Lucas und ich kommen prima zurecht. Wenn das Wetter schön bleibt und es ihm weiterhin gut geht, will er sich heute sogar zu uns in den Garten setzen. Jetzt, da seine Cousine hier ist, schafft er das bestimmt.« Ich lächelte Essie freundlich an, und sie errötete ein wenig, denn ich war ihr wohl noch zu fremd.

»Ich finde, das kling richtig vielversprechend«, sagte Victoria. »Gute Arbeit! Sie selbst sind wohl auch ein wenig aus sich rausgekommen, wenn ich das sagen darf. Das Funkeln in Ihren Augen war letzte Woche in der Küche noch nicht da. David, hast du bei der Dame etwa deinen einst so berüchtigten Charme spielen lassen?«

»Lieber Himmel, was soll das denn heißen?«, brummte Pembridge und vermied es, meinem Blick zu begegnen.

Victoria lachte leise. »Krieg dich wieder ein. Ich will dich nur ein bisschen auf den Arm nehmen. Aber jetzt lasst uns endlich zusehen, dass wir dieses dämliche Tor aufbekommen! Danach gehen wir nach oben und sehen uns den Jungen selbst an. Vielleicht möchte Papa ja auch mit in den Garten kommen.«

»Tante V, bitte! Eins nach dem anderen«, sagte Pembridge. »Der alte Herr war nicht mehr draußen, seit – seit Frannie ihn zuletzt überreden konnte. Da war noch Krieg.«

»Wir werden sehen«, antwortete Victoria und zeigte auf das widerspenstige Tor.

Daraufhin ging auch Pembridge in die Hocke, und mit vereinten Kräften – wozu Essie jedoch nicht mehr beitrug, als um uns herumzulaufen und uns aufmunternd zuzurufen – schafften wir es, den Torflügel zu befreien, der sich quietschend in den Angeln bewegte. Victoria lief zu ihrem neuen Spielzeug und streifte sich ein Paar riesige Lederhandschuhe über.

»Großer Gott«, murmelte Pembridge, als sie mit Vollgas die Auffahrt hinaufraste und mit quietschenden Bremsen vor einem der überwucherten Blumenbeete zum Stehen kam. Koffer und Taschen in allen möglichen Größen, beklebt mit Schiffs- und Eisenbahnplaketten, waren bis unter das Dach des Autos aufgestapelt.

»Wenn wir das Zeug ausgeladen haben, werden wir erst

mal etwas essen, und dann musst du unbedingt eine Spritz-tour machen, David«, rief sie, als sie aus dem Wagen stieg und die Tür zuknallte. »Abgesehen von Essie ist dieses Schätzchen das Beste, was ich je bekommen habe. Hinten ist sogar eine Lunchschublade. Damit können wir ein Pick-nick machen.«

»Wie kannst du dir das überhaupt leisten?«, fragte er. »Ich dachte, du wärst wieder einmal etwas knapp bei Kasse.«

»Ach, ich bekomme doch weiter Miete für das Haus in London. Außerdem kenne ich Mr. Evans von der Auto-werkstatt schon seit 'ner Ewigkeit, und wir haben uns auf annehmbare Konditionen geeinigt. Wenn ich kann, zahle ich etwas ab. Auf Pump, so sagt man. Der alte Granger schickt mir auch jeden Monat noch ein bisschen was. Zu-sammen mit den Mieteinnahmen wird es schon gehen. Außerdem brauchen wir nun den Halsabschneidern an der Riviera nichts mehr für Unterkunft und Verpflegung in den Rachen zu werfen. Die Hotels da unten sind wirklich absolut überteuert. Essie und ich brauchen nicht viel, oder, meine Kleine? Wenn es sein muss, sind wir sehr genüg-sam.« Sie legte dem Mädchen einen Arm um die Schulter und zog es an sich.

»Mami, du zerdrückst mich!«

Victoria ließ sie los und wandte sich an mich: »Sollten Sie jemals Töchter haben, Miss Fairford, sorgen Sie dafür, dass sie nicht erst mit zwölf auf die Schule kommen. In dem Alter sind sie nämlich unausstehlich. Jeder zweite Blick ist ein einziger Vorwurf. Essie hat sich in den letzten sechs Monaten total verändert.«

Sie sahen dem Mädchen hinterher, als es die Stufen hin-aufrannte und im Haus verschwand. »Ich gehe zu Lucas!«, rief sie über die Schulter.

»Gleich werden Sie sehen, auf welch wundersame Weise sie den Jungen bändigt«, sagte Victoria. »Bemerkenswert. Aber Sie scheinen diese Woche auch gut mit ihm zurechtgekommen zu sein.«

»Ja, er ist wirklich ein guter Junge. Solitär spielt er nicht so gern, und als ich beim Mensch-ärgere-dich-nicht gewonnen habe, hat er das Spielbrett umgekippt. Aber ansonsten macht er sich immer besser.«

»Miss Fairford ist viel zu bescheiden, Tante V«, warf Pembridge ein, der hinter uns ging. »Ich hatte recht. Lucas braucht die Zuwendung und Aufmerksamkeit einer Frau. Darin sind Frauen wirklich gut.«

»Wie in so vielem anderen auch«, gab Victoria leichthin zurück. »Habe ich dir schon erzählt, dass Mr. Evans sagte, ich hätte außerordentlich schnell den Bogen herausgehabt, wie man den kleinen Morris startet? Im nächsten Leben – und in einem anderen Körper natürlich – würde ich einen guten Mechaniker abgeben.«

Das schöne Wetter hielt auch nach dem Essen an. Wenn die Sonne hinter den Wolken hervorkam, wurde es richtig warm, und es war überhaupt nicht windig. Essie hatte darauf bestanden, mit Lucas auf seinem Zimmer zu essen, wo sie sich wie zwei Straßenkinder einen Teller teilten. So stolz ich auf meine Fortschritte mit Lucas war, staunte ich doch, als ich beobachtete, welche Wirkung Essie auf ihn hatte. Schon wenn er sie sah, entspannte er sich. Seine sonst so verhärmten Gesichtszüge wurden weicher und wirkten wieder kindlich. Bis hinunter in die Eingangshalle hörte man die beiden kichern.

Wie ich gehofft hatte, sollte ich mit den Pembridges zu Mittag essen, und da Victoria nun mit am Tisch saß, war es eine weniger steife Angelegenheit als die abendlichen Mahlzeiten. Sie diskutierte mit ihrem Neffen über Politik, und zwar größtenteils einvernehmlich. Bertie beteiligte sich nicht an der Unterhaltung, doch ungeachtet der selbsterklärten Ehrfurcht vor seiner Schwester wirkte er in ihrer Gegenwart ebenso vergnügt und gestärkt wie Lucas durch Essie.

»Also dann«, sagte Victoria, nachdem ein weiteres von Agnes' zweifelhaften Desserts halb voll stehen geblieben war. »Miss Fairford und ich gehen nach oben und versuchen, zwei Generationen männlicher Vertreter der Pembridge-Familie aus dem Bett zu holen. David, in der Zeit kannst du nachsehen, ob die Korbstühle, die noch in dem kleinen Gartenschuppen stehen, mittlerweile verrottet sind. Wenn nicht, könnten wir sie neben die Bank auf dem alten Krocketrasen stellen. Du kannst ihm dabei helfen, Bertie.«

Als sie sich zur Tür umdrehte, salutiert Pembridge ihr demonstrativ hinterher, was mich unwillkürlich zum Lächeln brachte. Er lächelte zurück, und sogleich fühlte ich mich an seinen Sohn erinnert. So graziös ich konnte, folgte ich Victoria aus dem Raum, da ich sicher war, dass sein Blick mir folgte.

»Zuerst kümmern wir uns um Papa«, sagte Victoria auf der Treppe. »Mittlerweile sind Sie ihm sicher vorgestellt worden.«

Ich schob sämtliche Gedanken an Pembridge beiseite. »Nicht so richtig. Aber einmal bin ich in sein Zimmer gegangen.«

»Und? Wie fanden Sie ihn? Ein herzensguter alter Mann, oder?«

»Auf jeden Fall. Aber ich glaube, er dachte, ich wäre jemand anders.«

»Ach, darüber brauchen Sie sich keine Gedanken zu machen. Das ist nicht ungewöhnlich. Er hat auch klare Momente, dann ist er wieder so wie früher. Aber meistens ist er komplett verwirrt, der arme Kerl. Ich glaube, sein Gedächtnis kann nichts Neues mehr aufnehmen, obwohl er Essie jedes Mal erkennt. Das Mädchen könnte mit einem Haareschütteln aber auch die Vögel von den Bäumen locken. Aus Papas Sicht kann sie gar nichts falsch machen. Aber wer Lucas ist, vergisst er immer wieder. Manchmal kann er sich nicht einmal an David erinnern. Nehmen Sie es also nicht persönlich, wenn er nicht weiß, wer Sie sind.«

»Oh, das tue ich nicht«, sagte ich leise und war mir nicht sicher, ob ich ihr erzählen sollte, dass er mich mit meiner Großmutter verwechselt hatte. Victoria wusste ja nicht, in welcher Beziehung sie zu mir stand. Für sie war sie nichts weiter als ihre ehemalige Gouvernante, die schon lange fort war. Bevor ich mich durchringen konnte, etwas zu sagen, war es auch schon zu spät, denn mittlerweile standen wir auf dem Dachboden, und Victoria klopfte an die Tür.

Die Hand schon auf dem Türknauf, drehte sie sich noch einmal um. »Die Modelleisenbahn haben Sie doch gesehen, oder?«, raunte sie mir zu.

»Die habe ich schon bestaunt. Eine kleine Welt für sich.«

Sie stieß einen Seufzer aus. »So wünscht er es sich wieder. So wie es vor diesem Tag war, wissen Sie. Hat er Ihnen davon erzählt?«

Ich schüttelte den Kopf. Ich wusste nicht, was sie meinte.

»Hmm. Ist vielleicht besser so. Kommen Sie. Und passen Sie auf, dass Sie nicht über irgendeinen Waggon oder ein Signalhäuschen stolpern, bis ich die Vorhänge aufgezogen habe.«

Wie zuvor beim Essen füllte Victoria, als sie die Vorhänge aufzog, den Raum sofort mit ihrer frischen Energie. Sie sammelte Teller und Tassen ein und plauderte dabei so sorglos, dass es etwas Wohltuendes hatte.

»Du meine Güte, man sollte nicht meinen, dass Agnes seit meinem letzten Besuch das Zimmer überhaupt betreten hätte. Diese Frau hat einen solchen Hang zur Trägheit! Es ist kaum zu glauben. Eigentlich müsste ich sie darum beneiden. Ich bekomme schon Schuldgefühle, wenn ich nur zwei Minuten irgendwo still sitze. Na, Papa, Miss Fairford und ich wollen dich nach draußen bringen, in die Sonne. Was hältst du davon?«

»Miss Fairford?«, fragte der alte Mann und sah sich um. Ich stand mit dem Rücken zum Fenster, durch das nun Licht in den Raum fiel. Wenn er mich überhaupt sehen konnte, und dessen war ich mir nach wie vor nicht sicher, dann allenfalls als Silhouette.

»Ja, die Gouvernante. Sie war schon bei dir und hat sich deine Eisenbahn angesehen. MISS FAIRFORD heißt sie.«

»Gouvernante?«, fragte er leise und sah blinzelnd in meine Richtung. Ich fingerte unbeholfen an den Aufschlägen meiner Bluse herum und strich mir eine lose Haarsträhne aus dem Gesicht.

»Ist sie wieder da?«, fragte er verwundert. »Ist sie zurückgekommen?«

Victoria sah mich mit hochgezogenen Augenbrauen an. »Nein, Papa, du weißt doch, dass wir Helen verloren haben. Schon vor über zehn Jahren.«

Er schüttelte den Kopf, doch das konnte Victoria nicht sehen, weil sie sein Kissen zurechtrückte. »Nicht Helen …«, begann er.

»Ja, mein Lieber, so ist es leider. Ich weiß, wie sehr sie dir fehlt.« Sie drehte sich zu mir um und sagte leise: »Es war furchtbar tragisch, dass es ausgerechnet Helen treffen musste. Sie war Papas Lieblingskind. Als wir klein waren, hat er ihr zu Weihnachten ein Medaillon geschenkt, mit einer Gravur über das geliebte mittlere Kind. Das war schrecklich für mich. Ich wäre fast vor Neid geplatzt. Aber mittlerweile verstehe ich, warum er sie am meisten geliebt hat. Ich kann es nachvollziehen. Sie war ihm so ähnlich, mit ihren Büchern und so. Ich dagegen war ein kleines Biest.«

Ich sah es klar und deutlich vor mir: das goldene Medaillon, das meine Großmutter niemals ablegte. Ein wenig zerkratzt, aber glänzend, schwang es an einer langen Kette vor und zurück, wenn sie sich über ihre Zeitung beugte. Die Widmung für »H«, lautete in etwa: »auf ewig in der Mitte, und für immer in meinem Herzen«. Wie war sie an ein solch kostbares Schmuckstück gekommen? Sie hatte erzählt, mein Großvater hätte es ihr geschenkt, der Handlungsreisende, für den sie die Position zwischen Hausherren und Dienstboten aufgegeben hatte. Vielleicht war es ja tatsächlich so, und es handelte sich um ein anderes Medaillon.

Den alten Herrn in den Garten zu bringen war eine langwierige Angelegenheit. Pembridge wurde die Treppe heraufzitiert, um ihn auf dem Weg hinunter zu stützen, während Victoria ihm lautstark jede Stufe ankündigte. Als wir es geschafft hatten, saß Lucas schon in einem riesigen Sessel aus Korbgeflecht, der schon bessere Tage gesehen hatte – bessere Jahrzehnte höchstwahrscheinlich.

»Er hat die Stufen prima gemeistert«, sagte Essie fröhlich. »Er musste sich nur ein paar Mal auf Onkel Bertie und mich stützen.« Sie drehte ihr Haar zu einem Zopf und wickelte ihn sich um die Finger, während sie die andere

Hand auf einen von Lucas' mageren Armen legte. Lucas strahlte sie selig an.

»Fühlst du dich wirklich kräftig genug, um draußen zu sitzen?«, fragte Pembridge besorgt. »Wenn du müde wirst oder dir schwindelig wird, trage ich dich nach oben. Ist dir warm genug?«

»Ach, hör auf damit, David!«, rief Victoria. »Siehst du nicht, dass der Junge jetzt schon Farbe im Gesicht hat? Und wie seine Augen leuchten? So gesund hat er seit *Jahren* nicht mehr ausgesehen. Alle Achtung, ihr beiden!« Sie schenkte ihrem Bruder und Essie einen anerkennenden Blick, auch Bertie strahlte.

Gemessen an seiner sonst üblichen Blässe sah Lucas tatsächlich wesentlich frischer aus, obwohl er mir beinahe fiebrig vorkam. Doch das lag wohl an der Aufregung. Ich wickelte ihm die Decke ein wenig fester um die Beine, damit er keinen Zug abbekam.

Als alle bequem saßen, brachte Agnes einen schiefen Biskuitkuchen. Als sie ihn anschnitt, sah man eine dünne Schicht Kirschen.

»Bemerkenswert«, kommentierte Pembridge. »Jede Einzelne ist auf den Boden gesunken.«

»Ich finde, der Kuchen sieht schön aus«, sagte Essie, was Agnes mit einem höflichen Nicken quittierte. »Und so kann man sich die Kirschen bis zum Schluss aufheben.«

»Erinnert ihr euch an die große Feier im Garten?«, meldete sich Robert Pembridge zu Wort. Bis dahin hatte er still dort gesessen, und ich hatte ihn fast schon vergessen. »Damals war sie noch hier. Sie hatte sich im Schatten versteckt.« Er lächelte entrückt.

Victoria, die sich neben ihn gesetzt hatte, um ihm behilflich sein zu können, nahm seine Hand und streichelte sie. »Er denkt heute die ganze Zeit an Helen«, erklärte sie leise.

»Wenn er möchte, kann er auch ruhig von ihr sprechen«, sagte Pembridge mit einem Achselzucken. »Es ist sein Haus, V, und sie war seine Tochter. Warum sollte er sie vergessen?«

Ich sah ihn an und fragte mich, ob er dabei auch an Frannie dachte.

»Natürlich soll er sie nicht vergessen«, gab Victoria kopfschüttelnd zurück. »Ich will nur nicht, dass es ihn zu sehr aufwühlt.«

»Tut es gar nicht. Sieh ihn dir doch an.«

Robert lächelte noch immer, aber ich fand, es war ein trauriges Lächeln. »Sie ist einfach weggelaufen, als ich mit ihr sprechen wollte, und dann … Vielleicht war alles zu viel für sie. Was war ich doch für ein Narr!«

Seufzend gab Victoria nach. »Ja, Papa, das klingt ganz nach ihr. Helen hat sich bei öffentlichen Anlässen nie wohlgefühlt, oder? Ich weiß noch, ich ging ins Haus, um mir ein Glas Wasser zu holen. Ich hatte auf dem Rasen herumgetobt und bestimmt wieder fürchterlich angegeben. Da hockte sie mit ihrem Atlas hinter dem Wandschirm im Salon. Ich habe ihr einen Halfpenny abgeschwatzt, damit ich es Mama nicht verrate. Den habe ich am nächsten Morgen auch eingefordert.«

»Donnerwetter, wäre ich doch bloß auch auf die Idee gekommen, mich im Salon zu verstecken«, warf Bertie zaghaft ein. »Dann hätte Colonel Thoresby mich nicht in die Finger gekriegt. Der fragte nämlich, zu welchem Regiment ich nach der Schule wollte. Er war erschüttert, als ich sagte, das wüsste ich noch nicht. Dass ich es lieber ganz vermeiden wollte, wagte ich gar nicht erst zu erwähnen.«

»Nein, nein, nein«, unterbrach Robert ihn. Bertie errötete ein wenig und senkte den Blick auf sein halb gegessenes Stück Kuchen. »Nicht Helen«, sprach der alte Mann weiter. »Ich meinte nicht Helen. Sie war doch gar nicht im Garten.«

Ich erstarrte. Plötzlich wurde mir klar, dass er meine Großmutter meinte. Ich erinnerte mich, wie liebevoll er mir über das Haar gestrichen hatte, als er dachte, ich wäre sie. Offenbar wurde ich kreidebleich, oder mir glühten die Wangen, jedenfalls sah Pembridge mich irritiert von der Seite an. Um meine Aufregung zu überspielen, sprang ich auf und murmelte etwas davon, dass ich eine Mütze für Lucas holen wolle. Dass Robert mich für meine Großmutter hielt, wenn wir allein waren, war anscheinend kein Problem. Aber vor allen anderen versetzte es mich aus einem unerfindlichen Grund in Panik. Meine Beine kribbelten, und ich konnte sie kaum noch stillhalten.

»Keine Sorge, Miss Fairford«, sagte Essie und gab Lucas ihre Baskenmütze. »Er kann meine haben.« Sie zog sie ihm bis über die Ohren, und beide lachten. Ihr langes Haar glänzte in der schwächer werdenden Sonne, und ich setzte mich wieder. Aber ich fühlte mich matt und benommen, und mein Kopf begann zu pochen, sodass mir beinahe schwindelig wurde.

Gottlob hatte der alte Herr den Faden verloren. »Wer ist denn das neben Essie?«, fragte er Victoria. Er klang nun wie ein mürrischer alter Mann, und die beiden Kinder tauschten vielsagende Blicke.

»Das ist Lucas. Der Sohn von David. Den kennst du doch, mein Lieber.«

»Schöne Stimme, die von deiner Tochter.« Er wies mit dem Kopf auf Essie. »Fand ich schon immer. So melodisch.«

Ich musste daran denken, dass mir das auch aufgefallen war, als wir vor dem Haus standen.

»Nicht wie mein Kommandoton, wahrscheinlich«, sagte Victoria trocken.

»Was sagtest du, wer ist der Junge?«

»Also, Papa, das ist *Lucas*. Der Sohn von David und Frannie. Helens Enkel, den sie nicht mehr kennenlernen durfte. Jammerschade.«

Plötzlich war Robert regelrecht entrüstet. »Für den Jungen hat es mir immer am meisten leidgetan. Für David. Ein Junge braucht doch seinen Vater. Das war das einzige Mal, dass ich mich über Helen geärgert habe. Konnte sie nicht heiraten, so wie alle anderen?«

Victoria wechselte einen gequälten Blick mit Pembridge, dessen Miene sich augenblicklich dermaßen verdunkelte, dass man meinen konnte, es wären plötzlich Wolken aufgezogen. Er sah hinüber zu Lucas, aber der hatte seine Aufmerksamkeit wieder auf Essie gerichtet, die ihm mit ihren flinken, schlanken Fingern zeigte, wie man Schweinchen auf der Leiter spielte. Ich rieb mir die Beine und drehte mich in die andere Richtung, um nicht ständig auf ihr glänzendes Haar zu starren.

»Hast du gehört, Vicky?«, sprach Robert unbeirrt weiter. »Erzähl mir nicht, sie wäre verheiratet gewesen. Das hätte ich nämlich bestimmt nicht vergessen. An dich und diesen Granger vor dem Altar erinnere ich mich auch noch, als wäre es gestern gewesen.«

Victoria warf mir einen Blick zu, und ich sah, dass selbst ihr die Situation peinlich wurde. Anscheinend war all das auch für sie nicht ganz einfach. »Ist gut, Papa, du hast gewonnen«, sagte sie seufzend. »Helen war nie verheiratet.«

»Ach du meine Güte, das ist ja wie im absurden Theater«,

sagte Pembridge. »Welche Familiengeheimnisse willst du denn noch enthüllen, Großvater?« Er lehnte sich in seinem Stuhl zurück und setzte eine Miene auf, als würde er das Ganze mit seinem schrägen Humor betrachten. Aber sein Gesicht war dunkelrot angelaufen. In seiner Aufregung ließ er seine Gabel laut klappernd auf den Teller fallen, woraufhin Bertie vor Schreck zusammenzuckte.

»Wenn ich's doch sage«, fuhr der alte Herr fort, ohne auf Pembridges Gesichtsausdruck zu achten, den er wahrscheinlich ohnehin nicht sehen konnte. »Ich würde doch nicht die Hochzeit meiner eigenen Tochter vergessen. Sie war mit diesem Jungen zusammen. Für den schwärmte sie schon immer, obwohl der weiß Gott so gut wie nie ein Wort gesagt hat.«

Essie sah auf, aber als Victoria unauffällig den Kopf schüttelte, spielte sie zögernd mit Lucas weiter.

»Welcher Junge?«, fragte ich, bevor ich mich eines Besseren besinnen konnte. Erleichtert, dass Roberts Gedanken nicht mehr um Harriet Jenner kreisten, war es mir einfach herausgerutscht, aber darüber hinaus interessierte es mich. Die Familiengeschichten hatte meine Großmutter mir ja oft genug erzählt. Doch mittlerweile kannte ich zu viele Versionen, die sich widersprachen.

»Oh, der ist schon lange weg. Als wir es herausfanden, musste ich ihn entlassen«, sagte Robert betrübt.

»Wenn wir diese alten Geschichten schon hervorkramen müssen, dann wollen wir doch bei der Wahrheit bleiben«, schnaubte Victoria. »Soweit ich weiß, war es Mama, die ihn rausgeworfen hat, und das mit Vergnügen. Sogar von ihrem Bett aus hat sie in diesem Haus noch Anweisungen erteilt.«

Pembridge stand auf. »Es ist wird Zeit, dass wir Lucas wieder hineinbringen.«

»Nein, Vater!«, rief Lucas. »Bitte noch nicht! Hier draußen geht es mir viel besser.«

»Ach, lass ihn doch noch ein bisschen hierbleiben«, beschwatzte Essie ihn.

Pembridge blieb stehen. So unschlüssig hatte ich ihn noch nie erlebt. Oder so mitgenommen. Ich wünschte, ich hätte ihm helfen können. Er war umgeben von Mitgliedern der Familie, die die alte Geschichte schon längst kannten. Warum, fragte ich mich, machte ihm dieser Vorfall dann noch so viel aus? Vielleicht war es wegen Lucas, und er dachte, der Junge sei noch zu jung, um zu erfahren, dass sein Vater ein uneheliches Kind war. Aber Lucas spielte mit Essie und bekam kaum etwas mit. Die einzige Außenstehende war ich, und ich konnte mir nicht vorstellen, warum es Pembridge etwas ausmachen sollte, wenn ich davon erfuhr. Schließlich war ich nur die Gouvernante.

»Wie ihr wollt« sagte er und marschierte in Richtung Haus.

Victoria wartete, bis die Kinder sich wieder in ihr Spiel vertieft hatten, dann beugte sie sich zu mir herüber. »Ich kann es ihnen ja ruhig erzählen«, sagte sie leise. »Sie gehören doch jetzt quasi zur Familie. So schlimm ist es auch gar nicht, aber damals war es das vermutlich. Ich glaube sogar, es hat Mama noch schneller ins Grab gebracht, in Verbindung mit all diesen Tinkturen von Quacksalbern natürlich.« Sie warf einen Blick auf ihren Vater, doch der war eingenickt. »Es war der Gärtnerjunge«, formte sie die Worte fast lautlos mit den Lippen. »Dilgers Gehilfe Ned. Weiß der Himmel, wann und wo es passiert ist. Aber passiert ist es. Damals war er natürlich kein Junge mehr, und Helen kein kleines Mädchen. Papa ist mal wieder in den 1870ern stecken geblieben. Nein, sie war gerade zwanzig geworden, und er war ein paar Jahre älter. Ich war achtzehn und hatte nur eine vage Vorstellung von … davon, wie solche Dinge funktionieren. Aber trotzdem fand ich, es passte nicht zu ihr. Ich konnte mir gar nicht vorstellen, wie so etwas geschehen konnte. Da haben Sie es: Selbst die Leute, die uns am nächsten stehen, kennen wir oft nicht richtig. Wir sehen immer nur die Fassade.« Sie spießte einen Bissen Kuchen auf ihre Gabel, schob ihn sich in den Mund und kaute nachdenklich. »Ich glaube, manche Leute verunsichert es ziemlich, wenn jemand, den sie zu kennen glaubten, zu etwas völlig Unerwartetem – in Helens Fall sogar Schockierendem – in der Lage ist. Ich finde es eher aufregend. Wie würden Sie es sehen, Miss Fairford?«

Das Bild meiner Großmutter stieg vor meinem geistigen Auge auf, obwohl wir eigentlich über Helen sprachen. Ich schob es beiseite. »Aufregend finde ich es nicht unbedingt«, sagte ich zögernd, »eher beängstigend, wenn jemand uns nur einen Ausschnitt präsentiert und das gesamte Bild vor uns verbirgt.« Wieder sah ich die Drehpendeluhr vor mir, die meine Großmutter angeblich von dem Mann zur Hochzeit geschenkt bekommen hatte, der mir nun gegenübersaß. Von dem Mann, der nach ihr gesucht hatte, und der heute noch so wehmütig von ihr sprach.

Victoria sah mich fragend an. »Das klingt, als hätte man in Ihrer Familie nicht immer mit offenen Karten gespielt.«

»Ich bin bei meiner Großmutter aufgewachsen. Meine Eltern starben, als ich noch klein war. Und ja, allmählich wird mir bewusst, dass sie ihre Karten nie vollständig aufgedeckt hat. Sie hat mir immer Geschichten aus ihrer Vergangenheit erzählt, Hunderte gar. Aber in letzter Zeit frage ich mich immer öfter, ob sie mir deshalb so viele Geschichten erzählt hat, um das eigentlich Wichtige darin zu verbergen.

»Wie Nadeln im Heuhaufen oder so ähnlich?«

»Vermutlich. Oder Blutstropfen in einem Teich.«

Victoria schnaubte lachend, und ich errötete, dann lachte ich auch. »Ich weiß nicht, wie ich darauf gekommen bin. Eigentlich bin ich sonst nicht so melodramatisch.«

»Klingt wie der Titel einer dieser blutrünstigen Schauergeschichten, die Agnes wahrscheinlich lesen würde. Essie vielleicht auch.« Sie verzog das Gesicht.

Von der Haushälterin war keine Spur zu sehen, so räumten Victoria und ich Kuchenteller und Gabeln selbst ab. Essie half Lucas auf die Beine. Bertie, das fiel mir jetzt erst auf, war losgewandert und inspizierte einen Rosenstrauch, der vor dem Winter noch zurückgeschnitten werden musste, vorausgesetzt, jemand würde sich dieser Aufgabe annehmen. Robert döste noch immer vor sich hin.

Kurz vor der Treppe zu den Wirtschaftsräumen legte mir Victoria ihre freie Hand auf den Arm. »Am besten, Sie erwähnen den Skandal um Helen gegenüber David nicht mehr«, raunte sie mir zu. »Sie haben ja gesehen, wie sehr ihm das zusetzt. Es macht ihm ziemlich zu schaffen. Er schämt sich, weil er unter solchen Umständen geboren wurde. Kann man ihm nicht vorwerfen, oder? Wir sind nicht in Bloomsbury, sondern auf dem Land.« Sie verzog das Gesicht und ließ meinen Arm los. »Trotzdem liebte er seine Mutter, und in mancher Hinsicht ist er ihr sehr ähnlich. Gott sei Dank, obwohl Ned ein liebenswürdiger Junge war. Aber David hat kaum etwas von ihm. Nur das dunkle Haar und die Augen lassen darauf schließen, dass es keine unbefleckte Empfängnis war. Ned hatte genauso schwarze Augen. David hat sehr unter Helens Tod gelitten, vielleicht auch deshalb, weil er es ihr als Junge nicht leicht gemacht hat – wegen seiner Herkunft, wissen Sie. Er gibt sich die

Schuld daran, was mit ihr passiert ist. Dabei konnte er überhaupt nichts dafür. Und dann das mit Frannie ...« Sie stieß die Küchentür mit der Hüfte auf. »Armer David. Manchmal glaube ich, an ihrem Tod gibt er sich auch die Schuld. Wobei das natürlich Unsinn ist. Für die spanische Grippe konnte er nun wirklich nichts. Die hat schließlich die halbe Welt ausradiert.«

SECHSUNDDREISSIG

Nach dem sonnigen Samstagnachmittag im Garten ging der Altweibersommer schnell vorüber. Bald konnte ich mir schon gar nicht mehr vorstellen, wie es war, nur mit einer dünnen Strickjacke nach draußen zu gehen. In der Stadt unten im Tal wurde es nur allmählich kühler, aber hier oben auf dem Hügel hatte man den Eindruck, der Winter hatte schon Einzug gehalten. Nachts rüttelte eiskalter Wind an den Fenstern, und jeden Morgen wurde die Frostschicht ein wenig dicker und schmolz langsamer. So schlecht geheizt, wie das Haus war, hatte ich mir angewöhnt, mehrere Schichten Kleidung übereinander zu tragen.

Wenn die Sonne sich morgens doch einmal zeigte, war der Garten wundervoll anzusehen. Mit seinen verwilderten Büschen und den kahlen Zweigen verwandelte er sich in ein weiß glitzerndes Märchenland, in das über Nacht feiner Diamantstaub hineingeweht war. Der Anblick erinnerte mich an das Märchen *Die zertanzten Schuhe*, das meine Großmutter mir erzählt hatte, und ich hatte vor Augen, wie die zwölf Prinzessinnen des Nachts unter den Bäumen tanzten, von denen Silber, Gold und Edelsteine tropften. Lucas beschrieb es ein wenig jungenhafter: Er fand, der Frost sehe aus wie Zucker.

Obwohl wir bereits Mitte Oktober hatten, war noch kein weiterer Brief von meiner Großmutter gekommen. Die Sorge drückte mich wie ein Stein im Schuh – doch es hatte auch etwas Befreiendes, wie mir schuldbewusst klar wurde. Ich konnte mir nicht helfen, aber nachdem sie mich so lange unter ihre Fittiche genommen hatte, tat mir ein wenig Unabhängigkeit zur Abwechslung ganz gut.

Je mehr ich mich auf die Gegenwart konzentrierte, desto leichter ließen sich die Geister der Vergangenheit vertreiben. Vielleicht hatte meine Großmutter nicht mehr alles richtig in Erinnerung, ich selbst möglicherweise auch nicht, sagte ich mir. Oder – und das schien mir wesentlich wahrscheinlicher, denn meine Großmutter war alles andere als vergesslich – sie hatte das wirkliche Geschehen ein wenig aufbereitet, um eine Geschichte daraus zu machen, die sie ihrer Enkelin erzählen konnte, mit rosaroten Teppichen anstelle nackter Bodendielen und ohne Hinweise auf ungebührliches Verhalten gegenüber dem Dienstherrn.

Aber dann förderte eine Unterhaltung mit Bertie eine weitere Ungereimtheit zutage, und mir wurde klar, dass meine Zweifel berechtigt waren. Sie hatte mich belogen. Und das nicht nur, um mich zu schützen.

Bertie und ich waren wieder einmal im Garten. Es war einer dieser kristallklaren Vormittage, an denen der Frost seine volle Wirkung entfaltete. Es war bitter kalt, aber alles um uns herum schien strahlend hell. Agnes hatte mir eine alte Pelzstola gegeben, damit ich meinen Nacken warm halten konnte. Sie roch nach Staub und nach einem schweren, altmodischen Parfüm, wie nach vermoderten Pflanzen. Mit Sicherheit hatte sie früher der Hausherrin gehört. Gottlob wurde sie bei dem klaren Wetter sogleich durchgelüftet.

Bertie kam mir auf dem Weg aus dem Wald entgegen, und seiner roten Nase und den tränenden Augen nach zu urteilen, war er schon eine ganze Weile draußen gewesen. »Oh, hallo!«, rief er, als er mich erspähte. »Was für ein herrlicher Tag heute.«

»Das stimmt«, sagte ich lächelnd.

»Wie kommen Sie mit Lucas voran? Machen Sie weiter Fortschritte?«

»Ich glaube schon. Natürlich hat er auch schlechtere Tage, und letzte Woche hatte er einen schrecklichen Anfall. Aber ich hoffe, insgesamt hat er sich seit meiner Ankunft ein bisschen gefangen.«

»Zweifellos. Essie hat ihm schon immer gutgetan, und wenn Sie beide jetzt hier im Haus sind, ist er sicher bald wie ausgewechselt. Jedenfalls hat er sich sehr zum Vorteil entwickelt. Ich weiß nicht, ob David Ihnen das auch schon gesagt hat – er ist ja nicht gerade überschwänglich, mein Neffe. Jedenfalls ist er Ihnen sehr dankbar. Wissen Sie, ich kenne ihn schon sein ganzes Leben lang. Ich sehe ihm an, wenn er sich freut. Für das bloße Auge ist es nicht immer unbedingt sichtbar, aber ich merke es einfach.«

Zu meinem eigenen Ärger strahlte ich, und damit er es nicht merkte, wandte ich den Kopf ab und starrte auf den nächstbesten Strauch. »Ein paar Dinge hat er lobend erwähnt, und er hat sich nicht beschwert. Also vermute ich, er ist zufrieden mit mir. Er macht mir auch nicht den Eindruck, als würde er damit hinter dem Berg halten, wenn er es nicht wäre.«

»Ha, wie wahr! Er beißt sich auch nicht auf die Zunge,

wenn ich ihm auf die Nerven gehe. Soll ich Sie ein Stück begleiten, Miss Fairford? Ich bin nicht beleidigt, wenn Sie lieber Ihre Ruhe haben wollen. Aber ich will noch nicht wieder ins Haus. Agnes will nämlich mein Blut sehen.«

Ich musste lachen. »Wir können gern einen Spaziergang machen. Aber was haben Sie denn bei Agnes verbrochen?«

»Einen Haufen nasser Kleidung auf dem Boden liegen lassen. Da ist sie in die Luft gegangen. Seit fast fünfzig Jahren würde sie mir nun schon hinterherräumen, sagte sie, und es wäre höchste Zeit, dass ich lerne, selbst für mich zu sorgen. Damit hat sie wohl recht. Das arme Mädchen. Ich hatte das bisher noch gar nicht so gesehen. Dass es ihr allmählich reichen könnte, wissen Sie. Über Ordnung habe ich mir noch nie Gedanken gemacht.«

»Wären Sie in die Fußstapfen Ihres Onkels getreten und zur Armee gegangen, hätte man Sie sicher darauf gedrillt.«

Das hatte ich einfach so dahingesagt, weil es zum Thema passte. Doch nun fiel mir ein, dass ich Bertie schon lange nach seinem ominösen Onkel hatte fragen wollen. Meine Großmutter hatte ihn nie erwähnt, obwohl er in dem Sommer, den sie in Fenix House verbracht hatte, ebenfalls hier gewesen war.

»Ich hätte einen entsetzlichen Offizier abgegeben«, sagte Bertie mit einem Kopfschütteln angesichts dieser unwahrscheinlichen Vorstellung. »Als ich meinen Onkel das letzte Mal gesehen habe, war ich natürlich noch ein kleiner Junge, aber damals waren wir schon so unterschiedlich wie Tag und Nacht. Arme Mama. Es hätte ihr so sehr gefallen, wenn ich eine kleinere Ausgabe von ihm gewesen wäre. Ich glaube, sie hat ihn mehr geliebt als sonst jemanden, wissen Sie, vielleicht sogar mehr als Victoria.«

»Kam er denn nicht noch einmal aus Indien zurück?«,

sondierte ich die Lage. »Sagten Sie nicht, er war zur selben Zeit hier wie die Gouvernante, die Sie so gern mochten?«

»Miss Jenner? Ja, das stimmt. Meine Güte, war das ein Wirbel, als er verschwand! Das ganze Haus stand Kopf. Mama hörte überhaupt nicht mehr auf zu jammern, und Mary musste immer wieder die Treppe hinauf- und hinunterlaufen, um irgendwelche Tinkturen, Riechsalze und schließlich eine Flasche Brandy zu holen. Selbst Agnes wirkte verstört und lief mit kalkweißem Gesicht herum. Wissen Sie, ich glaube, sie hatte sich ein bisschen in den schneidigen Captain verguckt. Mein Onkel hatte nämlich diese Wirkung auf Frauen.« Bertie errötete ein wenig. »Im Gegensatz zu mir, muss man wohl sagen. Ich war für das zarte Geschlecht immer unsichtbar.«

»Für mich sind Sie das nicht«, sagte ich und hakte mich bei ihm unter. Wir waren bis in den oberen Teil des Gartens hinaufgelaufen, bis fast zu der Stelle unterhalb des Eishauses, wo die Birken dichter standen. Hier war es nicht so windgeschützt wie hinter dem Haus. Es war so kalt, dass man unseren Atem sehen konnte, und ich begann zu frieren.

»Sie sagten, er verschwand«, bohrte ich weiter. »Vermutlich ging er zurück nach Indien?«

»Das dachten wir auch, aber er kehrte nie zu seiner Garnison zurück. Das fand Mama heraus, als sie versuchte, ihn aufzuspüren. Sie schrieb Briefe an alle möglichen Leute. Irgendwie hatte er bei der Armee Ärger bekommen. So viel war immerhin durchgesickert. Es hatte wohl ein Disziplinarverfahren wegen Trunkenheit und Gewalttätigkeit gegeben. Mama hat uns natürlich nicht viel davon erzählt, aber ich hatte den Eindruck, man hatte ihn hinausgeworfen. In diesem Sommer blieb er ewig lange hier. Ich weiß noch, dass mein Vater Mama einmal fragte, wie er denn so lange Urlaub bekommen habe. Nicht, dass er eine anständige Antwort darauf erhalten hätte. Sie konnte sich gar nicht vorstellen, dass ihr Bruder sich danebenbenommen haben könnte.

Als er weg war, durften wir nicht mehr über ihn sprechen, jedenfalls nicht, wenn sie dabei war. Ich glaube ja, er ist zurück zu seiner Frau nach Indien gegangen, hat die Armee verlassen und sich einbürgern lassen. Es gibt aber noch eine andere Theorie. Die ist von Vicky und ziemlich schrecklich, aber auch recht unwahrscheinlich. Sie glaubt, er wäre auf der Rückreise total betrunken über Bord gefallen. Wir werden es wohl niemals erfahren. Jedenfalls haben wir nie wieder etwas von ihm gehört. Es war, als hätte er sich in Luft aufgelöst.«

Ich betrachtete die spektakuläre Aussicht. Wie ein riesiges Gebilde aus Zuckerguss lag der Irrgarten unter uns. Dahinter schlängelte sich in der Ferne der glitzernde Severn durch das winterliche Sonnenlicht. Etwas konnte ich nach wie vor nicht begreifen, und es hatte mit diesem Onkel zu tun. Nichts konnte reiner Zufall sein, wenn meine Großmutter involviert war.

Und dann präsentierte Bertie mir die Antwort wie auf einem silbernen Tablett – oder zumindest etwas, das mich der Antwort näher brachte. »Für Miss Jenner war es vermutlich genauso schwierig wie für mich, dass mein Onkel in diesem Sommer bei uns wohnte. Vermutlich hätte sie es mit Mama ein wenig leichter gehabt, wenn er nicht hier gewesen wäre.«

»Ach ja?«

»Die arme Miss Jenner. Ich bin mir sicher, sie hatte es nicht darauf angelegt, denn so war sie einfach nicht. Aber

341

sie hat meinem Onkel den Kopf verdreht, und zwar wort-
wörtlich. Er drehte sich immer nach ihr um, und wenn er
sie sah, verfolgte er sie mit seinen Blicken. Im Nachhinein
würde ich sagen, das hat ihr Schicksal besiegelt. Mama
wollte ihren Bruder nicht einmal mit uns teilen, geschweige
denn mit einem hübschen jungen Mädchen wie Miss Jenner.«

SIEBENUNDDREISSIG

Nach Berties Enthüllungen über seinen Onkel war ich in
den folgenden Tagen ziemlich geistesabwesend. Und zwar
dermaßen, dass Lucas irgendwann die Geduld verlor und
mir in ungehaltenem Tonfall sagte, ich würde sowieso nicht
zuhören, wenn er mir etwas erzählte, also könne ich auch
gleich auf mein Zimmer gehen. Darüber musste ich lachen,
was ihn nur noch wütender machte. Aber dann erklärte er
widerwillig, ich dürfte bleiben.

Ich hatte einen Rechtschreibtest für ihn vorbereitet, aber
davon wollte er nichts wissen. Er wollte lieber Radio hören.
Um immerhin den Eindruck zu vermitteln, dass wir uns
mit etwas Lehrreichem beschäftigten, falls Pembridge her-
einschauen sollte, was er in letzter Zeit häufiger tat, schlug
ich vor, dass wir uns gegenseitig porträtierten. Bald waren
wir vertieft in unsere Zeichnungen, obwohl meine Gedanken immer wieder abschweiften, während ich mit meinem
Bleistift die zarten, aber dennoch kantigen Gesichtszüge
meines Schülers zu Papier brachte.

Ich hatte von Anfang an das Gefühl gehabt, Fenix House

berge ein überbordendes Maß an Trübsal und Geheimnissen. Aber niemals hätte ich erwartet, dass ein Mitglied der Familie mir davon erzählen würde. Doch das hatte sich als Irrtum erwiesen. Sowohl Bertie als auch Victoria hatten einiges offenbart. Sie hatten mir Familiengeschichten anvertraut, und das ganz unvermittelt. »Sie gehören doch jetzt quasi zur Familie«, hatte Victoria im Garten spontan gesagt, ohne zu ahnen, wie viel mir das bedeutete.

Menschen, die aus einer großen Familie kamen, hatte ich immer beneidet. Einige der Lieblingsbücher meiner Kindheit handelten von großen, weitverzweigten Clans, in denen viele Brüder und Schwestern und zahlreiche Tanten und Cousinen vorkamen. Seit meinem zehnten Geburtstag hatte ich außer meiner Großmutter niemanden mehr. Doch sosehr ich sie liebte und sie mich – so sehr, dass es sicher auch für zwei oder drei Menschen gereicht hätte –, hatte ich mich nach dem lärmenden Chaos gesehnt, das zwei Menschen allein einfach nicht anrichten konnten.

Der große Haushalt von Fenix House während des kurzen Intermezzos meiner Großmutter war für mich zu einer Art Idealvorstellung geworden – wie die amerikanische Familie Carr aus dem Buch *Wenn morgen heute ist*. Den Zerfall der Familie, der bei meiner Ankunft längst stattgefunden hatte, fand ich wesentlich tragischer als die Vernachlässigung von Haus und Garten. Als Kind war ich nie auf den Gedanken gekommen, dass ich, wäre ich ebenfalls eine Pembridge gewesen, wohl kaum die Ruhe und den Frieden gehabt hätte, den ich als Einzelkind gewohnt war. Stattdessen wäre eine kleine Schwester wie Victoria sicherlich auf meinen Büchern herumgetrampelt oder hätte sie zerrissen, so wie sie es wohl mit Helens Sachen gemacht hatte. Ich hatte lediglich die große Familie im Blick gehabt

343

und daraus für alle, die dazugehörten, eine gewisse Sicherheit abgeleitet.

Mit meiner frisch gewonnenen Zuversicht dachte ich, da Victoria und Essie nun hier wohnten, musste es doch möglich sein, den Pembridges wieder ein Familienleben einzuhauchen. Vielleicht würden sie dann eines Tages wieder so glücklich werden wie zur Zeit meiner Großmutter. Aber ob sie das damals überhaupt gewesen waren, dessen war ich mir nach allem, was Bertie erzählt hatte, nicht mehr so sicher. Hatte er doch, was die Atmosphäre betraf, ganz andere Töne anklingen lassen als die, die ich von meiner Großmutter gewohnt war. Trotz aller Offenheit, die Victoria an den Tag legte, hütete Fenix House noch einige Geheimnisse. Manche waren jüngeren Datums – beispielsweise wusste ich immer noch nicht, wie Helen gestorben war. Andere – und das verwirrte mich nach wie vor – schienen ihren Ursprung im Sommer 1878 zu haben. Wie das Jahr 1910 für mich schien 1878 für Fenix House eine Zeitenwende, in deren Folge die nun so verschlungenen Triebe Wurzeln geschlagen hatten.

Mit einiger Mühe konzentrierte ich mich wieder auf das Gesicht des Jungen mir gegenüber. Er hatte vor lauter Eifer die Stirn gerunzelt und seine dunklen Augen auf seinen Zeichenblock gerichtet, und das mindestens schon so lange, wie ich ihn beobachtete.

»Lucas, vergiss nicht, dir auch anzusehen, was du zeichnest«, riet ich ihm. »Man muss das Modell ebenso im Blick behalten wie das Porträt. Sonst zeichnet man ein Auge oder ein Ohr so, wie man es sich vorstellt, aber nicht so, wie es tatsächlich aussieht.«

»Oh, ich zeichne Sie aber doch gar nicht mehr«, sagte er überrascht.

»Was denn dann?«, fragte ich lachend.

»Einen Kometen, der auf die Erde kracht.«

»Das klingt ja sehr dramatisch.«

Er nickte eifrig. »Er ist ins Meer gerast und hat eine riesige Flutwelle entstehen lassen, in der alle ertrinken werden. Darf ich sehen, was Sie gezeichnet haben?«

Ich drehte meine halb fertige Zeichnung zu ihm um. Ich fand, sie war mir recht gut gelungen. Die Nase hatte ich nicht ganz perfekt getroffen, aber den intensiven Ausdruck in seinen Augen hatte ich recht gut eingefangen.

»Gar nicht schlecht«, billigte er mir zu.

»Siehst du, wie sehr deine Augenpartie der deines Vaters ähnelt?«

»Ich dachte immer, ich sehe meiner Mutter ähnlich.«

Darauf hatte ich keine Antwort, also widmete ich mich wieder meiner Zeichnung. Genau genommen fuhr ich nur noch über die Linien, die ich schon skizziert hatte, und schattierte oder verwischte sie ein wenig.

»Das sagen jedenfalls immer alle«, fügte Lucas in beiläufigem Tonfall hinzu, während er kräftig mit seinem Buntstift auf das Papier drückte, um den flammenden Schweif des Kometen auszumalen. »Die denken, ich kann mich nicht mehr an sie erinnern. Es sind auch gar nicht unbedingt meine Augen. Die meisten sagen, ich habe Ähnlichkeit mit ihr, wenn ich lache oder spreche.«

»Bestimmt fehlt sie dir sehr«, begann ich vorsichtig. Ich hatte furchtbare Angst, etwas Falsches zu sagen. Dabei wäre ich selbst froh gewesen, wenn ich nach dem Tod meiner Eltern über sie hätte sprechen können. Doch meine Großmutter hatte mich nie dazu ermuntert, vermutlich weil sie gedacht hatte, es würde mich zu sehr aufwühlen.

Lucas legte die Stirn in Falten. »Natürlich fehlt sie mir.«

Dann fügte er hinzu: »Am schlimmsten ist es, wenn ich mich nicht mehr an ihr Gesicht erinnern kann. Dann kriege ich Angst, dass es mir nie wieder einfällt.«

»Aber dann könntest du dir doch das Gemälde ansehen. Es ist sehr gelungen, meiner Meinung nach.«

Abermals runzelte er die Stirn, doch diesmal eher verwundert. In dem Moment wurde mir klar, dass er es nie gesehen hatte. Oder er hatte nach der langen Zeit auf seinem Zimmer vergessen, dass es das Bild überhaupt gab. »Ja, das könnte ich«, sagte er zögernd, um weder das eine noch das andere zugeben zu müssen.

Ich legte meinen Zeichenblock beiseite und überlegte, ob ich einen weiteren Vorstoß wagen sollte. Einen Moment lang betrachtete ich Lucas' zartes Gesicht. Er wirkte so verletzlich, und da entschloss ich mich. »Sollen wir es uns vielleicht jetzt ansehen?«

Ohne den Kopf zu heben, zuckte er mit den Schultern. Aber er hielt seinen Buntstift fester umklammert, und seine Wangen röteten sich.

»Na los, gehen wir!«

Als wir uns die Treppe hinunterschlichen, musste ich mich selbst davon überzeugen, dass ich nichts Schlimmes tat. Ich wollte doch nur einem Kind ein Bild von seiner Mutter zeigen! Aber Pembridge hatte es wohl um ihrer beider willen unter Verschluss gehalten, und ich verspürte nicht das geringste Bedürfnis, ihm in der Eingangshalle über den Weg zu laufen.

Im Arbeitszimmer war es noch kälter als im Rest des Hauses, und vor Aufregung gerieten wir umso mehr außer Atem. Die Ecke, in der das Bild hing, war dunkel. Ich wünschte, ich hätte eine der Öllampen mitgebracht, die wahrscheinlich noch aus der Zeit vor meiner Großmutter stammten, die wegen der ständigen Stromausfälle aber nach wie vor unerlässlich waren.

Lucas war zum Fenster gegangen und stocherte mit dem Finger in der dünnen Eisschicht unterhalb des undichten Rahmens herum. Es war so kalt, dass ich seinen Atem sehen konnte. »Es hängt hier hinten«, rief ich leise. »Warte, gleich werden sich deine Augen an die Dunkelheit gewöhnt haben.«

Zögernd kam er zu mir herüber, und als ich sah, wie beklommen er wirkte, legte ich ihm einen Arm um die mageren Schultern. Zu meiner Überraschung lehnte er sich an mich und vergrub sein Gesicht in der dicken Wolle meines Pullovers.

»Es ist ein sehr schönes Bild von deiner Mutter«, sagte ich sanft. »Du brauchst keine Angst davor zu haben.«

Er hob den Kopf und wandte sich dem Gemälde zu. Er ging näher heran und strich mit der Hand über die dunklen Falten ihres Kleides, die er so gerade noch erreichen konnte, wenn er sich auf die Zehenspitzen stellte. Ich fragte mich, ob er sich noch daran erinnerte, wie sich der Stoff angefühlt hatte, so wie es mir mit dem pfauenblauen Kleid meiner Mutter ging.

Minutenlang stand er da und betrachtete das Gemälde. Dann drehte er sich zu mir um. »Ich kann doch wiederkommen, wenn ich möchte, oder?«

»Natürlich kannst du das. Aber wir sollten es deinem Vater erzählen.«

»Er will bestimmt nicht, dass ich es mir ansehe. Er denkt, es würde mich wütend machen, so wie früher.«

Ich musste an die beschädigte Wand vor seinem Zimmer denken und an die zerbrochene Fensterscheibe, die mir an meinem ersten Tag aufgefallen war. Mittlerweile hatte

Pembridge sie ersetzen lassen. Auf den Gedanken, dass Lucas das Gemälde oder etwas anderes in dem Arbeitszimmer beschädigen könnte, war ich nicht gekommen. In den letzten Wochen hatte seine Aggressivität nachgelassen, so wie sich seine körperliche Verfassung gebessert hatte.

Auf dem Weg zurück in sein Zimmer nahm Lucas meine Hand. Das hatte er noch nie zuvor getan. Um ihn nicht in Verlegenheit zu bringen, wollte ich mir nicht anmerken lassen, wie sehr ich mich darüber freute. Aber ich war gerührt. Meine Großmutter hatte gesagt, es solle so sein, dass ich nach Fenix House ging. Und zum ersten Mal hatte ich das Gefühl, dass sie recht hatte.

Wir waren noch nicht lange wieder in Lucas' Zimmer, als es leise an die Tür klopfte. Pembridge steckte den Kopf herein und schenkte mir ein unerwartetes Lächeln. An diese überraschenden Freundlichkeitsausbrüche musste ich mich noch gewöhnen, obwohl sie nun häufiger vorkamen. »Ich wollte nicht stören. Aber ich dachte, ich schaue mal, was Sie so machen.«

»Wir wollten uns gegenseitig porträtieren ...«, begann ich, aber Lucas sprach gleichzeitig.

»Wir haben angefangen, uns zu malen. Und dann haben wir uns das Bild von Mutter angesehen«, sprudelte es aus ihm heraus, halb ängstlich, halb euphorisch.

Ich versuchte, Pembridges Blick aufzufangen, aber er sah stur an mir vorbei, sogar als er näher kam, um Lucas' apokalyptische Zeichnung zu bewundern. »Dann war das wohl ein ereignisreicher Morgen«, bemerkte er knapp, und einer seiner Kiefermuskeln zuckte. Erst als er den Raum verließ, wandte er sich an mich. »Kann ich Sie kurz sprechen, Miss Fairford? Erst wenn Sie Ihre Zeichenstunde beendet haben, selbstverständlich.«

Er klang so frostig, dass ich zusammenzuckte. Lucas sah besorgt zwischen uns beiden hin und her. Er wollte noch etwas sagen, aber da hatte Pembridge die Tür schon hinter sich geschlossen.

»Er ist wütend, oder?«, sagte Lucas betrübt, als die Schritte seines Vaters verhallten. »Ich hätte es ihm nicht erzählen sollen. Er mag es nicht, wenn wir über Mutter sprechen. Warum habe ich das bloß gemacht? Das war dumm von mir.«

»Nein, das war es nicht. Du warst doch nur ehrlich. Mach dir darüber keine Gedanken. Ich werde es ihm erklären.«

»Er wird Sie doch jetzt nicht wegschicken, oder?«

»Das will ich ja wohl nicht hoffen. Außerdem habe ich keine Angst vor dem Groll deines Vaters.« Ungeachtet dieser aufmunternden Worte hatte ich sehr wohl Angst davor. Aber noch mehr fürchtete ich, dass Pembridge mich hassen könnte.

Mit weichen Knien ging ich etwa eine Stunde später hinunter in das Speisezimmer.

»Sie hatten nichts im Arbeitszimmer zu suchen«, empfing Pembridge mich, bevor ich überhaupt den Mund aufmachen konnte. »Ich will nicht, dass er an sie erinnert wird. Welchen Sinn hat es, von etwas zu reden, das man ohnehin nicht zurückholen kann?«

Vermutlich sprach er mehr über sich selbst als über seinen Sohn. Aber so hart seine Worte auch klangen, schien er nicht mit ganzem Herzen dabei zu sein. Er schien eher erschöpft als verärgert.

»Ich hätte Sie fragen sollen, ob wir uns das Gemälde ansehen dürfen, Mr. Pembridge«, sagte ich und fühlte mich schon ein wenig mutiger. »Aber Lucas hat es gutgetan, sich das Bild anzuschauen. Wissen Sie, er hatte Angst, dass er vergisst, wie seine Mutter ...« Ich bemerkte Pembridges schuldbewussten Gesichtsausdruck und verstummte.

Seufzend fuhr er sich mit den Händen über das Gesicht. »Sie haben sicher recht. Ich dachte nur, es wäre leichter für ihn, wenn er das Bild nicht sieht. Ich wollte es ihm nicht vorenthalten.«

»Natürlich nicht. Vielleicht war es auch zunächst leichter. Aber mittlerweile ... Lucas wirkte erleichtert. Ich glaube, die Angst, sie zu vergessen, war eine zusätzliche Belastung.«

Pembridge nickte seufzend. Eine Weile saßen wir uns schweigend gegenüber. Er war versunken in seine Gedanken, und ich dachte daran, wie Lucas mich angesehen hatte, bevor ich hinunterging. Er schien noch ein wenig Angst davor gehabt zu haben, dass ich entlassen würde, aber abgesehen davon schien ihm leichter ums Herz zu sein. Er hatte mir eine Stunde lang von seiner Mutter erzählt: was sie zusammen gespielt hatten, welche Geschichten sie ihm erzählt hatte, und wie sie die Wälder und das Blaue zu ihrer Zauberwelt erklärt hatten.

Pembridge holte mich in das Speisezimmer zurück, als er eine kleine Pappschachtel über den Tisch zu mir herüberschob. Ich beugte mich vor: Täfelchen aus Bitterschokolade. »Pfefferminztäfelchen«, sagte er mit einem unbeholfenen Achselzucken. »Dafür habe ich eine Schwäche. Und für die eine oder andere teure Flasche Bordeaux natürlich.«

»Oh.« Mehr fiel mir auf das unverhoffte Geständnis nicht ein. Also nahm ich mir ein Pfefferminztäfelchen. Die dunkle Schokolade und die herbsüße Füllung mischten sich auf meiner Zunge. »Herrlich«, sagte ich mit vollem Mund. »Die sind wirklich gut!«

Er lächelte zögernd. »Sind heute Morgen gekommen. Agnes hat sie wohl auf den Tisch gestellt, als ich oben war, um nach Lucas und Ihnen zu sehen. Wahrscheinlich hat Tante V die Bestellung der Lebensmittel in die Hand genommen. Diese Frau denkt wirklich an alles, sogar an das Lieblingskonfekt ihres unausstehlichen Neffen. Eigentlich hatte ich vor, Ihnen eine Lektion zu erteilen, aber dann habe ich diese Schachtel auf dem Tisch gesehen. Frannie hat mich darauf gebracht. Sie aß gern Süßigkeiten, und die hier mochte sie am liebsten. Es klingt bestimmt absurd, aber als ich diese Pfefferminztäfelchen sah, kam es mir vor, als hätte sie mir einen sanften Schubs gegeben, damit ich aufhöre, mich wie ein missmutiger Idiot zu benehmen.«

»So absurd klingt das gar nicht.«

»Dann halten Sie mich also auch für einen missmutigen Idioten?«

Ich wurde verlegen und wollte protestieren, aber dann sah ich das mittlerweile vertraute Zucken seiner Mundwinkel. »Ah, ich verstehe.«

Er richtete seine schwarzen Augen auf mich. »Sie sind ganz anders als Frannie.«

Immer noch ein wenig verlegen, aber gleichermaßen interessiert griff ich noch einmal in die Schachtel, um seinem Blick auszuweichen. »Inwiefern?«

»Sie war immer so gelassen. Sie schwebte durch das Leben wie ein Schwan auf dem Wasser, ein wenig verträumt. Sie sind irgendwie – zielstrebiger.«

»Tja, es ist neu, dass ich in die Welt hinausziehe. Zum ersten Mal stehe ich auf eigenen Füßen.«

»Dann mussten Sie erst lernen, sich zu behaupten? Besonders gegen einen so schwierigen Arbeitgeber?«

»Mittlerweile finde ich meine Unabhängigkeit gar nicht so schlecht«, sagte ich lächelnd.

»Sie finden es hier also nicht schrecklich?« Er wirkte genauso wie Lucas, wenn er besorgt war, und das stimmte mich sogleich noch versöhnlicher.

»Nein, ganz und gar nicht. Ich habe mich schon fast eingelebt.«

»Nur fast? Vielleicht würde ein weiteres Pfefferminztäfelchen helfen.«

Ein wenig unsicher fragte ich mich, ob er es nett meinte oder ob er sich über mich lustig machen wollte.

»Nehmen Sie ruhig noch eins«, sagte er und schob die Schachtel näher an mich heran. »Das war ernst gemeint. Ich möchte …« Er suchte nach den passenden Worten. »Ich möchte, dass Sie sich hier zu Hause fühlen. Sie brauchen nicht auf Zehenspitzen herumzulaufen«, erklärte er lächelnd.

Schweigend saßen wir uns gegenüber und aßen Konfekt, bis er abermals etwas sagte, so leise, dass ich mich nach vorn beugen musste.

»Es war die spanische Grippe.«

Ich wusste nicht, ob ich ihm sagen sollte, dass ich das schon wusste.

»Frannie, meine ich.« Er lehnte sich zurück. »Sie kam nach London, weil sie mich abholen wollte, nachdem ich aus dem Wehrdienst entlassen wurde. Die Straßen waren voller Menschen. Alle feierten und sangen. Da muss sie sich angesteckt haben.«

»Furchtbar.«

»Das Schreckliche war, wie schnell es ging. Beim Frühstück war sie noch wohlauf, und dann ...« Er sprach nicht weiter.

»Ich habe davon gelesen. Es muss ... Nein, ich kann mir gar nicht vorstellen, wie es gewesen sein muss.«

»Der arme Junge hatte nur einen Tag mit uns beiden zusammen.«

»Und Sie machen sich Vorwürfe, weil sie nach London kam, um Sie abzuholen?«

Bestürzt sah er mich an. All seine Schuldgefühle und die Wut, die er mit sich herumschleppte, konnte ich ihm von den Augen ablesen. Aber ich wich seinem Blick nicht aus und wunderte mich über meine Standhaftigkeit.

Er nickte schließlich. »Kann sein.«

Ich holte tief Luft. »Als meine Eltern ums Leben kamen, habe ich es auf alles Mögliche geschoben. Auf den Bahnwärter, der eingeschlafen war. Auf seinen kleinen Sohn, der ihn nächtelang wachgehalten hatte, weil er krank war. Sogar auf die Zeit. Mein Vater hatte mir von der Eisenbahnzeit erzählt und von der Bristol-Zeit, die zehn Minuten davon abwich. Es mag verrückt klingen, aber ich dachte, hätte man bei der Great Western Railway nicht darauf bestanden, alles zu vereinheitlichen, wären meine Eltern vielleicht davongekommen. Ich weiß, das ist Unsinn, aber damals schien es mir völlig logisch.« Ich hielt inne und fragte mich, warum ich ihm das erzählte, aber er nickte mir zu, damit ich weiterredete. »Als ich älter wurde, fing ich an, mir selbst die Schuld zu geben. Ich verstand nicht, wie ich so lange hatte weiterleben können, ohne meine Schuld an der ganzen Sache zu erkennen. Wissen Sie, sie wollten früher zurückfahren, weil ich Geburtstag hatte. Sonst hätten sie diesen Zug gar nicht genommen. Wenn ich mit ihnen in London gewesen wäre, auch nicht. Ich hatte nämlich mitfahren sollen, aber ich war ein bisschen erkältet. Nichts Schlimmes, wahrscheinlich hatte ich mir die Erkältung geholt, weil ich mich zu oft aus dem Fenster gelehnt hatte, was ich eigentlich nicht durfte. Sie hatten mir ein Geschenk von Selfridges versprochen. Es war kurz nach dessen Eröffnung. Ich hatte gehofft, sie würden mir einen kleinen Hund mitbringen.«

Pembridge hatte mir aufmerksam zugehört und die Stirn in Falten gelegt. Auf einmal beugte er sich vor und zog die Brauen noch weiter zusammen. »Ihre Eltern kamen bei einem Eisenbahnunglück ums Leben? Das wusste ich nicht. Wann war das?«

Ich stieß einen Seufzer aus. »An meinem zehnten Geburtstag. Welch grausame Laune des Schicksals! Für alle anderen war es der Tag, nachdem der König beigesetzt wurde. Der einundzwanzigste Mai 1910.«

Er lehnte sich wieder zurück und schüttelte den Kopf. »Also … Was für ein merkwürdiger Zufall. Meine Mutter starb in demselben Zug.«

Ich erschrak. Helen, die Atlanten, Sterne und Bücher von Jules Verne geliebt hatte, war auch in diesem verfluchten Zug ums Leben gekommen?! Zu meinem Entsetzen fing ich an zu weinen.

Pembridge kramte ein zerknittertes Taschentuch aus seiner Hosentasche. »Es ist sauber«, sagte er. »Glaube ich zumindest.«

Mir entfuhr ein ersticktes Lachen, das zu einem Schluckauf wurde. »Tut mir leid. Eigentlich breche ich sonst nicht so schnell in Tränen aus. Jedenfalls nicht im Beisein anderer. Ich wusste nicht, dass Ihre Mutter auch in diesem Zug war.«

»Woher auch?«

»Ich … Ich weiß nicht.«

»Sie dürfen sich keine Vorwürfe machen. Sie waren doch noch klein. Sie konnten nichts dafür.«

»Das ändert gar nichts. Sie geben sich ja auch die Schuld an Frannies Tod, obwohl Sie unmöglich für eine Epidemie verantwortlich gewesen sein können.«

»Vielleicht liegt es daran, dass ich davongekommen bin. Genau wie bei dem Eisenbahnunglück. Normalerweise hatte ich Mutter immer hierher begleitet, aber dieses eine Mal sollte ich bei einem Schulkameraden bleiben. Das Eisenbahnunglück, die Schlacht in Flandern bei Ypern und die spanische Grippe, jedes Mal war es das Gleiche: Ich bin dem Tod entkommen. Ich denke immer wieder darüber nach, ob die Menschen, die mir am nächsten standen, dafür bezahlen mussten, dass ich überlebte. Erst meine Mutter, dann Sergeant Potter, der ein zigmal besserer Soldat war als ich, und schließlich meine Frau.« Verbittert schüttelte er abermals den Kopf.

»Aber was hatten Sie mit dem Eisenbahnunglück zu tun?«

»Es war ähnlich wie bei Ihnen. Allerdings habe ich mir mehr vorzuwerfen, weil ich älter war und wieder einmal Ärger machen wollte. Ihre Eltern hätten einen späteren Zug genommen, wenn sie nicht mit Ihnen hätten Geburtstag feiern wollen. Meine Mutter hätte mit einem früheren Zug fahren sollen. Wie gesagt, sie wollte zu Besuch hierherkommen. Mein Großvater wollte sich in Swindon mit ihr treffen. Er war schon im Ruhestand, aber er fuhr gern diese Strecke, wahrscheinlich um der alten Zeiten willen. Meine Mutter wollte sich frühmorgens auf den Weg machen. Sie war immer schon eine Frühaufsteherin gewesen. Aber dann habe ich ihr einen Strich durch die Rechnung gemacht. Als ihr klar wurde, dass sie den Zug verpassen würde, schickte sie meinem Großvater ein Telegramm mit der Erklärung, ich wäre krank geworden. Aber das stimmte nicht. In Wirklichkeit hatte ich einen furchtbaren Streit angezettelt. Die belanglosen Details werde ich Ihnen lieber ersparen. Jedenfalls hegte ich immer einen Groll gegen sie. Weil ich sein wollte wie die anderen Jungen auf meiner Schule, die Brüder und Schwestern hatten – und vor allem einen Vater. Keiner lebte allein mit seiner Mutter. Ich fürchtete immer, die anderen würden das merkwürdig finden und mich ausgrenzen.

Ich habe meinen Vater nie kennengelernt. Nach allem, was mein Großvater letztens im Garten ausgeplaudert hat, haben Sie sicher schon eins und eins zusammengezählt. Ich fand es schrecklich, anders zu sein. In der Schule habe ich geflunkert und aus meiner Mutter eine respektable Witwe gemacht. Ich hatte immer Angst, jemand würde sich fragen, warum ich denselben Nachnamen wie mein Großvater mütterlicherseits hatte. Dabei ist es nie jemandem aufgefallen. Aber durch die ständigen Ausreden und das Gefühl, nicht so zu sein wie die anderen, hatte ich eine schreckliche Wut auf meine Mutter. Ich habe oft ziemlich schlimme Dinge zu ihr gesagt. Dass sie mir nie einen Vorwurf deswegen gemacht hat, macht alles noch viel schlimmer.

Ich sollte nach Suffolk fahren und dort bleiben, so lange sie hier war. Bertie fuhr mit ihr zurück. Er war bei uns gewesen, weil er sich im Natural History Museum eine Schmetterlingsausstellung hatte ansehen wollen.«

»Bertie war auch in diesem Zug?«

Er warf mir einen Blick zu. »Es war einer seiner seltenen Besuche in London. Auf jeden Fall hatte ich schulfrei, weil die Masern ausgebrochen waren. Eigentlich wollte ich gar nicht nach Suffolk fahren, ich mochte den Jungen nämlich nicht besonders. Ich glaube, meine Mutter merkte das auch. Aber sie versuchte das Beste daraus zu machen, weil es ohnehin zu spät war, den Besuch abzusagen. Sie veranstaltete einen ziemlichen Wirbel darum, was ich mitnehmen sollte und ob ich genug warme Sachen eingepackt hatte, und …«, beschämt senkte er den Kopf, »mir wurde all das zu viel. Weiß der Himmel, warum. Vielleicht konnte ich nur wütend sein oder in Tränen ausbrechen, und das hätte ich auch nicht ertragen. Jedenfalls war ich an diesem Morgen besonders abscheulich.

Ich machte einen solchen Aufstand, dass wir alle unsere Züge verpassten. Für mich bedeutete das, dass ich Gerald Athertons Mutter Unannehmlichkeiten bereitete, weil ihr Fahrer zwei Stunden am Bahnhof von Southwold warten musste. Aber für meine Mutter bedeutete es, dass sie ihr Leben verlor. Und meinem Großvater brach es das Herz. Er wurde nie wieder so wie früher, und Bertie ist auch nicht viel besser dran.«

Ich schwieg. Es wäre sinnlos gewesen, ihm zu sagen, dass es nicht seine Schuld war. Es hätte nichts geändert, das wusste ich aus eigener Erfahrung. Er stand auf und legte ein paar Holzscheite auf das glimmende Feuer. Sie knackten, als sie in der Glut versanken, und ich sah zu, wie die glühende Rinde sich schwarz färbte. Erst jetzt fiel mir auf, wie kalt es geworden war, seitdem wir dort saßen. Kalt und dunkel. Draußen begann schon die Dämmerung, dabei war es nicht einmal vier Uhr.

»Die Modelleisenbahn haben Sie wahrscheinlich schon gesehen?«

Ich war noch ganz versunken in meine Gedanken, und

es dauerte einen Moment, bis seine Frage zu mir durchsickerte. Ich sah alles deutlich vor mir: den aufsässigen Schuljungen und die Mutter, die ihn beschwichtigen wollte. Wie man ihm die traurige Nachricht überbrachte, weit weg von zu Hause. Athertons Vater, der mit einem unbeholfenen Schulterklopfen sagte: »Tragischer Unfall, mein Junge.« Ich hatte immerhin meine Großmutter gehabt. Ich war nicht so allein wie er gewesen. Plötzlich überkam mich zum ersten Mal seit Langem wieder Heimweh. Morgens hatte ich einen Brief von meiner Großmutter erhalten, aber ich hatte den ganzen Vormittag mit Lucas verbracht und ihn noch nicht gelesen. Schuldgefühle mischten sich mit der Sehnsucht nach ihr.

»Miss Fairford?«

»Verzeihung, was sagten Sie?«

»Die Modelleisenbahn. Haben Sie die noch nicht gesehen?«

»Doch, ja, natürlich. Sie ist außerordentlich. Ich hoffe, Sie haben nichts dagegen, dass ich ab und zu bei Ihrem Großvater hereinschaue. Gestern durfte ich sogar die Signale bedienen.«

Pembridge sah mit einem flüchtigen Lächeln zu mir herüber. »Das ist wirklich eine große Ehre.«

»Ich bin nicht sicher, ob er immer weiß, wer ich bin. Aber ich besuche ihn gern. Es hat etwas Beruhigendes, der Eisenbahn zuzusehen, wenn sie ihre Runden dreht.«

»Natürlich, das ist ja der Sinn der Sache.«

»Was meinen Sie damit?«

»Die Berechenbarkeit des Ganzen. Nichts ändert sich. Alle haben ihren Platz. Das kleine Mädchen winkt, der Bahnwärter sitzt wachsam in seinem Häuschen …«

»Oh, ich verstehe.«

»V hält natürlich nichts davon. Sie findet es ziemlich makaber. Sie gehört zu den Menschen, die glauben, es wäre ungesund, Dinge nicht zu akzeptieren. Sie findet, man soll das Beste aus einer Situation machen. Bis zu einem gewissen Punkt stimme ich ihr sogar zu. Das habe ich ja schon erklärt. Deshalb will ich auch nicht, dass Lucas zu oft an früher denkt. Aber mein Großvater ist ein alter Mann. Wie könnte man ihm vorwerfen, dass er die Zeit zurückdrehen möchte? Er liebte seine Arbeit bei der GWR, und er liebte meine Mutter. An diesem furchtbaren Tag hat er beide verloren.«

In Gedanken bei den vergangenen Ereignissen ging ich an diesem Abend die Treppe hinauf zu meinem Zimmer. Der Brief von meiner Großmutter lag noch ungeöffnet neben meiner Haarbürste, wo ich ihn morgens hingelegt hatte. Mit einem Gefühl der Beklommenheit nahm ich ihn in die Hand. So viele Vergangenheiten umkreisten meine Gedanken wie Spukgestalten – meine eigene, die meiner Großmutter, die der Pembridges. Durch das Eisenbahnunglück war meine Geschichte mit der von Pembridge verwoben, beide hatten wir dabei unsere Eltern verloren. Zum einen bewegte mich das sehr, zum anderen war ich deswegen mehr als durcheinander. Irgendwie erschien es mir tröstend, und wieder klangen mir Victorias Worte in den Ohren: »Sie gehören doch jetzt quasi zur Familie.« Oder wie hatte Pembridge es selbst ausgedrückt? »Ich möchte, dass Sie sich hier zu Hause fühlen.«

Ich hielt den Umschlag an mein Gesicht und atmete mein altes Zuhause ein. Bis dahin war mir nicht bewusst gewesen, dass es einen eigenen Geruch hatte: einen Hauch von Rosen, der Duft, den meine Großmutter immer aufgelegt hatte. Ich schloss die Augen. Meist stellte sich die Erinnerung an die wenigen Bruchstücke nicht so einfach ein, sie kam am ehesten, wenn ich in den Schlaf driftete. Vielleicht, weil ich jedes Mal verzweifelt nach weiteren Bruchstücken suchte und sie damit vertrieb.

In meiner frühesten Erinnerung war ich so groß wie der Stuhl mit der hohen Rückenlehne, der am Kopfende des Tisches in unserem Esszimmer stand. Da musste ich etwa acht oder neun Jahre alt gewesen sein. Ich hielt etwas Schweres in den Armen, und ich wusste, ich durfte es nicht auf den glänzenden, polierten Holzfußboden fallen lassen. Da war auch ein Geräusch, aber wie es geklungen hatte, entzog sich immer wieder meiner Erinnerung. Und eine weitere Szene war mir im Gedächtnis geblieben: Ich war verschlafen und hatte die Augen noch geschlossen, als ich aus meinen warmen Decken gehoben und in die kühle Nachtluft getragen wurde. »Wach auf, Liebes«, flüsterte mein Vater. »Wir wollen dir etwas zeigen.« Zum ersten Mal erinnerte ich mich bewusst an seine Stimme, und sie klang so vertraut, als hätte er erst gestern mit mir gesprochen. Sie nach all der Zeit in Gedanken zu hören erfüllte mich mit so viel Freude, dass mir Tränen in die Augen stiegen.

Plötzlich war da eine weitere Erinnerung, ein Fragment, das seit meinem zehnten Lebensjahr in meinem Gedächtnis geschlummert haben musste und so unberührt war, dass ich es in diesem Moment in absoluter Deutlichkeit vor mir sah. Ich betrachtete es als ein kostbares Geschenk. So wenig wie mir aus den Jahren vor dem Unglück geblieben war, hatte mein Bewusstsein wohl zu meinem eigenen Schutz alles gelöscht, und meine Großmutter hatte die Leere nur zu gerne mit ihren Erinnerungen gefüllt.

Wir standen auf der Hängebrücke: mein Vater, meine

Großmutter und ich. Es war noch nicht ganz dunkel, und die Menschen, die sich den Kometen ansehen wollten, sammelten sich erst allmählich. Die Lichter, von denen die Brücke sonst beleuchtet wurde, waren ausgeschaltet, damit man den Kometen besser sehen konnte, und die Dämmerung hatte etwas Magisches, als die Schatten sich in der tiefen Schlucht verdichteten und sich in die Abendröte erhoben.

Ich hatte den Blick hinauf zum Himmel gerichtet, als ich plötzlich meinen Namen hörte. Ich drehte mich um, aber da war nichts mehr. Alles war in Dunkelheit gehüllt. Das war alles, woran ich mich erinnern konnte.

Ich wischte mir mit meinem Taschentuch über die Augen und legte den Brief von meiner Großmutter ungeöffnet unter das Kopfkissen.

An diesem Abend wollte ich Trost in meiner eigenen Vergangenheit suchen, ganz gleich wie wenig davon noch übrig sein mochte.

ACHTUNDDREISSIG

Gegen Ende der Woche erzählte Agnes mir von Victorias Plänen. Um ihr hervorragendes Organisationstalent zu demonstrieren, hatte sie beschlossen, in der folgenden Woche eine doppelte Geburtstagsfeier zu veranstalten. Denn einen Tag nach Lucas' achtem Geburtstag würde sein Urgroßvater einundachtzig werden. Der Nachmittag im Garten war als Erfolg verbucht worden, und da Lucas, sowohl was seine seelische als auch was seine körperliche Verfassung betraf, weitere Fortschritte machte und Robert Pembridge kaum verwirrter sein konnte als sonst, fand Victoria, das sei genau die richtige Gelegenheit.

»Ist eine Weile her, seit wir hier das letzte Mal eine Feier hatten«, bemerkte Agnes, während sie sich über den blank gescheuerten Eichentisch in der Küche beugte. Sie war dabei, Brot zu backen, und knetete den Teig, den sie immer wieder auf die Tischplatte warf und mit dem Handballen eindrückte. Ich stand gegenüber und gab Mehl hinzu, wann immer sie es mir mit einem Kopfnicken bedeutete. Mittlerweile verstanden wir uns gut, und ungeachtet ihrer mürrischen, direkten Art mochte ich sie gern. Und wenn sie sich gelegentlich einen Schluck als Seelentröster genehmigte, war das ihre Sache.

»Wann war denn die letzte Veranstaltung dieser Art?«, fragte ich und dachte sogleich an die Feier, von der Robert Pembridge im Garten gesprochen hatte.

»Oh, ich glaube, da waren Mrs. Rakes und Mrs. Rollright noch hier. Die Haushälterin und die Köchin.«

Ich weiß, hätte ich wie so oft am liebsten gesagt. Wahrscheinlich kenne ich die beiden fast ebenso gut wie Sie. Aber vielleicht stimmte das gar nicht. Wer weiß, was meine Großmutter noch ausgelassen oder ausgeschmückt hatte, möglicherweise sogar bei denen, die eher eine Nebenrolle gespielt hatten?

»Es hat natürlich ein paar kleinere Familienfeiern gegeben«, fuhr Agnes fort. »Mit Geburtstagskuchen und so weiter. Der Hausherrin hat so etwas immer gefallen. Einmal sagte sie: ›Das sind die kleinen Freuden, die einem auf diesem vermaledeiten Hügel ein wenig Abwechslung bieten.‹« Sie lachte und warf den Teigballen mit Wucht auf den Tisch. »Daran muss ich immer wieder denken –, ›vermaledeiter Hügel‹. Damals sprach sie mir aus der Seele, auch wenn ich es bestimmt weniger stilvoll ausgedrückt hätte. Aber sie hatte recht. Ab und zu braucht man etwas, worauf man sich freuen kann. Das geht doch allen so, auch niederen Dienstboten wie mir.«

»Selbst wenn man dadurch mehr Arbeit hat?«

»Auch dann. Immerhin passiert mal was Interessantes, oder? Ist doch besser als immer nur dasselbe.«

»Wie meinen Sie das?«

Agnes schwieg einen Moment lang. »Ich weiß nicht, wie ich das erklären soll. Die Leute sind jeden Tag gleich, weil sie immer nur dasselbe machen. Wenn sie plötzlich etwas anderes machen müssen, sind sie auf einmal nicht mehr sie selbst.«

»Oder sie sind es doch, aber man lernt sie von einer anderen Seite kennen.«

»Genau das meine ich. Irgendetwas oder irgendjemand bringt eine andere Seite zum Vorschein. Dann ist die Hölle los, das kann ich Ihnen sagen. Das geht ganz schnell.«

Agnes lebte seit fast einem halben Jahrhundert in Fenix House, sicher hätte sie eine Menge zu erzählen. Wahrscheinlich hatte es in all den Jahren Hunderte dramatischer Szenen gegeben, besonders zu Lebzeiten der Hausherrin. Nach dem, was Bertie gesagt hatte, und was sogar Pembridge herausgerutscht war, hatte die erste Mrs. Pembridge dramatische Szenen geradezu heraufbeschworen. Aber eines fragte ich mich doch: Meine Großmutter war eine beherzte Person, die sich nicht so leicht einschüchtern ließ. Und auf dem Spaziergang durch den Garten hatte Bertie gesagt, »ihr Schicksal war besiegelt« gewesen, nachdem sie seinem Onkel den Kopf verdreht habe. Vielleicht war die Situation eskaliert, und ich konnte Agnes mehr darüber entlocken.

»Dann war hier also schon mal die Hölle los?«, fragte ich beiläufig.

Agnes lachte freudlos. »Sagte ich doch, oder?« Nach kurzem Zögern beugte sie sich über den Küchentisch zu mir herüber. Mehl erhob sich wie feiner Bodennebel. »Es war beim letzten großen Fest, das wir hier hatten. Nicht nur eine Geburtstagsfeier hier im Haus, wie Mrs. V sie für nächste Woche geplant hat. Es war eine richtig große Gesellschaft im Garten. Alle Nachbarn und noch andere Bekannte waren eingeladen. Es gab sogar ein Feuerwerk. An dem Abend hatten wir bestimmt über fünfzig Gäste. Der untere Rasen war voller Leute, alle piekfein rausgeputzt. Die Hausherrin war natürlich in ihrem Element. Victoria auch. Die hat sich mächtig aufgespielt, und sie war ein bisschen beschwipst, weil sie die Reste aus den Gläsern getrunken hatte. Sie und ihre Mutter brauchten immer Publikum.«

»Was war der Anlass?«, fragte ich. Gebannt von Agnes' Erzählung, konnte ich mir die Szenerie lebhaft vorstellen: das Stimmengewirr unter einem leuchtenden Abendhimmel, die Geschäftigkeit in den Wirtschaftsräumen, während die Tür der Spülküche offen stand, um kühle Luft hereinzulassen. Meine Großmutter hatte einen solchen Abend nie erwähnt, aber ich war mir nun sicher: Es musste der Abend sein, von dem Robert gesprochen hatte.

Agnes hatte meine Frage noch nicht beantwortet. Ich hob den Kopf und sah sie an. Ein halbes Dutzend widerstreitender Gefühle sprach aus ihrem Gesicht.

»Agnes? War es auch eine Geburtstagsfeier?«

»Das war nur ein Vorwand«, sagte sie zögernd. »Sie hätte bestimmt auch ein Fest veranstaltet, wenn er nicht Geburtstag gehabt hätte. Damit wollte sie ihn wieder zurückgewinnen. So viel war klar, selbst uns hier unten.«

»Die Hausherrin?«

»Ja, genau die. Ich war nicht die Einzige, die fand, dass sie sich viel zu nahestanden. Manchmal wurde mir richtig schlecht, wenn ich gesehen habe, wie die sich benahmen. So was gehört sich nicht zwischen Bruder und Schwester. Finde ich jedenfalls.«

Da war er wieder. Der Offizier, mit dem Bertie nicht hatte mithalten können. »Der Onkel der Kinder«, vergewisserte ich mich.

Agnes warf mir einen misstrauischen Blick zu. »Ja, der. Captain Dauncey. Was wissen Sie von ihm?«

»Oh, nur was Bertie erzählt hat«, sagte ich hastig. »Dass er in Indien stationiert war. Es war wohl schwierig für ihn, seinem Vorbild zu entsprechen.«

Mit übertriebenem Schwung warf die Haushälterin den Teig in eine Schüssel, in der er aufgehen sollte. »Ha! Mr. Bertie war schon immer zwanzig Mal besser als so einer.« Sie strich sich das Mehl von den Händen, holte eine Flasche Sherry aus dem Schrank und sah auf die Uhr. »Die Sonne ist schon über die Rah hinaus, soweit sie heute überhaupt zu sehen war. Und das Essen ist vorbereitet. Zeit für meinen täglichen Muntermacher. Wollen Sie auch einen?«

Erst wollte ich ablehnen, dann überlegte ich es mir anders. Es war behaglich in der Küche. Bevor Agnes angefangen hatte, Brot zu backen, hatte sie einen Eintopf aufgesetzt, der nun auf dem Herd köchelte. Er roch schmackhafter als das übliche Essen: nach kräftiger Fleischbrühe, Zwiebeln und Salbei. Die Fenster waren schon beschlagen. Der altmodische Herd verströmte mehr Hitze als einer der Kamine in den oberen Etagen, und durch die niedrige Decke war mir hier wärmer als sonst irgendwo im Haus. Ich streifte meine Schuhe ab und streckte die Beine unter dem Tisch.

Mit einem lauten Seufzer sank Agnes auf den Stuhl mir gegenüber.

»Haben Sie heute wieder Probleme mit Ihrer Hüfte?«, fragte ich mitfühlend, auch deshalb, weil ich wollte, dass sie weitererzählte.

»Nur heute? Schön wär's.«

»Ist es altersbedingt?«

»Ganz schön dreiste Frage«, gab sie kopfschüttelnd zurück.

»Entschuldigung«, sagte ich errötend. »Das war nicht unhöflich gemeint, Agnes. Es fiel mir nur so ein.«

»Ich war einmal genauso jung und geschmeidig wie Sie, junge Dame. Und nein, es hat nichts mit dem Alter zu tun. Kommt von einer Verletzung. Ich war ungeschickt. Ist nie richtig verheilt. Dann kam irgendwann auch noch Rheuma dazu. Die Treppen in diesem Haus machen es nicht besser.«

Ich hörte nur halb zu, während der Sherry warm durch meinen Körper strömte. Wie von selbst war das kleine Glas plötzlich leer, und Agnes schenkte mir noch einen ein. Sie hatte ihr zweites Glas schon fast ausgetrunken. »Wie ist es passiert?«, fragte ich geduldig, um sie nicht noch einmal zu verstimmen.

Sie sah mich prüfend an, als müsste sie eine Entscheidung treffen. Dann sprach sie weiter: »Mr. Bertie hat Ihnen bei dem Rundgang neulich doch auch den oberen Teil des Gartens gezeigt, oder?«

Ich nickte und dachte an die Vorstellung, die ich vor meiner Ankunft von dem Garten gehabt hatte, mit Bertie als Kind auf den verschlungenen Wegen.

»Und das Eishaus?«, fragte Agnes. »Hat er Ihnen das auch gezeigt?«

»Nein. Aber davon erzählt. Er sagte, seit Jahren hätte es niemand mehr betreten.« Dabei war es in Wirklichkeit umgekehrt gewesen. Nicht Bertie, sondern ich hatte das Eishaus zur Sprache gebracht, obwohl ich davon eigentlich gar nichts hätte wissen können.

Agnes nickte nur, mit einem sonderbaren Ausdruck in den Augen. Sie strich sich mit dem Handgelenk eine lose Strähne ihres verblassten, krausen Haars zurück und schenkte sich ein weiteres Glas Sherry ein. Es wurde Zeit, Lucas nach seinem Mittagsschlaf zu wecken, aber ich wollte noch in der warmen Küche bleiben.

»Hat er Ihnen erzählt, warum es verschlossen wurde?«

Ich schüttelte den Kopf.

»Dafür habe ich gesorgt. Die Hausherrin sagte, ich soll es abschließen und den Schlüssel wegwerfen.« Sie zog die Kordel mit dem großen, verschnörkelten Schlüssel hervor, der mir am ersten Tag schon aufgefallen war. »Abgeschlossen habe ich, aber den Schlüssel, den habe ich nicht weggeworfen. Ich habe ihn all die Jahre bei mir getragen. Nur für alle Fälle.«

»Für welche Fälle?«, fragte ich mit gerunzelter Stirn. »Warum wollte die Hausherrin, dass es verschlossen bleibt?«

»Sind Sie schon mal in einem Eishaus gewesen?«

»Nein.«

»Ich weiß nicht, ob die alle so sind, aber dieses hier ist wie ein Gewölbe, das in den Hügel gebaut wurde. Wie eins dieser Iglus am Nordpol. Die sind auch so tief. Der Boden liegt fast zwei Meter unterhalb der Tür. An einer Seite führt eine Leiter nach unten in die Grube, wo das Eis gelagert wird.«

367

»Dann sind Sie also hinuntergefallen, als Sie Eis holen wollten, und dabei haben Sie sich die Hüfte verletzt?«

»Nicht so schnell mit den jungen Pferden. Ich bin runtergefallen, das stimmt. Aber ich wollte kein Eis holen.« Sie unterbrach sich und warf einen Blick über die Schulter zu der offenen Tür. Ihre kleinen Augen glänzten. Nachdem sie zwei Gläser Sherry hinuntergestürzt hatte, schien sie ein wenig angetrunken zu sein »Ich wollte etwas runterbringen, verstehen Sie.«

»Ja«, antwortete ich. Dabei war ich weit davon entfernt, etwas zu verstehen. Auch ich fühlte mich nach dem Sherry ein wenig benebelt. »Was denn?«

»Das spielt keine Rolle«, sagte sie. »Die Hausherrin hätte keinen Pfifferling darauf gegeben, wenn nur ich da runtergestürzt wäre, selbst wenn ich mir dabei den Hals gebrochen hätte. Miss Victoria war es, um die sie sich Sorgen machte, und das kam nicht von ungefähr. Sie war eine kleine Hexe, ist immer überall rumgelaufen und hat ihre Nase in alles reingesteckt, was sie nichts anging. In dem Sommer hat sie ständig etwas angestellt. Am Abend der Feier war sie plötzlich verschwunden. Ein paar Wochen später sie ist zu den Ruinen raufgelaufen, als sie geflutet wurden, und hat es fast herausgefordert, zu ertrinken. Und dann war da noch die Sache mit dem Eishaus.

Das hat dann gereicht. Mr. Bertie hatte verstanden, dass er da nicht reingehen sollte. Wenn die Tür zufällt, kommt man nämlich nicht wieder raus. Es ist aber nie jemand auf die Idee gekommen, die Tür zu verriegeln. Er war ein vernünftiger Junge. Miss Vicky hat auf so was nicht gehört, aber alle dachten, sie würde die schwere Tür sowieso nicht aufkriegen. Hat sie auch nicht.

Wegen dem kleinen Biest bin ich runtergefallen. Sie ist

immer überall rumgeschlichen. Nicht wie Miss Helen. Die war ein braves Mädchen, hat immer gelesen. Ich hatte etwas in den Türspalt geklemmt, damit sie nicht zufiel. Innen ist nämlich keine Klinke, und man muss das Schicksal ja nicht herausfordern. Als ich gerade dabei war, runterzuklettern, stand sie plötzlich in der Tür. An dem Tag war ich sowieso etwas nervös, und als sie auf einmal da stand, bin ich vor Schreck in die Grube gefallen.«

Mir lief ein Schauer über den Rücken. Als Agnes sagte, innen sei keine Türklinke, hatte ich ein beängstigendes Bild vor Augen. Ich konnte beinahe hören, wie die schwere Tür zuknallte und eine verängstigte Kinderstimme in der Dunkelheit um Hilfe rief. War das meine Fantasie oder etwas in der Art wie das Flimmern meiner Großmutter? Ich hätte es nicht sagen können.

»Sogar als ich da unten im Eishaus lag und furchtbare Schmerzen hatte, fragte Miss Vicky noch, was ich da wollte, in einem Ton, als wäre sie wie ihre Namensvetterin, die Königin von Indien«, erzählte Agnes weiter. »,Was haben Sie denn da, Agnes?‹, rief sie, als ob sie das was anginge. Großer Gott, das höre ich noch heute.« Kopfschüttelnd stürzte sie den Rest Sherry herunter. »Als wäre das nicht schlimm genug, ist sie noch mal allein hingegangen. Miss Vicky war bei so was wie ein Hund mit einem Knochen. Ich hätte mir denken können, dass sie noch mal da raufgeht, aber ich war mit anderen Dingen beschäftigt. Sie war nur zehn Minuten eingesperrt, aber das reichte, um ihr einen gehörigen Schrecken einzujagen.«

Ich nahm noch einen Schluck von meinem Sherry. Die einzigen Bruchstücke der Vergangenheit, die jemals an meinem geistigen Auge vorübergeflimmert waren, hatten aus Fragmenten bestanden, die in meinem eigenen Gedächtnis begraben lagen. Keines davon hatte ich so klar und deutlich erkennen können wie das, was ich gerade vor mir gesehen hatte. Es hatte mich erschüttert, aber der Sherry beruhigte mich ein wenig.

»Miss Jenner hat sie dann rausgeholt«, fuhr Agnes fort. Als ich das hörte, hätte ich beinahe mein Glas umgestoßen. »Weiß der Himmel, woher sie wusste, wo sie suchen musste. Sie hatte von meinem Sturz ja nichts mitbekommen. Aber sie ist sofort raufgegangen und hat sie rausgefischt, bevor wir überhaupt gemerkt hatten, dass sie verschwunden war. Miss Vicky war total hysterisch. Sie sagte, die Luft wäre knapp geworden. So schnell geht das natürlich nicht, aber wenn Miss Jenner sie nicht so schnell gefunden hätte, wäre sie vielleicht schlimm gefallen oder wäre halb erfroren. Aber sie hatte sich an die Leiter geklammert und zu viel Angst, um sich zu bewegen.« Gedankenverloren zupfte Agnes an dem Etikett der Flasche. »Durch das kleine Abenteuer hat sich Miss Vicky zum Guten verändert. Drei Tage hat sie kein Wort gesprochen, wenn Sie sich das überhaupt vorstellen können. Danach war sie immer noch vorlaut und so lebhaft wie heute, aber das Teufelchen, das sie vorher in sich hatte, ist im Eishaus geblieben. Sie wurde netter und hat sich nicht ständig in Gefahr gebracht. Man sollte meinen, die Hausherrin wäre dankbar gewesen, aber sie sah das anders. Miss Jenner bekam die Kündigung, dabei hat sie der Kleinen wahrscheinlich das Leben gerettet.«

In meinem Kopf überschlugen sich die Gedanken. »Moment mal, die Kündigung? Sie wurde entlassen?« Noch ehe Agnes antwortete, spielte ich sämtliche Möglichkeiten durch, denn das gutgläubige Kind in mir setzte noch immer alles daran, die Version meiner Großmutter mit der Wahrheit in Einklang zu bringen.

Agnes nickte. »Wäre es nicht das gewesen, hätte sie einen anderen Grund gefunden. Die Hausherrin wollte sie loswerden. Ich schätze, sie brauchte nur einem Vorwand. Mrs. Rakes hatte es kommen sehen. Sie mochte Miss Jenner, so wie wir alle hier unten. Auch wenn wir sie erst für hochnäsig gehalten hatten, weil sie so schlau war. Eines Tages kam Mrs. Rakes in die Küche, nachdem Miss Vicky sich von Kopf bis Fuß mit Tinte beschmiert hatte. Sie sprach mit unserer Köchin, Mrs. Rollright – und rollen konnte man die wirklich. Jedenfalls sagte sie: ›Miss Jenner, die Ärmste, hat *sie* schon gegen sich aufgebracht. Ich fürchte, ihr Aufenthalt ist nicht von langer Dauer.‹ Mit *sie* war natürlich die Hausherrin gemeint.« Agnes schüttelte den Kopf, so betrübt, als wäre noch das Jahr 1878.

»Ihr Schicksal war besiegelt«, wiederholte ich leise Berties Worte.

»Stimmt genau.«

Auch wenn ich die unerwartete Information außer Acht ließ, dass meine Grußmutter nicht freiwillig gegangen war, hatte ich nach wie vor Mühe, zu verstehen, wie all das zusammenpasste. Irgendwie waren alle miteinander verbunden: meine Großmutter, die Daunceys, Robert Pembridge, auch Agnes möglicherweise. Doch diese Verbindungen waren so hauchdünn und verworren, dass ich ihnen noch immer nicht folgen konnte.

»In dem Sommer ist anscheinend eine Menge passiert«, sagte ich. »Wie bei einer Reihe Dominosteine, wenn der erste Stein kippt. Eins führte zum anderen.«

»Sie sind genauso schlau wie sie«, sagte Agnes.

Verwundert sah ich sie an. Offenbar hatte ich laut gedacht.

Ihr Gesicht war gerötet vom Alkohol und ihre Haltung

schlaff, aber ihre Augen wirkten so wachsam wie immer. »Harriet Jenner. Der Grips liegt wohl in der Familie, hm?«

Als ich das Wort »Familie« hörte, zuckte ich zusammen. »Was meinen Sie damit?«

Sie lachte in sich hinein. »Nur weil Bertie und der alte Mann halb blind sind, gilt das noch lange nicht für mich.«

Ich schaffte es nicht, ihr in die Augen zu sehen. »Seit wann wissen Sie es?«

»Oh, nicht von Anfang an. Aber dann habe ich Sie im Garten gesehen, an dem Tag, als Mrs. Granger und Essie einzogen und der Master und die anderen auch draußen waren. Die Sonne schien und Ihr Haar glänzte genau wie ihres. Etwas dunkler, trotzdem unverkennbar. Da habe ich mich gefragt, warum es mir nicht sofort aufgefallen ist. Und es sind diese kleinen Gesten, die mich an sie erinnern. Wenn Sie sich das Haar hinter die Ohren streichen, obwohl es gar nicht unordentlich ist. Oder wenn Sie Ihren Ring am Finger herumdrehen, so wie jetzt. Das hat sie auch gemacht, mit diesem Opalring, den sie immer trug. Sie sehen sich nicht zum Verwechseln ähnlich, aber wenn man vor Augen hat, wie sie damals aussah, könnten Sie ihre Schwester sein. Merkwürdige Vorstellung, dass sie jetzt ein halbes Jahrhundert älter ist, genau wie ich. Sie lebt doch noch, Ihre Großmutter, oder? Ihre Mutter kann sie, glaube ich, nicht sein.«

Ich nickte. Und ich war erstaunt, wie erleichtert ich mich fühlte, dass endlich jemand von meiner Verbindung zu Fenix House wusste. Eine Verstrickung weniger, um die ich mir Gedanken machen musste.

»War es ihre Idee, die Stellung hier anzunehmen?«

Ich sah keinen Grund, es abzustreiten. »Ja. Ehrlich gesagt, verstehe ich noch nicht ganz, warum, obwohl sie mir einige Erklärungen gegeben hat.«

Agnes machte ein nachdenkliches Gesicht. »Ich habe auch schon versucht, mir einen Reim darauf zu machen. Das kann doch kein Zufall sein, dachte ich. Irgendwie komisch. Ich wollte Sie fragen, aber dann wollte ich mich nicht einmischen.« Sie zeigte auf die fast leere Flasche Sherry. »Nach ein paar Gläsern davon gehen gute Vorsätze schon mal den Bach runter.«

»Ich glaube ...«, begann ich und unterbrach mich wieder. Das Flimmern wollte ich lieber nicht erwähnen. »Vielleicht hat es damit zu tun, was Sie mir gerade erzählt haben, dass sie nicht aus freien Stücken gegangen ist. Möglicherweise gibt es noch ein paar unerledigte Dinge, und sie hat mich hierhergeschickt, um sie zu klären.«

»Was hat Sie Ihnen von ihrer Zeit hier erzählt, bevor sie Sie nach Fenix House geschickt hat?«, fragte Agnes stirnrunzelnd.

»Wahrscheinlich alles, was ein kleinen Mädchen so interessiert. Hauptsächlich Geschichten über die Kinder, aber sie hat mir auch von Ihnen und von Mrs. Rollright, Mrs. Rakes und den anderen erzählt. Alles klang immer so unkompliziert. So einfach und unbeschwert. Ich dachte, ich wüsste alles über dieses Haus, was es zu wissen gibt.«

Agnes lächelte düster. »So viel also dazu. Aber dass sie entlassen wurde, hat sie Ihnen nie erzählt. Ist doch interessant.«

»In ihrer Version war der ganze Haushalt in der Auffahrt versammelt und hat ihr und meinem Großvater zum Abschied hinterhergewinkt.«

»Ihrem Großvater?«

»Ja. Sie hatte ihn zufällig kennengelernt, als er vor der Tür stand, um Enzyklopädien zu verkaufen. Daraufhin kam er häufiger vorbei, hat sie gesagt. Ein richtiger Verehrer.

Mein Großvater war wohl ziemlich entschlossen und erschien immer wieder, bis sie einwilligte, ihn zu heiraten. Deshalb hat sie ihre Stellung aufgegeben ...« Ich verstummte.

Agnes wirkte perplex. »Wir sollen alle vor dem Haus gestanden und ihnen hinterhergewinkt haben? Und er hat Enzyklopädien an der Tür verkauft?« Verwirrt schüttelte sie den Kopf. »Das ist mir neu.«

»Dann können Sie sich nicht an ihn erinnern?«

Sie schwieg und griff nach der Sherryflasche. »Tja, vielleicht bin ich ein bisschen durcheinander. Muss wohl am Sherry liegen«, sagte sie mit einem missglückten Lachen und sah mich an. Ihr Gesicht glühte, und sie wandte den Kopf ab. »Wissen Sie, wenn es um irgendwelche Verehrer ging, hat die Hausherrin sich immer verrückt gemacht. Sie hatte uns das verboten. Weil sie die Einzige sein wollte, die angehimmelt wurde, dachte ich immer. Aber vielleicht galt das nicht für Gouvernanten. Wahrscheinlich habe ich von Ihrem Großvater nichts mitgekriegt, weil ich hier unten Pfannen schrubben musste. Oder ich habe es einfach vergessen.«

Ich merkte, dass sie nicht die Wahrheit sagte. Genau wie bei meiner Großmutter schien es nicht ihre Art zu sein, so etwas zu vergessen. Aber vielleicht hatte sie ein schlechtes Gewissen, weil sie mir erzählt hatte, dass meine Großmutter entlassen wurde. Oder – und das schien mir wahrscheinlicher – sie wollte vertuschen, dass meine Großmutter in Ungnade gefallen war, weil mein Großvater ihr trotz aller Verbote den Hof gemacht hatte.

Ich trank noch einen Schluck Sherry und musste an die Uhr denken, deren Pendel sich vor- und zurückbewegte. Ob sie ein Hochzeitsgeschenk der Pembridges war, brauchte ich Agnes gar nicht mehr zu fragen. Ich war mir längst sicher, dass das nicht stimmte.

Ich muss ziemlich bestürzt ausgesehen haben, denn Agnes tätschelte mir mit ihrer rot gescheuerten Hand den Arm. »Na, kommen Sie. Trinken Sie aus und dann Kopf hoch! Was spielt es für eine Rolle, ob Ihre Großmutter Ihren Großvater hier oder sonst irgendwo kennengelernt hat? Existiert hat er in jedem Fall, sonst würde es Sie ja nicht geben, oder?« Wieder versuchte sie, zu lachen. »Und Sie brauchen keine Angst zu haben, dass ich etwas verrate. Ihr Geheimnis ist bei mir absolut sicher. Obwohl Mr. Bertie sich freuen würde, wenn er davon wüsste. Er hat Ihre Großmutter vergöttert.«

»Bitte sagen Sie es niemandem!«

»Das habe ich Ihnen doch schon versprochen.«

In dem Moment wurde geläutet. Sie blies die Backen auf und hievte sich aus ihrem Stuhl. Dann ließ sie mich in der Küche zurück, allein mit meinen wirren Gedanken.

NEUNUNDDREISSIG

Harriet

In den Tagen nach der Konfrontation auf der Lichtung oberhalb des Eishauses nahm Captain Dauncey keine Notiz von Harriet. Doch bald wurde ihre anfängliche Erleichterung zu Unbehagen. Das Gespräch – wenn man es überhaupt als solches bezeichnen konnte – war ihr als eine unwirkliche Szene im Gedächtnis geblieben, die sie nach wie vor in Angst und Schrecken versetzte. Seitdem ignorierte er sie jedes Mal, wenn sie sich im Haus über den Weg liefen, und sie ertappte sich dabei, dass sie ihm misstrauische Seitenblicke zuwarf. Wahrscheinlich wäre es ihr lieber gewesen, er hätte eine Bemerkung gemacht.

Zuvor hatte sie sich gewünscht, er würde sie links liegen lassen, aber nun hätte sie sein anzügliches Grinsen wenigstens einschätzen können. Nach seiner Drohung schien ihr seine demonstrativ und mit Zufriedenheit zur Schau getragene Nichtbeachtung beängstigender, als jede anstößige Bemerkung es hätte sein können.

Auch Robert hielt sich zurück und sagte nicht viel, obwohl Harriet spürte, dass sich an seinen Gefühlen nichts geändert hatte. Die sehnsüchtigen Blicke, mit denen er sie ansah, wann immer sie sich begegneten, waren der beste Beweis. Wenn er sich von ihr fernhielt, dann einzig und allein deshalb, um sie nicht in Verruf zu bringen. Und dafür liebte sie ihn umso mehr.

Jeden Abend, wenn im Haus Ruhe einkehrte, die letzten Lampen gelöscht wurden und sie die wenigen Minuten genoss, die sie sich nach ihrem langen Arbeitstag noch wachhalten konnte, gestattete sie sich, an ihn zu denken. Und so wie sie es sich zuvor verboten hatte, sich unrealistischen Träumereien hinzugeben, verbot sie sich nun das Gegenteil. Jeden bedrückenden Gedanken schob sie beiseite, bevor er sich in ihrem Bewusstsein festsetzen konnte. Das galt nicht nur für die drohende Gewissheit, dass sie Schande über sich bringen würde, wenn es so weiterging, sondern gleichermaßen für ihre ausweglose Lage, wenn alles ans Licht käme.

Selbst wenn ein Skandal Harriet und Robert nichts ausgemacht hätte, wäre Mrs. Pembridge ein unüberwindbares

Hindernis geblieben. Denn anders als ihr Bruder würde sie nicht am Ende des Sommers an Bord eines Schiffes gehen und von der Bildfläche verschwinden, ganz gleich wie sehr sie sich das gewünscht hätten. Abgesehen davon waren da noch die Kinder. Niemals würde Robert sie verlassen, und niemals hätte Harriet es von ihm verlangt.

Ungeachtet des inneren Aufruhrs, in dem Harriet und Robert sich befanden, setzte sich das schöne Wetter fort und bot beste Aussichten für die Festlichkeiten am kommenden Samstag. Auf die heißen Tage, an denen sich kein Lüftchen regte, folgten lange Abende mit goldener Dämmerung. Als die Hausherrin es zur Kenntnis nahm, tat sie ihr Entzücken darüber kund. Und Harriet war erleichtert. Offenbar hatte sie nichts von den Geschehnissen auf der Lichtung erfahren. Doch auch das konnte eine trügerische Ruhe sein, denn sicher wartete der Captain nur auf eine passende Gelegenheit. Daran hatte er schließlich keinen Zweifel gelassen.

»Wir sollten am Samstag ein Feuerwerk veranstalten«, ließ die Hausherrin Mrs. Rakes wissen. »Wenn es dunkel ist, kurz bevor die Gäste nach Hause fahren. Jago hat so etwas schon als Kind gefallen. Dilger, John und Ned können es auf dem oberen Rasen machen. Das würde den Abend wunderbar abrunden.«

Victoria war begeistert – im Gegensatz zu Bertie. »Die Tiere sind es, worüber ich mir Gedanken mache, Miss Jenner«, gestand er mit Sorgenfalten auf seiner zarten Stirn. »Mama will das Feuerwerk ziemlich nah am Waldrand veranstalten. Das wird die Vögel und die Fledermäuse, die dort nisten, ganz bestimmt erschrecken. An die Tiere auf dem Boden mag ich gar nicht denken. Die Eichhörnchen zum Beispiel. Denen wird das sicher nicht gefallen. Den Dachsen und Igeln auch nicht. Haben Sie übrigens meine Notizen über Eichhörnchen bekommen, Miss Jenner? Sie sind überaus wachsame und flinke Tiere. Ich wollte eins als Haustier haben, aber glauben Sie, ich hätte eins fangen können? Es ist mir nicht gelungen.« Besorgt kaute er auf seiner Unterlippe.

Helen war ebenfalls verängstigt, wenn auch aus anderen Gründen. Harriet fragte sich, ob diese Besorgnis ansteckend war und wie ein Pesthauch in der Luft lag. Doch dann wäre sie selbst diejenige gewesen, die die Kinder der Pembridges damit in die Berührung gebracht hatte.

»Was machen wir denn, wenn das Feuerwerk nicht in den Himmel steigt, sondern auf uns herunterfällt, Miss Jenner?«, fragte Helen während des Unterrichts am Freitag ängstlich. »Tut das weh?«

»Es fliegt durch dich durch und brennt dir ein riesiges Loch in den Bauch«, sagte Victoria und formte mit den Händen vor ihrer Schürze einen Kreis.

»Etwas so Dramatisches wird nicht passieren«, sagte Harriet mit Bestimmtheit. »Wir sehen es uns aus sicherer Distanz an. Wir stehen ja nicht oben, wo es abgeschossen wird, sondern viel weiter unten.«

Aber ihre beruhigenden Worte konnten ihren eigenen Aufruhr nicht lindern. Sie fühlte sich auf erdrückende Weise in die Enge getrieben. Nicht nur durch die Drohung des Captains, sondern auch ein wenig von Robert. Als sie auf der Bank im Wald gesessen hatten, war er ihr angespannt vorgekommen. Angespannt und zu allem entschlossen. Nun fürchtete sie Tag für Tag aufs Neue einen Aufschrei der Hausherrin, weil Robert es für nötig gehalten hatte, ihr seine Gefühle für Harriet zu gestehen. In gewisser Weise wünschte sie es sich sogar, aber in erster Linie war es ein furchteinflößender Gedanke. Hätten sie doch nur ein wenig mehr Zeit, ohne durch ihre Pflichten an das Haus und dessen nähere Umgebung gebunden zu sein, wo sie unter ständiger Beobachtung standen und jeder ihnen vom Gesicht ablesen konnte, was sie füreinander empfanden.

Trotz ihrer Gefühle für Robert, die mittlerweile so weit gingen, dass sie sich ein Leben ohne ihn nicht mehr vorstellen konnte, spielte Harriet manchmal mit dem Gedanken, einfach fortzugehen. Für ein paar Minuten stellte sie sich dann vor, wie es wäre, ihre Koffer zu packen und zum Bahnhof zu laufen, um in den erstbesten Zug zu steigen. Es hätte bedeutet, Robert zurückzulassen. Aber die Vorstellung, ohne bestimmtes Ziel und ohne Rücksicht auf Verluste von einem Zug in den nächsten zu steigen und weiterzureisen, hatte etwas Befreiendes.

Sie hätte in Richtung Norden fahren können, um in der rauchgeschwärzten Umgebung von Birmingham unterzutauchen. Sie hätte das industrielle Herz Englands ebenso gut hinter sich lassen und bis zum Hochland mit den grünen Bergen weiterreisen können. Vielleicht auch nach Süden, an die Küste, wo sie mit ihrem Vater gewesen war. Oder lieber nach Osten, wo nichts sie an frühere Zeiten erinnern würde. So weit wie möglich nach Osten, wo das flache Land sich weit unter dem klaren Himmel von Norfolk erstreckte. Sie fuhr mit dem Finger über Helens abgegriffenen Atlas, hinauf und hinunter und quer darüber, bis Victoria fragte, was sie da mache.

In Wahrheit machte ihr die Vorstellung, fortzugehen, ebensolche Angst wie der Gedanke, zu bleiben. Also tat sie keins von beidem und saß weiter in der Zwickmühle. Der Tatsache, dass sie sich selbst in diese Situation hineinmanövriert hatte, haftete eine Ironie an, die ihr natürlich selbst nicht entging.

Trotz der langen Unterrichtstage und der noch längeren Nächte, in denen sie sich fragte, ob ihr Dienstherr ebenso aufgewühlt war wie sie und wach lag, rückte der Samstag mit den geplanten Festlichkeiten rasch näher. Einladungen waren auf den Weg gebracht worden, und wie Harriet festgestellt hatte, gab es mehr Nachbarn, als sie hinter den dichten Wäldern und den Hügeln, die sich aneinanderreihten wie versteckte Buchten an der Küste, erwartet hatte. Als die Gäste erschienen, versprach der endlos schwüle Nachmittag in einen kühleren Abend überzugehen. Die Schatten wurden länger und das Licht weicher, als die glühende Hitze allmählich verflog. In einigen Stunden würde die Dämmerung hereinbrechen.

Die Nachbarn und eine Handvoll Gäste, die in ihren Kutschen aus Cheltenham nach Fenix House hinaufgefahren waren, machten einige Dutzend Personen aus. Da das Fest bis zum späten Abend gehen sollte, hatte niemand seine Kinder mitgebracht, und Victoria genoss die Aufmerksamkeit, die ihr als Küken zuteilwurde. In ihrem blauen Satinkleidchen, dessen Farbe genau zu ihren Augen passte, lief sie von einem Gast zum nächsten und zupfte jeden am Ärmel, um mit gekonntem Augenaufschlag einen Schluck Champagner zu ergattern. Harriet, die Victoria mittlerweile ebenso gut kannte wie ihre Eltern, behielt sie im Auge, einerseits, um sich von ihren eigenen Gedanken abzulenken, andererseits aus echter Besorgnis. Die roten Wangen und die glasigen Augen des kleinen Mädchens waren ein Zeichen dafür, dass sie völlig überdreht war.

Dagegen wirkte Bertie umso blasser, als er sich pflichtbewusst unter die Gäste mischte und angestrengt Konversation betrieb. Die Hände hinter dem Rücken, stand er stocksteif da, als müsse er sich vor einem Militärgericht verantworten, und gab Auskunft auf die wohlmeinenden Fragen über Schulbesuch und sonstigen Zeitvertreib. Ab und zu warf er verstohlene Blicke zu Harriet, die ihm jedes Mal aufmunternd zunickte. Nur zu gern hätte sie ihn mit der Bemerkung zum Lachen gebracht, er sähe aus wie eins der verschreckten Eichhörnchen, aber sie wollte seinen ohnehin zerbrechlichen Stolz nicht verletzen. Sie hoffte, die Bewunderung, die er ihr entgegenbrachte, war nichts weiter als kindliche Schwärmerei. Die Erwartungen eines weiteren männlichen Bewohners in diesem Haus zu erfüllen hätte sie gänzlich überfordert.

Nachdem sie Bertie und Victoria ausfindig gemacht hatte, sah sie sich nach Helen um. Dann erinnerte sie sich, sie zuletzt hinter dem Wandschirm im Salon gesehen zu haben, wo sie wohl in der Hoffnung hockte, von niemandem entdeckt und in den Garten gezerrt zu werden. Doch auch diese Strategie barg ihre Risiken, denn sollte ihr moosgrünes Kleidchen Knitterfalten davontragen, würde das mit Sicherheit den Unmut der Hausherrin nach sich ziehen.

Harriet selbst hatte in puncto Kleidung keinen großen Aufwand betrieben. Eigentlich hätte Hochachtung für die Hausherrin daraus sprechen müssen, doch in Wahrheit war ihr nichts anderes übrig geblieben: Sie besaß kein neues Kleid, das sie hätte anziehen können. Einen Teil ihres Lohns für ihre Garderobe auszugeben wagte sie nicht. Sie legte jeden Penny für Notfälle zur Seite, auch wenn sie nicht wusste, worin die bestehen sollten, da jegliches Flimmern hartnäckig ausblieb. Also musste sie sich an diesem

Abend damit zufriedengeben, in ihrem dunkelgrauen Kostüm eine Nebenrolle zu spielen. Unter anderen Gegebenheiten, sowohl in moralischer als auch in finanzieller Hinsicht, hätte sie nichts dagegen gehabt, sich das Haar mit mehr Raffinesse hochzustecken oder sich in auffälligere Farben zu kleiden, um der Hausherrin eins auszuwischen. In ihrer gegenwärtigen Lage schien es jedoch angebrachter, im Hintergrund zu bleiben.

Trotz ihrer unscheinbaren Aufmachung hatte sie einige Male Roberts Blicke auf sich gezogen. Sein Gesichtsausdruck wirkte entschlossen, und sie war umso dankbarer, dass sie unauffällig wie ein flüchtiger Schatten aus seinem Blickfeld verschwinden und sich unter die Leute mischen konnte. Kaum jemand fragte, wer sie sei. Für die Gäste war sie nicht auffälliger als ein Hausmädchen. Weniger sogar. Denn Agnes, die man mit der Aufgabe betraut hatte, die Gläser nachzufüllen, stellte sich geradezu schamlos zur Schau und zog die Aufmerksamkeit einiger Männer auf sich, woraufhin sie von Mrs. Rakes für eine scharfe Rüge beiseitegenommen wurde.

Während Harriet die beiden beobachtete, näherte sich Robert. »Miss Jenner«, stieß er hervor, so nah an ihrem Ohr, dass sie zusammenzuckte. »*Harriet*. Bitte! Ich muss mit Ihnen reden.«

Erst aus der Nähe fiel ihr auf, wie elend er aussah. Die Falten auf seiner Stirn waren tiefer geworden, und das Weiße in seinen Augen war von geplatzten Äderchen durchzogen. Hastig ließ sie den Blick umherschweifen, um festzustellen, ob sie beobachtet wurden. Zum ersten Mal seit Tagen starrte Captain Dauncey sie an und schickte ihr ein süffisantes Lächeln, das sie ebenso wütend machte, wie es ihr Angst einflößte. Sie drehte sich wieder zu Robert um.

»Wir können jetzt nicht reden«, sagte sie beschwörend. »Ihre Frau steht keine drei Meter weit entfernt, und ihr Bruder beobachtet uns bereits.«

»Die letzten Tage waren für mich eine Qual«, drängte er sie und brachte sein Gesicht näher an ihres – viel zu nah. Abermals schweifte ihr Blick über die versammelten Gäste, und sie wunderte sich, dass außer dem Captain keiner von ihnen Robert und sie bemerkte. »Ich habe versucht, Ihnen aus dem Weg zu gehen«, sprach Robert weiter, »aber das macht es nur noch schlimmer.« Seine Augen waren starr auf sie gerichtet, als wäre sie für ihn die einzige Frau, die auf dieser Welt existierte. Für einen Moment irritierte es sie, wie hilflos er war und dass er keinen Wert mehr auf Diskretion legte. Das hatte sie nicht erwartet. Sie hatte ihn für stärker gehalten.

»Robert, wir können hier nicht sprechen«, sagte sie flehentlich. »Morgen, wenn die Leute weg sind und das Leben wieder seinen gewohnten Gang geht, haben wir vielleicht die Gelegenheit, einen Spaziergang zu machen, mit Ihren Töchtern, so wie sonst auch. Dann nehmen wir uns die Zeit, die wir brauchen. Aber bitte, nicht jetzt!«

Ungeachtet dessen griff er nach ihrer Hand. Aber sie schüttelte ihn ab, als hätte sie sich verbrannt. Sein Atem roch nach Brandy. »Ich fürchte, Sie haben getrunken, Sir«, sagte sie kühl. »Ich möchte mich nicht mit Ihnen unterhalten. Ich … Es war gelogen, als ich sagte, ich würde Ihre Gefühle erwidern. Es war eine Lüge.«

In dem Moment waren ihre Worte ebenso grausam wie notwendig, denn sie erfüllten ihren Zweck. Bestürzt wich er zurück. Dann drehte er sich um und ging ohne ein weiteres Wort davon, aber nicht aufrecht mit großen Schritten wie es sonst seine Art war, sondern mit hängenden Schultern, als hätte sie ihn geschlagen. Sie wünschte, sie hätte ihm in die schützende Dunkelheit des menschenleeren Hauses folgen und ihm sagen können, dass sie es nicht so gemeint hatte. Aber an diesem Abend hatte sie das Gefühl, sie müsste ihre Sinne beisammenhalten und in Alarmbereitschaft bleiben wie das Wild in den Wäldern, das hinter Blüten und Kräutern eine Gefahr witterte.

Die Sehnsucht nach Robert war eiskalter, erdrückender Panik gewichen. Dass es so weit gekommen war, hatte sie sich selbst zuzuschreiben, aber diese erneute Eskalation versetzte sie in Angst und Schrecken. Halb im Schatten der unteren Rasenfläche, am Rande einer Menschenmenge, zu der sie nicht gehörte, sah sie die Dinge mit erschreckender Klarheit: Ihre Liebe zu Robert war hoffnungslos mit Captain Daunceys Drohung verbunden. Von Stunde zu Stunde stieg die Gefahr. Und selbst wenn Captain Dauncey seiner Schwester nichts von Harriet und Robert erzählte, würde Robert selbst sie mit seinem unbedachten Verhalten verraten.

Während das verblassende Tageslicht sich violett färbte, ging die Feier weiter. Kein Windhauch regte sich, und so hing jeder Geruch umso länger in der lauen Luft. Auch wenn sie ihn selbst in diesem Moment nirgends sehen konnte, erkannte Harriet den herben Geruch von Captain Daunceys Zigarillos. Als subtilere Note, aber gleichermaßen penetrant, mischte sich das neue Parfüm der Hausherrin darunter, von dem sie eindeutig zu viel aufgetragen hatte: Jasmin und etwas, das an vermoderte Pflanzen erinnerte.

VIERZIG

Während Harriet über Robert und den Captain nachdachte, gellte vom anderen Ende des Rasens ein Schrei herüber. Nachdem die Hausherrin einige Minuten zuvor noch einen Toast ausgebracht hatte, lief sie nun von einem Grüppchen zum nächsten und redete beschwörend auf die Gäste ein. Die Art, wie sich dabei präsentierte – mit bebendem Dekolleté und die lilienweißen Hände ringend –, lag im Widerstreit mit ihrem besorgten Gesicht. Und als hätte sie Harriets Ansicht darüber vernommen, wandte sie ihr zielsicher den Kopf zu und erspähte sie in ihrer schattigen Ecke. Trotz der Entfernung von fast zwanzig Metern zuckte Harriet zusammen.

»Sie!«, rief die Hausherrin, und sogleich richteten sich alle Blicke auf Harriet, die beinahe instinktiv einen Schritt zurückgewichen wäre. »Wo ist meine Tochter? Ich sehe sie nirgends. Sie sind für Sie verantwortlich. Also, wo steckt sie?«

Harriet, bis dahin nur stumme Beobachterin, fiel auf die Schnelle keine Antwort ein. Stattdessen schüttelte sie nur verblüfft den Kopf, was die Hausherrin noch mehr erboste.

»Was ist los mit Ihnen?«, zeterte sie. Sie stand nun fast vor ihr, aber, sich des Publikums bewusst, senkte keineswegs die Stimme. Einige der Gäste fingen schon an zu tuscheln; die Situation fing an peinlich zu werden.

»Von welcher Tochter sprechen Sie, Mrs. Pembridge?«, brachte Harriet stammelnd hervor. »Helen ist, glaube ich, …«

»Nicht Helen! Victoria. Wo ist sie?«

Harriet versuchte sich ins Gedächtnis zu rufen, wo sie das kleine Mädchen in dem blauen Kleid zum letzten Mal gesehen hatte. Sie war in ihre eigenen Gedanken versunken gewesen, aber sie erinnerte sich, dass Victoria auf dem Rasen herumgetobt hatte. Mit ausgestreckten Armen hatte sie sich bis zum Umfallen um die eigene Achse gedreht und eine Runde Applaus eingeheimst. Wann genau das gewesen war, wusste Harriet nicht, aber zu dem Zeitpunkt war es noch wesentlich heller gewesen.

»Ich … Ich habe sie nicht gesehen. Jedenfalls nicht innerhalb der letzten zwanzig Minuten oder halben Stunde.«

Auge in Auge standen sich die beiden Frauen gegenüber, genau dort, wo die Rasenfläche steil abfiel, sodass Harriet ausnahmsweise ebenso groß zu sein schien wie Louisa. Doch selbst in dem Moment zitterten ihr unter dem feindseligen Blick der Hausherrin die Glieder.

»Und mein Mann? Können Sie mir über den auch Auskunft geben?«

Das Getuschel der Gäste schwoll zu einem Raunen an.

»Er ist vor einiger Zeit ins Haus gegangen. Seitdem habe ich ihn nicht mehr gesehen.«

»Nun, wenn er es nicht für nötig hält, sich mit unseren Gästen zu unterhalten, kann er sich wenigstens nützlich machen, indem er unsere Tochter findet.«

Die Hausherrin war ziemlich betrunken. Die Wut hatte sie kurzzeitig nüchtern und ihren Blick klarer erscheinen lassen, aber nun, da sie in das übliche Gezeter über ihren Mann und dessen Unzulänglichkeiten verfiel, hörte Harriet, dass sie lallte.

»Oh, Jago!«, rief die Hausherrin und drehte sich zu ihrem Bruder um, der ihr gefolgt war. Sie presste ihr Gesicht an seine Brust. »Wo kann sie nur sein?«

»Nun werde nicht gleich hysterisch, Mädchen«, sagte er tadelnd. »Vor ein paar Minuten war sie noch hier und hat unsere Gäste unterhalten, als wäre sie eine Zirkusnummer. Sie ist bestimmt im Haus oder weiter oben im Garten.« Er wies auf die höher gelegenen Rasenflächen, die in der Dämmerung kaum noch zu erkennen waren. Der Wald war schon so dunkel, dass er wie ein finsterer Schatten über ihnen hing.

»Sie wird doch nicht zu den Ruinen hinaufgegangen sein?!«, sagte Harriet spontan.

Gleichzeitig wandten die Geschwister ihr die Köpfe zu und sahen sie aus ihren blassblauen Augen an, die im nachlassenden Licht geradezu unwirklich erschienen. »Wie kommen Sie denn darauf?«, fragte die Hausherrin.

Harriet warf einen Blick auf den Captain, der zum ersten Mal kein anzügliches Lächeln auf den Lippen hatte. »Sie begeistert sich immer so sehr dafür«, erklärte Harriet. »Und ich … ich habe gehört, wie sie mit ihrem Onkel darüber sprach.«

Das stimmte. Wie bei dem Krocketspiel vor einigen Wochen hatte Victoria ihm mit den Ruinen in den Ohren gelegen. Sie hatte vorgeschlagen, mit allen Gästen dort hinaufzugehen, weil sie von einem so aufregenden und unheimlichen Ort ganz bestimmt beeindruckt wären. Dabei hatte ihr Onkel sie eigentlich auf die Idee gebracht. Harriet hatte ihn gehört. »Das wäre die richtige Kulisse für unser kleines Feuerwerk. Stell dir nur vor, wie laut es bei dem Echo da oben wäre.«

Victoria hatte begeistert in die Hände geklatscht. »O ja, lass uns das Feuerwerk da oben machen! Sag es Dilger, Onkel Jago, bitte! Auf mich würde er nicht hören.«

Der Captain bedachte Harriet mit einem finsteren Blick

und wandte sich an seine Schwester. »Irgendwie ist sie auf die Idee gekommen, das Feuerwerk dort oben zu veranstalten. Als ob wir diese alten Matronen und ihre Offiziere deswegen da rauf verfrachten könnten.« Er zuckte mit den Schultern. »Aber das war vor Stunden. Bestimmt hat sie es längst wieder vergessen.«

Zu Harriets Überraschung bedachte die Hausherrin ihren Bruder mit einem missbilligenden Blick. »Kennst du deine Nichte so schlecht? Victoria hat ein Elefantengedächtnis. Wenn sie sich etwas in den Kopf gesetzt hat, lässt sie nicht locker. Dann wartet sie nur auf einen günstigen Moment. So war sie schon immer. Bertie und Helen, die würden so etwas nicht aushecken. Aber Victoria ist für jeden Unfug zu haben.«

Der Captain schüttelte den Kopf. »Da oben ist es schon stockdunkel. Kein kleines Mädchen würde jetzt noch allein durch den Wald gehen, und einen anderen Weg zu den Ruinen gibt es nicht.« Er winkte Agnes zu sich und reichte ihr sein leeres Glas. »Füll schon auf. Aber heute noch!«

Er war fast genauso betrunken wie seine Schwester, obwohl man es ihm weniger anmerkte. Harriet sah es daran, dass er zu breitbeinig auf dem steil abfallenden Rasen stand und an der ausladenden Geste, mit der er Agnes sein Glas in die Hand drückte.

»Dein Getränk kann warten«, sagte die Hausherrin. »Agnes, holen Sie meinen Mann! Sagen Sie ihm, Victoria ist zu den Ruinen hinaufgegangen. Er muss sie suchen!«

»Ich könnte gehen«, sagte Harriet. Sie war nicht überzeugt davon, dass das dumme, kleine Mädchen überhaupt den Garten verlassen hatte. Aber in dem Moment hätte sie alles nur Erdenkliche getan, um der Hausherrin und ihrem Bruder zu entkommen.

»Sie?«, fragte die Hausherrin. Sie drehte sich wieder um und musterte Harriet gründlich. »Aber warum eigentlich nicht. Hätten Sie besser auf sie aufgepasst, wäre sie jetzt nicht verschwunden.«

»Sie sollte nicht allein gehen«, warf der Captain ein. »Ich werde sie begleiten.« Er nahm eine der Laternen, die bei Anbruch der Dämmerung um den Garten herum aufgestellt worden waren.

»Das wirst du schön lassen!«, gab die Hausherrin zurück. »Du bleibst hier bei mir, für den Fall, dass mir schwindelig wird. Mir ist schon ganz mulmig. Dilger kann mitgehen. Der kennt sich da oben besser aus als jeder andere. Wo steckt er denn? Wahrscheinlich ist er damit beschäftig, das Feuerwerk vorzubereiten. Ach, da sind Sie ja schon.«

Als hätte er sich durch einen Zauberspruch materialisiert, stand Dilger plötzlich neben ihr. »Verzeihung, Miss«, sagte er mit einer Hand an seiner Kappe, offenbar unsicher, ob er sie kurz antippen oder ganz abnehmen sollte. »Ich habe die Feuerwerkskörper drei Mal gezählt, und Ned hat noch drei Mal nachgerechnet, aber das kommt nicht hin.«

»Was soll das heißen?«, rief die Hausherrin mit schriller Stimme. »Was kommt nicht hin?«

»Die Feuerwerkskörper«, sagte der Gärtner zögernd. »Es sind zwei zu wenig. Wir können es uns nicht erklären. Den Schuppen, wo sie gelagert wurden, haben wir zwei Mal auf den Kopf gestellt. Aber da waren sie nicht. Vielleicht wissen Sie, wo sie hingekommen sind?«

»Ich?« Die Stimme der Hausherrin wurde noch schriller. »Was sollte ich mit Feuerwerkskörpern anfangen?«

Der Gärtner runzelte die Stirn und scharrte mit den Füßen.

»Victoria hat sie sich heute Nachmittag mit mir zusammen angesehen«, sagte der Captain in mattem Ton. »Sie hat mich zu dem Schuppen hinaufgeschleift. Dann hat sie mir erzählt, wie sie funktionieren und was sie gekostet haben. Anscheinend hatte sie Ned schon seit Tagen damit gelöchert.«

Die Hausherrin verdrehte mit flatternden Lidern die Augen. Dilger und der Captain wollten sie auffangen, aber dann schaffte sie es doch noch, sich auf den Beinen zu halten. »Sie hat sie mitgenommen!«, jammerte sie. »Sie will ihr eigenes Feuerwerk veranstalten. Oh, sie wird sich in Brand stecken! Sie wird Narben davontragen, und dann will kein Mann sie mehr heiraten!« Sie richtete sich wieder auf und bedachte erst Harriet mit einem strafenden Blick und dann Dilger, dessen stützende Hand sie schon abgeschüttelt hatte. »Los doch, alle beide! Worauf warten Sie noch? Ich schicke Mr. Pembridge hinter Ihnen her. Und sagen Sie Ned, er soll die anderen Gartenhütten absuchen. Jemand muss auch den Irrgarten kontrollieren. Himmel, kommt denn keiner auf die Idee, mir einen Stuhl zu bringen, bevor ich zu Boden sinke und mir den Hals breche?«

Harriet machte sich umgehend auf den Weg. Noch immer überwog die Erleichterung, der aufgebrachten Hausherrin zu entkommen, die Sorge um Victoria. Sie glaubte keineswegs, dass das kleine Mädchen in Gefahr schwebte. Sie wandte sich an den Gärtner. »Mr. Dilger, ich bin durchaus in der Lage, allein weiterzugehen, wenn sie Ned helfen wollen, die Gebäude und den Rest des Gartens zu durchsuchen. Es ist Unsinn, wenn wir beide dieselben Stellen kontrollieren. Davon abgesehen bin ich mir sicher, wir hören jeden Moment einen Schrei der Erlösung, weil sie wieder aufgetaucht ist.«

Dilger dachte kurz nach und nickte dann. »Ned kommt im Garten allein zurecht. Wir beide gehen bis zu der Gabelung. Dann laufe ich nach rechts, und Sie gehen links weiter zu den Ruinen. Vorausgesetzt, es macht Ihnen wirklich nichts aus, ohne mich weiterzulaufen. Ich nehme den dunkleren Weg. Da stehen mehr Tannen, und die lassen weniger Mondlicht durch. Der Weg ist auch steiler, da würden Sie eher stolpern. Um die Ruinen herum stehen nicht so viele Bäume, da ist es heller.«

Tatsächlich war es zwischen den Bäumen im Wald nicht so dunkel, wie es von dem hell erleuchteten Garten aus den Anschein gehabt hatte. Es war eine klare Nacht mit einem Vollmond, der nicht von Wolken verdeckt wurde. Dennoch sah der Mond seltsam aus, so wie Harriet ihn durch das Fenster ihres Zimmers in London schon gesehen hatte, wenn der Wind nicht stark genug wehte, um den Rauch der Schornsteine zu vertreiben – wie eine große, blass orangefarbene Kugel, die in Sepia getaucht worden war.

Als sie auf einer breiten Schneise unter den Baumkronen entlanggingen, blieb Harriet stehen, um sich den Mond genauer anzusehen. Jeder Krater war zu erkennen. Hoffentlich würde Helen, die sich im Haus verkrochen hatte, diesen Anblick nicht verpassen.

Dilger drehte sich um, als er hinter sich keine Schritte mehr hörte. Wie die Gouvernante richtete auch er den Blick zum Himmel. »Welch eine Nacht für einen Blutmond«, sagte er. »Das sehe ich mir tausendmal lieber an als irgendein Feuerwerk.«

»Blutmond?«, wiederholte Harriet. »Davon habe ich noch nie gehört.«

»Nicht? Sie sind doch Gouvernante?!«

»Ich weiß genug über das, was ich lehre«, gab Harriet errötend zurück. »Ich könnte Ihnen den Namen dieses Kraters da oben nennen. Ich hatte nur noch nicht …«

»Sie müssen das nicht in den falschen Hals kriegen, Miss. Vielleicht kennt man das nur auf dem Land.«

»Warum wird der Mond so genannt?«

»Weiß ich auch nicht genau. Ich glaube, das hat mit einer Art Finsternis zu tun. Aber ob es die Sonne ist, die dabei hinter dem Mond verschwindet, oder die Erde, oder ob es umgekehrt ist, kann ich Ihnen nicht sagen.«

»Helen weiß es vielleicht. Sie sieht sich ja den ganzen Tag lang Sternentafeln und Ähnliches an.«

Eine Weile gingen sie schweigend weiter. Harriets Gedanken waren immer noch auf den Mond gerichtet. Nach wie vor konnte sie sich nicht vorstellen, dass Victoria so weit gelaufen war.

Bald darauf blieb Dilger stehen. »So, Miss, wenn Sie immer noch nichts dagegen haben, allein weiterzulaufen, gabelt sich hier der Weg.«

Den Weg, der nach rechts führte, war Harriet bisher nur einmal gegangen, und nun war er genauso dunkel, wie Dilger gesagt hatte. »Kommen Sie dort zurecht?«, fragte sie. »Dieser Weg ist stockdunkel.«

Dilger lachte leise, und in der Stille des Waldes klang es beruhigend. »Ich kenne mich hier aus, Miss Jenner. Ich würde mich mit verbundenen Augen zurechtfinden. Aber wie steht es mit Ihnen, müsste ich wohl eher fragen.«

»Oh, natürlich kennen Sie sich hier aus. Was für eine unsinnige Frage, und ja, das werde ich schon schaffen.« Nun, da sie getrennt weitergehen sollten, wurde Harriet doch allmählich bange. Ehe Dilger es bemerkte und sie für einen Angsthasen halten würde, streckte sie den Arm nach einer der Laternen aus, die er bisher getragen hatte. »Bis zu den Ruinen sind es nur noch etwa fünf Minuten, und Mr. Pembridge kommt ja gleich nach.«

»Da bin ich mir ziemlich sicher«, sagte Dilger und lachte wieder. »Die Hausherrin wird ihm schon Beine machen.«

Vor sich hin pfeifend nahm er die Abzweigung, die nach rechts führte, und als er sich einige Minuten später so weit entfernt hatte, dass Harriet ihn nicht mehr hörte, fühlte sie sich ziemlich verloren. Aber sie ging weiter, den Blick auf ihre Füße gerichtet, damit sie nicht über eine knorrige Wurzel oder einen Felsbrocken stolperte. Der Blutmond schien durch die Bäume, und sein sonderbares Licht tauchte alles um sie herum in trübes Umbra, sodass Laub und Erde kaum vom Himmel zu unterscheiden waren, bis die Sonne am nächsten Tag allem wieder seine ursprüngliche Farbe zurückgeben würde.

Die Absätze ihrer Stiefel auf dem harten Boden übertönten die nächtlichen Geräusche des Waldes. Sie wusste, wäre sie stehen geblieben, hätte sie alles Mögliche gehört: das Rascheln kleiner Tiere im trockenen Unterholz und in den Zweigen der Bäume. Ob sie sie beobachteten? Ängstlich schwenkte sie die Laterne und sah, dass das Licht ganz in ihrer Nähe reflektiert wurde. Von den Augen eines Fuchses vielleicht. Hastig setzte sie ihren Weg fort, verärgert, weil etwas derart Alltägliches wie der Einbruch der Dunkelheit einen harmlosen Ort so furchteinflößend machte.

Erst kurz bevor sie die Lichtung erreichte, kam sie auf die Idee, nach Victoria zu rufen. Hinter der letzten Baumreihe blieb sie stehen. Das Mondlicht ließ die Ruinen bizarr erscheinen und überzog die eingestürzten Mauern mit einem matten Schimmer. Dort, wo kein Lichtstrahl hinfiel, bildeten sich tiefe Schatten, in denen sich jemand hätte verstecken können. Harriet wusste nicht, ob sie zögerte, unter dem Dach der Bäume hervorzutreten, weil sie sich davor fürchtete, was die Schatten verbargen, oder weil sie sich in dem rötlichen Mondlicht schutzloser fühlen würde. Aber sie war hier, um jemanden zu finden, und nicht um sich vor wilden Tieren oder Dämonen zu verstecken.

»Victoria!«, rief sie, aber es klang kaum lauter als ein Flüstern. »Wenn du hier bist, komm endlich heraus, sonst verpassen wir das Feuerwerk.«

Das war absolut lächerlich, und nicht der Worte wegen, denn die waren ja kaum zu hören gewesen, sondern weil das Mädchen nicht hier war. War an diesem Abend nie hier gewesen. Wie hatte sie überhaupt auf diesen absurden Gedanken kommen können? Um ihn dann auch noch laut vor der Hausherrin zu äußern! Innerlich verfluchte Harriet sich dafür. Zwischen den Ruinen war niemand. Das hätte sie auch ohne ihre zweifelhafte hellseherische Gabe gemerkt, dafür reichte einzig und allein ihr Instinkt. Abgesehen davon mochte Victoria ja mutig sein, aber welches Kind in ihrem Alter wäre allein im Dunkeln zu einem so gespenstischen Ort gegangen? Der Captain hatte recht.

Trotzdem rief sie noch einmal nach ihr, nur der Gewissenhaftigkeit halber. Sie wagte sich sogar ein paar Schritte vor auf die Lichtung. Und in dem Moment hörte sie hinter sich etwas. Was genau, konnte sie wegen ihrer eigenen Schritte nicht ausmachen. Sie blieb stehen und hielt den Atem an. In den Sekunden, die sie gebraucht hatte, um den schützenden Schatten der Bäume zu verlassen, hatte sich die Atmosphäre verdichtet. Sie schien bedrohlich aufgeladen, sodass es schwerfiel, zu atmen.

Harriet tastete nach dem kleinen Dolch unter ihren Röcken. Doch als ihre Hand danach greifen wollte, sah sie ihn in Gedanken auf dem Waschtisch schimmern, wo sie ihn hatte liegen lassen, nachdem sie eine weitere harmlose Nachricht von Bertie geöffnet hatte. Allein in diesem finsteren Wald, vermisste sie ihn plötzlich schmerzlich.

»Robert?«, rief sie mit zitternder Stimme den dunklen Bäumen entgegen. »Robert, bist du das?«

Sie bekam keine Antwort. Es war absolut still. Sie hätte nicht sagen können, warum, aber die Stille schien ihr unnatürlich. Sie hielt die Laterne höher, doch der flackernde Lichtschein ließ die Dunkelheit zwischen den Bäumen nur noch undurchdringlicher erscheinen. Sie wollte die Hände frei haben und stellte die Laterne auf den Boden, doch dabei stieß sie sie um. Mit hohlem Poltern rollte sie über die Erde.

Harriet stöhnte ängstlich auf. Sie bückte sich, um sie aufzuheben, aber das Öl war bereits über die Flamme geflossen und hatte sie gelöscht. Das Mondlicht war hell genug, aber die Laterne hatte ein so anheimelndes, beruhigendes Licht verbreitet – eine Verbindung zu dem Haus und den manierlich auftretenden Gästen. Hier draußen war Harriet ganz auf sich gestellt.

Sie hob den Kopf und musste feststellen, dass ihr Instinkt sie nicht getäuscht hatte.

Sie war nicht allein.

EINUNDVIERZIG

Grace

Es dauerte nicht lange, und durch Victorias und Essies Anwesenheit wandelte sich die Atmosphäre im Haus zum Guten. Auf einmal fügte sich alles auf wundersame Weise. Zuvor hatte sich jeder zurückgezogen, doch nun verbrachten alle mehr Zeit miteinander, meistens im Salon. Bis auf Robert Pembridge saßen wir eines Abends dort beisammen, als Essie verkündete, sie habe einen Hut gesehen, den ich mir unbedingt zulegen müsse.

»Er würde Ihnen so gut stehen, Miss Fairford! Das habe ich schon zu meiner Mutter gesagt«, schwärmte sie. »Oder Mams?«, fügte sie lauter mit einem Blick zu Victoria hinzu, die uns über ihre Lesebrille hinweg ansah. Lucas, Essie und ich spielten Karten, während die anderen Erwachsenen sich ihren jeweiligen Lektüren widmeten.

»Allerdings, das hat sie. Ich interessiere mich zwar nicht die Bohne für solchen Unsinn wie Mode, aber ich muss Essie zugestehen: Sie hat Geschmack.«

»Der Hut ist aus einem wunderschönen Taubenblau mit einer etwas dunkleren Blume auf einer Seite«, erklärte das Mädchen und wickelte sich eine Haarsträhne um den Finger. »Mami, können wir nicht morgen mit Miss Fairford nach Cheltenham fahren? Dann kann sie ihn anprobieren.«

»Tja, ich weiß nicht, Liebes. Vielleicht möchte sie das ja gar nicht.«

»Doch, bestimmt. Oder, Miss Fairford? Anschließend

könnten wir ins Cadena Café gehen. Da kann man gut Tee trinken, und es ist keine Minute vom Hutmacher entfernt.«

Flehentlich sah Essie mich an, bis ich schließlich nickte. Ebenso wie alle anderen hatte sie auch mich mit ihrem Charme eingenommen. Außerdem hatte ich von der Stadt noch kaum etwas gesehen. Wenn ich so weitermachte, würde ich zu einem Stubenhocker wie Agnes und Bertie werden.

Letzten Endes kam Victoria doch nicht mit. Sie müsse zu ihrem Mann hinausfahren, gab sie als Erklärung an. »Ich habe noch etwas mit ihm zu klären«, sagte sie, als Essie fragte, warum. »Macht ihr ruhig euren Stadtbummel. Ich setze euch unten ab, und ihr könnt mit dem Bus zurückfahren. Oder ihr lauft zu Fuß. Das würde euch auch guttun.«

Der Ausflug mit Essie machte mir riesigen Spaß. Zwischen uns beiden herrschte eine Ungezwungenheit, wie ich sie mit niemandem sonst erlebte – nicht einmal mit Lucas, obwohl ich so viel Zeit mit ihm verbrachte. Es war eine Art Vertrautheit ähnlich der mit meiner Großmutter, aber noch leichter und ungezwungener.

Als Erstes gingen wir zu dem Hutmacher, wo Essie mir gut zuredete, damit ich den eleganten Glockenhut aus Filz kaufte, den sie im Schaufenster gesehen hatte. Als ich ihn anprobierte, zog ich ihn auf einer Seite verführerisch ein wenig tiefer über die Stirn und klatschte begeistert in die Hände. »Ich wusste, er würde Ihnen gut stehen! Das ist so einer wie die, die Mami und ich in Frankreich gesehen haben. Viel eleganter als diese altmodischen Dinger.«

»Hat es dir in Frankreich gefallen?«

»O ja, es war toll, besonders an der Côte d'Azur. Mami fand es ziemlich öde und viel zu teuer, aber es war schrecklich romantisch. Jeden Abend sind wir nach dem Essen an der Hafenmole entlanggegangen. Der Mond schien auf das Meer, und die kleinen Boote, die dort vertäut lagen, schaukelten im Wasser. An einem Abend haben wir ein größeres Boot gesehen. Es war hell erleuchtet, es wurde Musik gespielt, die Leute tanzten. Mami hat gesagt, das könnten nur Amerikaner sein. An einem anderen Abend wollte ein Italiener unbedingt ein Porträt von mir zeichnen. Er hat uns verfolgt, bis Mami ihn weggejagt hat.«

Nachdem ich mir den Hut gekauft hatte, gingen wir zu Cavendish House, und ich ließ mich zu einem kornblumenblauen Halstuch und einem Paar silberfarbener Riemchenschuhe überreden, für die ich gar keine Verwendung hatte. In der Parfümerie fragte Essie nach Chanel N° 5, was ihr nur verständnislose Blicke einbrachte. Sie war ganz anders als ihre Mutter. Bestimmt hatte Victoria nie in ihrem Leben einen Gedanken daran verschwendet, Parfüm zu benutzen. Die letzte Station war Boots, eine Drogerie, in der man auch Bücher ausleihen konnte. Um zur Bibliothek zu gelangen, musste man den gesamten Verkaufsraum durchqueren, und dort kaufte ich noch eine Tagescreme, bevor Essie sich den neuesten Kriminalroman von Agatha Christie auslieh. Sie hatte vorgehabt, ihr gesamtes Taschengeld für einen Lippenstift im kräftigen Rosa von Pfingstrosen auszugeben. Aber da ich fürchtete, Victoria wäre davon alles andere als begeistert und würde mich zur Verantwortung ziehen, überzeugte ich Essie, sich mit einem kleinen Töpfchen Rouge in Zartrosa zufriedenzugeben, das dezent genug war, um unbemerkt durchgehen zu können.

Essie war die Erste, die mich nach meinem Leben vor Fenix House fragte – abgesehen von Pembridge natürlich, das musste ich ihm zugutehalten. Es interessierte sie, wie es war, als Waisenkind aufzuwachsen, und im Gegensatz zu den Erwachsenen, die ich kannte, reagierte sie nicht mit den üblichen peinlich berührten Mitleidsbekundungen. Sie fragte mich auch nach meiner Großmutter, und ich war kurz davor, ihr von der Verbindung zu Fenix House zu erzählen. Sicher wäre sie von einem solchen Zufall, der in Wirklichkeit ja gar keiner war, begeistert gewesen.

»Haben Sie eine Fotografie von ihr?«, fragte sie, als wir an der Promenade auf den Omnibus warteten, mit dem wir zurückfahren wollten. Ich versprach, ihr ein Foto zu zeigen, wenn wir wieder zu Hause waren. Anders als bei ihrer Mutter bestand nicht die Gefahr, dass sie meine Großmutter wiedererkennen würde.

Als die Straße steiler und der Bus langsamer wurde, zog Essie auf dem Sitz mir gegenüber theatralisch eine Grimasse, und mir wurde bewusst, dass ich den ganzen Tag lang nicht ein einziges Mal Heimweh gehabt hatte. Während Essie mich mit ihrem Übermut zum Lachen brachte, hatte ich in der abgestandenen Wärme der unteren Fahrgastetage auf einmal das Gefühl, meinen Platz im Leben gefunden zu haben. Einmal mehr wurde mir bewusst: Meine Großmutter hatte mit dem unerschütterlichen Glauben, dass ich hierher gehörte, recht behalten.

Als ich an diesem Abend zu Bett gehen wollte, hörte ich Robert Pembridge hinter seiner Tür husten. Es klang, als bekäme er keine Luft. So betrat ich das Zimmer, ohne anzuklopfen. Er versuchte, sich im Bett aufzusetzen, aber der Hustenanfall hatte ihn dermaßen geschwächt, dass er es nicht schaffte. Ich half ihm in eine sitzende Position und stellte mit Bestürzung fest, wie gebrechlich und ausgezehrt er wirkte. Die Modelleisenbahn auf dem Boden zog gemächlich ihre Runden, und ich fragte mich, wie lange sie wohl schon immer dieselbe Strecke fuhr.

»Vielen Dank, meine Liebe«, sagte er, als er aufrecht saß und mit meiner Hilfe einen Schluck Wasser getrunken hatte. »Ich bin heute nicht ganz auf der Höhe. Aber morgen bin ich wieder ganz hergestellt und kann meiner Arbeit nachgehen, ganz sicher.«

»Welcher Arbeit?« Für einen Augenblick kam mir der unsinnige Gedanke, Victoria hätte ihn vielleicht bei der Vorbereitung zur Feier der beiden Geburtstage eingespannt.

»Ich muss etwas in Swindon erledigen. Das lässt sich nicht aufschieben. Die Männer brauchen mich dort.«

Da es keinen Sinn hatte, ihm zu widersprechen, strich ich nur das Bettzeug glatt, zog mir einen Stuhl heran und setzte mich zu ihm. Seit Agnes bei unserem Gespräch in der Küche hatte durchblicken lassen, dass meine Großmutter entlassen worden war, hatte ich ihr weitere Informationen entlocken wollen. War der Vorfall mit Victoria im Eishaus tatsächlich der Grund dafür gewesen? Oder steckte etwas Gravierenderes dahinter, eine Angelegenheit unter Erwachsenen gewissermaßen? Etwas, das mit ihrer engen Vertrautheit zu Robert Pembridge im Zusammenhang stand, beispielsweise. Doch Agnes hatte sich äußerst verschlossen gezeigt und sofort das Thema gewechselt. Um mich abzulenken, hatte sie mir sogar ein paar Leckerbissen für Lucas aus ihrem Konservenvorrat in Aussicht gestellt. Ich wünschte, ich hätte ihr mehr Fragen gestellt, als der Sherry sie redseliger gemacht hatte.

Vielleicht würde Robert mir jetzt unter vier Augen mehr verraten. Auch das war nicht einfach, denn ich wollte ihn keineswegs aufregen und es auch nicht darauf anlegen, dass er mich mit meiner Großmutter verwechselte, zumal

Victoria jederzeit hereinkommen könnte. Aber ich wollte die Wahrheit erfahren, und Robert Pembridge schien es mir weniger schwer zu machen.

Als ich zum Kamin ging und Holz nachlegte, begann er zu sprechen. Zunächst konnte ich ihn kaum verstehen. und der Wind heulte durch das alte Gebälk des Dachbodens lauter als sonst irgendwo im Haus. Ich setzte mich wieder und bat Robert, das Gesagte zu wiederholen. Ich war alles andere als stolz auf mein eigennütziges Verhalten, aber insgeheim hoffte ich, er würde mich wieder für meine Großmutter halten.

Das tat er nicht, und ich wusste auch nicht, für wen sonst er mich hielt. Vielleicht brauchte er jemanden, der nicht zur Familie gehörte, um sich seinen Kummer von der Seele zu reden.

»Ich sagte, ich hoffe, ich vertreibe Sie nicht auch noch, meine Liebe«, wiederholte er mit einem traurigen Lächeln und tätschelte meine Hand. »Bei diesem Licht erinnern Sie mich an sie.«

»An Miss Jenner?«, fragte ich. Ich stand auf und schloss leise die Tür.

Er nickte. »Ich habe sie vertrieben, wissen Sie. Und bevor ich es wiedergutmachen konnte, wurde sie entlassen. Als ich nach Hause kam und Berties Gesicht sah, wusste ich, dass sie gegangen war. Er hat sie auch sehr gemocht, obwohl er noch ein kleiner Junge war. Ich glaube, im Stillen hatte ich damit gerechnet, dass sie gehen würde, aber als sie plötzlich fort war, war es dennoch ein Schock. Besonders, weil sie kein Wort gesagt hat. Aber vielleicht war alles zu viel für sie. Vielleicht dachte sie, auf mich zu warten würde es noch schlimmer machen. Verstehen Sie?«

Ich nickte, obwohl ich rein gar nichts verstand.

»Natürlich war ich furchtbar eifersüchtig. Ich habe Jahre gebraucht, um es mir einzugestehen«, sprach er weiter. »So viel Zeit habe ich damit vergeudet, ihr Vorwürfe zu machen.«

»Eifersüchtig auf wen?«

Reumütig schüttelte er den Kopf. »Auf meinen Schwager. Ihm war sie auch aufgefallen, das war mir nicht entgangen. Schließlich hatte ich Augen im Kopf – und die funktionierten damals noch besser als heute. Er war einer dieser Männer, die wissen, wie man mit Frauen umgeht. Einer von denen, die sie – umgarnen. Das habe ich weiß Gott oft genug bei meiner Frau gesehen.«

»Aber sie war seine Schwester.«

»Die beiden hatten ein ungewöhnliches Verhältnis. Viel zu eng für Geschwister, besonders seitens meiner Frau. Irgendwann gewöhnten sich wahrscheinlich alle im Haus daran, wie sie miteinander umgingen, aber manchmal sah ich es mit den Augen eines Außenstehenden und fand es geschmacklos. Völlig übertrieben. Louisa scharwenzelte immer um ihn herum. Manchmal hat sie ihm beim Essen sogar einen Bissen in den Mund geschoben, wenn er etwas Besonderes probieren sollte. Dann wusste ich überhaupt nicht mehr, wo ich hinschauen sollte … Meine Frau hatte er um den kleinen Finger gewickelt, und obwohl es mir unangenehm war, hatte ich mich längst damit abgefunden. Aber als sie in diesem Sommer hierherkam …«

Ich wusste nicht, wohin seine Gedanken abschweiften, während der kleine Eisenbahnzug mit seinen glänzenden Rädern an einem Signalhäuschen vorbeifuhr und sich dem Miniaturbahnhof näherte.

»Ich war in dieser Hinsicht schon immer zu schwach, verstehen Sie?«, sagte er schließlich.

Ich legte meine Hand auf seine, aber er schien es gar nicht zu bemerken.

»Ich hätte Stärke zeigen müssen, anstatt ihn auf der Feier mit ihr alleinzulassen. Ich hätte stärker sein müssen, als ich dachte, sie würde ihn mir vorziehen. Ich hätte sie danach fragen müssen. Aber ich war verletzt und habe mich zurückgezogen. Dann ist sie gegangen. Es hat Jahre gedauert, bis ich angefangen habe, nach ihr zu suchen. Wäre Helen nicht gewesen, hätte ich es vielleicht niemals getan. Ich habe nie zu denen gehört, die etwas riskieren.«

»Helen?«, fragte ich. »Wieso …«

Verwirrt sah er mich an, und ich merkte, in Gedanken war er wieder abgedriftet, versunken in seine Erinnerungen.

»Helen?«, fragte er mich. »Kommt Helen heute?«

»Nein, Helen kommt leider nicht.«

»Auch das war Schwäche.« Er klang wieder völlig klar. »Ich glaube, durch meine Schwäche habe ich sie beide verloren.«

ZWEIUNDVIERZIG

In den ersten Novemberwochen ließ die Kälte nicht nach. Draußen war sogar der Boden gefroren. Doch eines Tages, als Lucas Radio hörte, verspürte ich den Wunsch nach frischer Luft und beschloss, einen Spaziergang durch den Wald zu machen. Dieses Mal machte ich mich allein auf den Weg, denn Agnes wollte nicht riskieren, auszurutschen und auf ihre schlimme Hüfte zu fallen. Das war mir ganz recht, so hatte ich Zeit zum Nachdenken. In den letzten Tagen war ich so mit Lucas beschäftigt gewesen, dass ich noch keine Gelegenheit gehabt hatte, mir durch den Kopf gehen zu lassen, was Agnes und Robert mir erzählt hatten.

Ein Satz aus der Unterhaltung mit Agnes klang mir immer wieder in den Ohren. Doch je öfter ich daran dachte, desto weniger konnte ich damit anfangen. Es ging um meinen Großvater: »Existiert hat er in jedem Fall, sonst würde es Sie ja nicht geben, oder?« Es war nur eine rhetorische Frage gewesen, aber sie war mir im Gedächtnis geblieben, und mittlerweile hatte ich sie mir selbst schon ein paar Mal gestellt.

Meine Mutter musste ja einen Vater gehabt haben. Aber meine Großmutter hatte kaum etwas von ihm erzählt. Und nach allem, was Robert gesagt hatte, fragte ich mich allmählich, ob es sich dabei um ihn handelte. Abgesehen davon, dass ich nie eine Fotografie von meinem Großvater gesehen hatte, stellte ich nun mit Bestürzung fest, dass ich nicht einmal seinen Namen wusste. Meine Großmutter hatte auch nie einen Ehering getragen, und das obwohl sie gern Ringe trug, die sie, wie Agnes so aufmerksam bemerkt hatte, manchmal gedankenverloren an ihren Fingern drehte. Als Kind schenkt man solchen kleinen Angewohnheiten nicht sonderlich viel Beachtung, weil man sie von klein auf gewohnt ist und die Welt Tausende anderer Fragen bereithält. Nun aber wurde es mir bewusst.

Auf dem beschwerlichen Weg in den Wald hinauf klärten sich meine Gedanken von den Fragen, mit denen ich in den letzten Wochen tagtäglich konfrontiert worden war: welche Fortschritte Lucas machte, ob Pembridge und ich bald wieder Zeit für eins unserer vertrauten Gespräche haben würden, auf die ich mich immer mehr freute, wann

ich das nächste Mal mit Essie in die Stadt fahren würde –
solche Dinge eben. Als Antwort auf meine neue Frage kris-
tallisierte sich eine Möglichkeit heraus, die ich bisher nicht
in Betracht gezogen hatte, die aber sowohl mein lückenhaf-
tes Wissen über meinen Großvater als auch die Kündigung
meiner Großmutter hätte erklären können. Möglicherweise war sie sogar eine Erklärung dafür, warum meine
Großmutter mich nach Fenix House geschickt hatte. Demnach wäre der Grund ein ganz anderer gewesen als eine
vage Ahnung durch irgendein Flimmern: Vielleicht war ich
eine von ihnen. Durch den Vater meiner Mutter zu einem
Viertel eine Pembridge.

Ich blieb stehen und sah hinunter auf Fenix House. Ich
war so weit in den Wald hinaufgelaufen, dass ich zwischen
den fast kahlen Bäumen nur noch die Schornsteine erkennen konnte. Vier davon stießen Rauch aus, in grauen
Schwaden, die kaum vom schmutzigen Weiß des Himmels
zu unterscheiden waren. Der Rauch auf der Nordseite des
Hauses kam sicher aus dem Kamin in Robert Pembridges
Zimmer auf dem Dachboden.

Ich hatte mein Bestes getan, um die Vergangenheit in
den hintersten Winkel meines Bewusstseins zu verbannen,
besonders nachdem Victoria und Essie eingezogen waren.
Aber es wollte mir einfach nicht gelingen. Das Haus und
seine Umgebung schienen derart von lange zurückliegen-
den Geschehnissen untermauert und untergraben zu sein,
dass alle Wege unweigerlich dorthin zurückführten. So
gern ich mir ein Beispiel an Victoria nehmen und nach
vorn schauen wollte, wurde ich doch immer wieder zu-
rückgerissen. Und ob es mir nun gefiel oder nicht, war
auch mein eigener Platz im Leben von dieser Vergangenheit geprägt. Was immer hier geschehen war – insbeson-

dere zwischen meiner Großmutter und dem Mann, der nun als Greis vor dem Feuer saß, dessen Rauch ich von hier oben aus sehen konnte –, war von so großer Bedeutung, dass es auch heute noch alles beeinflusste.

Wahrscheinlich hatte ich die Möglichkeit, dass Robert mein Großvater war, schon seit einer Weile im Kopf gehabt, aber erst auf dem Weg durch den Wald ließ ich zu, den Gedanken ernsthaft in Betracht zu ziehen. Entsprach er der Wahrheit, war ich längst keine Unbeteiligte mehr, keine Nebenfigur, die den Schauplatz des Geschehens irgendwann wieder verlassen würde. Dann wäre ich ebenso Teil der Geschichte von Fenix House wie Lucas und Essie.

Vielleicht hätte ich mich über diese Vorstellung freuen oder zumindest staunen sollen. Doch in Wahrheit bekümmerte sie mich. Zunächst konnte ich mir nicht erklären, warum. Ich hatte mir doch immer eine große Familie gewünscht. Hätte es eine bessere geben können als die Pembridges, von denen ich seit meiner Kindheit so viel gehört hatte? Aber es hatte seinen Grund, warum ich mich nicht durchweg dafür begeistern konnte. Und der führte mich zu einem weiteren Gedanken, den ich bis jetzt nicht hatte zulassen wollen: die undefinierbaren Gefühle, die ich für meinen Arbeitgeber hegte. Nach wie vor war ich mir nicht darüber im Klaren, was ich von ihm halten sollte. Mal war er freundlich, mal war er schwierig. Ich wusste nur, ich dachte oft an ihn. Wenn ich ihn zum Lächeln brachte oder merkte, dass sein Blick länger als gewöhnlich auf mir ruhte, schlief ich abends glücklicher ein. Aber sollte er wirklich mein Cousin ersten Grades sein, fühlte ich mich möglicherweise aus einem ganz anderen Grund zu ihm hingezogen. Dann lag es vielleicht nur daran, dass ich mich durch unsere Verwandtschaft instinktiv mit ihm verbunden fühlte.

In meinem bisherigen Leben hatte ich kaum Umgang mit Männern gehabt. Selbst die Erinnerungen an meinen Vater konnte ich an den Fingern einer Hand abzählen. Vielleicht war ich so unerfahren, dass ich den Unterschied zwischen romantischer und familiärer Liebe überhaupt nicht auseinanderhalten konnte.

Plötzlich merkte ich, dass ich fast bis zum Blauen hinaufgelaufen war. Ich blieb stehen. Mir wurde so flau im Magen, dass ich mich am nächsten Baum festhalten musste. Als die Übelkeit nachließ, blieb ein unbestimmtes Unbehagen zurück. Aber das konnte nicht allein von der Vorstellung kommen, dass ich vielleicht David Pembridges Cousine war. Als ich das letzte Mal mit Agnes hier gewesen war, hatte ich mich kaum von dem blauen Wasser losreißen können, doch nun verspürte ich eine regelrechte Abneigung dagegen. Ein paar Schritte weiter, und ich hätte das leuchtende Türkis durch die Bäume schimmern sehen können, aber schon der Gedanke ließ mich zurückweichen. Sogleich musste ich an meine Großmutter denken. Wahrscheinlich war sie als kleines Mädchen, als sie vor dem Haus der Daunceys gestanden hatte, ebenso instinktiv zurückgeschreckt wie ich in diesem Moment vor dem blauen See. Und vermutlich hatten ihre Schritte auf dem gefrorenen Boden das Knirschen der vereisten Zweige und Blätter genauso bedrohlich klingen lassen.

Ich wusste, dass das Blaue zugefroren war. Darüber hatte sich Bertie vor einigen Tagen beim Abendessen begeistert ausgelassen. Und auf einmal war ich mir sicher: Wenn ich weiterginge, würde ich dieses Gesicht wieder sehen, diesmal gefangen unter dem Eis. Sofort machte ich kehrt und rannte zum Haus zurück. Und ich war froh, dass ich in diesem hysterischen Zustand nicht Pembridge über den Weg lief.

Zurück in meiner Dachkammer, schmolz die Angst dahin, und ich kam mir im Nachhinein ziemlich albern vor. Offenbar hatte Agnes das Zimmer geputzt, was zu einer Regelmäßigkeit geworden war. Dabei hatte sie das Bett ein wenig verrückt, und ich sah, dass etwas Weißes auf der Fußleiste lag, dort, wo meine Großmutter ihre Initialen hinterlassen hatte. Ich hob es auf und stellte fest, dass es der Brief war, den ich erst kürzlich von ihr erhalten hatte. Noch immer hatte ich ihn nicht gelesen, zunächst, weil ich dachte, dass es sich mit Sicherheit nur um ein weiteres Kapitel ihres Lebens aus der Zeit vor Fenix House handelte, und dann hatte ich es schlichtweg vergessen. Nun öffnete ich ihn, allerdings ohne mir Antworten zu versprechen.

Sie hatte nicht einmal versucht, den Anschein zu erwecken, dass es sich um einen richtigen Brief handelte, und ich stieß einen Seufzer aus. Es war die Fortsetzung der Ereignisse infolge des Ruins ihres Vaters: Als er nicht mehr in der Lage war, seine Belange zu regeln, hatte sie das übernommen. Dabei war ihr bei der Korrespondenz und der Unterzeichnung von Schecks das Talent zugutegekommen, Schriften kopieren zu können. Anschließend beschrieb sie die Zeit bei ihren Vettern und die Suche nach einer Stellung als Gouvernante, die sie schließlich nach Fenix House geführt hatte. Das war alles. Ich drehte die halb leere letzte Seite um und sah, dass sie doch ein paar persönliche Zeilen geschrieben hatte.

//Meine über alles geliebte Grace,

hiermit beschließe ich die Schilderung der Ereignisse, deren Fortgang du vermutlich längst kennst. Vielleicht ist dem nicht so, was mich zu den Fragen bringt, die du mir in deinem letzten Brief ge-

stellt hast. Verzeih mir, dass ich sie nicht beantwortet habe, aber ich habe darauf vertraut, dass ein kluges Mädchen wie du die meisten Antworten mit der Zeit selbst findet.

War meine Annahme berechtigt? Hast du in Bezug auf die Daunceys eins und eins zusammengezählt? Kannst du dir vorstellen, wie ich mich fühlte, als ich feststellte, dass Louisa Dauncey und die Hausherrin ein und dieselbe Person waren? Als ich mich verwaist und nahezu mittellos gewissermaßen als Bedienstete im Haushalt des Mädchens wiederfand, das mir seit so langer Zeit verhasst war? Heute kann ich dich wissen lassen, was ich dir nicht sagen konnte, als du noch ein Kind warst: Der Gedanke, Rache zu nehmen, keimte in mir auf, als ich diesem eitlen, boshaften Weibsbild in dem überladenen, stickigen Salon gegenübersaß.

Doch dann geschah etwas mit mir, das meine Rachegelüste in den Hintergrund drängte, obwohl ich Louisa immer noch hasste. Ich verliebte mich – nicht nur in ihren Mann, sondern in die ganze Familie, sogar in Victoria, diese kleine Hexe! Und sie liebten mich auch. Das glaube ich zumindest. Aber es geschah noch etwas – etwas, das mich zwang, fortzugehen. Ich hatte nur einen Sommer in Fenix House verbracht, aber dieser Ort sollte mich verändern – zum Guten, zum Schlechten, für immer und ewig.

Als dir klar wurde, wer die Hausherrin war, hast du dich sicher gefragt, warum ich dich nach Fenix House geschickt habe. Vermutlich mehr noch als zuvor schon. Und nun, da du dich dort eingelebt hast, ist es an der Zeit, dir zu erklären, warum ich wollte, dass du in meine Fußstapfen trittst. Ich wollte es nicht nur, weil ich dich vor mir sah – deine Hand anstelle von meiner auf dem Riegel des Tors. Ich wollte es auch, weil ich wusste, dir wäre dort ein glücklicheres Leben bestimmt als mir. Ich sah und spürte es so klar und deutlich, dass ich sicher war, es musste sich um eine dieser kostbaren Seltenheiten handeln: das Flimmern.

Dabei sah das Haus anders aus – davon hast du mir nichts ge-

schrieben, Grace, vermutlich, weil du mich nicht wolltest, dass ich mich aufrege. Doch ich war überzeugt davon, dass dich dort Glück und Zufriedenheit erwarteten. Und ich war mir gleichermaßen sicher, deine Anwesenheit würde diesen Ort von allen Widrigkeiten befreien und nicht nur den traurigen Niedergang aufhalten, sondern auch alles Übel der Vergangenheit auslöschen.

Was die Fortsetzung meiner Geschichte betrifft, wusste ich nicht, wie viel ich dir vor deiner Abreise erzählen sollte. Zunächst wollte ich alles offenbaren, aber ich überlegte es mir anders. Nach all den Jahren bin ich so daran gewöhnt, für dich zu sorgen. Manchmal vergesse ich, dass du nicht mehr mein kleines Mädchen bist – das kleine Mädchen, das mich brauchte, damit ich seinen Kopf mit meinen Erinnerungen füllte, um es die eigenen vergessen zu lassen. Deshalb beschloss ich, dich alles Weitere selbst herausfinden zu lassen, wenn du bereit dazu wärest.

Aber anstatt dich weiter mit der Vergangenheit deiner alten Großmutter zu beschäftigen, schaust du nun vielleicht lieber nach vorn und freust dich auf deine eigene Zukunft. Wie könnte ich es dir verdenken? Sie sieht auf jeden Fall sehr vielversprechend aus, mein Liebling.

In Liebe, H.//

Wie die Briefe zuvor warf auch dieser mehr Fragen auf, als er beantwortete. Meine Vermutung über die Daunceys hatte sich zwar bestätigt, und meine Großmutter hatte ihre Liebe zu Robert gestanden. Das hatte ich nicht erwartet. Seine eigene Schilderung hatte einseitiger geklungen, eher nach einer unerfüllten Romanze.

Aber was hatte es mit diesem »noch etwas« auf sich, das sie veranlasst hatte, fortzugehen. (Es war mir keineswegs entgangen, dass sie immer noch nicht zugeben wollte, dass man ihr gekündigt hatte? Der Vorfall mit Victoria im Eishaus konnte nach so vielen Jahren doch kein Grund mehr für eine solche Geheimniskrämerei sein. In Gedanken kam ich noch einmal darauf zurück, wer in jenem Sommer ebenfalls ein Gastspiel in Fenix House gegeben hatte. Die Daunceys hatte sie schon einige Male zur Sprache gebracht, im Plural wohlgemerkt. Aber nur einmal hatte sie Jago als Erwachsenen erwähnt, und das nur beiläufig. Dennoch konnte ich nicht ausschließen, dass auch er eine Rolle gespielt hatte. Immerhin war er ein Dauncey, und davon abgesehen wurde mir allmählich klar, dass es immer einen Grund gab, warum meine Großmutter etwas ausließ oder verschwieg. Erst seit Kurzem fanden Robert und Louisa Pembridge Erwähnung, und dabei waren sie von großer Bedeutung für sie gewesen – er, weil er ihr Herz eroberte, und sie, weil sie ihre Erzfeindin war. Außerdem hatte sie ja selbst betont, dass es noch mehr aufzudecken gab.

Angesichts dieses unverhohlenen Hinweises, dass die Vergangenheit noch immer ihre Schatten auf die Gegenwart warf, ließ ich mir noch einmal durch den Kopf gehen, was meine Großmutter über mich geschrieben hatte. Ich hoffte, dass ich Lucas sein bisher einsames Dasein erleichterte, aber ich bildete mir keineswegs ein, ich allein wäre dazu berufen, die Geschicke in Fenix House zum Guten zu wenden und es auferstehen zu lassen wie den sprichwörtlichen Phoenix aus der Asche. Dazu war eindeutig mehr nötig als ein glückliches Händchen einer Gouvernante.

Ich las den Brief noch einmal und versuchte, mir dabei ihre Stimme vorzustellen, um herauszuhören, wann sie etwas betonen würde, das weiteren Aufschluss hätte geben können. Doch ganz gleich, wie ich es drehte und wendete, ich kam immer wieder zu dem gleichen Ergebnis wie bei meinem Spaziergang durch den Wald: Ich musste eine Pembridge sein.

DREIUNDVIERZIG

Lucas' Geburtstag, für den Victoria die kleine Feier geplant hatte, begann düster und kalt, als könnte der Morgen die Nacht kaum abschütteln. »Ein typischer Novembertag, an dem es überhaupt nicht richtig hell wird«, klagte Bertie betrübt, als er am Fenster stand. »So ein trostloses Wetter ist schrecklich bedrückend. Es macht mich missmutig, dabei ist es noch nicht einmal zehn Uhr.«

»Na großartig«, bemerkte Pembridge trocken. Dabei hielt sich auch seine Begeisterung in Grenzen. Er sah zu mir herüber, und ich ertappte mich dabei, dass ich seinem Blick auswich. Seit dem letzten Brief meiner Großmutter war mir das bereits einige Male passiert, und ich wünschte, ich könnte etwas dagegen tun. Sie legte mir nahe, die Vergangenheit hinter mir zu lassen, aber sie hatte gut reden. Ich würde erst dann nach vorn schauen können, wenn ich wüsste, was sie erlebt hatte und wer ich war. Sie schien darauf zu vertrauen, dass ich es allein herausfand, aber ich hatte nicht die geringste Ahnung, wie ich das anstellen sollte. Bislang war alles reine Spekulation gewesen, und nur einige meiner Vermutungen hatten sich bestätigt.

Bertie stand noch immer am Fenster und betrachtete das grausige Wetter. »Vielleicht klart es noch auf, aber für mich sieht es eher nach Schnee aus. Ach, es ist so lange her, dass wir eine richtige Feier veranstaltet haben. Es ist wirklich nervenaufreibend. Wisst ihr, ob Vicky einige der Nachbarn eingeladen hat, oder die Frauen aus ihrer Freiheitsliga? Ich stelle mich immer an wie ein Tölpel, wenn es darum geht, ungezwungen zu plaudern.«

»Das will ich nicht hoffen.« Pembridge schmierte sich Marmelade auf seinen kalten Toast. Er war zu spät zum Frühstück erschienen, mit dunklen Ringen unter den Augen, und ich fragte mich, ob er eine schlaflose Nacht gehabt hatte. Vielleicht hatte er von Schützengräben geträumt, oder von Frannie. Den Gedanken, mein neuerdings reservierteres Auftreten könnte ihn um den Schlaf gebracht haben, tat ich als unsinnig ab. »Ich bin genauso schlecht darin wie du, mich mit Leuten zu unterhalten, die ich kaum kenne«, sagte er zu Bertie. »Noch schlechter sogar. Du bist unbeholfen, aber höflich. Ich bin nur unbeholfen.«

»Diese Frauen können einem aber auch Angst einjagen«, gab Bertie zurück. Er drehte sich zu mir um. Hinter den dicken Brillengläsern sahen seine Augen so groß aus wie die einer Eule. »Waren Sie mittlerweile so kühn, zu einem dieser Treffen zu gehen?«

Ich schüttelte den Kopf. Aber ich hatte es immer noch ins Auge gefasst – hoffentlich, bevor mir die Vergangenheit meiner Großmutter noch jeglichen optimistischen Gedanken raubte. Ich wollte nicht wieder in die Trübsal meiner ersten Wochen in Fenix House verfallen. Victoria und Essie hatten frischen weiblichen Wind durch das vernachlässigte Haus wehen lassen und mich davor bewahrt. Aber auch der immer vertrautere Umgang mit Pembridge hatte das Seinige dazu getan. Und nun war ich dabei, genau das aufs Spiel zu setzen.

Lucas war der Lichtblick bei all meiner Besorgnis. Dank der vielversprechenden Aussicht, dass seine geliebte Essie abends nach der Schule zu ihm hereinschaute, hatte er riesige Fortschritte gemacht. Er nahm regelmäßig seine Medizin und schlief tagsüber wesentlich weniger. Er erwies sich als nachdenklicher, kluger Junge mit einer raschen Auffassungsgabe. Sämtliche Bücher über Astronomie aus dem Arbeitszimmer hatte er bereits durchgearbeitet; das Thema hatte der Begeisterung für sein Radio fast den Rang abgelaufen. Zum Geburtstag hatte ich ihm deshalb einen Bildband über das Sonnensystem gekauft, in dem die Planeten in wunderbaren Farben maßstabgetreu abgebildet waren. Ich hatte ein Vermögen dafür ausgegeben, aber ich freute mich schon auf Lucas' Gesicht, wenn er es auspacken würde. Ich war selbst überrascht, wie gern ich den Jungen hatte. Mich um ihn zu kümmern empfand ich kaum noch als Arbeit.

An diesem Morgen war er zum Frühstück erschienen, so wie häufiger in der letzten Zeit. Nach wie vor war er noch schnell erschöpft, und normalerweise zog er sich dann in sein Zimmer zurück, um zu lesen. Doch an diesem Tag war er wegen der anstehenden Feier zu aufgeregt.

»Du solltest dich nicht verausgaben, bevor es richtig losgeht«, mahnte ich, als er rastlos umherlief und alle möglichen Gegenstände in die Hand nahm und wieder hinlegte, bevor er sich vor dem Kamin auf die Zehenspitzen stellte. Er warf seinem Spiegelblick einen genervten Blick zu.

»Das habe ich gesehen«, bemerkte ich milde.

»Wann kommen sie endlich von der Bäckerei zurück?«, fragte er.

Ich griff mir in gespielter Verzweiflung an den Kopf und brachte Lucas so zum Lachen. »Zum vierten Mal: gegen elf!«

»Und was machen wir dann auf der Feier?«

Das war in den letzten Tagen zu einem Ritual geworden. Aber angesichts seiner Fortschritte machte es mir nichts aus, es zu wiederholen. »Also, zunächst einmal werden wir etwas Besonderes zu Mittag essen, und anschließend gibt es Kuchen. Und wenn du besonders brav bist, darfst du danach vielleicht deine Geschenke auspacken. Wenn das Wetter sich bessert, können wir einen Spaziergang machen. Oder wir bleiben im Haus und spielen etwas, je nachdem, was allen lieber ist.«

Lucas, der meine Zeiteinschätzung wörtlich genommen hatte, war begeistert, als Victoria und Essie um Viertel vor elf laut hupend vor dem Tor erschienen. Er rannte hinaus, um sie hereinzulassen. Pembridge folgte ihm weit weniger enthusiastisch. »Dann wollen wir mal«, sagte er lakonisch. Mit mehr Gratulanten war wohl nicht zu rechnen, denn Robert war noch immer erkältet. Aber für Lucas war Essie ohnehin die Wichtigste.

Ich trottete hinterher, auf einmal unsicher, welcher Platz mir gebührte. Vielleicht war es in der Zeit meiner Großmutter, als die Grenzen noch eindeutiger definiert waren, einfacher gewesen. Abgesehen von Agnes gab es keine Bediensteten, und da Pembridge eine Abneigung gegen das hatte, was er nebulös als »die alte Ordnung« bezeichnete, konnte man mich nicht zwischen Familie und Dienstboten einordnen. Manchmal fühlte ich mich eher wie eine entfernte Cousine, die erst kürzlich in den Schoß der Familie aufgenommen wurde. Doch ich wollte lieber nicht darüber nachdenken, ob etwas Wahres daran war. Einerseits sehnte ich mich danach, andererseits mochte ich es nicht glauben, und das aus vielerlei Gründen.

Nachdem Victoria die riesige weiße Kuchenschachtel in die Küche gebracht hatte, ging sie hinauf zu ihrem Vater.

Kurz darauf kehrte sie zurück und erklärte zögernd, da er noch immer erkältet sei, wäre es wohl besser, wenn er nicht zum Essen herunterkäme. Alle waren enttäuscht, bis Essie auf die Idee kam, die Feier in seinem Zimmer stattfinden zu lassen, damit er dabei sein konnte. Agnes, ohnehin leicht gekränkt, weil man ihr die Aufgabe, den Geburtstagskuchen zu backen, nicht anvertraut hatte, seufzte, als ihr der Plan unterbreitet wurde. Das würde ihr eine Menge Umstände bereiten, klagte sie, aber Victoria und ich konnten sie schließlich überzeugen. Selbst mit der Modelleisenbahn auf dem Fußboden war Roberts Zimmer groß genug, und Bertie fiel ein, dass irgendwo noch ein alter Arbeitstisch stand, den man hinauftragen und dort aufbauen könnte.

»Gute Idee, Bertie! Mit einer Tischdecke darauf sieht man den Unterschied gar nicht«, lobte Victoria. »Dann kann Papa im Bett bleiben und von einem Tablett essen. Essie, du schlauer Fuchs. Die Idee war genial!«

Mit der Miene der ewig Leidgeprüften brachte Agnes Besteck und Zubehör hinauf, während Pembridge und Bertie sich mit dem Tisch abmühten. Als die Vorhänge offen waren und das beste Tischtuch die zerkratzten Bretter bedeckte, sah es in dem Zimmer richtig festlich aus. Robert saß mit einem Dutzend Kissen im Rücken im Bett und schien froh darüber zu sein, Gesellschaft zu haben. Lucas, an den er sich sofort erinnerte, durfte sogar mit seiner Eisenbahn spielen.

Nach einem überraschend schmackhaften Roastbeef mit Yorkshire Pudding servierte Agnes ein Dessert von undefinierbarer Farbe, das sie auf eine zerkratzte Silberplatte gestürzt und natürlich mit reichlich Vanillesoße garniert hatte. Nicht so fest gestockt, wie es hätte sein sollen, wackelte es bedrohlich.

»Mein Gott«, sagte Pembridge, als er einen Blick darauf

warf. »Sollte man es nicht lieber noch einmal anstoßen, um sicherzugehen, dass es nicht noch lebt?«

Lucas und Essie fanden die Bemerkung sehr lustig, aber Robert hatte sie nicht verstanden, und Victoria musste sie zweimal laut wiederholen, woraufhin Agnes mit vor Entrüstung rotem Gesicht so würdevoll hinausstolzierte, wie ihre schlimme Hüfte es erlaubte.

»Habt ihr schon gehört, dass Lord Carnarvon bei seinen unermüdlichen Ausgrabungen endlich fündig wurde?«, fragte Victoria, als das Gelächter der Kinder verstummt war und alle aßen. »Sie haben Tutenchamuns Grab entdeckt. Danach hatten sie doch so lange gesucht. Ich habe es diese Woche in der Zeitung gelesen, und ich musste sofort an Helen denken. Sie wäre begeistert darüber gewesen. Die alten Ägypter hat sie doch fast genauso geliebt wie Sternentafeln und Planeten und Ähnliches. Als Howard Carter einen ersten Blick in die Grabkammer warf, hat Carnarvon ihn wohl gefragt, ob er etwas sehen könne, und Carter soll geantwortet haben: ›Ja, wundervolle Kostbarkeiten.‹ Ich fand das so aufregend, als ich es gelesen habe.«

»Ehrlich gesagt, weiß ich nicht, ob ich das genauso sehe«, sagte Bertie. Er hatte ununterbrochen Sherry zum Essen getrunken, und nun meldete er sich außergewöhnlich unverblümt zu Wort.

»Was denn? Das mit den alten Ägyptern?«, fragte Victoria ihn.

»Ich finde, man sollte den Ärmsten in Ruhe lassen. Diesen Tut-dings-König, meine ich. Der Gedanke, nach Tausenden von Jahren würden irgendwelche Leute in meinem Grab herumstöbern, gefällt mir nicht.«

»Das scheint mir allerdings äußerst unwahrscheinlich«, bemerkte Pembridge.

Bertie ließ seinen Löffel sinken. »Es ist furchtbar unzivilisiert. Für mich gibt es keinen Unterschied zwischen Carter und jedem anderen Grabräuber.«

»Es wird ihnen sicher kein Glück bringen«, hörte ich mich sagen, bevor mir der Gedanke überhaupt bewusst wurde.

Victoria sah mich erstaunt an. »Der Schatz ist bestimmt eine Entschädigung für den abergläubischen Unsinn. Und man kann sie doch nicht mit Grabräubern vergleichen, Bertie. Es sind richtige Archäologen, die für anerkannte Museen arbeiten. Carnarvon hat einen Teil seines Vermögens in die Ausgrabungen gesteckt.«

»In Hampstead hatten wir drei Globusse im Haus, als ich noch klein war«, warf Pembridge ein. »Aber Mutter ist nie über Reims hinausgekommen. Könnt ihr euch das vorstellen?«

»Tja, die Reiselustige war immer ich«, gab Victoria zurück. »Helen hat sich in Landkarten vertieft, aber sie blieb lieber zu Hause. Als wir klein waren, hat sie immer Papas Romane gelesen.« Sie drehte sich zu Robert um. »Weißt du noch, mein Lieber, dass Helen sich immer Bücher von Jules Verne bei dir geliehen hat?«

Das wusste sogar ich. Meine Großmutter hatte mir erzählt, dass es eins der ersten Themen war, worüber sie sich mit Helen unterhalten hatte.

Robert sah von seiner Dessertschale auf. »Was ist denn das?«, fragte er und stocherte mit dem Löffel in dem Nachtisch herum, ohne auf Victorias Frage zu achten. »Hat eine komische Farbe. Kriegen wir hier die Essensreste aus dem Kinderzimmer?«

Gottlob kam Agnes erst wieder herein, nachdem er das gesagt hatte. Noch immer gekränkt, brachte sie eine Platte mit Käse und Gebäck und knallte sie mitten auf den Tisch.

»Was halten Sie von der Sache mit Tutenchamun?«, fragte Victoria sie höflich, um die Kritik an dem Nachtisch gutzumachen. »Finden Sie es richtig, jemanden nach Jahren wieder auszugraben?«

Zu meiner Überraschung richtete Agnes ihren Blick auf mich. Ihre ohnehin roten Wangen färbten sich noch dunkler. »Ich glaube, wenn er da, wo er ist, niemanden stört, sollte man ihn in Ruhe lassen«, sagte sie. Als sie hinaushumpelte, sah ich, wie sie sich an den Ausschnitt griff, wo, wie ich wusste, der Schlüssel hing. An der Tür blieb sie stehen.

»Ist alles in Ordnung, Agnes?«, fragte Victoria. »Geben Sie nichts auf Davids Kommentar. Ich finde, der Nachtisch ist wirklich gut.«

Langsam drehte die Haushälterin sich um und strich sich mit dem Handrücken das Haar aus der Stirn. »Er ist weg«, sagte sie.

»Wer ist weg, meine Liebe?«

»Mein Schlüssel. Der, den ich immer um den Hals trage.«

»Merkwürdig. Ich habe Sie noch nie mit einem Schlüssel gesehen. Wofür ist er denn?«

Pembridge und ich bemerkten zur selben Zeit, dass Lucas Essie unauffällig in die Rippen stieß.

»Lucas, kannst du uns etwas über diesen Schlüssel erzählen?«, fragte Pembridge.

Der Junge schüttelte den Kopf. Essie beugte sich errötend über ihren Teller.

Victoria nahm es mit Erstaunen zur Kenntnis. »Die beiden hecken etwas aus!«, rief sie. »Schuldbewusste Gesichter erkenne ich auf zehn Meter Entfernung. Das habe ich weiß

Gott selbst oft genug erlebt, meistens wenn ich Helen zu irgendwelchem Unfug angestiftet hatte. Essie, du solltest keine Karriere als Verbrecher anstreben. Du auch nicht, Lucas. Das schlechte Gewissen steht euch ins Gesicht geschrieben. Los, raus damit!«

»Aber es ist doch nur ein Schlüssel«, sagte Lucas missmutig.

»Und er gehört mir«, sagte Agnes mit bebender Stimme. »Du hattest kein Recht, ihn dir einfach zu nehmen, Master Lucas. Wie auch immer du das angestellt hast.«

»Ich habe ihn nicht gestohlen. Ich habe ihn gefunden!«, sagte Lucas bockig, aber ich konnte sehen, dass er kurz davor war, in Tränen auszubrechen.

»Wo?«, fragte Pembridge.

»Auf der Treppe. Er hing an einer alten Kordel.«

»Was redet ihr da von einem Schlüssel?«, meldete sich Robert. »Wozu gehört der denn?«

Lucas zuckte mit den Schultern.

»Er weiß es wirklich nicht«, stand Essie ihm bei. »Sonst hätte er es mir erzählt.«

»Agnes?«, fragte Pembridge. Er hatte sich in seinem Stuhl zurückgelehnt und offenbar entschieden, das Ganze amüsant zu finden. »Sagen Sie bloß, Sie verfügen auch über einen verborgenen Schatz? Sollte einer von uns Carnarvon im Tal der Könige telegrafieren, dass es sich mehr lohnt, hier weiterzumachen?«

»Es ist nichts, Sir«, gab Agnes ohne die sonst übliche Vehemenz mit matter Stimme zurück. »Nichts Wichtiges. Wenn er ihn zurückgibt, vergesse ich das Ganze.«

Als sich niemand rührte, flüsterte Essie Lucas etwas ins Ohr. Widerwillig öffnete er den obersten Hemdknopf und zog mit betretenem Gesichtsausdruck die Kordel hervor, an der der Schlüssel langsam hin und her baumelte. Er sah schwerer aus als auf den ersten Blick gedacht. Mich hätte es sicher gestört, ihn jahrelang um den Hals mit mir herumzutragen. Was hatte Agnes im Eishaus versteckt, als sie die Leiter hinuntergefallen und sich die Hüfte verletzt hatte, das eine solche Wachsamkeit erforderte? In dem Moment sah sie zu mir herüber, und ich bemerkte die Angst in ihrem Blick. Kaum merklich schüttelte ich den Kopf, um ihr zu signalisieren, dass ich nicht verstand, worum es ging.

»Diesen Schlüssel kenne ich doch«, sagte Bertie mit zitternder Stimme vom anderen Ende des Tisches.

»Bertie, wir haben dir schon ein paar Mal gesagt, du sollst das Eishaus nicht betreten.« Erstaunt drehten sich alle zu Robert um, der weiter mit dem Löffel in seinem Nachtisch herumstocherte. »Im Wald gibt es genug für dich zu erkunden. Wenn die Tür zufällt, geht dir nach zwei Tagen die Luft aus. Und ich will nicht, dass deine Schwester wieder auf eine ihrer dummen Ideen kommt. Will Mrs. Rollright hiermit gegen irgendetwas protestieren, was glaubt ihr?« Er zeigte auf die Dessertschale. »Merkwürdiges Zeug.«

Wir starrten ihn an, bis der Groschen fiel, dass er sich in Gedanken im letzten Jahrhundert befand. Ich bekam jedes Mal Gänsehaut, als sähe Robert die Vergangenheit in einem Spiegel ebenso deutlich wie wir die Gegenwart und als hätten wir nur noch nicht gelernt, den Blick dafür zu schärfen.

»Agnes, von Ihnen kann man wirklich behaupten, stille Wasser sind tief«, sagte Victoria nach einer Weile. »Warum in aller Welt tragen Sie diesen Schlüssel bei sich? Das Eishaus haben wir seit Jahrzehnten nicht mehr genutzt. Hat David womöglich recht? Haben Sie tatsächlich einen Schatz versteckt?«

»Die Tür wurde bewusst abgeschlossen«, sagte Bertie. »Weißt du nicht mehr, V? Weil du dich aus Versehen eingesperrt hattest. Wahrscheinlich warst du zu klein, um dich jetzt daran zu erinnern. Aber all das Theater in dem Sommer war deine Schuld. Wegen dir wurde Miss Jenner weggeschickt!«

Angesichts seines Gefühlsausbruchs verstummte Victoria ausnahmsweise.

»Miss Jenner?«, fragte Robert mit dem Löffel in der zitternden Hand. »Hat jemand von Miss Jenner gesprochen?« Er ließ den Löffel klappernd in die Dessertschale fallen und verteilte so einen Teil des Nachtischs auf der Bettdecke.

Agnes eilte zu ihm hinüber und zog das Küchentuch hervor, das sie unter den Bund ihrer Schürze geklemmt hatte. Kopfschüttelnd machte sie sich daran, die Bettdecke abzutupfen. Aber sie schien froh darüber zu sein, dass es nicht mehr um den Schlüssel ging. Robert hielt die Decke fest umklammert, während sie sich um ihn herum zu schaffen machte. Und ich fragte mich, was er noch enthüllen würde.

Während ich darüber nachdachte, hob er einen zitternden Arm und zeigte in meine Richtung. Für eine Schrecksekunde dachte ich, er würde mich für Miss Jenner halten und seine Zuneigung zu ihr bekunden. Doch als er zu sprechen begann, merkte ich, dass er auf das Fenster hinter mir zeigte. »Es schneit!«, rief er. »Das hat es im August noch nie gegeben!«

»August?«, fragte Victoria. »Papa, es ist November, und der Schnee hing schon den ganzen Tag lang in der Luft. Was glaubst du, warum im Kamin ein Feuer brennt?«

Ich drehte mich um und betrachtete die weichen, dicken Flocken, die aussahen, als würden sie liegen bleiben. Gebannt von dem stillen, ruhigen Anblick, fiel mir erst auf, dass etwas nicht stimmte, als ich mich wieder umdrehte.

»Wo sind Lucas und Essie?«, fragte ich.

Pembridge sah sich um, als hätten sich die beiden vielleicht in einer Ecke versteckt. »Gerade waren sie noch hier.«

Der Schlüssel lag nicht mehr auf dem Tisch. »Das Eishaus«, sagte ich. »Sie wollen doch dorthin.«

Ohne überflüssige Worte zu verlieren, rannten Pembridge und ich aus dem Zimmer und die Treppe hinunter, Agnes humpelnd auf unseren Fersen. Als wir über den Rasen liefen, stieg ein Bild vor meinem geistigen Auge auf, so lebhaft, dass ich es für ein Flimmern hielt: Lucas, der keine Luft bekam, weil er die Kordel von Agnes' Schlüssel noch um den Hals trug und damit an einem rostigen Nagel in einer dunklen Kammer mit Backsteinwänden hängen geblieben war.

Als wir das Eishaus erreichten, war die Tür geschlossen. Vor lauter Angst schlug mir das Herz schmerzhaft bis zum Hals, nicht allein wegen Lucas, sondern auch wegen Essie, die ich mittlerweile so lieb gewonnen hatte. Ich hatte ihr Bild vor Augen wie einen Stern am dunklen Himmel: Wir saßen nach dem Essen im Salon, und mit ihren schlanken, weißen Fingern drehte sie eine ihrer langen Haarsträhnen zu einer Locke und entblößte lächelnd ihre kleinen weißen Zähne, während sie die Beine mal in die eine, mal in die andere Richtung übereinanderschlug. Es war kein Standbild, nicht wie eine Fotografie, sondern leicht verschwommen von der Bewegung, weil Essie einfach nicht still sitzen konnte.

Ich war als Erste an der Tür und wollte sie sofort aufreißen. Sie bewegte sich keinen Zentimeter, doch dann sah ich, dass der Schlüssel schon fast eingeschneit auf dem Boden lag. Ich hob ihn auf und rammte ihn in das Schloss.

»Ich kann ihn nicht drehen«, rief ich Pembridge zu. »Er klemmt.«

Er schob mich beiseite und drehte den Schlüssel so kräftig nach links und rechts, dass ich Angst hatte, er würde ihn abbrechen. Endlich gab der Mechanismus nach, und Pembridge riss die Tür auf.

»Lucas!«, schrie er, und seine Stimme hallte durch die leere, tiefe Kammer. »Essie! Seid ihr hier?«

Keine Antwort.

»Ich klettere hinunter und sehe nach. Da unten ist es so dunkel, dass man von hier aus den Boden nicht sieht. Vielleicht … können sie nicht antworten.«

Ich schauderte, als er sich auf die Leiter schwang.

»Da würde ich an Ihrer Stelle nicht runterklettern«, sagte Agnes, die uns eingeholt hatte. Sie war außer Atem und so bleich, wie ich sie noch nie gesehen hatte. »Die Leiter ist bestimmt durchgerostet. Sie werden sich den Hals brechen.«

Er hörte nicht darauf und kletterte die Sprossen hinunter.

»Seien Sie vorsichtig!« Meine Bitte war beinahe ein Flüstern.

Ich hörte, wie er auf den Boden sprang und auf etwas landete, das altes Laub und Unrat sein musste. Dann hörte ich ein weiteres Rascheln, als er in der Dunkelheit nach den Kindern suchte.

»Wenn sie es geschafft haben, hier hereinzukommen, was ich bezweifle, dann sind sie schon wieder weg«, rief er zu uns hinauf, und die Erleichterung war ihm anzuhören. »Hier ist nichts außer Spinnweben, Sägemehl und einer alten Tasche.«

Ich warf einen Blick zu Agnes, die neben mir stand, noch immer außer Atem. Aber sie sah nicht zu mir herüber.

»Wo können sie dann sein?«, fragte Pembridge, nachdem er die Tür des Eishauses hinter sich verriegelt hatte. Seine Erleichterung war von kurzer Dauer gewesen, und nun strich er sich nervös durch sein dunkles Haar. »Herrgott noch mal, er weiß doch, welche Sorgen ich mir mache!«

Ich ließ den Blick durch den monochromen Garten schweifen, der im verblassenden Tageslicht nur aus grauer Rinde, trockenen Blättern und immer mehr Schnee zu bestehen schien. Ich suchte nach einem Farbtupfer, Essies Haar, das durch die kahlen Bäume schimmerte, aber das Einzige, was ich sah, waren Fußabdrücke. Sie waren nicht mehr genau zu erkennen, aber es waren zwei Spuren, die in den Wald führten.

»Das Blaue«, sagte ich und zeigte in die entsprechende Richtung. »Da sind sie hin. Es ist zugefroren, und Lucas will schon seit Wochen in den Winter Gardens in Cheltenham Schlittschuh laufen. Essie will es ihm beibringen. Aber ich wusste nicht, ob er schon dafür bereit ist. Ich wollte mit Ihnen darüber sprechen, aber dann …« Aber dann hatte ich ihn nicht darauf angesprochen, weil ich nach dem letzten Brief meiner Großmutter nicht mehr wusste, wie ich mich ihm gegenüber verhalten sollte.

»Das Eis wird sie nicht tragen«, sagte Agnes. »Dafür ist es noch nicht lange genug kalt.«

Wir liefen hinter Pembridge her, der schon zum Wald hinaufrannte.

Der steile Weg zum blauen See war selbst bei gutem Wetter beschwerlich. Aber im Schneegestöber bei dem gefrorenen Boden und mit der Angst im Nacken, dass den

Kindern etwas passiert sein könnte, erwies er sich als die schlimmste Ausdauerprüfung. Der Schnee lag noch nicht hoch, aber Gesteinsbrocken und Baumwurzeln waren schon bedeckt, und wir stolperten immer wieder. Endlich konnte ich die Biegung sehen, hinter der sich die Bäume lichteten und der Boden zum Ufer des sonderbaren Sees abflachte.

Irgendwie hatte ich es geschafft, mich an die Spitze zu setzen. Ich atmete schnell, aber gleichmäßig, doch hinter der Wegbiegung rannte ich fast jemanden um. Es war Essie.

»Gott sei Dank seid ihr hier«, rief sie schluchzend. »Lucas ist ins Wasser gefallen. Er ist auf dem Eis eingebrochen. Ich habe ihm gesagt, er soll das lassen. Das Eis ist noch zu dünn. Aber er wollte nicht hören.«

Pembridge rannte sofort weiter und zog sich im Laufen die Schuhe aus.

»Es ist meine Schuld«, sagte Essie weinend. »Ich hatte ihm versprochen, dass ich ihm das Schlittschuhlaufen beibringe. Aber ich meinte doch nicht hier! Ich habe ihm gesagt, er soll nicht aufs Eis gehen. Ich wusste, dass das passieren würde, noch bevor ich gesehen habe, wie er ins Wasser fiel. Ich habe versucht, ihn davon abzuhalten, aber er wollte nicht hören.«

»Ich weiß, wie störrisch er sein kann, Liebes. Du kannst nichts dafür.« Ich nahm ihre Hand, und wir liefen zu Pembridge.

Von Lucas war keine Spur zu sehen. In der Mitte des blauen Sees kräuselte sich nur eine kleine Welle, dort, wo er durchs Eis gebrochen war und ein großes, gezacktes Loch hinterlassen hatte, das dunkelblau in der hellen Eisschicht klaffte. An einigen Stellen war das Eis dicker, und ich konnte verstehen, warum Lucas das Risiko eingegangen war. Pembridge wollte sich auch auf das Eis wagen, als ich ein gedämpftes Pochen hörte.

»David, warten Sie!«, rief ich. »Hören Sie das?«

Diesmal klang das Pochen eher wie ein Kratzen.

»Da!«, rief Essie. Sie war ein Stück um das Blaue herumgegangen, in Richtung der Kalksteinfelsen, die über dem See aufragten. Sie zeigte auf eine Stelle, die etwa einen Meter vom Ufer entfernt war.

Ich rannte zu ihr, beugte mich vor und wischte den Schnee von der gefrorenen Oberfläche. David eilte mir zu Hilfe. Essie und ich schrien auf, als eine kleine Hand von unten gegen das Eis stieß. David schlug mit der Faust auf das Eis, aber es bebte nur und wollte nicht brechen. Wo zuvor die Hand gewesen war, erschien nun ein kleines Gesicht, kreidebleich und mit blauen Lippen, die dunklen Augen vor Panik weit aufgerissen. Ich tastete in der Tasche meines Rockes nach dem kleinen Dolch, und für einen furchtbaren Moment dachte ich, ich hätte ihn in meinem Zimmer liegen lassen. Aber dann umklammerten meine Finger den metallenen Griff, der sich immer so seltsam warm anfühlte.

»Hier!«, rief ich David zu. »Nehmen Sie den!« Die Klinge war nicht lang, aber sie war so scharf, dass sie das Eis sofort durchtrennte. Vorsichtig, um Lucas, der zu unserem Entsetzen mit geschlossenen Augen weiterdriftete, nicht zu verletzen, hackte Pembridge einen Kreis in das Eis und presste die Eisscholle unter das Wasser. Dann griff er hinein. Da das Blaue in der Nähe des Ufers nicht allzu tief war, bekam er seinen Sohn unter den Armen zu fassen und zog ihn aus dem Wasser.

Lucas lag so reglos da, dass ich dachte, es wäre zu spät. David drehte ihn auf die Seite, und nach einem angstvollen

Augenblick, in dem wir alle den Atem anhielten, fing Lucas an zu husten, und Wasser lief über seine blau gefrorenen Lippen.

»Gott sei Dank!«, flüsterte David und nahm ihn in seine Arme. »Was ist nur in dich gefahren? Einfach auf das Eis zu gehen!«

Er erwartete keine Antwort. Dafür wäre der Junge zu erschöpft gewesen.

Essie weinte vor Erleichterung, aber auch, weil sie ein schlechtes Gewissen hatte. »Es tut mir so leid. Ich bin doch die Ältere, ich hätte es nicht zulassen dürfen. Ich dachte, wenn wir einen Blick in das Eishaus werfen, denkt er nicht mehr daran. Aber wir haben die Tür nicht aufbekommen, und dann wollte er das Schlittschuhlaufen ausprobieren. Ich wusste nicht, ob ich zurück zum Haus laufen und jemandem Bescheid sagen oder ihm folgen sollte.«

Ich legte ihr einen Arm um die Schultern. »Es war richtig, dass du bei ihm geblieben bist.«

Mit Tränen in den Augen sah Essie mich an. »Er sagte, es sei sein Geburtstag, und ich wäre eine Spielverderberin.« Sie wischte sich mit dem Ärmel ihres Pullovers die Augen ab. »Aber ich wusste, er würde einbrechen. Ich habe es vor mir gesehen, und dann ist es passiert.«

Ich holte mein Taschentuch hervor und wischte ihr sanft das Gesicht ab. »Mach dir keine Sorgen. Jetzt ist es vorbei. Niemandem ist etwas passiert.« David hatte Lucas seine Jacke um die mageren Schultern gelegt und wiegte ihn in seinen Armen. Ich berührte ihn sachte am Arm. Als er mir den Kopf zuwandte, wich ich seinem Blick nicht mehr aus. »Wir sollten ihm ein heißes Bad einlassen«, sagte ich.

Er nickte, und wir machten uns langsam auf den Weg zum Haus hinunter. Der Schneefall war dichter gewor-

428

den, die dicken, weichen Flocken wehten um uns herum. Der Himmel war so weiß wie der Boden, so schwer verhangen, dass es noch den ganzen Tag und die Nacht lang schneien würde. Ich nahm wieder Essies Hand. Schneeflocken fielen auf ihr Haar und auf ihre langen Wimpern. Für einen Augenblick fühlte ich mich ein wenig benommen. Verwirrt blieb ich stehen und schloss die Augen, bis es vorüberging. Ihre Hand in meiner fühlte sich tröstlich an. Mit der anderen Hand tastete ich in meiner Rocktasche nach dem kleinen Dolch, den David mir zurückgegeben hatte.

»Dieses Messer habe ich schon mal gesehen«, raunte Agnes mir zu. »Woher haben Sie es?«

Ich warf einen Blick zu Essie, aber sie hatte es nicht gehört. »Von meiner Großmutter. Warum?«

»Weil es eigentlich nicht ihres war. Es gehörte der Hausherrin. Sie hatte es von *ihm* geschenkt bekommen.« Mit einer Mischung aus Angst und Misstrauen sah Agnes mich an.

»Von wem?«, flüsterte ich.

»Von wem glauben Sie denn? Von ihrem Bruder. Captain Dauncey. Es ist irgend so ein religiöses Ding, das er aus Indien mitgebracht hatte.«

Nun war ich so verwirrt, um nicht zu sagen beunruhigt, dass ich vergaß, sie zu fragen, was in der Tasche auf dem Boden des Eishauses versteckt war. Erst als wir wieder im Haus waren, fiel es mir ein. Essie lief die Treppe hinauf zu ihrer Mutter, und ich drehte mich zu Agnes um. Aber sie war schon verschwunden.

Nachdem Lucas ein warmes Bad genommen und eine Tasse heiße Brühe getrunken hatte, setzen wir uns wieder an den

Tisch, um ihm seine Geburtstagsgeschenke zu geben und den gekauften Biskuitkuchen zu probieren. Er hatte sich nicht überreden lassen, sich sofort ins Bett zu legen, sondern David so flehend angesehen, dass dieser schließlich nachgeben musste. (Irgendwo oben im Wald hatte ich es wohl aufgegeben, ihn weiter Pembridge zu nennen.)

»Wo ist Agnes?«, fragte er und nahm mir damit die Worte aus dem Mund.

»Sie wollte sich hinlegen. Ihre Hüfte macht ihr furchtbar zu schaffen«, sagte Victoria. »Wahrscheinlich fühlt die Ärmste sich verantwortlich für das, was geschehen ist, weil es ihr Schlüssel war. Sie machte ein schrecklich besorgtes Gesicht.«

»Man hätte ihn ihr nicht wegnehmen dürfen«, sagte David mit einem strengen Blick zu Lucas. »Ich bin kurz davor, dieses Geschenk einem anderen Jungen zu geben, der es mehr verdient hat.«

Lucas wirkte bestürzt, bis er sah, dass sein Vater lächelte. Nicht das übliche schiefe Mundverziehen, sondern eins der seltenen Lächeln, die ihn ganz anders aussehen ließen. Ich spürte, dass mich jemand beobachtete, und warf einen Blick in die Runde. Es war Essie. Grinsend hatte sie mich dabei ertappt, dass ich David anstarrte, und obwohl ich errötete, quittierte ich ihren Blick, indem ich ihr die Zunge herausstreckte.

»Was bekomme ich denn von dir, Vater?«, fragte Lucas. Rundherum von lächelnden Menschen umgeben, waren seine Wangen noch rosig nach dem heißen Bad, aber seine Augen wirkten erschöpft. Am nächsten Tag würde er wohl im Bett bleiben müssen.

»Am besten packst du es aus und siehst es dir an.«

Das Paket war fast einen Meter lang. Auch ich wusste

nicht, was es enthielt, denn David hatte es niemandem verraten.

Lucas fing sogleich an, das braune Packpapier aufzureißen. »Ein Teleskop!«, rief er und strahlte über das ganze Gesicht. »Sogar ein echtes, kein Spielzeug.« Vorsichtig nahm er es aus der Schachtel und bewunderte das Gehäuse aus schwarzem Metall und Messing.

»Tolles Ding!«, sagte Bertie. »Lucas, deine Großmutter Helen hätte ihre Freude daran gehabt.«

»Es ist wohl ein richtig gutes«, sagte David. Sein Gesicht glühte ebenso vor Freude wie das seines Sohnes.

»Und es passt hervorragend zu meinem Geschenk, Lucas«, sagte ich und gab ihm das eingepackte Buch. Er freute sich fast genauso sehr darüber wie über das Teleskop, und ich erntete ein weiteres strahlendes Lächeln von seinem Vater, das mich zu meinem Ärger abermals erröten ließ. Ich wagte gar nicht, Essie anzusehen, um festzustellen, ob sie es wieder bemerkt hatte.

Nachdem die Geschenke ausgepackt waren – hinzugekommen waren noch ein Paar Stiefel von Victoria und Bertie und ein Abonnement für eine Radioprogrammzeitschrift von Essie –, kochte uns Victoria eine Kanne Tee.

»Agnes, die Ärmste, wirkt, als hätte sie einen Geist gesehen«, sagte sie, als sie aus der Küche zurückkam. »Sie liegt mit dem Gesicht zur Wand im Bett und gibt keinen Ton von sich. Meint ihr, ich sollte den Arzt rufen?«

»Das hat bestimmt mit dem Schlüssel zu tun. Vielleicht hat sie wirklich etwas versteckt«, sagte Bertie. Seine Krawatte saß schief, und seine Wangen waren gerötet. Er musste mittlerweile schon beim fünften Sherry sein. »Wolltest du deshalb dort herumstöbern, V, damals, als du dich eingesperrt hast?«

Victoria runzelte die Stirn. »Merkwürdig, aber an den Tag kann ich mich nicht mehr erinnern. Und ihr wisst ja, sonst habe ich ein Elefantengedächtnis.«

»Wahrscheinlich der Schock«, sagte David nachdenklich. »Dein Bewusstsein schützt dich, indem es dich die Sache vergessen lässt. Aber ich bin heute hinuntergeklettert, und ich fürchte, da gibt es keinen Schatz. Nur eine alte, verrottete Tasche.«

»Eine Tasche!«, rief Victoria, und es klang wie auf einer Theaterbühne. »Wartet … Da klingelt etwas bei mir.«

In dem Moment klingelte es tatsächlich unten an der Tür. Robert, der geschlafen hatte, seit wir aus dem Wald zurückgekommen waren, bewegte sich und murmelte etwas Unverständliches.

»Was war das denn?«, fragte Bertie und kniff ungläubig die Augen zusammen. »Eine der Dienstbotenglocken war es nicht.«

»Großer Gott, das muss die Türglocke gewesen sein«, sagte Victoria verwundert. »Die hat, seit Mrs. Rakes im Ruhestand ist, nicht mehr funktioniert.«

»Wer zum Teufel kann das sein?«, fragte David. »Wir sind doch alle hier.«

Ohne mir bewusst zu machen, was ich tat, stand ich auf und schob meinen Stuhl zurück. Er scharrte laut über den Dielenboden, und alle drehten sich zu mir um. »Ich habe das Gefühl«, sagte ich aufgeregt, »dass es meine Großmutter ist.«

VIERUNDVIERZIG

Harriet

Hoch über dem Lärm der Feier im Garten, in der Stille der Ruinen, mit der erloschenen Laterne zu ihren Füßen, sah Harriet, wie sich ein schattenhafter Umriss aus dem noch dunkleren Schatten des Waldes löste. Er bewegte sich auf sie zu, und sie machte einen Schritt zurück. Er kam näher, und während sie weiter zurückwich, hörte sie, wie etwas gegen die Laterne stieß: ein Stiefel, der auf Metall trifft. Als er von dem dunkelroten Mondlicht beleuchtet wurde und sie erkannte, wer es war, stockte ihr der Atem. Sie hatte längst gewusst, dass es nicht Robert sein konnte, denn der hätte sich längst zu erkennen gegeben, um ihr keine Angst zu machen. Dennoch war es ein Schock.

»Sieh mal an, die kleine Gouvernante.«

»Wir können wieder zum Haus zurück«, sagte Harriet hastig. »Hier ist Victoria nicht. Ich habe schon überall gesucht.«

»Nein, hier kann sie auch gar nicht sein«, sagte er gelassen. »Ich habe sie gerade noch im Garten gesehen. Ned hat sie mit den Feuerwerkskörpern im Cucumber House gefunden, oder im Mushroom House, oder wie immer Lulu es nennt, um sich vorzumachen, ihr Mann wäre so reich, wie sie es gern hätte. Jetzt, wo die Kleine wieder aufgetaucht ist, geht das Spektakel jeden Moment los.«

»Dann sollten wir keine Zeit verlieren.« Harriet strich ihre Röcke glatt und bückte sich nach der Laterne. Ihr

Atem ging viel zu hastig. Sie musste sich beruhigen, sonst würde ihr schwindelig werden.

»Nicht so eilig. Nach dem steilen Weg muss ich erst einmal Atem schöpfen. Ich habe mich hier ganz schön gehen lassen, mit all dem Pudding und Kuchen von Mrs. Rollright.« Er wollte den Anschein von Zwanglosigkeit erwecken, aber Harriet hörte die Erregung in seiner Stimme. Die Trunkenheit war ihm nicht mehr anzumerken. Im Mondlicht wirkte sein Blick absolut nüchtern.

»Dann werde ich schon vorausgehen, Captain«, sagte sie möglichst bestimmt. »Ich möchte das Feuerwerk nicht verpassen. Und Mr. Pembridge braucht sich keine weiteren Umstände zu machen. Er wird nämlich jeden Moment ankommen. Eigentlich müsste er längst hier sein.«

»Keine Sorge, Miss Jenner. Ich habe ihm gesagt, es sei nicht mehr nötig, weil Victoria längst gefunden wurde. Und Sie hätten sich mit Kopfschmerzen auf Ihr Zimmer zurückgezogen.«

Harriets Herzschlag begann zu flattern wie ein Vogel, der in seinem Käfig mit den Flügeln schlug. Doch sie riss sich zusammen und sah ihm fest in die Augen. »Warum Sie das getan haben, werde ich Sie lieber nicht fragen. Jedenfalls gehe ich jetzt zurück. Sie können ja noch bleiben, wenn Sie wollen.«

Sie hob die nutzlose Laterne auf und umklammerte sie, während sie schnellen Schrittes auf die Bäume zuging. Sie hätte rennen sollen, doch trotz ihres Herzklopfens und des Kribbelns in ihren Beinen war sie nicht überzeugt, dass es notwendig war. Es wurde ihr umso schneller bewusst, als der Captain sie mit ein paar großen Schritten einholte und sie am Arm packte.

»Diese Schüchternheit ist allmählich ermüdend«, sagte

er in scharfem Ton. »Ich sagte doch, wir bleiben noch ein wenig, und zwar *wir beide.*« Seine Hand glitt an ihrem Arm herunter und packte sie grob am Handgelenk. Die Laterne fiel mit lautem Scheppern zu Boden. »Was für zarte Glieder. Kaum dicker als Zahnstocher. Anders als bei meiner liebsten Lulu.«

Sie versuchte sich loszureißen, aber er hielt sie mühelos fest. »Warum gehen wir nicht dorthin zurück, wo ich Sie besser sehen kann?«, sagte er und führte sie zu den Ruinen, wo sie wieder im Licht des Blutmondes standen. »Ich will mir doch ansehen, was ich erbeutet habe.«

»Ich bin nicht Ihre Beute, Sir«, gab sie zurück. Bei aller Angst wunderte sie sich, dass er so viel stärker war als sie. So verzweifelt sie auch versuchte, sich seinem Griff zu entwinden, es gelang ihr nicht.

»Oh, da wäre ich mir nicht so sicher«, gab er zurück. »Mein Schwager würde es bestimmt auch so sehen. Hatten Sie gehofft, er wäre es?«

»Wenn ich das gehofft hätte, dann nur, weil er ein Gentleman ist, dem es im Traum nicht einfallen würde, mich so grob zu behandeln wie Sie.«

»Das wage ich zu bezweifeln, Miss Jenner. Ganz im Gegenteil, ich bin mir sogar ziemlich sicher, Robert denkt an nichts anderes mehr, als sich an seiner hübschen Gouvernante zu vergreifen. Ist Ihnen noch nicht aufgefallen, dass er sich wie ein Besessener aufführt? Läuft übernächtigt und unrasiert und mit schiefem Kragen herum.«

»Das hat nichts mit mir zu tun, so viel kann ich Ihnen versichern.«

»Was soll diese Heuchelei? Sie wissen genau, dass ich die anrührende Szene auf der Wiese hinter dem Eishaus beobachtet habe. Ich habe selbst gesehen, wie Sie in seine Arme sanken – zu allem bereit, muss ich wohl hinzufügen. Oder glauben Sie etwa, heute Abend wäre mir entgangen, wie Sie die Köpfe zusammensteckt haben, ungeachtet der Blicke der Nachbarn?« Er packte ihr anderes Handgelenk und zog sie an sich. »Da muss ich mich doch fragen, was Sie tun würden, wenn Robert an meiner Stelle nun hier wäre. Würden Sie ihm eine weitere Umarmung gestatten?« Mit aller Kraft wich sie zurück, aber er zog sie näher an sich heran. »Und was würde als Nächstes passieren? Es ist doch eine spektakuläre Kulisse, um jemanden zu verführen, oder? Würden Sie sich von ihm verführen lassen, Miss Jenner? Würden Sie sich ihm hingeben?«

»Captain, bitte!« Nun bekam sie wirklich Angst. In dem diffusen Licht sah sie sein angespanntes Gesicht. Er schien zu allem entschlossen.

»Bitte, was? Sind Sie etwa so voller Leidenschaft, dass Sie auch mich als Ersatz nähmen? Ich weiß, wie Mädchen wie Sie sind. Immer schön auf keusch und sittsam machen, wenn die Situation es erfordert, mit euren schlichten Kleidern und strengen Frisuren, aber hinter der Fassade seid ihr nicht besser als die Huren, die sich unserer Garnison hingeben. Ich habe Ihnen doch von Miss Foster erzählt, der Pfarrerstochter.« Er lachte humorlos. »Sie hat die Beine schneller breitgemacht, als ich gehofft hatte, und ich war bestimmt nicht der Erste, für den sie das getan hat.«

Harriet wusste, sie musste entkommen, sonst wäre ihr Schicksal besiegelt. Sie trat ihn gegen das Schienbein, und als er seinen Griff einen Moment lockerte, rannte sie los. Sie würde es nicht schaffen, den Garten zu erreichen, bevor er sie einholte, aber es bestand die Chance, dass sie sich im Wald verstecken konnte, im dichten Unterholz, das der Mondschein nicht erreichte. Irgendwann würde es ihm

436

sicher langweilig werden, und er würde zum Haus zurückkehren. Doch noch während sie sich diesen Plan zurechtlegte, stolperte sie über einen Gesteinsbrocken und fand sich auf dem harten Waldboden wieder. Es dauerte keine Sekunde, und er war über ihr und presste sie mit seinem Gewicht zu Boden.

»Hätten Sie mit Robert auch so eine Verfolgungsjagd veranstaltet?«, fragte er barsch und drehte sie auf den Rücken. Er stand auf und zerrte sie in eins der verfallenen Gebäude. Harriet wehrte sich, als sie über den Boden geschleift wurde. Sie wollte schreien, nicht nur aus Angst, sondern auch vor Frustration. Hätte sie sich nicht so ungeschickt angestellt, wäre sie schneller gewesen als er. Er war ja nach der kurzen Jagd auf sie schon außer Puste. Aber sie schrie nicht, denn sie würde ihre Kraft noch brauchen. Außerdem hätte sie hier oben in den Ruinen niemand gehört.

Es schien so entsetzlich falsch, dass ein Mensch einen anderen einfach so mühelos überwältigen konnte. Sie wehrte sich, so gut sie konnte. Sie krümmte und wand sich, und als sie damit nichts ausrichtete, versuchte sie, ihn zu beißen. Von Anfang an hatte sie die Gefahr vorausgesehen.

Ich kann ihn nicht aufhalten!, dachte sie hilflos und verzweifelt. Er wird mit mir machen, was er will, und ich kann nichts dagegen tun.

In dem Moment zerriss etwas in ihr wie ein überdehntes Band. Sie gab jeglichen Widerstand auf und sackte in sich zusammen. Wie von weit entfernt hörte sie, dass er seinen Gürtel abschnallte. Als er mit der freien Hand ihre Röcke hochschob, drehte sie den Kopf zur Seite, um nicht in sein verzerrtes Gesicht blicken zu müssen. Stattdessen sah sie hinauf zum Himmel.

Durch das eingefallene Dach der Ruine konnte sie den

Blutmond sehen, links davon einen Teil der Felsen. Sie leuchteten in einem hellen Beigeton und wirkten noch zerklüfteter als bei Tageslicht. Wie die Oberfläche des Mondes, dachte Harriet. Sie stellte sich vor, dass sie nun dort wäre und von oben auf die Erde herabschauen würde, Tausende von Meilen entfernt von dem Steinbruch und allem, was ihr dort angetan wurde. Nur so schaffte sie es, das Entsetzen darüber auszublenden, ebenso wie den körperlichen Schmerz.

Als er sich ächzend von ihr herunterwälzte, stieg aus dem Garten der erste Feuerwerkskörper in den Himmel. Das laute Kreischen, das dabei ertönte, war wie der Schrei, den Harriet ausgestoßen hätte, wenn sie in der Lage dazu gewesen wäre. Als er mit einem Knall explodierte und einen goldroten Funkenregen in die Nacht versprühte, hörte sie noch etwas anderes, wesentlich näher als das Feuerwerk. Es klang, als würde ein überreifes Stück Obst auf den Boden fallen. Sie versuchte sich aufzusetzen, aber sie war so benommen, dass sie es nicht schaffte und die Augen schließen musste.

Ein Feuerwerkskörper nach dem anderen schoss hinauf in den nächtlichen Himmel. Kreischen, Krachen und Zischen hallten von den Felsen wider wie Kanonenschüsse und mischten sich so laut mit dem Echo, dass Harriet sich die Hände auf die Ohren presste. Sie war dermaßen verstört, dass sie das Dröhnen unter ihrem Körper zunächst nicht hörte. Es schien von tief unter der Erde zu kommen, und es war mehr ein Vibrieren als ein Geräusch. Oder war es nur Einbildung, eine Reaktion auf den entsetzlichen Übergriff des Captains? In dem Moment schlang jemand die Arme um ihre Taille und riss sie so kräftig zurück, dass sie gegen die Steinmauer der Ruine prallte.

Das sonderbare Beben der Erde wurde lauter, als wollte es mit dem Getöse des Feuerwerks konkurrieren. Ein riesiger Feuerwerkskörper schickte mit lautem Krachen Tausende grüner Funken in den Nachthimmel. Dauncey-Grün, dachte Harriet benommen. In dem Moment krachte neben ihr etwas mit einem lauten Donnerschlag auf den Erdboden. Eine Staubwolke wirbelte um sie herum, sie musste husten.

Plötzlich legte sich eine Hand auf ihren Rücken. Sie erschrak und holte Luft, um aufzuschreien.

»Er ist es nicht, Miss Jenner«, sagte eine weibliche Stimme dicht an ihrem Ohr. »Ich bin es, Agnes.«

Trotz des Klingelns in ihren Ohren hörte Harriet jedes Wort.

»Wo ist er?«, flüsterte sie. Sie klammerte sich an Agnes, die sie so dicht an sich gezogen hatte, dass Harriets Gesicht zwischen Agnes' Brust und Armbeuge ruhte. Sie roch nach Reinigungsmitteln und Bratfett – ganz anders als der herbe Geruch des Captains. In dem Moment hätte es für Harriet keinen lieblicheren Duft geben können.

»Keine Sorge. Um den habe ich mich schon gekümmert.«

Harriet sammelte ihre Kraft und setzte sich auf. Die Luft war noch immer voller Staub.

»Was ist passiert? Ich verstehe nicht, was … Da war so ein Donnergeräusch.«

»Der Felsblock vom Teufelsschlot ist runtergefallen. War seit Jahren klar, dass das passieren würde. Aber ich glaube, das Feuerwerk mit dem lauten Echo hat ihm den Rest gegeben. Komisch, die drei Wochen hätte er auch noch warten können.«

Harriet schüttelte den Kopf. Nach allem, was geschehen war, drehte sich alles. »Drei Wochen?«

»Sie wollten ihn sowieso sprengen und das Ganze mit Wasser aus einer der Quellen da oben füllen.« Agnes wies mit dem Daumen über die Schulter zu den Felsen, die sich erst allmählich wieder in der trüben Luft abzeichneten. »Der Hausherr hat deswegen einen Brief bekommen. Aber er hat es vor Miss Vicky geheim gehalten, weil sie die Ruinen so gern mag. Es wurde beschlossen, alles zu fluten, weil es das Sicherste ist, und schön aussehen soll es auch. Na ja, scheint, als hätte sich die meiste Arbeit von allein erledigt.

»Aber was ist mit dem Captain?«, fragte Harriet mit matter Stimme. Schon bei seiner Erwähnung brach ihr vor Scham der Schweiß aus.

»Ich habe ihn sauber umgehauen. Als ich hier hochkam und ihn neben Ihnen liegen sah, habe ich einen von den Steinen genommen, die hier überall rumliegen. Hat er Sie …?« Sie ließ die Frage in der staubigen Luft hängen.

Harriet senkte den Kopf, bemüht, das Schluchzen, das aus ihrer Kehle aufsteigen wollte, herunterzuschlucken.

»Sie brauchen es nicht auszusprechen.« Agnes stieß einen Seufzer aus. »Ich kenne solche Kerle.«

Sosehr Harriet sich schämte, war sie doch nie zuvor über die Gegenwart eines Menschen so froh gewesen wie über die von Agnes in diesem Moment. Sie hätte dem Mädchen ihr Leben anvertraut. »Aber … Aber woher wusstest du, dass du hierher kommen musstest?«, fragte sie.

Noch immer an Agnes geklammert, spürte Harriet ihr Achselzucken mehr, als dass sie es sah. »Ich hatte gehört, wie die Hausherrin Sie hier raufgeschickt hat. Dann ist mir irgendwann aufgefallen, dass ich *ihn* schon eine Weile nicht gesehen hatte. Ich dumme Gans war mal ziemlich hingerissen von ihm gewesen und hatte mir angewöhnt, ihn immer im Auge zu behalten. Ich habe überlegt, wo er sein konnte. Und dann kam Master Bertie und fragte, ob Sie schon zurück sind. Da brauchte ich nur noch eins und eins zusammenzuzählen. Ich dachte mir, ein zartes Mädchen wie Sie kann sich gegen einen wie den ganz bestimmt nicht wehren. Deshalb bin ich hier raufgegangen. Aber ich wünschte, ich wäre eher auf die Idee gekommen. Ich weiß, wie solche Männer sind und was sie machen, bloß weil sie es können. Und Sie, Sie kommen aus gutem Haus und kennen so was nicht. Das sieht doch jeder.«

Harriet nickte, noch unfähig, sich bei dem Mädchen zu bedanken. Die Taubheit ihres Körpers war fast vergangen, und sie spürte einen scharfen Schmerz zwischen ihren Beinen und in der Magengrube. Obwohl es wehtat, zog sie die Knie an und wollte sie mit den Armen umschlingen, am besten gleich ihren ganzen Körper, so fest sie konnte. Sie spürte Agnes' warme Hand auf ihrem Rücken und musste sich in die Wange beißen, um nicht zu weinen.

»Kommen Sie, Miss, wir sollten gehen, bevor er wieder zu Bewusstsein kommt.«

»Aber was sollen wir sagen, wenn …«

»Keine Angst. Der verliert kein Wort darüber. Nicht nach allem, was er getan hat. Er wäre von einem Felsblock getroffen worden oder betrunken hingefallen, so was wird er erzählen. Soll er doch selbst sehen, wie er zurückkommt.«

Agnes legte Harriet stützend einen Arm um die Taille, und sie suchten sich stolpernd ihren Weg durch die dunklen Ruinen auf die Lichtung. Wo der Captain lag, hatte Harriet nicht gesehen. Aber der Teufelsschlot war ohne den obersten Felsblock deutlich niedriger. Als der Fels aus einer Höhe von über zwanzig Metern heruntergestürzt war, hatte er die gesamte Rückwand eines der ehemaligen Häuser zerschlagen. Hätte der Captain sie dort hineingezerrt, wären sie nun wahrscheinlich tot gewesen. Und Harriet fragte sich, ob ihr das nicht lieber gewesen wäre.

Als sie an den Waldrand kamen, ging das Feuerwerk weiter. Wenn die versammelten Gäste im Garten mitbekommen hatten, dass ein Teil der Steinsäule eingestürzt war – und auf die Entfernung erschien das unwahrscheinlich –, hätte sich die Hausherrin wohl kaum durch den ungeplanten Zwischenfall die Feierlaune verderben lassen. Vor dem Tor zum Garten klopfte Agnes Harriet wie einem kleinen Kind den Staub ab und steckte ihr mit erstaunlichem Geschick das zerzauste Haar hoch. »Ich gehe voraus«, sagte sie, als sie damit fertig war. »Sie warten lieber ein paar Minuten, bevor Sie hinterherkommen.«

Harriet nickte. Fast die gleichen Worte hatte sie auf der Wiese oberhalb des Gartens von Robert gesagt bekommen. Bevor der Captain ... Sie ließ den Gedanken an sich vorbeiziehen.

Agnes lächelte sie aufmunternd an und drückte ihre Hand. »Sie müssen jetzt stark sein, Miss Jenner.«

Als Agnes nicht mehr zu sehen war, folgte Harriet ihr unauffällig. Sie fühlte sich zerschunden, sowohl innerlich als auch äußerlich. Sie stellte sich unter den Affenbaum und beobachtete die Szenerie im Garten. Es hatte sich kaum etwas verändert, seit sie sich auf den Weg in den Wald gemacht hatte. Der einzige Unterschied bestand darin, dass die Leute nun zum Himmel hinaufsahen und ihre Gesichter von dem Feuerwerk beleuchtet wurden. Es schien, als wäre sie nur ein paar Sekunden fort gewesen.

Jemand zog sie am Ärmel, und als Harriet hinuntersah, stand Helen mit aufgeregtem Gesichtchen vor ihr. »Als das

Feuerwerk anfing, habe ich mich hinausgeschlichen«, sagte sie. »Und vorher hat mich niemand vermisst.«

»Mich auch nicht«, sagte Harriet leise. Doch das stimmte nicht ganz. Bertie hatte es bemerkt. Und Agnes.

»Das Feuerwerk gefällt mir sehr gut, Miss Jenner. Aber ich würde lieber einen echten Kometen sehen. So einen wie in dem Buch von Mr. Verne.«

Es war wohltuend, über etwas zu sprechen, das sie von dem konkreten Entsetzen ablenkte, das sie gerade erlebt hatte. Harriet brachte fast ein Lächeln zustande. »Weißt du, was das Wort ›Komet‹ bedeutet?«

Das kleine Mädchen schüttelte den Kopf.

»Es kommt von dem griechischen *kometes*, und das bedeutet ›Haar‹. Ein Komet ist also ein Stern mit langen Haaren.«

Helen strahlte. Sie legte den Kopf in den Nacken und sah hinauf zum Himmel. Im flackernden Lichtschein wirkte ihr kleines Gesicht rührend. »Ein Stern mit langen Haaren. Ach, das gefällt mir! Miss Jenner, haben Sie schon einmal vom Halleyschen Kometen gehört?«

Das hatte sie, aber sie schüttelte den Kopf, um Helen die Freude zu lassen, ihr davon zu erzählen. Außerdem war sie kurz davor, in Tränen auszubrechen.

»Er kommt immer nach – also immer wieder«, erzählte Helen eifrig. »Ich glaube, nach siebzig oder achtzig Jahren. Deshalb sehen ihn die meisten Menschen nur einmal in ihrem Leben. Das nächste Mal kommt er 1910. Dann bin ich einundvierzig Jahre alt. Können Sie sich das vorstellen? Das habe ich ausgerechnet. Ich hoffe so sehr, dass ich ihn dann sehe. Das wird bestimmt ein ganz besonderes Jahr.«

Harriet sah lächelnd zu Helen hinunter. »Das wird es bestimmt.« Etwas wirbelte durch ihren Körper. Es war ein

Flimmern, so flüchtig und grell, dass sie es nicht greifen konnte. Wie ein eigenes Feuerwerk explodierte es hinter ihren Augen und verschwand. Dann war wieder alles dunkel, wie der nächtliche Himmel über ihren Köpfen, an dem nichts mehr zu sehen war als Rauch. Das Feuerwerk war vorbei.

FÜNFUNDVIERZIG

Als Harriet am Morgen nach dem Feuerwerk erwachte, erlebte sie einen Moment gnädigen Vergessens. Die Albträume, mit denen sie gerechnet hatte, waren ausgeblieben. Anstatt sie die schrecklichen Ereignisse noch einmal durchleben zu lassen, hatte ihr Bewusstsein einen Schutzwall errichtet und ihrem geschundenen, ausgelaugten Körper eine Nacht Ruhe gewährt. Doch als das Geschehen des vergangenen Abends sich unweigerlich seinen Weg in ihre Gedanken bahnte, begann ihr Herz zu rasen: Ihre Haut kribbelte, als ihr der Schweiß ausbrach. War er noch immer oben auf der Lichtung? Oder war er zurück im Haus, nur wenige Zimmer von ihrem entfernt?

In ihrem Bett fühlte sie sich so wehrlos, dass sie die Decke zurückschlug, um aufzustehen und sich anzuziehen. Auf dem Laken sah sie einen rötlich braunen Fleck. Zunächst dachte sie, es wäre von ihrer Periode, wenn auch eine Woche zu früh. Aber so war es nicht. Es war Blut, weil er sie übel zugerichtet hatte. Sie musste an ihren armen Vater denken, daran, wie sehr er darunter gelitten hätte, wenn er das noch hätte erleben müssen. Und zum ersten

Mal war sie froh darüber, dass er nicht mehr lebte. Daran, dass die Toten über die Menschen wachten, die ihnen lieb und teuer waren, glaubte sie nicht. Doch dann fiel ihr der Einsturz des Teufelsschlots ein ... Aber nein. Wenn irgendjemand aus dem Jenseits seine Hand im Spiel gehabt hatte, dann hatte er sie nicht früh und nicht weit genug ausgestreckt. Agnes war es gewesen – und unwissentlich auch Bertie –, die am ehesten als ihre Retter und Schutzengel infrage kamen.

Plötzlich hatte sie das Gefühl, sie würde jeden Moment ohnmächtig werden. Sie setzte sich wieder auf das Bett, und als die Ereignisse sie wieder einholten, zitterte sie am ganzen Körper. Sie erschrak und zuckte zusammen, als sie ein leises Klopfen hörte, aber sie brachte nicht die Kraft auf, darauf zu reagieren. Nach einer Weile öffnete sich die Tür, und Agnes erschien. Sie schlüpfte ins Zimmer und schloss leise die Tür. Verstört, wie Harriet war, kam es ihr vor, als hätte sie das Hausmädchen gerufen.

»Ach, Agnes, wie seltsam«, stammelte sie. »Ich musste gerade an dich denken. Ich wollte mich noch für deine Hilfe bedanken ...« Als ihr erneut bewusst wurde, wie sehr sie sich schämte, verstummte sie. Dann sah sie, dass Agnes, die ihr am Abend zuvor so tatkräftig geholfen hatte, nun blass und besorgt wirkte. »Was ist mit dir? Was ist geschehen?«

»Etwas, das Mary mir erzählt hat, hat mich beunruhigt«, begann das Hausmädchen mit matter Stimme. »Sie sagte, als sie die Treppe runterkam, war seine Tür offen. Sie fand es witzig und hat gelacht. Sie dachte, er wäre so betrunken gewesen, dass er die Tür nicht richtig zugemacht hat. Er wäre wohl irgendwann spät ins Haus getorkelt, als die Hausherrin längst im Bett lag.«

Harriet nickte, damit Agnes weitersprach. Doch sie

durchfuhr ein eisiger Angstschauer. Sie faltete die Hände, um zu verbergen, dass sie zitterten.

»Ich konnte nicht sofort weg aus der Küche. Mrs. Rollright hat nämlich schlechte Laune. Aber als ich Zeit hatte, habe ich sofort selbst nachgesehen. Keine Spur von ihm. Er hat nicht in seinem Bett geschlafen.«

Harriet griff nach dem Bettpfosten, um Halt zu suchen. »Dann ist er noch oben bei den Ruinen«, sagte sie. »Nachts ist es ja jetzt schon warm genug.«

Agnes starrte sie wortlos an. Ihre Augen waren vor Panik weit aufgerissen und ihr Gesicht unter dem rostroten Haar war leichenblass.

»Was ist los, Agnes? Gibt es etwas, das du mir noch nicht erzählt hast?«

»Ich bin zu den Ruinen rauf. Das habe ich aber niemandem in der Küche gesagt. Die dachten, ich müsste in den Salon. Ich bin durch die Eingangstür gegangen, damit mich keiner sieht. Irgendwie hatte ich kein gutes Gefühl, als ich sein Zimmer gesehen habe. Deshalb bin ich sofort losgerannt.«

»Und? Hast du ihn gesehen?«

Das Mädchen nickte. »Ja. Aber, Miss, ich glaube, er ist tot.«

»Tot?« Mit erstickter Stimme wiederholte Harriet den schonungslosen Begriff. »Tot? Bestimmt nicht. Er ist stark wie ein Ochse. Er kann nicht tot sein. Er war bestimmt noch zu betrunken, um zurückzulaufen, als er zu sich kam. Deshalb ist er da oben geblieben. Wahrscheinlich schläft er noch. Und das hast du gesehen.« Damit wollte sie nicht nur Agnes, sondern auch sich selbst beruhigen.

Aber das Hausmädchen schüttelte abermals den Kopf. »Ich kann auseinanderhalten, ob einer schläft oder tot ist.

Gestern Abend im Dunkeln ist es mir nicht aufgefallen, aber er hat eine tiefe Wunde am Kopf. Seine Haut hat eine komische Farbe, und seine Augen …« Sie verstummte und machte den Eindruck, als würde ihr jeden Moment schlecht. Bebend holte sie tief Luft. »Er ist nicht mehr, Miss. Da bin ich mir ganz sicher.«

Harriets Gedanken überschlugen sich. Am Abend zuvor war Agnes die Starke gewesen, aber jetzt bot sie einen so jämmerlichen und verängstigen Anblick, dass Harriet für einen Moment ihr eigenes Entsetzen vergaß. Sie zog Agnes neben sich aufs Bett. Ohne etwas zu sagen, saßen sie nebeneinander, während Harriet nachdachte.

»Dafür könnte man uns hängen, Miss Jenner«, flüsterte Agnes. Sie zitterte so sehr, dass ihr die Zähne klapperten.

»Das wird nicht passieren«, sagte Harriet so bestimmt, wie sie konnte.

»Aber sie werden ihn finden.«

»Und dann werden sie denken, ihm wäre ein Felsbrocken auf den Kopf gefallen. Du hast doch gestern gesagt, dass er das selbst auch erzählen würde.«

Agnes schüttelte wieder den Kopf. »Sie haben sie nicht gesehen, Miss.«

»Was meinst du?«

»Die Wunde an seinem Kopf. Sie ist hinten, neben dem rechten Ohr, aber etwas tiefer. Sie ist glatt, als hätte jemand mit einem Messer in seine Kopfhaut geschnitten. Außerdem liegt er nicht da, wo der Felsblock runtergefallen ist. Er liegt an eine Mauer gelehnt, und die steht noch.«

»Vielleicht können wir ihn dort wegziehen, damit es aussieht, als wäre es doch ein Felsblock gewesen. Nicht der große, sondern ein Stück, das davon abgebrochen ist.«

»Ich weiß nicht«, sagte Agnes. »Die Kommissare von

Scotland Yard, von denen ich gehört habe, sind bestimmt nicht dumm. Denen fallen Sachen auf, die normale Leute gar nicht bemerken oder komisch finden würden. Wenn wir ihn zu dem Felsblock zerren, Miss, sieht das für jeden verdächtig aus, und für die Polizei erst recht. Der Felsen hätte mehr angerichtet. Der hätte ihn zerquetscht.«

Dem konnte Harriet nichts entgegenhalten. »Und wenn er gestanden hätte, als der Felsblock herunterfiel – und was hätte er auch sonst tun sollen, wenn ich nicht da gewesen wäre? –, dann wäre er nicht am Hinterkopf getroffen worden.«

Agnes nickte kläglich. »Die würden das sofort verdächtig finden.«

Plötzlich fiel Harriet etwas ein, das Agnes am Abend zuvor erwähnt hatte. »Was sagtest du, wie lange dauert es noch, bis die Ruinen geflutet werden?«

»Nicht mehr ganz drei Wochen. Aber bis dahin werde ich verrückt, wenn ich so lange hoffen muss, dass ihn niemand findet.«

»Vielleicht bleibt uns nichts anderes übrig. Kann man ihn sehen, zwischen den Ruinen, da, wo er – wo du uns gefunden hast?«

»Nein, man sieht ihn nicht, jedenfalls nicht, wenn man nicht nach ihm sucht. Ich …« Sie verstummte wieder.

»Was denn, Agnes? Du musst mir alles sagen. Wir dürfen jetzt keinen Fehler machen. Sonst kommt uns das später teuer zu stehen.«

»Ich konnte ihn nicht so liegen lassen. Deshalb habe ich ihn ein bisschen bedeckt.«

»Womit?«

»Mit Steinen und Dachziegeln, die schon seit Jahren da liegen. Vorher habe ich ihn mit einem Stück Segeltuch zugedeckt, das ich gefunden hatte. Darauf habe ich noch ein paar Zweige gelegt. Ich dachte, dann fällt es nicht so auf, wenn – also wenn es stinkt.« Sie schluckte heftig.

Harriet stand auf und spielte in Gedanken verschiedene Möglichkeiten durch. »Das könnte funktionieren ...«

»Was denn, Miss?«

Harriet kniete sich vor Agnes auf den Boden und nahm ihre Hände, so wie das Mädchen am Abend zuvor ihre genommen hatte. Harriets Hände waren schweißnass vor Panik gewesen, die von Agnes waren nun eiskalt. »Wie müssen schnell handeln, bevor die Hausherrin aufwacht. Sonst wird sie ihn suchen, und dann könnte man ihn unter den Steinen finden. Wir müssen es so aussehen lassen, als wäre der Captain abgereist.«

»Abgereist?«

»Zurück nach London, oder direkt an die Küste, um mit dem nächsten Schiff nach Indien zu fahren.«

»Ohne jemandem was zu sagen?«

»Ich könnte eine Nachricht fälschen. In so etwas bin ich recht geschickt. Darin könnte stehen, er hätte sich nach der Feier davongeschlichen, weil ihm der Abschied zu schwer gefallen wäre.«

Agnes machte ein zweifelndes Gesicht. »Das passt aber eigentlich nicht zu ihm.«

»Die Hausherrin wird es trotzdem glauben, wenn es eine Erklärung gibt, von der sie sich geschmeichelt fühlt – oder nicht? Etwas, das ihren Sinn für Romantik anspricht.«

»Wenn es um ihn geht, hat sie ihre Sinne sowieso nicht beisammen, Miss.«

»Da haben wir es doch. Also, es nutzt nichts, noch länger hier herumzusitzen, denn die Zeit drängt. Ich werde mich jetzt anziehen, dann gehen wir in sein Zimmer.«

Harriet verzichtete darauf, ihr Korsett anzulegen und sich die Haare hochzustecken, sodass sie bereits zwei Minuten später fertig war. In der Etage darunter regte sich noch nichts. Wie Agnes gesagt hatte, stand die Tür zum Zimmer des Captains offen, und das Bett war noch gemacht. Was sie allerdings nicht erwähnt hatte, war die furchtbare Unordnung, die er hinterlassen hatte. Hemden und Kragen lagen verstreut auf dem Boden, der Toilettentisch war übersät mit Münzen und Papieren.

Bevor der Mut sie wieder verlassen konnte, suchte Harriet einige Blätter aus dem Stapel heraus und steckte sie gefaltet in ihr Kleid. Irgendetwas davon ließ sich bestimmt verwenden, um die Schrift zu kopieren. Dann gingen Agnes und sie schweigend ans Werk. Sie lauschten wachsam auf jedes Geräusch aus den anderen Zimmern, während sie die Sachen des Captains in seiner Reisetruhe und einer großen Tasche verstauten.

»Wohin damit?«, flüsterte Agnes, als sie fertig waren.

Harriet überkam Panik. Daran hatte sie noch gar nicht gedacht! Wenn sie das Gepäck nicht verschwinden lassen konnten, machte das den gesamten Plan zunichte. »Hier können wir die Sachen nicht lassen. Aber wenn wir die Truhe aus dem Haus tragen, wird uns sicher jemand bemerken. Ich weiß nicht einmal, ob wir die überhaupt heben könnten.«

»Dann verstecken wir nur die Tasche«, sagte Agnes. »Das geht leichter. Die Truhe lassen wir, wo sie ist.«

»Aber wie sieht das denn aus?«

»Er könnte sie sowieso nicht allein den Berg runterschleppen. Und die Kutsche wurde seit gestern Morgen nicht bewegt. John würde es merken, wenn jemand sie genommen hätte. Wer hätte sie dann überhaupt wieder zurückgebracht? Ein Geist?« Bei dem letzten Wort wurde Agnes ganz blass.

»Ja, da hast du natürlich recht«, sagte Harriet. »Wenn er so plötzlich abgereist wäre, hätte er nur seine Reisetasche mitgenommen. In der Nachricht kann ich ja schreiben, dass er sich die Truhe nachschicken lassen will.«

»Aber wer soll sie am anderen Ende abholen?«

»Keiner. Das spielt auch keine Rolle. Dafür könnte es alle möglichen Gründe geben. Wenn die Truhe erst mal unterwegs ist und die Nachricht gefunden wurde, fragt keiner mehr, ob er wirklich irgendein Schiff genommen hat.«

Sie sahen sich noch einmal in dem Zimmer um. Dann hängte Agnes sich die Tasche über die Schulter.

Sie waren schon auf der Treppe zum Dachboden, als sich die Tür der Hausherrin öffnete. »Mary, bist du das?«, rief sie verdrießlich.

Agnes nahm zwei Stufen auf einmal, dicht gefolgt von Harriet, die darauf achtete, im selben Moment aufzutreten wie das Hausmädchen. Als sie den Dachboden erreicht hatten, gab Agnes Harriet die Tasche und zeigte auf eine Tür am anderen Ende des Flurs. »Da rein«, formte sie mit den Lippen und rief dann die Treppe hinunter: »Ich bin es, Madam, Agnes!«

»Ach, dich brauche ich jetzt nicht«, schallte es zurück. »Ich werde nach Mary läuten.«

Die Tür flog zu, und Agnes und Harriet wechselten erleichterte Blicke. Die Reisetasche auf dem Boden einer Teekiste zu verstauen und mit ein paar alten Vorhängen zu bedecken, dauerte nur Minuten. Eine weitere Minute später war Agnes wieder in der Küche. Drei Etagen über ihr hatte Harriet schon mit einem Abschiedsbrief in der geschwungenen Schrift des Captains begonnen, wobei ihre Hand angesichts der Eile sogar kaum zitterte.

Mit ruhigem Schlaf war es für sie in Fenix House nun vorbei. Die Tatsache, dass der Captain nicht auf dem Weg nach London war, sondern im Schutz der Felsen zwischen den Ruinen lag, flößte ihr am selben Abend einen höllischen Schrecken ein. Jedes Geräusch, ob knarrende Treppenstufen im Haus oder Knirschen auf dem Kiesweg draußen, ließ ihr Herz rasen und sogleich die Vorstellung in ihr aufsteigen, dass er sich mit zertrümmertem Schädel zu ihr hinaufschleppte. Wenn es ihr doch gelang, vor Erschöpfung einzuschlafen, hatte sie ihn im Traum vor Augen, als bizarres Bild in grellen Farben. Dann spürte sie wieder sein Gewicht auf sich, aber diesmal war er mausetot mit aschfahlem, wächsernem Gesicht und der blutverkrusteten Wunde, durch die der blanke Knochen schimmerte.

Jedes Mal, wenn sie aus einem solchen Albtraum erwachte, verspürte sie den Drang, bei Tagesanbruch zu den Ruinen hinaufzulaufen und sich davon zu überzeugen, dass er noch dort war. Doch sobald sie aufgestanden war und sich angezogen hatte, verwarf sie den Gedanken wieder – nicht weil das Bedürfnis, sich zu vergewissern, nachgelassen hätte, sondern weil sie fürchtete, dass jemand sie hätte sehen können. Was wäre, wenn sie unbeabsichtigt jemanden auf die Idee brachte, selbst hinaufzugehen? Sie konnte nichts weiter tun, als einen Tag nach dem anderen hinter sich zu bringen, bis die Ruinen geflutet wurden und alle Beweise für die Geschehnisse, die sich dort abgespielt hatten, für immer versanken.

SECHSUNDVIERZIG

»Noch achtzehn Tage«, sagte Harriet zu ihrem Spiegelbild, als sie vor dem Waschtisch stand und ihr blasses Gesicht mit den ängstlich aufgerissenen Augen betrachtete. »Noch achtzehn Tage, dann ist es vorbei.«

Vielleicht hatte alles, was dort geschehen war, so sein sollen, auch wenn kein Flimmern es angekündigt hatte. Vielleicht hatte es so sein sollen, sagte Harriet sich jedes Mal, wenn sich in ihr Zweifel regten oder sie vor Angst zitterte, so wie jetzt. Es musste ihr Schicksal gewesen sein, das wollte sie glauben. Wenn man etwas oft genug wiederholte, glaubte man es doch irgendwann – war das nicht so? Darauf musste sie hoffen. Daran musste sie festhalten, um nicht den Verstand zu verlieren.

Unfähig, still sitzen zu bleiben, nahm sie den kleinen Dolch in die Hand, der ihr bei den Ruinen gefehlt hatte. Hätte sie es fertig gebracht, sich damit gegen ihn zu wehren? Sein Leben auszulöschen, um ihn davon abzuhalten, ihr das anzutun, was er getan hatte? Ja, das hätte sie wohl. Nun fragte sie sich, warum das Schicksal Agnes als Werkzeug erwählt hatte. Sie stand auf und zog das Bett von der Wand. Die Rollen unter den Pfosten kreischten, als würde sie ihnen Leid zufügen. Harriet kniete sich auf den Boden. Sie zog den kleinen Dolch aus seiner Scheide und ritzte ihre Initialen in die Fußleiste. Dabei ließ sie sich Zeit. Die beiden Buchstaben langsam und sorgfältig zu modellieren wirkte beruhigend. In den paar Minuten, die sie dafür brauchte, hatte sie noch einmal das Gefühl, an diesem Ort verankert zu sein und nicht einer ungewissen Zukunft entgegenzutreiben.

Erst um halb zehn wurde die Abwesenheit des Captains bemerkt. Seine Schwester hatte sich noch einmal ins Bett gelegt, nachdem Mary ihr das Frühstückstablett gebracht hatte, und ebenso wie das Hausmädchen hatten auch die anderen Dienstboten angenommen, der Captain würde irgendwo seinen Rausch ausschlafen. Das erste Anzeichen für die Erkenntnis, dass er nicht mehr dort war, äußerte sich in einem einzigen gellenden Schrei.

Obwohl Sonntag war, hatte niemand es für nötig gehalten, in die Kirche zu gehen. So kauerte Harriet auf ihrem schmalen Bett und hatte sich in ihre Decken gehüllt, weil ihr einfach nicht warm werden wollte. Als der Schrei ertönte, setzte ihr Herz einen Schlag aus. Sie ging zur Tür und wartete. Angespannt hörte sie ihren eigenen Atem, hastig und viel zu flach vor dem massiven Holz der Tür. Die Hausherrin musste den Brief gefunden haben.

//*Lulu, meine Liebste,*

du weißt, wie schwer ich es ertragen kann, meiner geliebten Schwester Lebewohl zu sagen. Deshalb mache ich mich nun bei Tagesanbruch auf die Reise. Es wird höchste Zeit, dass ich zu meinem Regiment und meiner frisch angetrauten Gattin zurückkehre – in Wahrheit hätte ich das längst tun müssen, und vermutlich wird man mir dafür ohnehin schon eine Abreibung erteilen.

Die vergangenen Wochen in deiner Gesellschaft werde ich wie einen Schatz in meiner Erinnerung hüten, liebste Lu, und ich hoffe, du kannst mir vergeben, dass ich mich nun davonstehle. Richte den Kleinen meine herzlichsten Grüße aus und Mrs. Roll-

right meinen Dank, weil sie mich so wunderbar durchgefüttert hat.
Beste Grüße, auch an deinen Gatten.

In Liebe, dein dir auf ewig zugetaner Bruder
Jago//

So verzweifelt die Hausherrin sein mochte, verging ihr doch angesichts der Erwähnung der frisch angetrauten Gattin ein Teil ihrer Betrübnis, und ihre Wut wurde aufs Neue angestachelt. »Wenn er sich wie ein Dieb nachts aus dem Haus schleichen und zu seiner Kindsbraut zurückkehren will, dann soll er doch!«, hörte man sie aus dem leeren Zimmer ihres Bruders im Beisein von Mrs. Rakes schreien. »Wenn er glaubt, ich renne ihm hinterher, um einen Tag mehr mit ihm zu verbringen, hat er sich schwer getäuscht. Soll er seine Reise doch antreten, ohne dass ihm jemand zum Abschied winkt. Hoffentlich gerät das Schiff in einen Sturm und sinkt. Dann kann er auf dem Meeresgrund verrotten. Was glauben Sie wohl, wird dann sein letzter Gedanke sein? Ich kann es Ihnen sagen: ›Hätte ich mich doch bloß *anständig* von meiner Schwester verabschiedet!‹« Daraufhin brach sie in Tränen aus. Mrs. Rakes musste ihr ins Bett zurückhelfen und erhielt die Anweisung, die Hausherrin wolle für den Rest des Tages nicht gestört werden.

Und Harriet, die hinter der Tür ihrer Dachkammer alles mit angehört hatte, schloss erleichtert die Augen.

Die Tage, die Harriet noch aushalten musste, bis die Ruinen und der Steinbruch geflutet werden sollten, wurden zu einer Herausforderung, die jedermanns Nerven auf die Probe gestellt hätte. Es war zwar auch eine Erleichterung, dass der Captain nicht mehr da war, aber die dauerte nicht lange, denn den anderen Bewohnern des Hauses, besonders ihren aufmerksamen Schützlingen, gegenüber so zu tun, als wäre nichts gewesen, erwies sich als eine Herkulesaufgabe. Sie wollte sich nur noch in ihrem Zimmer verbarrikadieren und ins Bett legen, aber das war natürlich nicht möglich. Sie beneidete die Hausherrin geradezu, weil sie genau das tun konnte: sich nicht rühren und stattdessen Mary auf Trab halten, die ihr alle möglichen Leckerbissen als Trostpflaster aus der Küche bringen musste.

Harriet dagegen blieb nichts anderes übrig, als sich am Montagmorgen zum Unterricht einzufinden und Helen und Victoria den ganzen Tag lang Rede und Antwort zu stehen, weil sie immer wieder nach der Feier und der Abreise ihres Onkels fragten.

Wahrscheinlich wäre Harriet sogar Robert aus dem Weg gegangen, doch der wurde durch seine Arbeit ohnehin so sehr gefordert, dass er tagelang auf Reisen ging. Wenn er wieder im Haus war, hätte sie ihm gern gesagt, dass sie alles, was sie ihm auf der Feier an den Kopf geworfen hatte, nicht so gemeint hatte. Aber auch das durfte sie nicht riskieren. Denn wenn er sie mit seinen sanften braunen Augen angesehen hätte, wäre es ihr vielleicht in den Sinn gekommen, ihm ihr Herz auszuschütten. Menschen konnten unberechenbar sein, selbst diejenigen, von denen man glaubte, man könne ihnen bedingungslos vertrauen. Was, wenn sie ihm die Wahrheit erzählen würde und er sich daraufhin gegen sie wenden würde? Er war ein guter Mensch, aber Harriet kannte ihn noch nicht lange. Würde seine Liebe ungeachtet der Geschehnisse bei den Ruinen ungebrochen bleiben? Oder würde sie daran zerbrechen wie Harriets Widerstand gegen den Captain? Sie konnte es nicht riskieren, das herauszufinden.

Abgesehen davon war es ihr unmöglich, weiter zu denken als bis zu dem Tag, an dem die Ruinen geflutet werden sollten. Jede Stunde, jede Minute brachte sie diesem alles entscheidenden Tag näher. Sobald sie in Versuchung geriet, weiter vorauszudenken, wurde sie von ihrem Aberglauben davon abgehalten, der ihr die entsetzliche Angst einflößte, das Schicksal könnte sich gegen sie wenden.

Tagsüber, wenn die strahlende Sonne durch das Fenster schien und ihre Schützlinge sich über ihre Bücher beugten, gelang es ihr mitunter beinahe, sich einzureden, was sie alle anderen glauben gemacht hatte: dass der Captain an jenem Sonntag bei Tagesanbruch das Haus verlassen hätte und längst in London wäre, oder an Bord eines Schiffes, das ihn nach Indien bringen sollte. Aber nachts, wenn sie ihre dunkelsten Stunden erlebte, brach das Lügengebäude über ihr zusammen. Dann lag sie schlaflos in ihrem Bett und starrte mit weit aufgerissenen Augen an die Decke, während das Grauen ihr den Magen zuschnürte.

Endlich kam der Donnerstag, den sie herbeigesehnt hatte. Zu Harriets großer Erleichterung zog die Hausherrin es weiterhin vor, in ihren Zimmern zu bleiben, und hatte verlauten lassen, sie habe kein Interesse, der Flutung beizuwohnen. Auch Robert war in sicherer Entfernung in Swindon. Sie hatte schon befürchtet, das Ereignis würde zu einem Familienspektakel werden, an dem der ganze Haushalt teilhaben sollte. Dabei hätte sie sich kaum etwas Schlimmeres vorstellen können, als im Kreis der Pembridges zuzusehen, wie die Mulde sich langsam mit Wasser füllte.

Tatsächlich wäre dieser denkwürdige Tag unbemerkt an Fenix House vorübergegangen, hätte Victoria nicht eine weitere Kostprobe ihrer unverbesserlichen Abenteuerlust gegeben.

»Wo ist deine Schwester?«, fragte Harriet, als Helen nach dem Mittagessen zum Unterricht zurückkehrte. Sie hatte die beiden Mädchen für zehn Minuten im Kinderzimmer allein gelassen und sich unter dem Vorwand, sie müsse einen losen Knopf annähen, auf ihr Zimmer zurückgezogen, um vor dem Unterricht am Nachmittag einen Moment ungestört sein zu können. In letzter Zeit hatte sie sich häufiger solcher Ausreden bedient, wenn sie die Tür hinter sich schließen und den Rest der Welt aussperren wollte, weil sie die Fassade der Normalität nicht länger aufrechterhalten konnte. Allmählich wurde die Belastung unerträglich.

Das kleine Mädchen schüttelte den Kopf. »Sie ist gleich nach Ihnen hinausgegangen. Ich dachte, sie wollte zu Mama, aber dann habe ich Mary aus deren Zimmern kommen sehen. Und sie sagte, Mama sei krank und wolle niemanden sehen.«

»Du meine Güte!« Harriet hatte Mühe, sich ihren Aufruhr nicht anmerken zu lassen. »Muss sie ausgerechnet heute herumstreunen!«

»Was ist daran so schlimm, Miss Jenner?«

»Heute werden die Ruinen geflutet. Da wäre es besser, wenn wir wüssten, wo sie steckt. Warte hier! Ich sehe nach, ob sie ins Kinderzimmer zurückgegangen ist.«

Victoria war nicht im Kinderzimmer, doch das hatte Harriet auch gar nicht erwartet. Sie rannte die Treppen hinunter zu den Wirtschaftsräumen. Mrs. Rakes saß mit einer Tasse Tee im Dienstbotenzimmer und sah erstaunt auf, als die Gouvernante hereinstürmte.

»Tut mir leid, dass ich Sie störe, Mrs. Rakes«, begann Harriet atemlos.

»Keine Ursache, Miss Jenner. Was kann ich für Sie tun?

Ist etwas geschehen?« Sie lächelte so warmherzig, dass Harriet fürchtete, jeden Moment in Tränen auszubrechen.

»Ich weiß nicht, wo Victoria ist. Nur Helen ist zum Unterricht erschienen. Ich habe schon im Kinderzimmer nachgesehen, doch ich fürchte, Victoria sucht wieder einmal ein Abenteuer. Ich mache mir Sorgen. Vielleicht hat sie mitbekommen, dass die Ruinen heute geflutet werden, und will es sich ansehen.«

Sie ließ unerwähnt, wozu Victorias letztes Abenteuer und die damit verbundene Suche geführt hatten. Und sie hoffte, Mrs. Rakes würde nicht selbst auf diesen Abend zu sprechen kommen, denn dann hätte sie den letzten Rest ihrer Fassung verloren.

Gottlob beschränkte sich Mrs. Rakes darauf, den Kopf zu schütteln. »Ich habe sie noch nicht gesehen, nur gehört. Aber das war heute Morgen.«

In dem Moment kam Ann mit einer Bestellung von Mrs. Rollright herein. Harriet hatte bisher kaum ein Wort mit dem Mädchen gewechselt, das trotz der Ähnlichkeit mit Mary nicht über deren hübsche, frische Gesichtszüge verfügte. Anns Hände waren rau von der Arbeit in der Spülküche. »Ich habe sie gesehen, Mrs. Rakes«, sagte sie zaghaft.

Überrascht drehte die Haushälterin sich um. »Tatsächlich? Wo denn, Mädchen?«

Anns Wangen waren mittlerweile so rot wie ihre Hände. »Vor zehn Minuten war ich bei Ned und habe Zwiebeln geholt. Da war sie im Garten.«

»Ganz allein?«, fragte Mrs. Rakes alarmiert.

»Ich weiß nicht. Ich war zu weit weg und habe sie nur von Weitem gesehen, bei dem großen Strauch mit den lila Blüten. Ich dachte, Miss Jenner oder ihre Schwester wären bei ihr.«

Sofort rannte Harriet durch die Spülküche und die moosbewachsenen Stufen zum Garten hinauf. Auf dem steilen Weg geriet sie außer Atem, aber sie blieb nicht stehen.

Sie fand das kleine Mädchen am Waldrand vor der Lichtung, nicht weit von der Stelle, wo Harriet am Abend der Feier gestanden hatte. Die Erinnerung daran und die Erleichterung darüber, dass sie Victoria gefunden hatte, bevor sie ertrunken oder über ihren toten Onkel gestolpert war, brachte sie dermaßen in Rage, dass sie das Mädchen an den Schultern packte und ihm einen festen Klaps auf die Beine gab. Nicht an eine solche Behandlung gewohnt, schrie Victoria bestürzt auf und fing sogleich an zu schluchzen.

»Oh, es tut mir leid. Es tut mir so leid«, versuchte Harriet sie zu beruhigen und nahm sie in die Arme. »Ich hatte nur solche Angst, dir wäre etwas zugestoßen.«

Sie warf einen Blick über Victorias bebende Schulter und sah, dass sich die Mulde bereits mit Wasser füllte. An der tiefsten Stelle war es sicher schon hüfthoch.

Victoria hatte ihren Kopf an Harriets Schulter gelegt und murmelte weinend etwas Unverständliches.

»Was sagst du, meine Kleine? Ich kann kein Wort verstehen. Was wolltest du sagen?«

»Ich habe gesagt, ich will hier weg. Es stinkt so schrecklich.«

Vor lauter Panik begann Harriets Herz erneut zu rasen. Victoria hatte recht. In der Luft lag ein strenger Geruch – süßlich und faulig. Sie warf einen Blick auf die Ruinen und sah dort einen Schwarm Fliegen. Von oben hörte sie ein Geräusch. Auf den Felsen stand eine Gruppe Männer. Offenbar waren es die Arbeiter, die das Wasser der Quelle umgeleitet hatten. Nun sahen sie zu, wie der Steinbruch sich füllte. Was konnten sie von dort oben erkennen? Drang der Gestank bis zu ihnen hinauf? Vielleicht wehte der Wind in dieser Höhe jeden verdächtigen Geruch fort. Aber da waren immer noch die Fliegen. Harriet konnte nur hoffen, dass die Männer dachten, unter den Steinen läge ein totes Tier.

Während sie zu den Arbeitern hinaufstarrte, die sie im hellen Sonnenlicht nur als Silhouetten erkennen konnte, hob einer seine Kappe und winkte ihr damit zu. Vor lauter Angst, sich verdächtig zu machen, wenn sie den Gruß nicht erwiderte, hob sie zitternd einen Arm und winkte zurück.

»Komm, Vicky«, sagte sie, so ruhig sie konnte. »Sollen wir nicht lieber wieder ins Haus gehen? Vielleicht können wir Mrs. Rollright etwas zum Naschen abschwatzen.«

Misstrauisch sah Victoria sie an, während die schmutzverschmierten Tränen auf ihrem Gesicht trockneten. »Das ist das erste Mal, dass Sie Vicky zu mir gesagt haben. Weil Sie böse zu mir waren und mich gehauen haben?«

Harriet atmete langsam ein und wieder aus, in dem Bewusstsein, dass die Männer zu ihnen heruntersahen und zwischen den Ruinen ein Toter lag. »Es tut mir leid, dass ich dich geschlagen habe. Das war nur, weil ich Angst hatte.«

Victoria runzelte die Stirn und dachte darüber nach. Dann nickte sie, um Harriets Entschuldigung anzunehmen. »Ich bin Ihnen nicht böse. Ich habe nie Angst. Ein Glück, dass ich so tapfer und mutig bin, oder?«

Harriet nahm sie an die Hand und ging mit ihr zurück auf den Waldweg. »Ja, Liebes. Das ist ein Riesenglück.«

SIEBENUNDVIERZIG

Eine letzte Unterhaltung mit Robert sollte es noch geben, bevor Harriet entlassen wurde. Und sie war absolut nicht zufriedenstellend. Anschließend saß sie mit ihrer Ausgabe von *Jane Eyre* auf dem Schoß in ihrer Dachkammer und vergoss bittere Tränen. Auch wenn es für ihn kein »Leser, ich habe ihn geheiratet« geben würde, so hatte sie Robert doch zu verstehen geben wollen, wie sehr ihr die angespannte Situation zu schaffen machte und was für eine furchtbare Angst sie vor der Zukunft hatte. Aber sie konnte ihm wohl keinen Vorwurf machen, dachte sie, als ihr Schmerz ein wenig nachgelassen hatte. Denn im Gegensatz zu ihr besaß er nicht die Gabe, Dinge zu erahnen, von denen er nichts wissen konnte.

Sie waren sich auf dem Rasen unter dem Eishaus und der verborgenen Wiese begegnet. Offenbar kam er aus dem Irrgarten. »Ah, Miss Jenner«, sagte er so herzlich wie möglich, obwohl seine Wangen vor Befangenheit glühten. »Ich hatte nicht damit gerechnet, Sie hier draußen zu treffen.«

»Ich wollte nur frische Luft schnappen«, erklärte sie im gleichen aufgesetzten Tonfall wie er. »Ist es nicht ein wunderschöner Tag heute? Agnes beaufsichtigt die Mädchen beim Tee. Da wollte ich die Gelegenheit nutzen, mich einen Moment davonzustehlen.«

»Oh, Sie schulden mir keine Erklärung. Sie brauchen mich nicht um Erlaubnis zu fragen, wenn Sie in den Garten gehen wollen.«

»Nein. Ich … Ich wollte nur nicht, dass Sie denken, ich hätte die Mädchen unbeaufsichtigt gelassen.« Sie brachte ein aufgesetztes Lachen zustande und dachte im gleichen Moment, was für eine absurde Unterhaltung sie doch führten. Dabei hätte sie nichts lieber getan, als auf ihn zuzugehen und ihren Kopf an seine breite Brust zu legen.

»Das würde ich Ihnen nie unterstellen, Harri… Miss Jenner«, sagte er kopfschüttelnd. »Niemals. Mir war nur nicht bewusst, wie spät es schon ist. Ich war im Irrgarten. Dort ist es so ruhig, und ich …« Er sprach nicht weiter und sah hinunter auf seine Füße. Daran, wie sein Adamsapfel sich bewegte, bemerkte Harriet, wie heftig er schlucken musste.

»Dann heißt es ab jetzt also wieder Miss Jenner und Mr. Pembridge«, sagte sie leise.

Er sah sie verunsichert an. »Es sei denn, es wäre Ihnen anders lieber.«

»Seit der Feier haben wir uns kaum gesehen.«

Er starrte zum Haus hinüber und brauchte eine Weile, um zu antworten. »Ich habe Sie an dem Abend noch gesehen«, sagte er schließlich mit matter Stimme.

»Sie haben mich gesehen?« Harriet machte einen Schritt zurück und wäre beinahe gestolpert, als ihr Absatz sich in das Gras neben dem Weg bohrte, das noch feucht war vom Regen in der Nacht zuvor. Was genau mochte er gesehen haben?

»Ich stand am Fenster meines Zimmers und habe Sie beobachtet.« Noch immer starrte er auf das Haus, und sie folgte seinem Blick zu seinem Fenster. Doch der Gedanke war Unsinn. Keines der Fenster von Fenix House bot eine Aussicht auf die Ruinen. Dafür waren sie zu weit entfernt und lagen viel zu versteckt hinter dem Wald. Dennoch hatte Harriet Mühe, die Fassung zu bewahren. »Und was genau haben Sie von Ihrem Aussichtspunkt beobachtet?«

»Ich habe gesehen, wie Sie mit Dilger den Garten verließen.«

»Um nach Ihrer Tochter zu suchen, Sir.« So hatte sie ihn seit Wochen nicht mehr genannt, aber er war derart abweisend, dass sie sich in die Enge getrieben fühlte. Ihr fehlte es an Alter und an Erfahrung, um zu begreifen, dass er aus verletztem Stolz so reagierte.

»Meine Tochter war im Cucumber House«, sagte er verächtlich. »Ich selbst habe sie dort hingehen sehen.«

Harriet erstarrte. »Und Sie haben es niemandem gesagt?« Der Abend hätte einen völlig anderen Ausgang nehmen können – den sah sie nun deutlicher vor sich als jegliches Flimmern. Nur ein einziges Wort vom Fenster aus, bevor Dilger und sie durch das Tor gegangen waren, hätte alles geändert. Sie schloss die Augen, und als sie sie wieder öffnete, brach das Trugbild zusammen. »Warum haben Sie nicht gesagt, wo Victoria war?«

»Ich wünschte, das hätte ich«, gab er mit einem bitteren Lachen zurück. »Stattdessen habe ich tatenlos zugesehen, wie *er* Ihnen zu einem Stelldichein in den Wald gefolgt ist.«

»Zu einem *Stelldichein*?« Harriet konnte es nicht glauben. »Sind Sie deshalb so abweisend zu mir? Ist das der Grund, warum Sie mich seit diesem Abend keines Blickes mehr würdigen?« Wut stieg in ihr auf und trieb ihr das Blut schneller durch die Adern. Zum ersten Mal seit der Feier fühlte sie etwas anderes als Angst, und irgendwie war das seltsam befreiend. »Und haben Sie mich auch zurückkommen sehen?«, fragte sie weiter. Das Tor lag im Blickfeld seines Fensters. Er hätte sehen können, wie Agnes ihr den Staub abgeklopft hatte und sie noch einen Moment dort stehen geblieben war, tränenüberströmt, ohne sich dessen überhaupt bewusst zu sein.

»Nein, das habe ich nicht«, antwortete er. »Den Anblick wollte ich mir ersparen: ein verstohlenes Lächeln und eine letzte Umarmung hinter den Azaleen, geschützt vor den Blicken aus dem Garten. Ich bin lieber sofort zu Bett gegangen.«

Sie starrte ihn an. In dem Moment hatte er eine flüchtige Ähnlichkeit mit Victoria – wenn Helen etwas bekam, das sie selbst haben wollte. Und weder dem Vater noch der Tochter stand es gut zu Gesicht. »Sie bilden sich ein, ich hätte Sie enttäuscht, Mr. Pembridge«, sagte sie und ihre Stimme bebte vor Zorn, Verzweiflung und Kummer. »Dabei bin ich es, die allen Grund hat, von Ihnen enttäuscht zu sein.« Damit ließ sie ihn stehen und drehte sich nicht noch einmal um.

Es sollte das letzte Mal sein, dass sie ihn sah. Am nächsten Morgen ging er früh auf Reisen, und als er am Ende der Woche spätabends zurückkehrte, war sie mit Sack und Pack verschwunden. Die Hausherrin erzählte ihm wohlweislich nichts davon, dass sie der Gouvernante gekündigt hatte, bevor sie nicht sicher sein konnte, dass Harriet weit genug weg war.

Der Vorfall, der der Hausherrin letzten Endes einen Vorwand lieferte, um Harriet zu entlassen, ereignete sich, als diese sich endlich in Sicherheit wähnte, in der Annahme, dass Agnes und ihr keine Fehler unterlaufen waren. Es war der letzte von Victorias abenteuerlichen Ausflügen in jenem Sommer, und er sollte sie zum Eishaus führen. Bei Anbruch der Dunkelheit hatte sie sich auf den Weg gemacht, im Nachthemd und mit nackten Füßen, und wäre sie länger im Eishaus eingesperrt gewesen, hätte sie sich mit Sicherheit erkältet. Doch es waren nur wenige Minuten vergangen, bis Harriet ein Flimmern erlebte – so klar und deutlich, dass sie sofort aufsprang und losrannte.

Als die Gefahr gebannt war und der Rettungstrupp zum Haus zurückkehrte, schallte die Stimme der Hausherrin schon durch den Garten. Sie hatte sich aus dem Fenster gelehnt, und es war das erste Mal seit Tagen, dass Harriet sie sah. Sie wirkte blass und erschöpft. Ihr Gesicht war eingefallen, die Augen waren blutunterlaufen. »Was hat das zu bedeuten?«, wollte sie wissen. »Ist es zu viel verlangt, mir ein wenig Ruhe zu gönnen, während ich mich erhole? Was soll dieser Aufruhr?«

Dann fiel ihr Blick auf die verstörte Victoria in ihrem schmutzigen Nachthemd. Die schlimmste Panik war ihr zwar nicht mehr anzumerken, aber sie war noch immer kurz davor, zu schluchzen.

Das Gesicht der Hausherrin wurde unerbittlich. »Miss Jenner, kommen Sie sofort zu mir herauf. Ich hatte Sie doch bereits gewarnt.«

»Wenn ich darauf hinweisen dürfte, Mrs. Pembridge, dass wir es Miss Jenner zu verdanken haben, dass …«, begann Mrs. Rakes.

»Nein, das dürfen Sie nicht«, gab die Hausherrin zurück und zog mit einem Ruck das Fenster herunter.

Möglicherweise hatte die Hausherrin ungeachtet ihrer Drohung nicht unbedingt vorgehabt, Harriet zu entlassen. Selbstverständlich war sie erbost, weil ihr bevorzugtes Kind ein weiteres Mal die Gelegenheit gehabt hatte, unbeaufsichtigt herumzustreunen, und natürlich machte sie die Gouvernante dafür verantwortlich, dass es fast im Eishaus *erstickt* wäre. Aber die Auseinandersetzung hätte einen anderen Ausgang nehmen können. Wäre Robert zu Hause gewesen und hätte eingreifen können, wäre es Mrs. Rakes nicht verweigert worden, etwas zu Harriets Verteidigung vorzubringen. Und Harriet wäre zu guter Letzt nicht selbst aus der Haut gefahren und die Situation nicht derart eskaliert. Doch so kamen all diese unglücklichen Umstände zusammen, und als die Sonne im Westen hinter dem Horizont versank, war Harriet schon dabei, ihre Sachen zu packen.

Etwas hatte sie überkommen, als sie im überheizten Salon der Hausherrin stand, wo es wie gewöhnlich nach abgestandenem Parfum und versengtem Haar roch, und nach Ammoniak, den diese Tag für Tag schluckte, um an Gewicht zu verlieren. Aufgedunsen von ihrer Trägheit und zu vielen Süßspeisen, betete die Hausherrin der Gouvernante selbstgerecht wie immer ihre Vergehen und Versäumnisse herunter. Und in dem Moment verstand Harriet, dass ihre Zeit in Fenix House sich schneller dem Ende näherte als erwartet. Sie spürte es so deutlich, als hätte sie es in einem Flimmern vorausgesehen.

In Wahrheit hatte sie schon einen Notfallplan parat. An dem Morgen, als sie die Nachricht des Captains fingiert hatte, war er ihr in den Sinn gekommen. Denn in dem Stapel von Papieren hatte sie ein Schriftstück entdeckt, das sich noch als nützlich erweisen könnte, wenn sie es klug genug einsetzte. Als sie an dem Morgen, nachdem die Ruinen geflutet wurden, aufwachte, kehrte etwas von ihrem früheren Kampfgeist zurück. Für Robert und sie würde es keine gemeinsame Zukunft geben. Der Captain verfolgte sie zwar noch in ihren Träumen, aber tagsüber hatte er sie nicht mehr so fest im Griff. Zog man all das in Betracht, war es vermutlich keine große Überraschung, dass sie der Frau, die sie nach wie vor als ihre Erzfeindin ansah, so deutlich die Meinung sagen würde, wie sie es schließlich tat. Im Nachhinein dachte sie sogar, sie hätte noch viel weiter ausholen müssen.

Nachdem sie sich das minutenlange Gezeter angehört hatte, hob Harriet einfach eine Hand. Verblüfft über eine solch respektlose Geste, hielt die Hausherrin sogleich den Mund.

»Das reicht«, sagte Harriet. »Sie fangen an, sich zu wiederholen, Madam.«

»Ver… Verzeihung?«

»Um Verzeihung sollten Sie tatsächlich bitten. Das wäre nämlich längst überfällig.«

Verwirrt öffnete die Hausherrin den Mund und wollte etwas sagen. Doch zum zweiten Mal schloss sie ihn wieder.

»Sie können sich nicht an mich erinnern, oder?«, fragte Harriet. »Nein, wann immer Sie oder Ihr Grobian von Bruder sich dazu herabgelassen haben, mich eines Blickes zu würdigen, hatte ich nicht den Eindruck, dass Sie mich wiedererkennen. Aber ich kenne Sie noch, Louisa.«

Als sie mit ihrem Vornamen angesprochen wurde, zuckte die Hausherrin erschrocken zusammen. Und das goss Wasser auf Harriets Mühle.

»O ja, ich erinnere mich noch ganz genau. Sie waren ein verwöhntes, eitles und unfassbar dummes Mädchen, und die Jahre haben es nicht besser gemacht.«

Louisa kniff die Augen zusammen. »Wer sind Sie?«

»Ich bin Richard Jenners Tochter. Unsere Väter waren einmal gute Freunde. Josiah Dauncey kam in London oft zu uns nach Hause und nahm die Gastfreundschaft meines Vaters in Anspruch: sein Essen, seinen Wein – und ein Bett, wenn er zu betrunken war, um in sein eigenes zurückzukehren. Mein Vater besuchte ihn auch einige Male, zunächst in dem Haus nicht weit von unserem und später in dem feudaleren Gebäude in Hampstead. Einmal nahm er mich mit. Da war ich etwa in Helens Alter. Ich weiß noch, es war kalt draußen. Auf dem Rasen lag Frost.« Abermals hatte sie vor Augen, wie ihr Vater seinen Hut in den Händen drehte, als sie vor der Tür hatten warten müssen. Sie sah noch, wie sie vor Kälte gezittert hatten, so deutlich, als wäre es erst gestern gewesen. »Erinnern Sie sich daran, Louisa?«

In den eisblauen Augen der Hausherrin zeigte sich ein Funke der Erinnerung. »Jenner«, sagte sie mehr zu sich selbst. »Da war jemand, der Jenner hieß, aber ich wüsste nicht, dass er eine wichtige Rolle gespielt hätte. Ich wundere mich sogar, dass ich mich überhaupt an ihn erinnere. Ich glaube, er stand ein paar Mal vor unserer Tür und bat um Geld. War er das? War das Ihr Vater?« Ein spöttisches Lächeln kräuselte ihre Lippen.

»Das Geld, um das er bat, war seins, und Ihr Vater hat es ihm aus der Tasche gezogen. Er überredete ihn, in ein Geschäft zu investieren, in ein Geschäft, von dem Sie ihn überzeugt hatten.«

»Ah, warten Sie. Daran kann ich mich noch erinnern. Es ging um Tapeten, oder? Grüne Tapeten.«

Harriet nickte, unfähig weiterzusprechen. Die Erinnerung an ihren Vater war so lebendig, dass sie drohte, sie zu überwältigen.

»Ja, jetzt weiß ich es wieder«, fuhr die Hausherrin fort. Plötzlich schien sie an der Situation Gefallen zu finden. »Aus dem Geschäft wurde nichts. Das kann schon mal passieren. Ihr Vater wollte seinen Anteil zurück. Das Risiko war ihm wohl nicht klar gewesen. Was ist dann aus Ihnen geworden? Soweit ich weiß, ist er irgendwann gegangen und belästigte uns nicht weiter, was er von Anfang an hätte tun sollen.«

Harriet brachte es nicht fertig, ihr von dem Feuer zu erzählen, das ihren Vater endgültig in den Ruin getrieben hatte. »Wir haben es recht gut getroffen.«

»Aber so gut, dass Sie darauf verzichten konnten, Ihr eigenes Geld zu verdienen, offensichtlich nicht. Nun, bei mir ist für Sie ohnehin nichts mehr zu holen. Sie werden das Haus bei Tagesanbruch verlassen, und Sie werden niemandem davon erzählen. Ich will nicht, dass Sie auch noch bei den Kindern und den Dienstboten Mitleid heischen. Ich werde es meinem Mann sagen, wenn er zurückkommt. Aber kommen Sie bloß nicht auf die Idee, einen rührseligen Abschied von ihm zu erwarten. Ich weiß nicht, warum Sie hierherkamen – durch einen unglücklichen Zufall oder weil Sie es geplant hatten. Wenn es Letzteres war und Sie dachten, Sie könnten auf irgendeine Weise Rache üben, dann haben Sie versagt, Miss Jenner.«

Die Locken der Hausherrin wippten vor Empörung, und erst jetzt fiel Harriet auf, wie schlecht sie aussah. Seit ihr Bruder nicht mehr da war, schien sie um Jahre gealtert. Alles Hübsche und Weiche war nach nur wenigen Wochen dahin. Der Kaminsims war vollgepackt mit Flakons und Fläschchen, die geradezu teuflische Substanzen enthielten und makellose Haut, klare Augen und glänzendes Haar versprachen. Damit würde sie sich vielleicht selbst den Garaus ausmachen, denn einige machten den Eindruck, als enthielten sie Gift, wie die tägliche Dosis Ammoniak zum Beispiel. Nur ein Raum mit Tapeten in berüchtigtem Dauncey-Grün hätte wohl noch mehr ausrichten können.

Harriet drehte sich um und wollte gehen. Doch an der

Tür blieb sie noch einmal stehen. »Eigentlich erweisen Sie mir einen großen Dienst, indem Sie mir kündigen, Mrs. Pembridge. Seit Captain Daunceys Abreise war ich hin- und hergerissen, weil ich meine Schützlinge nicht im Stich lassen wollte. Die sind mir nämlich sehr ans Herz gewachsen.«

»Tatsächlich? Und was für eine Entscheidung könnte jemand wie Sie wohl zu treffen haben? Welches schlichte Kleid Sie am nächsten Morgen anziehen wollen? Aber im Moment geht es wohl eher darum, wo Sie sich als Nächstes einnisten sollen – im Armenhaus oder in einem Bordell?«

»Oh, es hat sich eine andere Möglichkeit ergeben, Madam«, sagte Harriet lächelnd. »Und ich glaube, die sollte ich tatsächlich in Betracht ziehen. Soll ich ihm Grüße ausrichten, wenn ich zu ihm nach London fahre?«

Die Hände der Hausherrin krallten sich in die Lehnen ihrer Chaiselongue. »Wem? Zu wem wollen Sie fahren?«

»Zu Jago natürlich.«

Ohne auf eine Reaktion zu warten, schloss Harriet die Tür. Auf der Treppe zum Dachboden hörte sie den Tumult in der unteren Etage, während die Hausherrin um Hilfe läutete. Es schallte durch das ganze Haus, und in Harriets Ohren klang es, als würde damit ihr Triumph eingeläutet.

Als sie an dem Abend ihre Sachen packte, fiel Harriet ein, dass es noch etwas gab, das sie zu erledigen hatte, einen letzten Dienst, den sie der Familie, die sie nun verlassen musste, erweisen wollte. Schließlich richtete sich ihr Hass nur gegen Louisa. Es hatte mit einem Flimmern zu tun, und zwar mit einem sehr mächtigen. Sie konnte es nicht guten Gewissens für sich behalten. Einige Bruchstücke waren seit ihrer Jugend sporadisch aufgetreten und hatten nachts ihre Gedanken übernommen, als diese gerade dabei waren, sich loszulösen und in Träume überzugehen, sodass sie davon gelegentlich aus dem Schlaf gerissen worden war. Doch erst in letzter Zeit hatte sie verstanden, dass auch die Pembridges davon betroffen sein könnten. Ein Mitglied der Familie zumindest.

Die Sequenz, die sie bereits kannte – und auch das war ihr erst vor Kurzem klar geworden – stand in Verbindung mit dem Flimmern, das sie erlebt hatte, als sie an dem Abend des Feuerwerks mit Helen über Kometen gesprochen hatte. Später in jener Nacht, als sie im Bett gelegen und verzweifelt versucht hatte, an etwas anderes zu denken als daran, was Captain Dauncey ihr angetan hatte, hatte sie sich die flüchtige Bilderfolge, die an ihrem inneren Auge vorbeigerast war, wieder und wieder ins Gedächtnis gerufen – bis es ihr gelungen war, sie so weit zu verlangsamen, dass sie annähernd einen Sinn ergab. Sie musste sie mit den Bildern zusammenfügen, die sie seit Jahren immer wieder sah und spürte: die glühende Hitze und das grelle Licht einer Explosion, das verbogene Metall und der aufsteigende Rauch, und inmitten von Schutt und Asche dieses reine Weiß, das von einer schwarz gekleideten Gestalt aufgehoben wurde. Es war ein Wunder, das dort gefunden wurde, so viel hatte sie längst verstanden. Neu war das düstere Pendant in dieser Szene. Etwas anderes war verloren gegangen. Sie war ziemlich sicher, dass es Helen war. Konnte die dunkle Gestalt, die sie nur von hinten sah, Robert sein? Das hielt sie durchaus für möglich.

Sie schrieb ihm eine Nachricht, bewusst vage gehalten, falls Mary oder Agnes sie in die Finger bekommen sollten, aber deutlich genug formuliert, um ihn wissen zu lassen, dass sie glaubte, 1910 würde etwas passieren. Hoffentlich erinnerte er sich noch daran, was sie ihm an jenem Abend in dem dunklen Arbeitszimmer erzählt hatte. Wenn nicht, würde die Nachricht keinen Sinn ergeben.

Als sie den Umschlag versiegelt hatte, wartete sie, bis es im Haus ruhig wurde. Dann schlich sie sich hinunter in Roberts Arbeitszimmer. Sie wusste, er würde erst spät zurückkommen, sie brauchte also nicht anzuklopfen. Sie schob den Brief unter eine Kante seiner ledernen Schreibtischunterlage, und zwar so, dass man eine Ecke sehen konnte. Dann eilte sie trotz der bereits gelöschten Gaslampen mit sicheren Schritten hinauf zu ihrem Zimmer. So viele Dinge gingen ihr durch den Kopf, dass sie Bertie nicht bemerkte, dessen zierlicher Schatten von der Dunkelheit in der Eingangshalle geschluckt wurde.

ACHTUNDVIERZIG

Bertie

Bertie kannte Miss Jenners leichtfüßige Schritte, so wie er die Schritte aller Bewohner des Hauses kannte. Im Gegensatz zu seinen Schwestern schlief er abends nicht sofort ein. So hörte er immer, wenn die anderen zu Bett gingen. Jeder machte seine ganz eigenen Geräusche – beim Schließen der Türen, beim Auskleiden oder beim Zubettgehen. Eine der Bodendielen auf dem Treppenabsatz vor seinem Zimmer war ausgetreten und knarrte, und nur Miss Jenner hatte noch nicht gelernt, sie zu umgehen. Als Bertie in dieser Nacht das Knarren hörte, konnte er nicht anders. Er musste herauszufinden, warum sie noch einmal nach unten ging. Er wollte sichergehen, dass sie nicht bei Nacht und Nebel das Haus verließ. Zuvor hatte er das Geschrei seiner Mutter gehört, und dann ihr Geläute. Er hatte auch mitbekommen, wie Mary John erzählte, Miss Jenner würde bald fortgehen. Noch hatte er den Kummer deswegen nicht zugelassen. Denn noch bestand die Hoffnung, dass man Gnade walten lassen würde. Wenn doch sein Vater rechtzeitig zurückkäme!

Er wartete in der dunkelsten Nische der Eingangshalle, bis sie auf dem Weg zurück an ihm vorbeiging, so nah, dass er sie hätte berühren können. Er hörte sie atmen, als ihr leichter, reiner Geruch an ihm vorüberwehte, der ganz anders war als der von Mama. Nachdem die Tür von Miss Jenners Dachkammer sich leise geschlossen hatte, betrat Bertie das Arbeitszimmer seines Vaters. Zunächst konnte er nichts Ungewöhnliches entdecken. Und hätte der Mond nicht so hell geschienen, wäre sie ihm vielleicht gar nicht aufgefallen: die Ecke eines weißen Briefumschlags, die die Symmetrie auf dem Schreibtisch störte – wie die Flosse eines Haifisches, die aus trübem Wasser herausragte. Bertie zog den Umschlag hervor. Er war versiegelt, aber es stand kein Name darauf. Er schnüffelte an dem Papier und erkannte einen Hauch von Miss Jenners Duft, nach Rosen, wenn er sich nicht täuschte.

Er hatte ihr so viele Briefe geschrieben! Bestimmt ein ganzes Dutzend. Aber sie hatte ihm nie geantwortet, obwohl sie sich jedes Mal bei ihm bedankt hatte und freundlich gewesen war, besonders als sein Onkel Jago ihm bei dem Krocketspiel hatte unterstellen wollen, er hätte ihr einen Liebesbrief geschrieben. Dabei war es nichts dergleichen gewesen. Aber bei all ihrer Freundlichkeit wäre es dennoch schön gewesen, wenn er auch einmal einen Brief von ihr bekommen hätte, den er in der Blechdose hätte aufbewahren können, die Pfefferminzbonbons enthalten hatte und in der er nun seine Schätze hütete. Er wunderte sich selbst, wie sehr es ihn schmerzte, dass sie seinem Vater geschrieben hatte. Das hieß, was ihn eigentlich wunderte, war die Tatsache, dass er diesen Schmerz richtig in seiner Brust spürte. Das führte alles ad absurdum, was er im Anatomieunterricht in der Schule gelernt hatte.

Er hielt den Umschlag in das Mondlicht, das durch das Fenster fiel. Aber obwohl das Papier dünn war, konnte er an den schwarzen Bögen und Schlaufen nur erkennen, dass es ihre Schrift war, die nicht nur sauber und elegant wirkte, sondern auch selbstbewusst. Nicht wie sein eigenes Gekrakel. Er fragte sich, was sie seinem Vater mitzuteilen hatte. Seine Mutter hatte keinen Zweifel an ihrer Absicht gelassen. Vielleicht wollte Miss Jenner seinen Vater bitten, beschwichtigend auf sie einzuwirken.

Er drehte den Umschlag in den Händen, während ihm Tränen in die Augen stiegen, weil er nicht wusste, was er machen sollte. Das letzte Mal, als er einen Brief gefunden hatte, war in eine Menge Ärger ausgeartet. Mama hatte so sehr darunter gelitten, dass sie tagelang im Bett bleiben musste, und sein Onkel Jago war so verärgert gewesen, dass er seitdem nicht mehr mit ihm gesprochen hatte. Genau genommen hatte er ihn seitdem nicht einmal mehr angesehen. Als Bertie erfahren hatte, dass er nach dem Feuerwerk abgereist war, war es eine Erleichterung gewesen. Nur Mama und Victoria waren traurig darüber gewesen.

Plötzlich merkte er, wie kalt ihm war. Er fürchtete sich auch ein wenig, denn das Arbeitszimmer, das ihm sonst so vertraut war, sah im kalten Mondlicht ganz anders aus, besonders da, wo kein Lichtstrahl hinfiel. Einerseits wusste er, er sollte den Brief wieder zurücklegen, damit sein Vater ihn erhielt. Andererseits – und das Gefühl überwog allmählich – wollte er ihn gern selbst behalten.

Einmal hatte er die beiden gesehen, seinen Vater und Miss Jenner. Aber sie hatten ihn nicht bemerkt. So wie niemand ihn bemerkte, wenn er nicht bewusst laute Geräusche machte. Sie saßen auf der kleinen Bank oberhalb des Gartens, an der hübschen Wiese, von der sein Vater dachte, außer ihm hätte sie noch niemand entdeckt. Bertie wollte ein Paar seltener Käfer hinter dem Eishaus beobachten, als er die Stimme seines Vaters hörte. Sie klang anders als sonst, viel angespannter und höher, nicht wie bei einem Streit mit Mama. Dann hörte sie sich immer ruhig und geduldig an. Bertie hatte das Gefühl, das machte Mama nur noch wütender.

Er kroch hinter dem Eishaus hervor, um nachzusehen, mit wem sein Vater gesprochen hatte. Als er sah, dass es Miss Jenner war, wurde ihm heiß und ein wenig schlecht. Lautlos wie eins der wilden Tiere zog er sich in den Wald zurück. Dann schlug er sich durch das Gebüsch nach Hause, anstatt den Weg zu nehmen, der auf die Rasenfläche führte. Er wollte nur noch in sein Zimmer, wo er allein war und in Ruhe darüber nachdenken konnte, was er gesehen hatte. Er war so verwirrt, dass er seinen Onkel, der vom Salon in den Garten ging, erst im letzten Moment bemerkte. Er hatte gerade noch Zeit gehabt, hinter der Hausecke zu verschwinden, um ihm nicht über den Weg zu laufen.

In der Stille des Arbeitszimmers drehte Bertie den Brief noch einmal um. Die Erinnerung an die Szene im Garten erleichterte ihm seine Entscheidung: Mit dem Brief in der Hand lief er lautlos die Treppe hinauf zu seinem Zimmer.

NEUNUNDVIERZIG

Robert
21. Mai 1910

Robert sah hinauf zur der großen Bahnhofsuhr. Dann warf er einen Blick auf seine Taschenuhr. Sie war ein sehr schönes Schmuckstück, aber sie war noch nie genau gewesen. Nun ging sie zehn Minuten nach. Wäre sie nicht ein Geschenk seiner älteren Tochter gewesen, hätte er sich wohl längst eine neue gekauft.

Er drehte sie um und betrachtete die Gravur: *Für den besten Vater, den man sich wünschen kann. In Liebe, H.* Er stellte sie vor auf die richtige Zeit. Dann steckte er sie wieder in seine Brusttasche und dachte, ohne sein Zeitgefühl nach jahrelanger Tätigkeit bei der Eisenbahn hätte er den Zug möglicherweise verpasst.

Nun sah er ihn in den Bahnhof rollen. Gehüllt in einen Schwall aus Ruß und Rauch ratterte die Lokomotive mit ihrem runden Gesicht, das ihm immer vorkam wie eine Uhr ohne Zeiger, über die Gleise. Bristol-Zeit, fiel ihm plötzlich ein, und er musste ob dieses fast vergessenen Relikts aus der Geschichte der Eisenbahn lächeln. Er war den ganzen Vormittag auf Bristol-Zeit gewesen. Nun befand er sich wieder in der Greenwich-Zeit.

Er setzte sich auf einen Platz in der ersten Klasse und atmete den vertrauten Duft eines Eisenbahnwagens an einem Frühlingsmorgen ein. Je nach Wetter und Jahreszeit rochen sie unterschiedlich: an trockenen Tagen nach warmem Staub, Rasiercreme und einer Spur Politur, an nassen Tagen nach Regenmänteln und feuchter Wolle. Nach einem Regenguss im Winter war der Geruch weniger angenehm, wenn die Fenster geschlossen und von abgestandenem Rauch und schlechtem Atem beschlagen waren. Seit er im Ruhestand war, vermisste er all das.

Es hatte eine Zeit gegeben – nur einen einzigen Sommer, länger hatte sie nicht gewährt –, da war er morgens nicht gern aus dem Haus gegangen. Es war ihm schwer gefallen, nach Bristol oder Swindon aufzubrechen oder wohin auch immer seine Arbeit ihn führte. Doch als diese Zeit zwangsläufig zu Ende ging, war die Eisenbahn seine Rettung gewesen. In einen Zug einzusteigen und seiner geregelten Arbeit nachzugehen war ihm vorgekommen, als würde er bei einem guten Freund einkehren. Für einen besonnenen Menschen wie ihn, der ein Leben in geordneten Bahnen liebte, war es möglicherweise die einzige Rettung gewesen: die verlässlichen Fahrpläne, die einen Band von zweihundert eng bedruckten Seiten füllten, die Stabilität des Metalls überall um ihn herum, von den Kesseln der Lokomotiven über die Puffer bis hin zu den Beinen der Bänke auf den Bahnhöfen, und die Schienen – die Schienen, die niemals von der Strecke abwichen, wo man unbekanntes Terrain zu fürchten gehabt hätte.

Die Strecke nach Swindon war ihm so vertraut, dass er die Dörfer, Weiden und die Wälder, die noch übrig waren, kaum wahrnahm, obwohl er aus dem Fenster sah. In Gedanken war er ganz woanders. Dieser eine Sommer hatte ihn abermals fest im Griff, als hätte ihn eine Unterströmung erfasst. Zweiunddreißig Jahre waren seitdem vergangen. Kaum vorstellbar. Er glaubte nicht, dass er jedes Jahr davon hätte beschreiben können, wenn er danach gefragt worden wäre. Es war ein halbes Leben, mehr oder weniger.

Auf den Tag genau ein Jahr nachdem sie Louisa auf dem kleinen Friedhof am Fuße des Hügels beerdigt hatten, war er zu ihrem Grab gegangen. Pflichtbewusst hatte er im Gras gekniet und Blumen aus dem Gewächshaus niedergelegt, die sie den heimischen Pflanzen immer vorgezogen hatte. Aber in Gedanken war er nicht bei der Frau gewesen, die er geheiratet hatte. Er war zurückgekehrt zum Sommer des Jahres 1878. So wie jetzt, während der Zug ihn nach Swindon brachte. Als er vor dem Grab kniete, hatte er an die Messe an jenem Sonntag denken müssen, als Bertie eingeschlafen und von der Kirchenbank gefallen war. Er erinnerte sich noch, wie sie darüber gelächelt hatte, als sie anschließend gemeinsam den Hügel hinaufgegangen waren, im strömenden Regen. Harriet.

In dem Moment hatte er beschlossen, sich auf die Suche nach der Frau zu machen, die Miss Harriet Jenner geheißen hatte. Ihm war die Idee gekommen, eine Nachricht in der Tageszeitung von Cheltenham aufzugeben, die sie damals abonniert hatten. Er wusste noch, während ihres kurzen Aufenthalts in seinem Haus hatte sie sie gelegentlich gelesen. In der Zeitung gab es eine dauerhafte Anzeige von der Vermittlungsstelle für Gouvernanten in der Rodney Road, die sie Jahre zuvor zu ihm geführt hatte, und er hatte es sich zur Gewohnheit gemacht, sie jedes Mal aufzuschlagen. Welch wunderbarer Gleichklang, in ebendieser Zeitung nach ihr zu suchen, dachte er. Das hatte etwas Romantisches. Aber wo immer sie nun war, sie wohnte ja nicht in Cheltenham, und deshalb würde sie die Anzeige bestimmt niemals sehen.

Bevor er das Blatt Papier zusammenknüllte, auf dem er

seinen Entwurf verfasst hatte, las er sich den Wortlaut noch einmal durch:

//Familie Pembridge sucht ehemalige Gouvernante, Miss Harriet Jenner, in der Annahme, dass sie sich über gute Nachrichten von ihren Schützlingen freuen würde.//

Was für ein Feigling er doch war! Er versteckte sich hinter seinen Kindern, dabei war er derjenige, der sie wiedersehen wollte. Abermals nahm er seinen Füllfederhalter und strich die Wörter durch. Stattdessen schrieb er:

//Mr. Robert Pembridge sucht dringend nach Miss Harriet Jenner. Er möchte sie wissen lassen, dass seine Frau gestorben ist und dass er nun frei ist, um sie zu heiraten. Vorausgesetzt, sie kann ihm verzeihen, dass er sich wie ein Idiot benommen hat.//

Genau das sollte er in die Zeitung setzen. So anstößig es auch klingen mochte – es war die Wahrheit. Wenn er ein wenig tatkräftiger wäre, würde er die Annonce auch in der *Times* veröffentlichen, damit man sie im ganzen Land würde lesen können.

Er schloss die Augen. Die Tinte war noch nicht trocken, da hatte er das Blatt Papier bereits ins Feuer geworfen.

Als der Zug den Bahnhof von Stonehouse verließ, zählte er die Jahre an den Fingern ab. Zehn Jahre, seit er die Suchanzeige geschrieben und dann verbrannt hatte. Vier Jahre, seit Helen auf ihre ehemalige Gouvernante zu sprechen gekommen war und er, redselig nach drei großen Gläsern Brandy, ihr gestanden hatte, was er einst für Miss Jenner empfunden hatte. Zweiunddreißig Jahre, seit er sie das letzte Mal gesehen hatte.

Sie musste mittlerweile Mitte fünfzig sein. Würden sie einander überhaupt wiedererkennen, wenn sie sich in der Menschenmenge auf einem Bahnsteig begegneten? Wann immer ihn eine Angelegenheit nach London führte, hielt er nach ihr Ausschau. Sie war dort aufgewachsen, und dort hatte sie ihren geliebten Vater begraben müssen. Also war es nur logisch, dass sie dorthin zurückgekehrt war, nachdem sie Fenix House verlassen hatte. Manchmal dachte er, er hätte sie gesehen. Aber das passierte wohl allen Menschen, die verzweifelt nach jemandem suchen. Dann verwandelten sich korpulente ältere Damen in Harriets zierliche Gestalt, und er folgte irgendwelchen Frauen, deren Haar in einem warmen Farbton in der Sonne schimmerte, um bei genauerem Hinsehen festzustellen, dass sie viel zu groß waren oder ihre Nasen zu lang, sobald sie ihm den Kopf zuwandten. Dass ihr rotgoldenes Haar ergraut war, konnte er sich einfach nicht vorstellen.

All das hatte er Helen erzählt. Anstatt ihrer Mutter wegen verärgert darauf zu reagieren, hatte sie Verständnis dafür, dass ihr Vater und ihre Gouvernante sich zueinander hingezogen gefühlt hatten. Sie wusste besser als jeder andere: Der Mensch, den man wollte, war nicht unbedingt der Mensch, den andere Leute einem zugedacht hatten. Ihre sanften braunen Augen leuchteten, als sie ihm das Versprechen abnahm, dass er, nun da er Witwer war, seine Suche nach Harriet Jenner verstärkt vorantreiben würde. Sie hatten sogar auf zweite Chancen angestoßen, als sie im Salon von Fenix House saßen und nur das verlöschende Feuer den Raum erhellte.

Am Morgen darauf war die Wirkung des Brandys verflogen, das Feuer im Kamin zu Asche geworden, und ihn hatte der Mut verlassen. Er hatte Angst vor der Enttäuschung, wenn er sie nicht fände – oder wenn er sie fände und sie glücklich verheiratet wäre. Natürlich nicht mit Dauncey. Über seine lächerliche Eifersucht war er längst hinweg. Und die Geschichte, die sie Louisa aufgetischt hatte, hatte er nie geglaubt. Das hatte Louisa sich selbst zuzuschreiben, und im Grunde genommen war es noch zu milde. Aber niemals wäre eine Frau wie Harriet den plumpen Anzüglichkeiten von jemandem wie Jago Dauncey erlegen.

Helen war ungewöhnlich stur geblieben, als er ihr von seinem Sinneswandel erzählte. Sie werde weiter nach ihrer ehemaligen Gouvernante suchen, hatte sie gesagt, ob mit oder ohne seine Hilfe. Und er war hin- und hergerissen, als sich heimliche Freude unter seine Bedenken mischte. Jedes Mal, wenn er einen Brief von Helen erhielt, oder wenn er sie und David in dem Haus in Hampstead besuchte, das Vicky von ihrer Mutter geerbt und ihrer Schwester zur Verfügung gestellt hatte, war er gespannt auf etwaige Neuigkeiten. Jedes Mal, wenn Helen den Kopf schüttelte, lächelte er und sagte, es wäre nicht so schlimm. Doch das war es. Es war schlimm. Und so sonderbar es schien, es wurde mit jedem Jahr, das verstrich, schlimmer.

Zweiunddreißig Jahre. Wo waren sie geblieben?

Er sah aus dem Fenster und stellte fest, dass sie schon in Swindon einfuhren. Die Reise war so schnell herumgegangen, dass er abermals einen Blick auf seine Taschenuhr warf, um festzustellen, ob sie zu früh waren. Doch wenn die Uhr nun nicht auf wundersame Weise vorging, hatten sie sogar eine Minute Verspätung. Um die Erinnerungen an längst vergangene Jahrzehnte zu vertreiben, blieb er auf dem Bahnsteig stehen. Vielleicht sollte er einen Tee trinken und ein Brötchen essen. Eigentlich war ihm nicht danach, aber er hoffte, eine so alltägliche Handlung, wie etwas zu kaufen und zu essen, würde ihn wieder in der Gegenwart verankern. Der Zug, auf den er wartete, sollte ohnehin erst in zwanzig Minuten einfahren.

Kurz bevor er die Bahnhofsgaststätte erreicht hatte, rief jemand seinen Namen. Und anscheinend nicht zum ersten Mal.

»Sie sind doch Mr. Pembridge, oder?«, hörte er die Stimme erneut, laut und mit einem leichten, ländlichen Akzent. Sie hatte etwas Anmaßendes. Etwas Aufgeblasenes, würde Vicky sagen. Aber irgendwie kam sie ihm bekannt vor. Er kniff die Augen zusammen und schirmte sie mit einer Hand gegen die helle Frühlingssonne ab. Ein untersetzter Mann kam zielstrebig auf ihn zu. »Sie sind es tatsächlich«, rief er, »und Sie haben sich kein bisschen verändert, seit wir Sie das letzte Mal gesehen haben! Wir dachten schon, wir hätten Sie verpasst.«

Für einen peinlichen Moment konnte Robert ihn nicht einordnen, geschweige denn sich an seinen Namen erinnern. Aber dann schob sich alles wieder gefügig in sein Bewusstsein, als hätte man eine Schublade geölt und aufgezogen. Es war der Assistent des Bahnhofsvorstehers, Clarence Gibson. Er hatte zugenommen, seit Robert ihn das letzte Mal gesehen hatte. Seine Wangen waren weinrot und die Augen in dem faltigen Gesicht mit der glänzenden Haut kaum noch zu erkennen.

»Mr. Gibson, wie geht es Ihnen?«

Das Gesicht des Mannes färbte sich vor Aufregung noch dunkler. »Es ehrt mich, dass Sie mich nach all den Jahren noch wiedererkennen, Sir. Ich darf Ihnen stolz verkünden, dass ich zum Bahnhofsvorsteher befördert wurde. Im Sommer vor zwei Jahren.«

»Das freut mich für Sie, Mr. Gibson. Ich bin sicher, Sie leisten sehr gute Arbeit.«

»Ich tue mein Bestes, Sir«, tat Gibson bescheiden.

Robert war Gibson in all den Jahren bei der Arbeit höchstens fünf oder sechs Mal begegnet, und er hatte ihn nie besonders gemocht. Warum, wusste er nicht mehr genau. Der Mann war aufgeblasen, manchmal auch unterwürfig, aber das allein war kein Grund. Robert hatte stets Wert darauf gelegt, seinen Untergebenen bei der Great Western Railway Verständnis und Toleranz entgegenzubringen, und er war mit gutem Beispiel vorangegangen.

Nach einem Moment unbehaglichen Schweigens merkte er, dass es an ihm war, etwas zu sagen. »Sie dachten, Sie hätten mich verpasst? Hatten Sie mich denn erwartet?«

»Nein, nein. Aber als die Nachricht durchkam, wollte ich die Gelegenheit nutzen, um Sie persönlich zu begrüßen. Würden Sie mich ins Büro begleiten? Der eine oder andere alte Recke würde Ihnen bestimmt gern Respekt zollen. Wie ich sehe, waren Sie auf dem Weg zum Bahnhofsbüfett. Einen Tee können wir Ihnen auch im Büro jederzeit anbieten.«

Robert warf einen Blick auf die Bahnhofsuhr. Bis Helen und Bertie ankamen, hatte er noch eine Viertelstunde Zeit. Also sprach nichts dagegen. Wenn er ehrlich war, machte es ihn sogar ein bisschen stolz, empfangen zu werden, als wäre er noch der Vorgesetzte früherer Tage und nicht ein alter Mann, der nichts Sinnvolleres mit seiner Zeit anzufangen wusste, als sich hoffnungslosen Gedankenspielen über die Vergangenheit hinzugeben. So konnte er Helen auch beim Mittagessen etwas Nettes erzählen.

Sie wollten direkt nach Cheltenham weiterfahren und an dem kleinen Bahnhof aussteigen. Von dort aus würden sie mit einer Autodroschke nach Hause fahren. Er hatte es sich zur Gewohnheit gemacht, sich in Swindon mit Helen zu treffen, wo sie umsteigen musste, wenn sie aus London zu Besuch kam. Damit sie Gesellschaft hätte, wenn David nicht mitreiste, behauptete er immer. Aber davon abgesehen hatte er seine Freude an den kleinen Ausflügen, die ihn an seine früheren Arbeitsstätten zurückführten. Er fuhr gern die alten Strecken.

Auf dieser Fahrt brauchte Helen keine Gesellschaft, da Bertie eine Woche bei ihr gewesen war. Er hatte sich eine Ausstellung ansehen wollen, aber trotzdem wunderte sich Robert darüber. Bertie sagte immer, der Trubel in der Hauptstadt sei ihm zu viel, trotz der Nähe des Hauses zu Hampstead Heath. Aber ungeachtet dessen, dass Bertie mitreiste, wollte Robert sein gewohntes Ritual beibehalten. Also würde er diesmal beide in Swindon treffen. Sobald sie zu Hause wären, würde Bertie sicher als Erstes einen seiner einsamen Waldspaziergänge machen wollen. Aber Helen und er könnten sich von John zurück in die Stadt fahren lassen. Vielleicht sollte John sie bei Montpellier Gardens absetzen, dann könnten sie noch einen Spaziergang machen, bevor sie zu einem frühen Mittagessen ins Queens einkehrten, nur sie beide.

Im Personalraum wurde Robert vorgestellt wie ein Würdenträger. Darüber wird Helen lachen, dachte er und nahm sich fest vor, es ihr zu erzählen. Schon deshalb, weil er sich zu seiner Schande eingestehen musste, dass er sich über so viel Aufhebens freute. Nachdem er jedem der Männer die Hand geschüttelt hatte und sie wieder an die Arbeit gingen, führte Gibson ihn in sein kleines Büro. Nun konnte er wohl nach der Nachricht fragen, ohne unhöflich zu erscheinen.

»Mr. Gibson, Sie sagten etwas von einer Nachricht ...«

»Ach ja! Vor lauter Begeisterung über das Wiedersehen mit Ihnen hätte ich die fast vergessen.« Er schob einen gefalteten Bogen Papier über den Tisch. »Ein Telegramm. Vermutlich sind die Absender davon ausgegangen, dass wir Sie hier kennen und es an Sie weiterleiten werden.«

Robert verspürte einen Anflug von Enttäuschung, als er das Telegramm auseinanderfaltete. Es war sicher von Helen, und sie musste absagen. Dabei hatte er sich so sehr auf sie gefreut. Auf Bertie natürlich auch, aber auf Helen ganz besonders. Sie fehlte ihm, seit sie in London wohnte, aber er konnte verstehen, dass sie es als unverheiratete Frau dort leichter hatte. Die Freude auf das heutige Wiedersehen hatte ihn die ganze Woche lang begleitet.

//LIEBER PA STOPP ZUG VERPASST WEIL DAVID KRANK STOPP NICHTS ERNSTES STOPP NEHME EXPRESS UM 08.45 STOPP ALLES LIEBE H STOPP//

Sein Herz schlug höher vor Erleichterung und Freude. Sie kam also doch. Und sie hatte mehr als nötig für das Telegramm ausgegeben, um ihm alles Liebe zu wünschen. Er fragte sich, was David wohl hatte und warum er überhaupt zu Hause war. Das Schuljahr war doch noch gar nicht zu Ende. David war schon immer ein anstrengender Junge gewesen, fand Robert. Manchmal machte er sich Sorgen, dass er seiner sanftmütigen Mutter zu viel abverlangte.

»Von meiner Tochter Helen«, erklärte er Gibson, der ihn erwartungsvoll ansah, obwohl er das Telegramm bestimmt gelesen hatte. Es war nämlich nicht versiegelt gewesen. »Sie und mein Sohn wurden aufgehalten. Jetzt nehmen sie den Viertel-vor-neun-Express aus Paddington.« Er zog seine

Taschenuhr hervor. Die Sonne schien durch das schmutzige Bürofenster und ließ die Gravur verschwimmen, als er die Uhr umdrehte. »Vermutlich sind sie gerade losgefahren.«

Gibson war schon dabei, den Fahrplan zu konsultieren. »Dann werden sie um zwanzig nach zehn einfahren, und Sie müssen leider ein bisschen länger auf sie warten, Sir. Aber ich hoffe, Sie machen es sich so lange in meinem Büro bequem. Möchten Sie vielleicht etwas essen?«

Robert wollte schon den Kopf schütteln, doch dann merkte er, dass er nun tatsächlich Hunger hatte. »Warum eigentlich nicht? Wir essen erst später zu Mittag. Ein Rosinenbrötchen wäre nicht schlecht, vielen Dank.«

»Und Sie bekommen endlich Ihren Tee«, sagte Gibson. Er verließ das Büro, um im Personalraum nachzusehen, wer nichts zu tun hatte. Robert erhob sich und folgte ihm, in der unbestimmten Hoffnung, noch jemanden zu finden, mit dem er in Erinnerungen schwelgen konnte. Die Wartezeit allein mit dem Bahnhofsvorsteher zu verbringen erschien ihm nicht allzu erbaulich.

In dem Moment kam ein schmächtiger Mann hereingelaufen und ließ vor Eile die Tür laut zufallen. Als er Mr. Gibson sah, richtete er sich auf und zog seine GWR-Kappe.

Gibson baute sich vor ihm auf und machte ein strenges Gesicht. »Reed! Müssen Sie hier reinstürmen wie ein Elefant in den Porzellanladen? Sollen Sie nicht in knapp dreißig Minuten anfangen? Sie müssten längst auf dem Weg zu ihrem Signalhaus sein!«

Erschöpft hob Reed den Kopf und sah Gibson an. »Sir, verzeihen Sie, dass ich darum bitte, aber könnten Sie mich heute von meiner Schicht entbinden? Ich frage ungern, aber wissen Sie, mein Jüngster hat Scharlach und …«

»Er will seine Schicht nicht antreten!«, rief Gibson mit einem Seitenblick zu Robert mit aufgesetztem Erstaunen. »Und damit kommt er genau fünfundzwanzig Minuten vor Dienstbeginn! Das nenne ich wirklich dreist. Ein solches Verhalten können wir bei der GWR nicht tolerieren«, fuhr er fort. »Haben Sie keine Frau, die sich um Ihre Kinder kümmert, Reed?«

»Darum geht es nicht, Sir. Aber ich habe seit drei Nächten nicht geschlafen. Das Baby hat pausenlos geschrien, und keiner von uns hat ein Auge zugemacht. Ich bin kurz davor, im Stehen einzuschlafen.«

Gibson wedelte herablassend mit der Hand. »Und das, wo Sie letzten Monat schon einmal zu spät kamen. Sie sollten bloß nicht denken, dass ich mir so etwas nicht merke, Mr. Reed!« Er tippte sich an die Nase und vergewisserte sich, dass sein Publikum noch da war. Robert wünschte, er wäre im Büro geblieben. Jetzt wusste er wieder, warum er mit dem Mann nie warm geworden war.

»Zufällig haben wir heute einen bedeutenden Besucher«, redete Gibson weiter. »Mr. Pembridge war bis zu seinem Ruhestand stellvertretender Hauptinspektor. Ich bin sicher, er ist von Ihrem Anliegen genauso befremdet wie ich.«

Robert wollte sagen, dass das nicht stimmte, dass er keineswegs befremdet war und Reed tatsächlich einen überaus erschöpften Eindruck machte. Wahrscheinlich war sein Kind sehr krank gewesen, und zweifellos besaß er nur wenig Geld, wenn er überhaupt genug für einen Arzt aufbringen konnte. Der Eindruck, dass der arme Mann hauptsächlich aufgrund seiner Anwesenheit so abgekanzelt wurde, weil Gibson sich vor ihm aufspielen wollte, machte Robert zu schaffen.

Er öffnete den Mund, um etwas zu sagen, aber es kam ihm ein anderer Mann zuvor, der unbemerkt in einer Ecke gesessen und Zeitung gelesen hatte. »Ich habe gerade meine Schicht beendet, Mr. Gibson. Ich kann für Reed einspringen, wenn er zu müde ist. Das macht mir nichts aus, und morgen habe ich sowieso frei.« Er wechselte einen Blick mit Reed. Offenbar hatte Reed hier einen Verbündeten gefunden, was Gibson nur noch mehr verärgerte. Sein Gesicht hatte eine bedrohlich dunkelrote Färbung angenommen.

»Wenn Sie für heute fertig sind, Johnson, dann schlage ich vor, Sie gehen nach Hause. Sie werden nicht die Schicht von jemandem übernehmen, der hier ist und den ich für diensttauglich halte.« Er warf einen Blick auf die Uhr über der Tür. »Reed, Sie haben noch einundzwanzig Minuten, um Potts im Signalhaus abzulösen. Wenn Sie wollen, können Sie auch gern nach Hause gehen und sich ins Bett legen. Aber dann brauchen Sie sich hier nicht mehr blicken zu lassen.«

Reed schien zunächst dagegen protestieren zu wollen, aber dann presste er die Lippen zusammen und verabschiedete sich mit einem Kopfnicken von Johnson und Robert. Beim Hinausgehen knallte er die Tür hinter sich zu. Richtig so, dachte Robert anerkennend.

»Solche Leute muss man mit eiserner Faust regieren«, tat Gibson vertraulich, nachdem auch Johnson gegangen war. »Tut mir leid, dass Sie das mit anhören mussten, Mr. Pembridge. Aber ich versichere Ihnen, das wird er so bald nicht noch mal versuchen. Nicht, wenn er das Haus behalten will, dass die GWR ihm ermöglicht. Da sonst niemand mehr hier ist, werde ich Ihnen nun selbst ein Rosinenbrötchen holen. Nehmen Sie doch noch einmal Platz in meinem Büro.«

Ich hätte mich für den Mann starkmachen sollen, dachte Robert, als er sich setzte. Was war nur los mit ihm? Er hatte Harriet einmal bei einem Spaziergang erzählt, dass er immer versuche, Verständnis für seine Mitarbeiter aufzubringen. Er erinnerte sich noch, die Sonne hatte ihm warm auf den Rücken geschienen, als er ihr erklärte, die Männer hätten doch die gleichen Sorgen, Wünsche und Ängste wie er, ungeachtet der gesellschaftlichen Stellung. Doch was nutzten einem solche Prinzipien, wenn man sich nicht daran hielt, um sich für einen Mann einzusetzen, der schlecht behandelt wurde? Er nahm das Telegramm von Helen in die Hand. Hätten sie doch einen Zug eher genommen.

Später dachte er denselben Gedanken immer wieder. *Hätten sie doch einen Zug eher genommen.* Hätten sie doch. Und hätte er doch den Mut gehabt, für einen Mann Partei zu ergreifen, der nicht in der Verfassung gewesen war, seinen Dienst anzutreten. Aber er hatte schon immer gefürchtet, Menschen zu verärgern oder zu schockieren, auch wenn es angebracht gewesen wäre.

FÜNFZIG

Grace

Nachdem ich verkündet hatte, dass meine Großmutter draußen vor der Tür stand, obwohl mir gar nicht klar war, woher ich das überhaupt wusste, wurde mir schwindelig, und ich musste mich setzen.

»Ihre Großmutter?«, fragte Victoria erstaunt. »Haben Sie

sie eingeladen? Was für eine gute Idee! Wir könnten noch ein paar Gäste gebrauchen. Ich hielt es für besser, meinen Damen und den Nachbarn abzusagen, weil es Papa noch nicht besser ging. Aber Ihre Großmutter würden wir gern kennenlernen. Meine Güte, hat sie heute Nachmittag den weiten Weg von Bristol auf sich genommen? Dann muss sie aber über Nacht bleiben. Bei dem Schnee kann sie unmöglich wieder zurückfahren.«

David warf mir einen Blick zu und zog die Augenbrauen hoch, als ich mich unruhig umsah. »Ist alles in Ordnung, Gra... Miss Fairford? Sie sind erschreckend blass geworden.«

Ich brachte ein nicht gerade überzeugendes Nicken zustande, und gleich darauf läutete es noch einmal. Sicher war es das Beste, wenn ich sie begrüßte. Ich versuchte aufzustehen, aber in meinem Kopf drehte sich noch alles.

»Ach, sei doch so gut und lass die arme Frau herein, David«, sagte Victoria. »Sie ist bestimmt schon auf der Treppe festgefroren. Agnes ist wohl noch ausgezählt.«

Mit einem weiteren fragenden Blick in meine Richtung machte David sich auf den Weg. Aber ich hätte ihm selbst keine Antwort geben können. Beim besten Willen konnte ich mir nicht erklären, was meine Großmutter in Fenix House wollte. Sie hatte auch nichts davon in ihrem letzten Brief erwähnt. Als ich einen Moment später hörte, dass zwei Personen die Treppe heraufkamen, und mir vorstellte, was sie vielleicht gerade zu David sagte, wurde mir richtig schlecht. Was sie gleich zu Victoria und den anderen sagen würde, daran mochte ich gar nicht denken. Und wie würden Victoria und Bertie reagieren, wenn sie erfuhren, dass meine Großmutter die Gouvernante war, die entlassen worden war? Warum, das wusste ich immer noch nicht, aber ich vermutete, es hatte mit ihrem Vater zu tun. Ich sah zu dem schlafenden alten Mann hinüber, der bei all dem Aufruhr sicher aufwachen würde.

Doch wenn ich tatsächlich fürchtete, es würde zu einer peinlichen Szene kommen, hatte ich wohl vergessen, was für eine Ausstrahlung meine Großmutter hatte und wie charmant sie sein konnte. Gefolgt von David betrat sie strahlend das Zimmer, und er lachte herzlich über etwas, das sie offenbar kurz zuvor gesagt hatte. Als sie mich sah, kam sie zu mir und nahm mich in die Arme.

»Ach, mein liebes Mädchen«, hauchte sie mir ins Ohr. »Ich habe dich so sehr vermisst.«

Das Gefühl, in einem Raum mit ihr zu sein, war eine Befreiung, die mich fast überwältigte. Meine Befürchtungen schwanden so schnell, wie sie gekommen waren. In dem Moment konnte ich kaum noch glauben, dass ich vorher wütend auf sie gewesen war. Ich wusste gar nicht mehr, wie ich ohne sie hatte leben können. Selbst die Tatsache, dass sie nicht die Wahrheit gesagt oder mir zumindest etwas verschwiegen hatte, spielte keine Rolle mehr, nun da sie wieder bei mir war. All das lag doch so lange zurück.

Als ich das Schluchzen, das ich mir auf keinen Fall vor den anderen erlauben wollte, heruntergeschluckt hatte, warf ich einen ängstlichen Blick in die Runde. Robert schlief noch, der Kopf war ihm auf die Brust gesackt. Zu meiner Überraschung – doch eigentlich war es gar nicht so überraschend, wenn man bedachte, was sie ihm bedeutet hatte – war Bertie derjenige, der sie trotz seiner Kurzsichtigkeit forschend anblickte. Victoria lächelte freundlich, aber ohne ein Zeichen des Wiedererkennens. Sie schien abzuwarten, bis sie in ihrer Eigenschaft als Hausherrin von Fenix House alle miteinander bekannt machen konnte.

Als meine Großmutter sah, wie Bertie sie anstarrte, lächelte sie erwartungsvoll. Ihre Rückkehr nach so vielen Jahren schien sie kein bisschen aus der Fassung zu bringen.

»Sind ... Sie es?«, fragte Bertie verwundert. »Nein, das ist nicht möglich. Oder doch ... Miss Jenner?« Seine Augen füllten sich mit Tränen.

Meine Großmutter ging zu ihm und nahm liebevoll seine Hände. »Bertie. Du bist erwachsen geworden, natürlich. Meine Güte, ich kann kaum glauben, wie lange es her ist.« Als Bertie die Fassung zurückgewonnen hatte und statt Tränen Fragen in seinen Augen zu sehen waren, drehte sie sich um zu Victoria. »Und du, kleine Miss Vicky? Erinnerst du dich noch an deine Gouvernante?«

Zum zweiten Mal an diesem Nachmittag fehlten Victoria die Worte. Doch nach anfänglichem Staunen sprang sie auf und nahm die Frau in die Arme, die ihr Lesen, Schreiben und Rechnen beigebracht hatte. Nachdem ihre Freudenschreie verstummt waren, wandte sie sich mir zu. »Warum in aller Welt haben Sie nicht gesagt, dass Sie mit Miss Jenner verwandt sind?«

»Ich ... Ich wollte es ja sagen, aber ...« Ich wusste nicht, wie ich es ausdrücken sollte.

»Grace wollte auf eigenen Füßen stehen. Ich habe sie so lange unter meine Fittiche genommen, dass es Zeit wurde, sich allein durchzuschlagen. Dabei darfst du natürlich nicht vergessen, liebe Vicky, dass ich von deiner Mutter fortgeschickt wurde. Das habe ich Grace allerdings nicht erzählt, als sie sich auf die Stelle bewarb. Ich wollte es ihr damit nicht noch schwerer machen. All das ist so lange her, und es hatte ja nichts mit ihr zu tun.«

Sie schenkte Victoria und Bertie ein gewinnendes Lächeln. Dann fiel ihr Blick auf Robert.

Victoria folgte ihrem Blick. »Ach, richtig«, sagte sie. »Meinen Vater kennen Sie ja auch. Papa, bist du wach? Wir haben einen ganz besonderen Gast für dich.«

Als der alte Mann mit flatternden Lidern die Augen öffnete, fragte ich mich, was in meiner Großmutter vorgehen mochte. Sie hatte einst eine tiefe Zuneigung für ihn empfunden, aber nun war er alt und hinfällig. Er schien nur noch ein Schatten des Menschen zu sein, den sie in Erinnerung hatte. Aber wer weiß, vielleicht war er das für sie gar nicht. Als sie sich seinem Bett näherte, kam es mir vor, als würde sie von innen heraus leuchten. Sie wirkte wieder jung. Etwa so musste sie damals ausgesehen haben. Zum ersten Mal fiel mir die große Ähnlichkeit zu meiner Mutter auf – und zu mir selbst.

Sie setzte sich auf den Rand des Bettes und nahm sanft seine Hand. »Robert, ich bin es, Harriet Jenner. Erinnerst du dich an mich?«

Er zuckte zusammen und blinzelte heftig. Mit beiden Händen umklammerte er ihre Hand, als wollte er sie nie wieder loslassen. »Bist du es wirklich? Träume ich, oder bist du zu mir zurückgekommen?«

Victoria und Bertie wechselten besorgte Blicke.

»Ach, Papa, mein Lieber, es ist nicht Helen«, sagte Victoria. »Es ist Miss Jenner, unsere Gouvernante im Jahr ... In welchem Jahr war das noch genau?«

»1878«, antwortete Bertie prompt.

»Ich weiß, dass es nicht Helen ist«, sagte Robert. Er versuchte, sich im Bett aufzusetzen. »Ihr denkt immer, ich wäre nicht mehr zurechnungsfähig. Meine geliebte Helen ist gestorben. Ich weiß, wer das ist. Es ist Harriet. Sie sehen sich überhaupt nicht ähnlich. Aber Helen hat mir geholfen, nach ihr zu suchen, bevor ...«

Meine Großmutter sah ihn erstaunt an. Das Sprechen hatte ihn so sehr angestrengt, dass er husten musste und seine schwache Brust sich rasselnd hob und senkte. Ich hatte den Eindruck, im Verlauf des Tages war es schlimmer geworden. Sein Gesicht war eingefallen, und seine Hände zitterten. Als er sich ein wenig erholt hatte, lehnte er sich wieder gegen die Kissen und schloss die Augen. Eine Träne lief ihm die Wange hinunter. »Du bist zu mir zurückgekommen«, flüsterte er. »Darum habe ich gebetet, so viele Jahre lang. Und nun bist du bei mir.«

Ich sah die Menschen an, die noch immer seine Kinder waren. Victoria wirkte gerührt, aber auch verwundert. Bertie war zugleich voller Freude und bedrückt. Plötzlich musste ich an David denken, der all das reichlich sonderbar finden musste. Ich drehte mich zu ihm um. Aber er sah nicht seinen Großvater an, sondern mich, und zwar so eindringlich, dass ich beinahe zusammenzuckte. Er war mein Arbeitgeber, so wie Robert einst Harriets Dienstherr gewesen war. Und zum ersten Mal konnte ich mir vorstellen, wie sich zwischen den beiden etwas hatte entwickeln können, auch wenn es damals andere Zeiten gewesen waren.

EINUNDFÜNFZIG

Harriet

Drei Wochen nach der Geburtstagsfeier des Captains verließ Harriet Fenix House in der Überzeugung, dass sie nie wieder zurückkehren würde. Irgendwann zwischen Feier und

Abreise hatte sich auch der Sommer davongeschlichen. Auf der Treppe vor dem Haus wehte ein scharfer Wind und blies ihr eine Haarsträhne ins Gesicht. Es war früh, nicht einmal sechs Uhr, und außer ihr war noch niemand auf den Beinen. Sie hatte gehofft, Robert würde die Treppe herunterkommen, weil er sie gehört hatte oder ahnte, dass sie fortging. Deshalb ging sie bewusst langsam. Noch konnte er sie einholen. Noch konnte er sie bitten, zu bleiben, und ihr sagen, er würde sich über die Anweisungen seiner Frau hinwegsetzen.

Er war spät von seiner Arbeit bei der Eisenbahn zurückgekommen. Erst kurz vor Mitternacht hatte sie gehört, wie die Eingangstür ins Schloss fiel. Sie hatte angenommen, er würde noch in dieser Nacht ihre Nachricht finden. Und wenn das nicht der Fall wäre, hatte sie angenommen, dass die Hausherrin nicht widerstehen konnte, ihm brühwarm zu erzählen, dass sie die Gouvernante entlassen hatte. Aber vielleicht hatten die Tinkturen, die Mary ihr den ganzen Tag lang hatte einflößen müssen, sie schon in den Tiefschlaf befördert. Und vielleicht war Robert auch so müde gewesen, dass er sein Arbeitszimmer nicht mehr betreten hatte.

Harriet hatte den Kiesweg schon halb überquert, als sie hinter sich doch noch jemanden auf den steinernen Stufen hörte. Auch wenn sie wusste, dass es niemals seine Schritte sein konnten, denn dafür waren sie zu leicht gewesen, ließ sie dennoch ihren Koffer fallen.

Aber natürlich war es nicht Robert. Es war Helen, mit betrübtem Gesicht. »Ach, Miss Jenner, müssen Sie wirklich gehen? Ich hätte Sie beinahe verpasst. Aber ich bin früh aufgewacht und habe Sie gehört. Wollten Sie uns denn nicht einmal Auf Wiedersehen sagen?«

Sie schien den Tränen nahe, und Harriet nahm sie in die Arme. »Helen, mein kleines Mädchen. Du hast recht, ich hätte Auf Wiedersehen sagen sollen. Du darfst nicht denken, ich hätte es nicht getan, weil ihr mir nichts bedeuten würdet. Aber ich dachte, das würde es noch trauriger machen.«

Sie umarmten sich eine Weile, und Harriet musste sich in die Wange beißen, um nicht zu weinen. Helen schluchzte leise, und durch den Stoff ihres Nachthemds spürte Harriet das Beben ihres zarten Körpers. Schweren Herzens löste sie sich aus der Umarmung. »Du musst wieder hineingehen, Liebes. Sonst wirst du dich erkälten.«

»Ich wollte Ihnen das hier geben.« Das kleine Mädchen hielt eine dünne Kette mit einem Anhänger in die Höhe.

»Was ist es denn?«

»Mein Medaillon. Papa hat es mir geschenkt, aber ich möchte, dass Sie es tragen, damit Sie immer an mich denken. Es steht sogar Ihr Anfangsbuchstabe darauf. Wir haben nämlich denselben.« Sie zeigte Harriet das *H* auf der Rückseite des ovalen Medaillons. Es war auch eine Inschrift eingraviert, aber im frühen Morgengrauen war es noch so dunkel, dass man sie nicht lesen konnte.

»Das kann ich nicht annehmen, Helen.«

Helen war kurz davor, abermals in Tränen auszubrechen. »Bitte, Miss Jenner. Dann sind wir immer mit… miteinander verbunden.«

Harriet sah hinauf zu den Fenstern. Einer der Vorhänge hatte sich bewegt. Sie musste sich auf den Weg machen, sonst würde nicht Robert, sondern seine Frau die Treppe herunterkommen. Einer weiteren Szene fühlte sie sich nicht gewachsen, nicht an diesem Tag.

»Helen, wenn ich dein wunderschönes Medaillon annehme, musst du aber auch etwas von mir bekommen. Dann haben wir beide etwas zur Erinnerung.« Sie zog den Opalring von ihrem Finger, den sie so lange getragen hatte. »Pass gut auf ihn auf. Er ist nicht allzu viel wert, aber er gehörte meiner Mutter.«

Mit leuchtenden Augen nahm Helen den Ring entgegen und steckte ihn auf ihren Daumen, auf den er perfekt passte. »Wenn ich größer werde, stecke ich ihn auf die anderen Finger«, sagte sie. »Ich werde ihn immer in Ehren halten.«

»So wie ich dein Medaillon.« Harriet legte sich die Kette um und schloss sie sorgfältig. Dann steckte sie sie unter ihr Kleid. Das Medaillon fühlte sich kalt an auf ihrer Haut, aber es erwärmte sich rasch.

Erst als sie im Zug nach London saß, nahm sie es noch einmal ab, um die Gravur zu lesen: »Du bist auf ewig in der Mitte, und für immer in meinem Herzen.« Die Inschrift war für das mittlere Kind gedacht, das zwischen dem erstgeborenen und dem jüngsten Geschwister stand. Aber sie war gleichermaßen zutreffend für eine Gouvernante, die weder zur Familie noch zu den Dienstboten gehörte, auf ewig in der Mitte zwischen Herrschaftsetage und Wirtschaftsräumen. Sie strich über das eingravierte H. Ebenso gut hätte es ein Geschenk von Robert für sie sein können. Vielleicht sollte sie es gleichermaßen als solches betrachten, als Abschiedsgeschenk von ihm und Helen.

Nicht allein aus Heimweh hatte sie beschlossen, nach London zu fahren, obwohl die Anonymität der Menschenmengen in der Hauptstadt ihr ein Gefühl der Sicherheit vermittelte. Aber sie hatte auch den Plan, eine andere Form der Rache an den Daunceys zu nehmen, die sie ihrer Ansicht nach nun erst recht verdienten. Eigentlich konnte sie sich nur deshalb an die Namen der Anwälte erinnern, weil sie aus einem Roman von Charles Dickens hätten stammen können: Juggins und Wraith. Sie wusste noch, wie der Captain sie eines Abends im Salon seiner Schwester gegenüber erwähnt hatte, mit heiserer Stimme nach zu vielen von seinen stinkenden Zigarillos.

Wie so oft, wenn sie etwas aufschnappte, hatte sie auch bei dieser Gelegenheit nicht bewusst gelauscht. Sie war lediglich zur richtigen Zeit am richtigen Ort gewesen und hatte etwas mitbekommen, das sich später als nützlich erwies. Schließlich konnte sie nichts für die laute Stimme des Captains. Man hätte meinen können, er würde es darauf anlegen, dass jeder hörte, was er von sich zu geben hatte – über das hohe Ansehen, das er in der Garnison genoss, die Unmengen von Alkohol, die er vertragen konnte, oder seine finanziellen Angelegenheiten.

Damit ihr Vorhaben gelingen konnte, beschloss sie, ihrer äußeren Erscheinung mehr Bedeutung beizumessen als ihrer Unterkunft. Sie nahm sich ein billiges Zimmer in einer schäbigen Straße nahe dem Bahnhof Liverpool Street Station. Sobald die Wirtin gegangen war, setzte sie sich und schrieb einen kurzen Brief in einer Handschrift, die nicht die ihre war. Anschließend fuhr sie mit dem Omnibus nach Piccadilly und erstand in einem Geschäft, das zwar chic, aber nicht beängstigend hochherrschaftlich aussah, für einen Großteil ihres letzten Geldes einen warmen Umhang, einen eleganten Hut, eine perlenbesetzte Handtasche und einen moosgrünen Samtstoff, aus dem sie sich ein Kleid schneidern ließ, das der neuesten Mode entsprach und für das sie einen Aufschlag bezahlte, damit es noch in dieser Woche fertig werden würde.

Und es gab noch einen Ort, den sie aufsuchen wollte, da sie schon so weit in den Londoner Westen gefahren war. Sie hoffte, er würde sie stählen, um ihren Plan in die Tat umzusetzen, sobald das Kleid genäht war. Sie hatte erwartet, dass nichts mehr übrig wäre, ausgelöscht, als hätte es diesen Ort nie gegeben. Denn sie wusste, das Feuer hatte alles im Auktionshaus ihres Vaters zerstört, in jener Nacht, als sie den Rauch gerochen hatte.

London war nicht die passende Stadt, um sentimental zu sein – jedenfalls nicht das London, wie sie es kannte. Sicher war die verkohlte Lücke längst geschlossen worden und ein Dutzend Geschäftsleute hatten sich in dem neuen Gebäude schon die Klinke in die Hand gegeben. Das dachte sie zumindest. Umso mehr erstaunte es sie und trieb ihr inmitten der Karren, Droschken und Straßenhändler Tränen in die Augen, dass eine Mauer des alten Gebäudes noch stand. Der Schriftzug war verblasst, aber man konnte ihn noch sehen, insbesondere wenn man ihn noch aus der Zeit kannte, bevor man lesen gelernt hatte: ihr Name – der Name ihres Vaters. »Jenner« stand in verblichenen Buchstaben auf den Ziegeln, als wäre die Mauer der Grabstein des Mannes, der genau dort seinen Lebensmut verloren hatte.

Sie blieb so lange davor stehen, bis ihr auffiel, dass sie zitterte. Sie wischte sich die Tränen aus den Augen und ging, ohne sich noch einmal umzudrehen. Sie hatte sich wappnen wollen, und das war ihr gelungen. Die Kälte hatte ihren Verstand geschärft und ihre Entschlossenheit gestärkt, und als das Kleid geliefert wurde, war dieses Gefühl ungebrochen.

Nachdem sie sich mühsam in das neue Kleid gezwängt hatte, das eindeutig für Frauen gedacht war, die sich nicht allein ankleiden mussten, schob sie den einzigen, klapprigen Stuhl, der sich in dem Raum befand, in die Mitte des Zimmers. Sie kletterte hinauf, um sich in dem fleckigen Spiegel über dem Waschtisch zu betrachten, denn nur so konnte sie sich von Kopf bis Fuß sehen. Einzelheiten waren auf die Entfernung nicht zu erkennen, aber ihr Spiegelbild entlockte ihr ein zufriedenes Lächeln. Ihre begründete Aversion gegen die Farbe Grün hatte sie beim Kauf des Stoffs zunächst zögern lassen, doch nun war sie froh, dass sie auf den Rat der Verkäuferin gehört hatte.

»Diese Farbe steht Ihnen am besten«, hatte die Frau gesagt. Sie hatte darauf hingewiesen, wie wunderbar Grün den warmen Farbton von Harriets Haar zur Geltung brachte. Damit hatte sie recht gehabt. Deshalb war es umso bedauerlicher, dass zum Zeitpunkt, als sie sich aufmachte, um Juggins und Wraith einen Besuch abzustatten, keine Spur des rötlich goldenen Schimmers mehr zu sehen war. Stattdessen war ihr Haar rabenschwarz gefärbt. Erstaunlicherweise funktionierte es genau, wie auf der Packung beschrieben. Zuvor war ihr das Pulver suspekt erschienen, und sie hatte Sorge gehabt, es würde zu einer Haarfarbe führen, die eher an schlammigen Morast erinnerte. Doch als sie sich das Haar kämmte, um es trocknen zu lassen, sah ihr aus dem fleckigen Spiegel eine Fremde entgegen.

Das dunkle Haar ließ ihre Haut noch zarter erscheinen. Ihre Augen wirkten ausdrucksvoller, umso mehr, nachdem sie eine Mischung aus Glyzerin und Lampenruß auf ihre Wimpern aufgetragen hatte. Sie hatte ihr Aussehen verändert, damit die Geschichte, die sie den Rechtsanwälten erzählen wollte, glaubhaft wirkte. Doch angesichts ihrer Verwandlung kam es ihr selbst vor, als sei sie zumindest zeitweilig zu einer anderen geworden.

Zufrieden stellte sie fest, dass die Kanzlei der Anwälte

nur ein paar Straßen von dem Haus entfernt lag, wo sie in ihrem früheren Leben mit ihrem Vater gewohnt hatte. Der Captain hatte gesagt, sie seien schon mit den Belangen seines Vaters betraut gewesen. Demnach musste es die Kanzlei schon seit Langem geben, nur ein paar Hundert Meter von dort entfernt, wo sie aufgewachsen war. Sie hatte das sonderbare Gefühl, sie wurde dort erwartet, und vielleicht war das in gewisser Weise tatsächlich so, seit Juggins und Wraith Josiah Daunceys dubiose Geschäfte geregelt hatten.

An diesem Morgen hatte sie sich mit äußerster Sorgfalt angezogen. Sie hatte das samtene Kleid abgebürstet und ihren Hut so drapiert, dass ein paar schwarze Haarsträhnen darunter hervorschauten. Den Umhang hatte sie nur am Hals geschlossen, sodass er ihr an den Seiten hinterherwehte und das kräftige Grün des Kleids zu sehen war. Zweifellos bot sie einen überwältigenden Anblick. Das merkte sie daran, wie die Köpfe der Passanten sich ihr zuwandten. Und es waren keineswegs flüchtige Blicke. Offenbar vermittelte sie einen derart exotischen Eindruck, dass man sie ungeniert anstarrte.

Die Räumlichkeiten von Juggins and Wraith befanden sich in einer der engen mittelalterlichen Gassen, die im historischen Teil Londons noch erhalten waren. Die oberen Etagen der alten Häuser ragten so weit hervor, dass sie sich fast berührten und so wenig Tageslicht hindurchließen, dass man den Eindruck hatte, man wäre nicht mehr draußen. Das Haus, in dem sich die Kanzlei befand, machte nicht den respektabelsten Eindruck. Die bunten Bleiglasfenster waren mit einer Rußschicht überzogen, und in dem Schriftzug aus abblätternder goldener Farbe, der darüber hing, hatte sich das J in »Juggins« gelockert und lag auf dem

Rücken. Doch all das war unerheblich für Harriet. Nachdem sie so weit gekommen war, gab es kein Zurück mehr. Nun blieb ihr nur noch die Flucht nach vorn.

Als sie die Tür aufstieß, verkündete eine Glocke ihre Ankunft. Ein junger Sekretär mit strähnigem, farblosem Haar sah von einer Kladde auf und senkte den Kopf sofort wieder. Wie es schien, war er geübt darin, Besuchern das Gefühl zu vermitteln, dass sie störten. Dass er nicht umhinkonnte, gleich darauf den Kopf wieder zu heben und einen weiteren Blick auf die zierliche, aber auffällige Gestalt zu werfen, die auf der Schwelle stand, war ein weiterer Beweis für Harriets gelungene Verwandlung. Diese Erkenntnis erfüllte sie mit einem ungeahnten Machtempfinden, und sie spürte, wie ihr Kinn sich hob und sich ihr Rücken straffte.

»Ich möchte Mr. Wraith sprechen«, sagte sie laut und deutlich. »Mein Mann, Captain Jago Dauncey, hat schriftlich einen Termin für heute Morgen um zehn Uhr vereinbart. Leider wurde er anderweitig aufgehalten, da seine geliebte Schwester erkrankt ist. Deshalb bin ich an seiner Stelle gekommen.«

Der Sekretär warf einen Blick in die Kladde und fuhr mit dem Finger über die Spalte, in der die Termine für den heutigen Tag vermerkt waren. »Ich bedaure, Mrs. Dauncey, aber ich kann keinen Eintrag unter Ihrem Namen finden.«

»Wenn Sie noch einmal genauer nachsehen könnten«, hörte Harriet sich hoheitsvoll sagen. Auf die Antwort des Sekretärs war sie vorbereitet gewesen. Selbstverständlich gab es keinen Termin. Es hatte ja auch keinen Brief von Captain Dauncey gegeben. »Vielleicht haben Sie ihn unter einem falschen Datum eingetragen.«

Der Sekretär vergewisserte sich und blätterte vor und

zurück. »Ich fürchte, es ist nichts vermerkt, Madam. Irrtum ausgeschlossen.«

Sie hatte mit einer höflicheren Entschuldigung gerechnet. Sie musste wohl ihre Taktik ändern. Verzweifelt rang sie die Hände. »Ach herrje! Was soll ich bloß machen? Mein Mann sagte, er habe den Brief vor drei Tagen in Cheltenham abgeschickt. Er versicherte mir, es sei kein Problem, mit Mr. Wraith zu sprechen, in dessen Obhut er kürzlich etwas von beträchtlichem Wert gegeben hat. Äußerst bedauerlich, zumal er ihn als guten Freund betrachtet.«

Der Sekretär hob die Hand. »Glücklicherweise ist Mr. Wraith heute Morgen zugegen, Madam. Wenn Sie einen Augenblick Platz nehmen wollen, werde ich ihn fragen, ob er sich Zeit für Sie nehmen kann. Falls nicht, fürchte ich, müssen Sie an einem anderen Tag wiederkommen.«

»Das ist unmöglich. Ich reise morgen schon nach Southampton und treffe mich mit meinem Mann. Wir werden nach Indien zurückfahren. Bitte erklären Sie Mr. Wraith, wie dringlich es ist. Ich werde nicht mehr als zehn Minuten seiner Zeit in Anspruch nehmen. Es handelt sich um eine unkomplizierte Angelegenheit.«

Als der Sekretär verschwunden war, streifte Harriet ihren Umhang ab und prüfte, ob ihre komplizierte Frisur noch hielt. Sie fühlte sich ungewohnt an, nachdem sie so lange Zeit immer einen einfachen Knoten im Nacken getragen hatte. Beruhigt, weil alles noch saß, wie es sollte, öffnete sie die Handtasche und vergewisserte sich, dass sie den Brief bei sich hatte. Wenn Sie zu Wraith vorgelassen würde, um ihr Anliegen vorzubringen, konnte sie ihn mit Sicherheit überzeugen.

Kaum eine Minute später war der Sekretär zurück und

zeigte sich um einiges unterwürfiger. »Mr. Wraith wird Sie gern empfangen, Mrs. Dauncey. Wenn Sie mir bitte folgen würden.«

Er führte sie durch einen düsteren, engen Gang mit holzvertäfelten Wänden und knarrenden Bodendielen aus dem gleichen dunklen Holz wie die Vertäfelung. Am Ende befand sich eine niedrige Tür, die zu einem Raum mit fast ebenso niedriger Decke führte. Ein prasselndes Feuer machte die Luft stickig, umso mehr, da der Raum keine Fenster hatte. Hinter einem wuchtigen Schreibtisch aus Mahagoni saß ein ungeheuer beleibter Mann, der sich nun mit einiger Mühe aus seinem Sessel wuchtete.

Ihr fiel ein, was sie den Captain einmal bei einem reichhaltigen Menü aus Hummer, Lachs in Gurkensauce, gefüllten Ochsenherzen und Mrs. Rollrights spektakulärer Pfeffertunke hatte sagen hören: »Henry Wraith hat den Leibesumfang eines Gartenschuppens. Juggins dagegen kann kaum am Seziersaal von St. Thomas vorbeigehen, ohne dass man ihn für eine neue Leiche hält. Die beiden geben ein drolliges Paar ab. Das habe ich Wraith auch schon gesagt und ihn damit sehr erheitert.«

»Mrs. Dauncey!«, rief Wraith nun. »Welch unerwartetes Vergnügen. Gottlob haben Sie sich von Higgins nicht sofort abwimmeln lassen.« Er wedelte mit der Hand, um den Sekretär hinauszuschicken. Dann begann er die Prozedur, sich wieder in seinen Sessel zu wuchten, die damit endete, dass er sich die Stirn abwischen musste. Als er sie hinter sich gebracht hatte, musterte er Harriet gründlich. Sie spürte, wie der Schweiß unter ihren Achseln kribbelte, und war froh, dass sie den Umhang abgelegt hatte. Nun konnte sie sich denken, warum der Mann und der Captain ein Herz und eine Seele gewesen waren.

»Alle Achtung«, sagte er beeindruckt. »Dauncey hat nicht übertrieben, als er mir erzählte, seine Frau sei eine Schönheit. Dass sie ihn auf seiner Reise begleitet, hat er mir allerdings verschwiegen. Ich hatte es nämlich so verstanden, dass ...«

»Mr. Wraith«, begann Harriet in leisem, vertraulichem Tonfall und senkte sittsam den Blick, nur um Wraith hin und wieder mit einem reizenden Augenaufschlag ihrer getuschten Wimpern zu beeindrucken. »Sie kennen ja meinen Mann. Er ist sehr besitzergreifend. Um ehrlich zu sein, hat er mich in England wochenlang unter Verschluss gehalten.«

Wraith grinste. »Wer könnte es ihm verdenken, dass er ein solches Juwel wie einen Schatz hütet?«

Abermals schlug Harriet die Augen nieder. »Ich weiß, er hat Ihnen anvertraut, dass wir geheiratet haben, schließlich sind auch Sie ein Mann von Welt. Aber er wusste, dass sich seine Familie als ... sagen wir, als schwieriger erweisen würde. Insbesondere seine Schwester Louisa, Lulu, wie er sie immer so liebevoll nennt, wäre mit mir als seine Ehefrau möglicherweise nicht einverstanden. Sicher verstehen Sie, was ich meine. Deshalb ist er nach unseren gemeinsamen Wochen allein nach Cheltenham gefahren, und ich bin hier geblieben. Eigentlich wollte er gestern zurückkehren, um selbst bei Ihnen hereinzuschauen. Aber Louisa ist erkrankt. Er hat Ihnen sicher bereits von ihrer schwachen Konstitution erzählt. Morgen Abend werden wir von Southampton aus in See stechen. Er wird also nicht erst nach London kommen, sondern direkt von seiner Schwester aus dorthin fahren.«

»Dann reisen Sie beide vermutlich zurück nach Indien?«

Harriet nickte und gab dem Bedürfnis nach, ihre Handschuhe auszuziehen. Die Hitze in diesem Raum war einfach unerträglich. Sie faltete die Hände, um nicht in Versuchung zu geraten, sich die feuchte Stirn abzuwischen. Sie hatte ihr Haar zwar gründlich ausgespült, aber dennoch fürchtete sie, die schwarze Farbe könne sich mit den Schweißperlen auf ihrer Stirn mischen. Wie konnte jemand, der so gut gepolstert war wie Wraith, nur dermaßen hohe Temperaturen ertragen?

»Ich sollte wohl selbst einmal da rüberschippern«, sagte er, als hätte er ihre Gedanken gelesen, »und mir auch eine exotische Schönheit suchen. Wie Sie bemerkt haben werden, ist das englische Wetter nichts für mich. Immer diese feuchte, kalte Luft. Die brütende Hitze in Indien käme mir da eindeutig gelegener.«

»Sie sind herzlich eingeladen, uns zu besuchen, wenn Sie die Reise tatsächlich auf sich nehmen wollen«, sagte sie lächelnd. »Doch verzeihen Sie, dass ich wieder auf geschäftliche Angelegenheiten zurückkomme, aber die Zeit drängt. Ich habe vor der Abreise noch einiges zu erledigen.«

Wraith beugte sich vor, so weit sein Bauch es erlaubte. »Fahren Sie fort, Mrs. Dauncey. Was kann ich für Sie tun? Ich bin ganz Ohr.«

»Wie Sie wissen, hat mein Mann Ihnen bei seinem letzten Besuch etwas Wertvolles anvertraut.«

»Ja?«

»Eine gewisse Menge an Edelsteinen.« Sie schluckte. Wenn der Captain das nur erfunden hatte, um seiner Schwester zu imponieren, war sie geliefert. Doch Wraith nickte schließlich. Sein Gesichtsausdruck war jedoch wachsamer geworden. Seine offenkundige Begeisterung für ihre exotische Erscheinung brachte sie also nur bis zu einem bestimmten Punkt.

Sie zog ein Blatt Papier aus der Handtasche. »Hier ist die Quittung, die Ihr Sekretär ihm vor sechs Wochen ausgestellt hat.« Sie schob das Papier über den Schreibtisch.

Er nahm es und setzte seine Brille auf. »Captain Dauncey ist wohl noch nicht dazu gekommen, seiner Angetrauten einen Ring an den Finger zu stecken«, bemerkte er beiläufig.

Harriet hob ruckartig den Kopf. Er war kein Idiot, dieser Wraith. Wie hatte sie bei all ihrer sorgfältigen Vorbereitung nur einen Ehering vergessen können? Sie hatte vorgehabt, den Ring ihrer Mutter an der linken Hand zu tragen, aber dann hatte sie ihn Helen gegeben.

Sie fuhr sich mit der Zunge über ihre trockenen Lippen. »Genau deshalb möchte er ja die Steine haben, Sir, um einige davon in einen Ring für mich einsetzen zu lassen. Dafür hatte er leider vor unserer Abreise aus Indien keine Zeit mehr.«

Wraith faltete die Quittung zusammen. Er lehnte sich in seinem Sessel zurück und verschränkte die Arme über seinem Bauch. »Mrs. Dauncey, verzeihen Sie, aber mir wäre wohler, wenn der Captain mir in einem Brief die Erlaubnis erteilt hätte, Ihnen die Objekte auszuhändigen. Die Quittung allein, also, die hätte jedem in die Hände fallen können.«

»Oh, aber den habe ich bei mir. Wie dumm von mir, ihn Ihnen nicht sofort auszuhändigen. Jago – mein Mann – hat ihn vor ein paar Tagen abgeschickt. Ebenso wie die Bitte um einen Termin bei Ihnen, wie er sagte. Deshalb war ich so überrascht, dass Sie seinen Brief nicht erhalten haben. Wie umsichtig von ihm, beides auf den Weg zu bringen.«

»In der Tat. Äußerst umsichtig für Captain Dauncey, wenn Sie gestatten, dass ich das sage.«

Sie schob einen zweiten Bogen Papier über den Schreibtisch. Sie hatte gehofft, sie würde ihn nicht brauchen, obwohl sie sicher war, dass sie exzellente Arbeit geleistet hatte. Es war ja nun auch schon das zweite Mal, dass sie die Handschrift des Captains gefälscht hatte.

Sie war immer geschickt darin gewesen, Schriften zu kopieren. Schon als Kind hatte sie ihren Vater damit erheitert, weil sie seine Unterschrift so täuschend echt imitieren konnte, dass er sie nicht von seiner eigenen zu unterscheiden vermochte. Kurz vor seinem Tod, als er schon zu schwach war, um sich an den Schreibtisch zu setzen, hatte sie seine gesamte Korrespondenz übernommen, und nie hatte jemand etwas bemerkt. Sie fragte sich, ob ihr Vater jemals an Mr. Wraith geschrieben hatte, um ihm mitzuteilen, dass die Daunceys ihm Geld schuldeten. Der Gedanke stärkte ihren Entschluss nur noch.

Nach einer gefühlten Ewigkeit in dem stickigen Raum öffnete Wraith eine Schublade und nahm einen Schlüsselbund heraus. Bevor er sich erhob, bedachte er Harriet mit einem strahlenden Lächeln. Offenbar waren alle Zweifel zerstreut. »Nun, Mrs. Dauncey, es hat wohl alles seine Richtigkeit. Dann wollen wir mal die Juwelen für Ihren Ehering holen. Die Rubine werden großartig zu Ihrem dunklen Haar passen.«

Sie zwang sich, ebenfalls zu lächeln. Es ist fast geschafft, sagte sie sich. Nur noch ein paar Minuten die Nerven behalten.

Keine zehn Minuten später war Harriet wieder auf der Straße, mit einem kleinen, aber schweren Päckchen in der Handtasche. Sie hielt die Tasche fest umklammert und nickte dem Sekretär noch einmal zu, als er sie durch die Fensterscheibe anstarrte, woraufhin er hastig den Kopf senkte. Sie war viel zu aufgewühlt, als dass sie auf den Omnibus hätte warten und auf der Fahrt still sitzen können. Also beschloss sie, den zwanzig Minuten langen Weg zu den Juwelieren in Hatton Garden zu Fuß zurückzulegen. Obwohl sich der Staub und der Rauch der Stadt unter die kühle Herbstluft mischten, nahm Harriet einen tiefen Atemzug, denn niemals war ihr die Luft lieblicher vorgekommen.

ZWEIUNDFÜNFZIG

Grace

Als der improvisierte Tisch abgeräumt war, zerstreuten sich die Pembridges in alle Winde. Wahrscheinlich spürten sie, dass meine Großmutter und ich einen Moment allein miteinander brauchten. Robert war wieder eingeschlafen, sein Atem ging noch schwerer als am Abend zuvor. Vielleicht träumte er von der jungen Harriet Jenner, und wenn ja, hoffte ich, dass es ihn glücklich machte.

Meine Großmutter und ich waren die Letzten, die den Raum verließen. Vor der Treppe blieb ich stehen. »Sie haben mich übrigens in deinem ehemaligen Zimmer einquartiert.« Ich zeigte auf die Tür am anderen Ende des Ganges – die Tür, die zu der bescheidenen Dachkammer führte, die meine Großmutter so aufgebauscht hatte.

Zum ersten Mal, seit ich denken konnte, wirkte sie ein wenig kleinlaut. »Ach«, sagte sie bedauernd. »Dann hast du also nicht wie erhofft die rosaroten Teppiche und das breite Bett bekommen?«

»Wie es scheint, hat beides nie existiert. Warum hast du mich wegen so etwas belogen? Es wäre doch nicht schlimm gewesen, wenn du mir erzählt hättest, dass du kein komfortables Zimmer hattest.«

»Doch, das wäre es. Ich habe mir für dich ein Zimmer ausgedacht, das mir gefallen hätte. Das Zimmer, das ich hätte haben sollen.«

»Und das du auch gehabt hättest, wenn die Dinge anders gelaufen wären?«

»So in etwa. Es schadet doch nicht, alles ein wenig auszuschmücken. Es war meine Vergangenheit, meine Geschichte.«

Aus Wortgefechten war sie schon immer als die Siegerin hervorgegangen, was aber nicht heißen soll, dass wir oft welche geführt hätten. Normalerweise war ich nämlich immer ganz ihrer Meinung gewesen. Aber jetzt merkte ich, wie mein Ärger sich erneut einen Weg bahnen wollte. »Es war nicht nur deine Geschichte, oder?«, sagte ich. »Du hast mich hierher zurückgeschickt. Du hast mich hier untergebracht, und als ich ankam, war nicht alles so, wie ich gedacht hatte. Das war für mich, als würde ich den Boden unter den Füßen verlieren. Ich hatte mein Zuhause verlassen, und dann kam es mir vor, als hätte ich Fenix House auch verloren. Fenix House, so wie ich es kannte, zumindest.«

»Ich habe dir erzählt, was du als kleines Mädchen hören wolltest. Ich wollte es für dich interessant machen, dich unterhalten.«

»Hast du deshalb so viel weggelassen?«

Sie sah mich scharf an. »Vielleicht sollten wir irgendwo hingehen, wo wir ungestört reden können.«

Schweigend gingen wir die Treppe hinunter. Ich führte

sie in den Raum, den ich für am wenigsten frequentiert hielt: das Arbeitszimmer. Auf der Schwelle blieb sie stehen und strich gedankenverloren über den Eichenholzrahmen. Als sie meinen fragenden Blick bemerkte, folgte sie mir.

Das Zimmer war noch so staubig wie beim letzten Mal, als ich es betreten hatte, aber das schien meine Großmutter überhaupt nicht wahrzunehmen. Sie ging zum Schreibtisch, hob das Tuch an, mit dem er abgedeckt war, und strich über die verzierte Oberfläche. Sie sah unter eine Seite der Schreibtischunterlage, und als sie sie wieder fallen ließ, tanzten Staubflocken um sie herum, die so dick waren wie die Schneeflocken draußen.

»Es war Sommer, als ich das letzte Mal hier war«, sagte sie leise.

»Ich weiß«, sagte ich, und mein Ärger war mir anzuhören. »So viel hattest du mir ja zumindest erzählt.«

Sie sagte nichts. Dann entdeckte sie das Porträt von Frannie. Immerhin etwas, das zu ihrer Zeit in Fenix House noch nicht da gewesen war, dachte ich flüchtig.

»Wer ist das?«

»Davids – Mr. Pembridges verstorbene Frau. Lucas' Mutter.«

»Ach, natürlich. Und wie gefällt dir dein Arbeitgeber?«, fragte sie mit einem seltsamen Lächeln.

»Kann ich nicht genau sagen. Mittlerweile komme ich besser mit ihm zurecht als zu Anfang. Wir verstehen uns ganz gut. Warum? Hat er etwas damit zu tun, was du in deinem letzten Brief geschrieben hast? Damit, dass ich hier glücklich werden würde?« Das klang, als fühlte ich mich in die Enge getrieben, und mir war bewusst, wie sehr meine Wangen glühten.

»Ach, Liebes, sei doch nicht böse. Ich habe wirklich ein gutes Gefühl, was dich angeht.«

Angesichts dessen, dass ich kaum etwas von ihr erfuhr, ärgerte mich ihr Lächeln noch mehr, und das wollte ich ihr auch sagen. Doch in dem Moment ging sie näher an das Porträt heran und zeigte nach oben. »Sie trägt meinen Ring!«, sagte sie voller Freude. »Siehst du den Opalring an ihrer rechten Hand? Sie trägt ihn am kleinen Finger. Bei mir passte er auf den Ringfinger. Er gehörte meiner Mutter, aber ich habe ihn Helen zum Abschied geschenkt. Dafür hat sie mir ihr Medaillon gegeben. Dann hat sie den Ring also ihrer Schwiegertochter geschenkt. Helen ist doch David Pembridges Mutter, oder? Warum ist sie heute nicht hier?«

Ich starrte sie an. »Weißt du es denn nicht? Ich dachte, du hättest es irgendwie erfahren. Sie ist 1910 gestorben.«

Meine Großmutter schlug eine Hand vor den Mund, und Tränen stiegen ihr in die Augen. »Dann hat er meine Nachricht also nicht bekommen«, sagte sie mehr zu sich selbst. »Oder er hat sie nicht verstanden. Arme Helen.«

»Welche Nachricht?«, fragte ich. Doch dann verstand ich plötzlich – oder ahnte zumindest –, worum es ging.

»Sie kam bei demselben Eisenbahnunglück ums Leben wie Mutter und Vater. Aber das wusstest du schon, oder?«

Sie wurde kreidebleich. Sie ging um den Schreibtisch herum und sank auf den Stuhl. »Das Eisenbahnunglück?«, wiederholte sie meine Worte. »Helen? Oh mein Gott, nein. Nein, das wusste ich nicht. Grace, du weißt doch, wie das mit den Flimmern ist. Sie geben nie ein vollständiges Bild. Dass deinen Eltern etwas zustoßen würde, habe ich auch erst gesehen, kurz bevor es geschah. Aber bei Helen war es anders. Das Flimmern war noch viel undeutlicher, nur grelles Licht und eine Jahreszahl: 1910. Ich hatte sofort die Sorge, ihr würde etwas zustoßen. Aber an dem Abend war schon so viel passiert, und so viel sollte danach noch geschehen. Ich habe nie wieder ein Flimmern erlebt, bei dem es um sie ging. Wahrscheinlich war sie zu weit entfernt. Ich habe aber versucht, ihnen eine Warnung zu hinterlassen, als ich ging. Was hätte ich sonst tun sollen, nachdem ich entlassen wurde? Ach, Helen, das arme, liebe Mädchen.«

Ich hockte mich auf die niedrige Fensterbank. Sie war nicht sehr breit, und es war unbequem. Von dort aus wirkte meine Großmutter hinter dem Schreibtisch noch zierlicher.

»Du hast mich nach meinem Arbeitgeber gefragt«, sagte ich. »Aber was war mit deinem?«

Sie zeichnete mit der Fingerspitze ein Muster in den Staub auf dem Schreibtisch. Es war eine so mädchenhafte Geste, dass ich sie für einen Moment in jungen Jahren vor mir sah. In dem düsteren Raum, während das helle Licht aus dem verschneiten Garten auf ihr Haar fiel, war das auch nicht schwer. Zierlich, wie sie war, hätte man sie für halb so alt halten können, oder für noch jünger.

»Ich muss immer wieder an diese Uhr denken«, fuhr ich fort, als ich keine Antwort erhielt. »Die, von der du gesagt hast, die Pembridges hätten sie dir und Großvater zur Hochzeit geschenkt. Wie konnten sie das, wenn du entlassen wurdest? Das rosarote Schlafzimmer mag nur eine Übertreibung gewesen sein, aber was hat es *damit* auf sich? Warum hast du mir das nicht erzählt? Dass du nichts davon gesagt hast, als ich noch klein war, kann ich noch verstehen. Aber jetzt? Findest du nicht, ich hätte von dieser unbedeutenden Kleinigkeit erfahren sollen, bevor ich hierherkam?«

»Die Uhr habe ich selbst gekauft, als ich nach Bristol kam. Sie war so ... stabil. Und ich brauchte Stabilität, um mich dauerhaft einzurichten und mir wieder ein Zuhause zu schaffen, nachdem ich dachte, ich würde nie wieder eines haben. Und wenn ich dir von der Kündigung erzählt hätte, hättest du bestimmt nicht nach Fenix House gehen wollen.«

Ich seufzte. Damit hatte sie recht. Natürlich hätte ich das nicht gewollt. Dagegen hätte auch ein Flimmern nichts ausrichten können. Dann fiel mir noch etwas ein.

»Deshalb sollte ich nicht erzählen, dass wir verwandt sind, oder? Nicht, weil ich ›mich selbst durchschlagen sollte‹? Du dachtest, sie würden mich hinauswerfen, wenn sie es wüssten. Aber Agnes ist von selbst darauf gekommen. Sie hat die Ähnlichkeit bemerkt. Sie war es auch, die mir erzählt hat, dass du entlassen wurdest, wenn auch unabsichtlich. Sie konnte sich auch nicht erklären, warum du mich hier unterbringen wolltest.«

»Nicht?«, sagte meine Großmutter gedankenverloren. »Wie könnte sie auch.«

Ich wollte sie nach der mysteriösen Kündigung fragen, aber im dem Moment stand sie auf und ging zum Kamin. Bevor ich sie davon abhalten konnte, zog sie an der Kordel, um nach Agnes zu läuten.

»Was tust du da? Ich kann hinuntergehen und uns Tee holen, wenn du welchen möchtest. Agnes geht es nicht gut, und abgesehen davon steht es uns nicht zu, zu läuten.«

Mit einem schiefen Lächeln sah sie mich an. »Sind wir dafür nicht gut genug?«

Aufgebracht rang ich die Hände. »Großmutter, es ist nicht unser Haus.«

»Gehörst du denn nicht dazu?«

Mit angehaltenem Atem starrte ich sie an. Wollte sie mir damit sagen, dass Robert Pembridge mein Großvater war?

»Robert sagte einmal zu mir, auch die Bediensteten würden zur Familie gehören. Seine Frau war da natürlich anderer Meinung.«

Ich stieß einen weiteren Seufzer aus. Nach wie vor war ich der Wahrheit kein Stück nähergekommen.

»Ich vermute, *sie* ist tot«, fügte meine Großmutter hinzu.

Ich nickte, leicht entnervt über ihren scharfen Ton. »Schon seit Jahren.«

»Das überrascht mich nicht, bei all den Tinkturen und Wundermitteln, die sie in sich hineingeschüttet hat. Sie ließ nie frische Luft in ihre Zimmer, weißt du. John musste sogar die Fenster überstreichen. Sie war überzeugt, sonst kämen gefährliche Dämpfe herein, von denen sie krank würde. Bei unserer letzten Begegnung sah sie entsetzlich aus. Ich konnte mir vorstellen, wie es mit ihr weitergehen würde. Sie würde ihre stickigen Räume kaum noch verlassen und eine Krankheit nach der anderen bekommen. Sie war einmal hübsch, wenn man etwas für diesen Typ Frau übrig hat: Löckchen, eine füllige Figur und runde blaue Augen. Aber als ich ging, war es damit längst vorbei.«

Die Tür wurde geöffnet, und ich zuckte zusammen. Es war Agnes.

Sie bemerkte meine Großmutter hinter dem Schreibtisch nicht, sondern sah nur mich vor dem Fenster. Erleichtert schlug sie Hand vor die Brust. »Ach, Sie sind es Grace. Ich dachte … Ich dachte schon … Wissen Sie, kaum jemand geht noch in dieses Zimmer. Deshalb habe ich mich ganz schön erschreckt, als geläutet wurde. Ich wusste nicht, was ich davon halten sollte.«

»Du hast doch wohl nicht mit einem Geist gerechnet,

Agnes?« Meine Großmutter erhob sich. Das Licht fiel seitlich auf ihr Haar, das noch immer rotgoldene Strähnen enthielt. »Na ja, vielleicht war es doch einer, irgendwie«, fügte sie lächelnd hinzu.

DREIUNDFÜNFZIG

Agnes schnappte nach Luft und machte einen Schritt zurück, als meine Großmutter zu sprechen begann. Vermutlich sah sie in dem spärlichen Rest Tageslicht wirklich aus wie eine geisterhafte Erscheinung. Zum zweiten Mal an diesem Tag wurde die Haushälterin leichenblass, das war selbst in der Dämmerung nicht zu übersehen.

»Großer Gott, der Schreck bringt mich dem Grab zehn Jahre näher«, stammelte sie. Ihr mächtiger Busen hob und senkte sich, als sie vor lauter Schreck tief Luft holte und einen Seufzer ausstieß. »Ich hätte nicht gedacht, dass ich Sie wiedersehen würde, auch nicht, als ich gemerkt habe, wer sie ist.« Sie zeigte auf mich. »Ich vermute, Sie sind hier, weil Sie sie besuchen wollen?« Irgendwie klang sie verunsichert.

»Natürlich ist sie deswegen hier, Agnes. Warum denn auch sonst?«, sagte ich. Doch dann wurde ich stutzig. »Warum *bist* du hier, Großmutter?«, fragte ich und sah zu ihr hinüber. »In deinem letzten Brief hast du deinen Besuch nicht angekündigt. Geht es wirklich um mich, oder gibt es noch einen anderen Grund?«

Agnes ließ sich auf einen der abgedeckten Stühle fallen.

»Du brauchst dir keine Sorgen zu machen, Agnes«, sagte meine Großmutter und ging zu ihr. Sie hockte sich vor sie und nahm ihre Hände. »Ich bin nicht *deswegen* hier. Tut mir leid, wenn ich dich in Aufregung versetzt habe. Aber es hat nichts mit dir zu tun.«

»Nicht?«

»Das verspreche ich dir.«

Agnes überlegte einen Moment und lachte schließlich zaghaft. »Wenn Sie noch länger da hocken bleiben, kommen Sie gleich nicht mehr hoch. Wir sind beide keine jungen Hüpfer mehr.« Mühsam erhob sie sich. »Ich freue mich ehrlich, Sie wiederzusehen. Und ich hätte nie gedacht, dass ich das mal sage, nach … Sie wissen schon. Kann ich Ihnen irgendetwas bringen? Sie haben geläutet. Und jetzt geht es mir schon etwas besser.«

Verblüfft sah ich sie an. Sonst erbot sie sich nie, freiwillig jemanden zu bedienen.

»Danke, Agnes«, sagte meine Großmutter. »Eine Kanne Tee wäre wirklich nett, aber nur, wenn es dir wirklich nichts ausmacht.«

Nachdem Agnes gegangen war, löcherte ich meine Großmutter weiter. »Was sollte das gerade? Agnes sah aus, als würde sie vor Schreck umfallen. Ging es darum, was sie im Eishaus versteckt hat? David sagte, da liege nur eine alte, verrottete Tasche. Hast du sie vor Jahren beim Stehlen erwischt, und sie hatte Angst, du wolltest es jetzt jemandem erzählen? Sie sagte, sie hat damals etwas versteckt. Dabei habe sie sich auch die Hüfte verletzt. Deshalb wärst du wohl auch entlassen worden. Das hat sie mir an einem Nachmittag erzählt, als sie zu viel Sherry getrunken hatte. Nach allem, was heute am Blauen passiert ist, wollte ich sie fragen, was in dieser mysteriösen Tasche ist. Aber bevor ich die Gelegenheit dazu hatte, war sie schon gegangen. Das hat doch bestimmt alles irgendwie miteinander zu tun. Ich habe es nur noch nicht geschafft, die Teile zusammenzusetzen, trotz deiner Überzeugung, dass ich das hinbekommen würde.«

»Das Blaue?«, fragte meine Großmutter, ohne auf meinen sarkastischen Tonfall zu reagieren. »Was ist denn das?«

Ungeduldig wedelte ich mit der Hand. »Das ist da oben, wo die Ruinen waren, beziehungsweise wo sie wohl noch sind. Aber jetzt liegen sie unter Wasser. Lucas ist auf diesen Namen gekommen, weil der Kalkstein das Wasser im Lauf der Jahre leuchtend türkis gefärbt hat.«

»An dem Tag, als die Ruinen geflutet wurden, war ich dort. Aber das Wasser hatte natürlich noch nicht diese Farbe.«

»Ein merkwürdiger Ort. Irgendwie auch schön, aber ich bin nicht gern dort.«

»War ich auch nicht«, sagte sie mit einem forschenden Blick.

Dann fiel mir noch etwas ein. »Agnes hat mir heute erzählt, der kleine Dolch, den du mir gegeben hast, gehörte in Wahrheit der Hausherrin. Sie hätte ihn von ihrem Bruder geschenkt bekommen. Großmutter, ich weiß, dass du nicht nur Robert – aufgefallen bist. Du hast auch Jago Dauncey den Kopf verdreht, oder? War das der eigentliche Grund, aus dem die Hausherrin dich entlassen hat? Erst verliebte sich ihr Mann in dich, und dann rannte dir auch noch ihr Bruder hinterher wie ein Schlafwandler bei Vollmond?« Trotz der Dämmerung konnte ich ihr Gesicht erkennen, und es sah aus, als hätte ich ihr eine Ohrfeige gegeben. »Was ist los?«, fragte ich und brach meinen Vortrag ab. »Was habe ich denn gesagt?«

»Vollmond«, sagte sie nach einer Weile. »Merkwürdig, dass du in dem Zusammenhang darauf kommst.«

»Großmutter, liege ich damit richtig? War das der Grund, warum sie dich nicht mehr hier haben wollte?«

»Vielleicht, aber ich hätte ohnehin nicht länger bleiben können.«

Mit verschränkten Armen lehnte ich mich an das kalte Fenster. »Ich steige durch all das nicht mehr durch. Ich versuche gerade, dich nach meinem Großvater zu fragen.« Mir versagte fast die Stimme. »Es gab überhaupt keinen Handlungsreisenden, oder? Das weiß ich auch von Agnes, obwohl sie versucht hat, zurückzurudern. Es ist Robert, oder? Meine Mutter war eine Pembridge, und ich bin auch eine.« Ich ging zu ihr und hockte mich vor sie, wie sie es zuvor bei Agnes getan hatte. »Bitte sag mir die Wahrheit. Ich muss wissen, ob ich mit ihnen verwandt bin.«

Eine ganze Weile sagte sie nichts. Auf einmal war ich völlig erschöpft. Ich legte meinen Kopf auf ihre Knie, und sie strich mir übers Haar. Als Kind hatte mich das immer getröstet, und nun, in dem düsteren Arbeitszimmer mit den verhüllten Möbeln, tat es das auch.

»Ich wünschte, ich könnte dir sagen, dass er dein Großvater ist«, sagte sie schließlich. Ich hob den Kopf. »Von ganzem Herzen wünsche ich, er wäre es.«

Ich wartete darauf, was sie als Nächstes sagen würde. Ihren Gesichtsausdruck konnte ich nicht erkennen, dazu war es schon zu dunkel. Es hatte aufgehört zu schneien, und am dunklen Himmel war der zunehmende Mond zu sehen, eine schmale Sichel, bleich wie Knochen.

Ich tastete nach meiner Rocktasche und spürte das Gewicht des kleinen Dolchs an meiner Hüfte. Agnes hatte gesagt, er hätte ihn mitgebracht – der andere Mann. Jago. Ich zog den Dolch aus der Tasche und hielt ihn in das schwache Mondlicht. Meine Großmutter erschrak.

»Es ist nicht Robert, weil er es war«, sagte ich leise. »Jago Dauncey war es, der dich verführte.«

»Er hat mich nicht verführt!« Ihre Stimme schallte durch den Raum, voller Ärger und etwas anderem. Etwas, das ich bei meiner Großmutter noch nie gehört hatte: Angst.

»Hat er … dir Gewalt angetan?«, fragte ich und schluckte. Hatte sie mir deshalb den kleinen Dolch gegeben? Damit ich mich im Gegensatz zu ihr verteidigen konnte?

Sie atmete heftig, und ich fühlte mich plötzlich elend, weil ich all das wieder heraufbeschworen hatte. Aber nach wie vor musste ich es wissen! Und ich hatte das Gefühl, wenn ich sie jetzt nicht darauf festnagelte, würde ich es niemals erfahren.

Ich zog den Dolch aus der mit Granatsplittern besetzten Scheide und legte ihn neben uns auf den Tisch. Er schimmerte im fahlen Mondlicht, das schwächere Gegenstück zu der hellen Sichel am Himmel. Ich musste an die sonderbaren Empfindungen denken, die mich an dem blauen See überkommen hatten: Tabakrauch, der in der Luft zu hängen schien, die Bedrohung, die ich gespürt hatte, und das Gesicht unter dem Wasser – mit den eisblauen Augen. Den Augen der Daunceys. Ich ließ den Kopf hängen, und mir rauschte das Blut in den Ohren. Sein Blut, teilweise zumindest. Denn wenn ich keine Pembridge war, dann musste ich eine Dauncey sein.

Meine Großmutter drückte meine Hand. »Es tut mir so leid, Grace«, sagte sie leise. »Ich hätte dir erzählen sollen, dass ich entlassen wurde, dass es keinen großen Abschied in der Auffahrt gab und keine goldene Uhr als Hochzeitsgeschenk. Aber es war nicht alles erfunden, ganz bestimmt nicht. Dein Großvater war ein Handelsvertreter. Aber ich lernte ihn erst in Bristol kennen. Ich habe ihn nicht so sehr wie Robert geliebt – Robert war meine große Liebe. Aber er war ein guter Mensch. Er starb, als deine Mutter noch klein war, und ich war furchtbar traurig. Trotzdem wusste ich, wir würden auch ohne einen Mann im Haus zurechtkommen. So wie wir beide viele Jahre später.«

Ich versuchte es noch ein letztes Mal. »War das wirklich so, Großmutter?«, fragte ich sie. »Ist das die Wahrheit? Es gibt keine Fotografien von ihm, und keine …«

»Nein«, sagte sie. »Fotografien waren damals teuer, weißt du, und wir hatten nicht viel. Erst später konnte ich mir mehr leisten, als dein Vater erschien und sich in deine Mutter verliebte. So gesehen hat er unter seinem Stand geheiratet, obwohl er das selbst niemals so betrachtet hätte. Er war sofort verzaubert von ihr.« Nun klang sie wieder ganz anders, der Ärger und die Angst hatten nachgelassen.

Als Kind hatte ich so viele Geschichten über meine Eltern gehört, und es war ebenso tröstend wie das Gefühl, wenn sie mir mit ihrer kleinen Hand übers Haar strich. Ich wusste, ich würde nie wieder den Mut haben, sie nach Jago Dauncey zu fragen. Was hätte es auch genutzt? Der Mann, von dem ich sicher war, dass er mein Großvater gewesen war, war längst verschwunden – ob auf dem Wasser in ein fernes Land oder darunter.

»Ihr Bruder hatte nichts damit zu tun«, sprach meine Großmutter weiter und lachte in sich hinein. »Wie kommst du nur darauf? Du hast ja noch mehr Fantasie als ich.«

Ich schwieg und nickte nur. Dann legte ich wieder meinen Kopf auf ihre Knie, damit sie mir weiter übers Haar streichen konnte.

VIERUNDFÜNFZIG

Harriet

In den Wochen nach dem Feuerwerk war Harriet so verstört und geistesabwesend, dass ihr nicht bewusst wurde, wie ein bestimmter Zeitpunkt nahte und verstrich. Als sie es dann merkte, war ihre Periode schon viele Tage überfällig. Das war noch nie passiert. Seit ihrem dreizehnten Lebensjahr stellte sie sich pünktlich alle achtundzwanzig Tage ein, verlässlich wie der Neumond. Als sich auch am sechzehnten Tag keine Anzeichen zeigten, war sie so verzweifelt, dass sie überlegte, sich Agnes anzuvertrauen.

Doch wäre der furchtbare Verdacht erst ausgesprochen, hätte sie ihn vor sich selbst nicht mehr verleugnen können. Das hielt sie schließlich davon ab. Und hätte sie in Agnes' entsetztes, mitleidiges Gesicht sehen müssen, wäre umso schneller klar gewesen, dass die Folgen des Geschehens sich auch mit noch so viel Wasser aus umgeleiteten Quellen nicht verbergen ließen.

Während sein Samen in ihr heranwuchs, wurde ihr klar, dass sie fortgehen musste. Die Frage war nur, wann. Gern hätte sie mehr Zeit gehabt, als ihr letztendlich blieb. Sie hatte gerade erst begonnen, sich einen Plan zurechtzulegen, bei dem sie nicht im Armenhaus landen würde, als Victoria auf die Idee kam, nachzuforschen, was Agnes im Eishaus versteckt hatte.

Glücklicherweise funktionierte der Plan, sich in London die Edelsteine des Captains erst anzueignen und sie dann zu verkaufen. Sie erhielt keinen allzu hohen Betrag dafür, denn die Rubine waren klein und nicht lupenrein. Aber für Harriet reichte es, um neu anzufangen und sich als Witwe in einer anderen Stadt niederzulassen.

Ohne zurückzublicken, bestieg sie in Paddington den Zug, einen Stapel Scheine sicher in ihrem Mieder versteckt, bereit, London hinter sich zu lassen. So viel Glück die Stadt ihr in den vergangenen Wochen auch gebracht hatte, würde sie doch stets der Schauplatz des Ruins ihres Vaters bleiben. Wie vor einigen Wochen während des Unterrichts sagte ihr die Vernunft, sie müsse nach Osten oder Norden fahren, wo keine Verbindung zu ihrer Vergangenheit bestand. Doch ihr Herz war noch immer erfüllt von Robert, und so wollte sie in Reichweite der Great Western Railway bleiben. Nach Cheltenham konnte sie nicht gehen, das stand völlig außer Frage. Aber Bristol erschien ihr weit genug entfernt und groß genug, um nicht aufzufallen.

Gekleidet in dezentes Grau und Lavendel, wie es sich für eine Witwe gehörte, richtete sie sich dort für die Tochter ein, die sie bekommen sollte – sie wusste, dass es eine Tochter sein würde. So wie sie vorübergehend zu Mrs. Dauncey geworden war, verwandelte sie sich nun zu Ehren ihres Vaters in Mrs. Richards, eine respektable Witwe, deren Mann tapfer in Afghanistan im Kurram-Tal bei der Schlacht von Peiwar Kotal sein Leben gelassen hatte. Dabei schien es gewissermaßen passend, einen der zahlreichen britischen Konfliktherde zur Verschleierung der schändlichen Wahrheit zu nutzen.

Aber es waren nicht nur die fortwährenden Gefühle für Robert, die sie im Westen des Landes hielten. Ihr war bewusst geworden, dass ihre Geschichte mit den Pembridges noch nicht zu Ende war. So viel hatte ihr ein Flimmern offenbart. Eines Nachts, sieben Monate nachdem sie eine kleine, hübsche Wohnung in der Nähe der Whiteladies Road gemietet hatte, träumte sie von der Rückkehr nach Fenix House. Aber nicht sie war es, sondern eine junge Frau, die ihr ähnlich sah, die ihre Hand auf den Riegel des Tores legte, das zu dem Haus führte, das ihr so rasch vertraut geworden war. Sie wusste, bis sich das Flimmern erfüllen würde, sollte es noch viele Jahre dauern. Etwas sagte ihr, dass es nicht ihre Tochter war, die sie dort sah – die Tochter, die in ihr heranwuchs. Es war ein anderes Mädchen. Ein Mädchen, das erst später kommen sollte und das als junge Frau in diesem Haus nicht wie sie verbannt, sondern geliebt werden würde.

Harriet fragte sich oft, was sie tun würde, wenn sie Robert wiedersähe. Wann immer etwas sie in die Umgebung des Bahnhofs der GWR in Temple Meads führte, ertappte sie sich dabei, dass sie nach ihm Ausschau hielt. Zwei Jahre nachdem sie Fenix House verlassen hatte, sah sie einen Mann mit Roberts breiten Schultern den Queen Square überqueren. Mit ebenso gemessenen wie überraschend anmutigen Schritten ging er vor ihr her, und sie war überzeugt, dass er es war. Sie folgte ihm mit einiger Entfernung, bis sie sich sicher war. Sie kam ihm so nah, dass wenn er sich umgedreht hätte, ihm sogleich ihr glänzendes Haar aufgefallen wäre, das unter ihrem Hut hervorschaute. Bei dem Gedanken bekam sie weiche Knie vor banger Erwartung und Sehnsucht.

Als er den Platz überquert hatte und weiter in die Queen Charlotte Street ging, zwang sie sich, stehen zu bleiben, und die Lücke zwischen ihnen größer werden zu lassen, bis er nur noch eine weitere hochgewachsene Gestalt mit dunklem Mantel und Hut war, die in der Menschenmenge verschwand. Es fiel ihr unendlich schwer, aber sie hatte keine andere Wahl. Nicht nur, weil es das Schicksal ihrer Enkelin sein würde, nach Fenix House zurückzukehren und dort glücklich zu werden, sondern auch, weil sie Angst hatte. Was, wenn sie ihn gefunden hatten? Wenn das furchtbare Geheimnis, das sie mit Agnes teilte, entdeckt worden war? In der Zeitung von Cheltenham, die sie abonniert hatte und die sie Spalte für Spalte sorgfältig studierte, hatte nichts darüber gestanden. Doch wer wusste schon, was in der nächsten Ausgabe stünde?

Das Einzige, wonach Harriet ihn gern gefragt hätte, war die Nachricht, die sie ihm hinterlassen hatte. Hatte er sie bekommen? Und wenn es so war, hatte er ihre Bedeutung verstanden? Es war nun Ende 1880. Das Jahr, das sie vor sich gesehen hatte, als sie nach dem Feuerwerk mit Helen auf dem Rasen gestanden hatte, lag dreißig Jahre entfernt, unvorstellbar weit in der Zukunft. Bis dahin war eine Menge Zeit, sagte sie sich. Wenn sie weiterhin die Befürchtung hegte, die erste Nachricht sei nicht angekommen, könnte sie eine zweite schreiben. Davon abgesehen, was wäre, wenn sie sich irrte? Als sie die Vorahnung gehabt hatte, war sie nach den Geschehnissen an jenem Abend völlig verstört gewesen.

1910: das Jahr, in dem der Komet wiederkehren sollte und in dem vieles geschehen würde, wovon noch niemand etwas ahnte. Harriet setzte sich auf eine Bank und versuchte, das Flimmern noch einmal heraufzubeschwören, in der Hoffnung, die Bilderfolge würde dieses Mal langsamer werden, sodass sie es deutlicher erkennen könnte. Doch ihr Gedächtnis blieb vage. Etwas würde verloren gehen und etwas sollte gefunden werden – mehr konnte sie ihm nicht entlocken.

FÜNFUNDFÜNFZIG

Grace

Es kam mir vor, als hätten meine Großmutter und ich schon seit Stunden im Arbeitszimmer gesessen – das letzte bisschen Tee war inzwischen kalt geworden –, als es wieder klopfte.

Diesmal war es Victoria. »Es tut mir leid, dass ich Sie störe, aber es geht um Papa«, sagte sie. Das Licht aus der Eingangshalle fiel auf ihr abgespanntes Gesicht. Sie schien durch etwas abgelenkt zu sein, da sie sich nicht zu wundern schien, dass wir im Dunkeln saßen. »Miss Jenner, ich meine … Ach, ich weiß gar nicht, wie ich Sie jetzt nennen soll, aber er fragt nach Ihnen. Ich … Ich …« Ihr versagte die Stimme. »Ich glaube, es geht zu Ende.«

»Ja«, sagte meine Großmutter nur. Sie ging zu Victoria und legte ihr tröstend eine Hand auf die Schulter. Es war merkwürdig zu sehen, wie das einst kleine Mädchen seine ehemalige Gouvernante nun um mindestens einen Kopf überragte.

»Ich war bei den Atkinsons, um den Arzt anzurufen. Aber seine Frau sagte, er macht gerade einen anderen Krankenbesuch«, erklärte sie. »Das kann Stunden dauern, und bei dem Schnee ist es nicht leicht, hier heraufzukommen. Am Montag werde ich als Erstes ein Telefon installieren lassen. Es wird höchste Zeit. Das Haus hat lange genug im Dornröschenschlaf gelegen.«

»Da hast du recht«, sagte meine Großmutter mit einem sanften Lächeln. »Soll ich jetzt zu ihm gehen?«

Obwohl ich nun wusste, dass Robert nicht mein Großvater war, wollte auch ich ihn sehen. Inzwischen hatte ich
ihn lieb gewonnen. Abgesehen davon wollte ich an der
Seite meiner Großmutter bleiben. Die Freude darüber,
wieder in ihrer Nähe zu sein, war zurückgekehrt, und erneut wurde mir bewusst, wie sehr ich sie vermisst hatte.
Auf dem oberen Treppenabsatz holte ich sie ein. Dort war
es nicht so düster wie gewöhnlich. Vermutlich hatte Victoria die alten Gaslampen so weit wie möglich aufgedreht.

»Kann ich mitkommen, oder möchtest du mit ihm allein
sein?«

Lächelnd drehte sie sich um und strich mir über die
Wange. Sogleich umgab mich ein Hauch ihres frischen
Dufts, mit einer Note von Rosen. »Du kannst gerne mit-
kommen«, sagte sie.

»Großmutter, du hast mir immer noch nicht erzählt,
warum du ausgerechnet jetzt zurückgekommen bist. Es
war nicht meinetwegen, oder?«

Mit einem tiefen Seufzer drehte sie sich abermals um.
»Nein, ich fürchte, es war aus einem egoistischeren Grund.«
Sie ging weiter.

Ich lief hinter ihr her. »Und der wäre?«

Sie zeigte auf den Dachboden. »Robert natürlich.«

»Aber er war all die Jahre hier, und du hast ihn nicht
besucht.«

Sie lächelte traurig. »Ich wollte mich verabschieden. Mir
ist klar geworden, dass mir das wichtiger ist, als meiner Vergangenheit aus dem Weg zu gehen. Dieser Wunsch war
stärker als die Furcht. Der Gedanke, dass auch du hier sein
würdest, machte es dann unwiderstehlich.«

»Das heißt, Robert wird …?« Ich verstummte und musste
schlucken, um nicht in Tränen auszubrechen.

»Er ist sehr alt, Grace. Ich glaube, er ist bereit zu gehen.«

»Du hast es vorausgesehen?«

Sie nickte. »Und ich habe mich gleich auf den Weg gemacht.«

»Manchmal, wenn ich zu ihm gegangen bin, hat er mich für dich gehalten.«

»Das spielt nun keine Rolle mehr. Du warst gut zu ihm, und er weiß, dass er geliebt wird. Das ist das Wichtigste. Er wird friedlich sterben, zu Hause in seinem eigenem Bett.«

Ich wusste nicht recht. Ich hatte Angst vor der Begegnung mit jemandem, dessen Leben so bald zu Ende gehen würde. Ich musste daran denken, wie es sein würde, wenn ich selbst einmal alt wäre. Dann wären Lucas und Essie längst erwachsen, und David wäre noch älter als ich. Umso wichtiger schien es mir, meine Zeit nicht zu verschwenden.

»Du wirst ein schönes Leben haben, Grace«, sagte meine Großmutter. »Dir bleibt noch so viel Zeit.«

Auf einmal wurde sie mir mit ihrer besonderen Gabe unheimlich. Ich wich zurück, aber sie lachte nur leise.

»Ich kann nicht halb so viel voraussehen, wie du denkst. Aber du darfst nicht vergessen, ich kenne dich so gut wie niemand sonst auf der Welt. Das hat nichts mit dem Flimmern zu tun, sondern lediglich damit, dass ich seit zwölf Jahren das einzige Stückchen Familie bin, das du hast.« Sie nahm meine Hand, und zusammen gingen wir die letzten Stufen hinauf.

In Roberts Zimmer brannte nur das Licht neben seinem Bett. So wie der alte Mann dort lag, in seinem altmodischen Nachthemd und gehüllt in sanftes Licht, während der übrige Raum im Schatten versank, hätte die Szene vom Gemälde eines alten Meisters stammen können. Die Modelleisenbahn war ausgeschaltet. Still und leise stand die

Lokomotive mit ihren Waggons vor dem Bett, als wollte sie ihm ihren Respekt erweisen. Robert sah friedlich aus, aber er wirkte auch sehr schwach. Sein Gesicht war eingefallen und faltig, und sein ausgemergelter Körper zeichnete sich unter den Decken ab. Innerhalb der letzten Woche schien er um zehn Jahre gealtert zu sein.

Als ich einen Stuhl neben das Bett schob, wachte er auf. In banger Sorge sah er uns blinzelnd an, bis meine Großmutter wie zuvor seine Hände nahm.

»Robert, ich bin es, Harriet. Grace ist auch hier, meine Enkelin. Du kennst sie als Miss Fairford. Lucas' Gouvernante.«

Unentwegt war sein Blick auf sie gerichtet. »Bist du es wirklich, Harriet? Vicky sagt immer, ich bilde mir Dinge ein.«

»Ja, ich bin hier.«

»Wirst du bei mir bleiben? Es wird nicht mehr lange dauern.«

»Ich bleibe bei dir. Deshalb bin ich zurückgekommen. Wie könnte ich dich gehen lassen, ohne mich zu verabschieden?«

Er lächelte und schloss die Augen. »Wir haben nach dir gesucht, Helen und ich. Aber du warst nirgendwo zu finden. Ich hatte sogar vor, eine Anzeige in die Zeitung zu setzen. Aber dann dachte ich, wo immer du auch bist, du würdest sie niemals sehen.«

Meine Großmutter senkte den Kopf. Ich dachte daran, wie sie in ihrer Lieblingsecke im Wohnzimmer gesessen hatte und mit dem Finger über die Spalten der Zeitung gefahren war, die sie immer so sorgfältig las. »Jetzt bin ich ja hier«, sagte sie. »Es tut mir leid, dass ich dir damals nur eine Nachricht zum Abschied hinterlassen habe.«

»Was für eine Nachricht?«

»Ich hatte dir eine Nachricht geschrieben, einen Abschiedsbrief in gewisser Weise …«

Der alte Mann stieß einen Seufzer aus. »Ich habe sie nie bekommen. Vielleicht hat Louisa sie vor mir gesehen. Was stand darin?«

»Das ist nicht mehr wichtig.«

»Ging es darin um Hel-«

Meine Großmutter warf mir einen warnenden Blick zu, und ich verstummte.

Erst in dem Moment schien Robert mich zu bemerken. »Ist da noch jemand?«

»Es ist Grace, meine Enkelin. Sie wohnt jetzt hier. Sie ist Lucas' Gouvernante.«

Er schüttelte den Kopf, als könne er all das nicht mehr aufnehmen. »Ich kann sie nicht richtig sehen«, murmelte er.

Meine Großmutter bedeutete mir, ein Stück näher ans Licht zu rücken.

»Hübsches Mädchen«, sagte er. »Wie Esther.«

»Victorias Tochter Essie –, er hat sie sehr gern«, flüsterte ich meiner Großmutter zu. »Lucas und David erkennt er manchmal nicht, aber an sie erinnert er sich immer.«

»Esther«, wiederholte sie. Ihre ohnehin aufrechte Haltung versteifte sich noch mehr.

»Sie war meine Rettung«, sprach Robert lächelnd weiter und seine Gesichtszüge entspannten sich. »Wenn sie nicht gewesen wäre …« Er schüttelte den Kopf. »Meine wunderbare Helen.« Ich hörte, wie er ein Schluchzen herunterschlucken wollte. »Nachdem es passiert war, konnte ich sie nicht zurückgeben, verstehst du? Ab dem Moment gehörte sie zu uns. Sie hatte doch sonst niemanden mehr.«

Beide beugten wir uns vor, um besser hören zu können, was er sagte. Er sprach nur noch so leise, dass die Worte miteinander verschwammen, und er war so aufgewühlt, dass seine Wangen sich röteten. Er schob die Hand meiner Großmutter beiseite und umklammerte seine Decken.

»Ist ja gut«, sagte meine Großmutter beruhigend. Doch ich sah, dass sie selbst ein wenig zitterte. »Weißt du, wovon er spricht?«, flüsterte sie mir dringlich zu. »Was meint er mit ›zurückgeben‹?«

Ich schüttelte den Kopf. »Ich habe keine Ahnung.«

»Ich habe ihnen erzählt, dass sie uns gehört«, sagte der alte Mann und griff wieder nach den Händen meiner Großmutter. »Sie hatte niemanden mehr. Also vermisste sie doch niemand, oder? Wir haben sie aufgezogen wie eine von uns. Wie eine Pembridge. Ach, sie war so ein herrliches Kind.«

»Es ist gut, Robert. Alles ist gut. Beruhige dich.« Meine Großmutter strich ihm über die Stirn.

Ich ließ mir seine Worte durch den Kopf gehen und versuchte, irgendetwas davon zu verstehen. Ich spürte etwas Kaltes auf der Stirn und sah hinauf zur Decke, als wäre von den alten Balken ein eiskalter Wassertropfen gefallen. Aber natürlich war dort nichts.

Essie. Ich dachte an ihr wehendes blondes Haar und an ihre melodische Stimme, die mich von Anfang an so fasziniert hatte. Ich konnte diese Stimme singen hören, dabei hatte Essie in meinem Beisein nie gesungen. Eine der Erinnerungen, die ich so lange gehütet hatte, stieg vor mir auf: Mein Vater trug mich in seinen Armen und ging mit mir auf die Tür des Schlafzimmers meiner Eltern zu. Dahinter war etwas Besonderes, das wusste ich, zusammen mit meiner Mutter. Dann fand eine weitere Erinnerung den

Weg zurück: Ich lag in meinem Bett, und meine Großmutter las mir *Jane Eyre* vor. Aber ich hörte kaum zu, weil ich verzweifelt versuchte, nicht zu weinen, nachdem ich alle Menschen außer ihr verloren hatte. Dabei strich ich mit den Fingern über die weiche Satinkante eines Stückchen Stoffs aus Musselin.

Meine Großmutter stand auf und reichte Robert das Wasserglas, das auf dem Nachttisch stand. Das brachte mich zurück in die Gegenwart. Als sie sich über mich beugte, schimmerte das Medaillon im Licht. Ich wusste, es waren drei Haarlocken darin: eine von ihr, eine von meiner Mutter und eine von mir, als ich noch ganz klein gewesen war. Deshalb war sie leicht und flauschig wie eine Pusteblume. Das hatte ich zumindest immer gedacht. Aber mein Haar konnte nie so hell gewesen sein, nicht einmal als Baby.

»Esther«, sagte ich, und es war seltsam die beiden Silben dieses Namens auszusprechen. Seltsam und doch so vertraut, wie eine Melodie, die man vergessen glaubt, bis man sie wieder hört und merkt, dass man sogar den Text dazu noch kennt. Ich fasste meine Großmutter am Ärmel.

Sie wandte sich mir zu. Und ich sah etwas in ihren grauen Augen, das ich nicht verstand, etwas Ungeheuerliches. Aber ich war sicher, diesmal ging es nicht darum, eine Lüge zu verschleiern.

»Ja«, sagte sie mit bebender Stimme. »Warum ist er wegen ihr so aufgewühlt?«

Wir sahen einander an, und ich wusste, auch sie dachte über Roberts Worte nach. Ihr Blick fiel auf die Modelleisenbahn, die sich zu unseren Füßen durch den Raum schlängelte. Nachdenklich runzelte meine Großmutter die Stirn.

»Ich habe Helen an diesem Tag verloren«, sagte Robert

ein wenig lauter und klarer. »Es war das Schlimmste, was ich mir vorstellen konnte. Aber dann war sie da, ein Geschenk inmitten all der … Verwüstung. So klein und vollkommen, und trotz allem unverletzt. Bertie war es, der sie fand. Er nahm sie unter seinen Mantel, um sie warm zu halten. Sie war für uns bestimmt. Für mich und für Bertie und besonders für meine tapfere, kleine Vicky, die so gern ein Kind haben wollte und keins bekommen konnte.«

Erschöpft von seinem Bekenntnis sank sein Kopf zurück auf die Kissen, und er schloss die Augen. »Was meint er damit?«, fragte ich an meine Großmutter gerichtet. »Heißt das, Essie ist adoptiert? Warum siehst du ihn so an?«

»Das begreife ich nicht«, murmelte sie. »Man hat mir gesagt, sie wären tot. Sie alle. Ich habe nach ihnen gefragt, und sie sagten, das Feuer hätte …«

Augenblicklich begann ich zu weinen, tiefe, bitterliche Schluchzer. Ich wusste nicht, warum sie so unaufhaltsam aus meiner Brust aufstiegen, so laut, dass meine Großmutter aus ihrer Starre erwachte.

»Oh, Liebes«, sagte sie und zog mich in ihre Arme. »Woran erinnerst du dich?«

»An nichts …« Aber dann kehrte die Erinnerung zurück. Auf einmal wusste ich, was sich hinter der Tür meiner Eltern befand. Ich wusste, was ich so vorsichtig in den Armen hielt, als ich über den blank polierten Boden unseres Esszimmers ging. Ich wusste wieder, wem das Stückchen Stoff aus Musselin gehörte, ohne das ich nach dem Unglück nicht mehr einschlafen konnte. Meiner kleinen Schwester. Esther.

»Warum hast du mir nicht …?« Ich konnte die Frage nicht aussprechen.

Meine Großmutter war aschfahl geworden. »Ich wusste

es nicht. Ich habe es nicht gewusst, das schwöre ich dir. Ich dachte, sie wäre mit deinen Eltern gestorben. Man sagte mir, sie wäre tot. Aber das haben sie wohl nur vermuten können, weil sie sie nicht fanden. Es war ... Es war doch nur noch so wenig übrig.«

»Aber warum hast du mir bis heute nicht erzählt, dass ich eine Schwester hatte? Warum hast du nie von ihr gesprochen? Warum hast du mir das verschwiegen?«

Sie nahm meine Hand und drückte sie. »Oh, Grace. Meine arme Grace. Du hast nach dem Unglück so viel vergessen. Zunächst war mir das nicht bewusst. Ich litt so sehr unter meiner eigenen Trauer und – ich kannte dich noch nicht so gut, wie ich es jetzt tue. Aber irgendwann merkte ich, dass in deinem Gedächtnis ganze Ausschnitte fehlten – Orte in der Vergangenheit, wo du nicht mehr hingehen wolltest. So wie du auch nicht zu dem Friedhof wolltest, wo sie begraben liegen. Weißt du noch?«

Ich schüttelte den Kopf.

»Wir waren nur einmal dort, einige Wochen nach dem Begräbnis. Arnos Vale Cemetery, so heißt der Friedhof. Es war ein regnerischer Tag. Ich weiß noch, ich war erschöpft von der schwülen Luft. Es roch nach vermodertem Laub. Zuerst schienst du es recht interessant zu finden, besonders die größeren Gedenksteine und die Hochgräber, wo die Urnen sind. Ich erzählte dir, dass die halbhohen Säulen für Menschen stehen, die uns zu früh verlassen haben. Aber als wir auf dem Weg zu ihren Gräbern waren, wolltest du nicht weitergehen. Ich weiß nicht, woher du wusstest, dass sie dort liegen – für die Beerdigung warst du noch zu klein. Ich habe dir gut zugeredet, aber du hast schweigend da gestanden und dich nicht gerührt, wie die Steine um uns herum. Mit leerem Blick.« Sie senkte den Kopf, und ihr

Gesicht war gezeichnet von der alten Trauer. »Wir sind nie wieder hingegangen. Ich sagte mir, es würde nicht helfen, dich zu zwingen. Aber in Wirklichkeit war es auch für mich leichter, nicht vor ihrem Grab stehen zu müssen, nicht daran zu denken, dass sie nun da in der Erde liegen. Ich wollte sie lieber wie du in Erinnerung behalten: oben im Himmel bei den Sternen, wo sie in Sicherheit waren. Ich hätte es grausam gefunden, dir das zu nehmen und dir immer wieder ins Gedächtnis zu rufen, was du verloren hattest, sei es, indem ich dich jedes Jahr zwänge, an ihrem Todestag zum Friedhof zu gehen, oder indem ich versuchen würde, deine Gedächtnislücken zu füllen. Ich dachte, vergessen wäre deine einzige Chance, um dich vor dieser furchtbar sinnlosen Tragödie zu schützen.

Manchmal hatte ich den Eindruck, ein Teil deiner Erinnerung würde zurückkehren, durch ein Lied, ein Spielzeug oder einen Geruch. Dann schienst du so verloren, dass es mir das Herz brach. Aber wenn ich nichts sagte, hast du deine Zähne zusammengebissen, und der Funke der Erinnerung in deinen Augen begann zu flackern und zu erlöschen. Irgendwann hörte auch das auf, und es gab nur noch uns beide. Es tut mir so leid, Grace, wenn ich falsch gehandelt habe. Es tut mir so furchtbar leid.«

Ich versuchte, all das zu verarbeiten, während sich meine Gedanken überschlugen. Ich war nicht wütend auf sie. Einen bestimmten Satz hatte sie seit damals immer wieder zu mir gesagt: »Alles, was ich tue, tue ich für dich, Grace.« Und das hatte sie getan. Sie hatte es für mich getan, um mich zu beschützen. So wie sie mich davor hatte schützen wollen, wer mein Großvater gewesen war.

Als es leise an der Tür klopfte, hoben wir beide die Köpfe. Robert war von dem Klopfen nicht aufgewacht.

Nachdem er sich die Last von der Seele geredet hatte, wirkte sein Gesicht wieder um Jahre jünger.

Sie stand in der Tür. Schlank, mit hellem, langem Haar, das im Licht der Gaslampe schimmerte. Weder meine Großmutter noch ich waren in der Lage, etwas zu sagen. Beide starrten wir sie nur an, das Mädchen, das wir vor zwölf Jahren verloren hatten und das doch die ganze Zeit da gewesen war. Victorias Tochter. Meine Schwester. Sie errötete, drehte eine Haarsträhne um ihren Finger und trat dabei von einem Fuß auf den anderen. Wie meine Mutter, die auch nie hatte still stehen können.

»Ich habe mit Lucas Karten gespielt, aber dann wollte ich nach euch sehen«, sagte sie und zuckte verlegen mit den Schultern. »Ich musste auf einmal ganz dringend bei euch sein.«

EPILOG

21. Mai 1910

Der Pfiff zur Abfahrt war bereits ertönt und der Zug kurz davor den Bahnhof von Paddington zu verlassen, als sich die Tür des Wagens, in dem Helen und Bertie saßen, noch einmal öffnete. Eine Frau mit einem Baby auf dem Arm stieg ein. Ihr Mann half ihr hinauf und folgte mit zwei Koffern.

Er lächelte, froh, es noch geschafft zu haben. »Eine halbe Minute später, und wir hätten eine Stunde warten müssen«, sagte er außer Atem. »Wir dachten, wir hätten mehr Zeit, aber dann wurde es doch knapp. Meine Uhr ging zehn Minuten nach. Ohne es zu wissen, waren wir wohl in der Bristol-Zeit.« Lachend zog er ein Taschentuch hervor und wischte sich über die Stirn. »Zum Glück brachte die Uhr im Hotel uns wieder auf Kurs.«

»Wir haben tatsächlich einen früheren Zug verpasst«, sagte Helen und nickte der Frau lächelnd zu. Die Frau war blass und wirkte ein wenig beunruhigt. »Jetzt muss unser Vater, der Ärmste, in Swindon auf uns warten.«

»Meine Frau wollte lieber den nächsten Zug nehmen«, sagte der Mann, als er sich auf den Fensterplatz setzte und seine Zeitung auseinanderfaltete. »Aber wir werden bei einem Geburtstagslunch erwartet.«

»Es hätte den beiden nichts ausgemacht, eine Stunde zu warten«, sagte die Frau leise. Sie hatte eine auffallend schöne Stimme, dachte Bertie. So volltönend, fast schon melodisch.

»Was für ein hübsches Baby«, sagte Helen. Bertie beeindruckte es immer wieder, wie zwanglos sie und Victoria sich unterhalten konnten. Er wusste nie, was er zu Leuten sagen sollte, die er nicht kannte.

»Ja, wirklich hübsch«, wiederholte er leise, obwohl er das Baby von seinem Platz aus gar nicht sehen konnte, weil es in eine blütenweiße Decke gewickelt war. Immer wieder strich die Mutter über die Decke und zupfte daran herum.

»Meine Frau ist ein wenig besorgt heute«, sagte der Mann freundlich und legte ihr beruhigend eine Hand auf die angespannte Schulter.

»Oh, es ist nichts weiter, nur ein Traum, der mir immer wieder durch den Kopf geht«, sagte sie hastig, und ein Lächeln huschte über ihr Gesicht. »Aber ich wünschte, wir wären schon zu Hause. Dort wartet noch ein kleines Mädchen auf uns.«

Bald verschwand London hinter ihnen, und anstelle der rußgeschwärzten Backsteinhäuser mit ihren winzigen Hinterhöfen, in denen schmuddelige Wäsche auf der Leine hing, zogen große Gärten und weitläufige Parks am Fenster vorüber. Als schließlich auf beiden Seiten die sanft hügelige Landschaft mit ihren Feldern und Wiesen in Sicht kam, die bis zum Horizont reichten, fühlte Bertie sich schon wohler. Er entspannte sich und atmete leichter. In der Stadt gefiel es ihm nicht. Er war nur dorthin gefahren, um Helen zu besuchen. Die Schmetterlingsausstellung hatte er vorgeschoben. Er meinte, dieses Jahr unbedingt ein Auge auf sie haben zu müssen, auch wenn er über seinen Aberglauben manchmal selbst lachen musste.

Er war wohl eine Weile eingeschlafen. Mit seinem Buch auf dem Schoß schreckte er kurz auf, als das Baby zu weinen begann. Aber als die Frau es beruhigte und ihm leise etwas vorsang, schlief er wieder ein. Das Lied fügte sich in seinen Traum von den Wäldern zu Hause. Es war eine traurige, beinahe klagende Melodie, an die er sich später nicht mehr erinnern konnte, so sehr er es auch versuchte.

Als er das nächste Mal aufwachte, waren sie schon fast in Swindon.

»Hoffentlich hat Papa das Telegramm bekommen«, sagte Helen, als sie sah, dass er wach geworden war. »David wollte bestimmt nicht, dass wir den Zug verpassen.«

Dazu hielt Bertie sich lieber bedeckt. Er war der Meinung, David hatte genau das bezweckt, oder zumindest hatte er eine Menge Aufruhr und Unannehmlichkeiten verursachen wollen. »Ich werde mir einen Tee holen«, sagte er. Er musste sich ein wenig die Beine vertreten, sonst wäre er sofort wieder eingeschlafen. Er knöpfte sich den dunklen Mantel zu, den er sich auf Helens Rat hin in einem ungeheuer riesigen neuen Geschäft namens Selfridges gekauft hatte. Er wusste überhaupt nicht, wann er ihn zu Hause tragen sollte, war aber trotzdem stolz darauf. Helen hatte gesagt, dass er darin aussah wie sein Vater.

Um höflich zu sein, räusperte er sich und fragte: »Kann ich … Also, soll ich jemandem etwas mitbringen?«

Helen nickte ihm aufmunternd zu.

»Oh, nein, danke«, sagte die Frau und sah ihn lächelnd an. Und diesmal war es ein aufrichtiges Lächeln. Unter ihrem Hut hatte sie ein hübsches Gesicht. Aber nach wie vor schien sie besorgt zu sein. Sie erinnerte ihn an jemanden, aber Bertie fiel nicht ein, an wen. »Mein Mann und ich brauchen nichts, und Esther hat ihr Fläschchen bekommen, als Sie geschlafen haben.«

»Esther. Ein schöner Name«, sagte Helen, als Bertie aufstand und auf die Brusttasche seines Mantels klopfte, um

540

sicherzugehen, dass er seine Brieftasche bei sich hatte. »Es bedeutet ›Stern‹, oder? Haben Sie letzten Monat den Halleyschen Kometen gesehen? Ich habe auf ihn gewartet, seit ich ein kleines Mädchen war. Das Wort ›Komet‹ kommt aus dem Griechischen und bedeutet auch ›Stern‹, wissen Sie. ›Stern mit langen Haaren‹. Das hat mir vor vielen Jahren einmal jemand erzählt – eine Gouvernante, die wir früher hatten.«

»Wie bezaubernd. Das könnte glatt von meiner Mutter stammen, sie erzählt auch immer solche Sachen«, sagte die Frau. »Bevor ich geboren wurde, war sie auch Gouvernante.«

»Ach, wie ist denn ihr Name?«, hörte Bertie Helen eifrig fragen, als er die Tür aufstieß. Helen, die treue Seele, sie fragte die Leute immer, ob sie Harriet Jenner kannten. Ob sein Vater davon wusste?

Als Bertie die Tür das Abteils zuschwingen ließ, musste er an die sonderbare Nachricht denken, die gar nicht für ihn bestimmt gewesen war. Er trug sie immer bei sich, in einem Fach seiner Brieftasche, vier Mal gefaltet. Er widerstand dem Bedürfnis, sie herauszunehmen und zu lesen. Er kannte sie ohnehin auswendig. Aber genau verstand er sie immer noch nicht.

Er klopfte noch einmal auf die Brusttasche seines Mantels. Dann machte sich auf den Weg zum Speisewagen am Ende des Zuges.

Katie Agnew

Drei faszinierende Frauen, deren einzigartige Lebenswege durch eine Perlenkette verbunden sind

978-3-453-42029-8

Leseprobe unter **www.heyne.de**

HEYNE ‹

Teresa Simon

Emotional und präzise recherchiert: Teresa Simon ist die Meisterin des Familienromans

978-3-453-47131-3

978-3-453-41923-0

Leseproben unter **www.heyne.de**

HEYNE ‹